TO小喜的宝贝

“星星是没人要的小孩”

“汧安纵”

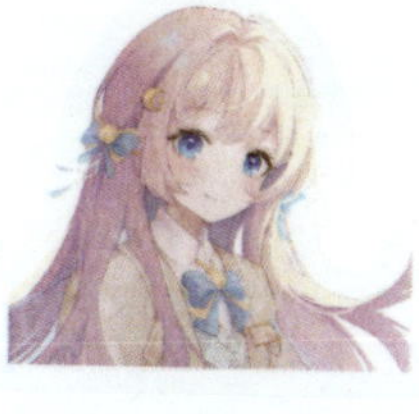

怯喜

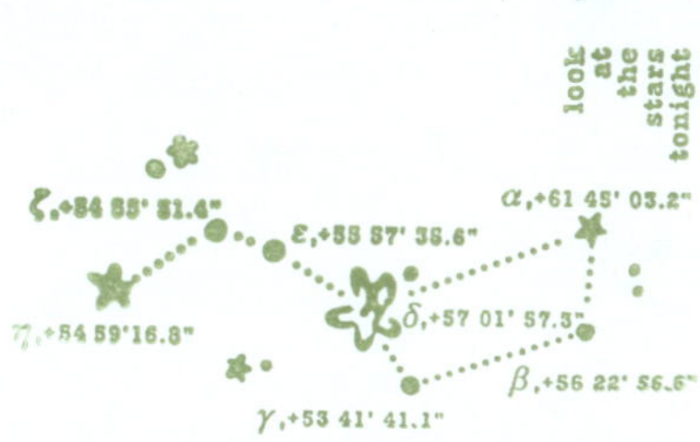

怯喜 著

QIE XI

北京时代华文书局

图书在版编目（CIP）数据

见星 / 怯喜著. — 北京 ： 北京时代华文书局，2023.2
ISBN 978-7-5699-4659-8

Ⅰ．①见… Ⅱ．①怯… Ⅲ．①长篇小说－中国－当代 Ⅳ．①I247.5

中国国家版本馆CIP数据核字(2023)第022339号

拼 音 书 名 | JIAN XING

出 版 人 | 陈 涛
选 题 策 划 | 洣玖文化
责 任 编 辑 | 邢秋玥
责 任 校 对 | 陈冬梅
装 帧 设 计 | 他系力二工作室
封 面 绘 制 | 在 野
责 任 印 制 | 刘 银

出 版 发 行 | 北京时代华文书局 http://www.BjsdsJ.com.cn
北京市东城区安定门外大街138号皇城国际大厦A座8层
邮编： 100011 电话：010-64263661 64261528
印   刷 | 固安兰星星球彩色印刷有限公司 电话：0316-5925887
（如发现印装问题，请与印刷厂联系调换）
开   本 | 880 mm×1230 mm 1/32 印 张 | 16.125 字 数 | 584千字
版   次 | 2023年4月第1版 印 次 | 2023年4月第1次印刷
成 品 尺 寸 | 145 mm×210 mm
定   价 | 65.00元(全二册)

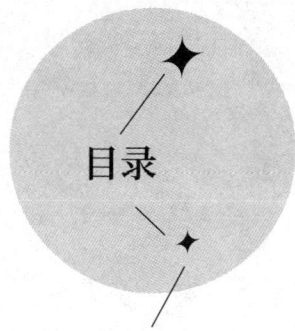

目录

Contents

"车到了！"

"来了来了，盛星来了。"

深冬，记者们穿着厚厚的羽绒服挤在一起，黑洞洞的镜头对准红毯的起点——价值千万的豪车在现场所有人的注视下停住。

须臾，一截洁白如雪的小腿缓缓从车门内迈出。黑色细绸带蜿蜒而上，如枝蔓般缠住纤细的脚踝，再往上，是裙摆代替绸带贴着肌肤，轻轻摆动。

白与黑在冷夜里形成极致对比，像雪地里泼了大片的墨。现场的闪光灯疯了一样闪，他们在寒风中等了一晚上，为的就是这一刻。

"盛星！看这里！"

"看左边，星星！"

一袭黑裙的女人随手拨了拨长发，皓白的手腕上佩戴着璀璨的珠宝，细长的手指轻提起缀着钻的裙摆，迈出步子。上挑的猫儿眼微微弯起，红唇漾出弧度。

她的视线所之处，皆是被这美貌惊艳的人。

实习记者呆呆地盯着镜头里低眉浅笑的女人，感叹道："哥，盛星真好看。她怎么就不能常下凡呢，唉。"

"知足吧小子，你入行才多久，就能拍到盛星。"

盛星其人，在圈内很特殊。八岁入行，十六岁拿影后，今年还未满二十三周岁，拿过的奖项不计其数，除了拍戏和颁奖典礼，她几乎不会出现在大众的视野内。

这样低调的一个人，却绯闻缠身。

盛星提着裙摆，小心翼翼地迈出每一步。她不是个有耐心的人，起初的笑昙花一现，后半段神色又恢复成往日那副清冷、疏离的模样。也不怪她，这个天气，她肯出来就不错了。

今晚是"风信子"的颁奖典礼。

入行十五年，盛星迄今只接了一部电视剧。这部由江氏影业和洛京影业联合出品的大型古装历史剧《盛京赋》几乎横扫了今年的所有电视剧奖项。盛星作为和亲公主阿檀的扮演者，拿奖拿到手软。

典礼现场。

经纪人送上早已备好的大衣，动作熟练地裹住盛星，半揽着她往前排走，悄声道："星星，温边音坐你边上。"

盛星抬眸，扫了一眼乌泱泱的大堂，不甚在意地收回视线："随便谁，结束你们早点儿回去。"

经纪人算了算日子，今天是初一，盛星得和江予迟一块儿回江家老宅去。她压低声音问："江先生来接？"

盛星轻抿着唇，眉眼间的冷色少了一点，拍了拍经纪人的手："嗯。我自己可以，不用扶。"

经纪人松开手，叮嘱道："保温杯放在你位置上了，手机在大衣里。温边音要是找你打听李导电影选角的事，你就当不知道。"

温边音是近年大银幕的新宠。她和盛星风格相近，有部分资源重合。因盛星不接广告、综艺之类的资源，温边音团队赚得盆满钵满。

最近经纪人听说，温边音有意争取李疾匀的新电影《钟》的女主角。《钟》本该在三年前开拍，可因迟迟找不到导演满意的女主角人选，一直搁置着，最近似又重启了选角计划。谁也不知道，三年前，李疾匀曾找过盛星，却又拒绝了盛星。

盛星在那之后接了《盛京赋》。

盛星抬起眼，细细打量着不远处明艳动人的美人。半晌，她轻声道："不是李疾匀喜欢的类型。"

经纪人诧异道："这么肯定？"

盛星漫不经心地点了点头。

将盛星送到位置坐下，经纪人离开，才刚走，边上的温边音笑盈盈地贴近盛星："盛老师，我是您的影迷。"

温边音靠近，浓烈的檀香味扑面而来。

盛星蹙了眉，略显冷淡地应了一声，心底的躁意随着这股味道越烧越盛，干脆移开脸不再给人搭话的机会。

温边音神色不变，心想，盛星果然如传闻般冷漠。

李疾匀和盛星是多年好友，想来电影选角的事盛星有所耳闻，只是她难以接近。思及此，温边音暂时歇了和盛星攀谈的想法，毕竟这位影后已经三年没有新电影了。盛星在电影圈十二年，这三年居然跑去拍了一部电视剧，除此之外再没有接新戏，张狂又任性。可即便这样，数不清的剧本还是往她手上递。

温边音不否认，她嫉妒盛星。

今晚"风信子"的"优秀电视剧"和"最佳女主角"几乎没有悬念。盛星的发言和往日一样简短，下台后直接离场。摄影师自觉地避开盛星的空位。

盛星在圈内是出了名的难搞，现场的人对此已见怪不怪。但凡换一个人，这就成了大事。

后台通道内，经纪人举着镜子，斜眼瞧见盛星卸了红色唇妆，重新涂上娇艳的蜜桃色，半无奈半好笑："每回都这样，装乖装上瘾了？三年之期快到了，你怎么打算？"

盛星对着镜子眨了眨眼，弯起唇："公开。"盛星和江予迟隐婚三年，三年期限内这段婚姻不得对外公开，这是两人当年结婚的限制条件。

经纪人叹气："这事我们准备了三年，前两年江先生没回洛京，可这近一年，你们也没什么进展。"

盛星扣上口红盖子，慢悠悠道："不急。"

经纪人欲言又止，终是没多说。

盛星脱下大衣，提起裙摆，对着经纪人绽开盈盈的笑脸："明天不管什么事都别找我。"

经纪人拿她没办法，摆摆手："知道了，快去，别在这儿挨冻。"

盛星穿着高跟鞋，裙摆散落，走了几步在通道内小跑起来，单从一个背影，就能看出来她有多雀跃。

经纪人久久未回神。

自盛星十六岁那年离家，小姑娘就像变了个人，仿佛一夜之间就从温顺的绵羊变成了狡黠、喜怒无常的狐狸。只有在江予迟身边，她还能从盛星身上看到几分以前那个小姑娘的影子。可这两个人也不知道是个什么情况，令人忧心。

典礼未结束，停车场内静谧无人。突然响起一阵高跟鞋踏在地面的清脆响声。

温边音的助理正埋头发着短信："车里没找到！"她听见声响，下意识朝着前方看去，黑色纱裙像鱼尾一般钻进了车内。

那是盛星！

今晚她美得像银河，见过的人都不会忘。

助理一愣，视线在黑色的迈巴赫上盘桓一圈，立即朝着车后座看去，隐隐约约可见一个男人的身影。职业习惯使然，她打开相机，录下了车子驶离的过程。

车内宽敞，暖气安静运作，司机目不斜视。

后座车门刚关上，江予迟的手已搭上了自己的衣领，修长的手指灵活地解开大衣扣子，下一秒，带着热意的大衣落在女人单薄的肩头。

他的视线保持在盛星的肩膀以上，只在她蜜桃色的唇畔停留了一秒，微微降下车窗，低声问："衣服呢？"

盛星弯着眼，乖巧地笑："三哥。"

说着，手指拢上大衣的领口，将自己裹得紧了点儿，略显无辜地解释："出来得急，忘记啦。"

江予迟不动声色地扣下手机屏幕。屏幕上，是盛星走红毯的动态图。

他们同在一个大院内长大，江予迟排行老三，比盛星大四岁，院里的人都喊他三哥，盛星也是，这一喊，就是十七年。

盛星有段时间没见江予迟了。如今，人就坐在边上，她光明正大地往男人身上看，视线就像一个小钩子，到处晃悠，一点不遮掩。

男人和她年少记忆中的轻狂模样相差甚远，穿着平整、合体的西装，神情放松，往日眉眼间的锋芒淡了少许，细看仍有几分漫不经心。从她的角度看过去，男人狭长的眸间映着她娇艳的面容，他鼻梁高挺，下颌棱角分明，嘴唇微薄……不知亲起来是什么滋味。

盛星摘了冰冷的珠宝，随手丢在一边，抿唇笑："三哥最近忙吗？"

前段时间她回剧组补拍剧情，昨天才回洛京市。

"不忙。"江予迟坐姿随意，和盛星隔着一段距离，瞥见被她丢在一旁的链子，不由得问，"心情不好？"

盛星一怔，抚上自己的脸，眨了眨眼："这么明显？"

江予迟扫过她温柔的眉眼，轻嗤："和小时候一样，一不高兴就喜欢丢东西。谁惹你不高兴了？"

盛星皱了皱鼻子，眉眼间的明朗散去，带了点蔫巴巴的意味："没人，就是闻到了不喜欢的香水味。"

她很少在人前做这样稚气的动作。银幕上和剧组里的盛星，都不及在江予迟面前的盛星鲜活、生动。可即便如此，也有一半是装出来的。

江予迟见她委屈的模样，抬手揉了揉她柔软的头发，哄道："回去三哥下厨，想吃什么？"

盛星诧异道："回家吗，不是去老宅吗？"

他们从小一起长大，又结婚三年，盛星对江予迟的习惯多少有了解。他是极其注重隐私和边界感的人，从不在祖宅下厨。目前他的私人领域是他们的婚房。

江予迟"嗯"了声："老宅。"

这是江家的规矩，底下小辈只要人在洛京，每逢初一、十五都得回老宅。盛星头一回知道的时候，还在心中吐槽了几句。现在倒从中觉出点妙处来。

盛星和江予迟的婚姻名不副实，在家里，他们从来都是分房睡，但在祖宅，为了圆谎，两人同房住，只能睡在一张床上。

盛星眨眨眼，目光潋滟，好心情地弯了唇："谢谢三哥。"

江予迟垂着眸，晃过她唇角边勾人的弧度，语气自然。

"应该的。我答应过你哥，照顾好你。"

盛星眼底的笑意微散，而后移开了脸，短短几分钟，她的心情起起落落。夜色裹挟着流光划过车窗，映出女人神色冷淡的脸。

另一侧，江予迟微蹙起眉，眉间的沉郁一闪而逝。

洛京是座特殊的城市，沿海而生，又被群山包围，高耸的昆羑山位于其北侧，挡住西侧吹来的季风，久而久之，昆羑山以北形成了一片辽阔无际的沙漠。

江家老宅坐落在昆羑山脚下，以前那一片是科研所家属院，后来科研所搬了地方，江家买下那片不大不小的院子。老太太对这片院子感情极深，不肯搬离。

临近九点，夜空漆黑，半颗星子都不见。

车灯照亮略显昏暗的车道，漫长的台阶半明半暗。

盛星裹紧大衣，踏出车门，边上横过一只手掌，指节分明，昂贵的腕表挡住腕骨，结实的小臂微微用力，牢牢地扶住了她。

江予迟低眸看了眼盛星脚上的高跟鞋，自然地问："三哥背你上去？"

盛星侧头凝眸望去。老宅是塔楼的样式，从底下到大门，有四十八级台阶。这台阶对曾经的盛星来说，是一段极为漫长的路。

江予迟顺着盛星的视线往上看，想起往事，眸间染上笑意："你小时候闹着要离家出走，不敢下楼梯，含着泪让我背你下去。"

盛星："……"

这么一打岔，她心里的烦闷散了点，斜了一眼江予迟："那会儿是因为意外，我才从家里的楼梯上摔下去。"

江予迟抬手解开几颗西装扣子，在盛星身侧蹲下，轻声道："三哥不会摔着你。上来，星星！"

盛星悄悄掩住眼底的喜悦，熟练地往江予迟身上一趴，藕似的手臂缠过男人的颈，微凉的脸贴上他温热的耳垂。

两人皆是一顿。

"三哥，你多久没背我了？"

"七年。"

盛星攀着他宽阔紧实的背，小声嘟囔："你都回来了，哥哥还一个人在海上，大冬天的，冻死他。"

"会回来的。"这话像是承诺，江予迟背着盛星踏上台阶，又道，"三哥去把他找回来。"

盛星晃着小腿，心情轻快，细碎的目光里藏着点点欢喜，一点也不着急："随他去，活着就行。"

十年前，十七岁的江予迟和盛霈，像是商量好似的，瞒着家里报了军校。当时这事儿闹得鸡飞狗跳，两人挨了整整两个月的打。

这也是盛星和江予迟婚姻的引线。老太太发话，去军校可以，毕业得回来结婚。江家八代单传，婚姻在江家是大事，江予迟打小就不听管教，肆意妄为。老爷子倒觉得孩子去锻炼锻炼挺好，可家里他说了不算。两个月后，老太太以绝食威胁，江予迟松了口。

江予迟二十二岁毕业，婚事却硬生生拖了两年，最后的结果也没让老太太满意。作为小辈，老太太对盛星没意见，毕竟也是她从小看着长大的孩子，可一旦变成孙媳，她不满意盛星在演艺圈，还绯闻缠身。两人的婚事限制重重，其中最重要的一条——盛星和江予迟的婚姻关系不得公开，为期三年。

许是夜晚静谧，台阶漫长。江予迟感受着背上的人的重量，第一次提起三年前："当时，为什么答应三年期限的条件？"

这样的条件对盛星很苛刻，是个人都能看出来老太太是故意为难他们。江予迟没应下，和家里僵持很久，最后盛星先妥协。

盛星撇嘴，心里说道，当然是想嫁给你，话到嘴里却变了样："你急着回部队，哪有那么多时间耗下去？而且，前两年你都在部队里，去年才回洛京，严格算来只有这一年，很快就过去了。反正两家都是要联姻，我愿意嫁给三哥。"

他们在春天结婚，正是繁花盛放的季节。此时是一月，还有三个月婚期满整三年。

听到盛星亲口说"我愿意嫁给三哥"，江予迟再冷的心也暖了两分。他微微收紧手，和她贴得更紧。

江予迟问了一个问题，盛星礼尚往来，反问道："三哥，那两年你没遇见喜欢的人吗？我以为，你这样的人会和喜欢的人结婚。"

台阶再漫长，也有尽头。江予迟放下盛星，哄小孩儿似的拍拍她的脑袋："三哥那么忙，没那个时间。走了，进去见奶奶。"

盛星一听他回避这个问题就来气，但顾及着自己在江予迟面前温柔乖巧的"人设"，还是忍了，但也不太想理他，自顾自地提着裙子进门。

江予迟立在原地，遥遥凝视着盛星窈窕的背影，缓慢地迈开步子跟上。他还没想好该怎么告诉她，二十二岁那年，他喜欢的人才十八岁，没到法定结婚年龄，没办法和他结婚。

况且，那时的盛星有暗恋对象。

江予迟听盛霈提过，家里的小姑娘上高中之后有了喜欢的人，那是他从未参与过的人生，是他遗失了的岁月。

"星星回来了？"赵阿姨惊喜地喊了一声，忙去给盛星找拖鞋，"阿迟去接的你？饿了吧，想吃什么，阿姨去给你做。老太太守了一晚上电视，看那个什么风信子……"

老太太还不至于耳聋眼花，把茶盏一放，板着脸轻咳一声："茶凉了。"话虽如此，余光还是忍不住瞥向门口。

她一个月没见星星这丫头了，还怪想她的。这三年，大半的时间江予迟都不在家，盛星除了在剧组的时间，只要人在洛京，一定会回来看她和老头子。比起看不见人影的孙子，她乖巧又体贴。老太太当初再怎么反对，他们也已经结婚了，更重要的是，她家这个没用的孙子喜欢人家小姑娘。

她还真挺怕这小姑娘愿意结婚只是玩玩而已，所以才有了这三年之约。

盛星眉眼弯弯对着老太太笑："奶奶，您看颁奖典礼啦，我今天好看吗？"

老太太瞧了眼盛星冻红的耳垂，不耐烦地摆摆手："好看好看，赶紧去换衣服，做什么偏要在年底办劳什子典礼。好好的姑娘们，都得冻坏了。"

盛星从来都不怕这老太太，还笑眯眯地凑过去贴了贴她的脸，直把老太太冷得叫出声才溜走上楼。

老太太揉了揉脸，没忍住笑。

坏丫头。

江予迟进门这会儿，老太太面上的笑意还不及收回去，一见孙子来了，又赶紧板起脸："多久没回来了？"

江予迟眉梢微挑，懒散地笑："您非要我回来继承家业，忙着给你们赚钱，又嫌我不回家。奶奶，这事可不地道。"

老太太翻了个白眼，起身："我可不和你斗嘴。明天你给我老实在家陪星星，她刚拍完戏休假，你也不抓紧机会。"

老太太还挺纳闷，孙子这么一个桀骜不驯的性子，遇见喜欢的姑娘反而蔫了。

星星到现在还是喊"三哥"，一眼就知道，两人这一年都没什么进展，急死个人！

"没用！"老太太啐他。

说完，她上楼睡觉去了，免得打扰他们的二人世界。

江予迟能怎么着，只能受着。他顺手解了袖扣、领结，摘下腕表，换了鞋往厨房走："赵姨，您去歇着，我来给星星做晚饭。"

赵阿姨一听，眼睛顿时亮了，连连应好，把围裙一摘，立时离开厨房，健步如飞，上楼给老太太报告最新进展去了。

"三哥。"盛星自在地在厨台边坐下，伸着脖子往锅里看，"吃什么呢？闻起来好香，你吃了吗？"

江予迟掀起眼皮，瞄了一眼素面朝天的盛星。她卸了妆，眉目间的风情和激滟被那双澄澈、干净的眸压下，皮肤细腻，粉唇淡淡，还是以前的模样。

男人长臂一展，将牛奶推到盛星跟前："先垫垫。做了冬笋、韭菜炒螺蛳肉、红烧肉，锅里是赵姨炖的牛肉清汤。"

工作期间，盛星敬业，向来注意每日的营养摄入，但休假的时候她和平常人一样，饿了就吃，吃饱才心满意足。她近几年就接了一部戏，休假期漫长。

江予迟知道她的习惯，没刻意做清淡的菜。

盛星喜甜，江予迟做的红烧肉软软糯糯的，甜味不重不淡，用的是肥瘦相间的七层五花，然后下锅翻炒——他心知盛星对气味敏感，打小不爱吃葱、姜，便特意用料酒替代，再用小火焖，最后加糖收汁，是她最爱的味道。

果然，盛星弯着眼说"好吃"，轻嗅了嗅，感叹道："还是休息好，好久没吃三哥做的红烧肉了，赵姨的汤倒是常喝。"

江予迟挑眉，戏谑道："嫌三哥忙？"

盛星弯起唇，笑眯眯地应："三哥哪有我忙。"

这倒是实话。

江予迟刚回来就接手了江氏集团，江爸爸就像脱离苦海似的把公司往儿子身上一丢，潇洒去了。江爸爸像江爷爷，自由散漫惯了，不乐意被俗事拘着；江妈妈是科研人员，平时全世界飞。这对夫妻聚少离多，很少回家，江予迟是爷爷奶奶带大的，最后养出的性子也不知是像谁。起初半年，江予迟挺忙，最近几个月倒是空闲下来，比起盛星，江予迟的行程确实还算轻松。

"这次休息多久？"江予迟对盛星的行程一清二楚，这会儿装模作样地问，"假期怎么安排？"

盛星抿了口温牛奶，觉得没滋没味，有点儿想喝酒，但也得忍着，随口应："看剧本，休息，不想出门。"

江予迟收回视线："知道了，三哥天天回家给你做饭。"

盛星托腮瞧着江予迟。这男人有个习惯，不喜欢家里进人，在家凡事亲力亲为，只吃自己做的饭，在外鲜少动手，今晚算是破例。除此之外，打扫阿姨是赵姨亲自选的，一周去一次，只挑江予迟不在的时候去。

家对江予迟来说，极其私密。但遇上盛星，这些似乎都能退让。

都说认真的男人迷人，这会儿盛星看得仔细——他只穿着一件白色衬衫，扣子一丝不苟地扣至顶，衣袖撩至小臂处，手臂线条随着动作如山峦般起伏，蕴藏的力量静静蛰伏着，偏他眉眼清俊，不说话的时候活脱脱一个贵公子。

"看三哥看傻了？"江予迟似笑非笑，单手撑着台面，黑眸深深，注视着盛星。

盛星放下牛奶，弯翘的睫毛颤了两下，真诚道："三哥，我饿了。"

言下之意就是，你老实做饭，闭上嘴别和我说话。

江予迟轻哼一声，心道，没良心的丫头。

这顿晚饭盛星吃得尽兴，吃完裹着外套去院里溜达了几圈，回来时江予迟已收拾好厨房，正低头扣着扣子。

盛星睨着这男人，心里已冒出了他下一秒会说的话：星星，你先睡，三哥去书房处理点事儿。

"星星，你先睡，三哥还有封邮件要处理，去趟书房。"

江予迟的神情、语气都自然，一点儿情绪都没露出来，让人捉摸不透。

盛星面上装得乖巧，温声应："好，早点儿休息，三哥。"

"嗒嗒"的脚步声慢吞吞地下来，又慢吞吞地回去。

江予迟沉沉地舒了口气，静立在窗前，望向不远处的沙漠。绵延无尽头的黄沙蜿蜒过戈壁，风沙映入男人的眸中，嶙峋的岩石在黑夜里宛如庞大的怪物。

盛星怕夜里的风沙，小时候常睡不着，总是爬窗偷跑到大院的小花园里去。江予迟曾在那儿抓住她数次。以前，院里的大人们说，盛家的小星星最乖。只有江予迟知道，她不乖。

等风沙再转过一轮，江予迟关灯上楼，缓步朝他们的卧室走去。她大抵是没睡着，但为了避免上床时的尴尬，总会安静地躺在床的一边假装自己睡着了。

走廊灯光幽暗，将男人的影子拉得颀长，那双长腿在卧室前停下。"咔嚓"一声轻响，房门打开，廊内的灯趁机钻进温暖的卧室内。

江予迟抬眸，视线朝床侧掠去。盛星侧身背对着门，窗外呼啸的风拍打着窗户，今夜的风格外大，她双眸明亮，注视着黑暗，无一丝睡意。

身后，极轻的脚步声在房内停了片刻，转而去了浴室。

她能感受到江予迟的视线一扫而过，并无半点停留。盛星微微有些丧气。她这样一个风华绝代的美人躺在床上，江予迟竟一点想法都没有，还真是把当年结婚时说的话践行得彻底。

当年，不仅江家有联姻的打算，盛家也有。

盛氏船运已有近百年的历史，多年前在洛京市便已是鼎盛之势。盛家这一辈一共三个孩子，盛星今年马上要二十三了，上面还有哥哥姐姐。江家中意的是姐姐盛掬月，她与江予迟两人门户相当，又从小一起长大，在长辈看来这门婚事再合适不过。只可惜，江予迟和盛掬月都没这个意思。而盛霈离家十年，放心不下的只有他的小妹妹。江予迟在盛霈出海前曾承诺过，替他照顾好盛星。

两人结婚时，江予迟曾和盛星说过一句话。

他说："星星，在三哥这儿，你想做什么就做什么，不会有任何束缚，我答应过盛霈，一定照顾好你。"

盛星在心里幽幽地叹了口气，扒拉出手机，打开微博，登录小号"星星不迟到"。这是她十六岁注册的小号，整整七年，记录日常生活以及江予迟。

"1月13日：三哥不是个男人。"

盛星发完动态，习惯性地点开热搜。

热搜间夹杂着几条"风信子"奖项的词条，其中最显眼的两条都和盛星有关。

盛星表情

盛星温边音

盛星挑了挑眉，饶有兴味地点进第一条。

几张动图，温边音靠近她，神情真挚，试图和她说话，而她冷脸移开了视线，那一瞬间的皱眉很显眼。

底下的评论"画风"完全不同。

关于温边音的评论：

"电影圈混不下去了，来混电视圈？"

"这姐还以为自己是当年呢？"

"音音好温柔，来看美女'生图'。"

关于盛星的评论：

"盛星本人行为，和我们无关。"

"你们说星星当时心里想啥呢？"

"天太冷，站姐们都躺下了，生图请找路人。"

盛星："……"

盛星看了眼信息，经纪人没找她，大概是随她处理的意思。

她火速切换大号，精准挑选评论回复。

回复@天上的星星不说话：我躺下的站姐在哪里？//@天上的星星不说话：你们说星星当时心里想啥呢？

盛星在微博上有个外号叫"不营业女士"。迄今为止，她的微博里连一张自拍都没有，上一条微博还是元旦当天拍的剧组盒饭。

她一上号，"派大星"们火速赶来，底下一片"哈哈哈"，完全没人在意热搜的事。

盛星难得上大号玩，顺手发了条抽奖信息。

"评论抽十只'派大星'送盛星同款羽绒服。@盛星工作室"

这事也不怪站姐，盛星除了剧组和颁奖典礼，哪儿都不去。站姐想找人都找不到，难免消极怠工，一群人就这么缩在名为盛星的围墙里，个个趴在墙头，探头探脑，最后又默默地缩了回去。这会儿看盛星这么问，站姐还挺理直气壮，但一看抽羽绒服了，未免有点心虚，心虚过后又躺下了，下回再见到盛星，也不知道是什么时候。

至于盛星，她点完火就溜了。因为浴室门打开，江予迟出来了。

盛星闭上眼，认真装睡，不忘竖起耳朵偷听屋里的动静，脚步声依旧放得很轻，他没开灯，在床侧站了片刻，掀开被子上床。床的另一侧凹陷下去，微凉的被窝里顿时有了热意。

盛星眼睫微颤，不自觉地紧张起来。

在老宅，奶奶从没让人备过两床被子，他们同榻而眠，是一整天距离最近的时刻，盛星喜欢这个时刻。

江予迟的气息、体温，轻缓而坚定地传来，让她感到安心。

"星星，睡了吗？"

低沉的男声倏地响起，他倾身朝她这一侧靠来，将滑落至肩头的被子往上提，却没躺回去，似在等她回答。

盛星抿唇，一时间心里七上八下的。江予迟这个时候喊她干什么？不等思索出个结果，身后的人又低喊了一声："星星？"

盛星转头，在黑暗里寻他的轮廓，嗓音轻软："三哥。"

江予迟用手掌探了探盛星身下柔软的床铺，没什么温度，他问："脚是不是冷的？手呢？我去拿电热毯。"

他们在冬日里同榻而眠还是头一次。盛星小时候身体不好，六岁以前养在外面，刚接回来的时候瘦瘦小小的，惹人怜爱。

江予迟不确定她是不是每个夜晚都这样。

毕竟今天特殊。

盛星重新躺回去，无奈道："找不到的，电热毯和热水袋，奶奶都藏起来了，屋子里外连第二床被子都找不到。"

江予迟头疼，这老太太是存心的。他轻吸了口气，朝盛星靠近了点，不似夏日那般隔得远，属于盛星的味道点点弥散在空气里。

"困不困？不困三哥去打热水，你泡个脚，穿双袜子再睡。"江予迟思忖着，"冬天手脚都凉？"

盛星翻身，面对着江予迟，黑暗中他的面庞不清晰，但她能感受到他的视线落在她脸上，她摇摇头："不用麻烦了，一直都这样，一会儿我就能睡着。"

江予迟坐起身，将毯子一侧折叠，都盖在盛星那一边，话在舌尖滚了几圈，还是说出了口："三哥身上热，离近点儿。"

盛星藏在被子里的腿蜷缩起来，慢吞吞地朝江予迟靠去，待那抹冰冷试探般地触到微烫的皮肤，她偷偷弯了弯唇。

江予迟一怔，语气微沉："冷也不说。"

盛星小时候就这样，冷热不知道说，吃撑了或者饿了也不说，那会儿从楼梯上摔下来甚至不知道哭。

江予迟认识盛星那年十岁。他和盛需打小关系就好，那个夏日，盛需贪玩，赶不及回家给摔断手的盛星喂饭，于是哄骗江予迟去。江予迟那会儿脾气差得很，唯独对路边的猫猫狗狗有点儿好脸色。盛需骗他，家里的小奶猫等着他回家，不然就得饿死了，临走前告诉他，小猫叫星星。

一踏进盛家院子，江予迟就瞧见了蹲坐在台阶上的小姑娘，眼睛很亮，小脸苍白，手还受伤了，黑白分明的双眼看过来的时候显得有些可怜。

江予迟问她："星星呢？"

小姑娘仰着小脸，乖乖地应："我就是星星。"

这饭一喂，就是一整个夏天。从蝉鸣的盛夏到梧桐大道满地金黄。

一晃眼，十七年过去了。

江予迟从来没见过那么古怪的小姑娘，她小心又乖巧地在盛家生存着——只是装得乖巧罢了。实则心眼小又记仇，对人充满戒备。江予迟从没拆穿过她，假装不知道，保护着小姑娘的尊严，直到现在，他睁一只眼闭一只眼，由着她去。

她想让他看到什么样子，那他眼里的她就是什么样子。

晨光熹微，天际泛出鱼肚白。

多年的生物钟让江予迟准时醒来，胸前压着一颗沉沉的脑袋，手臂被人紧紧抱在怀里，下半身更是被缠成麻花。

盛星睡相并不好。这一点，盛星知道，江予迟也知道。

每每两人同床，江予迟夜里要给她盖数次被子，早上起床后把她盖严实了才去晨跑，回来她身上的被子又掉落大半。

可今天这样，江予迟忽而叹了口气。他不知这正人君子的模样还能装多久，费了好大的力气才把盛星塞进被子里，再用厚厚的毯子压住她，让她不能乱动。

江予迟俯身，用手背轻贴了贴盛星的脸，热乎乎的，她睡得很香，后半夜整个人都睡暖和了。

江予迟准备出门晨跑，顺便和他家那个老太太谈谈心，免得这两个月都得这样过。这是在部队里养成的作息，每天十公里晨跑，不论雪天还是雨天，都没断过。实在有不可抗力，也得找时间补回来。

凛冬冷冽，清晨尤其冷。

穿着黑色冲锋衣的男人独自跑在无人的巷子中，面庞瘦削，下颌没入衣领，没什么表情的脸看起来很冷淡。

绵延的戈壁随着他行进的路径蜿蜒，直到没入寂寥广阔的沙海中。

江予迟跑了半段，才将心底的躁动压下。昨晚在他的意料之外，本想等到三年之期，将他和盛星的婚姻事实公开，可这突如其来的亲密接触打断了他的节奏。

早上七点，江予迟推开自家老宅的大门，还没走进院子，手机先响了，盛星的经纪人打来的。这样的情况少见，他瞥了眼楼上卧室的窗口，停住脚步，接了电话。

经纪人言简意赅："江先生，星星休息，不让我找她。昨晚你来接她在停车场被拍到了，没拍到脸，放料的人和星星有竞争关系。李疾匀的新电影在选角，他和星星是多年好友，这次爆料没说选角的事，只说了李疾匀和星星可能在恋爱。"

江予迟神情不变，安静地听完经纪人的话，忽然问了一个毫不相干的问题："他们认识几年？"

冬日的洛京少有晴日，今儿倒是放了晴，昨晚的风这会儿也安分了，难得周围这样安静。

盛星醒时不到九点，换了件舒适的居家服下楼，浑身上下毛茸茸的，也没打算穿点别出心裁的，昨晚穿成那样江予迟没半点反应，看来穿什么都不管用。

"星星起了？"赵姨最先看到盛星，停下手里的活儿往厨房走，挨个儿数道，"早上有粥、面条、包子……阿迟和老太太在外头呢。"

盛星早上都没什么胃口，嘴上说着要粥，眼睛往院子里瞟去。

大冷天的，那两个人在外头也不知道说些什么，她喝粥的时候也心不在焉，见微信里有几条未读信息，便点开随意挑了几条看。

"星星，羽绒服抽那套黑的还是白的？"

盛星回复助理："黑的。"

圈内几个朋友也发来消息：

"星星最近过年了，热闹啊。"

"妈妈不准你谈恋爱！"

"你能看上那姓李的？"

最后，是李疾匀的，极其冷淡的一个"？"。

盛星不明所以，没等她问，江予迟先进来了。男人神情懒散，上身是宽松的灰色毛衣，底下一条松松垮垮的裤子，手里还端着杯茶，直直朝她走来。

盛星打招呼："三哥。"

江予迟点头，在她对面坐下，视线在她面上一扫而过，自然地提起昨晚的事："下次来，屋里会有电热毯。过年想在哪儿过？"

这会儿离过年不到一个月。往年，盛星过年不是在剧组里，就是在江家待着，老太太也不见她出门，盛家来找人，还得往江家来。今年过年盛星休假，江予迟也在，自然多了一个选择。

盛星放下勺子，水润的眸子往江予迟身上瞧，他问完话，自顾自垂眸看手机，单手打字，凸起的指节上有细小的伤痕。

她当然是想单独和他在家过年，但在家他们不能同床睡，也没什么劲。想到这儿，盛星弯着眼，说："在老宅过，奶奶好些年没和你一块儿过年了。我来的时候她次次都提你，担心你吃不饱睡不暖。"

"老太太成天瞎操心。"江予迟扯了扯唇，发完短信，随手把手机往桌上一丢，喝了口茶，"星星，李疾匀是你朋友？"

江予迟的语气再正常不过，像是随口一问。

盛星倒是怔了一瞬，而后反应过来："我又上热搜了？小时候我和李疾匀的妈妈拍过戏，他常在剧组待着，时间长了就认识了。"

李疾匀这人在圈内也是个传奇，因为母亲是演员，他从小就在剧组长大，熟得就和自己家似的；上了小学就开始摸摄影机了，十七岁拍了第一部作品，往后的几部片子拿奖无数，一时间风头无两。不得不说有的人真是老天爷赏饭吃。

李疾匀是，盛星也是如此。

江予迟注视着盛星，想起经纪人的话："认识得有十年了吧，那时候李导还在上高中，说起来他和江先生年纪一样大。"

江予迟不动声色地放下小茶盏，随口问："上高中那会儿和他有联系吗？"

盛星托着腮，回忆半晌："我客串过他的电影，友情出演，没要钱。他刚开始拍电影那会儿没问家里要钱，后来赚了钱也都砸到电影里，起先日子还挺苦。不过他这人，脾气古怪得很，烦人。"

江予迟眉眼间的情绪淡了点，漫不经心地把经纪人的话转述给盛星，等着盛星反应："你打算怎么办？"

盛星神经绷紧，轻声问："拍到车牌了吗？"

江予迟解释："车不在我的名下，视频是当晚在会场的人拍的，你经纪人心里有数，但拿不准你和李疾匀的事。"

听江予迟这么说，盛星放松下来，想起李疾匀发过来的问号，心里轻哼一声，随口应："暂时不想管，休假期间只想好好在家里待着。"

"交给三哥？"江予迟微微直起身子，静静地盯着她，见她眼露诧异，唇角露出点儿笑意，"家里的影视公司刚转到三哥名下，我得熟悉熟悉业务。"

盛星眨了眨眼，她当然知道江氏集团有涉及这部分产业，还是《盛京赋》的投资方之一，但那都是江予迟回来前的事了，没想到江予迟会对这方面感兴趣。

她没多想，一口应了："我和经纪人说一声。"

江予迟眼眸低垂，指尖轻点桌沿，忽而道："什么时候请你朋友来家里吃个饭，三哥下厨。"

盛星："……"

因着这句话，她有点茫然，江予迟多讨厌别人进家里她不是不知道，这忽然是怎么了？

说起来，从昨晚开始他就有点儿奇怪。

江予迟却没打算管盛星的疑惑，只道："定了时间和三哥说。"

午饭后，来接他们的司机准点到达，老太太毫不留恋地把人赶走，她忙着去找姊妹们打牌，忙得很。

从老宅到落星山，有近一小时的路程。

冷风带着湿气，还有刺骨的寒意从江予迟那侧吹进来，司机往后视镜看了一眼，每逢先生来接太太，车内一定是通风的状态，不论春夏秋冬。

江予迟接了个电话，开始处理文件，盛星闲着无聊，用微博小号上线冲浪，一打开热搜，她的名字还挂在上面。

点开视频，是昨晚她上车的画面。画面经过模糊处理，看不出车牌；她穿着当晚的礼服和高跟鞋，很好认；后座的男人只有半截身影，依稀能从画面中看到他脱下大衣披在她身上，动作利落，模糊的身影掩饰不住男人完美的身材。

盛星不由得想到昨晚，她靠在江予迟紧实有力的胸膛间缓缓睡去，他始终克制，并未越界半分。她撇撇嘴，随便翻了翻微博，还看到一条细数多年来盛星的所有绯闻对象的微博，上至导演、影帝影后、流量小生，下至十八线演员。

这些年，有的人澄清过，有的人没有。三年前盛星还能用单身当借口，这三年却用不了，不过这三年她绯闻也少，李疾匀还是头一个。

盛星返回微信，找李疾匀。

Paidax："电影准备好了？"

L："你欺负谁了？"

盛星冷哼一声，按键音效摁得"嘀嘀"响："你要是对她有兴趣，我就给你个面子，不管这事儿。"

这件事说到底还是李疾匀的新电影惹出来的祸，不然温边音可不会这么冒进，连人都没找出来就放料。

盛星欺负完李疾匀还挺高兴，对话页弹出新信息，是盛掬月发来的，她眉眼间的笑意淡了下去。

小月亮："星星，妈妈想让你带三哥回来过年，你不用顾及我和盛霈，不想回去就不回去，有事找姐姐。"

盛星低头回了信息，把手机往边上一丢，降下自己这侧的车窗，窒息感一点一点涌上来，让她的脸色微微发白。骤然而来的寒意让江予迟侧头，一见盛星的脸色他就知道她又不舒服了，立即让司机停车、降下所有车窗，倒了点热水，轻拍着她的背，像小时候那样哄："星星，不怕，窗都开着，深呼吸。"

盛星从小就怕又黑又窄的地方，起初连坐车都害怕，后来因为工作需要，不得不去适应，这么些年下来好了很多。但在江予迟这里，不论什么时候，车总是开着窗，以免她又不舒服。

盛星就着江予迟的手喝了口热水，四肢仍是发冷。她咬了咬唇，昨晚的亲密让她不想掩饰此刻的脆弱，转身搂住江予迟的脖子，伏在他颈侧，低声喊："三哥。"

江予迟微怔，视线在未暗的手机屏幕上停留一瞬，问："家里又找你了？"

盛星脾气不算太好，但多数时候她都一个人不高兴，少有这样失态的时刻，通常这个时刻都是和盛家有关。

盛星在盛家是个特殊的存在。她六岁时才被接回盛家，回来那年又瘦又小，性格温和的盛家夫妻对前头两个孩子百般宠爱，可到盛星这儿就变了样。他们冷漠又疏离，在外人面前也从不掩饰对这个孩子的不喜，盛掬月和盛霈因此格外疼爱这个小妹妹。

十年前，盛家出了两件大事。

第一件，盛掬月要求转学，离开洛京市；第二件，盛霈瞒着父母报了军校，同样要离开洛京市。

盛星在那一年，面对了三次离别，盛霈、盛掬月，以及江予迟。

在那三年后，盛星离家出走，再也没回过盛家，直到盛掬月回洛京，盛星才愿意踏足盛家。

江予迟隐隐有一种感觉，让盛家三兄妹做出改变的是同一件事。只是他们一直保守着这个秘密，外人无从得知。

"星星？"江予迟低声喊。

盛星下意识摇头，而后又缓慢地点了点头："姐姐说，妈妈想让我带你回家过年，我怕是哥哥出事。"如果没有重要的事，她妈妈也并不想见到她。

江予迟抬手抚上她柔软的头发，低下头，低沉的声音几乎是擦着她的耳廓过去的："不想回去？"

盛星闷声闷气地应道："嗯，我讨厌家里的味道。"

江予迟记得盛家的味道，盛星的母亲信佛，家里常年燃着香，似有似无的檀香味总是弥漫在盛家的各个角落里。他幼时并不喜欢去盛家，去得最勤的那段日子，就是给摔断手的"小猫"喂饭的那两个月。

说起味道，江予迟想起昨晚她上车后心情不好的模样，不由得问道："热搜上的动图，是因为别人的味道？"

盛星一怔：江予迟看见动图了？

她冷脸又蹙眉的模样，一点都不符合她在江予迟面前的"人设"。

盛星挣扎半晌，决定耍赖："是摄像师和角度的问题，我想对她笑呢。"

江予迟："……"

洛京的冬日异常寒冷，落星山上更甚。山上覆着一层白雪，葱郁的树林藏起朝气的面庞，进入休眠期。别墅内的温暖惬意与外面的冰天雪地仿若两个世界。

盛星蜷缩在壁炉旁，白色毛衣衬得她小脸红润。被江予迟喂了一段时间，她看起来胖了点儿。壁炉里的柴火燃烧声让盛星觉得平静，她看了一下午的剧本，又做了会儿心理建设，开始给盛掬月打电话。

通话声响了一阵盛掬月才接起。背景里夹杂着狂烈的风声，她的声音有点儿哑："星星？"

盛星瞧了眼窗外白茫茫的一片，纳闷道："姐，你们所还没放假呢？这都快春节了，你还在外面？"

盛掬月轻咳一声："下雪了，手头的活儿短时间做不完，怕大雪压坏了塔檐，临时和同事过来做些保护措施。"

说起来，盛家三兄妹一个比一个任性。盛需当兵去了，盛掬月毕业后找了家古建筑修复所上班，盛星一直在演艺圈里，盛家一时间竟找不到人继承家业。

盛星见盛掬月在忙，简短地说了事："姐，就是过年的事，是有哥哥的消息吗？妈妈她怎么会突然让我回去过年呢？"

一时间，电话那头只剩盛掬月的呼吸声。她停顿许久才道："妈妈想找你帮忙，具体的事不清楚，怕场面闹得难看，她前几天联系了三哥，三哥说做不了主，她可能会找你。"

盛星一愣:"三哥拒绝了?"

盛掬月"嗯"了一声,重复先前说过的话:"星星,你不欠她的,她对你也没尽过责任,你不想去就不去。"

挂了电话,盛星蜷缩在懒人椅上出神,想起幼时的事。

她在洞察人心这方面似乎有天赋,能轻易地分辨出一个人对她的感情,当她第一眼看到妈妈的时候,就知道妈妈讨厌自己。六岁的盛星没被人爱过,她那时曾对自己的父母充满期待,期待他们会教导她或者纵容她,不管怎么样,至少是爱她的。于是她小心翼翼地讨好着妈妈,想让妈妈喜欢自己,哪怕只有那么一点点。

可惜,盛星只是从一个冰窖跳到了另一个。讨好和装乖,更容易让她在盛家生活下去,就像她以前做的那样。至少这些不是无用功,除了爸爸妈妈,家里其他人都喜欢她。

"星星?"

关门声和江予迟的喊声没惊动盛星,她兀自发呆,思虑深重。

江予迟脱下大衣,抖落一身雪花,径直走向壁炉边。

盛星最爱的两个地方就是壁炉边和阁楼,冬日阁楼阴冷,她不爱去。

她将自己蜷缩成一团,怔怔的。

江予迟垂着眼,安静地瞧了一会儿,倏地俯身,弹了一下这小姑娘的脑门:"自己在家净发呆了?"

盛星下意识地捂住脑袋,乖乖地喊:"三哥。"

江予迟挑了挑眉,朝她伸出手:"发什么呆,过来给三哥打下手,晚上给你做芙蓉鸡片,炖个黄鱼羹,再炒个青菜。"

男人的手和十年前相比,有了些区别。指甲依旧修剪得整齐干净,手指根根修长,掌心干燥,纹路清晰,只是多了些茧子和伤痕,掌心、手指上都有。

盛星瞧了一会儿,自然地扶上去,一口应下:"好,我帮三哥。"

江予迟扶着盛星起身,等她站稳了,便松开手朝厨房走,随口问:"打算休息多久,之后还有工作吗?"

盛星指尖蜷缩,慢吞吞地应:"暂时没有,前些天经纪人送来几个剧本,剧都不错,但大部分类型的角色都演过了,没什么兴趣。"

盛星这些年确实没什么长进。她对什么都缺乏兴致，演戏对她来说是一件如喝水般自然的事，并没有花费她大量的时间和精力，因从小就在演艺圈里待着，她演过的角色数不胜数。自从十六岁拿了影后，她对这方面就不太上心，接的戏越来越少，接电视剧对她来说是一种新的尝试。

江予迟默不作声。这段时间，他和盛星的经纪人聊过，那位经纪人这些年几乎和盛星形影不离，算得上是最了解她的人。她说盛星十六岁那年，曾说过不想演戏了这样的话，但只说了那么一次，她也没多想，以为是小女孩对未来产生了迷茫。

十六岁，又是十六岁。盛星离家出走时也是十六岁。

两人进了厨房，各自做起手里的活儿。

江予迟像闲聊般问起："都有哪些剧本，能和三哥说吗？"

盛星低头择菜，挑了两本印象深的说："一本是偏悬疑的，女主角是受害者家属，整体较压抑。"她停顿片刻，又道："另一本是青春校园类，讲少男少女间的暗恋，青涩单纯，轻松点。"

江予迟不紧不慢地关上水，懒懒地笑道："星星对哪本感兴趣？"

"悬疑片我小时候就开始演了，倒是校园电影我还没拍过。"盛星抿抿唇，欲盖弥彰般解释，"上高中的时候，经纪人怕我被那些皮囊好的男孩儿骗，没给我接过这类型的片子，我想试试。"

江予迟利落地处理手里的鱼，语气轻松，随口问："学校里呢，星星在学校里有喜欢的男生吗？"

盛星视线飘忽，轻咳一声："三哥，你做饭认真点！"

这个问题还真难住她了，毕竟问的人是江予迟。回答"有"，他可能会误会她喜欢别人；回答"没有"，这是谎话。毕竟她喜欢的人，就在跟前站着。

江予迟没多问，只是接下来厨房的动静逐渐变大，锃亮的刀狠狠地劈向砧板，鱼肉可怜巴巴地承受着男人的怒意。

盛星："……"她纳闷，男人好难懂。

晚饭后，盛星站在沙发前看群里闲聊，作为一个女明星，在休息期间，饭后站立不坐是她最后的倔强。

群里加盛星一共四个女人，除她以外都是圈外人，平时聊起天来战斗力十足，每天都能有 999+ 消息，未曾停歇，这会儿她们正在说最近大热的节目。

"有个弟弟绝了，天然去雕饰那种。"

"啊啊啊真的，唱跳俱佳，还是个捞哥。"

"@Paidax 星星出来，近水楼台先得月，你去搞点门票来！"

Paidax："你们说的是同一个人？"

"当然是一个！你最近是不是休息？还不恶补点综艺。"

盛星没想到自己还有看综艺的一天，那三个人竟然不说名字，要她自己去看。她正好站着消食，看看也行。这么想着，盛星打开电视。

江予迟换了衣服下楼，一眼瞧见了盛星。她半倚着沙发，目不转睛地盯着电视，而电视上——

几个高挑、清瘦的少年随着音乐的鼓点舞动，迷人的眼神配合着眼妆，还颇有几分勾人的意味，而且个个都面容英俊。

江予迟停住脚步，立在盛星身后静静瞧了一会儿，冷不丁地问："什么时候对这些感兴趣了？"

盛星被这悄无声息的男人吓了一跳，忍不住回头瞪他："三哥，你在家走路总不出声。"

江予迟下巴微抬，指了指电视："有认识的人？"

"暂时没看到。"盛星的视线重新落到电视上，"只知道有一个人气特别高的男生，可能以后会有合作，还没看到他出场。"

江予迟微微眯了眯眼睛，侧头看窗外的天色，问："星星，陪三哥出去走走？趁着天还没黑。"

盛星："……"那么大的雪，居然邀请她出去散步。

盛星忍了忍，没忍住，半是好奇半是试探道："三哥，你没谈过女朋友吗？"

如果谈过，大约也是被甩的一个。

江予迟瞥她一眼，轻哼："从小收拾你一个就够累的了！半夜不睡觉，天天往外爬，哪儿有空找女朋友。"

"总说小时候，都多久的事了。"盛星不满地嘀咕，"我上楼穿外套，很快就下来。"

盛星走后，电视里传来清晰的声音："请下一位选手——陈漱准备登台。"

江予迟漫不经心地瞟过电视。出现在屏幕上的男生看起来二十岁左右，神情冷漠，桃花眼里有着睥睨一切的不屑。

他抬手，关了电视。

盛星裹着厚厚的羽绒服下楼，江予迟站在楼梯口等她，见她穿得暖和，没多说，径直去拿了伞。

冬日天暗得很快，一眨眼，唯一一点光亮被落星山一口吞了。这座别墅却仍灯火通明。盛星怕黑，院子里的树上都缠着线灯，地灯和路灯更是数不胜数，甚至她入睡时地灯都不会熄灭。

两人并排走着，同撑一把伞。江予迟单手撑伞，微微向左倾斜，黑色大衣上沾着来时的寒意，高大的身形将盛星拢在身侧。

盛星悄悄瞧他一眼。这男人，没表情的时候就显得冷漠。

"三哥，妈妈是不是找过你？"盛星把下巴埋进毛茸茸的围巾里，声音和雪一样轻，"姐姐和我说，你没答应她。"

江予迟侧头，她提起家里的事，常会变得安静而脆弱，他不习惯这样的盛星，轻叹了口气，揉了揉她的头发，低声道："星星，记着，万事有三哥！"

盛星吸了吸鼻子，小声道："三哥，我自己回去。"

江予迟差点气笑，忍住敲她脑袋的冲动："我上一句话你这么快就忘了？怎么着，怕三哥给你丢人？"

盛星摇摇头："不是，就是不想你去。"

到时候，场面恐怕不会太好看，更重要的是，她担心家里人会说出些不该让江予迟听到的话来，那些事是她的过往，是盛家的秘密。没必要让他知道那些糟心事，盛星最不愿意在江予迟眼里看到的就是同情。

江予迟一瞧盛星这样，就知道她是真不想让他去，她从小就倔，也不知道和谁学的倔脾气。他退让一步："三哥来接你。"

盛星抬眸，双眸莹润明亮，唇角漾出笑意："好。"

大年二十九，洛京雪未停。

盛掬月提前半小时到落星山，盛星对开车这事有心理阴影，至今没去考驾照。在她眼里，盛星还是当年那个幼小、孱弱的妹妹。

"三哥。"

神情清冷的女人朝江予迟略一点头，目不斜视地上楼找盛星，对她这个妹夫没有半点儿兴趣。江予迟也不恼，盛掬月性子偏冷，打小就这样，不爱和他们这些皮小子玩儿，对盛星倒是极为疼爱。

正逢年节，群里比什么时候都热闹。江予迟的手机振了一下午，瞧了一眼，全是邀人组酒局的，洛京的这些公子哥就没个消停的时候。

好友发来几条信息：

"哥，晚上出来聚聚？"

"洛京影业的少公子也在。"

"哥，听说人家还是星星十年的影迷，我们也好久没见星星了。"

江予迟回复："星星没空。"

"哥！你问都没问！"

洛京的圈子说大不大，说小也不小。在他们眼里，盛星从小就是乖乖女，鲜少来这样的聚会，她现在长大了，这群人知道江予迟和盛星走得近，忍不住撺掇人去和江予迟说说好话，叫人出来聚聚。江予迟没再回复和盛星有关的信息，问了时间、地点，无聊地坐在沙发上翻着群里蹦个不停的消息。

楼上，盛掬月走到楼梯口习惯性去牵盛星的手，盛星小时候从楼梯上摔下去过，那之后很久都怕走楼梯。

"姐，我都快二十三了。"盛星嘀咕。江予迟还在下面坐着，显得她好像还是个需要人哄的小女孩，怪不好意思的。

盛掬月没理她，自顾自牵着盛星下楼。

听到动静，江予迟侧头看去，盛星红唇微动，小声和盛掬月说着话，看神情还有点儿郁闷。而盛掬月，还是像小时候那样，牵着盛星。

盛星看到江予迟，立即换上乖巧的模样："三哥，我和姐姐去吃饭，结束给你打电话。"

江予迟起身把姐妹俩送到门口，没多说，拍了拍盛星的脑袋，低声道："有事找三哥。"

盛掬月瞥了江予迟一眼，视线左移，落到盛星面上，自她回洛京，很少能看到这样乖巧的盛星。

"走了。"盛掬月揽过妹妹，没留给江予迟一个眼神。

江予迟："……"

车离盛家越近，盛星越沉默。她这些年随心所欲，少有烦心事，但一碰到家事，就成了死结，始终不知道该怎么面对这一段关系。

临进家门，盛掬月低声问："星星，能进去吗？"

盛星垂着头，面上没表露什么情绪，轻舒了口气："姐，一会儿要是吵架，你别管我，听她说完事我就走。"

盛掬月凝眸："你要帮她？"

盛星嘲讽似的勾了勾唇："不帮，我只是想听听她说什么，我们这样的关系，能让她向我开口的事，让我好奇。"

"下午我让阿姨熄了香，通风清洁了一次。"盛掬月牵着盛星往门口走，又道，"如果你不舒服，我们就回去。"

盛星的心情稍稍好了点，弯起小指抠了抠盛掬月微凉的掌心，轻声道："姐，谢谢你。"

盛需和盛掬月与她不同。他们是盛家两夫妻的掌上明珠，但因为她和家里的矛盾，两人都和家里渐行渐远。她在这个家得到的爱，多数来自他们。

盛掬月皱眉，斥她："傻话。"说着，她打开了门。

盛家夫妻已等了两人许久，见到女儿们，盛妈妈向来温和的神情有了些许变化，以往看见盛星时僵硬的唇角今天因她身边的盛掬月缓和了点儿。

"月亮回来了，老盛，让厨房上菜。"盛妈妈轻声细语地说着话，而后不得不看向盛星，"阿迟没过来？"

盛星蹙着眉，冷淡地说道："他忙，有事直接找我，别打扰他。"

盛妈妈张了张嘴，似乎想说什么，被盛掬月打断："妈，先吃饭，有事吃完饭再说，我饿了。"

阿姨上完菜，悄无声息地退下，不去看那气氛僵硬的一家人。

一张桌子，盛需的位置空着，盛掬月和盛星坐在盛爸爸对面，盛妈妈坐在主座。一时间，桌上只有碗筷轻细的碰撞声。

盛爸爸率先用完饭，问盛掬月："月亮，晚上住家里？"

盛掬月平静地拒绝："不过夜了，工作上还有点事。"

盛爸爸轻叹了口气便道："你们吃，爸爸去佛堂。"说这话，也不过为了给三人留点空间说事，他向来是这样识相。

盛爸爸数十年如一日，万事以妻子为重。他年轻时入赘进了盛家，和妻子感情笃深，即便疼爱子女，但和妻子一比，其他人都得往后排。妻子不喜欢的孩子，他便也不喜欢。

听到"佛堂"两个字，盛星厌恶地皱起眉，放下筷子，开门见山："想说什么？我坐在这里，你应该食不下咽。"

这话很冲，盛妈妈有一瞬的愣神。在她记忆里，这个小女儿对她态度多是讨好，平时说话更是小心翼翼，算得上安静又乖巧。不过盛星说得没错，她确实如鲠在喉。

盛妈妈淡淡地说道："还记得你的养父母吧？"

话音落下，盛星和盛掬月的脸色顿时变了。"啪嗒"一声脆响，盛掬月摔了筷子，冷声道："养父母？星星没有过养父母，不是什么人都能称得上是'父母'。"

这话把盛家夫妻一块儿骂了。盛妈妈温和的神情险些绷不住，呵斥道："月亮，爸爸妈妈是教你这样和长辈说话的吗？我在和你妹妹说话。"

盛星按住盛掬月的手，不怒反笑，在灯下竟有逼人之势，她问："我该记得还是不记得？"

盛妈妈压下强烈的情绪，直言道："他们联系我，想让你帮个忙，我已经答应他们了，你弟弟……"

"够了！"盛星起身打断她，唇线绷紧，"这是你答应的事，你不是信奉因果吗？什么因什么果，你比我更明白。"一口一个"养父母""你弟弟"，若不是知道她确实是他们亲生的，盛星会以为自己是外面抱来的孩子。

这顿饭不欢而散。虽然这不欢而散在所有人的意料之中。

入了夜，雪纷纷扬扬，寒意无孔不入。

车里一片沉寂，盛掬月紧紧牵着盛星冰冷的手，低声说："星星，我给三哥打电话，让他来接你。"

盛星盯着窗外，白雪掩映在暗色中，唯有路灯下的雪随风打着旋儿，彰显着这冬日的凛冽。

"姐。"盛星的神情有一瞬的恍惚，眉眼间藏着忧郁，"六岁以前，我一直以为自己没有爸爸，是捡来的孩子，所以每当他们对我肆意打骂时，我就想着快点长大，好逃出去，离开那个小镇。后来，我知道自己有爸爸妈妈，还有哥哥姐姐，我以为终于有人爱我了，可是……"

盛掬月听了妹妹的话，心都要碎了，仿佛回到她第一次知道这件事那年。那年，她和盛需眼里的家支离破碎，他们甚至没有勇气再待下去，最终留了毫不知情的盛星一个人在家里。这是这些年盛掬月最后悔的事。

盛掬月哑声道："星星，我和盛需爱你。"

盛星转头，和盛掬月对视着，美眸里盛着盈盈的泪。她伸手抱住盛掬月，闷声闷气地应道："我知道，我也爱你们。"

"三哥，你也老大不小了，家里不着急啊？"说话的男人带着酒意，一手搭着江予迟的肩，一手拿着酒瓶，面红耳赤地诉说着自己的苦闷，无非就是家里催得紧，又是要他结婚又是要他生孩子。

每当这时候，这群年纪稍微小点的都会搬出江予迟来，说三哥还没结婚，哪轮得到他们。但该着急的人却不着急，每回他们见江予迟，他身边总是干干净净，一个女人都没有。

有人问："三哥，你喜欢什么样的女人？和我们说说。"

江予迟懒散地倒回沙发里，眉眼带了点笑，难得有兴致回答："漂亮、乖巧，说话轻声细语、孝顺长辈……"他想着盛星，想她在他面前装模作样的样子，照着她展现出来的模样回答。

江予迟说着自己都想笑，他的星星记仇，还倔强，从不让人从她那儿讨到好，爪牙锋利，凶得很。

边上有人录着小视频。江予迟自己不知道，他说那些话的时候，眉眼中映着点点温柔，哪儿还看得出平日里漫不经心的模样。

"三哥形容得是不是太具体了？"

"哎，我居然觉得有点儿像星星！"

洛京影业的少公子也在，他纳闷地问旁人："你们说的星星，是盛星吗？"

那人乐呵呵地应："那还有谁？演艺圈有几颗星星我不知道，反正我们这圈子里，只有盛星一颗。她打小就乖得不行，那时候好些人看她乖乖巧巧的，想欺负她，被盛需和盛掬月揍了还不算，还得挨三哥打。"

洛京影业的少公子更郁闷了。这说的是盛星吗？他是盛星的十年老粉，经常借着身份的便利去剧组偷偷看她，她算不得脾气差，但也和乖没什么关系，多数时间都很冷淡。但凡在组里找她碴儿的，从没讨过好。

江予迟提起盛星，心里还惦念着她回家的事，他今晚坐下滴酒未沾，这会儿说要走这群人哪肯，非说要喝一杯，他也不管，摆摆手走了。其他人可不敢真去拦。

江予迟在盛掬月家小区楼下接到了盛星。她裹着略显单薄的大衣，风将围巾和黑发吹起，车灯闪亮，映出她微微泛红的脸颊。

盛掬月半搂着盛星，抬手将她被吹乱的头发拨至耳后，捧着她的侧脸，低声说着话，见江予迟来了，才将盛星送到车边。

待上了车，江予迟才发现，她不只脸颊、鼻尖泛红，连眼睛都是红的。

"哭过了？"江予迟定定地看着盛星，指尖轻触上她微红的眼角，带着薄茧的指腹和她柔嫩的肌肤相触，带出异样的感觉。

盛星不轻易落泪。除了工作需要，这是江予迟第二次见她哭。第一次是她十六岁离家出走那年，那次她情绪崩溃，在他面前号啕大哭。

盛星摇摇头，没说话。

江予迟不紧不慢地收回手，严肃的视线仍落在她面庞上，缓声问："和上一次哭，是同一个原因？"

盛星茫然道："上一次？"

江予迟移开视线，启动车子，视线落在雪夜里，回忆着那段过往："你十六岁，盛霈接到电话，说你离家出走，那会儿我和他参加一个项目，在训练营里。他着急上火，可偏偏他在项目里任务繁重，根本脱不了身。"

那晚，江予迟翻墙离开训练营，没有通知任何人。他擅自离开，犯了纪律，差点儿被踢出训练营。他不是情绪外露的性子，这些除了盛霈，没人知道。等江予迟回到洛京，才知道盛星已失踪了六天六夜，盛家居然没人报警，还是经纪人上门找人，才发现人不见了。他从日出找到日落，最后在盛家闲置的仓库里找到了盛星，那里放着盛家造的第一艘船。

那也是江予迟头一次冲盛星发那样大的火，他失控了，吼她、骂她，小姑娘本就伤心，被他一凶，放声大哭，最后却还是忍不住扑到他怀里来。

她哭了一晚，不肯离开。

那次分别后，他们许久不联系。以往的亲密藏在了时光中，缝隙间或许会有隔阂。等再见时，他们却结婚了，谁都没有提起当年的事。

"你哭得浑身都在抖。"江予迟似是笑了一下，"哄你一会儿还咬我，那牙印在我肩上留了两个月。"

盛星："……"她一蒙，当时她还咬人了？

江予迟这么一打岔，盛星心里的烦闷竟渐渐散了，生出点心虚来，她小心翼翼地试探："三哥，我真咬你啦？"

江予迟斜她一眼，见她情绪缓和，轻嗤道："怎么着，你找找当年的感觉，三哥再让你咬一次，回忆回忆？"

盛星咽了咽口水，试图回忆当时的情景。那时的她几乎没有理智，可回忆起来，她甚至不记得自己的泪水，只记得紧紧箍着她的腰的手臂和脸侧微烫、急促的气息，那力道似乎可以替她挡住世间所有的危难。

男人拥着她，低声细语地道歉。

剧烈争吵之后的平静令人疲惫，可盛星却像只小豹子，张嘴就往江予迟肩头咬去，那是个夏日，他只穿了件短袖。发泄完情绪，她在他怀里流着泪，几近崩溃，后来她睡了过去，再醒来是在经纪人家里，江予迟却已离开。

那是她第一次知道，心动是什么感觉。

"对不起啊，三哥。"盛星缩在座椅上，眼睛红红的，看起来有些可怜，细声细气地道歉，"我忘了。"

江予迟瞧了眼腕表，掉转车头，问："和三哥去个地方？"

盛星乖乖点头，缓过来后她心里舒坦不少，熟练地去储物盒里扒拉巧克力。这盒子里放着品类众多的巧克力，但每一种量都很少。但凡江予迟出差，每到一个城市，第一件事就是让人去买巧克力。盛星喜甜，从小就爱吃巧克力，但因为职业关系，她吃得少，有时候想得狠了，干脆连着吃几盒，再花上一周减重，这样她的瘾能消停半年。

江予迟见不得她这样糟蹋自己的身体，近段时间管得严。经纪人听说后松了口气，这世上还有能管住盛星的人，她真是谢天谢地。

"星星。"江予迟喊她，把手机往她身侧一递，"帮三哥发条微信，找到联系人 SY，和他说：老样子，送两份到昆羔戈壁。密码是 212614。"

纯黑色的手机，没有壳和膜，买来什么样就是什么样。车窗外变幻移动的光影给这轻薄、漆黑的手机蒙上一层浅淡的光泽，在暗中勾着盛星的心。

盛星眨了眨眼，这还是头一次能看江予迟的手机，要是不看她就是傻子。她一点儿拒绝的意思都没有，自然地接过来，心里藏着点窃喜，随口问："我们去老宅看奶奶吗？晚上还回家吗？"

明天是大年三十，他们本打算中午过去，在那儿住一周。

江予迟："不去老宅。"

盛星"哦"了一声，没多想，注意力都放在江予迟的手机上，输入密码，解锁屏幕，他的锁屏和壁纸都是系统自带的。

"三哥，你每天看这些丑兮兮的壁纸不难受吗？"盛星嘀咕着，不忘飞快地瞄他一眼，见他目视前方，没看她，心里放松下来，光明正大地打开了他的微信。

车道上灯光闪亮，路灯似流星飞速划过。淡淡的光影笼罩在男人的脸上，漆黑的瞳仁静静注视着前方漫长的道路，颈间凸起的喉结轻微地动了一下。他斟酌着语气，笑着应道："辛苦星星，帮三哥挑张好看的壁纸。"

换壁纸，意味着她会打开相册软件。相册软件里有一个专门的相册，保存着盛星的照片。她会看到，这个事让江予迟微微战栗。

盛星点点脑袋："知道啦。"

江予迟的微信界面很干净。只有零星几个对话框，群都是免打扰模式，最前面两个对话框分别是他一个朋友以及盛星，盛星在第一个。盛星看了眼时间，第二个对话框的时间最近，却是在她后面。

她是江予迟的置顶。盛星抿唇，想笑又硬生生地忍住。

没出息！她悄悄在心里骂自己，两人都结婚了，置顶是应该的，只是一件小事，忍住不许笑！

"三哥，就是两个字母 SY 吗？"盛星翻着江予迟的通讯录，在 S 开头的联系人中找到那人，点开页面。

江予迟"嗯"了一声，简单说了几句："是我以前的队友，代号鲨鱼，在一次任务中受了伤，退役后在洛京开了家烧烤店，原来是西鹭人。"

西鹭是个小镇，离洛京十万八千里。

盛星怔了一瞬，下意识道："是姐姐去的西鹭镇吗？"

盛掬月初中毕业，转学去了西鹭镇，那是她外婆的故乡。盛星曾去过一次，那里有着广阔、翠绿的牧场，天很蓝，云极低。

"嗯，就是那个西鹭。"江予迟注意到盛星的出神，不由得问，"星星想去？等六月，三哥带你去玩儿。"

盛星停顿片刻，想问：就我们两个人吗？但话到了嘴边却怎么都说不出口，这样的话太明显了，江予迟会发现。

盛星在感情方面是个胆小鬼。她所有的勇气几乎都消耗在了父母身上，最后那么一点支撑着她嫁给了江予迟，她迈出了这一步，便缩在原地，不敢再往前。失败了，他们可能再也回不到从前。盛星不能失去江予迟，她不敢再赌一次，毕竟上一次血本无归。所以她万分小心，在确认他的心意前，不敢表露自己的真心。

于是，盛星只是点头应了声"好"，顺便给江予迟换壁纸，她也没期望他相册里有什么照片，干脆拿出自己的手机找。

盛星有着自己的私心。当时拍摄《盛京赋》，他们去了西北，谁也不知道，江予迟是盛星愿意接下这部剧的原因之一，那时他们已近四年未见，盛星很想他。

西北辽阔，黄沙漫天，大地苍凉。那里的戈壁荒凉无人，雪山高耸入云，牧场辽阔无际，公路漫长似乎能蜿蜒至世界尽头。在那里，盛星第一次感到了自由。

盛星认真挑选了两张拍《盛京赋》时的剧照。一张截去了自己，只在角落留一抹火红的裙摆；另一张是她当时的坐骑，一匹漂亮健壮的白马，名字叫"雪衣"。这两张背景都在葱郁的牧场，天空干净澄澈，牧草随风摇摆。

修完图，盛星直接点了隔空传送，将照片传到江予迟的手机里。隔空传送成功时，手机会自动跳转到相册页面，显示她的两张照片。于是，盛星并没有机会看江予迟的相册，她利落地换好壁纸，将手机递给他："三哥，换好了。"

江予迟："……"

四十分钟后，车驶入昆羌戈壁的边缘地带。这里光秃、平整的山壁是天然的幕布，多年前便有了汽车影院。在这样严寒的冬日里，这里实在是个好去处。

盛星有些诧异，她没想过江予迟会带她来这里。

车路过几块放映区，驶向最里面，里面似乎有些不同。除了停满的车，车顶居然都缠着灯带。灯光被调得很暗，微微闪烁着，从远处往这里看，就像一片黯淡的星海，无数星星聚在一起，细碎却又明亮。

待盛星看到放映的内容，她就明白了。山壁上放映的居然是她的《盛京赋》。那些发着光的车，都是她的"派大星"们。盛星怔然望着外面，有一瞬忘记了自己身在何处。

"三哥……"盛星转过头，怔怔地喊他。

江予迟拿过后座的包，挑唇笑："星星有个阔气的影迷，包了这一块区域三个月，从年前开始，每天播放《盛京赋》。"

盛星说不出自己心里是什么感觉，又酸又涩。

眼看着江予迟打开车门下车，盛星忍不住问："三哥，你去哪儿？"

江予迟瞧她一眼，拉开包的拉链，星星形状的灯带缠绕在一起，男人轻挑了挑眉，眉眼的懒意淡去，多了丝柔和。

他站在车门旁，黑眸里映着细碎的光亮，嗓音带笑："别人有的，三哥也有。"

广袤无垠的夜空一片漆黑，云层将星体掩藏。昆羌戈壁边，却有一片小小的星海，如梦似幻。

车内，盛星拿着烤串，手边是啤酒，香辣的气味刺激着鼻腔，她双眸晶亮，今晚所有的情绪都在此刻消散。

等再去拿第三串的时候，她侧身朝窗外看了一眼，江予迟和朋友站在不远处，两人离得很近，笑着说话，他的神情很轻松，姿态随意，依稀可见少年时意气风发的模样，少了内敛和克制。

瞧了一会儿，盛星收回视线，看向山壁。

不得不说，她真好看。如雪山神女般的小公主阿檀身着火红的裙裾，眉眼纯稚，眼睛璀璨如星，她骑着马，迎着风，发髻间的金色步摇微微颤动，像被惊动了的蝶。

盛星忽然呛住，她惊慌地看着那一幕。她骑着的白马就是雪衣！如今它是江予迟的手机壁纸，他一打开就能认出来。她手忙脚乱地去找江予迟的手机，当然没找着，他带在身上。

倏地，车门被打开，冷风顺势挤进来。

江予迟俯身踏入车内，反手关上门，视线在她涨红的脸上停留一瞬，抽了张纸巾递过去："慢点儿吃。"

盛星咳了几声，缓过来后看向江予迟。她欲言又止，双眼湿漉漉的，细看眼底还有一丝羞赧。

江予迟怔住，有一瞬无法维持神情自然，掩饰般拧开一瓶矿泉水递过去："先别喝酒，喝点儿水，有话和三哥说？"

盛星喝了口水，压下那点儿慌乱，试探着问："三哥，我能用一下你的手机吗？就一会儿。"

"当然。"江予迟将手机递给盛星，下巴微抬，指了指前窗外的画面，顺口问，

"壁纸上的马是雪衣？"

盛星："……"

她缓了好一会儿，双眼微微睁大，忍不住问："三哥认得雪衣？"

江予迟很少看影视剧，家里的电视他一回都没用过，新闻都是助理整理好发送到他的邮箱。这样一个人，居然能认出她剧里的一匹马，甚至记得它的名字。

"嗯，最近几个月，只要回老宅，奶奶都在看《盛京赋》。"江予迟似乎有些无奈，"陪着她看了几集，这马很漂亮，看一眼就能记住。"

这不是假话。

江予迟在大院里，从小就出类拔萃，叛逆期都能牢牢地稳坐年级第一，他们这一圈人都知道他过目不忘，记性极好。

盛星提起来的那口气松了一半，硬着头皮解释："嗯，是雪衣。西北很漂亮，我想三哥在那儿待过，或许会喜欢，就换上了。"

"三哥喜欢。"

江予迟牵唇笑了一下，陪盛星一块儿吃烧烤。一时间，车内没有其他声音，两人拿着烤串，偶尔碰个杯，专注地看着眼前的画面，一个看盛星，一个看阿檀。

盛星忍不住想，或许这样一辈子也不错。至少，他不会离开。

戈壁影院另一侧。

梁博生戴着口罩、帽子下车，黑色的长款羽绒服遮掩了身形，转头和经纪人说了句话，朝其中一辆车走去。经纪人小心地往左右看了眼，确认没有人跟拍才转身回了车内。

梁博生在演艺圈正走红。二十岁出道，仅两年，凭着一部剧火遍大江南北，他的演技灵气十足，充满少年感。不过短短三个月，他的微博关注人数从几十万激增到三千万，在全网爆红。在这样的情况下，经纪人并不放心他来这样的场合，但耐不住他有背景，说什么都不管用。

"师姐。"梁博生打开车门，笑道，"原来洛京还有这样的地方，我第一次知道。"

温边音弯了弯唇："你不是洛京人，不知道也正常。拍完戏就想请你吃饭，你那么忙，能约到你可不容易。"

温边音和梁博生同校不同届，签了同一家公司，去年还合作过一部剧，关系比一般人好许多。

梁博生摸了摸鼻尖，有点不好意思："近段时间忙，师姐呢，最近怎么样？"

"除了一些小烦恼，还不错，送来的剧本比以前好。"温边音顺了顺长发，目光温和，语气里却藏着许些失落，"只是可能拍不到自己喜欢的剧。"

梁博生不是刚进演艺圈什么都不懂，最近传闻可不少。《钟》是李疾匀精心准备了三年的电影，女主角却迟迟没有定下，再联想到最近的绯闻，很容易就能猜到温边音因为什么而失落。

"师姐因为这个烦恼？"梁博生扬了扬眉，将手机递到温边音面前，"和盛星在一起的人不是李疾匀，这事儿刚爆出来，师姐还没看到。"

温边音微怔："李疾匀出来澄清了？"

李疾匀在圈内是个异类，脾气古怪，软硬不吃，对这些绯闻从来都是不屑一顾的态度，很难相信他会特地解释这些根本没影儿的绯闻。视频的事由温边音团队一手操作，她当然知道视频里的男人不是李疾匀，只不过是想借这个由头引出《钟》选角一事。

梁博生笑着解释："师姐你自己看看。当天李疾匀在国外看展，本来是私人行程，但当地有个电视台记者那天刚好去采访，拍的照片里有李疾匀，他没有分身术，和盛星在一起的人不会是他。"

既然李疾匀和盛星没有特殊关系，自然也不会影响到选角。梁博生明白，温边音自然也明白。

温边音不动声色，像开玩笑般道："也不知道盛星那边对《钟》有没有兴趣，我可演不过她。"目前可能去试镜的名单中，盛星是温边音最具有威胁性的竞争对手。

这事一天没定下，她就一天不能安心。

梁博生拨了拨头发，神情有点不自然，安慰道"师姐，盛星她可能不会去试镜。她那边或许会接一部校园电影，那剧本我也接到了。"

温边音一愣："校园电影？"

梁博生"嗯"了一声"听说那边挺有兴趣，但会不会接，得等年后才能确认。如果定下了，和《钟》会有档期冲突。师姐，别多想，难得休息，放松点。"

温边音温声应道："好，我们看电影。"她的心思完全不在电影上，梁博生背景深厚，也不知道是什么样的家庭养出他这么一个天真的性子。

盛星接电视剧是一个信号。她以前不接的，并不代表以后都不接。如果盛星之后开始接综艺、广告，那温边音的资源绝大部分都会被抢占，短时间内她抢不过盛星。

对温边音来说，《钟》是她的登云梯。

晚上十点，戈壁影院准时关门。

在这冷冬里，没什么比热乎乎的被窝更舒服了，工作人员迫不及待关了投影，准备快乐下班。他们按批次离开，最里边的影区还得等十分钟左右，大家都挺有耐心，因为这里场面特殊，不少人围过来拍照。

盛星今晚情绪高涨，喝了酒，还有点兴奋。她双眸晶亮，期待地看着江予迟："三哥，我能去车顶拍个照吗？"

江予迟瞧她一眼，从后座拿了口罩和帽子递给她："戴好帽子、口罩、围巾再下车，三哥抱你上去，只准待一分钟！"

夜里风大，她又穿得单薄。江予迟不敢让她在寒风中多待，拍照倒不是很显眼，许多人都围着这片星海拍照，有"派大星"们，也有路人。

盛星将自己裹得严严实实的，戴上羊羔绒的帽子，这下连眼睛都看不到。

她下车时，江予迟已站在车外等她。男人身形高大，宽阔的肩膀将冷风挡了大半。他低眸看着盛星，将她脸上的口罩往下拉了一点儿，随后蹲下身，左手拍了拍自己的肩："坐上来。"

盛星小时候没少坐过江予迟的肩，这会儿熟练地抱住他的脖子，往上一坐，他配合起身，她身体悬空，稳稳地坐住。他再一转身，盛星被托起，力量感极强的手臂紧绷一瞬，稳稳用力，将她送到了车顶。

"三哥，我上来了！"盛星兴奋地站起身，低头往下看，口罩都掩饰不住她兴奋的声音。她站稳，试探着往前走了两步，有江予迟在，她从不担心自己会摔倒，因为他总会稳稳地接住她。

江予迟注视着盛星。今晚，他在她身上看到了她十六岁以前的影子，那会儿小姑娘虽然装得乖巧，但在他面前仍保持着部分真实。

盛星高高举起手，拍下了这一片属于所有人的星海。

冷风一吹，酒意消散，她没在车顶多留，乖乖在边沿蹲下，朝江予迟伸出手："三哥，我好了。"

江予迟上前，一手穿过她的腋下，等她搂住他的脖子趴好，用力带着她下来，另一只手在这时揽住她的腰。

冬日里，她穿了这么多，腰肢仍不盈一握。

"上车。"江予迟放下盛星，打开副驾驶门，声音带了点儿哑。

盛星藏在口罩下的双颊微微泛红，她的鼻息间都是江予迟独有的味道。那清冽干净的气息，最终却在拥抱后渐渐消散。

她贪恋这样的味道。

关上车门，江予迟在外面吹了会儿冷风。等再上车时，已轮到他们区域的人离开。

盛星用修图来掩饰自己的不自然，江予迟启动车子，转动方向盘，余光注意着边上的人，没出声。

不久后，车驶离戈壁，盛星挑了一张照片发微博，配文：今晚出来看阿檀，还有我的"派大星"们。

照片上，昏暗宽阔的场地内，停满了车。车身却不显眼，车顶缠绕着的灯带汇聚成了一片淌着星子的河流，在这夜里美得令人失语。这对盛星和"派大星"们来说，都有不同的意义。但这夜晚却并不平静，盛星发微博不过十分钟，营销号曝光了几张照片——有人在戈壁影院偶遇了梁博生，虽然戴着口罩，但熟悉他的人一眼就能认出来。

很快，新的词条上了热搜：

盛星梁博生

疑似盛星恋情曝光

"又上热搜了？这次和谁？"

盛星接到经纪人电话的时候，刚回到家。江予迟进厨房给她做夜宵去了，对这件事还一无所知。

别墅里有地暖，盛星脱下外套往客厅走。她放低声音："梁博生是谁？我和三哥在一块儿，刚到家。先别和三哥那边联系，我看看情况。"

简单说了两句，盛星有点烦躁。今晚对她来说很特别，她不希望因为这件事影响她和江予迟的心情。

这两年她老实待在剧组拍戏，没怎么注意近几年蹿红的小生，经纪人很少和她提这些，倒是有个小助理对这些八卦如数家珍。她点进词条，他们将她新发的微博和路人偶遇梁博生的照片联系起来，大胆猜测梁博生就是那天在停车场的神秘男子。

照片一共三张。梁博生的背影、侧身，以及他打开副驾驶的门。第三张照片，车牌被挡住，后座空着，驾驶座上隐约可见一道纤细的身影，显然就是梁博生的赴约对象。

盛星挑了挑眉，这事儿忽然变得好解决起来。

点进评论区一看，果然，"派大星"们已经在辟谣了，评论整齐划一。

"众所周知，盛女士驾照考了六年还没考出来。"

"'派大星'给各位路人解释一下，影院分区域，最里面这片被'派大星'包场，整三个月播放《盛京赋》。为了支持星星，我们商量一起在车上缠灯带（行驶时当然取下，严格遵守交通规则），所以我们这片影区，车上都是亮闪闪的，具体情景请参考星星的照片。路人拍的梁博生所在的影区，车上没有灯带，由此可以得出这两人不在一起。"

闹了半天，只是个乌龙。

盛星顺便把和李疾匀的绯闻澄清看了一遍。

这件事是江予迟解决的，她没想到他居然能在国外电视台找到那个名不见经传的记者，更能找到照片，这并不容易。但这样的解决方式，不论是对盛星还是李疾匀都是最好的。

厨房内，江予迟盛了小半碗清汤面，汤多面少，主要是想让她暖和一点儿。他抬眸瞧了眼客厅，喊："星星，过来吃面！"

和江予迟走路时的悄无声息不同，盛星总是带点声响，她不是很喜欢过于安静的场合，冬日里，她最喜欢靠在壁炉边听柴火燃烧的声音。

盛星跑到餐桌边，一瞧，江予迟面前又是空的。江予迟没有吃夜宵的习惯，通常都是陪她坐着。两人一个吃，一个看，偶尔说几句话，多数时间都各干各的。盛星安静地吃面，但她的手机却并不安静，因为热搜的事"嘀嘀"响个不停，惹得江予迟多看了几眼，她忙去按静音，神色平静，看起来没什么异常。

江予迟凝眸看她片刻，打开了微博。不用他搜，盛星本就在热搜上，点进去跳出来的是梁博生新发的微博："朋友带我见世面，抱歉打扰到盛老师。"

江予迟大致扫了一眼，了解了事情经过。这件事倒是不存在事先预谋的成分，他带盛星过去是临时起意，虽然东西早已备好，但他原是想年后带她去，今晚是意外。

"梁博生"，江予迟默念着这个名字。

因为他前段时间说想了解她的工作，盛星让经纪人把她最近的工作安排都发了一份给江予迟，他近几天和经纪人交流频繁，对这个名字有印象。

梁博生，是那部校园电影打算签下的男主角。

"星星，认识梁博生吗？"江予迟点开梁博生那条微博，把手机放到盛星手边，"通常会怎么回复？"

盛星嘬着面条，歪头瞧了一眼，这是有意向她示好的意思。她想了想，和江予迟解释："可以回复，也可以不回复。这里面很多弯弯绕绕，一般澄清时不会特意带上另一方，这条微博应该是他自己发的。我不认识他，经纪人说他和温边音是同一家公司的，不知道今晚是不是温边音的手笔。"

说完，她又补充："三哥，网上有各种各样的言论，身边不断有竞争者出现，有人喜欢你，有人不喜欢你，这都很正常。不论什么样的关系都需要维持，我能做的就是做好本职工作，这也是他们当初喜欢我的原因。所以，有的话，你别放在心上。"

这是盛星第一次这样认真地谈起工作上的事。

江予迟静静听着，等她说完，他也第一次问："当初为什么想演戏？"

水晶灯折射出的光像细碎的月色淌下。江予迟坐在这月色下，黑眸专注地望着她，没有往日懒散的姿态，似乎她口中的答案对他很重要。

当初？盛星拍第一部电影那只有八岁，对她来说已经是很久远的记忆，但当时的感觉她永远都不会忘。她慢吞吞地说道："理由很幼稚。当时的导演和我外公是朋友，因为剧情需要来借船，那天我正好在外公家里，他说电影里缺这么一个角色，问我愿不愿意去，和我说会有很多人喜欢我，和我玩……"

还有一句话卡在喉咙里。盛星面对着江予迟，怎么都说不出那一句：三哥，我想有人爱我。

盛星喉间微哽，垂眸掩住自己的情绪，轻吸了一口气，继续道："哥哥姐姐比我大，他们已经上小学了，我没上过幼儿园，所以晚了一年才上学。白天我见不到他们，晚上和他们说话的时间也有限，所以想要一些玩伴，体验不一样的生活。"

盛星回盛家时，家里根本没有给她准备房间。临时收拾出来的房间在一楼，那时小小的盛星睡不着觉，常常从一楼窗户爬出去，溜到小花园里，后来她和江予迟的关系也因此而拉近。

"星星，你现在得到自己想要的了吗？"江予迟凝视着她。

盛星的眉眼间出现茫然之色，喃喃道："以前我以为自己得到了，但后来发现没有。三哥，我不知道自己想要什么。"

江予迟的视线在她眉心停顿片刻，及时打住。盛星今晚状态本就不好，他不该在这时候提这些。

话题结束后，江予迟收拾厨房，盛星独自上楼。

二楼除了书房和次卧，都是盛星的地盘。她睡在最宽敞的主卧，里面挂着她和江予迟的婚纱照。盛星进房后没开灯，径直走到落地窗前，视线淡淡地落在庭院内。

庭院内覆着雪，松树像天然的圣诞树，树间灯光闪烁。

如果小时候能在房间内看到光亮，我一定不会害怕。盛星想。

盛星的情绪不似江予迟想的那般低落，自她到了戈壁影院，就将那些烦人的情绪一扫而空，刚刚和江予迟的话也让她清醒过来。

每个人都有所求。她是，梁博生是，温边音也是。他们都没得到自己想要的，不会放弃。

这个时间，李疾匀还没睡。盛星给他发了条微信："《钟》的试镜什么时候开始？"

他回得很快："年后。"

L："你要来？工作室说你拒绝了。"

Paidax："我觉得你需要专业演员的意见。"

L："？"

Paidax："试镜的时候，在你边上给我加把椅子。"

L："全程都给你加。"

Paidax："那我不得累死，就温边音试镜那天。"

L："三天，睡了。"

盛星："……"

大年三十，盛星本该和江予迟一起回江家老宅过节，可天公不作美，江氏集团一个重要项目在这当口儿出了意外，他临时出差，一早就走了。

对盛星来说，没有江予迟的春节和往年所有春节都一样。

在老宅住了一周后，她打算拎包上班，去工作室瞧瞧。

盛星到的时候经纪人刚挂电话，小助理见她来立马跑去倒茶了，这两年盛星来工作室的次数屈指可数。经纪人上下扫她一眼，斩钉截铁地说："胖了。不过来得正好，那部校园电影的导演联系我，问你有没有时间，一块儿吃个饭。"

盛星毫无形象地在沙发上躺下，随口问："那天和梁博生的热搜，和温边音有关系吗？"

经纪人道："还在查，但和梁博生没关系。他是那边看中的男主角，吃饭的时候一定在，你想想去不去。"

盛星还真认真地想了想，平时她一般不参加这种饭局。原先是因为她年纪小，这些饭局也不需要她在场，成年后她接的戏不多，又有盛家和江家护着，向来是随心所欲，不过这次她倒有点儿兴趣。

"什么时候？过两天我要给人打工去。"盛星撇撇嘴，说起这事还挺郁闷，"如果时间合适，就去一趟。"

经纪人更纳闷："你给谁打工去？"

盛星："李疾匀。"

经纪人头疼，瞪她一眼："干什么去？"

说到这个，盛星可就不郁闷了，她起身趴在沙发上，双眸里带着显而易见的兴奋："温边音不是想和我玩吗？我在她试镜的时候在前头坐着，你说她看到我紧不紧张？其实我这也是为她好，演员就应该学会应对各种突发情况。"

经纪人："……"

《钟》的试镜地点特殊，盛星到弄堂口的时候还以为自己没睡醒，问小助理是不是来错地方了。

小助理悄声道："姐，小道消息，《钟》是民国题材，拍摄场地不在洛京，至于剧本内容，估计没什么人清楚。"

盛星默不作声地听着，没发表意见。李疾匀没对外公布剧本，今天试镜的人也都是两眼一抹黑，完全不知道要试什么内容。

盛星倒是看过片段，大概了解剧本内容。今天估计有的折腾。

这小助理比盛星还小一岁，高中毕业就跟着她了，当时在剧组打零工，大冬天整张脸冻得通红，手肿得像馒头。盛星那会儿见不得可怜兮兮的小丫头，问她愿不愿意来她工作室，这一晃眼，就是四年。

盛星还挺喜欢这小助理，她年轻又活泼，最重要的是嘴巴紧、耳朵灵。

"姐，想吃点什么？"小助理早打听过了，掰着手指头数道，"这儿的早餐还不错。豆腐脑、烧饼、豆浆、油条，还有粢饭团……"

盛星好笑地瞧她一眼："说得都要流口水了，我喝豆浆就行，其他的你们自己买，喊上司机一块儿，我先进去。"

小助理知道盛星早上没什么胃口，嘿嘿一笑就溜了。

因为要试镜，这里提前清过场。盛星不由得感叹李疾匀烧钱的速度，这都是老建筑，还不是仿的，估计也难合他心意，只能算勉强够用，好在现在住这儿的人也不多。

弄堂口窄窄的，车进不去。盛星裹着披肩独自往里走，脚边的石板上挂着霜，灰白的砖砌墙面斑驳，到处都是冷冷清清的模样，看起来还怪瘆人的。

不远处，三层小楼。

李疾匀站在狭窄的阳台上，遥遥注视着盛星，冷漠狭长的眼不动声色地扫过她的模样。

冬日里，她穿着一件驼色大衣，因着寒冷，肩上披了件暖色的披肩，她很放松，步伐轻轻的，很慢，衣摆微微颤动。暖色的披肩衬得她娇艳动人，又因着冻红的鼻尖生出一分楚楚可怜来，只要一分，不多不少，正好。

再往下看，李疾匀道了声"可惜"。她没穿高跟鞋，而是穿了双白色的休闲鞋。

李疾匀定睛瞧了许久，等看不见盛星时，发短信通知工作人员：原先的试镜内容废弃，改为走路，从弄堂口走到小楼。

底下准备好的工作人员都挺纳闷：走路？但大魔王发话，他们也不敢有怨言，挨个儿通知下去，原先准备好的布景也不知是拆还是不拆，干脆放着。

李疾匀做事向来雷厉风行。

盛星进门的时候，他正和摄像师交代着，全然没注意其他工作人员惊喜的眼神和蠢蠢欲动的身体。

盛星倒是对这样的眼神很熟悉了。她心情不错，弯唇对他们笑了笑，轻声道："早上好。"

"星星，我是'派大星'！"

"我是你的影迷，盛老师。"

李疾匀眉头一皱，冷冰冰的眼神扫向人群，那些人立即噤若寒蝉，他没看盛星，继续和摄像师说着话。

盛星也不恼，自顾自地往里走，跨过门槛的时候还有人忍不住出声提醒她小心。她打量着这小楼和布景，算是弄堂里保存得较好的建筑，颇有民国风情，能在洛京找出这样的地方可不容易。

她猜测，最终的拍摄场地在东川。

盛星转悠了一圈，李疾匀仍在快速、低声地说着话，似是摄像师难以理解他的要求，他的眉头拧成一股绳，看起来凶巴巴的。

李疾匀是混血儿，身材比旁人高大许多，皮肤白得不像话，瞳孔颜色随他母亲，是浅淡的茶棕色。这会儿他穿着一身黑色软领长大衣，双排扣，轮廓紧贴着身体曲线，这男人肩宽腰窄，穿什么都好看。要不是盛星知道他无心于情爱，还有点想把他介绍给盛掬月，长得帅又有才华，还能自个儿赚钱。

"跟我上来。"李疾匀也不知和谁说话，没头没尾这么一句，让好些人摸不着头脑。

"盛星，说你。"他又冷冷地补充了这么一句。

盛星翻了个白眼，跟着他踩在木楼梯上，没好气地说："你是不是故意的，把她排在第三天，怕我见完人就跑了？"

李疾匀没否认："你本来就这样。"

盛星："……"

两人径直上了三楼。三楼阳台本就狭窄，边上还摆着花盆，盛星估摸着也就能站三个人，她探头往下瞅了一眼，纳闷道："在这儿试镜？其他人呢？"

李疾匀指着盛星进来的那条长道："这是试镜地点，她们会穿着旗袍，从弄堂口走到楼里，摄像师会拍下来，我们就在这儿看。还有编剧，马上到。"

《钟》的女主角是个风情万种的寡妇。

这三年，可怜的编剧被李疾匀逮着不知改了多少次，才改出他满意的剧本来，可再满意也没用，找不到满意的女主角。

三年前，李疾匀脑子里第一个冒出来的人就是盛星。她够美，够灵，表演毫无痕迹，可试镜却怎么都演不出李疾匀要的感觉，最后李疾匀问了盛星一句话："你爱过人吗？"

时隔三年，李疾匀一眼就知道。她依旧没什么长进。

冬日冷，冬日的清晨更冷。盛星觉得自己简直有病，在这阳台上吹着冷风挨冻，还要遭受李疾匀的精神折磨，她忍不住道："你老看我干什么？"

李疾匀面无表情地说了一句话："你结婚了？"

盛星："……"

这人是从哪儿知道的？

许是她眼底的惊异过于明显，李疾匀主动解释："那天在东川遇见你外公了，他简单提了两句。"

盛氏船运总部十年前搬到了东川，盛家老爷子就一个女儿，盛家夫妻两人都无心经营家族企业，底下三个小的也靠不住。还好盛老爷子身体强健，还有精力，不过这样的日子不能一直过，老人家最近还有点犯愁，遇见李疾匀就忍不住说了几句。

盛星往楼梯口看了一眼，小声道："你注意点，人多嘴杂的，我结婚都三年了，不能往外说。"

李疾匀极其冷淡地"哼"了一声，轻蔑又带着嘲讽："盛星，三年了，我见你和三年前没有任何区别。你要是有点出息，我就不愁找不到演员了。"

说到这个，盛星也不耐烦："你闭嘴吧！"

最后小助理的豆浆和编剧的到来解救了即将打起来的两个人。盛星眼刀子不住地往李疾匀身上飞，李疾匀目不斜视，倒是可怜了编剧，夹在中间，两头难做人。

在这样的气温下穿旗袍可不是件容易事，但女演员们身经百战，让走路就走路，还能给你走出一百种花样来。

盛星一早上看到不少熟人，看得累了小助理还悄悄去搬了把椅子。编剧看得眼馋，小助理察言观色，立马去搬了第二把，到最后就李疾匀一人站着。

上午看了这么些人，李疾匀的脸色一点儿变化都没有。盛星和编剧也摸不准他在想什么，两人低声交谈，还交换了不少心得。她到中午就溜了，去吃饭，别说，李疾匀这儿伙食还不错。

经过这一上午，倒是提醒了盛星一件事。她琢磨着，眼神总是往李疾匀身上瞟，餐桌上的人都注意到了，也当没看见，他们老板脾气古怪，这时候他们还是睁一只眼闭一只眼的好。

李疾匀头也不抬，直接问："干什么？"

盛星轻咳一声，当着这么多人的面，也不好意思直接说"我想使坏"，掩饰道："没事，吃饭吃饭。"

李疾匀一顿，抬眸看了眼左右，边上的人顿时意会老板的意思，还不忘拉上盛星的小助理一块儿捧着饭盒溜走，眨眼桌上便只剩他们俩。

盛星忍不住夸赞："你这人，上道！"

她往前一凑，压低声音道："我们的位置离得远，她们试镜眼神不一定能往上看，极有可能看不到我们，要是温边音没见着我，那我不是白来了？"

李疾匀冷哼一声："就这事？"

盛星理所当然道："就这事！"

也不知李疾匀想到什么，那张常年面无表情的脸有了些许变化，竟显现出一丝愉悦之色来，他应道："交给我。"

盛星："……"

不知道怎么回事，她总有一种不好的预感。

在寒冬里冻了两天，盛星深深觉得来试镜现场简直是自找麻烦，一时间分不清她是欺负温边音还是欺负自己。

好在明天就是第三天。

盛星钻在暖和的被子里叹了口气。事关女明星的尊严，她明天一定要艳压全场，想到这儿盛星一把掀开被子，钻到衣帽间去找旗袍。

盛星有多件极其喜欢的系列旗袍，是和江予迟结婚那年，裁缝店花了大量的时间做出来的。江家世代都在这家裁缝店做衣服，这样的店手艺一脉相承，历史悠久，这家的衣服在如今的社会属于奢侈品。

她钻在衣帽间里找了半天，一件都没见着，坐在衣服堆里想了半天，才想起来结婚用的衣服似乎是江予迟整理的。

盛星眨眨眼，江予迟知道衣服在哪儿。可不是她想他了才找他，是有正事问。

此时已是晚上十一点。盛星握着手机思考了一会儿，直接给他打电话，那边稍稍等了一会儿才接起，男人熟悉的声音通过电流传来，带着点哑。

他的语气很轻："星星？"

盛星一怔："三哥，你喝酒了？"

江予迟靠在走廊上，抬手松了松领口，身后包间内人人都挂着笑，可心里都藏着鬼。听到盛星的声音，他的神经渐渐松弛下来，唇角牵起笑："没醉。平时这个点该睡了，今晚怎么了？"

熬夜是盛星的大忌。上天赐予她这样一副绝伦的美貌，她当然得好好珍惜。但凡休息，她能不熬夜就不熬夜，自制力极强。

盛星提起旗袍的事："明天有个工作场合需要用到，但我找不到。三哥，是在你的房间里吗？"

江予迟眉心微拧，看了一眼洛京明天的温度，在零下，问："室内还是室外？工作时长久吗？"

盛星老实答："有室内也有室外，就穿一会儿，会带大衣和羽绒服去。工作时间不确定，在下午三四点。"

冬日天暗得快，李疾匀只需要白天的镜头，天一暗他就收工了，从来不拖时间，这点还挺招工作人员喜欢。

江予迟道"衣服在三楼，左边第二个房间，灯的开关在右手边。三哥明天回来，去接你。"

这下盛星也不嫌天冷了，当即把地址发给江予迟，跑上楼找衣服。她不但要艳压群芳，还要勾引江予迟。

因为这一通电话，盛星晚上休息得极好。一睁眼就是天亮，她一点都不想赖床，只想快点起床把自己装扮得美美的，然后去欺负人。

车内，尽管小助理近距离欣赏盛星的美貌四年，但看着今天的盛星，还是忍不住咽了咽口水，眼睛还止不住地往她胸前瞧。

"姐，今天怎么穿旗袍了？"小助理手里抱着大衣，脸红红地移开视线。

盛星勾起红唇，弯弯的眼眨了眨，缓慢俯身凑近小助理，纤长的手指微动，指尖挑着她的下巴，轻笑着问："我美吗？"

小助理呆了一下，喃喃道："这是美貌杀人事件。"

盛星忍俊不禁，放过小助理，开始期待起今天来，特别是温边音看到她时的表情，到时候一定得让小助理拍下来。

不过，盛星脸上的笑意没能持续多久。一下车，所有人的视线都往她身上落。

昨天，李疾勾脸上的笑意从何而来她可总算明白了。这就是他的解决办法，在弄堂口拉了条火红的横幅——

"热烈欢迎盛星女士莅临电影《钟》的试镜现场。"

横幅上硕大的字让从这儿进出的每一个人都清清楚楚地看到了盛星的名字，无一"幸免"。

盛星从没有像此刻一般，觉得自己某个地方出了问题。她心血来潮想欺负人就算了，居然还让李疾勾这个不太正常的人帮忙。

"让人摘了。"盛星简直没脸看，语气凉飕飕的，又问，"等等，温边音来了吗？"

小助理踮起脚，附耳道："来了，她是最早到的，现在在小楼里。"

一听温边音来了，盛星看了眼头顶的横幅，冷哼一声："现在就摘。"

小助理一听，忙跑去找人摘了。

许是心里憋着气，盛星重重踩着地面，高跟鞋踏在石板上发出清脆的声响，在静谧的清晨分外明显。

三层小楼底下是一扇木门。

此时木门大开，工作人员吃着早饭，低声说着话，当响声传来的时候，大家不约而同朝门外看去。

木门像画框，将弄堂框成一幅狭长、动态的画。灰白的背景下，一抹翠绿如春意从枝头绽开，下摆的桃色一路蔓延向上，像含苞待放的花骨朵渐渐盛开。

可女人娇艳的容颜却比这抹春意更盛。

黑发红唇，冰肌玉骨。

只可惜她穿着外套，挡住这件旗袍的全貌，只下摆贴着雪白的小腿，但左右两边下摆皆未开衩，因此她的步子迈得很小。

摄像师忍不住把镜头对准了盛星。

工作人员开始窃窃私语，一时间人群骚动起来。李疾匀下意识想呵斥，抬头一看，嘴里的话顿时咽了下去。

"盛星穿的这件，更像是传统的旗袍样式，没有曲线的变化。"

"倒是符合剧本开头的场景。"

李疾匀快速走到摄像师身旁，专注地看着镜头里的旗袍，道："这件旗袍，比我们之前用的戏服做得好。"他万事讲究完美，这么一句话，就意味着先前定好的戏服样式全部要改，至于改多还是改少，还得底下人自己掂量。

李疾匀盯着监视器看了许久，忽然道："试镜取消，衣服全部重做。剧本需要再改，今天收工了。"

刚进门就听到这句话的盛星："……"

她忍不住几步上前，视线瞥到在屋子里发愣的温边音，压低声音问李疾匀："你是不是和我作对？"

李疾匀不理盛星，自顾自地吩咐完了，才正眼瞧她："今天暂时没时间理你，过几天再联系。"说完，拉着编剧上楼去了。

盛星深觉找李疾匀帮忙就是个错误。她压着火，也顾不上别人，转身就走。

温边音团队就这么被晾在这儿了，她的经纪人和助理脸色都不太好。温边音眉头微皱，思索着李疾匀的话。还有盛星，没事跑试镜现场来干什么。她早知道盛星在现场，还不是来试镜的，是和李疾匀一块儿看她们试镜。她为今天做了大量的心理准备，没想到连试镜都没轮上，只是因为盛星穿了一件旗袍。

工作人员已经习惯这样替李疾匀善后了，简单解释过后，说试镜时间会另行通知，解释完也没管她们，继续通知还没到的演员。

温边音的经纪人忍不住道："这是什么意思？我们一早就……"

"行了。"温边音低声打断经纪人的话，扫了一眼忽然忙碌起来的剧组，"李导就是这么个脾气，我们走。"

等走出小楼一段距离，温边音维持不住面上的平静之色，说："去问问盛星前两天穿的什么衣服，热搜的事她或许知道了。"

热搜的事她们确实操之过急，不该这么快就把李疾匀牵扯进来，更不应该这么早就和盛星对上。可是事情已经发生，温边音从不是轻易退缩的性子，她已经二十七了，在这个圈子内摸爬滚打多年，她清楚市场对女人年龄的苛刻要求。而盛星，她什么都有了。

温边音想起刚才李疾匀的话，对助理道："去打听打听盛星身上的旗袍是哪家店做的。还有，注意梁博生那边的情况。"

经纪人的重点放在另一件事上："盛星不参加试镜，反而来帮忙选角，又接了其他戏，她不演岂不是板上钉钉的事了？"

温边音拧眉："李疾匀做事没有章法，一天没定角色，就随时可能出意外，最近别招惹盛星！"

车内，小助理一脸郁闷："李导的心思也太难捉摸了。晚上的饭局你去吗？"

盛星对着镜子卸口红，随口应道："猜他的心思干什么！晚上校园电影剧组的饭局？"

小助理看微信确认："不是剧组饭局，就是导演请你和梁博生吃个饭，可能想让你们提前熟悉一下，签合同也就是这两天的事了。"

盛星缓慢地眨了眨眼，问："就我和梁博生？"

小助理点头："就你们。"

盛星思忖半晌，慢吞吞地打字找江予迟："三哥，今天试镜临时取消了，晚上我有个饭局，不用来接我了。"

中午，江予迟下飞机看到盛星的信息，打电话没人接，直接让司机开车去了盛星的工作室。盛星的经纪人接到江予迟电话的时候吓了一跳，快步走到窗前往下看，果然看到了江予迟常用的车。

"星星！"经纪人探头喊，指了指手机。

盛星一看这手势就知道是江予迟的电话，目前她和江予迟的关系只有经纪人知道，连小助理这样消息灵通的人也被蒙在鼓里。

经纪人轻声道："在楼下等你，记得戴口罩。"

盛星一回工作室就卸妆换了舒适的卫衣和休闲裤，现在去换回旗袍也来不及，这和她想象中的"勾引"一点都不一样。

穿上大衣，戴好口罩下楼，盛星一眼就瞧见了江予迟的车，他换了辆车，但凡被拍到一次，他就再不会用那辆车。

上了车，盛星抬眸对上江予迟的视线。她眉眼弯弯地喊："三哥。"

江予迟近距离看着素面朝天的盛星，她不化妆时显小，仿佛岁月并没有在她脸上留下痕迹，弯眼笑起来的时候仿佛还是那个十六岁的小姑娘。

"吃饭了吗？"江予迟合上电脑，歪头看向盛星，神情慵懒，"陪三哥吃点？"

盛星摇头："没吃，本来想和工作室的小丫头们一起吃工作餐的，结果商量活动晚了，元宵节我不和她们过，就出点钱。"

江予迟："晚上饭局在哪儿？要喝酒吗，结束三哥去接你？"

江予迟似乎对接她这件事乐此不疲。打小就这样，盛星初中的时候不爱学习，放学总被留下来，盛掬月有补习课，江予迟便总去接盛星放学。他要不接，这小姑娘就得自己回家。

盛星充满心机地翻出小助理发来的聊天记录截图。上面只有一个地址和一句话："导演说就梁博生一个，三个人一块儿吃个饭。"

"吃日料，应该就喝点儿清酒。"盛星在江予迟面前的人设是酒量不行，即便她千杯不醉。

"时间可能会晚一点儿。"

江予迟盯着"梁博生"三个字微眯了眯眼，不紧不慢地应道："行。"

晚上七点。

盛星准时到达包间，依旧素面朝天，她到的时候导演和梁博生已经在坐着聊天了，见她进门两人都站起来。

"星星来了。"

"盛老师。"

导演和盛星之前就有过合作，还算熟悉。梁博生是第一次见盛星，他乍一见如出水芙蓉般的盛星有一瞬的走神，随即便反应过来向她问好。

盛星瞧了他一眼，眼神挺灵，眉眼间还有少年稚气和不羁，和角色还挺搭，就是不知道演起对手戏来是个什么感觉。

她点点头："别站着。"

导演笑了笑，对着盛星道："博生出道没两年，演技不错，跟着你学学估计有大长进，有礼貌，还爱学习。博生，头一回见星星吧？"

梁博生弯唇笑起来，眉眼间毫不遮掩自己的欣喜："是，盛老师很少出席活动，也不参加综艺，我头一回见。盛老师，我看过您所有的电影。"

盛星被这一口一个"盛老师"和"您"叫得心慌，对梁博生说："叫我盛星就行，不用敬称。"

酒过三巡，梁博生主动提起前段时间被拍的事。

"前几天的热搜，是师姐带我看电影去了，没想到会被拍，当时也不知道您……你在那儿。"

盛星和导演无声对视一眼，两人都有点蒙。

盛星：你找的演员是不是缺心眼？

导演：……

导演纳闷："博生，你师姐是？"

梁博生解释："是温边音。我们是一个大学毕业的，现在一个公司，我来洛京两年，多数时间在剧组待着，没去过戈壁影院，她就带我去看看。"

提起温边音，导演不由得想到前段时间听到的消息。

他好奇道："星星，温边音真要演疾匀的电影？听说这两天试镜呢。我当时听到试镜消息传出来，心就凉了半截，我和疾匀，你铁定选他。哪知道你接了我的，唉，人到中年，真是什么事都有可能遇到。"

盛星看着导演明晃晃的自得模样，无奈道："我怎么就偏要选他了。您没看群吧？试镜得重来，这两天我在他的试镜现场。"

导演头疼："又重来，你干什么去？"

盛星瞥了眼梁博生，道："去学习，反正不是去试镜的。电影什么时候开机？我得算着日子控制体重。"

导演算了算日子："三月，等你过完生日。"

盛星笑道："那多谢您，还是老习惯。"

导演摆摆手："知道了知道了，不参加开机仪式。"

近十点，他们聊得差不多了，盛星和梁博生在导演的撺掇下互相加了微信，临走前导演问他们："怎么回去？"

三人都喝了酒，不能开车。

盛星说："有人接。"

梁博生也道："朋友来接。"

三人一起出门，导演临走前要去趟卫生间，让他们先走，盛星和梁博生一前一后走出日料店。

推开门，风铃在冷风中"丁零丁零"作响，梁博生侧开身让盛星先出去。盛星裹紧大衣，回头看了一眼："接你的车呢？"

梁博生指了指路边停着的一辆黑色奔驰："那儿呢。盛老师，你的车到了吗？"当着盛星的面，还是这样近的距离，梁博生还真不好意思喊她的名字。他寻思着，等进组关系好了，干脆叫"姐"，方便又有礼貌。

盛星朝梁博生指的方向看去。对上黑漆漆的车窗，不知怎的，她的心忽然猛烈地跳了一下，似乎有一道视线透过车窗盯着她。

盛星别开头，道："你先走。"她已经看见江予迟的车了。

梁博生没多说，绕到另一边上了车。盛星没多看，径直朝江予迟的车走去。

奔驰车内，梁博生一进去就打了个哆嗦，郁闷道："你干什么呢，在这儿坐了大半天不开空调？这可还是冬天，洛京比起西港冷多了。喂，陈漱，和你说话呢！"

坐在驾驶座上的男人身形瘦削，棱角分明的脸上没有任何表情，那双桃花眼却始终看向车窗外。许久，他收回视线，平静道："见到盛星了？"

梁博生点头，跟竹筒倒豆子似的说了这一晚上自己的心情："近距离看，她真的好看，脾气也还行，没有传闻中的那么差，还让我直接叫她名字，还加了微信！就是有点古怪的习惯，她居然不参加开机仪式！"

陈漱漆黑的瞳仁动了动，说："她不喜欢。"

梁博生不解："不喜欢什么？"

陈漱没再开口，缓缓启动车子驶离街道，再没有往盛星的方向看一眼。

另一边车内，盛星搓着手轻舒了口气，问道："三哥，怎么还不开车？"

江予迟的视线落在车窗外，在那辆黑色奔驰上一扫而过。他有种直觉，那辆车在等他们先走。

"喝点热水。"江予迟收回视线，把备好的保温杯递给盛星，"喝两口就开车，小心烫。"

盛星接过来，小心地试了试水温，想着要不要装醉，但今晚喝得也不多，她刚刚还和梁博生在门口说了话，想了想，还是作罢。

江予迟见她喝完，慢悠悠地问："今晚聊得怎么样？"

车慢慢启动，盛星的大脑也紧跟着运转起来。她见江予迟露出漫不经心的神情，故作轻松地说："还行，导演说梁博生演技不错，回头我去找部他的剧补补，没有意外过两天就签合同。"

风带着冷意吹进车窗，盛星身上浓郁的酒气混合着淡淡的香味弥漫在后座，刺激着男人的神经。江予迟双腿交叠，指尖轻点着大腿，抬起、落下。他仍穿着早上的黑色西装，细白条纹，单排扣，两粒扣只扣了一粒，露出衬衣和领带，衬衣是宽角领，领带打了双环结，将他的气质衬得清冽，又淡化了眉眼间的锋芒。

这样的江予迟，盛星看了近一年，却仍会出神。他和她记忆中的江予迟是有区别的，他们分别时他是少年，如今他是男人，躯体和思想都成熟的男人。如今江予迟对她的吸引力，比以往更甚。

"三哥？"盛星轻声喊，她说完后他一直没有反应。

江予迟侧眸，目光静静地落在她微微泛红的脸颊上，许是因为吹了风，她的双眼莹润，温柔地注视着他。在这逼仄的空间里，似乎有某种情绪在蔓延，如细小的暗流，缓慢地朝两人涌去。

盛星抑制着内心涌动的情绪，一时间觉得自己是醉了，她身体后倾，和江予迟拉开距离，将车窗往下降了一寸。

"星星。"江予迟的视线分毫未动，定定看着她，没再提梁博生，"以后自己一个人，少喝点酒。"

盛星眉眼弯弯："三哥来接我，我不担心这些。"

从小，只要江予迟在她身边，她从没出过事。盛星始终相信江予迟，从未动摇过，不然也不会就这样不管不顾地嫁给他。

江予迟盯着她半晌，面上的冷意微融，最后叹了口气，抬手屈指轻叩她的脑门："不长记性。"

盛星眨眨眼，放松下来："三哥，我下个月进组。这个月你可不能像年前那样喂我了，我要控制体重。"

江予迟目光微凝，想起这个月的重要日子，问："生日想怎么过？听你经纪人说，以前不是在剧组，就是在工作室过的，今年呢？"

盛星抬眸悄悄看了一眼江予迟，嘀咕："我都十年没收到三哥的生日礼物了。你真是上了大学就把洛京的人和事都抛在脑后了，没有心！"

说到这儿，盛星有点郁闷。她每到生日这一天，就得从无数的快递中寻找江予迟的，可每年才找，找了个遍，也没找到。盛霈和盛掬月的礼物倒是年年有，唯独没有他的。

江予迟微眯了眯眼，问："一件都没收到？"

盛星一愣，后知后觉，诧异地问："三哥每年都寄了？"

"你这没良心的丫头。"江予迟差点被气笑，他走前准备了那么久的礼物，她还真没看那封信，"我走前给你的信呢？"

盛星睁大眼睛，一脸无辜地看着江予迟，嘟囔道："那时你和哥哥都要走，姐姐也是，我生你们的气……便没看。"

那年盛星只知道哥哥姐姐们都抛下她走了，哪还有心情看什么信。只当里面是解释的话，后来更是把那封信抛到了脑后。

江予迟用不容拒绝的语气说道："你生日那天怎么安排，听我的。至于信，看过以后先放着，别乱跑。"

盛星这会儿正心虚，忙乖乖点头："好，那天听三哥的。三哥，那封信……我得去找找。"

江予迟："……"

或许盛星就是上天专门派来治他的。

第二天一大早。

经纪人和小助理，两人站在顶层复式的客厅里，大眼瞪小眼，听着盛星叨叨，最后小助理问："一封信？"

盛星沉痛点头："嗯，一封信。上面应该写着我的名字。"

经纪人和小助理："……"

盛星十六岁离家，外公没拦着她，还给她在这小区买了套复式，她和江予迟结婚前，一直住在这里，留在盛家的东西自然也都搬了过来。如果那封信还在，一定在这里。

三人简单地分了区域，势必要在今天内把这封信找到。小助理动作极快，眨眼就溜上了楼，剩下盛星和经纪人。

经纪人叹气："江先生的信？"

盛星闷声闷气道："嗯，他上大学之前留给我的，我那时候生气呢，也没喜欢上他，哪有心思看他的信。"

直到夕阳的最后一丝余晖沉落，书房内才传出小助理欣喜的喊声："姐！在这儿，我找到了！"

盛星正钻在杂物间，一听到喊声便着急忙慌地往外跑，差点没摔着，还是经纪人过来扶了一把。

十年过去，信封微微泛黄，略显陈旧，因为夹在书里，倒是没什么灰尘，摸起来薄薄的，隐隐能看出里面有把小小的钥匙。信封上留着江予迟遒劲飘逸的字迹：给星星。

盛星盯着看了片刻，收起信，抬头时已经整理好心情，笑眯眯道"今天辛苦了，请你们吃饭，想吃什么都行。"

小助理欢呼起来，经纪人笑着摇头。

吃过晚饭，经纪人将盛星送回家。回家时只有庭院亮着灯，别墅里一片漆黑，今天江予迟有应酬，晚点才能回来。

经纪人走后，盛星坐在壁炉边打开了信封。

里面有一张信纸和一把穿着红绳的钥匙。

信上字不多，寥寥几句："星星，三哥走了，别一个人躲着哭。晚上少爬窗出去，明年的生日礼物埋在桂花树下面，现在没有，明年再去找。"

盛星垂眸，指腹轻触上干燥、微皱的纸，摩挲着纸上的字迹。

这些话语将她带回那个炎热的八月。一夜之间，爱她的人都要离开她。她装作无所谓的模样，乖乖说会等哥哥姐姐回来，可晚上就躲在房间里哭，哭完恶狠狠地告诉自己，再也不理他们。

漫长的岁月并没有抚平盛星内心的伤痕。但这些伤痕也在提醒着盛星，不可贪恋往事。

二月十四日是情人节，这一天对"派大星们"来说很不同。

因为盛星的生日也在这一天。每逢情人节，工作室都会邀请一些影迷朋友，有时候是去参观工作室，有时候是去剧组探班。今年有所不同，工作室办了一场表演赛，表演内容都是盛星参演过的电影的片段，一时间还挺热闹，但微博上更热闹。"派大星"的应援不高调，却很特别，年年如此。

这些暂时和盛星本人没什么关系。她一早上就和江予迟一起出门了，江予迟难得没在工作日穿西装，穿了件海军风短大衣，还挺显年轻。

"三哥，我们去哪儿？"盛星鼓着腮帮子，嘴里还塞着江予迟做的烧卖，右手拿着牛奶。

昨晚失眠，她今天起得迟了点儿，干脆带着东西路上吃。

江予迟懒懒地瞥她一眼："去找桂花树。"

盛星："……"

以前连接盛家和江家的小花园里，有一棵高大的桂花树。每年秋天，大人们都会拿着床单到树下，各拿一个角，展成大大的一块围布，胆子大的男孩女孩们就往树上爬，伸着小胳膊摇落桂花，浓郁的香味便会飘满整个院子。

这棵桂花树如今还在。只不过在江家的地界里，也就是老宅。

盛星喝了口奶压惊，试探着问："我们在老宅过生日吗？"

江予迟转动方向盘，轻飘飘道："老实吃饭，今天不回答你任何问题。"

盛星自知理亏，极度老实，吃完饭也不乱动，安安分分地坐在座椅上，时不时回几条微信。

两人回老宅没惊动老太太。江予迟从花园的工具房里拿了把铲子，径直去了树下，找准位置轻挖了几下，一个小木盒便出现在他们眼前。

盛星眨眨眼，当即便要伸手去拿。

江予迟快她一步，白净的手握上方方正正的盒子，道："别碰，都是泥，站着等一会儿。"

他仔细地擦干净盒子后，才把盒子交到盛星手上："去车上看，我们得赶着去下一个地方。"

盛星打开小木盒，才明白江予迟话里的意思。

木盒里是一支录音笔和一张字条，录音笔早已没电，得回去看，她打开字条。上面写着一行地址和两句话：星星，生日快乐。地址那儿有十五岁的生日礼物，提早去可没有。

地址是昆羔戈壁的管理处。管理人依旧是那个老大爷，江予迟笑着和他说了几句话。老大爷瞧了盛星一眼，返回去捧出来一个长箱和一张字条，长箱里趴着只圆滚滚的龟，头和尾巴都尖尖的，正缓慢地划动着四肢。

老大爷感叹："这都多少年了，我以为你和小姑娘吵架了，等了好些年都不见她来拿，就这么养着。"

江予迟带着盛星出门，低声道："这乌龟不难养活，这么些年都活下来了，本来想让它和你做个伴。"

盛星小心地捧着小箱子，没应声。

字条上依旧是相似的内容。

盛星十六岁的生日礼物是一条裙子，是在裁缝店为她定制的公主裙，上面缀满了细小的碎钻，就像闪烁的星星。

十七岁的生日礼物是一艘雕刻的船，她一眼就能认出是盛家造的第一艘船的模型，只是这艘船上刻着"星星号"三个字。

十八岁的礼物，是一张机票，飞往江予迟当时所在的城市。

江予迟回忆起过往，觉得自己有点好笑："三哥当时不能离开那儿，又想陪你过生日，就想着你愿不愿意过来。"

那天，他在机场从薄雾浓浓等到月上枝头，都没等来盛星。

盛星十九岁的生日礼物是一幅画。画里是初见江予迟时的盛星，小小的一团坐在台阶上，抬起水汪汪的眼睛看他，可怜得像只小猫。

二十岁的生日礼物，是一辆车。拥有一辆车，在某种意义上是一种自由，她能开车去往任何想去的地方。

二十一岁的生日礼物，是一串电话号码。

盛星盯着看了许久，轻声问："三哥，这是什么？"

江予迟瞧了一眼，淡淡道："三哥当时单位的电话，你一个电话，三哥就飞回来陪你过生日，那会儿正好有假。"那年他们准备结婚，江予迟怕盛星不自在，没自作主张回来陪她过生日。

这一天，江予迟开车辗转于这座城市，他们去了数个地方去拿盛星的生日礼物。

此时天色已暗，车内黯淡的灯光下，男人的眉眼间有淡淡的倦意，眼神却很柔和，声音渐渐低下来："三哥以为你还生气，所以没动这些礼物。"

盛星抿紧唇，攥着那张字条，半晌都说不出话来。许久，她低声说："三哥，我们去下一个地方。"

江予迟轻"啧"一声，敲她脑袋："想累死三哥？明天带你去看，现在我们回家去吃蛋糕，星星得许愿。"这小姑娘，打小就喜欢过生日，每年生日也没几个人，就他们几个，看着她安静又认真地许愿。

盛星不怎么愿意，她想知道自己二十二岁的生日礼物是什么。江予迟了解盛星，一瞧她略显沉闷的小脸就知道她想什么，只好道："是雪衣。三哥看了片场的花絮，说你喜欢那马儿，便找了点关系买下来，现在好好在马场里养着，很强壮，也很健康。"

雪衣，以前是阿檀的马儿，以后是盛星的。

盛星怔怔的，心脏不受她控制，一下一下猛烈地跳动着，重重地提上去，又重重地坠落。最后被人轻轻捧住了。半晌，她回过神来，眼睛又酸又涩，只好有些狼狈地移开眼，小声道："三哥，我们回家吧，我想吃蛋糕。"

江予迟瞧着盛星的侧脸，她雪玉般的耳垂泛着点点粉意，圆润的耳廓边垂着几缕碎发，让他忍不住想伸手，但最后他却只揉了揉她的脑袋，道："系好安全带，我们回家去。"

夜里寒意浓重，车开过无数大道，从明亮处驶到暗处，暗处又渐渐有了光亮。今夜的灯，就像天上的星星，明亮又闪烁。

两人回到落星山时，蛋糕已送到。江予迟拎着蛋糕进门开灯，侧头对盛星道："三哥去厨房，你自己玩一会儿，饿了就过来。"

盛星想着给录音笔充电，哪还顾得上饿不饿，胡乱点了头就往客厅跑。

等待的时间总是分外漫长，但这会儿盛星什么都不想做，只想打开它。过了几分钟，指示灯忽然亮了。盛星按下按键，不由得屏住了呼吸。

十七岁的江予迟，任性张扬，声音里带着少年人的清朗，许是因为在哄她，他的声音放得很低——

"星星还在生气吗？阿需说你一年都没给他和月亮打电话，你也不找三哥，今年和谁过的生日，许愿了吗？星星高兴吗？

"这是三哥托人放在树下的，就算三哥不在，以后每一年，星星都有礼物。本来想给你加个条件，比如数学考个六十分才能去拿。

"但这样，星星怕是再也不理三哥了。"

他低笑一声，断断续续地和她说着学校里的事，有时说自己，有时说盛需，说到嗓子都哑了，才低声道："星星，生日快乐！"

盛星愣怔着，江予迟的声音钻进耳朵里，悄无声息地向四肢百骸蔓延开，让她的心渐渐鼓胀起来，飘到半空。

在她不知道的岁月里，江予迟每年都给她准备了礼物，每一样都费尽心思。

"星星，过来吹蜡烛。"江予迟的声音盖过录音笔里少年的声音，穿过客厅，传到盛星耳中，不再遥远，却仍旧坚定。

盛星走到蛋糕前还发着愣。直到烛光开始摇晃，她才后知后觉地抬眸。

江予迟站在对面，黑眸注视着她，小小的烛光跳动着，映出他眸间的点点温柔。他始终静默无声，不催促也不打扰。

盛星想告诉他，她十六岁之后就不再许愿了。但今日，她又重新有了愿望。

盛星闭上眼睛。

江予迟一眨不眨地看着盛星，贪念一点一点从心里冒出头，一寸寸蚕食着他的心。

他知道，他忍不了多久。

今天，是盛星的生日。

今天也是江予迟的情人节。

"2 月 14 日：或许有那么一点可能，三哥也喜欢我。"

二月生日过后，盛星的心情几乎每日都阳光灿烂，工作室人人都感受到了，他们从没像最近这样觉得盛星原来那么爱笑。

人的情绪会互相感染。小助理见盛星心情好，兴致勃勃地凑到她身边，悄声道："姐，背台词呢？'吃瓜'吗？一手瓜，保真！"

"吃瓜"几乎是当代冲浪青年的日常。小助理也不例外，每天都冲在前线，年年都恨不得来个年终总结。

此时已是初春，渐渐有了春意。阳光暖洋洋地照进室内，窗外横着一枝樱花，浅浅的嫩绿在枝头微颤，悄悄钻进窗里，探到盛星脑后。

小助理故作神秘道："姐，你们家不是和江家关系好吗？就是靠地产起家的那个江氏集团，去年江氏掌权的换人了，听说是个帅到人腿软的大帅哥。最近呢，有传言说他要结婚了，还接管了江氏影业，演艺圈里不少人都蠢蠢欲动。"

盛星反应了许久，才把小助理口中的即将要结婚的大帅哥和江予迟对上号。她回过神来，慢吞吞地问："怎么听说的？"

小助理朝她挤眉弄眼，拿宝贝似的把手机递到她眼前："有个传出来的视频，姐，你看看，是不是你认识的人？"

视频是在包间里拍的，光线很暗。人影摇晃，背景音嘈杂，但仍能听出几人的对话。

"三哥，你也老大不小了，家里不着急啊？"

"三哥，你喜欢什么样的女人？和我们说说。"

哄笑过后，男人低沉、懒散的声音不轻不重地响起："漂亮，乖巧，说话轻声细语，孝顺长辈……"

边上的人窃窃私语，低语被背景音掩盖，听不分明。男人清俊的面庞有些许模糊，眸间点点笑意却掩藏不住，仿佛真的有他所说的那么一个女人。

盛星掰着手指，默默地数。那么多条件，她就占了一样——漂亮。

盛星和江予迟喜欢的类型天差地别，近日萦绕在她心头的好心情顿时消散，一点渣都不剩。

"不看了！"盛星随手合上剧本，面色冷淡地说道，"这两天不来工作室了，没重要的事别找我。"说完，盛星带着剧本走了。

小助理一脸茫然：这忽然一下是怎么了，难道真是认识的人？但总感觉有哪里不太对劲。

盛星从工作室离开，直接去了盛掬月的小区。这个时间盛掬月还没下班，她自己输指纹进门。

进了门，盛星熟门熟路地把自己往沙发上一摔，开始发呆。

生日那天，江予迟给她的感觉仿佛是她的臆想，现实又轻而易举地把她打回原地。

她乖吗？大部分时候是装的。也并不温柔，多数时候她只想自己待着。真正击垮盛星的是"孝顺长辈"四个字，她和父母闹得那样难堪，不管上哪里去问都不会得到"盛星孝顺长辈"这个评价。

这几天，其实盛星尝试着在江予迟面前做真实的自己，只是步调很慢，她试探着往前走，始终没有找到方向。

今天，她终于迷失了。

落日西沉。

盛掬月回到家，还没开灯，就听到一道幽幽的喊声："姐，你回来了。"

盛掬月眉心一跳，按下开关，朝着沙发看去，盛星跟没骨头似的躺在沙发上，怀里还揪着她的娃娃。

"星星，你先松开它。"盛掬月僵着脸，指着她的宝贝娃娃。

盛星轻哼一声，把怀里的小羊往边上一放，充满怨念道："在你心里，我还比不上一只小羊。"

"和三哥闹别扭了？"盛掬月见状松了口气，这才关心起自己的妹妹来，问道，"什么时候过来的？"

盛星这人就三种状态。

第一种，没有烦心事的轻松状态。

第二种，因为盛家糟心事的暴躁状态。

第三种，和江予迟过不去的游离状态。

盛掬月见的最多的，是第三种。小时候江予迟不爱和女孩们玩，可偏偏和盛星走得近，仅有的那么一点耐心都给了她。她家这小姑娘，还时不时生闷气。

盛星又躺回沙发上，神色平静，双手交叠放在小腹上，用一副不管不顾的口气道："姐，我们今晚出去喝酒吧？自从三哥回来，我好久没喝痛快过了，每天都准时回家，初一十五还得去老宅，躺在一起他还没个反应，就跟和尚似的。"

盛掬月头疼地捏了捏眉心："记得和三哥说一声，我可不想最后他来找我麻烦。"

江予迟以前看起来对什么都不上心，说起话来绕着弯，没人能从他那儿占到便宜，这点倒是和盛星挺像。盛掬月没什么耐心和江予迟打交道。

盛星撇撇嘴，嘀咕："今天不想理他。"她还在生气呢，可没办法心平气和地和他说话。

盛掬月拿盛星没办法，斟酌着给江予迟发了条短信："三哥，今晚星星睡我这儿，明天送她回去。"

这时候江予迟或许在忙，没回复。盛掬月松了口气，她还真怕他刨根问底。

盛星身份不便，平日里常去的酒吧就那么几家，隐秘性极高，还常能遇见圈里的人，彼此打个招呼就当没见过。

二楼卡座。

盛星一口喝掉一子弹杯酒，张嘴咬了口青柠檬，龙舌兰特殊的香气蔓延开，她轻舒了口气，视线虚虚地落在底下的舞池里。

盛掬月明天还要上班，点了杯莫吉托，翠绿的薄荷浸在杯底，酒液泛起点点气泡。她随手挑了几粒鸡米花，问："下个月就进组了？"

"嗯。"盛星漫不经心地点了点头，"就在洛京底下的一个县城拍，有点偏，你要来先联系我。"

这三年，但凡盛星在洛京，盛掬月每隔半个月就得去看她一趟。两人都知道这是为什么，却从没提起过这个话题。

许是此时气氛特殊，盛星忽而轻声喊："姐。"

盛掬月"嗯"了一声，等着盛星开口。她从来不是话多的性子，也没什么耐心，唯独对这个妹妹疼爱有加。

盛星侧头盯着盛掬月，说："你知道的，我没怪过你和哥哥瞒着我。那时候，我只是生气你们一起离开我。"

"星星。"盛掬月神色黯然，低声说，"我和哥哥只是一时间没办法接受，事实太过荒谬。我们是爸爸妈妈的孩子，对他们有所期望，但那年……"

盛掬月有着异于常人的记忆力。她甚至记得那天早上牛奶的温度、天空有几朵云，记得自己是怎么面无表情地和盛霈说，想去抓蚯蚓。那时候她对生物课里的内容充满好奇，但又不敢一个人去，盛星年纪比她还小两岁，唯一的人选就是盛霈。盛霈虽然浑，但对妹妹算得上百依百顺，说去抓蚯蚓就去抓蚯蚓。

两人蹲在花丛间，身影被灌木丛遮挡，动静又小，匆匆走进花园的人竟没发现里面还有两个孩子。

"陈大哥。"是盛妈妈在说话。

另一个男人踌躇半晌，问："星星还好吗？"

盛霈和盛掬月对视一眼，默契地停住动作，透过枝叶间隙朝外看去，花园里站着两个人，那男人他们从没见过。

"你们不该送她回来的。"她的声音冷淡，似乎口中的孩子和她毫无关系。

男人叹了口气："她得了急病，联系不上你，总不能看着孩子白白没了性命。当年，觉鹿的话不一定是真的，你陷得太深了。"

"我陷得太深？觉鹿说我们母女亲缘浅薄，我若不送走她，这个家必定支离破碎，我是为了这个家！"平日里温和的女人咬牙切齿地说着话，"她回来后，月亮和阿霈都和我疏远了，再往后怕是两个孩子我都要失去！大师说的话都成真了，这还是我陷得太深吗？"

盛霈和盛掬月脑袋里都"嗡嗡"地响，浑身僵硬。

回想起来，这些年的事都有迹可循。在盛星回来前，他们甚至不知道自己还有个妹妹，只记得那年妈妈确实有大半年都不在家里；盛星回来后，家里说妹妹身体不好，适应不了洛京的环境才养在外面，他们竟也信了。

可事实，竟荒谬至此。盛星的人生，仅仅是因为四个字：亲缘浅薄。

盛掬月神色冰冷，目光触到盛星时眼底才有了暖意，她握住妹妹的手，问："姐姐一直不敢问，小时候……苦吗？"

小时候？盛星想起黑暗的地窖、冰凉的河水、肮脏狭小的角落，以及不知道什么时候会落到身上的竹枝，她掩住目光里的情绪，对盛掬月弯了弯唇："还好，不苦。"

两人低声说了几句话，盛星起身去洗手间。

盛掬月收到江予迟的回复，又开始头疼，专心想着怎么解决这个麻烦，没注意一个男人从她们边上的卡座起身，朝着盛星离开的方向走去。

洗手台边，盛星俯身用冷水扑了两把脸，呼吸急促，水滴像泪水般沾在浓密的眼睫上，她像是支撑不住似的扶上水池，手指骨节泛着白。

"姐。"低冷的男声像是一把利器，划破沉静的空气。

陈漱站在几步之外，藏在裤兜里的手紧握成拳，耳边还回响着那轻轻的两个字，她说："不苦。"

盛星倏地僵住。

酒吧的洗手间总是很热闹。洗手台边立着的两个人挺显眼，但来往的人并不在意他们。

盛星的后背紧绷着，镜子映出她冷漠的脸和情绪汹涌的眼眸。半晌，她转身，定定地看向不远处的男人。他个子很高，肤色冷白，那双在屏幕上始终没什么情绪的桃花眼此时耷拉着，眉眼间还有一丝被遗弃的可怜意味。

盛星双手环胸，平静地问："你怎么在这儿？不上学了？"

话音落下，她意识到这里不是说话的地方，干脆带着人回了卡座，还在隔壁卡座见到了梁博生。

梁博生见到盛星和陈漱一起回来不由得愣了一下。

盛星瞥了眼陈漱，被她视线扫到的男人立即乖乖地介绍："我们是高中同学，我现在的工作和他有点关系。"

听陈漱说完，盛星直接走了，陈漱紧跟上，生怕跟丢似的。

人去了隔壁，谁陪他喝酒？梁博生苦闷，干脆发了条朋友圈找人喝酒。

隔壁卡座，盛掬月见盛星带人回来倒是没什么反应，自顾自地喝酒，挑着零食吃，顺便应付江予迟，这男人真麻烦。

盛星也没有互相介绍的意思，问陈漱："什么时候来的洛京？"

陈漱低着头，眼睫颤了颤，好半晌才道："去年，马上毕业了，在这里接了个工作，是梁博生介绍的。"他毫不犹豫地选择让梁博生来背这个锅。

盛星没那么好糊弄，顺着他的话说："把他喊过来。"

陈漱没应声，抬眸和盛星对视着，漆黑的眸里蕴藏着某种固执。许久，他示弱般喊："姐，我想进演艺圈。"

盛掬月回头看他："你叫她什么？"在盛掬月的印象里，的确是有一个少年曾喊过盛星"姐"，他的面庞渐渐和四年前的少年重叠。她恍然大悟，这就是盛妈妈口中的"盛星的弟弟"，那对陈家夫妻的儿子。

盛星的脸色变得难看："好好的跑来娱乐圈干吗？"

陈漱不应声，为什么想进演艺圈，他不说盛星也知道。

盛星心情本就不好，被陈漱这一出惹得更是上火，当着盛掬月的面却也发不出脾气来。她在陈家的那几年，若真要说有什么美好的回忆，就只有陈漱。年幼的陈漱替她挨过打，替她质问过父母，甚至愿意去地窖里陪她，他曾保护过她。但那段记忆，仍灰暗不堪。

一见到陈漱，过往如潮水般朝她涌来。盛星讨厌这样的自己，明明都过去了，她都撑过来了。但陈漱的到来，让她内心达到的某种平衡开始偏移，摇摇欲坠。

当下，盛星多看他一眼都觉着烦，开始赶人："和谁来的和谁玩去，别在我面前晃。等会儿，电话留下。"

陈漱立即收回迈出去的脚步，在盛星面前蹲下，拿出手机，巴巴儿地瞧着她，得寸进尺道："姐，加个微信好不好？"

盛星冷淡道："再不走电话也不用留了。"

陈漱一怔，耷拉下脑袋，留下电话，蔫巴巴地走了。

盛掬月倒是被这一出惊着了，她瞧着妹妹，忍不住出声："星星现在都能耍姐姐的威风了。"

盛星小脸一垮，闷声闷气道："好烦。"

江予迟好烦，陈漱好烦，男人都好烦！

盛掬月了解盛星，自然知道这态度就是不讨厌陈漱的意思，但她讨厌陈家夫妻以"养父母"自居，连带着对陈漱喜欢不起来。

她朝盛星招手："星星，到姐姐这儿来。"

盛星依偎在盛掬月身边，姐姐像小时候那样搂着她，轻声对她说："姐姐那时候从家里逃走了，以后再也不会留你一个人。"

盛星吸了吸鼻子，情绪被安抚不少，又来了感觉："姐，我们喝酒。"

姐妹俩靠在一起，有一搭没一搭地说着话，声音放得很低，边上的人听不分明，哪怕那人的耳朵都要贴到隔板上去了。

梁博生纳闷："陈漱，你有病？"

陈漱冷冷瞥他一眼，就当他不存在。

梁博生只好道："我师姐正好在这附近，一会儿过来喝个酒。哎，你可别这样看我，是你先丢下我的！"

片刻后，陈漱放弃偷听，坐回自己的位置，问："你师姐是谁？"

梁博生："第一百遍了，温边音！"

隔壁，盛掬月和盛星到了微醺状态，凑在一起嘀嘀咕咕地说起了江予迟。

盛掬月把手机递给盛星："你怎么受得了三哥，以前不见他问题那么多！他这人，太虚无缥缈了，给人的感觉就是抓不住。"

江予迟和盛掬月说了几句话，句句不离盛星。最后盛掬月答应让盛星晚点给他打个电话才算罢休。

盛星瞧了片刻，郁闷道："姐，三哥对我没有那方面的想法。"

盛掬月不语，鉴于过往的记忆和这一年江予迟对盛星的态度，她很难说服自己相信江予迟对她妹妹没感觉，但盛星不一样，她在这方面脆弱敏感。盛星从小就没有得到过别人的爱，她不知道被爱是什么感觉，所以不敢爱人。

盛掬月放轻声音，温柔道："我们星星那么好，没人会不喜欢星星。相信姐姐，我们都爱你。"

就算是江予迟那样的男人，也不能幸免。

温边音出来纯粹是为了喝酒，来的时候可没想到还能看见陈漱。

陈漱是最近大热综艺人气第一的嘉宾，每期排名都没掉过，完全可以预料他日后的光景。

温边音最近风头正盛，在新人面前却依旧显得温和。她朝陈漱笑了笑："我团队里的好些女孩都喜欢你。"

"谢谢。"陈漱的语气冷冷的，神色平静。

温边音微怔，一时间摸不清这是没认出她来还是这人本来就这样。

梁博生头疼，低声道："师姐，陈漱就这么个性格，你不用管他，当他不存在就行。"

温边音笑了笑，转而和梁博生说起话来。

陈漱念着隔壁的盛星，完全没心思理会旁人，中途还拿酒去了一趟隔壁，然后又被赶了回来。

"隔壁有认识的人？"温边音瞧着陈漱情绪不高的模样，试探着问梁博生。

梁博生如实道："盛老师在隔壁，好像是和朋友一起来的，陈漱和她好像以前就认识。"

温边音敏锐地察觉到梁博生称呼的变化。在昆羔戈壁那晚，他称呼她为"盛星"，这次变成了"盛老师"。想来他们已经认识了，且梁博生对盛星的印象还挺好。

"以前就认识？"温边音诧异道，"怎么没听人提起过。"

梁博生也纳闷："我也刚知道，估计圈里没人知道他们认识，看起来两人关系似乎一般。"不然陈漱怎么会被赶回来两次。

温边音不动声色地看向陈漱，以她的经验来看，这可不是关系一般的模样。她思考片刻，拿起酒杯，轻声道："我去和盛老师打个招呼。"

盛星看到温边音的时候有点蒙：这人是从哪里出来的？

"盛老师。"温边音的视线从盛掬月面上一扫而过，看向盛星，面带歉意道，"上次在李导那里没来得及和你打招呼，今晚也是凑巧，我敬你一杯。"

温边音没提热搜，反而提起试镜片场的事，这样的做法还算聪明，毕竟那天试镜被取消了，还是因为盛星。换成平时，盛星可能就喝了这杯酒，可偏偏她今天心情不好，想和盛掬月两人清净一会儿，没想到接二连三地有人出来打扰她们。

盛星蹙眉，语气很淡："我……"

"星星。"盛掬月忽而拉住盛星，低声在她耳边说了几句话，然后把手机塞给她道，"先给他回个电话。"

盛星微怔，默默地接过电话，缓和语气对温边音说："你先坐会儿。"

温边音听到了盛掬月的最后一句话，对着她礼貌地笑了笑，心里觉得惊讶，盛星居然让她留下来。还有，盛星要给谁打电话？

盛星坐在最角落里，回想着刚才盛掬月的话。她说："星星，姐姐有办法知道三哥对你有没有感觉。离三年之期还有不到两个月，当时的约定是不能公布你们的婚姻状况，不是不能公布你的，你可以让别人知道，你结婚了。"至于结婚对象是否愿意出来认领这个位置，这对现在的盛星来说很重要。

盛星正胡思乱想，男人低沉的声音骤然响起："星星？"

"三哥。"盛星下意识地放轻声音，"我手机落姐姐家里了，没来得及和你说。我晚上不回去。"

那边静了一瞬，忽而问："你在哪儿？"

盛星瞥了眼底下的舞池，坦诚道："在酒吧。"

"怎么回去？"男人的声音听不出喜怒。

盛星轻舒了一口气，放软声音："姐姐在呢，三哥，她找了代驾，别担心。我还有几个朋友在，先挂了。"

半晌，江予迟"嗯"了一声，挂了电话。

温边音凝神听着，盛星似乎在和男人说话，语气和口吻都很亲密，她忽然想起助理在停车场拍到的视频。

是同一个男人？

这个念头一冒出来，温边音蠢蠢欲动，过了几秒，她拿出手机点开录音软件，趁着两人不注意，悄无声息地将手机塞进沙发缝隙间。

盛星重新坐回盛掬月身边，随手拿起酒杯对温边音示意了一下，却没有喝的意思。温边音也不介意，一口喝完就拿着空酒杯离开了，连背影都写着"着急"两个字。

温边音走后，盛掬月摸向沙发缝隙，果然摸到了手机，她暂时将这手机推远，她们还有话要说。

"姐。"盛星在盛掬月耳边低语，"会不会影响到三哥？"

这些年，工作室想过数种公开后或者被爆出来之后的危机公关方案，而盛星唯一担心的是江予迟。

盛掬月低声道："星星，别怕。这段关系，不仅需要他做出改变，你也是。若真没到三年，你们的关系曝光，就算当时是江奶奶的要求，三哥真的提出离婚，你会怎么做？"

"我……"盛星攥紧盛掬月的手，目光泛凉，轻声道，"我会同意。"

盛掬月早预料到会是这样的答案。小时候盛星不知道为什么妈妈不喜欢她，总想着或许她乖一点、聪明一点，妈妈就会喜欢她。这样的日子，她过了十年，最后被不堪一击的真相击垮。

盛星再没有勇气去这样对待另一个人。

"星星，你总要面对的。"盛掬月说。

这一晚注定不平静。

接近凌晨，一段音频传遍全网：网友爆料，影后盛星隐婚多年，疑似和丈夫感情不和。还有人不知道女神已经嫁人了吗？附音频。

"星星，从来没见你戴过婚戒。"

"不方便。"

江予迟点进音频的时候，听到的就是这么一段话。

盛星隐婚

这一热搜词条让微博服务器崩了数次，不知多少人起来加班。大半夜的，网民们竟也不困，个个都冲在"吃瓜"的前线，当然也包括"派大星"们。

"不懂，这样欺骗影迷是可以的吗？"

"盛星需要立单身人设？这明显是个人隐私，这么近距离的录音我不相信是'偶遇'，绝对被人阴了。"

"火速去扒和盛星传过绯闻的男人！"

"派大星"的"画风"总是与众不同。

"我的天，这百分百是星星的声音。"

"盛女士大半夜去酒吧说这些？"

"去翻了工作室所有澄清声明，三年前开始，声明里就再也没出现过'单身'两个字，合理推测三年前结婚或者开始交往，下面是历年澄清声明对比。"

路人"吃瓜"还没吃明白，"派大星"们比路人还好奇男方是谁，究竟是哪个男人拱了他们的宝贝星星，那可是盛星。

不出半小时，工作室出来发了条声明——

"盛星于三年前结婚，对方是圈外人，烦请各位不要过多猜测打扰。谢谢社会各界对盛星的关心，星星会努力带来更好的作品。"

工作室竟也直接承认了！

路人都一脸蒙：这是可以这么直接承认的吗？

暗地里关注着事态发展的温边音团队也被这一出打得措手不及，暂时止住了下一步动作，他们摸不准盛星那边的想法。

就在"吃瓜"群众以为事态已经达到顶峰的时候，又一词条爆了——

 # 盛星半夜约会男星，脚踏两条船 #

微博服务器又崩了。

接到爆料，记者看到热搜后飞速赶往了某酒吧，却拍到盛星和两位男星先后离开酒吧，那两位男星正是梁博生和陈漱。

这下彻底炸了锅。

"男方绝对是顶流，拉了那么多人出来挡枪。"

"录音里和盛星说话的是个女的，别连累无辜人。谢谢！"

"明显是梁博生和陈漱在外面聚会，和盛星有什么关系？前后出来就算认识了？那一整个酒吧的人都算认识了？"

"新电影要拍，出来炒了？"

相比于微博上的腥风血雨，盛星这边平静许多。

经纪人临时赶过来接盛星离开，盛掬月已提前从后门离开，不会被拍到。

刚从酒吧出来的梁博生还处于震撼中，不可思议地看向陈漱："陈漱，盛老师居然结婚了，还是三年前。你们是什么关系，你知道这事吗？"

陈漱脸色阴沉地翻着微博，没理梁博生。

盛星车内，经纪人叮嘱司机往另一个停车场开，对盛星说："去那儿换车，五辆一样的车一起出去。等这些车开出去了，我们步行出去，去上面换车。"

盛星一愣："上哪儿弄来这么多一样的车？"

经纪人无奈："你说呢？"

盛星大脑空白了一瞬，随即反应过来，紧张兮兮地看向经纪人："三哥安排的？他已经知道了？"

"你这丫头。"经纪人叹了口气，戳了戳她的脑门，"忽然想公开就算了，录音内容是怎么回事，不怕江先生听见？"

盛星心虚地眨眨眼，嘀咕道："我生他气呢。"

经纪人拿她没办法："这两天你先别上微博，江先生的身份是安全的，但江家那边怎么办？"

盛星摇头："不会怎么办，奶奶一直在替我和三哥操心，而且，他总要有孩子的。选择权不光在我手上，也在他手上。"

经纪人轻声道："他很在意你，我能感受到。你们从小一起长大，感情一事最难说清，到底怎么样，只有你们清楚。星星，你或许可以试着相信他。"

盛星攥紧手，视线缓缓落至窗外。她相信江予迟，可不相信自己。

李疾匀曾问她：你爱过人吗？盛星也问自己：你会爱人吗？你从别人那儿讨来的爱，你都赠予回去了吗？

车驶入停车场，盛星下车。

一排排车遮掩了她纤细的身影。不多时，其余五辆车出发，她们等了片刻，下车离开停车场，去了后面一条无人的路，车已等在路边。

经纪人却没上车，只对司机道："回落星山。"

盛星一怔："回落星山？"

经纪人瞪她一眼："想躲到什么时候去？江先生在等你。"

盛星忍不住嘀咕："你是谁经纪人？"

经纪人不和小女孩过不去，关了车门不搭理她，看着车离开后笑着摇摇头。感情这事，有时候旁观者清，当局者迷。她希望盛星过得好。

初春的夜里冬意未散。盛星裹紧大衣，冷风吹拂着黑发，露出她平静的面庞。

在酒吧里，盛掬月让盛星做选择的时候或许有酒精的驱使，但此时盛星已彻底冷静下来。盛掬月说得没错。三年之期到了之后，会怎么样？或许不会有任何改变，她和江予迟依旧过着和如今一样的生活。

他们会有未来吗？盛星不知道。

冷夜里，盛星忽然意识到一个问题。江家八代单传，江予迟是唯一的继承人，他年近二十七，和她结婚的时候却和她说，结婚不会给她带来任何改变。江予迟似乎没考虑过继承人的问题。还是说，当他需要的时候，这段婚姻随时可以结束？

半小时后，车驶入落星山，庭院明亮，别墅里却一片漆黑。盛星下车的时候愣了一会儿：江予迟睡了？

盛星放轻脚步，提着裙摆走到落地窗前，往里看了一眼，到处都黑漆漆的，看起来江予迟不在，她悄悄松了口气。在门前停了片刻，盛星小心翼翼地打开门，脑袋往左右探了探，确认到处都是安静无声的模样，才敢迈开步子往里走。

"啪嗒"一声响，轻轻的脚步声刚落下，漆黑一片的客厅里忽然传来男人慵懒的声音："星星，过来。"

盛星一停，僵在原地。她手脚冰凉，有点无措，丝毫没有在酒吧里的坚定和路上的冷静。眼下她满脑子都是江予迟的声音。

三哥这是生气还是没生气？

"……三哥。"盛星低声喊，侧身去按灯的开关，按下后毫无反应，面前仍是一片漆黑，反复几次，事实告诉她，不是灯坏了就是电闸被江予迟关了。

她站在原地，咬了咬唇，不知道怎么办。

江予迟隐在黑暗里，将站在门口的盛星看得很清晰。门口和庭院的灯都亮着，他在暗处看着她在落地窗前睁着那双明眸往里看，看着她忐忑的神情，看着她轻手轻脚地进门，最后愣在原地。

江予迟没动，耐着性子重复："过来，关上门。"他身上仍是白日里的西装，从下班回家得知她不在，再到接到她的电话说在酒吧，他便毫无心思做别的，只想把她带回来。

自他们结婚后，除去工作，盛星从不在外面过夜。

四下沉寂，还有点尴尬。

盛星顿了顿，反手关上门，光束越缩越小，渐渐被吞噬，门口漆黑一片，唯有落地窗前映着庭院里的点点灯光。

江予迟坐在那里，身影模糊，黑暗中视线落在她身上。

摸着黑，盛星慢吞吞地朝里走去。她不是很习惯黑暗，但看久了也能看清路，步子比平时迈得小，恨不得这么几步路走上一整晚。

"三哥，你在等我？"盛星先发制人，听语气还挺理直气壮，"我和月亮去酒吧放松，顺便……说了点事，然后就出现了那么一点意外。"

江予迟瞧了眼站在身前的盛星，拍拍靠落地窗的位置，道："坐下，和三哥说说话，不耽误你睡觉，就一会儿。"

盛星掐着指尖，犹疑片刻，在江予迟身侧坐下，柔软的沙发微微凹陷，带着植物香气的酒味渐渐散开，弥漫在晦暗的视线里。

"三哥。"盛星借着院子里隐隐的光，注意到江予迟身上的衣服，不由得问，"今天忙到很晚吗？"

"不忙，在等你。"江予迟依旧是那副懒散的语气，让人猜不准他的心思。

盛星踌躇着，没立即应声。

静了片刻，江予迟松开交握的双手，视线落在她的脸上，轻声问："星星，和三哥在一起，委屈吗？"

盛星捂住脑门，认真想了一会儿，应道："不委屈。在三哥身边，我很自由，不会害怕，但是……有时候我会担心。"

江予迟坐直身子，微微前倾，顺着她的话往下问："担心什么？"

盛星抿抿唇，斟酌说辞："三哥，你二十七了，有想过继承人的事吗？"

"你……"江予迟目光微闪，话开了头又咽了下去。

结婚的时候他说会替盛需照顾她，婚后又回了部队，回来后两人一直分房睡，他们虽没在明面上谈过这件事，但似乎彼此都默认了。但江家需要继承人，是板上钉钉的事。

江予迟收敛思绪，准确地捕捉到盛星的意思，他盯着身旁的人，问："你认为三哥会和别的女人生孩子？"

盛星一怔。

什么叫会和别人生孩子？难道不是会先离婚吗？

"不是。"盛星立即否认，又下意识地问道，"那你和谁生孩子？"

话音落下。

两人皆是沉默。

盛星移开眼，脑子里乱糟糟的，心脏跳得飞快，掩饰般地去拿水杯。因着视线昏暗，她手腕一抖，杯子一歪，眼看水要漫出来，倏地，边上横过一只手，牢牢地托住她。

两人肌肤相贴。

江予迟的手掌微烫，盛星刚从外面回来，手背泛着凉意。灼热丝丝缕缕地蔓延开，带出一片酥麻。

"小心。"江予迟声音放低，松开了手。

盛星慢吞吞地握着水杯，小口小口喝着，温热的水浸入喉咙，让她紧张的情绪舒缓，体温逐渐回升。

江予迟注视着盛星，要是不说清楚这傻姑娘还得胡思乱想，越想越离谱，这是他第一次和她敞开提这件事。

"星星。"江予迟语气认真，神情平和，态度坚定，"江家或许需要继承人，但孩子对我来说不是必要的。当初和你结婚，我考虑了你所有的意愿。婚礼宣誓，我承诺过，会照顾你、保护你，这些和盛需无关。你是我的妻子，只要你愿意，永远都是。"

他顿了顿，接着道："你不用考虑这些，我不会有其他女人。"

盛星悄悄侧过头，藏住眼角眉梢的喜悦，那个小视频带来的沉闷一扫而空，但随之而来的，是一个古怪的念头。

这婚姻怎么想都很亏。三哥当和尚，她当尼姑，他们怎么就不能一起快乐呢？想到这儿，盛星不由得幽幽地叹了口气。

江予迟看了眼时间，打算放过盛星，起身去将电闸打开。原本一片漆黑的别墅霎时变得明亮，盛星微微紧绷的神经即刻放松下来。

江予迟轻描淡写地将这事揭过去："明天以后的事你别操心，安心准备进组。至于公开的事，你怎么想？"

如今盛星已婚的事实已经公开。江予迟口中的公开，自然指的是他的身份。

盛星当然想公开，她想让所有人都知道，她和江予迟结婚了。不过当着江予迟的面，总要说得好听点："会给三哥带来麻烦吗？"

江予迟瞥她一眼："从小到大，你给三哥惹的麻烦还少？"

自盛星上了初中，麻烦可谓接二连三。有段时间有小男生跟着她回家，把盛星吓得不轻。江予迟去找小男生谈话，也把人家吓得不轻，结果那小子喊了家长，说有人威胁他。还有段时间，盛星常被叫家长，他还三番两次去给她充当家长。

大大小小的事，不计其数。

盛星眨眨眼，面上看起来乖乖巧巧的，理由也找得挺贴心："还是公开的好，不然他们总乱猜，烦得很。"

江予迟颔首："到了时间，我们就公开。"

话至此，今晚对盛星来说，万事如她所愿。但如愿的，却不止她一个。

夜月高悬。

江予迟从浴室出来，披了睡衣，拿了烟盒和打火机到阳台上。他戒烟有两年了，和盛星结婚后就一直尝试着戒，起先的日子很难熬，但一想到盛星，这点难熬就会慢慢退却。可回来见到盛星，他又过上难熬的日子。

在老宅，和她睡在一张床上难熬。

在落星山，和她一墙之隔也难熬。

打火机打开、关上，打开又关上，火苗跳动，反复几次，指间夹着的那根烟都没点燃。寒风吹过男人的眉眼，他垂眸瞄着手里的烟，瞄了一会儿，忽而看向隔壁。

灯光透过窗帘，里面隐隐约约的，似有人影在走动。

盛星没睡。通常她睡了只会在床头亮一盏小灯，她怕黑，所以睡觉时总会留一盏小夜灯，但这习惯只在家里有，在老宅时她不肯点灯。

或许是因为他在，她会觉得不自在。

江予迟想起他第一次抓到盛星爬窗逃去小花园，小姑娘年纪小，身量小，爬起窗来却灵活，爬出来也不乱跑，往小花园里的路灯边一蹲，极小的一团，什么也不做，偶尔仰起脑袋看星星。他本不想管这小姑娘，但一想到要是病了，指不定又要给她喂饭，只好去花园里抓人。

被抓着了，他望着她惊慌的眼睛，问："你从哪里出来的？"

盛星不肯说，憋了半天才说是爬窗，问她大半夜出来干什么，她小声告诉他，屋里没有夜灯，她害怕。江予迟为了哄她回去，说给她买，小姑娘摇摇头说不要，因为家里的阿姨会告诉爸爸妈妈，爸爸妈妈会嫌她麻烦。

于是，整个夏夜，他在花园里给她抓萤火虫，关在小小的玻璃瓶里，放在床头。那些微弱的光亮，陪她度过那些黑夜。

那时的江予迟无法理解盛家和盛星的关系，至今也不能。为什么偏偏是盛星，他的星星那么好，她父母竟不肯管她，不肯爱她。

思绪浮沉，想到今夜。江予迟扯扯唇角，烟瘾又泛上来。

隔壁主卧，一番折腾下来，盛星的大脑还处于活跃状态，毫无困意，非但不想睡觉还有点想尖叫，完全没有在酒吧耍威风的模样。她抑制着自己欣喜的心情在床上滚了几圈，脑袋闷在被子里又探出来，发丝凌乱，脸颊泛红，这么开心了一会儿，她摸出手机骚扰盛掬月。

Paidax：“姐，姐姐，月亮！”

小月亮：“高兴了？”

Paidax：“嘻嘻嘻，三哥说我们不会离婚，他不会有别的女人。姐，你说三哥是不是真没喜欢的人？”

小月亮：“……”

小月亮：“高兴了就去睡觉，女明星不配熬夜。”

盛掬月头疼。

这和告白有什么区别？只有她这傻妹妹听不懂江予迟的言外之意。盛星对别人情绪的感知向来敏锐，可偏偏陷入情事里，常看不清自己的心，不相信自己的眼睛，患得患失而又小心翼翼。

盛星如此，她也如此。

微博上热闹了两天，热度慢慢降下来。

盛星在家里安安分分地待了两天，除了背剧本就是骚扰盛掬月，盛掬月被她烦得不行，但看到妹妹这么开心，还是忍了。

其间盛星接到了许多慰问电话，外公也打来电话，拐弯抹角地问她和江予迟的感情生活怎么样，她解释得嘴巴都干了，才勉强让外公打消怀疑。

缓过来后，盛星有点后悔，偏偏说那一句干什么。

她幽幽地叹了口气，随即上了微博，准备和"派大星"们交代一下。

页面空白，她一字未打。

盛星盯着屏幕看了许久，不知道从哪里说起，整整十五年，她从"派大星"身上获得太多的爱，这些爱曾陪她度过很多个难挨的日夜。可谁也不知道，她是真的想过放弃，放弃演戏、放弃家人、放弃一切，只做那个干干净净、没有牵绊、不属于任何人的盛星。

许久，盛星只发了一句话。

发完，她在评论里留了几句话，关上微博，上楼拆快递。

落星山占地辽阔，山里只有这一幢别墅。江予迟不爱家里有人，偏偏盛星又爱买东西，于是每次拿快递都得下山。从江予迟回来后，快递都是他负责拿，大件放楼下，小件都拿到楼上的休息区。

盛星囤了半个月的快递，决定趁进组前一起拆了。

二楼的休息区是她自己布置的，毛茸茸的毯子和矮矮的小桌，宽阔柔软的沙发以及安静运作着的加湿器。和以前相比，小桌上多了一个透明的玻璃箱。江予迟送的那只陆龟正安逸地在里头啃菜叶子，样子慢吞吞的，一点不着急。

盛星趴在玻璃箱前瞧了一会儿，嘀咕："松球，你说你爸爸会看到我发的那条微博吗？"

松球兀自叼着菜叶，小爪子极其缓慢地动了动，脑袋往后一转，慢吞吞地转了个身，让细而短的尾巴对着盛星。

盛星轻哼："今天不给你喂西红柿。"

松球摇头晃脑地爬走了。松球很好养，温驯有灵性，和人类一样，平时就吃吃蔬菜、瓜果等，书上说这小家伙爱吃西红柿，盛星试着喂了两天，发现还真是。这一点倒是和盛星不一样，她一点都不喜欢吃西红柿。松球来之前，他们家都没有西红柿。

盛星看了会儿松球，挽起袖子，准备好剪刀和小刀，坐到小山似的快递堆前，准备拆快递。多数都是盛星自己买的，也有礼物，还有剧组送的碟片。

盛星喜欢收集原声碟片不是秘密，小的时候她乖乖地问剧组要，小姑娘又乖又灵，没人能拒绝，回回都是送三套，因为盛星只要三套。一套给盛霈，一套给盛掬月，一套自己留着，其余人都没有，连江予迟都轮不上，因为这事江予迟没少在盛霈面前阴阳怪气。现在，她不必提就有人寄来。

盛星把碟片放在一边，拆最后两个快递。一个是她买的录音笔，另一个写的是她家打扫阿姨的名字。盛星拿着小盒子瞧了一会儿，觉得纳闷，阿姨怎么会往他们家里寄东西呢。这么想着干脆找阿姨问了一句。

阿姨特别淡定地告诉她："星星，山里冷，家里可能有老鼠钻进来，我买了粘鼠板，你放着让阿迟去弄。"

盛星汗毛一下子起来了："老鼠？"

阿姨还笑了一下："山里什么都有。"

盛星哪里能放着，这下连坐都坐不住了。

他们家居然有老鼠！

今晚江予迟有应酬还没回来，盛星可不想等他回来再处理，当即拆了快递，在厨房和客厅都放了粘鼠板，放完还觉得浑身不舒服。

拆完快递，整理完箱子，庭院内的灯已亮了起来。每当这时候，盛星就知道，已经过六点了。他们家院子里的灯，晚六点准时亮，早上六点准时暗。

盛星下楼，厨房空荡荡的，一点光亮和香气都没有。这些天她习惯了和江予迟一起吃饭，今天他不在，一个人就显得有些可怜。她耷拉着脑袋，打算给自己煮碗面，这个念头刚冒出来，庭院里隐隐有车轮声响起，车灯闪耀，盛星眼睛顿时亮了起来。

别墅大门需要刷卡才能进来。这卡除了盛星和江予迟，就打扫阿姨和经纪人有。盛星眨眨眼，刚想跑去偷看，门铃先响起来了，她又蔫巴下去，按门铃的肯定不是江予迟。

门打开，盛星愣了一下。门口的人不是经纪人，是江予迟的私人助理小宋。她和小宋见过几面，次数不多，多数时候江予迟总一个人来接她。

小宋递过饭盒，充满歉意道："先生吩咐送来的。还得麻烦太太，先生需要一份文件，在书桌左边第二个抽屉，放在最上面。"

盛星侧开身，说："进来等吧，我上去拿。"

小宋迟疑一瞬，脑袋里转过千万个念头，他知道江予迟的习惯，不喜欢外人进去，但偏偏让他进去的是盛星。

他想了想，道："我在外面等。"

盛星没多说，径直上楼去了江予迟的书房。书房在二楼的另一个区域，对着左侧森林，静谧幽暗。这里盛星不常进来，他们总是很尊重彼此的私人空间，不曾轻易打破这距离感。在小宋说的位置找到文件，盛星急匆匆地往外走，没注意脚下，绊了一下差点摔倒，不知道碰到哪里，安静无声的书房里忽然响起一些动静。

盛星惊疑不定地朝着书柜的方向看去。厚重宽大的书架，向两侧缓缓分开，露出里面的暗室。漆黑的房间逐渐展露在盛星面前，内里看不分明。她在别墅里住了两年多，第一次知道书房里还有这样的设计。

盛星愣怔片刻，看了眼打开的暗室，又看向书房门口。

小宋还在下面等她，这个念头一冒出来，盛星没再犹豫，拿着文件下了楼，小宋没多留，拿了文件便离开了。

门一关，盛星几乎是跑着上楼的。她喘着气，心跳声如擂鼓般震着耳膜，视线直直扫向书柜的方向——书柜已经重新合上，暗室消失了。

盛星呆了好一会儿，里面是什么地方，江予迟从没和她提起过。那里面藏着他的秘密吗？藏了那么久，对他一定很重要。

一时间盛星思绪起伏。

许久，她关灯缓慢地离开了书房。

"先生。"小宋展开大衣帮江予迟穿上，他纠结了一整晚，还是打算坦白，"送到后，太太让我进门。"

江予迟眉眼懒散，不紧不慢地瞧他一眼，问："进去了？"

小宋忙摇头："没进去，等在门口。"

"以后听她的。"丢下这么一句话，江予迟上车走了。

小宋愣在原地，原来在江予迟和盛星之间，要听盛星的。

江予迟降下车窗，风呼呼地往里灌，吹散他身上的烟酒气。

他喝了一肚子酒，又闻了一晚上烟味，盛星对气味敏感，闻到这些味道，一定说不了两句话就想逃。

今夜月色很美。清冷的月随着车绕过一条又一条的街，越过繁华的城市，缓缓进入落星山。皎洁的月光将大片夜空映得明亮。

车在庭院前停下。司机往后视镜里看了一眼，江予迟没有下车的打算，司机放下隔板，将这点时间留给这个沉默的男人。

江予迟脱了外套，将两边车窗降至底。趁着这会儿时间，他习惯性地打开了微博。他有个私人号，平时只用来看盛星。唯一关注味着江予迟的首页只有盛星，所以当江予迟刷新首页时，一眼就看到了盛星下午新发的微博。

视线触及那一行字，停在屏幕上的手倏地僵住，男人的眼神在这一瞬间变得深沉。他的心猛烈地跳动起来，似乎又回到了第一次执行任务的时候。

盛星："我嫁给自己喜欢的人啦。"

江予迟定定地看着这行字，费了极大的心神才将自己的视线移开，点开评论往下看，她自己的评论在第一条。

盛星："昨天他惹我不高兴了，所以才有了录音的事，但他没生我的气，一直在等我回家。我很爱你们，希望你们不论是一个人，还是和喜欢的人在一起，都最爱自己，就像爱我一样。"

这是盛星的真心话，她一直用心地对待那些喜爱她的人，珍惜那些珍贵的爱意。这些爱意，在盛星的成长过程中给了她极大的力量。

那上一句呢，是盛星的真心话吗？还是为了给这件事一个交代？

江予迟不确定。

这条微博下的评论很热闹。

"星星，以后给我戴上戒指！"

"呜呜呜，我们的小公主有喜欢的人了。"

"我们永远爱你。"

"我们星星，八岁开始拍戏，我们从来没见你爸爸妈妈出现过，你也从来不提。现在你二十三岁，有人会等你回家，太好啦。"

"我也爱你。"

江予迟的视线落在这四个字上，扯了扯唇，心里难得生出羡慕。他们能这样直白、热烈地说爱她，他却不能。

暗恋的人。

江予迟闭上眼，四个字在心里翻滚着，可再怎么想都不能把他带回那空白的七年，他对此无能为力。

"三哥？"女人迟缓的声音轻轻响起，瞬间掠夺江予迟的心神。

江予迟侧头，盛星裹着睡衣站在门口，身影单薄，黑发被冷风吹散，澄澈的眼睛望着他，似是想朝他走来。他即刻下车，快步朝她走去。

"进去。"江予迟短促地说了两个字，快速靠近盛星，将风挡在身后，轻轻地揽着她的肩带着人往回走。

她瘦了点。

近日盛星准备进组，刻意控制饮食，辅以运动，他这两个月养出来的肉眨眼就不见了，除了他没人心疼。

一声轻响，寒意被阻隔在外，室内很温暖。盛星和江予迟离得近，鼻子微动，她轻轻嗅了嗅他身上的味道，酒味未散，还有一丝若有若无的烟草味。

江予迟动作一顿，颇有些无奈。吹了一路的风，外套都脱了，还是让她闻出来了。

"三哥抽烟了？"盛星抬眸瞧他，明眸写满警惕。

"没抽。"江予迟换鞋，跟着她往里走，"喝了点酒，烟味在酒局上沾的。晚上饭菜合胃口吗？"

盛星随口应了声"还行"，径直朝厨房走去，道："三哥，你先去洗澡吧，我给你煮醒酒汤，喝了再睡。"

江予迟微挑了挑眉："醒酒汤？"

盛星一顿，慢吞吞看向他，男人眉眼间带着戏谑，似乎不相信她会做醒酒汤，毕竟她平时的最高厨艺就是给自己煮面。

盛星轻哼："快去洗澡！"

再过来她可要皱眉了。

江予迟看着盛星，看她脸上灵动的表情和小情绪，忽而笑了一下，没多说，转身上楼。经过休息区的时候还不忘瞧他"儿子"一眼，他"儿子"缩在壳里，看起来还挺舒服，山间别墅有了，边上放着水果和西红柿，盛星还喜欢它，这待遇可比他强。

江予迟俯身，指节弯曲，跟敲门似的轻轻敲了敲它的壳，等它不高兴地伸出爪子试图爬走才直起身，余光忽然瞟到桌上放的几支录音笔。

盛星背台词的时候有个习惯，喜欢念出声然后录下来，反复调整语气，等满意了才算完，以前她都是用手机记录，怎么突然买录音笔了？

江予迟洗完澡下楼，盛星缩在沙发上看电视。

厨台上，放着那碗醒酒汤，还被人贴心地用另一个碗扣住。江予迟掀开碗，热气争先恐后地往外冒，带着食物的鲜香气，白嫩的小豆腐和海带搭在一起还挺好看。

他看了眼盛星，对着这碗豆腐海带汤拍了张照片，然后发到朋友圈，配文：归家。

盛星心不在焉地刷着手机，有一下没一下地掀起眼皮看综艺，她在里面可没看见那群女人说的弟弟，倒是看见了陈漱那臭小子。

盛星干脆发消息问她们："弟弟呢？哪个弟弟是明日之星？"

"你真是女明星？"

"没有一点敏锐的嗅觉！"

"陈漱啊陈漱！这么绝一男的，你难道不想和他合作吗？！"

盛星："……"

盛星面无表情地关上对话框，她还真是完全不想，随手点开朋友圈，往下没划拉多久，忽而刷到了熟悉的名字。

盛星一愣，江予迟拍了她做的醒酒汤。

他们共同好友多，这会儿评论已经很热闹了。

"三哥有女人了？"

"就不能是自己做的？"

"他从没喝过这玩意儿，三哥酒量你们不知道？"

盛星垂着眸，静静地看着"归家"两个字，白嫩的指尖慢吞吞地爬到下面小爱心边，停留片刻，点了个赞。

还有两天她就要进组了，又要过上见不到江予迟的日子。想到这儿，盛星幽幽地叹了口气。

"叹什么气？"男人懒洋洋的声音自身后响起，似是吃饱喝足，听着格外放松。

盛星转头瞧江予迟，摇摇头："怎么说呢，就类似于休息了一个小长假，忽然要回去上课、上班，有点焦虑。焦虑，三哥你懂吧？"

她这一双澄澈灵动的眸里写满怀疑，总觉得江予迟不懂。毕竟他打小就没为这些操心过，似乎时刻都是笃定的模样，小时候大院里的孩子都羡慕他。

江予迟瞧着趴在沙发上眼巴巴看他的盛星，长臂一展，手掌落在她毛茸茸的脑袋上，揉了揉，道："明天三哥带你出去玩。"

"上哪儿去？"盛星一听出去就来劲，她在家蹲半个月了。

二月底，天还没暖和起来。盛星想不出他们能去哪里玩，她还不能去人多的场合，只能往偏僻的地方走，总不能去看日出吧？可他们住在落星山上，天天都有日出看。

江予迟丢下两个字："秘密。"

说完，他的视线落在电视上，又是上次看见的那个男人——陈漱。前两天，盛星还被拍到和梁博生、陈漱相继从酒吧出来。

"星星。"江予迟下巴微抬，略显冷淡的眼神瞥过陈漱的脸，"你认识的人？那天你们都在酒吧。"

盛星抿抿唇，蔫巴巴道："是我弟弟。"

江予迟一怔："弟弟？"

盛星应了声，眉尖浅浅地蹙起，似乎难以解释他们的关系："是我回家前，一起长大的弟弟。"

他们确实是姐弟。

至少回家前，盛星一直都是这么认为的。

江予迟缓缓站直身子，那点懒劲仿佛从身体里抽离，向来灵活运转的大脑有一瞬间的空白。他对盛星六岁前的生活一无所知，盛需也从没提起过。

"我去睡了，三哥。"盛星没给江予迟再提问的机会，找个理由溜走了。

江予迟眼看着盛星飞快地跑上楼，背影消失。"陈漱"两个字在脑子里过了一遍，他给 SY 发了条短信。

片刻后，别墅灯光熄灭。唯有庭院依然明亮。

盛星躺在床上睡不着，倒不是因为陈漱和家里的破事，毕竟这些事一直存在着，要是天天烦哪里受得了。

她在想书房里的暗室里有什么。盛星演过不少悬疑片，眼下脑袋里稀奇古怪的想法一个个往外冒，冒出危险的念头后，她又开始想别的。或许里面藏着江予迟的秘密。比如：他以前喜欢过一个女孩，但又分开了，他对她念念不忘，将回忆和照片都藏在那小小的房间里。

这个想法起了个头，便一发不可收拾。想着想着有点气，顿时起身，握拳捶了下边上的枕头。

太生气了，居然还藏着白月光!

盛星生了会儿闷气后又觉得有点饿，她在控制饮食，晚上就吃了那么几口，饭菜大部分都剩下了。越饿越气，越气越饿。干脆把被子一掀，下楼喝碗汤去。

主卧在走廊尽头，廊内亮着小灯。

盛星下楼得经过江予迟的房间，她放轻脚步，悄悄挪动着，偷偷摸摸就像小时候去厨房偷吃似的。

到了楼梯口，她按下开关，楼下的灯同时亮起。

当时装修这幢别墅的时候，江予迟将大部分选择权交给了盛星，他过问的部分只有三处，分别是灯光、落地窗和书房。前两处是为了盛星。盛星小时候怕黑又爱爬窗出去，江予迟一次性解决了两个问题，盛星知道的时候还有点郁闷，都多大了还爬窗呢？

至于书房，盛星根本没多想。今天才知道其中的缘由。

微波炉运转的声音令人烦躁。

盛星发着呆，看着那碗汤在里面转动，似乎她的灵魂也在这微波炉里转动，忽上忽下，忽左忽右，终是落不到实处。

"嘀"的一声轻响，周遭彻底安静下来。

盛星回过神，上前准备打开微波炉，忽地，她似乎踩到了某样东西，被定在原地动弹不得。盛星纳闷地往脚下看去。她那双带着蝴蝶结的拖鞋，精准地踩在了粘鼠板上，两只拖鞋带着她一起被粘在原地。

老鼠没粘住，她倒是先被粘住了。

盛星不由得陷入沉思，她现在是弃鞋而去呢，还是再挣扎一下，救救自己和小拖鞋。不等纠结出个结果来，更尴尬的事发生了。

"星星？"平日懒散的声音里，带了显而易见的诧异。

盛星默默朝厨房口看去，江予迟正立在门口瞧着她，视线从她的脑袋缓缓落到脚底下，眸间泛出止不住的笑意。

盛星幽幽地喊："三哥。"

江予迟是真想笑。他本就没睡，听到门口那点动静便跟着盛星下楼，原是想给她煮碗面吃，哪知道就这么一会儿时间，这傻姑娘竟把自己粘住了。

须臾，江予迟敛了笑意，无奈道："站着别动。"

他抬步，快速朝她走来。

盛星僵着没动，还有点不想看江予迟，闷声闷气道："我就是不小心！"

双脚脱离鞋子，身体忽然悬空，紧实、有力的小臂稳稳地托着她的腿，她上半身倒在他极具力量感的臂弯里。盛星惊呼出声，下意识抬手搂住江予迟的脖子。

盛星慌乱地抬眸看去，对上男人深沉的眼。

她屏住了呼吸。

呼吸交缠，一轻一重，带着同样的热意。

男人垂着眼，眼睫落下，视线与她相撞，漆黑的瞳仁里藏着不明的情绪，触到她眼中的慌乱，缓慢地移开，收紧了手。

江予迟怀抱着温热轻盈的身躯，稳稳将她放在高脚椅上，视线扫过她雪白的赤足，指甲修剪得平整圆润，泛着莹莹的光泽，脚趾微微蜷缩着，似是有意避开他的视线。

盛星憋得久了，雪白的脸上泛上些许绯红，慌乱地眨了眨眼，小声道："三哥，吵醒你了？我有点饿，睡不着。"

"坐着。"丢下两个字，江予迟去拿新拖鞋。

横在身前的人影移开，盛星这才觉得能自由地呼吸。

她捂着发烫的脸，有点呆。他们之间的距离不是没有这么近过，但今晚似乎有些不同，某种莫名的情绪在两人的对视中发酵。

刚才某一瞬的江予迟，很陌生。

盛星正愣神，脚踝忽然被握住，干燥滚烫的掌心轻贴着她微凉的肌肤，她下意识挣了挣，没挣开分毫。

江予迟单膝蹲在地上，牢牢地握着她纤瘦的脚踝，为她重新套上拖鞋。

"就喝汤？"

江予迟起身，往微波炉的方向走去，语气自然，整个人看起来都很平静，就仿佛他刚刚什么都没有做一般。

盛星缓过神，应道："嗯，不想吃太多。"

片刻后，热好的汤端放在眼前。

盛星小口喝着，顺便用余光偷偷瞄江予迟，他正在解救她的拖鞋，说是解救，也不过一秒的时间。

江予迟体热，冬日睡觉时只穿着短袖。他小臂猛然发力，肌肉隐隐鼓起。让盛星动弹不得的粘力，似乎对他没有半点阻碍，他轻而易举地将那双拖鞋救下来。

盛星红唇微张，视线悄悄流连在他的手臂上。

刚刚他抱她的时候，那蕴含的力量也如此一般在他的身躯里流动，让她心神恍惚，莫名有些口干。

"慢慢喝，这鞋要洗。"江予迟说着话，朝她看来，黑眸里含着的光令人心头发烫，盛星慌忙收回视线，胡乱地点了点头。

经过这么一遭，盛星喝完汤就溜了，走之前还不忘把碗洗了，也没顾得上和江予迟打招呼，眨眼就消失得无影无踪。

江予迟回来时，厨房暗了。

他立在原地，视线在那空荡荡的高脚椅上一晃而过，倏地笑了。

第二天一早。

盛星睁开眼，看到江予迟的信息：醒了下来吃饭，今天我们去爬山，看完日落再回来，记得穿方便点的衣服。

去爬山？困意消散，她一骨碌从床上爬起来。

爬山是很简单的活动，但盛星却很喜欢，只有她和江予迟两个人，累了还能耍赖让他背，两人还能一起看日落，怎么想都不错。

盛星化了淡妆，选了件浅蓝色的羊羔毛短外套和休闲裤，简单又亮眼，当然还是因为她长得好看。对着镜子瞧了一会儿，她背着小包下楼，脚步轻快。

"三哥！"盛星朝着厨房里穿着黑色冲锋衣的男人喊。

江予迟似是刚洗过澡，黑发间带着湿意，几缕头发耷拉在额间，清俊的眉眼透着一股子凉意，瞧着特别干净。听见喊声，他懒懒地瞧她一眼："来吃饭。"

早餐是清粥和爽口的小菜。

盛星捧着小半碗粥，眼睛一眨不眨地看着江予迟在厨房里忙活，他在准备午餐和水果，分门别类地放进保温盒里。

两人安静地在厨房里，各做各的，倒像是把昨晚的事都忘了。

盛星吃完，两人上车出发。

晨风微凉，空气清新。盛星叼了根棒棒糖，上小号记录心情。

"2月28日：昨晚好丢人，我是傻了才会往粘鼠板上踩，但是三哥抱我了，这么一想，又不那么丢人了。今天和三哥去爬山，嘻嘻。"

发完顺便刷了刷微博，再抬头，车已驶离市区。

江予迟扫了眼腕表，道："一会儿三哥顺道见个人，很快就回来，在车里待着别下去，有事喊我。"

盛星乖乖点头，也不问江予迟要见谁。

近郊不如市区热闹，车流分散，人影寥寥。

越野车转过弯，盛星一眼瞧见了等在榕树下的年轻男人，看着有点眼熟，她不由得问："三哥，这人我是不是见过？"

江予迟停车，降下车窗，说："他就是鲨鱼，那晚你在戈壁见过，他没见过你。"

说话间，那男人迎了上来，喊道："迟哥。"

鲨鱼对着江予迟笑了一下，这才看向离自己最近的盛星，这一瞧，鲨鱼愣了下，面上显现出古怪的神色来，似在回忆些什么："你……"

盛星抿抿唇，道："那晚的烧烤很好吃，我叫盛星。"

她倒是没觉得天底下人人都得认识她，一般见着生人也和普通人一样会做自我介绍，更不要说他是江予迟的朋友。

"你是不是去过……"鲨鱼面色犹疑。

"叫嫂子。"江予迟打断鲨鱼的话，对盛星道，"在车上吃点水果。我就在那棵树下，不走远。"

那棵榕树在盛星的视线范围内，她一抬眼就能见着。

鲨鱼收到江予迟警告的眼神时就默默闭上了嘴，叫了声："嫂子。"

等江予迟下车，两人朝着榕树下走去。才走远，鲨鱼就迫不及待地问："迟哥，是我们当时见着的姑娘吗？"

江予迟眉梢轻动，笑了笑："是她。"

鲨鱼恍然大悟，朝江予迟挤眉弄眼："难怪那时候你这么古怪，后来我们都猜呢，那天你怎么和平时不一样。"

两人说了会儿话，江予迟提起短信的事："帮我打听个人，那些明面上的事也用不着你。着重注意十七年前，名字是陈漱，耳东陈，漱口的漱。"

鲨鱼扬眉："小事，放心交给我。"

江予迟随手递了包烟过去，拍拍他的肩："随时给我打电话。"

车上有人在等，鲨鱼没多说，只道："迟哥，过段时间我们吃个饭，西北那边有点消息。"

江予迟微怔，没应声，摆摆手走了。

他们今天爬的山还挺偏，车程有整整两个小时。

盛星下了车都没认出这是哪儿，四处都挺安静，路上一个人都没有，进山处倒是坐着个大爷。

大爷见了他们，只动了动眼珠子，问："看塔的？"

江予迟应："爬山的。"

大爷点头："进去吧，塔快修完了，别靠山壁太近，这两天有山石滚落。"

阔叶林挺拔疏朗，盛星摘了帽子仰头看。

束束清透的阳光落在枝头叶间，放眼望去，翠绿一片，树间石边长着苔藓，矮石堆满溪边，沿溪而上，道路狭窄。

这山和落星山不太一样。落星山寂静，这儿倒是热闹，虫鸣鸟叫，溪流汩汩，令人的心胸也开阔起来。

盛星收回视线，看向身侧："三哥，你来过这儿？"

江予迟背着包，接过盛星手里的帽子："没，上学时哪里爱上山玩，倒是学校边的网吧，每家都熟。"

说起网吧，盛星不由得想到初中头回进网吧的事。她不是去玩，是去找盛需，盛需没心没肺，居然就带着盛星一块儿玩，后来江予迟不知打哪儿听说，赶来一手一个把人拎走了，还找盛需打了一架。

连带着盛星都受了江予迟几天冷眼。

江予迟瞥见盛星瞟过来的目光，就知道她想起了当年，不由得敲了敲她的脑门："盛霈就没做过什么正经事，跟着他瞎混。"

盛星轻"嘶"一声，躲开江予迟的手，嘀咕道："哥哥对我好。"

"是，盛霈对你好。"江予迟轻飘飘地接话，不紧不慢地跟在她身后，叹口气，"三哥对你差了，还几天没理你是不是？"

盛星点头："你知道就好。"

江予迟："……"

还挺会蹬鼻子上脸。

山路弯曲狭窄，盛星走在前头，只背了个轻飘飘的小挎包，时不时停下来拍两张照。江予迟安静地跟在后面，视线落在她身上。

待过了三道长阶，盛星的速度慢下来。

江予迟算着时间，她的体力比普通人好上一点。这归功于盛星的职业，有时候需要大量的体力拍戏，还需要熬夜，她向来敬业，这方面从不肯落下。

"星星，休息一下吧。"江予迟喊住盛星，两人找了个亭子去休息。

说是亭子也不像，就是个有顶有座的地方。

喝过水，盛星喘了口气，看向右侧，隐隐可见耸立在山林间的古塔，似乎就是那大爷说的塔。

"三哥。"盛星凝神看了片刻，指了指古塔的方向，"这山里有寺庙吗？"

《盛京赋》的女主阿檀，是因母亲信佛为其取名为阿檀，她当时接这部戏未必没有抱着放下执念的目的。因着这部剧，盛星了解了不少这方面的知识，知道造塔起源于古印度佛陀时代。世人常说，救人一命胜造七级浮屠，其中浮屠指的便是佛塔。

山间有古塔，自然少不了寺庙的影子。

江予迟的视线落在她平静的眉眼间，说"没有，原先的寺庙被烧了，一干二净，半点不留。"

盛星："……"

盛星想了想，解释道："三哥，远远地看一眼，碍不着我。不然《盛京赋》我可拍不完，那些味道我都忍了。"

江予迟问："怎么会接这部戏？听说景都是在西北取的，拍摄条件很苦，还有你不喜欢的部分。"

盛星隐去了一部分理由，如实道："这部分我想试着去面对，除了这部分，这部剧的题材我很喜欢。以前没尝试过电视剧，想试试。"

隐去的理由，对盛星很重要。

四年没见江予迟，她很想念他。

"西北美吗？"江予迟凝视着盛星，轻声问。

盛星抿唇笑起来："美，那里的牧场、沙漠——"

响起的铃声打断了盛星，她瞄了一眼，是陌生号码，看着有点眼熟，回忆片刻，她接起电话。

电话一接通，那边传来低低的喊声："姐。"

江予迟在，盛星控制着自己的神情，只轻声问："什么事？"

陈漱听她语气还行，不由得松了口气，低落道："节目流程需要，要找家人录段视频，我没有别的家人，只有你。"

盛星捏紧手机，眉浅浅地蹙着："这样的话以后别再说了。"

"姐。"陈漱轻声喊。

就像小时候，在漆黑的地窖里，他也是这样，依偎在她身边，很轻地喊她"姐"，告诉她，他会很快长大，会保护她。

盛星沉默半晌，忽而道："录了视频，所有人都会知道。你的生活会发生改变，有的是机遇，有的是陷阱，你会承受更多的目光和更高的期待。"

陈漱没有迟疑："我想让他们知道。"

"什么时候要？"盛星终是心软，贪恋幼时的一丁点温暖。

陈漱轻咳一声，莫名心虚："今天就要。"

盛星："……"

这臭小子心眼还挺多，硬生生撑到最后一天来问她。

江予迟始终安静。他在一边悄无声息地观察着盛星，将她所有神情变化都纳入眼中。她和那人的关系非同一般，态度微妙，她好像接受但又抗拒。

挂了电话，盛星看向江予迟，欲言又止。

江予迟挑了挑眉，问："有话和三哥说？"

片刻后，江予迟拉远距离，举起手机，对准盛星，将她框在小小的画面内，她的眼眸透过镜头望向他。

山林秀美，却不及画中人清艳。

眼眸莹润，肌肤欺霜赛雪，眉眼间皆是灵动。

盛星对准镜头，瞬间进入了工作状态，她浅浅地笑了一下："大家好，我是陈漱的姐姐盛星。我很少看综艺，前阵子才知道他瞒着我参加了节目，知道他收获了很多人的喜爱，谢谢你们。陈漱，这些喜爱来之不易，希望你不辜负自己，不辜负这些爱意，姐姐祝你得偿所愿。"

江予迟神情平静，在听到"陈漱"两个字时眼睛眨都没眨一下。

她最后一个字落下，他按下停止键。

"好了。"他声音淡淡的，听不出情绪。

盛星没多想，跑过去将视频看了一遍，忍不住夸自己："原相机拍都这么美，我真是天生丽质难自弃。"

江予迟嗤笑一声，大掌在她脑袋上"蹂躏"片刻："走了。"

盛星匆忙加了陈漱微信，把视频发给他，小跑着跟上前面的江予迟："三哥，怎么往右边走，那爷爷不是说塔还在修吗？"

"跟上。"他懒懒地接了一句。

江予迟走在前面，步子迈得不快，等着身后那阵脚步声跟上来，心里冒出点难耐的躁意来。

她暗恋的人究竟是谁？

可惜那些年盛掬月和盛需都不在，盛星对他人防备心重，想来不会轻易和别人说，想来想去似乎只有经纪人知道。

想到"暗恋"两个字，江予迟又有点不爽。在他不知道的岁月里，盛星悄无声息地喜欢这个人许多年，甚至至今都可能无法忘怀，这个事让他心里堵得慌。

两人安静地走了一阵，古塔的样子逐渐显露在眼前，隐隐有人声传来。

盛星微怔，凝神听了片刻，忽而道："三哥，我好像听到姐姐的声音了。"

江予迟："帽子和口罩戴好。"

盛星不由得睁大眼睛："真是月亮？"

江予迟点头："一起吃个饭。"

"在这儿等我。"江予迟往前走了几步，半道停住，忽而转身，"一起去，担心就藏在我身后。"

盛星眨了眨眼，戴上口罩，小跑到他身边。

盛掬月看到江予迟和他身后的人时，怔了一下，那人虽然藏得严实，只露出个脑袋往她身上瞧，但她怎么会认不出来这是她妹妹。

"三哥，你们怎么过来了？"盛掬月放低声音，看向他身后的盛星。

盛星双眸微亮，冲着姐姐笑。

江予迟指了指天，往盛掬月身后扫一眼："天气好，来爬山，顺道看看你。三哥带了饭，一起吃？"

原本搭建寺庙的地方建了平房，他们在这儿待了几个月，总要有个休息的地方，旁边还有个小食堂。盛掬月的两个同事上了年纪，性格沉稳，见到来人并不多看一眼，只提醒她这里不急，放心去。

盛掬月和同事道了谢，带着两人往食堂走，低声道："这儿的活儿快完了，食堂的大师傅昨天刚走，这两天我们都吃盒饭，食堂没人。"

江予迟微微颔首，侧开身，好让姐妹俩说话。

盛星趁机小跑着从江予迟身后钻到盛掬月身边，悄悄喊："姐。"

盛掬月那清冷的眉目间显出点笑意来，不着痕迹地瞧一眼身后的江予迟，轻声问："最近和三哥还好吗？"

盛星微皱了皱鼻子，嘀咕道："就这样。"

本来是挺好的，哪知道又多出个暗室来。

盛掬月没多说，带着两人进了食堂。

不大不小的屋子，一个大圆桌，平时他们就在这餐桌上一起吃饭，眼下就他们三个人，看着冷清几分。

餐桌上，姐妹俩低声说话，江予迟也不吱声，偶尔说一两句，快速吃完就出去了，留下她们两人。

盛掬月问："特地过来的？"

盛星摇摇头，小声道："要进组了，有点闷，三哥就说带我出来玩。我也是刚知道他带我来看你。"

"那怎么还沉着张脸？"盛掬月无奈，小姑娘在外头总是一本正经的成熟模样，在她这儿还是当年的小妹妹，"都要进组了，有事儿别闷着。"

盛星咬着筷子纠结片刻，点点脑袋："嗯。回去就问他。"

吃完饭，他们没在这儿多留，毕竟盛掬月还有工作。

因为见了盛掬月，盛星还挺高兴，一路脚步轻快，时不时转头冲着江予迟笑。

江予迟瞥见她明媚的笑颜，堵在心口的气倒是渐渐散了，至少她这一年只对他这么笑。对着别人都是一副客气又疏离的模样。

古塔在山腰，他们继续往上走。

山间清凉，出了汗也不觉得热，葱郁的林间风自由来去，绕过盛星和江予迟，将两人的私语藏入一片翠绿中。

上山的路总是格外难。约莫两个小时，即将到达山顶，盛星体力不支，她停在最后一段路的拐角处，喘着气看向江予迟："三哥，我得歇下。"

这儿没台阶没石头，盛星只能撑着树缓会儿。

江予迟拿下背包，在盛星跟前蹲下，拍拍肩："到三哥背上来歇。这里路不平，先上去。"

盛星的视线悄悄地掠过他的肩头，调整着呼吸，说："不用了吧。"

说着，一双藤蔓似的手已经缠上了江予迟的脖子，上半身熟练地往上一趴，顺便舒服地叹了口气。

江予迟："招儿还挺多。"

盛星全身放松，懒洋洋闭上眼，哼哼道："这山太高了，怪不得我。在家蹲着骨头都要散了，还不如松球过得舒服。"

她的唇贴在他的耳侧。

红唇一张一合，擦过他颈后的皮肤，温热的气息在凉风中像一簇幽幽的野火，悄无声息地钻入他的体内。

江予迟喉结微动："以后常带你出来玩。"

盛星晃了晃小腿，以示同意。

最后一段路不长，江予迟却走得格外慢，恨不得能在路上写出一篇八百字作文来。盛星闭着眼，倒也没发现，只觉得他像是在平地上走。

到了山顶，盛星还不想下来，就趴在江予迟背上往远处眺望。拥挤的城市和辽阔的昆崖戈壁映入眼底，矗立在城市中心的庞然大物在此刻显得无比渺小。

山顶辽阔，山风渐凶，掠过两人。

盛星轻吸了一口气，正想叫江予迟放自己下来，余光一晃，瞥见头顶渐渐昏沉的天空，瞧了一会儿，脸色愈发古怪，忍不住发问："三哥，你看这天，是不是不太对劲？我说刚才路上怎么没阳光，好像要下雨了。"

江予迟抬头看，过了片刻，说："我们现在下山。"

也没有要放下盛星的意思，就这么背着她往回走，步伐快了不知多少，盛星吓得赶紧搂住他的脖子。

天公不想作美的时候，怎么着都美不了。

不到山腰，沉沉的云已笼罩了山头，暴雨突如其来，毫无预兆，大雨"唰唰"地冲入山林，雨幕像雾气般散开。

江予迟脱了冲锋衣盖在盛星脑袋上，道了声："抱紧！"然后加快速度往山下走。

盛星暂时也没淋着雨，被罩在黑漆漆的衣服里，还觉着挺安全。

她喜欢这样的时刻。

天地间只有他们两人。不念过往，不忧未来，只有此刻。

"星星，淋着了吗？"江予迟回头，短促地问了句。

盛星默默搂紧他的脖子，往上靠，隔着衣服说话，闷声闷气："没淋着，三哥你注意路，别那么快。"

江予迟怕吓着盛星，放缓了速度。

将到山腰时，远远地，江予迟和盛星都听见了盛掬月的喊声。

盛星从冲锋衣里探出脑袋，才重见光明，还没找见盛掬月，男人忽然松了一只手，手掌往她脑门上一拍，重新把她塞回去。

江予迟轻斥："老实点！"

盛星："……"

盛掬月撑伞将两人带回了休息处。他们原是想等雨小一点再走，结果雨非但没小，还带来一个坏消息，暴雨冲刷导致本就摇摇欲坠的山石滚落，堵住了下山的路，估计明天才有人来通路。

盛掬月说完这个消息顿了顿，对着两人道："走廊边上的浴室有热水，二楼最里面还有一间空房，只能住一晚再走。盒饭已经送到了。"

一场暴雨，江予迟几乎浑身湿透，盛星只淋湿了裤腿。

山里气温迅速下降，盛星忍不住打了个哆嗦。

江予迟没犹豫："先去洗澡。"

盛掬月点头："星星穿我的衣服，三哥的我去问同事借一套。"

天暗得很快。

盛星和江予迟下楼时天黑透了，外头狂风暴雨，幸而盛掬月他们的修复工作已完成得差不多了。

这平房里共五个人，吃完饭凑在一起居然也能聊。江予迟和那两个年纪大的聊得还挺好。盛星就安心缩在角落里，和盛掬月说悄悄话。

盛星偷偷戳她的腰，悄声道："姐，晚上我和三哥睡。"

盛掬月斜她一眼："我可没想和你睡。"

盛星："……"

话题过后，热闹渐渐过去。

盛掬月的两个同事先回房睡了，她也"不甘落后"，起身左右各看一眼："晚上气温低，这里没空调，多盖床被子。"

说完，盛掬月利落地走人，剩下盛星和江予迟。

盛星对着江予迟眨了眨眼，问："三哥，我们回房吗？"

换作老宅、别墅，江予迟有数种方法让盛星先睡或者先回房，在这里却不行。山间多意外，更不论这里还有陌生人，他不会把盛星一个人丢在房间里。

江予迟眼睫轻动，看向盛星："你走前面，我关灯。"

盛星开心地往楼梯上走，走到转弯处回头看他一眼，也不说话，只是想看他。

江予迟直直地望进她的眼睛里。

他第二次确信，他有机会触到盛星的心。

第一次，是看到她的那条微博。她说，她嫁给了喜欢的人。

仅剩的空房在二楼右侧。

廊内被雨水侵袭，地面潮湿，冷风带着雨滴卷入无人的通道，随着一声轻响，楼里彻底陷入安静。

江予迟和盛星进门，同时望向房里唯一的床。

一张单人床。

单人间狭小，床、桌，再无其他。

墙面是最原始的水泥状态，几道水渍蜿蜒在墙上，风拍打着脆弱的玻璃窗，呜咽声尖锐绵长。

盛星的视线从左至右扫过这张床。

一个枕头，一床被子，怎么看都挤不下两个人。

她悄悄瞥了眼江予迟，他的目光落在那床被子上，神情难辨，一时间猜不透这男人在想些什么。

短暂的寂静后，江予迟下巴微抬，指了指床，又瞥了眼那看起来可怜巴巴的桌椅，说："你睡那儿，三哥坐这儿。"

盛星抿抿唇，轻声道："三哥，你还淋雨了，不睡觉会生病的。"

江予迟自然地走到桌侧坐下，这椅子四角不平，稍一动就发出些许声响，他懒懒道："什么时候见我生过病？"

盛星暗自撇嘴。

起初在老宅，这男人为了不和她同床，可什么理由都用过，后来拿老太太没办法，他便找借口让她先睡。听了这话，她没接，径自走到床边坐下试了试，床板单薄且硬，褥子和被子也不厚，想来这是他们午休的地方，因暴雨在这儿过夜只是偶尔。

坐在床上看江予迟的机会少有。

盛星光明正大地盯着江予迟——他穿着款式陈旧的针织衫，里面是件白衬衫，对他来说有些大，裤子也显短，灰色的袜子短得可怜，一截脚踝裸露着。

许是为了避免尴尬，江予迟正拿起桌上的书翻看。

是本讲建筑史的书。

略显黯淡的灯光下，男人穿着不合身的衣服，垂头捧着书，诡异地中和了他身上散漫的气质，当下看起来倒有点清俊斯文的感觉。

平时"斯文"这两个字，可半点和他沾不上边。

盛星瞧了一会儿，掀开被子往里一钻，没再继续看他，转而划拉起手机，下午的信息都堆积着。

陈漱回了几条，她直接越过去，点开经纪人的信息。经纪人可比她和陈漱"激动"多了，情绪起伏之大令她心虚。

"哪里来的弟弟？节目给钱吗？你知道自己多贵吗？过两天你最好老实交代清楚，我可不想以后你平白无故挨骂。还有，工作室的小姑娘都让我问你要他签名，记得多要点。"

盛星："……"

往下翻，李疾匀居然也发了几条信息。

"录音怎么回事，故意的？台词可以再琢磨琢磨。接了校园电影？过段时间去看你演戏。"

盛星："……"

这人耳朵怎么长的，两句话就能听出来她故意那样说的，还批评她的台词！批评完还要来探班，探班还是为了看她演戏。这男的心里除了电影还有凡尘吗？

盛星的打字键盘有音效，回复的时候便格外热闹，"噼里啪啦"的，惹得江予迟直往她身上瞧。

她和谁聊得那么开心？

盛星可不知道江予迟的想法，回完自然地登上小号，继续记录心情。

"2月28日：被窝好冷，想把三哥骗上来睡觉。"

屋子里冷，外头又下着暴雨，盛星玩了一会儿非但没暖和起来，反而觉得自己躺在冰窟窿里，不免贪恋起江予迟的体温来。

她侧了个身，把手机往枕头下一塞，整个人蜷缩起来，对着江予迟这边，巴巴儿地往他身上瞧，可瞧了半天他都不往她这儿看。

"三哥，我想睡了。"盛星躲在被子里，闷声闷气道。

江予迟不紧不慢地合上书，目光微动，看向盛星。

许是觉得冷，她缩成小小的一团，小脸只露出半截，鼻尖红红的，唇色微白，莹润的眸间带着点水意，看起来好不可怜。

片刻后，屋内唯一的光源熄灭。

盛星睁着眼，只觉得自己融入了无边无际的黑暗里，体温越降越低，似乎外面的凄风苦雨也蔓延到了屋内。她翻身面对着墙，不去看那道若隐若现的轮廓。

猛烈的风掩盖了呼吸声，一时间屋内沉寂无比。

江予迟在黑暗里长久地注视着滚至墙侧的那一小团，她怕冷又怕黑，指不定心里怎么委屈或是在骂他。

他合眼，如困兽般挣扎着。

这牢笼，他进是不进？

盛星思绪乱糟糟的，脑袋里什么想法都有，一会儿想暗室，一会儿想让江予迟为她"守身如玉"的白月光，越想越气。

她脾气并不好，平日里多是装得温顺，眼下气性上来，竟不想装了，"噌"

一下坐起身，想转头质问江予迟。她话还没出口，一道身影忽而朝她逼近。

话倏地噎住。

盛星抿抿唇，看着那道身影，有片刻的怔然。

他立在床前，俯身凑近，低声道："三哥陪你睡，挪个位置给我。"

"你冷了？"盛星捏紧了被子，莫名其妙地紧张起来。

江予迟顺着她的话往下接："嗯，三哥冷了。"

就一张床，两个人都冷怎么办，当然是抱在一起取暖。

盛星抱着这样的念头悄悄往墙边靠，可才挪了一点，就听江予迟道："我睡里面。"

暴雨似是能穿透这四周的墙，墙上渗透着寒意。

盛星怔了一瞬，反应过来，忙起身给江予迟让位置，他没有脱衣服的打算，就这么上了床。

单人床，当只有一个人的时候，还不怎么觉得小，一旦有了第二个人，你会发现连翻身都难。

江予迟是个高大强健的男人。他往床上一躺，几乎占了三分之二，盛星差点儿被挤下去。

过了几秒，江予迟问："三哥抱你？害怕吗？"

盛星在黑暗里缓慢地摇了摇头，小心翼翼地往他敞开的怀抱里靠去，触到他坚硬的臂膀，小声应道："不怕。"

江予迟收紧手，绕过她纤细的颈，自后将她抱入怀中，直到两具躯体毫无缝隙地贴合在一起。

她柔软似水，而他坚忍如石。

水滴石穿，不外如是，他想。

后背紧贴着男人的胸膛，盛星甚至不敢用力呼吸，原本冰冷的身体渐渐热起来，心脏仿佛也在此刻重新活了过来，一下又一下，猛烈地敲击着她的胸膛。

他的呼吸声和平时不一样。

他们同床数次，从未这么近过。

盛星试着蜷起腿，慢吞吞地挪着小腿，挪到一半，脚掌忽然踢到江予迟的膝盖，她一僵，又慢慢挪过去，就当无事发生。

"睡不着？"他的嗓音很低，气息很烫，低沉的音节一个个跳着往盛星耳朵里钻，勾得她心痒痒的。

盛星动了动脑袋，侧脸在他穿的针织衫上蹭了两下，小声道："衣服戳得我脸疼，不舒服。"

江予迟："……"

沉默半晌，他微微松开盛星，单手脱了针织衫，只剩下里面的衬衫，那颗毛茸茸的脑袋贴着他的胳膊蹭了蹭，似乎觉得舒服，还往上靠了点。

"三哥，我能问你件事吗？"

黑暗遮掩神情，却放大情绪，盛星忍不住想问暗室的事，要是心里带着这件事进组，她会憋死的。

江予迟闭着眼，轻"嗯"了声，连带着胸膛微微震动了一下。

盛星这下整个人都热乎起来，忍不住转了身，和江予迟面对面。她仰起脸，往他下巴靠，语气还颇为神秘："那天，你助理让我找文件，我也不知道踢到哪儿了，三哥，书房里怎么会有暗室？"

柔软的身体扭动，如兰的气息似雾般将他笼罩。

江予迟的神经突突地跳，再开口时声音已哑了："是影音室，你进组时家里冷清，三哥偶尔会进去看电影。"

影音室？盛星眨了眨眼，又眨了眨。

她纠结了一天一夜，居然只是一间影音室，什么秘密、白月光似乎都不存在，答案真的这样简单吗？

江予迟轻吸了口气。

她的睫毛像一把小刷子，扫着他的下巴，手也不自觉地往他腰间抱，看这姿势还挺熟练，和在老宅时一模一样。

盛星得寸进尺，脑袋往他颈间靠，试探着问："那我能进去吗？"

"嗯。"江予迟简单应了句，"星星，三哥困了，睡吧。"

一听能进去，盛星心头的那点怀疑顿时消散了，老老实实地靠在他怀里，唇角偷偷向上翘起。白日里爬山疲累，她本就困，现在又似靠着一个火炉，不一会儿便依偎在他怀里沉沉睡去。

有人安眠，也有人彻夜不眠。

晨光微微放亮，江予迟便轻手轻脚地起床离了房间。

暴雨停歇，晴空透彻，他没走远，就绕着这附近晨跑，一抬眼就能看见那间房。待他晨跑结束，回去正好碰见盛掬月。

"三哥。"盛掬月打了声招呼。

江予迟略一点头，脑子里转过几个念头，问道："月亮，三哥有点事想问你，现在方便吗？"

盛掬月和他对视一眼。两人默契地走到门外，避开了人。

盛掬月不等他问，率先开口："星星的事？"

江予迟收敛了那股子漫不经心的神情，平静地说道："我前两天才知道，她还有个弟弟，她以前没和我提过。你不用觉得为难，找你不是为了这个，是为了十年前，你和盛霈离家。"

话音落下，盛掬月神色微变："三哥……"

"你听三哥说完。"江予迟心里已有数，转而换了话题，"星星有心结，你比我清楚。她十六岁那年离家出走，我找到她的时候……三哥只是想知道，你和盛霈离家，星星又离家出走，是因为同一件事吗？"

盛掬月恍惚了一瞬，低声应道："是同一件。三哥，星星胆子小，有些事她不是不想说，是不敢。她愿意嫁给你，这件事——"

"姐，三哥！"清脆的声音打断盛掬月的话。

江予迟抬眸看去，对上盛星乌黑晶亮的眸子，她刚睡醒，头发还乱着，趴在护栏上往下瞧，眉眼间带着少女时期的娇憨之态。

这样的盛星，如今已少见。

许是因为盛掬月在。

江予迟应了声，视线落在她微微敞开的领口上，道："去穿衣服，一会儿下来吃饭，吃完我们回去。"

盛星却不动，依旧趴着，问："你们在说什么？"

盛掬月指了指山下："说清路的事。"

盛星瞧瞧这个，又瞧瞧那个，没瞧出什么不对劲来，转而跑回了房。

吃过早饭，两人和盛掬月告别，下了山。

同样是山上的日子，盛星总感觉落星山的时间过得特别快，眨眼就到了进组的时间。经纪人来接人的时候，她闷闷不乐。

"江先生不在？"

经纪人一瞧盛星这模样，就知道她心里在想什么。

盛星软着身子倚在座位上，怏怏不乐："嗯，他昨天就出差去了，不能送我，今天也没给我发信息。"

经纪人提醒她："现在是早上六点。"

盛星轻哼："不管。"

经纪人无奈："睡会儿，到估计得天黑了。"

县城偏远，坐高铁不知比开车快上多少，但盛星出行，向来是能坐车就坐车，所以她们得坐几个小时的车过去。小助理和其他人昨天就过去了，也只有经纪人来和她受这苦。

盛星戴上眼罩，熟练地往座位上一缩，闷声闷气道："路上注意着点松球，也不知道它坐车会不会害怕。"

经纪人瞥了一眼箱子里一动不动的陆龟，又看了一下缩成一团的盛星，忽而觉得这主人和她的龟还挺像，都喜欢缩在壳里。

取景的地方叫清水县，依山傍水的好地方，近几年靠着山里的温泉发展旅游业，有了点名气，就是地方太偏。

盛星一行人到酒店已是晚上七点。她匆忙吃了口饭，带着小助理上片场溜达去了。

一路上，小助理叽叽地说着，还神秘兮兮地说了个消息："姐，温边音那边打听消息，打听到我这儿了。"

一听到温边音的名字，盛星险些没想起来，反应一会儿才道："问试镜那天的旗袍？"

小助理不由得睁大眼睛："姐，你怎么知道的？"

盛星笑了笑："她对那个角色可是志在必得，但凡有一丝可能，她都不会放弃。要不是手段层出不穷，我还挺欣赏她。"

小助理往左右看了看，压低声音："姐，我听说她搭上洛京影业的少公子了，就那个你懂吧？"

盛星看她一眼，小助理立即噤声。

盛星来得悄无声息，站在片场最外围，一时也没人注意到她们，她看向场内的梁博生。他年纪本就不大，这会儿换上校服，干干净净的模样还挺有高中生的感觉。

他在拍一场赛车俱乐部的夜戏。

轰鸣的响声时隐时现。

小助理探头看向场内，道："梁博生不会骑重型机车，找了个替身。早上我们看了几场，演技还挺好的。"

盛星这两天也在看梁博生的戏，随口道："和同龄人比起来，确实不错。"

一听这话，小助理松了口气。要说盛星在剧组里有什么不顺心的，就是碰上木头似的演员，演不明白听不明白，幸而梁博生一样都没占。

"盛老师？"副导演诧异地喊，还以为自己看花眼了。

这场戏刚结束，听这声喊，片场里的人都朝盛星看来。不光是因为她是盛星，还因为最近劲爆无比的热搜。

"星星来了？"导演看起来还挺惊喜，朝她摆摆手，"来得正好，过来看看这场戏。博生，你也过来。"

盛星无视一片好奇八卦的眼神，朝片场走，中途好些人和她打招呼，她只点了点头。

导演指着监视器，道："这里的戏份拍完，先拍孤儿院的戏，有场吻戏是怎么着？借位还是？"

导演话语间带着揶揄的意味，朝盛星挤眉弄眼。

校园电影，怎么纯情怎么来，这种朦朦胧胧的感觉正好，吻戏倒也不是必要的，过审还方便。

盛星斜了导演一眼，懒懒地应："都行。"

梁博生一僵，莫名想起前几天的热搜，憋了一会儿，道："借……借位吧，和盛老师拍戏我紧张。"

导演被这反应逗得哈哈大笑，笑眯眯地问盛星："纯情少年是不是还挺好玩？"

盛星摆摆手："先回去了，就是来打个招呼。"

导演点头："行，去吧，明天早点儿来。"

盛星回酒店差不多九点，江予迟的电话正好打过来。

不知怎的，她有点紧张。距离山上那晚才两天，江予迟又因事离开洛京，她还没整理好自己的心情，仍被那晚影响着。

"三哥。"盛星尽量把语气放得自然。

江予迟也刚回酒店，单手扯了领带，解着衬衫扣子往窗前走，她柔软轻细的声音安抚了他因酒精而躁动的神经。

"到地方了？"

"嗯，刚回酒店，这里空气还挺好。"

"晚上冷，让助理注意点。"

"知道啦。"

两人说了几句，不约而同地安静下来。

江予迟捏了捏眉心，脑海里自然地浮起山上那晚，温香软玉触手可及的情景。可现在他身边空荡荡的，什么都没有。

"星星，和三哥说说戏？"江予迟静立在窗前，眼神清明，视线虚虚落在繁华明亮的城市间，酒意渐渐散了。

盛星半倚在床头，随手抱了个枕头，道："我演的女孩是个孤儿，前世男主角救了她，没把这件事放在心上，但这个女孩却因此喜欢上他。暗恋一年之后，她准备向男主告白，男主却死在一场大火中。十年间，她一直没忘记他。这一世，她不再悄悄躲在远处，而是去了他身边。"

长达十年的暗恋。再也说不出口，再也无法让他知晓的暗恋。

江予迟喉间微涩，他离开盛星那年十七岁，如今二十七。整十年，他同样陷在这样的情绪里。

"她很勇敢。"他低声道。

盛星抿唇，轻轻地"嗯"了声："她勇敢且坚定，温柔又聪慧，是我演过的脾气最好的女孩。暗恋……很苦。"

江予迟慢慢攥紧拳，语气淡了点，第一次问起当年："星星，盛霈说，你上高中的时候喜欢过一个人？"

盛星捏着枕头，心脏忽然重重地跳了一下，慌乱道："我……我困了三哥，你也早点儿休息，晚安。"说完，慌忙挂了电话。

盛星怔怔地握着手机，有点懊恼。她这是不是太明显了？江予迟一定会觉得不对劲。胡思乱想半天，她气闷，心想算了，还是睡觉。

江予迟沉默地听着电话挂断的声音，敛了眸。

半个月后。

陈漱参加的综艺播出，盛星的名字再一次占据热搜榜榜首，那段视频在短时间内传遍了全网，包括她的剧组。

这天一早，盛星刚到片场，受到了比第一天来时还要热烈的关注。

小助理悄声道："姐，昨晚综艺播了，他们都知道你和陈漱的关系了。"

盛星早把这事忘了，点点头没说什么。

结果对戏的时候，梁博生也凑过来问她："姐，你和陈漱真是姐弟啊？我和他高中同学三年，没听他说过。"

盛星瞥他一眼："认真点！"

梁博生嘻嘻笑了声，也不怕她，这半个月下来，他对盛星的称呼已经自然地从"盛老师"过渡到了"姐"。

"姐，陈漱今天要来探班。"梁博生一脸神秘道，"说是来探我的班，我总觉着不是，他就是来看你的。"

盛星看了一眼剧本，心想这孩子是不是缺心眼，提醒他道："今天我们要拍吻戏。"

梁博生："……"

盛星原本想陈漱来已经是个坏消息了，不想更坏的还在后头，李疾匀打电话来说他今天来清水县。她纳闷，这是怎样的一天，所有糟心事都能凑一起。

下午，陈漱和李疾匀的车一前一后到。这会儿还没开拍，梁博生和导演都跑出去了，一个去见陈漱，一个去见李疾匀，看起来都挺着急的。

盛星安静地坐在休息椅上，就当无事发生。直到这一群人热热闹闹地朝她走来。

她叹气。

远远地，盛星瞥见陈漱和李疾匀。这两人在某方面有点像，比如此刻，都冷着张脸，也不知道是谁欠了谁，大概是她欠了他们俩的。

正这么想着，经纪人匆匆从另一侧跑来。盛星直起身子，朝经纪人看去："怎么了？"

经纪人喘了口气，往人群的方向看了眼，俯身压低声音道："江先生来了。"

盛星愣住："现在？"

经纪人："已经到了。"

盛星的视线慢吞吞地扫过陈漱、李疾匀、梁博生，最后落在这场借位吻戏的场地上，默默地咽了咽口水。

入春后，天气渐渐回暖。

田野一片绿意，枝头花苞绽放，路边杂草挺立，到处都是春意盎然的景象。对盛星来说，这本该是个轻松、愉悦的午后。

但是——

"星星，这是我们投资人江先生。"导演指着江予迟，笑眯眯地对着盛星介绍。

他又对着江予迟道："江先生，这是我们这部戏的女主角盛星。我可是费了好大的功夫，才把人骗来。"

盛星："……"

她几乎能听到片场内的窃窃私语和压抑的尖叫声，至今就没见过颜值堪比娱乐圈"顶流"的投资人，幸而没人敢拍照。

眼前高大英俊的男人眉梢微扬，黑眸间带着些许笑意，朝盛星伸出左手，袖扣在晴光下泛出耀眼的光泽："盛老师，久仰。"

盛星微微睁大眼，视线在他修长的指间停顿片刻，他戴了结婚戒指，外圈嵌着一颗细小的，星星形状的钻，内圈刻着他们两人名字拼音的缩写。

盛星缓过神，抬手与他宽厚的手掌轻触："您好。"

导演乐呵呵的，继续道："江先生来得巧，今天我们片场正好热闹。疾匀恰好过来探班，还有博生的朋友。"

江予迟扫了他们一眼，笑意收敛。

导演："……"

李疾匀瞥了一眼盛星的神情，目光快速掠过江予迟指间的戒指，忽然明白了。他悠然道："听说这场正好拍吻戏？"

他刻意不提"借位"两个字。

导演和李疾匀私下关系不错，当即就道："正好你在，和我一起看看。星星、博生，你们俩准备一下，争取一条过了。"

盛星："……"

梁博生："……"

梁博生下意识看向陈漱，眼里写得明明白白：我要假装亲你姐了。

陈漱摆着张面瘫脸，冷声道："你最好一条过。"

盛星欲言又止，可偏偏导演还嫌热闹不够大，朝副导演招招手："给江先生搬把椅子来。你们俩怎么还在这儿，赶紧去化妆换衣服！"

江予迟的目光微动，轻轻地掠过盛星。

她穿着戏服，白色的衬衫、绽放的百褶裙，纤瘦的肩头隐着一抹雪白，锁骨若隐若现，细细的腰肢如柳条般柔软，小腿笔直纤长。

为了上镜效果，她几乎没上妆，完全是电影角色的模样。

青涩而单纯。

江予迟完全能想得到，高中时期的盛星有多招人喜欢。此刻面对她略带迟疑的眼神，他低声道："去吧。"

盛星眨了眨眼，拉着小助理走了。

小助理一眼就认出了江予迟，他就是那个小视频里的男人！她忍不住问："姐，你们真认识啊？"

盛星"嗯"了一声，没多说。这可把小助理好奇死了，抓心挠肺般难受。

接下来这场戏是男主得知女主重生的事后，两人冷战，他却忍不住偷偷溜进孤儿院看女主，在床脚边坐了一夜，离开时亲了她一下。

盛星换了轻薄的睡衣，妆容苍白，坐在床沿。搭的景贴合原著，孤儿院的房间是宿舍制的，放着一张单人床，床下塞满了娃娃。

坐在单人床上，盛星难免想到那一晚。他们曾那么近、那么亲密。想到这里，她悄悄抬眸看向场外的江予迟，他正注视着她，神色难辨。

片刻后，场记打板。

盛星和梁博生即刻入了戏。

江予迟和李疾匀站在导演身侧，一同看向监视器——这场戏的重要戏份在梁博生身上，盛星扮演的角色处于装睡状态。可不知道怎么回事，平日里状态不错的梁博生，频频找不到感觉，每当他俯身靠近盛星，他的神情便难以自控。

"博生，你紧张？"导演也没生气，语气温和地喊了停，把人喊过去，"来，我和你说说戏。"

梁博生硬着头皮走过去。他实在不知道该怎么说出口，当他想去"亲吻"盛星的时候，总有两道如刀子似的目光往他身上扎。

导演看到梁博生支支吾吾的样子哪会不明白。他左右瞧了瞧，把副导演喊了过来："去买点下午茶，难得今天热闹。先休息一下再拍，星星，你也别躺着了！"

盛星躺在床上还挺舒服，闻言，慢吞吞地爬起来，小助理一溜烟小跑过去，给她披上外套，问："姐，你想吃点什么？"

"喝杯咖啡就行。"

盛星想吃什么，当然想吃江予迟做的饭。

她今晚没戏，可以把人"骗"回酒店，他们两人单独吃饭。但投资方在，今晚指不定剧组会有聚餐。

正这么想着，导演就问他们的意见："难得赶巧，晚上一起吃个饭？"

李疾匀朝着盛星的方向看了一眼，问："晚上没戏？"

导演答："星星没有。"

李疾匀："那不吃了，我看会儿。"

导演："……"

导演看向江予迟，江予迟扫了一眼腕表，温声道："不巧，晚上我还有个会，改日我请剧组吃夜宵。"

这两人这么一来一回，晚上的饭局就散了。

江予迟的视线在李疾匀略显冷漠的脸上停留一瞬，继而落到陈漱身上——他比屏幕里更为瘦削，眉眼和盛星没有半分相似之处。

盛星对他的态度耐人寻味。

从陈漱进来到现在，盛星都没分他一点目光，似乎就真当他是来看梁博生的，和她毫无关系。

导演一说完话，剧组顿时热闹起来。

要签名的要签名，要合影的要合影，一时间陈漱身边围满了人。李疾匀到边上看前两场盛星演的戏去了，梁博生一个人蹲在边上纠结一会儿该怎么演。

盛星趁乱溜回休息室，江予迟等了几分钟，跟了上去。

他一进门，躲在门边的盛星连忙关上门，问：“三哥，你怎么过来了？”

“正好在附近。”江予迟看向盛星，她还穿着睡衣，乖乖仰着脸看他，眉眼温柔，“晚上三哥做饭给你吃？少油少盐，不影响你。”

盛星哪会拒绝，忙点头：“三哥晚上住酒店？”

“嗯，明天一早的飞机。”江予迟顿了顿，目光落在她的面庞上，“清水县下面有个长寿村，晚上夜市很热闹，想去看吗？”

盛星眨眨眼：“长寿村？那得带上松球。”

江予迟神色轻松，牵了牵唇，笑应：“好。”

两人没在里面待很久，毕竟剧组人来人往。

回到片场，一群人凑在一起喝了下午茶，导演见梁博生状态差不多了，找副导演把江予迟和陈漱支走，美其名曰“参观剧组”。

这两人一走，梁博生状态果然好了不少，在床前又能和盛星说笑了。

导演笑着叹气：“年轻人啊。哎，疾匀，前两场戏你看了吧，我看星星演戏越来越灵了，半点技巧都看不见，完完全全就是女主角，特别是看男主角那眼神，喜欢都要冒出来了，看得我都羡慕。”

李疾匀不如导演这般乐观。戏里盛星的状态确实在逐渐恢复，甚至接近她的巅峰时期。但最近的热搜和江予迟的到来，让他明白这部剧对盛星来说意义非凡。

她是女主角，同时也是盛星。

盛星喜欢这个男人，喜欢她的丈夫。

李疾匀微微拧起眉，隐隐找到了盛星瓶颈期的症结所在，她无法对自己的感情坦诚，无法全然付出自己的真心。

《钟》的试镜取消，他没看上任何一个演员，时隔三年，盛星仍是他的首选，不完美的首选。

李疾匀若有所思，没再搭理导演。

导演也不介意李疾匀，这人一直就这怪脾气。

这边有人犯愁，另一边同样。

副导演边上跟着两个沉默的男人，只他一个人干巴巴地说着话。陈漱态度冷淡，似乎是这么个性子，而江予迟，明明在盛星和导演跟前还挺温和，忽然也冷下来。

副导演觉得这个冬日未免过于漫长。他快被冻死了。

江予迟和陈漱被带着转悠了一圈，再回到片场时，盛星和梁博生已过了这场戏，正围在导演边上看效果。

江予迟没走近，静立在原地，遥遥望着盛星。

她侧身弯腰，认真地看着画面，半边脸在晴光下显得清透无比，偶尔抬眸和梁博生说两句话，那男人有些羞赧，似乎是被夸奖了。

少顷，江予迟发了条短信，提前离开了片场。

经纪人眼睛尖，默默跟了上去。

人群间，陈漱闷声闷气喊："姐。"

他看到梁博生脸上控制不住的得意就心烦，恨不得把他的唇角掰下来，更何况盛星压根儿就不理他。

盛星瞥他一眼，周围的人都好奇地往他们身上看，显然对他们之间的关系很好奇，毕竟没听说这两人是亲姐弟，也没人敢问。

"比赛怎么样？"盛星见他小狗似的失落模样，虽然无奈但也生不出气来，只好当着众人的面问了一句，免得外头又乱传。

陈漱上前两步，乖巧地垂下脑袋，好让她听得清楚："有点紧张。"

梁博生："……"

这人每次排名都是稳稳的第一，盛星的视频播出后，他的人气和热度更是飙升，当着盛星的面真是什么话都说得出来！

围观的人心里正在嗷嗷叫。

"弟弟在姐姐面前好乖！就像被雨淋湿的狗狗！"

"小狗狗能有什么坏心眼呢。"

许是因为今日天气好，又或许是因为见到了江予迟，盛星的心情难得这样明朗，好脾气地和陈漱多说了几句。

当然这些话得避开人说。

姐弟俩在一旁说私话，也没人往上凑。

盛星披着大衣，喝了口咖啡，轻舒一口气，淡淡问："只为了这么一个念头进演艺圈，往后的路想过怎么走吗？"

陈漱张了张口，一时间无法回答她的问题。他耷拉着眼，低声道："我想保护你。"

曾经，年幼的陈漱承诺过，会保护盛星。那时的他没有能力，可不代表以后都没有，那不仅是盛星的创伤，也是他的。

他们的伤口从未愈合。

盛星见陈漱认真又赤诚的模样，平静的面庞终于有了变化，忍不住笑起来："在这圈子里，你先想想怎么保护自己吧。对了，签约的事先别急，过段时间我让经纪人找你。"

陈漱怔怔地看着眼前的盛星，她的目光如冰雪消融，渐渐变得温和，明明笑着，但说出的话他一句都不爱听——

"阿漱，我已经不需要别人的保护了。"

她神色坦然，无比轻松地说着这个事实。

……

"陈漱，想什么呢？过来吃饭！"

梁博生都拍完两场戏了，陈漱居然还呆着，似乎从盛星走了就开始发呆。他纳闷，这两人到底怎么回事？

不光梁博生，导演也挺好奇，撺掇着让这小子开口多说几句，但不管怎么问，陈漱硬是只字不提。

李疾匀没多留，寻个理由走了。

导演骂骂咧咧，吃完继续干活。

夕阳的余晖浸染晴空，天际线由深橘渐渐过渡至深紫，光亮被寸寸吞噬，清水县步入黑夜。

黑色的车行驶在乡道。

盛星摘了口罩，趴在窗前迎着晚风，遥遥看着河岸边蜿蜒的民居，点点灯火如指示灯一般闪烁移动。

静望片刻，盛星收回视线，用余光偷偷瞄了一眼江予迟。他单手握着方向盘，眉眼间带着倦意，散漫的模样和以前没什么不同，但她却敏锐地察觉他情绪有异。

"三哥。"盛星试探着开口，"是不是累了？"

江予迟侧头，瞟她一眼，语气轻飘飘的："不累，在想事。你看你的，手别往窗外伸就行。"

"想什么？"盛星眨眨眼，自然地问。

江予迟目光沉沉，平视前方，脑中却不断闪过梁博生俯身贴近盛星的画面，在两人的唇就要贴住时，他没往下看，径直离开了。

"在想你吃饭前有没有刷牙。"他忽然冒了句毫不相干的话出来。

盛星一愣，听了还有点纳闷，吃饭前刷牙干什么，话在嘴边绕了几圈，她后知后觉，抿唇解释："三哥，是借位吻戏，不用刷牙。"

江予迟一怔，刚想说什么，就听盛星接着道："刷也行，我回去就刷。"

"……"

话题就这么被堵死。

车内一时间陷入寂静，只有松球慢吞吞嚼叶子的声音，吃完还会散步，从这头爬到那头，小脑袋往左右探了探，悄悄缩了回去。

盛星懊恼地别开头。

长寿村离县城大约半小时的车程，依水而建。他们到时，桥侧已停满了车，夜里大家伙儿都想来凑个热闹，一窝蜂地往这儿挤。

相比前几天，今晚人还算是少的。

盛星遮得严严实实，背了个小包，提着装松球的小盒子下了车，和江予迟并肩过桥，朝着村子走去。

晚风顺着夜灯，由远及近拂过他们。

"村里有口井。"江予迟指了一棵大树的方向，随口道，"来之前我看过报道，村里的老人家都喝这口井的水长大，边上有个洗手池，一会儿带你去洗洗。"

盛星纳闷："三哥什么时候信这个了？"

江予迟打小就没信过什么，连爷爷奶奶的管教都不听，更何况子虚乌有的事。这话从他口中说出来，还挺离谱。

江予迟慢悠悠地，说出一句让人无法拒绝的话："来都来了。"

盛星："……"

夜市热闹。

路灯照着大红色的棚顶，一眼望去，整个街道一片通红，喧闹声和食物的香气混在风里与他们擦肩而过。

江予迟没打算带盛星去人多的地方，挑了另一条人少的路，她也不介意，兴致勃勃地凑到摊位边瞧。

摆摊的多是村里的老人家。有的热情，有的冷淡。

盛星转过几个卖小饰品的摊位，被角落里卖花的摊位吸引。

这老婆婆眼尖热情，操着一口方言，对着盛星"叽里呱啦"一顿说，盛星茫然地抬头和老婆婆对视一眼。

江予迟直接得很，抽出一张现金递给老婆婆，顺手揉了揉盛星毛茸茸的脑袋，道："你挑你的。"

盛星眨巴眨巴眼，蹲下身专心挑花。

红艳诱人的玫瑰上沾着水滴，小巧轻盈的勿忘我我见犹怜，边上还有热热闹闹凑在一块儿的满天星。

老婆婆笑眯眯的，利索地弯腰，把新鲜的花堆到盛星跟前，有些蔫巴的都被放到一旁，又是"叽里呱啦"几句话往外冒，不知道想到了什么，挑了枝百合递到盛星怀里，别扭地说着普通话："百……百年……好合。"

盛星一愣，下意识仰头去看江予迟。

江予迟垂眸，黑眸里映着她的面容，两人视线相撞，似是两道细小的水流相触，犹疑着是否应该相融或是交错分离。

"谢谢您。"江予迟缓缓移开视线，牵唇对着老婆婆笑了一下。

盛星悄悄弯了唇，有些困难地抱起一大束花，盒子被江予迟接过去，松球跟着盒子晃了几下，慢吞吞地探出脑袋来。

街道的尽头是一堵许愿墙。五彩的绸缎系着小木牌挂在临时搭建的铁丝网上，风一吹，那绸缎就像一条五彩的河流动起来，许多年轻女孩儿凑在墙边拍照。

盛星怀抱着花，驻足看了片刻。

"想去？"江予迟顺着她的视线看向尽头。

盛星摇摇头，继续逛小摊，往后走是美食摊，好些都是当地特色小吃，她没见过，巴巴儿地瞧了几眼，都想吃，但又不能吃多。

江予迟瞧着她一脸不舍的模样，道："吃吧，尝个味道，剩下的三哥吃。"

盛星恋恋不舍地别开脸，咕哝："不吃了，还在工作。今晚已经比平时多吃半碗饭了，拍完再吃。"

转过热闹的摊位，两人朝安静的树下走去。

池里蓄着水，水面晃着高悬的灯影，迷离的幻影在暗色中一晃而过，那里就是江予迟所说的洗手池。池边不如摊位明亮，边上站了几个年轻女孩。女孩们凑在一起说笑着，没人注意走近的两人。

江予迟低声道："三哥给你拿花，你去洗个手。"

盛星没多想，将花递给江予迟，靠近水边。

这一靠近倒是引来了几个女孩的注意，这么一个偏僻的村落，身材姣好，从头到脚都是高奢品牌的女人很少见，偏偏她还戴着口罩，遮得那么严实。

女孩们互相对视一眼，都从彼此眼中看出惊异来。其中一人大着胆子喊："星星？"

盛星一怔，下意识想回头看江予迟，硬生生忍住，她控制好情绪，抬头看向几个女孩，她们看到她的双眼，立即惊喜地叫出声。见不远处有人注意到这里的动静才慌忙捂住嘴，小心翼翼地看向盛星。

盛星想了想，摘下口罩，对着她们笑了一下："来这里玩吗？"

近距离的美貌冲击，女孩们差点又叫出声来。

"不是，我们是来探班的'派大星'！"

"我们今天下午刚到，工作室联系我们说晚上你没戏，我们就来这里玩了。"

"星星你也来玩？一个人吗？"

女孩儿们"叽叽喳喳"的，眼睛亮晶晶地往她脸上瞧，眼底的欢喜都要冒出来了，在这暗夜就像星星一样。

盛星迟疑片刻，道："和朋友一起来的。"

话音落下，几个女孩朝着盛星身后看去，盛星也跟着转身，可那里空荡荡的，哪儿还有江予迟的身影。

盛星一愣，不等她细想，又被女孩们的话语牵住了心神。

她和她们说了一会儿话，签名合影。"派大星"们总是很贴心，问了照片可不可以发微博后，喜滋滋地跑了，说是不打扰她和朋友一起玩。

女孩们走后，池边只剩盛星一人。她刚想打电话找人，江予迟就从身边冒出来了，手里还拎着一块木牌，上面系着红色的短绸缎。

是许愿牌。

深红色的绸缎缠绕在男人修长的指间。

木牌随着他的动作微微晃动，他懒洋洋地说："看你瞧半天了，写上挂家里去，愿望三哥帮你实现。"

盛星垂眸静静地看着木牌，半晌才接过来，小声道："谢谢三哥。"

江予迟顿了顿，伸手替她戴上口罩，温热的指腹擦过她柔软的耳垂，小心翼翼地将带子绕上她的耳，戴平整了才松开手。

"是不是得回去了？"

"嗯，怕她们听到消息都会来。"

"往前走，三哥跟在后头。"

附近有别人在，江予迟的身份还未公开，他们无法像来时那样一起离开，只能分开走，到车上会合。

盛星抿抿唇，情绪有些低落。

须臾，她转身独自踏入人群中。周围喧嚣而明亮，纤细单薄的背影带着落寞，仿佛披上了一抹灰暗的色彩。

江予迟立在原地，凝视着那道身影。忽然，他戴上冲锋衣的兜帽，迈开步子，快速走到一家卖面具的摊位前，随即戴上面具，混入人群，准确地朝着盛星走去。

盛星垂着眼，慢吞吞地往前走，被人撞到了也不知道躲，只是默默地让开，心里的失落渐渐蔓延开。

她抬手，揉了揉酸涩的眼角。

"星星。"男人低沉的声音自身后响起。

下一秒，她的手被干燥又温暖的手掌牵住，高大的身影将她稳稳地护在身侧。

盛星的心怦然跳动，倏地抬眼看去。

男人的面容被面具遮挡，那双深沉的眼眸牢牢地将她捕捉，他攥紧她的手，低声道："别怕，三哥陪你。"

盛星发了微博：晚安。

配图是两张自拍。

第一张，盛星素颜"怼脸杀"，眼眸乌亮，鼓着腮帮子刷牙，唇边沾着点雪白的泡沫，就像只偷偷喝奶被捉住的小猫咪。

第二张，盛星怀抱着一捧鲜花，眉眼弯弯，肌肤雪白，脸颊上带点儿红，乍一看比怀里的花儿更为娇艳。

"不营业女士"破天荒地发了微博，居然还有自拍，这大晚上的，和过年有什么区别？"派大星"纷纷去评论底下凑热闹。

"你不对劲。"

"这女的为什么能可爱成这样？"

"星星比花儿还要美！"

"啊啊啊，花是夜市上买的！今天偶遇星星啦！"

"星星好美好温柔，呜呜呜，还和我们合影了。"

这条微博很快上了热搜。

因为剧组有特定的探班开放日，不仅盛星的影迷在清水县，梁博生和许多配角的粉丝也在，好些人都去了长寿村。

热搜一冒出来，微博上多了很多路人拍到的盛星。大多照片是池边的盛星，她高挑纤瘦，摘了口罩和几个女孩说话，眉眼温和，看起来耐心十足。

在这些照片中，有几张格外惹眼。人群中，身形颀长的男人紧牵着盛星。他低着头，戴着帽子和面具，看不清面容，另一只手抬起，指间一道银圈，隔开人群，高大的身躯完全将盛星护在怀里。

"看这身材和线条，我赌五毛是停车场男！"

"绝对是盛星老公！手牵得那么紧！还戴着戒指！就这么一张模糊的照片，我居然从中看出了甜，是我太久没恋爱了吗？"

"你不是一个人！"

眼看着"盛星老公"的词条又要上热搜，拍照的人又跑出来发了一条微博："他们刚进来我们就注意到了，一开始没认出来是盛星，后来在水池边她摘了口罩。我们都后悔一开始没拍照片，因为她老公实在是太帅了！（补充一句：确实是圈外人。）"

微博上的热闹和盛星无关。

她开始复习明天的台词，自从李疾匀说她台词还得进步，她就和这一点过不去了。

敲门声响起的时候，盛星还沉浸在角色情绪里，好一会儿才跑去开门。

门一开，里外两个人都有点不自然。江予迟刚洗过澡，穿着简单的白 T 恤和长裤，黑发带着水意，额间散落几缕碎发，目光静静落在盛星的面庞上。

他忍不住想，照片里抱着玫瑰的她——

脸颊是粉色的。

盛星移开眼，眼睫慌乱地颤了几下，侧开身："三哥，先进来。"

江予迟闪身进门，反手关上门。

他跟在盛星身后慢慢往里走，没往两边看，自然道："三哥明早回去，走前来问你借样东西。"

盛星走到小茶几边，顺势坐下，好奇地问："借什么？"

江予迟单手插兜，停在沙发前，眼眸低垂，嗓音低沉："录音笔。"

盛星一愣，有点儿摸不着头脑："现在就要吗？"

"嗯。"江予迟说得简短，"明早就还你。"

盛星没多问，跑去床头拿了个崭新的录音笔给江予迟："不用还我，我还有，三哥拿去吧。"

江予迟接过录音笔，指尖在微凉的笔身上摩挲片刻，脑子里转过数个念头，忽而在沙发上坐下，看向盛星。

盛星迟疑地回望："怎么了？"

江予迟注视着她，他的掌心似乎还残留着夜市上她轻而小的握力。

许久，他说："星星，有件事，我一直想问你。"

盛星在沙发上盘腿一坐，素净的小脸微微仰起，勾人的眼睛往江予迟身上瞟，眨巴两下："问吧！"

听语气还挺大方。

男人微暗的视线像一张网，从密不透风的四周缓慢涌来，他的话像绳结骤然收紧，让盛星的心猛然收缩。

他问："这些年，你心里有人吗？"

盛星怔住，张了张口，一时说不出话来。

指尖泛着冷意，慌乱的心跳在沉默中渐渐平复。江予迟曾经随口问过，可那时候她躲过去了，这次似乎躲不过。

盛星掐着指尖，尽量镇定地答："没有。"

江予迟细细看她藏着点慌乱的眉眼，又问："确定吗？"

盛星别开脸，闷声闷气应了。

江予迟应了声"好"，静默片刻，起身准备离开。

见他没继续问，盛星舒了口气，她压低声音道："我先去看看。"

说着，一路小跑，跑到江予迟前头，开门探出脑袋往左右瞧了瞧，看模样有点像松球。

酒店这一层被他们剧组包了，这时候其他人还没收工，走廊里静悄悄的，盛星转头朝江予迟招手："三哥，外面很安全。"

江予迟也不坏她的兴致，牵唇笑了一下："回去吧。"

这一晚，盛星的心情本极好，江予迟忽然的问话让她有些无措，上床后滚了半天，最后自暴自弃般地登上小号，开始记录心情。

"3月16日：卖花的婆婆祝我和三哥百年好合，今天的花好香。"

第二天一早，盛星闭着眼坐在化妆间内，眼角时不时挤出一点生理泪水。

昨晚她失眠了，折腾了大半宿才睡着，早上起来江予迟早走了，只留下一条短信给她。

小助理拎着一袋豆浆，趁着盛星还没开始化唇妆哄她喝："姐，要拍一上午呢，多少喝点。"

盛星咬着吸管，极其敷衍地嘬了两口。她早上没胃口，这会儿又困，但又得储存体力。

盛星幽幽地叹了口气："上班好苦。"

边上的化妆师"扑哧"笑起来，又忍住，继续给她化妆，悄声道："盛老师，陈潊很早就来了，在门口等你呢。"

盛星勉强睁开眼，纳闷："他还在？"

这话化妆师可不敢接，小助理昂首往门外一瞧，试探着问："姐，大早上的，外面怪冷的，我去喊他进来吧？"

盛星没说话，小助理明白这是默认的意思，赶紧叫人去了。

当下还早，陈潊进来后，化妆师极有眼力见儿，默默去另一边等，顺便和小助理聊天，也不显得尴尬。

"姐。"陈漱看着镜子里的盛星，轻喊了声。

盛星随手指了指边上的椅子："坐吧，吃饭了吗？"

在盛星面前，陈漱身上的锐刺褪去，只露出柔软的肚皮。他弯唇笑了一下："吃过了。姐，给你带了汤包，吃点吗？"

汤包，这曾是盛星最喜欢的小吃，在西港那几年，运气好的时候，她能和陈漱一起去赶集，他每次都会用偷偷藏起来的钱给她买汤包吃，一袋六个，四个都进了她的肚子。

当年小小的少年已经长大了。如今就在她面前坐着，还分外乖巧。

盛星从小就会装模作样，哪能看不出来这小子只会在她面前装乖，她叹了口气："我吃两个。"

陈漱见她愿意吃，心情慢慢变好，趁机问："姐，你结婚的事……"

盛星瞪他一眼，眼神中的意思很明显：不想说。

陈漱乖乖地不再问，比赛还没结束，他的假期少得可怜，今天就得赶回去。这次来，只是想亲口和她说决赛的事。他没藏着掖着，直接问："姐，下周决赛夜你方便过来看吗？"

盛星虽然嘴里吃着人家买的东西，但拒绝起来一点也不含糊："不怎么方便，找梁博生去。"

陈漱微微有些失落："姐，那我回去了。"

盛星摆摆手："去吧。"

陈漱走了没几分钟，经纪人拎着饭盒，凑近盛星，低声道："江先生走前，去酒店厨房做的早餐。"

盛星一愣，立即把剩下的汤包往经纪人怀里一塞，正经道："我饿了，先吃早饭。你们自己玩会儿。"

小助理听了还有些发愣。她呆呆地看向经纪人："姐，你给星星带什么好吃的了？这么好吃吗？"

经纪人叹气，这小姑娘也是傻到没边了。她没管，又从包里拿出录音笔塞到盛星手里："还有这个，说让我给你。对了星星，昨晚江先生问我要了剧本。"

"剧本？"盛星诧异道，"电影剧本吗？"

经纪人："嗯，我没问干什么。"

盛星握着录音笔，点点头，没再继续问。这里人多，她们不方便提江予迟。

吃过江予迟亲手做的早餐后，盛星的心情显而易见地高涨，化妆师几次都想把她上翘的唇角扯下去。

盛星来得早，化完妆还能出去溜达几圈。

今天的景已经搭好了，她一眼瞧见了副导演，他正指挥工作人员将什么搬入景内。驻足看了片刻，她发现竟是昨晚她在夜市看到的那堵许愿墙，搬动过程中发出"丁零当啷"的响声。

"小心点，拍完还得给人还回去！"副导演上前扶了一把，回头看见盛星，还招呼着，"盛老师，您昨天也上夜市玩去了？过来瞧瞧！"

盛星没拒绝，走近看了会儿热闹。

晴空辽阔，树梢春意微浓。许愿墙在碧蓝的天空下轻轻晃动，五彩的绸缎被阳光抹上淡淡的金色，木牌们热热闹闹地挤在一起，黑色的字体歪歪扭扭，写着心愿。盛星仰着脸，从左至右，扫过不同的字迹，多数的话语温柔而简单。

副导演笑着叹了口气："还是导演昨天在热搜上瞧见的，说这堵墙好看，临时起意让人去借来。"

盛星视线下移，应道："昨晚……"

她倏地止住话。

木牌上，写着八个字。

"我的星星，长命百岁。"

"姐，星星最近怎么了？"小助理推了推经纪人，指着那边正在发呆的盛星，嘀咕道，"最近都心不在焉的。"

经纪人无奈道："随她去。"

盛星的敬业和专注在业内是出了名的，她一旦进入状态，很少有事能影响她，她最近几天的游离状态显然不太正常，但不影响她在镜头前的发挥。

今晚盛星有夜戏，这会儿正躺在躺椅上出神。苍穹暗蓝，清透，不是纯粹的黑，似乎乡下的天空总是要比城里干净些，夜晚的空气里带着未消的凉意。

盛星放空大脑，放松四肢，完全将自己丢在躺椅上，不想思考更不想动。

毕竟江予迟走后两周，都没想出什么结果来。

这些天，她隐隐冒出个念头。

这个念头，很不可思议却又极有可能。

盛星双眼空空地盯着没有边际和尽头的星空，隐隐觉得自己的灵魂也往外飘去，越飘越高，像是迷了路，又像是随时会摔下来。

忽然，她猛地坐了起来。正在念台词的梁博生吓了一跳，一脸惊恐，试探着问："姐，我是不是吵到你了？"

盛星摆摆手示意他闭嘴，自顾自地拿出手机找盛掬月。

"姐，我可能拍戏拍傻了。戏里的女孩暗恋的男孩喜欢她，我觉得我暗恋的男人也喜欢我。姐，三哥喜欢我。我有这个想法是不是疯了！"

片刻后，盛掬月回复："问我没用，你去问他。"

Paidax："月亮……"

小月亮："睡了，别烦我。"

Paidax："……"

她恨恨地放下手机，重新躺下。

一边的梁博生心惊胆战，最近几天盛星经常处于这种一惊一乍的状态，让他心里慌慌的。

难不成和老公吵架了？梁博生只敢偷偷想。

那晚盛星被拍到和那男人手牵手逛夜市，剧组里的小姑娘们都要好奇死了，还偷偷撺掇他问，打听那男人是谁。他可不敢。

"星星、博生，准备准备！"导演提高嗓门喊他们。

盛星幽幽地叹了口气，扯下薄毯，拍了拍脸，冷静片刻，瞬间切换成了电影女主状态，看向梁博生的眼神柔软、清透、充满欢喜。

梁博生："……"

不知道为什么，他好害怕。

今晚的戏梁博生要背着盛星走一段路，他还怪紧张的，拍之前还不忘发短信骚扰陈漱，告诉他"我又要背你姐了"。

他做了个深呼吸，和盛星讨论怎么背舒服点。

现在是四月初，夜里凉意如水，戏里却是夏夜。

盛星穿着短袖有点冷，在原地蹦了几下，调整了状态，暂时把江予迟抛到脑后。

不一会儿，场记打板，演员入戏。蔫巴巴的小狗吐着舌头懒洋洋地躺倒在路边。

昏黄的路灯照耀下，夏日逐渐变得鲜活。少女慢吞吞地走在少年旁边，身边的人慢下脚步配合着她的节奏。

一到夏天她就容易困，吃饱后显得没什么精神，就和路边蔫头耷脑的小草似的。少年侧头看了眼身边绷着小脸，略有些困倦的小姑娘，忽而伸手扣住她的手腕，半蹲下身子，低声道："上来，我背你回去。"

小姑娘静静地看他片刻，爬上他的背，将身体的重量全部交给他，似乎连神经都缓慢松弛下来。

两人渐渐走入黑暗中。

盛星睁开眼，目光落在晃动、斑驳的树影上，轻而平静地说着台词："对不起，那天我说谎了。我喜欢你，喜欢了十年。加上今年，是第十一年。那时候我没有机会，现在，我想亲口告诉你，我很喜欢你。"

……

导演从监视器里静静看着盛星的眼神。

柔软的目光中晃着水意，细碎的光亮，每一点都藏着少女的欢喜和羞涩，可这羞涩中又藏着一些别的什么。

他看得分明，是一丝怯意。

导演沉吟片刻，喊："咔！"

他挥手招来盛星，指着监视器道："星星，这里你情绪不对。这个女孩，她很勇敢，从来没动摇过。无论是生活里，还是在情感里，她都很坚定，不会退缩，更不会怕。是再试试还是调整一会儿情绪？"

盛星俯身凝视着镜头里的自己，半晌，沉沉吐出一口气："再试试。"

这场戏结束后已近凌晨。

一段场景他们反复拍了多次，导演耐心极好，尤其是对着盛星，中途两人还谈了一会儿心，最终决定明晚再拍。

盛星裹着披肩，低垂着头上了车。

经纪人难得没提前离开，从头陪到尾，上车前还把小助理打发走了，可怜的小助理只好去蹭梁博生的车。

一上车，小助理就听梁博生的经纪人问："我看着盛老师演得一点问题都没有，怎么就重拍那么多次？"

梁博生："是细节情绪问题。最后重拍那次导演说可以了，盛老师觉得还是不对劲，明晚再试试，这场景也不繁琐。"

那经纪人一见小助理，就想起那晚微博上的照片来，忍不住八卦："你们瞒得可真够好的，圈内几乎没人知道盛老师结婚了。哎，她老公真是圈外人？"

小助理苦闷道："我们没见过。"

经纪人说："就我的经验来看，一般这样的，不是普通的再普通的圈外人就是身份、背景大有来头。"

说话间，车缓缓启动。

梁博生的经纪人还在嘀咕着："说来那天也挺巧，李疾匀、陈漱，还有那个帅得没边的投资人都在，盛老师的老公居然也来了……"

小助理一愣，越琢磨越觉得不对劲。她想起那天下午给盛星看的小视频，看完盛星就不高兴地走了，再联想到前段时间戴着戒指的江予迟忽然来探班……

小助理灵光乍现，目瞪口呆。

洛京，夜市。

烤串的香气弥漫，油点"吱吱"乱响，"噼里啪啦"的声响划开热闹的夜晚，到处都是火热的景象，路边的某家烧烤店却闭门不开。

"迟哥，喝一点？"鲨鱼推过一杯烧刀子，怀念道，"自从回来，兄弟们就再也没聚过，洛京也就我和你。在西北那会儿，想念家乡，向往都市，可真来了洛京，夜里总想起西北的天。"

修长、冷白的手指搭上酒杯，一口干了，辛辣的酒液淌过喉咙，带出一片烧灼感，神经紧跟着跳跃起来。

"西北的天太寂寥了。"江予迟神色平和，缓慢回忆着，"扬沙、浮尘，沙尘暴过后整个世界都安静下来。"

鲨鱼眼珠子转了转，叹道："那里的天真蓝啊，云就跟棉花似的。哎，迟哥，那次我们去荒野演习，你记得吧？"

江予迟斜眼看他，嗤笑："想问就问，别拐弯抹角的。"

鲨鱼"嘿嘿"笑："哪知道这么巧，遇见嫂子剧组在那儿取景。"

两年前，他们曾有一场荒野演习。演习的整个过程保密，在不影响居民、游客的情况下秘密进行，这对他们也是一种考验。

也是赶巧，大冬天的居然碰上剧组来这儿取景。

江予迟和鲨鱼分在一组，两人藏在沙坑里，听前边脚步声匆匆响起又安静下来，反复了有几百遍，他们始终一动不动。

那是个晴日，天暗下来后，星星也挨个儿跑出来。点点星子挤在一块儿，还挺热闹。

鲨鱼悄悄看了一眼江予迟，他正定定地看着天空，似是在看天，又似是在看星星，眼睛里藏着他们从未见过的温柔。

"队长。"他用气声喊。

江予迟没应声，正当鲨鱼想再说什么时，顶上忽而又传来一阵脚步声，女人清亮又带着娇憨的嗓音像泉水一样落下。

"这儿晚上倒没什么风。"她停下脚步，原地蹦跶两下，对身边人说，"我看视频，他们会用石块垒成台子，在荒野上烤火。前两天一个阿妈不是送了我们土豆和红薯吗，正好拿来烤着吃。"

鲨鱼眼看着江予迟的眼神渐渐变了。他纳闷，却也不方便问。

一阵忙乱后，上面点起火，连他们都感受到了暖意。她们凑在一块儿"叽叽喳喳"，但那道嗓音却未再响起。

直到有人喊："星星，过来吃！小心提着戏服，别绊倒了。"

片刻后，叫"星星"的女人在石堆边蹲下，火红的裙摆拂过沙坑，轻薄的纱从江予迟的鼻尖一晃而过。

鲨鱼发誓，他清楚地看到他们队长青筋隐隐鼓起，似在竭力克制着什么。

"嘶，好烫。"她轻轻抱怨了一声，手里的土豆竟没拿住，"咕噜咕噜"滚入沙坑，正好掉在江予迟身上，发出细微的声响。

鲨鱼愣住，下意识屏住呼吸。

"掉了，我去捡。"她探头往坑里瞧了一眼。

边上的人拉住她："黑漆漆的，小心弄脏衣服，再拿一个。"

……

鲨鱼回忆起来，止不住笑："我亲眼看着你把那颗土豆放进口袋里，凉透了都没吃一口，我还挺馋。"

江予迟垂着眼，唇角泛起弧度："那时我们结婚不到一年，算起来结婚后就没再见过她，没听她说过话。"

鲨鱼挤眉弄眼，又打趣了几句，说起前段时间江予迟拜托他的事："迟哥，那个陈漱的事，我打听清楚了。"

江予迟倒酒，示意他接着说。

"他是西港人，老家是个小村子，整个村靠着边上的巢山发展经济。巢山在当地名气挺大，听说上头的巢山寺特别灵验，每年都有大数额的捐赠。这些先不提，说回陈漱，他六岁后就不在村里了，小学、初中是在县城上的，住在爷爷家，高中去了市里。你提到的那个梁博生，他们是高中同学。说来也稀奇，这小子上了高中就再也没回过村子，就偶尔回去看看爷爷。还有件事，挺古怪的，村子里人说，原先陈漱家里有两个孩子，一男一女，女儿后来被送走了。"

说到这女孩，鲨鱼还挺唏嘘："听说陈漱他妈脾气大得很，不喜欢这个女儿，动辄打骂，他们见着好几回这小女孩被关进地窖里。这么点大的孩子，也不知道哭，肯定吓坏了，怪可怜的……"

鲨鱼喝得醉醺醺的，硬撑着把江予迟送到门口，锁门关灯，上楼倒头就睡下了，丝毫没注意被他送到门口的男人压根儿没走。

烈酒烧喉，酒入肚时都不明显的灼烧感在此刻泛上来，熏得他眼都红了。

江予迟站在门口，几次想走，都迈不开步子。之前一小时鲨鱼说了什么他已忘得一干二净，满脑子只剩下他说的那个小姑娘，她挨骂、挨打，被关进地窖里。而盛星怕黑，怕密闭的地方。

她那么瘦小，她……

江予迟攥紧拳，几度压下汹涌的情绪，就在他以为再也压不住的时候，沉寂了一晚的电话忽而响起。他微怔，甚至没看来电显示，直接接起："星星？"

经纪人愣了一下："江先生，是我。今晚星星下戏晚，才睡下。小助理回来和我说了一件事，我想了想，应该告诉你。录音事件那天，星星看了个视频……"

清晨，天际泛出点点微光。

盛星看了一眼时间，才五点多，她在被子里滚了几圈，有点郁闷，那么晚才睡，怎么一大早就醒了。

滚了半天，盛星认命地起床，披上睡衣，洗脸刷牙，习惯性地拉开窗帘，看看天气，视线慢悠悠地从薄雾中往下移，最后落到酒店楼下的一辆车上。

车边倚着一个男人，手里似乎夹了根烟。

盛星怔住。

只一瞬，那男人似有所感，忽而抬眼朝她看来。

"三哥！"盛星披了件外套急匆匆下楼，朝车边的男人跑去。

他站在原地，静静地看着她向他而来。他似是一夜没睡，眼眶泛着红，眼底带着浅浅的青黑，平日里眉眼间的轻松和散漫全然消失，看起来冷峻而疏离，黑眸沉寂，定定地看着她。

盛星不安地抿抿唇："出什么事了？"

盛星下来得急，顾不上戴口罩。这会儿仰着白净的脸看他，乌黑的眸像是马儿的眼，温顺、安静，映着天地和他的倒影。

江予迟凝视她片刻，忽而伸手，用力地将她抱入怀中。

铁一样的手臂紧紧拥着女人单薄的肩头，直到怀抱被填满，他的心才渐渐往下落，落到她柔软的怀里。

"星星。"他哑声喊。

一夜未睡，他的嗓子里像是含了把细沙。

未散的酒气丝丝缕缕钻入盛星的鼻间，她有些无措："可能会被拍到……"

江予迟侧头，手掌抚上她的发，低声道："这些都不重要。以后，在我面前，你想做什么就做，可以成为任何你想成为的样子。"

盛星的脸被他的胸膛挤压着，脑袋还在发蒙，骤然听到这么两句话，有点反应不过来，只好顺着他的话点头："好！三哥，我们先上楼？"

江予迟合眼，将翻涌了一夜的情绪丢回原处，微一低头，薄唇轻触上她的发，在她察觉前离开。

两人快步进了酒店。

天还暗着，大堂冷冷清清，没人看他们。直到出了电梯，回到房间，盛星才仔细瞧江予迟。

"三哥，你喝酒啦？还抽烟了。"盛星轻嗅了嗅，绷着脸皱了皱鼻子。

自从江予迟回来，她就没见他抽过烟，原以为是戒了，现在看倒是没有。

江予迟轻舒了口气，坦然承认错误："昨晚和鲨鱼吃了顿饭，说起从前，喝了几杯。抽烟的事，三哥道歉。"

盛星拉着江予迟在床边坐下，蹲下身，手动了动，试探着握上男人的手掌，轻声问："心情不好吗？"

江予迟反握住盛星的手，两人静静对视着，她双眸明亮、澄澈，完全没被生活和过往影响，她是这样用力地活着。

沉积在心里的所有念头都在这一瞬消散。

三年之期、过往、暗恋，所有因盛星而起伏的情绪和忍耐，江予迟都不想再去考虑。

他这一生，从没有不管不顾过。往后，他想当个凡人。

自私、贪婪，充满占有欲。

江予迟的眉眼渐渐放松，他忽而笑了一下："看见年前的视频了？我对别人说，喜欢漂亮、乖、说话轻声细语、孝顺长辈的女人。"

盛星一怔。

江予迟摩挲着她的指尖，继续道："以前大院里都知道，不管天上有几颗星星，我们这儿就一颗。星星，三哥没见过比你更漂亮的女人。你打小就乖，乖乖等我回家喂你吃饭、背你下台阶、接你回家。你没和别人急过眼，说话轻轻的，带着点气音，我和盛霈总担心你在学校受欺负。三哥不在的这几年，辛苦你陪着爷爷奶奶。"

盛星脑子里乱糟糟的，一时间竟没听懂江予迟的话。

直到他轻笑一声："说得像不像星星？可我的星星，不是这样的。她不乖，夜里总爱偷偷爬出窗，会欺负说她坏话的小男孩，会因为我迟到闹脾气，会故意借着我的名字吓别人。她凶起来的时候，会咬人，像只小豹子。她不爱在家里待着，拍电影就不用回家了，是不是星星？"

江予迟说话的时候，始终盯着盛星的眼睛，看着她慢慢红了眼眶，他俯身跪坐在地上，再次将她拥进怀里。

似蒲公英一样轻的声音传入盛星的耳里，她听到他一字一句地说："我的星星，是天底下最勇敢的小姑娘。"

江予迟做了一个梦。

梦里的他十七岁，张狂、桀骜，不可一世。

在那个夏日，他窥见了自己内心隐秘的角落，那里藏着不能让任何人知道的秘密。后来，他带着这不可告人的心思，逃离洛京。

五月的尾巴，初夏的太阳卷着流火悬挂中天。

江予迟打完篮球，一身汗，汗涔涔的样子那小姑娘不喜欢，他在篮球馆洗了澡才出门接盛星。

盛星初中是走读生，虽然不住宿舍，晚上却爱在学校里待着，等着哥哥来接。老师也觉着稀奇，毕竟这小姑娘吧，说努力吧她不太上心，说成绩好呢更是不见得，还隔三岔五请假去拍戏，来学校的时间少，可来了却还挺爱待在教室里的。

晚自习人少，零零散散几个人。他们都是住宿的，和盛星不熟。于是相熟的人三三两两坐在一起，盛星一个人坐在位置上，歪着脑袋，拿着笔。

江予迟走到教室门口，没出声。他安静地看了她一会儿。教室里灯光明亮，亮堂堂的光映着小姑娘的脸。

后座几个人时不时抬头看她一眼，随即凑在一起窃窃私语。她浑然不觉，坐在椅子上，晃着小腿，笔头戳着柔软的腮帮子，戳出一个小小的坑。眼睫像小扇子，扑闪扑闪，瞧着心情挺好。

许是觉得饿了，她揉揉肚子，转头看了眼时间。

他晚到了五分钟，小姑娘气闷地鼓起脸，嘴里嘟囔着什么，眼睫也蔫巴巴地耷拉下来，直到她偶一抬眼，瞥见门口站着的少年。她的双眼"噌"地亮了，眨巴两下，细碎的灯光像星星一样在她眼里闪。

小姑娘急匆匆地收拾书包，蹦跶着朝他跑来，一点也不在乎别人好奇的眼神，熟练地往他身上扑。

"三哥！你好慢！"她嘟着嘴，仰着脸小声抱怨，可眼底却亮晶晶的。

那双小手搂着他的腰，她晃着脑袋嘀嘀咕咕道："我们出去吃饭吧，我不想回家吃，一个人吃饭好没劲。三哥？"

江予迟僵着身子，半晌都说不出话来，只能愣愣地望着她的眼睛，像所有陷落的星子一样，沉沦在她眼底。

她的眼睛里藏着宇宙。

十七岁的江予迟想。

剧组片场。

"星星，今天状态不错啊。"导演美滋滋地瞧着刚才拍的那一段，"昨晚那段一点都不卡，效果比我想的还要好。刚刚那段也好，唉，看得我都怀念初恋了，多美好啊！博生，有没有点恋爱的感觉？"

梁博生这会儿正面红耳赤。他常被戏里的角色撩得耳朵红，导演见了捂嘴笑，剧组的工作人员也总偷笑，问他怎么就那么容易脸红。

闻言，他结结巴巴地应："有……有点吧。"

周围又是一阵哄笑声。

梁博生捏着耳垂，心想，也不看看是和谁对戏，对着盛星那张脸，人家还含情脉脉地看着你，不脸红就有鬼了。

盛星凑在导演身边，俯身瞧着，心里也觉着不错，不愧是她。

导演心满意足，当着全剧组人的面宣布："清水县的戏份到此结束。下午回洛京，休息一晚，明天出发去海岛，最近天气好，海岛场景拍完再拍校园的部分。"

说实在的，进度比导演想的更快。盛星和梁博生之间的配合比他想的好得多，梁博生愿意学，盛星愿意带，两人的配合格外默契。

梁博生脸红完，趁着盛星还没走，问："姐，正好晚上陈漱他们总决赛，你去看吗？他给了我两张门票。"

盛星惦记着江予迟，摆摆手："不去。"

梁博生也不惊讶，只在心里给陈漱点了根蜡烛。

剧组收工，还能休息一晚，大家伙儿心情都不错，轻松交谈着，商量着去哪儿聚聚。但副导演的脸色就不那么好看了，匆匆在导演耳边说了两句话。

导演缓缓皱起眉："借走了？"

副导演说着说着火气就上来了："说洛京影业的少公子借走了，不知道给谁过生日，得晚两天给我们。"

对一个电影项目来说，但凡耽搁一天，都是在烧钱。他们的场次早已定好，临时更改不现实，可偏偏出了这样的意外。

导演头疼："这些公子哥又闹腾什么？"

他烦得不行，正好瞥见盛星准备离开片场，忽然灵机一动，大声喊："星星，等等，先别走！"

盛星叼着酸奶吸管回头："怎么了？"

导演和副导演你一句我一句把事说了，然后用商量的语气问："星星，你看你家里，有没有合适的游轮？"

听到"洛京影业"四个字，小助理顿时竖起耳朵，朝着盛星挤眉弄眼，提醒她那边的少公子和温边音的事。

盛星瞥她一眼，问导演："什么样的游轮？我去问问。"

副导演一听就有戏，忙找出照片给盛星看。

盛星定睛瞧了一会儿，点点头："肯定有，下午我把负责人的联系方式给你们，有什么事和他说就行。"

副导演没想到问题这么容易就解决了，不由得看向导演。

导演乐呵呵地问："星星，你看这价钱，是不是得给个友情价？"

盛星没好气道："工作上的事我不管，您能谈到什么价格是您的本事。"

导演笑眯眯地应："有你这话就行了。"

盛星无奈，挥挥手，带着小助理走了。

小助理拿出手机"噼里啪啦"一顿按，随即睁大眼睛，眼神中充满了"吃瓜"的热情，压低声音道："姐，我查了，明天是温边音的生日，肯定是给她过生日。姐，你说那些有钱人自己没游轮吗？怎么偏偏就借到我们剧组来了？"

盛星凝神想了片刻，忽然问："洛京影业的少公子是不是那个高高瘦瘦，戴个耳钉的，那耳钉还是个星星形状？"

小助理忙点头："对，拍《盛京赋》那时他来探过班，我们当时都说他戴的像是'派大星'出的周边。"

盛星眨眨眼："你看看他是不是关注我了。"

小助理立即去搜，诧异道："姐，你是他的第一个关注！"

盛星搭上小助理的肩，悠悠然道："今晚我就逮人去，看看温边音到底是不是故意的。这人吧，还是得摔个跟头。"

盛星也不见得有多讨厌温边音，实在是这人太烦了，时不时就得出来找点存在感，真找事吧也不敢，又不肯老实待着。

温边音三番两次给她们找不痛快，小助理早就看她不爽了，她怀疑是温边音故意的，不然怎么就能这么巧。听盛星这么说，她顿时来劲了："姐，吃饭的时候我们详细说说？"

盛星点点她脑门："中饭你们吃，不用管我。"

小助理没多问，只点点头。

盛星走得急，估计是整个剧组第一个到酒店的，一进大堂就丢下小助理匆匆上楼了。

盛星不但着急，还紧张。

一想到江予迟早上说的话，她就不自觉地紧张起来。如果她没理解错，江予迟说的喜欢的女人就是她吧?

早上没来得及细问,小助理就来敲门了。

她有戏,得早点去片场,只能把江予迟一个人留在酒店里。也不知道他有没有睡着,盛星想着。

这个念头刚冒出来,盛星已站了房门口。她和房门大眼瞪小眼,面面相觑,迟迟没有敲门,直到"咔嚓"一声响,门从里面被打开。

盛星下意识抬头,和江予迟对视。他的目光柔和,漆黑的瞳孔定定地看着她,似是刚洗过澡,身上穿着不知从哪里弄来的衬衫和西装裤,新的,但不是他会穿的料子和做工,许是让人买的。

领口敞开,挂在发梢的水滴慢慢坠落。滑过下颌,途径凸起的喉结时停了片刻,不紧不慢地往衣领里爬,最后慌不择路,一头砸进锁骨里。

"三哥。"盛星小声喊,克制着自己移开视线。

江予迟随手拨了拨湿发,侧身让开:"下戏了?下午和晚上还有戏吗?三哥去片场陪你?"

"这里戏份拍完了,下午剧组回洛京。"盛星慢吞吞地往房里走,视线落在床上时不由得问,"三哥,你睡了吗?"

她的床还是离开前的模样。一半凌乱,一半平整。

盛星在家睡相不好,在外面倒挺老实,只占着一边不动。眼下,另一边的床单一丝褶皱都没有,显然不像是有人睡过。

江予迟跟在她身后,懒懒应:"睡了,还做了个梦。"

盛星眨眨眼,又眨眨眼,他直接睡在她那一边,这人几乎是把"我喜欢你"四个字写在床上了。

"什么梦?"盛星回头看他,眼角眉梢皆藏着笑意。

江予迟见她眼睛弯弯的模样,心情变得明朗:"梦到你上初中那会儿,我去接你。教室里那么多小姑娘,星星最好看。"

盛星有点脸红,虽然她知道自己生得好看。她嘀咕:"小时候怎么不夸我?"

江予迟凝视着她泛起红潮的面颊,白皙的脸庞仿佛被云霞般的烟雾晕染,映着她勾人、水亮的眼眸。

"星星,三哥有话想和你说。"

盛星抿抿唇,声音不自觉地放低:"你说。"

江予迟不想吓到她，没靠太近，隔着不远不近的距离，静静地看着她："我问过你，你说心里没人。三哥这人，没什么优点，性子傲，耐心不多，但打小我就会哄小姑娘，就那么一个小姑娘。我哄了她那么些年，想一直哄下去。"

他勾了勾唇，脸上浮上点笑。

"星星，三哥没追过人。你给个机会，让我试试？"

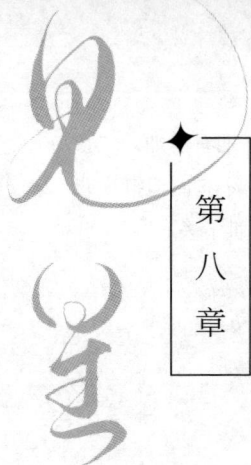

黑色越野车急速行驶在省道上，穿越隧道时，司机悄悄往后瞧了一眼。

这一路安静到离谱，这是吵架了？

给江予迟当司机近一年，他知道盛星和江予迟的关系，这两个人看起来不像是夫妻，倒像是兄妹，但从没像今天这样，一左一右坐在车窗边，看向窗外，一言不发。

隧道昏暗，光影变幻。

车窗上映出另一侧的身影，盛星悄悄看着江予迟的轮廓，心还"怦怦"跳着，这颗小东西从酒店一路蹦跶到这儿，总算比之前安分了一点。

江予迟似乎并不需要她的答案。

说完后自顾自地下楼借厨房做饭，两人安静无言地吃完，盛星和经纪人说了几句话就上了江予迟的车。

起先，江予迟在处理公司的事，他大半夜地跑过来，丢下一整天的行程，等处理完了，见盛星正埋头看剧本，江予迟没出声打扰她。

这么静了半天，两人都开始走神。他们俩的心思全然不在工作上，干脆看着窗外发呆。

盛星捂着嘴，小小地打了个哈欠，一早起来拍戏，还迎面砸来个让她脑袋犯晕的消息，情绪大起大落，眼下困意泛上来，想靠着窗睡会儿。

另一侧，江予迟凝视着玻璃上的倒影，一时摸不清盛星的心思，至少她不反感，没立即拒绝他。他数着日期，再过一周是他和盛星结婚三周年的日子。

那天，江氏集团会公布婚讯。

不一会儿，车驶出隧道。视线放亮，"嗒"的一声闷响，这声音极轻。

江予迟侧头看去，盛星闭着眼靠在窗户上，脑袋不受控制地朝窗户上砸去，她无知无觉，像猫儿似的往边上蹭。

隧道漫长，盛星困了。

江予迟看了几秒，道："星星，靠在三哥身上睡吧，别撞着头。"

盛星还迷糊着，边上横过一只手，稳稳牵住她往左侧拉，她顺着男人的动作踢了鞋，在他的引领下枕在了他的大腿上。

后座宽敞，盛星纤瘦，躺在上面只占了一半。底下的"枕头"结实有力，盛星靠着还挺舒服，迷迷瞪瞪地闭上眼。

晴光刺眼，闭上眼睛还是难受，她浅蹙着眉，不太舒服。忽然，一道阴影笼罩在上方。

刺眼的光被挡去。

眼睫缓慢地动了动，睡过去前，她看到了江予迟的掌心。

进入洛京，天色全然暗了。繁华都市的灯光将附近的天映成暗红色。

盛星醒来时缓了好一会儿，车内黑漆漆的，动了动，发现自己还枕着那个"枕头"。

她一僵，慢吞吞地喊："三哥？"

"嗯？"男人嗓音发懒，听着有点倦。

盛星顿时清醒过来，忙坐起身，顾不上睡得乱糟糟的头发，无辜地看江予迟："我睡了多久？是不是把你腿睡麻了？"

江予迟换了个姿势，瞧着她："现在六点多，晚上吃什么？"

盛星抿抿唇，小声道："晚上约了人。"

"什么人？"江予迟挑了挑眉，黑眸微亮，"方便带上三哥吗？"

以前江予迟不会说这样的话，他不会过问盛星的交友和出行，最多说一句结束来接，现在说让她带上他还是头一遭。

这一觉睡得，倒是把两人之前沉寂的气氛都给睡没了。

盛星蒙了一会儿："应该……应该方便的。"

江予迟笑了一下："去哪儿？"

盛星报了个地址，默默缩回了原来的位置。她深觉自己被美色所惑，不然怎么就答应了江予迟。今晚她约了几个朋友，主要是为了喊上洛京影业的少公子，顺便喝点酒，过过瘾。

在剧组，她向来滴酒不沾，难得今晚有局。但江予迟在，盛星觉得自己得收敛点。

盛星打开群，提醒群里三个女人。

Paidax："我老公也来。"

"江予迟？他来干什么！"

"前阵子才在球场见过，又要见。星星，你这个老公在生意场上实在太难搞了，我忍了好几次才忍住没来找你走后门。"

"下一个或许更好。"

盛星这三个朋友，都老实地去继承家业了，在洛京这个地方，想赚钱少不了和江氏打交道。于是，这三个女人都对江予迟恨得牙痒痒。

盛星幽幽叹了口气。

江予迟侧眸，问："怎么了？"

盛星轻咳一声，道："三哥，几个朋友你都认识，还有一些是你工作上的合作方。我总觉得，她们会趁今晚灌你酒。"

江予迟思索片刻，忽而问："今晚你是什么打算？"

盛星："……"

不知怎的，她有点心虚。

盛星三言两语把事说了，绷着脸，怪不高兴的："总听见她名字，烦人，不认识也没合作。想安静把戏拍完都不行。"

盛星这人吧，打小就这样。不欺负人，但被人欺负了，就非得欺负回去不可，还得自己来。温边音这件事，她休假期间倒有点兴致，跑去试镜片场唬人去了，但工作期间她实在不耐烦，才打算直接找人把船要回来，就算不用也得要回来。

江予迟没提温边音，反而问："你知道他是你的影迷？"

盛星托着腮，靠在中央扶手上，缓慢回忆着："今天才想起来。拍《盛京赋》那会儿，他来西北探过班，来了两三次，站在挺远的地方。我原先以为是投资方对这部剧上心，今天才注意了一下。我记得他，挺礼貌一人，客客气气的，也没问我要签名，就看了几场戏。"

江予迟颔首，道："这事三哥暂时不插手。再有下次，你认真拍戏，这些事交给经纪人。"

这倒是真话，最近盛星工作室都快换老板了。

拍戏期间，经纪人不打扰盛星，就把事往江予迟身上推，别说，还真好用。

自从接手江氏影业以来，江予迟大致看了看近年江氏投资的剧和电影，发现只要是盛星演的，他们公司都有意向投，有几部没争过别人，最近两部倒是眼疾手快拿下了。底下不知道他和盛星的关系，眼光倒是好。

想到这里，江予迟不由得想到《钟》。这部电影搁置了三年，最近在找新的投资，少有人愿意投文艺片，哪怕导演是李疾匀，他们也同样谨慎。江氏影业同样在观望，毕竟《钟》的女主角迟迟未定。

因为盛星，江予迟去了解了一下李疾匀。如盛星所说，他是一个优秀至极又古怪至极的导演，不少投资人都是因为李疾匀的脾气，投了第一次就不想投第二次。目前他对《钟》倒是没什么了解，三年间剧本一直在改，到现在少有人知道电影讲的是个什么故事。

温边音和盛星的矛盾，也是因为这部电影。

"星星。"江予迟提起电影的事，"关于《钟》你是怎么想的？经纪人前几天提了一句，第二次试镜要开始了，那边联系了工作室，她说第一次你没去，这次呢？"

盛星苦闷道："三年前李疾匀就找过我，说我不合适，不然我早去拍了。那会儿不适合，不见得现在就合适。剧本我了解过大概，故事不错，我也感兴趣，但这样的电影，有门槛，需要质感，不是所有演员都适合文艺片，演员必须契合故事氛围。我和那个角色不够融洽，不适合这个故事。"

江予迟沉默了几秒，问："《钟》为什么迟迟定不下女主角？"

盛星下意识道："他对电影要求很高，没找到合适的演员宁可不拍。但是……这次试镜也不见多少新人演员，那天试镜他也没满意的。"

说着，盛星忽而觉得不太对劲。

李疾匀在试镜片场说的那些话浮上心头，他说："盛星，三年了，我觉得你和三年前没有任何区别。你要是有点出息，我就不愁找不到演员了。"

片刻后，她怔然道："他在等我？"

可像李疾匀这样高傲的一个人，会为了等一个演员而搁置一部电影整整三年吗？盛星不相信，也不会去猜测这样的可能性。

江予迟一抬手，揉了揉她的脑袋"你值得等。试镜安排在五月，还有时间考虑，不急着做决定。"

盛星感受着脑袋上柔和的力道，想往他掌心蹭。明明在说正事，她却冒出不合时宜的念头来：她喜欢被江予迟摸头，从小就喜欢。

地点在赛车俱乐部，盛星虽然不会开车，但还挺爱看比赛。群里那三个女人更是，她们每次来都挺快乐。

但显然今晚不是。

江予迟推门进去的时候，热闹的场面安静了一瞬，几个女人对视一眼，不约而同地叹了口气。洛京影业的少公子见着江予迟还愣了一下，起身问："迟哥，你也来玩吗？"

江予迟挑了挑眉，侧开身，懒懒道："陪我太太来的。"

盛星从他身后探出脑袋，朝几个朋友摆摆手，弯着眼笑了一下，看起来心情不错，三个女人一起翻了个白眼。

这是第一次，盛星和江予迟以夫妻身份出现在公共场合，江予迟已没有半点掩藏的意思。

说完，只听"砰"的一声响。

洛京影业少公子周向淮手里的酒杯直直地朝着地上摔去。他愣愣地看着盛星和江予迟。他知道盛星结婚了，那天还哀嚎着自己失恋了，但他可从没想过，盛星的老公会是江予迟。

居然是他认识的人，夺妻之仇不共戴天！

这念头只上头了一会儿，他便冷静下来，轻咳一声："手滑，手滑。"

江予迟看到他这反应还挺满意的，和盛星一起往沙发边走，包间内的大屏幕正在直播紧张刺激的赛事，桌上摆满了酒和零食。

盛星和几个朋友叙了一会儿旧，一点不心疼地把江予迟丢给了他们，毕竟在圈内她还没见过能从他身上讨到好的人。

不一会儿，盛星起身，在视线总偷偷往她身上瞄的男人身边坐下。

"星……星星，不是，盛老师。"原本俊朗且自如的男人一见盛星就红了脸，说话还磕巴，仔细看眼神，满是见到偶像的兴奋，像个幼稚的大男孩。

盛星沉默一瞬，心想，原来温边音是这个口味。

她抿了口酒，随口问："我们是不是在《盛京赋》片场见过？我记得你那天戴了一个星星形状的耳钉，看起来很眼熟。"

"对。"周向淮面皮紧绷着，手也不知道往哪儿放，"是你出道十周年'派大星'们出的周边，我都买了。我……我是你的影迷，星星。"

"派大星"都亲昵地喊盛星为"星星"，他也不例外。

盛星眨了眨眼，问："你也是'派大星'？你叫什么名字？"

"周向淮，我叫周向淮。我喜欢你十年了，星星。"周向淮当着盛星的面承认后轻松不少，渐渐找回状态，"你对我来说，有很不一样的意义。"

盛星："……"

她下意识去看江予迟，他正看着她，坐姿懒散，单手握着酒杯，双腿微微分开，黑眸里含着很明显的不高兴。

周向淮笑了笑，没过多解释："那段时间我浑浑噩噩，如果没有遇见你，或许今天也不能坐在这儿。"

这话里的意思，不像是看了她的作品，反而像是遇见了她本人。

十年前，盛星十三岁，那一年对她来说很不同。那年她亲密的人接连离开了洛京，导致她下半年状态很差，只有去演戏，融入角色，她才能暂时从"盛星"的状态里脱离出来。下半年，盛星演了一个面临家庭破碎的小女孩。父亲是警察，母亲是富家女，两人因为感情不和离婚，迟迟没决定孩子跟谁，父亲太忙，母亲不想要，在这样僵持的情况下，她被绑架了。

盛星从久远的往事中，找出一段回忆。那晚剧组收工，她经过杂物间的时候听到有人在哭，是个男孩子，哭得一抽一抽的，很是可怜。走进去一看，年纪比她大几岁。

"你……"盛星盯着周向淮的脸，"那晚在杂物间哭鼻子的是你啊？"

周向淮一呆，不想盛星还记得那么久的事，忙道："我早就不哭鼻子了，你快忘记那件事！"

盛星忍了忍，没忍住笑了一下："我早忘了。"

说笑间，气氛变得轻松。

盛星悄悄朝朋友使了个眼色，朋友极其配合地问："向淮，听说你最近找了个女朋友，怎么没带来？"

说起女人，周向淮自如很多。他弯唇笑了一下："她去现场看什么决赛了，就最近挺火的那个综艺。"

朋友趁机道："群里都在传，说你给包了艘游轮给她庆生？"

周向淮拿起酒杯，朝她晃了晃："对，就明天，停在洛京港。欢迎你们来玩。"

"星星。"朋友看向盛星，"你们剧组不是临时出了意外，不能出海了吗，明天去玩玩？"

盛星不紧不慢地应："还不知道呢，说在交涉。"

周向淮诧异道："剧组要出海？出什么意外了？"

盛星捏着小勺子，有一下没一下地转着酒里的冰块，随口道："本来剧组租了艘游轮，临时被人截胡了，现在要重新找船呢。"

朋友看了一眼周向淮，笑道："你让向淮给你找找，说不定能解决。"

周向淮一愣，这才觉出别的意思来。盛氏船运这样大的家业，哪用得着他去找船，除非……是同一艘游轮。

他神色微变，沉默半晌，道："我来解决。今晚还有点事要去处理，得先走，你们玩得尽兴。"

周向淮一口干了酒，看向盛星，低声道："抱歉。"

说完，他头也不回地离开了包间。

盛星托腮，半支着身子，问朋友："我是不是有点仗势欺人？"

朋友轻哼一声："你仗谁的势？周向淮今晚可没往江予迟身上看，注意力全在你身上呢。不过，还挺神奇，他就纯喜欢你，也没那方面的意思。就我看吧，这事是温边音使的坏，她过个生日，哪需要这么大的游轮，这不离谱吗？"

朋友在耳边叨叨，盛星的视线往左边晃悠了一下。

江予迟正凝神听着边上的人说话，许是旁人说了趣事，他勾唇笑起来，眉眼间带着点漫不经心，杯沿贴着薄唇，酒液灌入口中，修长的手指搭着玻璃杯，指尖轻点了点，节奏轻缓。

暗红色的沙发莫名将他衬出点痞气。

今晚因着盛星和江予迟在，她们没怎么看比赛，光顾着聊天八卦去了，临结束前打了声招呼就散了。

一眨眼，包间门口只剩盛星和江予迟两人。

盛星微仰头看他，小声问："三哥，你还好吗？他们灌你酒你就喝啊？一点都不像你。"

江予迟垂眼，轻笑了声："今晚大半时间心情都不错。"

这话意有所指。

盛星眨了眨眼，刚想说话，就听江予迟懒懒道："三哥醉了，走不动路。星星，过来扶我一把。"

她愣了一瞬，下意识扶上他的手臂："要叫司机上来吗？"

江予迟毫不客气，将身体大半的重量往盛星身上一压，抬手挂在她单薄的肩头，无理取闹似的说："不爱别人碰我。"

盛星："……"

还好她平时坚持锻炼，不然可扶不动这么沉一个大男人，路上碰见好几个服务员要来帮忙，都被江予迟的眼神赶走了。

等到了楼下，盛星觉得自己出了汗。司机见状，忙上前帮忙，才走出几步，对上江予迟凉飕飕的眼神，猛地刹住车，转个方向去开后座的门。

上了车，江予迟也不消停，拖腔拉调地说："三哥想躺会儿。"

他的视线下移，慢慢落到盛星的腿上。表达的意思很明显，下午她怎么睡的，现在他就要怎么睡回来。

盛星看了他一眼，慢吞吞回应道："躺吧。"

江予迟手长脚长，怎么躺都不会舒服，他也不介意，随便找了个位置，把脑袋往盛星腿上一放，然后自顾自地找了个舒服的姿势。

盛星低下头，对上江予迟的眼睛。

他不像她，躺下就睡，而是睁着眼，定定地看着她，眸间是毫不掩藏的情意，和酒一样醉人。

盛星很少从这个角度看江予迟。他的眼皮很薄，双眼皮很深，眼尾狭长，睫毛热热闹闹地挤在一起。漆黑的瞳仁里映着小小的她，汇聚成一团小小的光亮。

似乎他这样看了她许多年。

"星星。"他低声喊。

盛星忽而移开眼，抬手捂住这双专注勾人的眼睛，别扭道："好好躺着，不许说话，也不许乱动。要不要喝水？"

江予迟果真不说话，只眨了两下眼睛。

睫毛扫过她的掌心，像被风吹动的小绒毛，让人感觉痒痒的。

盛星咬住唇，抑制着内心涌起的情愫。

车内光影变幻，她始终遮着江予迟的眼睛，因为她说不许说话，他就这么安静了一路，一声不吭。

车驶入落星山，周围忽然暗下来，重重树影随夜风轻动。盛星胸膛里那颗小东西又开始不安分，一下一下跳动，愈发猛烈，似乎要破胸而出，情愫似潮汐蔓延。

终于，她忍受不了，小声喊："三哥。"

掌心下的睫毛又动了一下。

盛星慢慢移开手，对上他黑亮的双眸，轻声道："我也想试试。"

六点半，晨曦初绽。

震耳的轰鸣声打破清晨的寂静，银灰色的跑车嚣张地驶入港口，剧组的人下意识朝着那方向看去，谁这么高调？

经纪人和小助理正站在边上等盛星。

小助理昂起脑袋："姐，不会是星星吧？江先生是这个风格吗？"

经纪人想都没想："不可能，江先生那么低调沉稳的一个人。这车一看就不是他的风格，送星星能这么显眼吗？"

下一秒，跑车漂亮转弯，刹车。

两人眼睁睁看着盛星从副驾驶位下了车。

"三哥，我走啦。"盛星朝江予迟摆摆手，眼睫心虚地扑闪两下，飞快地关上车门，头也不回地溜走了，走到一半还往前跑起来，生怕后头有人追似的。

江予迟轻挑了挑眉，重新扣上安全带。

昨晚说那句话的时候倒挺勇敢，结果到现在都不敢正眼看他。说是给他机会，现在连开车门的机会都不给了。他静静注视着那道纤细的身影，看她一路小跑到经纪人身边，又回头往他的方向看了一眼。

许是见他还在，她又用力挥了挥手。

江予迟启动车子，黑眸染上笑意。

这两天他心情极好，若要说有什么遗憾，只有一件——他们结婚三周年纪念日那天，盛星可能还在海岛上，他们不能一起度过那一天。

跑车如流星划过，车身眨眼消失。

经纪人无奈地拍拍盛星的脑袋"别看了，都走了。今天江先生怎么开跑车来？这倒是难得一见，我都不知道他还有这种风格的车。"

盛星收回视线，嘀咕道："可能为了讨小姑娘欢心吧。"

经纪人斜眼瞧她："哪个小姑娘？"

盛星翘起唇角："不告诉你。"

小助理在一旁看得叹为观止，原来盛星和江予迟感情这么好，就这样她还被蒙在鼓里整整三年，简直太迟钝了！

剧组的人默契地没当着盛星的面八卦。

虽然导演也心痒痒想问两句，但这会儿有正事说。他朝盛星招招手："星星，有个好消息！"

盛星笑问："船还回来了？"

导演一愣，诧异道："你怎么知道？"

盛星指了指停在港口的游轮，道："这不是我们家的船，没标志。盛家的船我从小看到大，一眼就能认出来。"

导演点头，神秘一笑："但这事有个意想不到的结果。人不但把船还了回来，还替我们把钱付了。"

副导演也跟着笑："省下不少钱。"

盛星不觉得意外，侧头看了一眼游轮，心想，这船没她家里的漂亮。

说话间，梁博生到了。许是昨晚闹得太晚，他一脸困倦，还不忘凑到盛星身边说："姐，陈漱 C 位出道了。你知道不？"

盛星轻飘飘地应道："现在知道了。"

梁博生："……"

他的困意就被这么一句话打散了。

不是他说，陈漱和盛星的关系还真是奇怪。昨晚比赛结束，他和温边音一起去后台看陈漱，这陈漱没见到盛星，立即垮起脸，蔫头耷脑的，看起来还怪可爱。

梁博生忍不住问："姐，你们关系不好啊？"

盛星瞥他一眼："你看呢？"

梁博生："……就还行？"

盛星："那就还行。"

梁博生也不自讨没趣，换了个话题，指着那艘游轮问："姐，这就是本来我师姐过生日要用的那艘游轮？"

盛星漫不经心地点头，往舷梯走去。

梁博生看了片刻，忽而叹气："也不知道生日会怎么办。"

盛星看到他担心的模样，不由得问："你知道她和周向淮的事？"

梁博生挠挠头："知道，好多人在传。"

"别多想。"盛星顿了顿，还是多说了一句，"周向淮人不错，我想这件事不会影响她的生日会，也不会传出什么消息，只是一个误会。"

梁博生这阵子跟着盛星学了不少，一句"姐"可谓叫得真心实意，盛星说的话在他这里有特殊的说服力。

听她这么说，他也不多想了，说起戏来："姐，那些小朋友不跟着我们上岛，这船是拍完再开？"

盛星"嗯"了声，多问了句："以前你和小朋友拍过戏没？"

梁博生一脸无辜："没有。"

盛星轻轻叹了口气："那你耐心点。"

梁博生起先还不知道盛星的话是什么意思，直到他们从清晨拍到日落，那群小朋友离开，梁博生脑子里还回响着小孩子的尖叫声。

一两个小孩还没什么，一群小孩可真是难搞。

夕阳将海面照成浓郁的金黄色，波光粼粼。

梁博生瘫在甲板上，重重叹了口气，他自拍戏以来从来没这么累过，不仅是身体上的，还有精神上的，简直是双重折磨。

悠悠晚风中，船鸣声都显得多情。

盛星倚在栏杆上，随口问："船要开了？"

小助理跑到另一侧，探头看了一眼，喊道："不是！是另一艘游轮靠岸了，和我们这艘差不了多少。姐，我看见好多车。"

梁博生竖起耳朵，"噌"地一下爬起来，和小助理一起探头探脑，没一会儿，他转头看向盛星："姐，真是给我师姐过生日的！"

海风拂过盛星的长发。

黑发缠绵在风里，绕住纤长的颈，听见喊声，她不紧不慢地看过来，目光柔和，神色慵懒，面庞映着淡金色的余晖。

可说出来的话却一点都不温柔。

她轻哼一声，冷漠道："你现在跳船还来得及。"

梁博生忍不住嘀咕："小助理，咱姐怎么回事？人看起来温温柔柔的，说话阴阳怪气的。"

小助理偷偷看了眼盛星，道："你瞎说什么呢！"

梁博生气闷："这还不阴阳怪气？"

小助理压低声音："你哪只眼睛看到星星温柔了，去看看医生吧。"

梁博生："……"

也是，想想陈漱的待遇，他清醒了点。

盛星没管那两个人嘀嘀咕咕什么，她对周向淮的印象还挺好。这件事没牵连到温边音，不论当时是出于什么原因，这船总归是他出面借走的。

还挺有担当，毕竟他们现在是男女朋友关系。

盛星望着海面，有点犯愁。她该怎么对温边音呢，说两人有过节儿吧，也算不上，毕竟那边招惹她一次，她就紧接着欺负回来了，还利用人放了个录音，估计那边到现在都在担心这件事。但让她完全不管，也不现实。只要《钟》的角色一天没定，温边音那边就一天不会消停。要不努努力，接了那个角色让她死心算了？

这想法一冒出来，盛星觉着自己还挺坏。

盛星想了想，给经纪人打了个电话。

经纪人诧异地问："要去试镜？"

盛星应了声："有试镜内容吗？"

经纪人道："文件发你。"

李疾匀有个习惯，会提前把一部分试镜内容透露给演员，其余部分需要演员现场发挥，至于现场会有什么意外，全看他心情。

盛星收藏了文件，没急着看。目前，她会把所有的感情和精力都放在现在的角色上。

港口。

周向淮牵着温边音下车，指着不远处已亮起夜灯的游轮："晚上风浪小，可以开出去逛一圈。"

温边音弯着眼，柔声道："我很喜欢。"

周向淮顺了顺她的发，弯唇笑了一下。

两人都没提临时换船的事。周向淮是觉得没必要，只要目的达到就好，她想要一场盛大的生日宴会，他就给她。而温边音，她诧异于周向淮的沉默，甚至摸不准他心里的想法。她唯一可以确定的是，这个男人，和别人不一样。

游轮在鸣笛声中起航。夕阳沉沉坠入海底，海天之间的分界线渐渐模糊，海面被余晖分成两半，眨眼间，海天融为一色。

拍完夜戏已是晚上九点。此时临近入夏，海面的气温比陆地要低一点，盛星一下戏就被裹上了外套，喝了碗热汤才回房。

船舱幽闭，空间有限。盛星一踏入这样的环境就发闷，吃了褪黑素匆匆睡下。静音的手机在黑暗中闪烁了几下，跳出几条信息，光亮缓慢黯淡，和主人一起陷入沉睡。

这一觉，盛星睡得并不安稳。许是心理因素或是药物原因，她做了个梦。

梦里是十三岁的夏天。八月，蝉吵闹个不停。盛星走完长长的台阶，热出一身汗。她刚拍完戏，身心都疲惫，但想到能见到哥哥姐姐和三哥，又觉得有了力气。

少女抬手擦擦汗，踏入院门。熟悉的檀香味萦绕在鼻尖，盛星加快脚步往门口走，不等她跨上台阶，激烈的争吵声从屋内传来。

盛星愣了一下，下意识放轻脚步。

一向温和的妈妈情绪激动，高喊着："昨天月亮和我说要去西鹭，今天你就来和我说要去军校？你们一个个是商量好的？"

十七岁的盛霈昂着头，固执道："我和阿迟一起走。"

盛妈妈剧烈地喘了口气，声音微颤："大师说得没错，当年我就不该……"

"妈！"盛霈猛地打断了她的话。

门外的盛星怔怔地站在原地，面色茫然。

哥哥和姐姐，还有三哥都要离开洛京？这不是轻易可以做出的决定，但在今天之前，没有一个人和她说这件事，他们都瞒着她。

那一天，盛星把自己关在房间里。直到深夜才打开窗，想爬出去溜到花园里。她熟练地跨上窗台，双腿往外一放就想往下跳，倏地，一双大手从边上伸出，牢牢抱着她落地。

盛星的惊呼藏在喉间。

一抬眼，撞进一双漆黑的眼眸里。

"星星。"江予迟缓缓松开手，低声喊她。

盛星闷闷不乐地垂下脑袋，转身掩住窗户，默不作声地朝花园里走，耳朵却不自觉地注意着身后的动静。他的脚步很慢，刻意落在她身后。

花园里有架秋千，悬挂在桂花树下。

盛星向来不喜欢待在暗处，今天却躲到了秋千上，不看江予迟，也不说话，只是垂着头坐在那里。

不远处，路灯将少年的身影拉得很长。

盛星看着他的影子，想上去踩两脚。指甲抠着木板，她忍了许久，没忍住，忽而起身径直走到那影子上，气愤地踩来踩去。

江予迟没动，就这么瞧着盛星气急败坏的模样。

她不爱哭，想来也哭不出来，这会儿估计是气得狠了，一句话都不和他说，听盛霈说，她这一天也没理他和月亮。

江予迟张了张口，想说什么却说不出来。他只知道自己得暂时离开洛京，离开盛星，好让他认清一件事，究竟是时间带来的亲密感还是他萌生了不一样的情愫。

终于，盛星踩得累了，抬头瞪着他，恶狠狠地说："走吧，你们都走吧！我再也不要理你们了！"

那一瞬，路灯照进那双带着怒气的眼睛里。

她逃走了。

圆而亮的眼却像猫儿一样勾着江予迟的心。他僵在原地，再提不起脚去追她。

我可能是疯了。那时的江予迟想。

盛星皱着眉从海浪声中醒来，想起来还挺生气，那时候江予迟居然没去追她。她不想在房里多待，洗漱完溜达到餐厅吃早餐，顺便看几眼手机，刚刚还没信号，现在近岛了，有信号了。

昨晚信号消失前，江予迟发了几条信息。

"过几天有个峰会，要出差，可能赶不及来接你。小宋留在洛京，需要什么直接找他。晚安，星星。"

盛星眨眨眼，视线落在"晚安"两个字上。

以前江予迟也不是没给她发过"晚安"，偏偏这次她从"晚安"里觉察出甜蜜的感觉来，她笑眯眯地回了个表情图。

转眼就把梦境带来的气愤抛到脑后。

吃完早餐，剧组的人陆续起床。

近两个月下来，他们早已习惯了盛星的早起，私下还感叹盛星居然能这么自律，作息这么健康，她不美谁美！

"盛老师。"

"早上好，盛老师。"

"星星，早上好！"

盛星朝他们笑了一下，对着人群后的小助理招招手，小助理还没清醒，素着张脸，哈欠连天地向她走来，一副睁不开眼的模样。

说话间，游轮渐渐靠近海岛。盛星趴在栏杆上往远处瞧了一眼，植物繁茂的小岛像立在平静海面的森林，给无际、沉默的大海添了点人情味。

接下来一周他们要在岛上拍戏，得住在船上。

盛星托着腮，心想，也不知道岛上有没有地方适合搭帐篷，和船舱比起来，她更愿意住在帐篷里，毕竟一拉拉链，就是自由而"辽阔"的天地。

船靠岸后，因为不少人晕船，导演决定吃了午饭再开工。盛星闲着没事，干脆带着松球去沙滩上玩，也不知道这小家伙晕不晕船。

梁博生起床下船时，片场布景都搭得差不多了，大家看起来还挺忙，但海边有个例外——盛星慢吞吞地在沙滩上走，速度比乌龟还慢。

他看了一会儿，纳闷地喊："小助理，她干什么呢？"

小助理随口应："遛松球呢。"

梁博生恍然："哦，她'儿子'。"

盛星有多宝贝这只龟，剧组里无人不知。所以她遛"儿子"时也没人打扰她，梁博生也是闲得慌，跑过去凑热闹，跟着盛星一同遛乌龟。

两人一前一后走在沙滩上，中间还爬了只龟。摄影师觉得这场面好玩，干脆拍了下来，日后可以当花絮。

岛上的生活比盛星想的舒服。

拍摄间隙，退潮的时候他们去赶海，捡了不少海鲜，再围在一起生个火，搞点调料，还能吃上新鲜烧烤，晚上就凑在一起玩玩游戏。日子算得上轻松愉快。

篝火点燃后，昏黄的火光跳动着，大多数人脸上都带着笑。

盛星坐在火堆旁，抱着膝盖，开始想念江予迟，她好几天没见他了。说来也怪，以前忙起来十天半个月见不到，都没有像这次一样，想念总是突如其来。

岛上的日子过得很快，但轻松只持续到他们离岛的前一天。

这天下午，剧组刚收完设备，突如其来的暴风雨打断了他们的计划，船被迫停靠在岸边，岛上狂风暴雨，通信被阻断，他们进退不得。汹涌的浪潮摇晃着船身，甲板上的东西歪倒了一片，风和急速的雨滴一起席卷了海面上的一切，呼啸的声响回荡在每个人的耳边。他们被困在船舱内，人头攒动，大家心思各异。

多数人在忧心这暴风雨什么时候停，导演和副导演正在想办法，船长试图用卫星电话联系岸上的人。

小助理正在和人商量着晚上一起睡，平时常和她斗嘴的梁博生难得没笑她。盛星抱着松球的小房子，侧头安静地看着窗外。

在这个时刻，她极其想念江予迟，想他在做什么，会不会知道她被困在了船上，联络不到她会不会担心，会不会也同样想念她。

其实小时候，她不是很能照顾自己。因为江予迟总是会在她身边，她和他在一起的时间甚至长过家里人，因为妈妈不喜欢她，她不常待在家里，只能往江家跑。

后来，他离开了。她也就长大了。

这小小一隅的暴风雨，并没有影响到世界各处的热闹。尤其是网络上，信息时代，时时刻刻都有新闻。比如这一晚，一张素人照片如暴风雨一般席卷网络，迅速成为头条。

照片放大了很多倍。模糊的画面中，依稀能看出男人眉眼清俊，身形颀长，笔挺的西装内是一件白衬衫，扣子扣至顶，领结端正，冷酷的黑色莫名将他衬出一股禁欲气息。

照片上，他正好看向镜头。脸上没什么表情，漆黑的瞳仁看起来有些冷，自然散发的贵气里带着冷漠与疏离。

这条微博迅速传播开，各种各样的评论跟着冒了出来，除了惊叹这张盛世美颜的评论之外，竟有人认出了照片中的男人。

"这是江予迟啊，指路百科搜索。长相什么的另说，他才二十七，已经连续占据洛京市财富榜榜首两年了，数据都能查得到。出道是不可能出道的，倒是可以想想做江太太。"

"这种男人是世上真实存在的吗？"

"江氏有官方微博！火速去关注！"

"提示，今天某市在举行金融峰会。"

男人身份暴露后，热度越来越高，甚至冒出几条奇怪的微博。

"不是我说，这男人好眼熟，好像在哪里见过。"

"我感觉就是长寿村那个。"

"我晕，真是！"

这几条微博存在不久，没几分钟就删了，毕竟他们不能确定。

事关盛星，一旦上了热搜，又是一场腥风血雨。但他们删得再快，还是被有心人截图传播了出去。

近两年，盛星开始接电视剧，不少好本子源源不断地往她那儿递，动了不少人的蛋糕。每逢这个时刻，各种各样的言论就会冒出来。

"派大星"闻风而动，摩拳擦掌准备去"打架"。

微博上的狂欢持续到将近凌晨，江氏官微的关注人数在短时间内迅速突破千万。直到眼尖的网民调清晰照片，再次放大，竟发现男人的左手无名指戴着一枚银色的婚戒。

"全民热恋"不到几小时，忽然遭遇主人公"英年早婚"的事实，热恋后急速失恋，网民们情绪大起大落，都跑到江氏官微下去凑热闹。

他们去得晚。江氏官微最新一条微博底下最热的一条评论已被万人转载："你们记不记得，盛星之前被爆料隐婚，难道……"

盛星和江予迟，看起来八竿子打不着的两个人忽然被凑在了一起。

人类的悲喜并不相通。

大家看热闹的看热闹，"吃瓜"的"吃瓜"，江氏公关部可就难做了，思来想去先联系了助理，问个处理方向，万一是真的呢？

江予迟的助理收到信息时，正在回洛京的路上。

他们本该在隔壁市过夜，江予迟却要回洛京，他不问也知道为什么，过了零点，江氏会宣布江予迟的婚讯。

助理飞速看完信息，简单和江予迟说了。

男人神色淡淡的，看不出情绪，只问了句："几点了？"

助理应："还有十分钟零点。"

江予迟用自己的手机登录江氏官微。

十分钟后，江氏官微的关注从"0"变成"1"，关注的人：盛星。

所有人在这奇妙又不可思议的展开中刷出了江氏官微发的最新微博——

"三周年快乐，我的星星。@盛星"

这场持续了整晚的狂欢终于在此刻达到顶峰。

微博服务器崩溃。

五小时前。

暴风雨好像只是上天随意闹的情绪，阴云和暴雨慢悠悠地卷着尾巴溜走，天地间逐渐恢复宁静。

全剧组的人都松了口气，但这气还没下去一半，船长又带来"噩耗"，他忧心忡忡道："因为暴风雨，轮船故障不能返航。电力系统受到影响，可能马上要停电。岸上联系我，他们观测天气后会派船出来接我们，最晚明早就能返航。"

船长说这话的时候大家都在。

暴风雨停了，他们对这条消息没特别大的反应。

虽然船坏了但明早就能回去，就是停电有点麻烦，趁着这会儿，厨房的人抓紧时间做饭，其他人溜回房洗澡。

小助理一听要停电，下意识看向盛星。

这些天盛星睡眠质量一般，只有她们几个助理知道，盛星在这种环境下需要药物助眠。

拍戏总有条件不便的时候，盛星不会让个人问题影响她的状态。停电对盛星的入睡问题来说是雪上加霜。

盛星看着海面发呆好一会儿了，也不知道听到船长的话没有。

小助理想了想，跑过去问："姐，晚上我陪你睡吧？"

"不用了。"盛星回神，指了指盒子里的松球，"它陪我就好。"

小助理点点头，没多说什么。

晚饭过后，整艘轮船陷入黑暗。

似有似无的海浪声中，船舱内亮起微弱的光，点点烛光在这夜里无端让人觉得温暖，光影摇曳，大家渐渐平静下来，喁喁私语。

"我上次经历这样的事，还是学生时期教室停电。"

"记忆还挺深刻的，不然我们来玩游戏吧？"

"行啊，难得大家都凑在一起。"

"真心话大冒险！盛老师一起玩！"

这么一说，众人都开始撺掇盛星玩，这游戏简直像是为盛星量身定制的，他们这些天可快憋死了，充满好奇又不能明着问，游戏简直是个再好不过的方式了。

盛星瞧瞧左边，又瞧瞧右边。不管往哪儿看都能对上一双亮晶晶的眼睛，恨不得把她绑在这儿参加。

她无奈："我不常参加聚会，这些游戏我玩得少。"

有人笑眯眯地应："那正好！"

盛星："……"

一听盛星说玩得少，他们提出来的游戏条件分外刁钻，就等着盛星输，而盛星不负众望，果然输了。

盛星幽幽道："最好问点未成年人也能听的。"

小助理忍笑："姐，这儿没未成年人。"

赢的人是灯光组的小伙儿，笑起来有点憨："盛老师，您和您先生，你们第一次见面是什么样的？"

视线聚集，盛星觉得有一百双眼睛盯着她。

她也没扭捏，托着腮，缓慢回忆着："是我六岁那年的夏天。那时候天气很热，蝉鸣声很吵，我之前从楼梯上摔下来，右手骨折，都是哥哥喂我吃饭。那天，我坐在门口的台阶上等哥哥回家，然后从门口走进来一个陌生的哥哥。他很高，穿着白 T 恤和短裤，脸上的表情冷冷的，进门就问我'星星呢'。"

周围一片寂静。

小助理忍不住问："为什么这么问？"

盛星抿唇笑了一下，映着火光的眸微微弯起，带着独属于她的温柔和欢喜："我哥哥骗他，说家里有小猫等着喂饭，小猫叫星星。"

"然后呢？"有人追问。

明天是他们的结婚三周年纪念日，盛星难得有兴致，继续道："他看着不爱搭理人，但比我哥哥细致很多，也不问我为什么摔倒了，就是不许我挑食。哥哥看他喂我时我不挑挑拣拣，硬把这活儿塞给他了。从那天以后，我就从等哥哥回家，变成等他回家。"

那段漫长岁月里，江予迟是她的避风港。每当家让她想逃离，她只会逃去江予迟身边。去花园，去路灯旁，等他来捉住她，等他讲故事，等他捉萤火虫。

一时间，他们忘记了在玩游戏。

又有人发问："是谁先动心的呢？"

盛星眨了眨眼："我吧。"

"是怎么发现喜欢他的？"

问问题的是道具组的一个女生，脸颊红红的，还怪兴奋的。

盛星瞧她一眼，无奈道："问了多少问题了？今天就放过我，你们看看能不能从梁博生那儿问出点什么来。"

"也对，女主角和男主角同等待遇！"

"搞梁老师！冲！"

盛星习惯早睡，十点就回了房间。

小助理把她送到门口："姐，真没事吗？"

盛星指着床头的小灯："我这儿有灯呢。对了，放在你那儿的夜灯，今晚分给有需要的人，不用特地提是我的。"

漆黑的房间里，只有床头亮着一盏小灯。

小恐龙形状的夜灯是盛星自己带的，像这样的小灯，她能凑出一个动物园来，每天都换一个不一样的。

小助理犹豫半天，还是被盛星赶走了。

盛星关上门，屋内彻底安静下来。

她披了件外套，搬了把椅子去小阳台，坐下从口袋里拿出了一支录音笔，准备练会儿台词。松球和小夜灯静静地待在脚边。

暴风雨过后，海面异常平静，让人的心也静下来。光线昏暗，盛星习惯性按了播放键，听上次练的内容——一阵沉默后，轻微的电流声响起，"嗞嗞"的声响出现。

盛星一愣，录音笔坏了？

不等她检查，低低的男声忽而掩盖了电流声。

"晚上好，星星。"是江予迟的声音。

盛星怔怔地听着，后知后觉，这支录音笔是之前江予迟借走又还回来的。她一直没打开过，直到此刻。

她攥紧了录音笔，他的声音混入海风里。

"听经纪人说，你在酒店总是睡不安稳。三哥想不出什么好办法，只能像小时候那样，给你讲故事听。但星星长大了，可能不爱听。"他似是躺在床上，语气有点懒洋洋。

"讲什么呢，以前听童话故事，现在听点别的。三哥想想，说个以前我听过的故事。在西北的时候听人说过，很多年以前，西部有些地方缺水严重，有的地方有蓄水池，三月或四月的时候拦截河渠水或是冰雪融水，这样能过一整年。时间久了，水会慢慢变了味道，颜色也会改变，又苦又咸。三哥出任务那会儿，有时候条件不允许，只能喝雨水，雨水和这些放置久了的水比起来，味道不知好了多少。

"整个村子，人和牲口都喝池里的水。只不过人喝的时候用纱布过滤，牲口直接喝。这样的水会引起很多传染病和地方病。

"后来……"

江予迟情绪有点低沉，声音也放得很低，缓慢地讲着盛星没听过的事。

他在西北那几年经历的事，她一无所知，一时间听得入了神。直到海面又起了风，他的声音还在继续。

盛星回过神，按了暂停键，把松球和椅子搬入房内，最后拎着小夜灯关上小阳台的门。洗漱完，又上床躺好，手里紧握着那支录音笔。

荧荧的光完全吸引不了盛星的注意力。她全部的心神都在这支小小的录音笔上："'改水工程'解决了千万人的饮水问题。当时我想，我不后悔来到这里，多多少少能为这儿的人民做点什么。就像星星。"

说到这里，他很轻地笑了一声。

"有一年，我们在队里过年，其中一个节目是看电影。那年有很多贺岁片，队里选了一部抗灾题材的电影，里面有个小姑娘被压在废墟下，差点没救过来。一群大老爷们看得眼泪汪汪，我也是。他们不认得她，我认得。那时我想，所有的苦都是有意义的。"

为了人民，也为了星星。

盛星怔然。

演那部抗灾片那年她刚成年，那部电影的导演还开玩笑说这个成人礼未免过于沉重，让她拍完戏好好放松，别太沉浸。原来……江予迟也看过。

"好了，时间晚了，星星该睡觉了。下次还想听，就把录音笔给三哥，三哥讲别的故事给你听。晚安，星星。"

录音笔里只剩一片沉默。

盛星缓慢地眨了眨眼，不舍得关，长久的沉默后，带着懒意的男声又响起："关了吗？再不关天亮了。"

盛星："……"

她悄悄红了脸，明明江予迟人不在这里，她却生出一股被抓包的错觉来。

盛星慢吞吞地关上录音笔，忍不住在床上滚了滚，她笑着闭上了眼睛，没再吃褪黑素。

船舱外，海面平静，天地无声，唯有岛上的树木随着海风簌簌作响。粼粼晃动的波光和盛星一样，沉入黑夜。

凌晨两点半，螺旋桨急速转动的声音打破深夜的宁静。

十分钟后，直升机降落在岛上，一道身影从直升机上下来，径直走向停靠在岸边的游轮。小助理迷迷瞪瞪等在舷梯边，还没从刚才的电话中缓过神来。

江予迟来了？

江予迟来了！

"星星呢？"男人微微靠近她，冷冽的气息陡然扑来。

小助理第一次见到江予迟，忍不住紧张，磕磕巴巴道："十……十点多就回去睡了，不让人陪，我带你去。"

"谢谢。"

小助理不敢和江予迟搭话，打着手电筒，一路沉默将人带到盛星房门口，摸出房卡递给他："就我和星星有。"

江予迟点头。

小助理飞快溜回隔壁房间。

江予迟捏着薄薄的房卡，在门口停顿片刻，伸手拧开把手，轻微一用力，感受到一股阻力，不重，有摇晃的感觉。

盛星在门后抵了把椅子，一条椅子腿悬空。他顿了顿，极快地推门然后闪身进去，在椅子摔倒之前稳稳地扶住，没发出一点声响。

房内的温度比外面高，有一股香气，是盛星惯用的香水味。

他无声地朝着床侧走去，床上起伏的弧度很小，她在外面向来睡得安分，听呼吸声，是睡熟了。

折磨了他一路的情绪，在此刻散开。

夜灯亮着，江予迟将盛星的面容看得清晰。和上船前比，倒是没瘦，看神情也没做噩梦。只是放在一边的右手里不知捏着什么，看模样捏得挺紧。

江予迟垂眸看去，是一支录音笔。

练台词睡着了吗？

这么想着，江予迟试图从她手中抽出这支笔，他的动作很轻，她却捏得很紧，动作间，不知道是他的手还是她的，触碰到了播放键。

熟悉的男声划开这寂静。

"晚上好，星星。"

江予迟一怔，是他的声音，不等关上，原本睡着的人被这声音惊扰，眼皮动了动，缓缓地睁开眼。

盛星以为自己在做梦，居然看见了江予迟，下意识喊："三哥？"

江予迟关上录音笔，视线落在她眉眼间，低声道："三哥在。"

盛星脑袋发蒙，揉了揉眼，他还坐在那里。

看着眼前的人，不像是梦境。

江予迟瞧着她的可爱模样，忍不住弯唇一笑，抬手抓住她的手腕，放低声音解释："不是梦，别怕。我坐直升机过来的。"

盛星下意识问："过来干什么？"

还陷在困意里的大脑没能反应过来，只要她稍微清醒一点，就知道这个问题的答案他们两个人都知道，他只能是为她而来。

微弱的灯光将两人的面庞照得朦胧。

江予迟凝视盛星片刻，抬手拨开贴在她脸颊上的发丝，低声道："三哥没地方住，收留我一晚？"

盛星歪头想了片刻，点点头。压根儿没想起来船上还有那么多空房。

她慢吞吞地靠回柔软的枕头上，摊开手，掌心搁在江予迟眼底下，小声道："我的，还给我。"

江予迟知道她还迷糊着，只好把录音笔还给她，还不忘伸手摸摸她的头："我先去冲个澡，困就继续睡。"

盛星抱着枕头，困倦地眨了眨眼睛，翻身看着男人推门进了浴室，心里还冒出个奇怪的想法来：她的房间里居然有个男人。

幸好这个男人长得像江予迟，不然她就把他赶出去。

这么想着，盛星的眼皮一点点耷拉下去。

电力系统故障，船内这时候没热水。江予迟曾在冰天雪地里藏身近一个月，洗冷水澡对他来说不痛不痒。

洗完澡出去，盛星已经睡着了，怀里抱着枕头，脸被压着，看起来倒是有肉嘟嘟的感觉了。

江予迟在床的另一侧躺下，半支着身子，视线肆无忌惮地往人脸上瞧，瞧着瞧着还伸手去捏她脸上的肉，动作很轻，没被发现。

这一次再抽录音笔，她没再发出动静。

"晚安，星星。"江予迟轻声道。

第二天一早。

盛星瞪圆了眼，一脸惊悚地看着侧躺在她身边还睡着的男人。昨晚居然不是梦，江予迟竟然真的出现在她房里。

这时候天蒙蒙亮，隐隐能听到海浪声。

盛星小心翼翼地躺回去，眨了眨眼，这还是头一回，她睡醒时江予迟还在身边。以前，他总是一大早就去跑步。

她没有从这个角度仔细看过他。

男人闭着眼，黑发有点乱，宽阔的额头上搭着几缕头发，浓密的睫毛看起来和她的差不了多少，几根不听话的交错着，眼皮薄薄的，高挺的鼻梁让人忍不住想摸。

还有盛星早就想亲的薄唇，泛着浅淡的红。线条锋利的下颌往下，颈间那颗小小的凸起，伏在那儿，一动不动。

盛星咽了咽口水，悄悄伸出手，指尖往男人的颈间探去，摸一下应该不会被发现吧?

这么想着，柔软的指腹已触到了那颗凸起。

温热、坚硬的感觉悄无声息地蹿上神经。

她胡思乱想：也不知道亲起来是什么感觉。

忽然，她抵着的喉结动了一下，胸腔微微震动。男人的嗓音带哑："不睡了?"他没睁眼，拖着懒洋洋的腔调说话。

盛星默默地收回手，掀开被子把脑袋藏进去一半，也不看他，闷声闷气地说："我今天就回去了，怎么还半夜赶过来。"

江予迟懒懒道："我追人，总要有点诚意吧?"

盛星："……"

"起床。"江予迟换了个姿势，顺便向盛星发出邀请，"三哥带你跑步去，难得有机会。"

江予迟没多说话，毕竟两人还在床上待着。

盛星挺喜欢和江予迟一起跑步的，因为这样的时机少之又少。两人互相回避换了衣服，盛星去问剧组工作人员借了双运动鞋给江予迟，两人一合计，上岛跑步去了。

梁博生起床的时候，到处都没看见人，问了才知道那群人都在甲板上，他满脸狐疑地往甲板上走。

大清早，海风凉丝丝的。一群人围在栏杆边"叽叽喳喳"。

"我的天，盛老师老公真帅。"

"现在我相信那天两人绝对是闹别扭了，不然盛老师可不会那么说。这个肌肉、线条、体格……"

"口水都要掉下来了，注意点影响!"

"唉，盛老师真快乐啊!"

"他们感情真好。听说昨天盛老师老公是连夜坐直升机来的，这是什么梦幻剧情，啊!我想恋爱了!"

梁博生一愣，站在最边沿，往岛上看去。

一高一低的人影隔着不近不远的距离，男人反而在后面，盛星跑在前面，时不时回头看他一眼，又转头继续往前跑。

梁博生越看越觉得不对劲，忍不住戳边上的人："你们看那男人眼熟吗?你们近距离看过没？"

"没啊，他们早在那儿跑了。"

"梁老师这么一说，还真有点儿眼熟。"

"是不是在哪里见过？"

梁博生随手拿过望远镜，镜头集中在男人身上，一秒、两秒，拍借位吻戏时那股凉飕飕的感觉顿时蹿了上来。

他当时以为那两道视线来自于陈漱和李疾匀。

梁博生幽幽道："这是我们的投资人，你们没认出来吗？"

"姓江的那位？"

"江予迟！"

"所以那天，和盛老师去长寿村被拍的人，就是他。"

"……"

一群人傻眼了。

岛上的盛星和江予迟听不到这些讨论声，他们正在商量晚上去哪里吃饭。

今天返航，到洛京大概下午四五点。

"三哥，今晚我们休息。"盛星微喘了口气，调整呼吸，回头看江予迟，"回老宅吃晚饭吗？去看看奶奶，有段时间没去了。"

几趟跑下来，盛星整个人都热乎乎的，小脸泛着红，乌眸水亮，像嵌在海面的宝石，璀璨又珍贵。

每每看到这双眼，江予迟都会心动。

就如此刻。

他渐渐停下脚步，望着她的眼睛，挑眉道："今晚不去。你难得有空，赏脸和三哥吃个饭？"

盛星跟着停下，转身面对江予迟，倒着在沙滩上走，眉梢染上点点欣喜，问："是去约会吗？"

江予迟一顿："严格来说不算，星星还没答应我的追求。"

盛星掩饰般地别过头，装模作样地理头发。演戏得演全套，太快答应显得很着急，起码得等到这部电影拍摄结束，她得矜持一点。

"我不是要多给你点练习时间吗？"盛星嘟囔。

江予迟顺着她的话往下接，笑道："谢谢星星。"

盛星弯起唇："不客气。"

说话间，响亮悠扬的船鸣声划破清晨的薄雾。另一艘船渐渐靠近，不远处传来欢呼声。船到了，他们即将返航。

两人回船上的时候，接收到的目光就和走红毯差不多了，有人光明正大，有人偷偷看。

盛星想起昨晚和他们说起小时候的事，有点不好意思，她轻咳一声，介绍："这是我先生，江予迟。"

江予迟心情不错，温声道："你们好。"

导演在人群中轻哼一声，顺便赶走这群看热闹的家伙："行了行了，都快去拿东西，准备换船了。"

他原先看江予迟还挺顺眼的，但这人现在和盛星站一起，他怎么看怎么不顺眼。怎么着就娶到盛星了呢？

这一整个白天，江予迟都在盛星身边。

船上所有人都能看到他们形影不离的模样，这也是他们第一次见到那么爱笑的盛星，她看向那男人的双眼，总是弯着。

近洛京港口，船上逐渐能接收到信号。

刚恢复网络信号的众人，不但在现场吃"狗粮"，还从微博上受到了暴击。

他们错过了太多热闹，船舱内几乎所有人都在窃窃私语，视线接二连三地往那两人身上看。

盛星早已习惯这些视线，也暂时顾不上这些，她正掰着手指和江予迟讨价还价："三哥，这次我想要两个故事。"

江予迟瞥了一眼录音笔："一个。两个我吃亏。"

盛星闷声闷气地问："那你要什么？我和你换。"

江予迟低头，伸手从她掌心接过笔，干燥的指腹划过她滑腻的皮肤，勾起痒意，他压下那股蠢蠢欲动，道："等你拍完电影，再问你要。"

盛星嘀咕："小气鬼。"

江予迟姿态懒散，倚着栏杆笑："还能更小气。"

"姐！电话！"其实电话响了好一会儿，小助理看着那两人，实在不想上前受苦，但偏偏打电话来的人是李疾匀，不接他不会罢休。

盛星接过手机，当着江予迟的面接起。

她纳闷："怎么这时候找我？"

李疾匀的声音比海水更凉："收到你工作室那边的消息，你接了试镜。我来通知你，第二次试镜取消了。"

盛星一愣："又取消了？"

这次又是因为什么？

"取消了，以后也不会再有试镜。"李疾匀快速地说着，并没有给她反应的时间，"盛星，三年过去，我的想法一直没变。如果你愿意，上岸后我们把合同签了，电影九月开机。当然，这份合同有条件，是我私人对你提出的条件。"

盛星微怔："什么条件？"

李疾匀沉默了几秒，语气冷硬地说道："你的感情问题，在接下来一段时间内，得听我的。我需要你做的第一件事，就是向江予迟表白。"

"……什么？"盛星怔怔地看向江予迟，对上他漆黑柔和的眼眸，重复问，"你刚刚说什么？"

"对他表白，对你喜欢的人。盛星，告诉他！"

夕阳的余晖如金箔洒落,游轮近岸。

江予迟侧头,低眸看着盛星。挂了电话,她就是一副出神游离的模样,船靠岸了都无知无觉。

"下船了。"江予迟抬手敲了敲她的脑门,自然地问,"谁的电话?"

盛星纠结半晌,忽而道:"三哥,今晚我不能和你一起吃饭了。李疾匀找我谈电影的事。"

江予迟挑眉:"《钟》?"

盛星应:"嗯,具体的我回家告诉你。"

江予迟反应平静,似乎一点没有"约会"被打断的情绪,如常问:"我送你过去,结束来接你?"

盛星点点脑袋:"好。"

车停靠在港口。

下了船,江予迟将盛星送到约定地点,目送她进门,静静在车边站了好久才开车离开。

他也不是没情绪的圣人,干脆找鲨鱼喝酒去。

盛星进了私房菜馆,服务员直接把她带到顶楼露天层。

这地方她不是第一回来了，李疾匀这人吃饭没有一点新意，来来回回就这么些地方，怪没劲的。

冷漠的男人坐在栏杆一侧，桌上放着几份文件。听见动静，他一动不动，直到盛星在对面坐下，才掀起眼皮瞧了她一眼，直接问："考虑得怎么样？"

盛星双手环胸，下巴微抬，冷声问："李疾匀，你是不是有病？"

李疾匀也不管她，把合同和剧本往她面前一推："话我说得很清楚了，你不愿意可以拒绝我。"

盛星觉得匪夷所思："你怎么想的？我私人的感情问题，怎么还能影响工作了？"

李疾匀身体微微向后倾，神色平静，视线落在盛星脸上，道："盛星，十六岁以后，你一直在原地踏步，甚至不如那时候。这些年你接了多少戏？三年就接了一部电视剧和电影。你对演戏的热情一直在退却，你能糊弄别人，糊弄不了我。我需要你完全的投入，不压抑，完全释放。你的演技对别人来说够，在我这里不够。有些事、有的话，你需要一个宣泄口。"

停顿片刻，李疾匀放缓声音："上过微博了吗？"

盛星被李疾匀这一番话打得措手不及，好半晌才生硬地说道："没，干什么？"

李疾匀将几份文件收在一起，喊服务员上菜，说："你该看看。先吃饭，边说边谈，这件事你有时间考虑。"

四月中旬，天气回暖。

藤蔓爬上栏杆，花苞初绽微微摇晃，映着夕阳浅淡的光。晚风里带着一丝凉意，拂过盛星微烫的脸颊。

被人戳破秘密的羞愤让她无所适从。

盛星别开头，不去看李疾匀。他的话像是落在龟壳外的响动，硬生生把她扯出来，去面对这些年摆在她面前的现实。

她情绪翻涌，却也不得不承认他说的是实话。

十六岁之后，她失去了演戏的意义。

"喝口茶。"

李疾匀也知道自己把人惹恼了，亲手将瓷白的茶盏放在她手边。

情绪起伏过后，盛星喝了口茶，上小号看看微博上又出了什么大事。一晚上过去，盛星的名字还挂在热搜上。

这次的词条还挺别致：

魂穿盛星

盛星："……"

她点进词条：假如你一觉醒来，发现自己拥有了恩赐般的美貌、可望不可及的成就、数不清的财产，以及一个绝世大帅哥老公，你会——

热评第一：那我岂不是魂穿盛星？

底下有人问：我 2G 上网了吗，盛星老公是？

回复：你这儿刚通网？指路 @ 江氏官微第一条微博！

盛星："……"

她怔怔看着那条三周年快乐的微博，后知后觉，才发现自己在和江予迟结婚三周年纪念日这一天，放了他鸽子。

今天是他们公开的日子。

盛星更生气了，瞪着李疾匀："你明知道我周年纪念日，还约我出来？"

李疾匀讶然："你们两个人在一起过纪念日？能干什么？我看街上随便哪对情侣都比你们亲密。"

盛星："……"

李疾匀也不管盛星，自顾自地说："他这么大张旗鼓的，你们之间约莫是有了进展。他说喜欢你？"

盛星纳闷："你在我床头装摄像头了？"

李疾匀冷哼："我只是了解你。从探班那天我见到他就知道了，盛星，你演戏演了那么多年，哪里都机灵，偏偏栽在自己的感情上。"

"你喜欢他多久了？"李疾匀直接问。

盛星喜欢江予迟这件事，在很长一段时间里都是她一个人的秘密，直到他们结婚，才透露给了旁人。但旁人实在有限，只有经纪人和盛掬月。

少女时期的那些心思，她至今都藏着。

盛星捏着茶盏，清透的瓷壁触感温热，她坐在夕阳下，晚风中，半晌没说话，许久才轻声道："不久，七年。"

那几年李疾匀在忙项目的事，很少和盛星见面，她也鲜少联系他，因此他并不清楚那几年她发生了什么。

盛星轻舒一口气，低声道："那年我家里出了点事，我从家里跑出去，他从西北赶回来。他们都找不到我，只有他能找到我。他时间有限，找到我就走了，我却因此念念不忘那么久。"

不等李疾匀问，盛星主动提起以前："因为一些事，我六岁才回到家里。周围的环境和人都是陌生的，哥哥姐姐虽然喜欢我，但他们也是孩子，并不能察觉我所有心思。我极少打开心扉，却奢望有很多人爱我，这是我开始演戏的原因，也是一直支撑我的动力。后来……十六岁那年，我忽然发现，即便没有爱，身边空无一人，我也能活下去。那之后，我似乎忽然觉得演戏失去了意义。"

十六岁以前的盛星，渴望被爱，渴望家庭。

十六岁以后的盛星，不再渴望任何东西。

李疾匀慢条斯理地剔着鱼骨，听到这里，抬眼看向盛星："直到你和他结婚。盛星，这些话为什么不能和他说？"

盛星托着腮，回忆道："我十三岁他离开洛京，二十岁我们结婚，现在我二十三岁。近十年里，我们就见过三次，第一次他来找我，第二次商量婚事，第三次我们结婚。他去年才回来，你知道岁月能改变什么。我们虽说从小一起长大，但中间有太多时间，我们对彼此一无所知。我总不能直接说，我暗恋你很久了。但其实……"

她顿了顿，丧气道："这些都不是最重要的原因。最重要的是，我曾渴求过爱，但下场惨烈。我没被爱过，不知道自己会不会爱人，因而小心翼翼。"

李疾匀挑了挑眉："这样也敢嫁给他？"

盛星幽幽地叹气："你没听说过一句俗语吗，强扭的瓜不甜，但我不管它甜不甜，扭下来我就开心。也就是说，我不管他喜欢谁，我就是要嫁给他。"

李疾匀："……"

这个话题过后，盛星轻松不少，这么多年压在她心底的秘密和情绪，总算往外悄悄冒了个头。

李疾匀问："电影的事你怎么想？条件不会变。"

盛星绷着脸，严肃地提问："我的感情的事，请问你是有什么计划吗？表白只是第一步吗？后面还有什么？"

李疾匀无情地回答："有计划，不便透露。"

盛星开始讨价还价："我本来就是要表白的，就是时间不合适。你看第一步能不能换换？换个简单的？"

李疾匀一怔：“你确定？”

盛星很警觉：“你说来听听？”

李疾匀垂眸，语气平静：“我希望你能和他试戏。”

盛星一愣：“可他不会……”

“这不重要。”李疾匀打断盛星，快速道，“剧本我会发给你，标星号的戏你都需要和他试，并且录视频发给我。”

盛星：“……”

她真觉得李疾匀拍电影拍疯魔了。

直到两人吃完饭，盛星还没纠结出个结果来，只能硬着头皮道：“下个月我杀青，杀青后给你答案。”

李疾匀盯着她，笃定道：“你会答应的。”

一个好的导演，知道自己需要什么样的演员，也更擅长从一个演员的眼中捕捉到她对角色的渴望。

夜市，烧烤店。

鲨鱼一边招呼客人一边斜眼去瞄江予迟，这人来了说是喝酒，但酒压根儿没开，也不管他是不是忙，独自坐在角落里。

等店里闲了点，鲨鱼烤了几条鱼端上桌，坐下问：“迟哥，我看微博了。你和嫂子不过纪念日啊？”

江予迟没应声，要过也得有人才行。

鲨鱼一瞧，心里有数，提起别的事：“对了哥，上回喝多了。有件事忘了说，我过段时间去趟西北，顺便回西鹭看看。”

江予迟抬头：“怎么去？”

鲨鱼一愣：“坐飞机啊，还能怎么去？”

“我和你嫂子六月左右去西鹭。”江予迟记得去昆羔戈壁看电影那晚，答应过要带她出去玩，“我们自驾，时间能对上？”

鲨鱼咧嘴一笑：“那敢情好啊，自驾多舒服啊。路上要是累了，我们换着开，沿路还能看看风景。哥，打扰你们吗？”

江予迟：“回去问问她。她对我以前的事好奇，正好借着这趟，挑点能说的和她说。确定了给你发消息。”

"行！"鲨鱼应下，"哥你坐会儿，我去忙。"

晚上九点。

烧烤店生意红火，烤串香辣的味道和啤酒清爽的芬芳弥漫，街道上人来人往，大多数人成群结队，只有江予迟独自一人。

他扫了眼时间，手机依旧没动静。

鲨鱼忙活完这一阵，躲在柜台后悄悄看江予迟，都三个小时了，还一个人坐在这儿。

这是和嫂子吵架了？正这么想着，江予迟电话响了。鲨鱼眼睁睁看着江予迟冷了一晚上的脸有了消融的迹象，他竖起耳朵偷听。

"我现在过去接你，别在外面等，别乱跑。"

我说他怎么不喝酒，原来是要接嫂子去。

"我回去了。"

江予迟起身朝鲨鱼比了个手势，结账走人。

鲨鱼目送他离开，幸灾乐祸地想，以前在队里多霸道一人啊，在嫂子面前还不是乖得像只小猫咪。

盛星给的地址是家咖啡店。

车驶入街道口，红灯。江予迟远远地看见盛星，她把自己藏得严实，仗着人认不出来，时不时蹦跶几下。

蹦跶完，停下来按两下手机，又开始蹦跶，看起来心情很好。

"嘀"地一声响，手机跳出微博新推送。

盛星是他的特别关注，每当她发微博就会弹出通知。红灯还有近一分钟，江予迟点开推送。

盛星转发了新电影官微发的一段视频。

电影《燃我》：祝盛老师结婚三周年快乐。

视频里环境很黑，只有烛光跳跃。

是昨晚停电的时候拍的。

江予迟凝视着烛光里的盛星，她抱着膝盖，下巴抵在上面，眉眼温柔，唇角弧度弯起："他很高，穿着白T恤和短裤，脸上的表情冷冷的，进门就问我'星星呢'，我哥哥骗他，说家里有小猫等着喂饭，小猫叫星星。"

"从那天以后，我就从等哥哥回家，变成等他回家。"她缓慢讲述着他们的过去。

在他记忆里历历在目的场景，在盛星脑海里同样清晰。

边上有人问："是谁先动心的呢？"

那双映着点点光亮的眼睛忽而眨了两下，她说："我吧。"

江予迟微怔，想倒回去再听一遍，信号灯跳转。绿色的灯光催促他前行，他只好放下手机，往咖啡店那侧开去。

刚靠近，那道纤细的人影便朝他跑来。

不等他下车，她飞快地打开门上了车。

"三哥！"盛星没顾得上摘帽子和口罩，从背后掏出一个长方形礼盒，"这是给你的。我早上醒来看到你，就把纪念日的事忘了。对不起啊三哥，下次我一定不会了。"

在船上见到江予迟的喜悦，占据了盛星所有心神，根本没想起来纪念日的事。

江予迟接过盒子，没急着开，伸手去摘她的帽子、口罩，问："晚饭吃饱了吗？回家吃点别的？"

盛星抿唇笑笑，摇摇头说："吃饱了，不吃啦。"

江予迟神色不变，这才去拆盒子。盒子里是一条领带，精致漂亮。

"是三周年礼物？"

盛星眉眼弯弯地凑过去，从盒子里取出领带，又指了指他脖子上系着的那根，支使道："你先解了。"

江予迟依言解了领带。

男人的手指很长，骨节在灯光下泛着白，单手触上领结，微微用力，倏地扯开，布料摩擦发出轻响，领带毫无招架之力，被他丢到后座。

盛星悄悄捏了捏掌心，轻吸一口气，身体前倾，靠近江予迟。她第一次给别人打领带，动作笨拙。

他们之间的距离不过半尺。

江予迟垂眸。他能看到盛星因紧张而不停颤动的睫毛，闻到她颈侧馥郁的香气，感受到那双手在他颈间缓慢的动作。

片刻后，江予迟对上盛星的眼眸，她弯了弯眼，小声道："三哥，我和导购学了一会儿，不是很熟练。"

盛星没后退，鼓起勇气看着男人漆黑的眼眸，说："以后，每一天早上，我都愿意给你打领带。"

她想了一会儿，补充道："这是三周年礼物。"

临近端午，洛京早早入夏。

晚风中添了一丝热意，栀子浓郁的香气暗暗浮动。

剧组拍完夜戏，时间尚早，收工他们便一起去街上吃夜宵，片场离夜市不远，他们也没开车，一群人浩浩荡荡地往那儿走。

盛星难得参加这样的活动，摇着把小团扇混在人群里，戴了顶帽子，慢悠悠地跟在后头走，也不显眼。

他们的拍摄场地在洛京某大学。

夜晚的校园灯火通明，图书馆里亮着盏盏灯火，体育馆内的欢呼声乘着夜风飘向远方，篮球场上碰撞声激烈，摩擦声刺着耳朵，让人忍不住驻足观看。

小助理的眼睛黏在路边的大学生身上，时不时和盛星嘀咕一句："姐，你看那个是不是不错？模样和身高都可以，白 T 恤，拿着篮球那个，笑起来还有两个小虎牙呢！"

盛星用团扇半遮着脸，瞧了一眼，道："侧面看像梁博生。"

"真的！"小助理惊叹。

"像我怎么了？"走在后面的梁博生耳朵尖，不满道，"我打篮球也很厉害，改天喊上陈漱，我们找人在这儿打一场。"

小助理偷偷翻了个白眼。

这突如其来的攀比心是怎么回事？

梁博生几步走到盛星边上，问："姐，你今天怎么和我们一起去吃夜宵了？平时不都说……说什么来着？"

小助理张嘴就接："女明星怎么能在晚间工作时吃烧烤？"

梁博生一拍脑袋："对。"

盛星懒洋洋地摇着扇子，道："我最近心情好。"

梁博生趁机道："姐，陈漱说来看我，我们正好一起吃夜宵，巧了。"

盛星没看他，继续摇扇子。

近日，盛星的心情极好，整个剧组都感受到了，他们将这归于她婚姻关系的公开。但对盛星本人来说，她觉得江予迟又多喜欢她一点了。

想起江予迟，盛星不由得问："去哪儿吃烧烤？"

小助理："说是夜市那边一家露天烧烤店，还带小花园那种。叫什么鲨鱼烧烤，味道特别正宗。"

盛星一愣："你确定叫鲨鱼？"

"肯定叫这个，招牌上就画着条大鲨鱼呢。"小助理笃定道。

盛星想了想，掏出手机，"啪嗒啪嗒"摁着键盘给江予迟发短信："和剧组一起去吃夜宵，地方正好在鲨鱼那儿。"

江予迟："我过去方便吗？"

这条过后，他又补了一条。

江予迟："顺便把录音笔带过来。"

Paidax："带着我的两个故事还是一个？"

江予迟："听了就知道了。"

盛星瞧着他的头像和名字就情绪高涨。他的微信名一直是本名，头像多年没换，最近却换成了亮闪闪的星星，整片天空只有一颗星星。

提起鲨鱼，盛星想起三周年纪念日那天。

那晚，在她说完话后。

江予迟盯着她半晌，目光掩在昏暗的光线里，许久许久，久到她以为他会做什么，但最后，他只抬手，克制地顺了顺她微乱的发，低声说："谢谢星星。"

除此之外，江予迟说起六月杀青后带她去西鹭的事。他猜得没错，盛星听说鲨鱼也要去西鹭，压根儿就没考虑拒绝这个选项。但理由和他想的天差地别，她压根儿不是为了了解他的过去，而是有外人在，江予迟不会和她分房睡。

摇扇带来清凉的夜风。

盛星脸颊发烫，脑中旖旎的想法还没转过一圈又冷了下来，杀青后不光这一件事等着她，李疾匀那里还等着她的答复。

想起这事盛星又没那么高兴了，蔫巴地耷拉下脑袋。

步行十几分钟后，他们到达夜市。

鲨鱼烧烤店在比较热闹的地带，占地面积还挺大。剧组人多，他们提前包下了烧烤店。

盛星没刻意去找鲨鱼，免得给人家添麻烦。她在露天花园的角落里随便找了个位置，有一搭没一搭地和小助理说着话。

梁博生探着脑袋凑过来，笑着问："姐，四个位置，给我和陈漱留两个？"

盛星头也没抬："我老公要来。"

梁博生默默地看向小助理，认真道："你看我们这么多天打游戏积累下来的兄弟情，是不是得在这时候派上点用场？"

小助理没好气道："也就这时候有兄弟情。"

说着，她起身，对盛星说："姐，我和她们一起玩去。"转眼，小助理就溜了。

从听到江予迟要来她就想溜，她还不是很习惯盛星忽然多了一个老公，总感觉哪里怪怪的。

半小时后，两个男人一前一后进入烧烤店。

先进来的是陈漱，梁博生一直昂着脑袋等，见他来了忙招手："漱啊，这儿呢！坐我边上来。"

梁博生起身，把陈漱拉到自己边上坐下，压低声音飞快道："你姐夫也要来，对面的位置留给他。"

陈漱微怔，看向盛星："姐……"他欲言又止。

"我去拿几罐饮料。"梁博生极其自觉，给这姐弟俩留点说私密话的空间，毕竟那么些日子没见了。

盛星咬着玉米粒，懒懒地"嗯"了一声，瞧他一眼，含混不清道："出道什么感觉？看着瘦了点。"

陈漱眼底带着浅浅的青黑，看精神倒是还行。他如实道："很辛苦，大家都很努力。有越来越多的人看到我、喜欢我，有时候会有压力，但想到你就好了。"

盛星轻哼："油嘴滑舌。"

陈漱笑了一下，平日里冷漠的面庞瞬间生动起来"真的！姐，姐夫对你好吗？我看了视频，你们是一起长大的，那他……"

"他不知道以前的事。"盛星抬眼，轻舒一口气，"别在他面前说漏嘴。我暂时没有和他说的打算，这不仅关于我，还有你。"

过往对于盛星和陈漱多是伤痛，她不确定是不是该让自己爱的人知晓。

江予迟踏入露天花园，下意识朝角落看去。他的视线穿过夜空，静静落在盛星上。她总是习惯坐在角落里，不论在这里还是在片场，或是在小时候，这个习惯一直没变过。坐在角落里，不用顾及背后，能观察全场，这样的位置让她觉得安全。

江予迟注视着盛星和陈漱。他们低声说着话，盛星神态自然，身体松弛。她这样的状态少见，只有亲近的人会让她完全放松下来。

小时候，或许发生过别的事。

他有私心，不希望陈漱出现在盛星的生活中，希望盛星和过去完全划清界限。可这不现实，他们曾在一起生活过。灰暗又破败的日子里，只有彼此。

"江先生？"梁博生拿着几罐饮料从背后冒出来，热络地和他打招呼，"盛星姐坐在那儿呢，我们一起过去？"

在洛京拍摄期间，盛星就没吃过盒饭。一日三餐都是江予迟做好了送来，有时候忙就让助理来，来的次数多了，剧组的人都和他熟了不少，他看着难相处，但实际很好说话。

江予迟和梁博生往角落里走。盛星眼尖，一眼就看见了江予迟，她笑眯眯地喊："三哥。我没和鲨鱼打招呼，走的时候再说。"

江予迟解开西装的扣子，自然地在她身边坐下，懒懒道："我和他提了一句。"

陈漱沉默地看着两人相处的模样。之前的问题或许已有了答案，江予迟和盛星关系亲近，她在他面前笑得这样开心，眼睛都似乎放着光。

"陈漱，不吃凉了。"梁博生开了饮料，催了一句，这小子也不知道又发什么愣。

盛星的余光瞥到对面眼巴巴的人，介绍道："三哥，这是我同事你认识，边上那个是我弟弟陈漱。我老公你们都见过，江予迟。"

江予迟目光微闪，这是他第一次听到盛星喊他"老公"。但可惜，不是对着他喊的。

陈漱跟着喊："姐夫。"

江予迟略微冷淡地应了一声，没有和他攀谈的欲望，看向盛星："这两天的菜味道怎么样？"

盛星笑眯眯地应："三哥水平越来越好啦。"

江予迟点头："明天做鱼，水果记得吃。"

"记得呢。"盛星乖乖应，"每天都吃光的。"

他们这一桌气氛没有梁博生想的尴尬，江予迟善谈，却不多话，多数时间在和盛星说话，偶尔聊起话题，插几句，陈漱反而跟个木头似的，不说话。

吃过一轮，借着上厕所的理由，梁博生把陈漱拉走，桌上只剩盛星和江予迟。

见人一走，盛星立即摊手朝江予迟要录音笔："先给我，我才能专心吃烤串，不然我总是惦记着。"

眼前的掌心小小的，白皙娇嫩，是他所熟悉的样子。

江予迟垂眸看着她的掌心，忽然想起很多事。想起第一次见她时她瘦小的模样，想起每到冬天她的手会变得又红又肿，想起她说没上过幼儿园。有太多迹象在眼前，他怎么会没注意到。

"可以先给你。"江予迟抬眸，和盛星商量，"但三哥想知道一件事，你得诚实回答我。说了就给你。"

盛星小声说："我哪里不诚实了？你问吧。"

说这话她还不心虚。

江予迟没急着问，反而先把录音笔放在盛星的掌心上，视线落在她的面庞上，放轻声音："那年为什么会从楼梯上摔下来？"

录音笔带着温热，是他掌心残留的温度。

盛星攥紧笔，慢吞吞地收回手，闷声闷气道："妈妈住楼上，我住楼下，她不喜欢我上楼，但我想见她。我想偷偷溜上去看一眼，怕她发现，下楼梯一着急就摔倒了。"

年幼的盛星以为，妈妈会因此心疼她一点、喜欢她一点，可妈妈看过来的眼神依旧冷淡、疏离，仿佛她是别人家的孩子。

江予迟凝视她半晌，大掌落在她的脑袋上，轻叹口气："以后，三哥牵你下楼，就像月亮一样。"

盛星眨眨眼，小声道："一点都不疼，那时候我都没哭。"

江予迟弯了弯唇，冷淡的眉眼带上温柔的笑意，低声道："在三哥这儿，星星可以哭，可以不勇敢，想做什么都行。"

花园的灯光柔和，给男人清俊的面容披上一层浮纱，在夜色里莫名诱人。

盛星舔了舔唇角，问："真的做什么都行？"

江予迟轻挑了挑眉，身体后倾，懒散地靠着椅背，另一只手搭在盛星的椅背上，气定神闲地瞧着她："想做什么，说来听听？三哥说不定能配合你。"

盛星慌乱地移开眼，睫毛颤动，含糊道："我就随便问问。"

"再有半个月就杀青了。"江予迟也不和她计较，把她爱吃的串都挑出来，推到对面，随口问，"最后那场火灾戏怎么拍？"

盛星侧头，乌亮的眼睛盯着他："用特效，现场可能会亮灯再吹点烟雾，达到着火的效果。不会真的放火。"

江予迟曾问经纪人要过剧本，盛星没想到他真的去翻看了，不但看了，还记得她所有场次的拍摄时间，就像小时候一样，记得她每天的课程和放学时间。

那时候，他就像一个小家长。

盛星咬了口鱼片，鼓着腮帮子，提起从前："三哥，那时候老师总让我喊家长，你总去学校替我收拾烂摊子，有没有嫌我烦？"

那时候，盛星和父母关系不好的事他们都知道。这小姑娘也倔强，入学填家长联系方式的时候不填家里人，偏偏填江予迟。仿佛这样做了坏事，盛家便没人知道。让她叫家长，多是因为和同学的摩擦。江予迟也是在屡次被叫家长的过程中才知道，小姑娘在学校里一点也不安分。

想起往事，江予迟含着笑意，道："我哪儿敢嫌你烦，阿霈和月亮都跟护眼珠子似的护着你，万一你上他们那里告我的状，我还能好过？"

盛星小声道："你才不怕他们，你没有怕的人。"

江予迟不怕任何人。

在盛星眼里，这个哥哥打小就和别人不一样。他似乎从来都无所畏惧，做一切自己想做又能做到的事，和她是完全不一样的人，她也曾想成为这样的人。

江予迟垂眸，低声说："有的。"

盛星"啊"了一声，眼里写着惊奇，好奇地问："谁啊？我认识吗？也是以前大院里的人吗？现在你们还来往吗？"

狭长的眸边睫毛像一道小阴影，却掩不住眼底蔓延出的情绪，直白到盛星差点想躲开。

可这双好看的眸，就这么直勾勾地看她。

答案很明显，他怕的人就在他眼前。

盛星抿抿唇，有点受宠若惊道："谢谢三哥。"

江予迟："……"

他没忍住，抬手，收着力，敲了敲她的脑门，轻笑："认真点吃，别往我这儿看，再看揪你耳朵。"

盛星小声哼哼："哦。"

另一边，梁博生和陈漱蹲在厕所门口聊天，就好像他们还在高中一样，也不管边上人经过时看来的眼神。

梁博生纳闷："见了你姐还不开心？一句话都憋不出来？"

陈漱："江予迟是个什么样的人？"

这阵子，陈漱将江予迟的资料看了个遍，隔着冷冰冰的文字，他只觉得这个男人运筹帷幄，很有手段，并不能从中感受到一丝温情。

这样的人，和盛星合适吗？

"他这段时间常来剧组，挺好说话的，但对人不热情，好像天生就和人隔着距离。但对你姐是真好，往她身边一坐，就变成凡人了。不过你的担心也不是没有道理。"梁博生感叹道。

陈漱沉默了几秒，问："她很喜欢他？"

梁博生满脸不解："人家是夫妻，你想什么呢？"

陈漱没应声，总觉得有什么地方不对劲。他对那个男人并不能全然放心，尤其是处于那样的位置上，变数太多。

吃完夜宵，盛星跑去和鲨鱼打了个招呼，准备和剧组一起回去。江予迟不急着回家，陪着盛星散了一会儿步，一直送她到酒店门口。

"我回去了，早点儿睡。"江予迟拍了拍她的脑袋，示意她进去。

盛星仗着他看不见，躲在帽檐下的那双眼直勾勾地往他身上瞧，藏在兜里的手也有点蠢蠢欲动，她小声说："三哥，你会追人吗？"

江予迟一听，虚心求教："怎么着，星星有建议给三哥？"

她别开头，不说话，但也不走，就这么站在他眼前。

江予迟垂眼，颈间的凸起上下动了一下，指尖动了动，忽而上前，伸手将面前要抱抱的盛星抱进怀里，手臂隔着薄薄的衬衫，圈住她纤细的腰身，微微收紧，另一只手按住她的脑袋。

他低头，看向脑袋埋在他胸前的小姑娘，很轻地笑了一声："是三哥不好。晚安，星星。"

盛星特别矜持，手攥成拳头，藏在兜里不动。她就这么顺着他的力道在他胸前蹭了两下，他温热的气息像羽毛一样往下坠，让她鼻尖发痒。

"晚安。"盛星小声道。

说完"晚安"两个字，盛星跟小鱼一样从他怀里钻出去，飞快地逃走了。

夜风顺着她跑动的身影，并不温柔地吹翻了她的帽子。盛星没停下，任由可怜巴巴的帽子无措地在风中打着转。

江予迟在夜色中上前几步，展臂将即将落地的帽子抓住，站在原地将帽子捏得平整，弯了弯唇，转身离开。

车停在夜市附近的停车场。

几分钟后，车驶离街道，在车尾即将消失的时候，另一辆车缓缓跟了上去，速度不快，隔着不远不近的距离。

江予迟开的不是回落星山的路，是回公司的。为了抽出半个月时间和盛星去西鹭，他得提前安排好这个月的工作，免得路上因为公司的事打扰盛星的兴致。

车驶入落日大道。江予迟侧眸看了一眼后视镜，在某辆车上停顿两秒，不动声色地收回视线，继续前行，前方路口转弯进入商业区。他没进停车场，直接把车停在公司门口。

从夜市口出来一直跟着他的那辆车没停，就像马路上所有的车一样驶离，仿佛只是这一路的巧合。

端午当天，小宋送了许多粽子过来。

翠绿的粽叶包裹着里头晶莹剔透的糯米，个头小小的，却挺胖，胖乎乎的，两口就能吃完一个。盛星怕浪费，不常吃粽子，江予迟就想了办法，特地包了小粽子，剧组好些人都被分了几个。

最近小宋来剧组很勤快，频率已经赶上江予迟了，江予迟忙得不见人影，不是出差就是开会，基本没休息的时间。

"小宋，三哥这几天怎么样？"盛星蘸着糖吃白粽，顺便和小宋聊几句。

小宋叹气："忙得没时间睡觉，晚上没吃几口饭就得喝酒。先生都是自己喝，不让我们挡酒。这两天好点，出差回来，有空歇两天。"

盛星咀嚼的动作一停："那么忙还包那么多粽子？"

小宋："材料是提前备好的，没用太多时间，我们都帮忙了。"

"早点儿回去吧。"盛星摆摆手，"不耽误你时间，他忙你们肯定更忙。你和三哥说，快杀青了，不用送饭来了。"

小宋迟疑一瞬，想起上次得出的结论：在江予迟和盛星之间，要听盛星的。他点头应下，没多留，匆匆离去。

盛星瞧着筷子上可爱小巧的粽子，有点心疼江予迟。她想了想，喊梁博生："过来说两句！"

梁博生叼着粽子就过来了。他不爱吃甜糯糯的白粽，爱吃油光水亮的肉粽，肉粽光模样就生得令人食指大动。

"姐，说什么？"梁博生把脑袋凑到小风扇前，不忘戳一块桌上的西瓜，"姐，姐夫真贴心，我都想找个这样的男朋友。"

盛星绷着小脸："那你另找，别找我老公。"

梁博生嘿嘿笑："我说笑呢，这不是羡慕嘛。"

盛星和他商量："晚上我有点事要回家一趟，你好好演，争取早点过了下班，能做到吧？"

梁博生一僵："我……我尽量，姐。"

他这会儿就像回到了高考前，临上考场，老师对他进行充满期待的谆谆教导，而他只想在心里"呜呜呜"。

晚上十点。

江予迟看了一眼时间，他有段时间没见盛星了，想去看看她，但想到小宋带回来的话，有点犹豫，这么晚过去，恐怕她会不高兴，嘀咕着他不听话，又不好好休息。

江予迟轻叹了口气，开车回了落星山。

落星山周围寂静广阔，附近住户很少，路上停着陌生的车会很显眼。江予迟扫过两边，一切虽和平常没什么区别，他却有一种被窥视的感觉。

时有时无，若隐若现。

这感觉是那晚从夜市回来后出现的，江予迟很容易就筛选出了对象。

落星山山脚处有门卫。

门卫瞧见熟悉的车牌，正准备放行，却见那车急急停在路口，驾驶座上的男人下车，迈开大步，直直走向一处阴影。片刻后，男人竟从阴影处揪出个人来。

门卫大惊，想开门出去，被他的动作制止。

"没跟够？"江予迟松开陈漱的衣领，淡淡地瞥他一眼，"跟了大半个月，得出什么结论没？"

陈漱神色冷漠，平静地理了理衣领，直白道："你很忙。"

江予迟倚在车边，双手环胸，一副倾听的姿态："还有呢？"

"私生活暂时没什么问题。"陈漱也很高，和江予迟平视，"酒量不错，工作态度端正，很关心我姐姐。"

江予迟挑眉："你是想找出问题还是不想？"

陈漱平静道："我想确认她过得怎么样。"

在陈漱说这句话之前，江予迟态度还算平和，逮住人算不上生气，还能理解，但听了这话火气一下涌上来。

"陈漱，看到你她会想起什么，你比谁都清楚。"男人语气冰冷，目光里带着嘲讽。

江予迟知道这不关陈漱的事，甚至那时候陈漱可能也是个受害者，但他控制不住情绪，怒气搅得他五脏六腑都在翻腾。

"你……"陈漱脸色微变，"你知道？"

江予迟收敛情绪，恢复先前的模样，语气不轻不重："想继续跟就跟，随便你做什么，但不能闹到她面前去，你清楚我的意思。"

陈漱正欲说什么，不远处车灯闪亮，车在江予迟的车后停下。

两人同时朝前方看去。

盛星蒙了一下，瞧瞧陈漱，又瞧瞧江予迟，这两人八竿子打不着，怎么就凑到一起了。她走到两人跟前，纳闷道："快十一点了，你们俩在这儿干什么？"

"星星饿不饿？三哥做点吃的。"江予迟瞥了一眼陈漱，给盛星倒了杯橙汁，随口问，"你喝点什么？"

盛星摇摇头："不吃啦。"

陈漱惜字如金："水。"

他的视线静静落在窗外，庭院里的灯将深山一隅照得亮如白昼，这彻夜而亮的灯是为了谁，答案很明显。

这么多年，盛星还是很怕黑。与以往不同，现在已有人为她驱逐黑暗。

气氛压抑，三人都很安静。

盛星眨眨眼，问："你们两个人怎么会在一起？"她的小脑袋挂满问号，不禁想，如果她没忽然回家，这两人准备干点什么，难道要拉近感情？可这两人压根儿没有感情可言。就算有，这大半夜的，未免太古怪。

陈漱和江予迟对视一眼，一点没犹豫，抢先道："姐夫叫我来的，来之前我不知道是什么事。"

江予迟："……"

江予迟神情自然，懒懒地笑了一下："我想问他要张你六岁之前的照片，太过心急，没考虑到时间。抱歉，弟弟。"

后面两个字刻意咬重。

陈漱："……"

陈漱深觉江予迟可恶，他确实有盛星六岁以前的照片，但没打算给出去。连盛星都没有，更何况是江予迟。

盛星一愣，看向陈漱："那个记者叔叔拍的？"

陈漱看着她清澈的眼睛，将原本藏在喉间的说辞咽了下去，道"嗯，没有底片，只有一张照片。我不想给别人。"

陈漱说的照片，是他们两个人的合照。

那年，有个记者上巢山采访，见两个小孩生得好，不由得生出给他们拍照的念头来。那时候小姑娘留了个心眼，寄照片的地址没留自己家的，而是留了邻居奶奶家的，这张照片才得以保存下来。

盛星幸灾乐祸："三哥，他说不想给你。"

江予迟瞧她兴奋的模样，就知道她小脑瓜里在想什么，道："不给就不给，三哥再想办法。"

"没什么好看的。"盛星忍不住嘀咕，"就和认识你那年一样可爱，我从小好看到大，一点没变过。"

江予迟目光微动，勾唇笑她："不知羞。"

盛星轻哼："本来就是。"

陈漱从进门开始，就一直观察着。这个地方，完全是按盛星的喜好建造的，像是独属于她的一座城堡，为她遮风挡雨，收藏她的喜怒哀乐。甚至这屋内，大部分都是她的个人痕迹，江予迟的很少。

陈漱心头微微苦涩。

小时候，他保护不了姐姐，只能在黑暗中用稚嫩的身躯抱着她。而长大了，姐姐已经不再需要他的保护。

她已有了避风港。

"姐，我先回去了。"他的嗓音嘶哑，听着情绪很低落。

盛星沉默了几秒，戳了戳江予迟，小声道："三哥，我和弟弟说会儿话。"

江予迟看她一眼，起身，说："我去看看松球。"

最近，松球一直住在家里，和它"爸"一起，但比它"爸"不知道轻松了多少倍，成日只需要吃和睡。

客厅只剩他们两人。

盛星欲言又止，她一直没能和陈漱认真谈以前的事，毕竟自己都没整理好心情，怎么去开导别人。但近来，自从陈漱出现，困扰她已久的情绪竟慢慢淡了下去，记忆带给她的灰暗色彩在渐渐退却。

她和弟弟，他们都离开了家。

他们都拥有明亮的未来。

盛星捏着抱枕说起从前："你记得吗，以前你常缠着你爸妈问，为什么我姓盛，你姓陈。"

"记得。"陈漱垂着头，"他们说你是捡来的。"

盛星坦诚道："我没和任何人说过。当初我知道自己是捡来的，其实松了口气。这个认知在某种程度上抚慰了当时的我，在我的想象中，我有疼爱我的父母，只是出了意外，或许某天他们会来接我。"

陈漱攥紧拳，哑声道："后来成真了一半。"

盛星抿唇："是，只有一半。"

幻想美好，现实惨烈。后来的事情他们都知道，她的亲生父母视她为空气。盛星耗费了大量的时间治愈自己，效果甚微。

盛星轻舒一口气，看向陈漱："说这些是想告诉你，那些事已经过去了，我很少会想起来。可陈漱，如果你走不出来，在我面前你仍带着过去的情绪，那我见到你，就会一次次想起过去，我不愿意这样。"

陈漱沉默。

盛星想了想，说："我不是不想看见你，只是你该把更多时间放在自己身上。阿漱，我已经长大啦，可以保护自己了。"

陈漱张了张口，道："姐，你给我点时间。今天我先回去了，你早点休息。"

楼梯后，江予迟半倚在墙上，眼眸低垂，安静地听着他们交谈。从盛星的言语和语气中能感受到，她并不困于过去。

症结仍在于她十六岁那年发生的事，这件事几乎让盛家分崩离析。

"让你姐夫送你下山，你等一会儿。"

听到盛星的声音，江予迟等了几秒，装作刚下楼的模样走出去，迎面遇上盛星。

江予迟看了眼起身的陈漱，随口问："回去了？"

盛星点头："三哥，我和你一起送他下山。"

"外面冷。"江予迟指了指腕表，"太晚了，上楼去泡个澡，我很快就回来。"

盛星思索片刻，在泡澡和送陈漱之间，毫不犹豫地选择了泡澡。

江予迟送陈漱下山。

一路无言，车停在山脚。

江予迟随口问："开车来的？"

陈漱应声："车停在另一个路口。"

两句话说完，车里又是一阵沉默，过了一会儿，陈漱问："以前的事你都知道了？她以为你不知道。"

江予迟凝视前方，指尖轻叩着方向盘："只有一部分，最重要的部分还没去查。这部分盛家人知道，陈家人知道，大概率你们会保留这个秘密。"

陈漱解开安全带，平静道："你想知道，为什么不去问我姐？很多事她选择自己藏着，可能是因为你不问。她相信你，或许你该问问。"

江予迟独自坐在昏暗中。

他走了十年，这十年小姑娘是一个人长大的，盛霈和盛掬月不在她身边，他也不在，她从没示弱过。

生活、演戏，甚至面对离别。她一直高昂着头颅，一路往前走，从不回头。

这十年间，他在银幕中看着她慢慢长大，从少女成长为女人。可这十年他们俩之间是空白的，他只不过占了幼年那几年时光的便宜，才娶到她。在这样的时间和距离下，他能去揭她那道伤疤吗？

"三哥？"泡完澡，盛星裹着睡衣，下楼找人，喊了个遍都没找到江予迟。

她纳闷，都一小时了，还没回来，难不成这两人真有什么古怪？等晃悠到落地窗前，盛星才找见人。

明亮的庭院里，他孤身坐在长椅上，身影黑漆漆的，连院子里的树上都亮闪闪的，就他跟块沉默的大石头似的。

盛星瞧了一会儿，忽而想起什么，跑到杂物间去翻找，等找到东西，兴冲冲地往外跑，看起来还挺高兴。

院子里，江予迟感官强于常人，那蹑手蹑脚的声响就和小猫咪似的，正在悄无声息地靠近他，他配合着盛星，就当不知道。

脚步声到达他身后，她反而紧张起来，呼吸乱了一瞬。

江予迟适时动了动。

盛星眼看要被发现，手忙脚乱地把灯带往他身上缠，边缠边喊："三哥，你别动！我给你挂点装饰，完美融入院子！"

盛星拿着上回江予迟买的灯带，从肩膀一路绕到小腿上，眉眼弯弯地绕着他转圈跑，一副傻乐的模样，看起来就不是很聪明。

江予迟身体后倾，姿态懒散，眉眼间带着纵容，无奈地看着她："这是干什么？把我绑起来？"

绕完，打开开关。

数不清的小灯同时亮起，绕着他挺拔的身体开始闪烁，就好像他也变成了庭院中的一棵树。只是这棵树最貌美。

盛星拍了两张照片，满意了才开始拆这些乱七八糟的灯带，顺便嘀咕："我才要问你干什么，一个人坐在院子里。"

江予迟轻声应："三哥在想一些事。"

"想什么？"盛星就着舒服的姿势在边上蹲下，捧着脑袋瞧他。就像小时候两个人在花园里，她蹲在路灯边仰头看他。

她这样看了他许多年。

江予迟垂眸，和她对视片刻："想知道你的秘密。"

盛星一愣："我的秘密？"

"你的秘密，你独自长大的十年，你拍过的电影，你去过的地方。这些，三哥都想听你说。"江予迟低声说着。嗓音轻轻的，仿佛这庭院里的杉树后藏着许多温柔的小精灵。

盛星眨眨眼，心想，这不就是看她小号的意思吗？她的秘密全在小号上，每天往上发。但小号之所以存在，就是因为见不得人。

盛星想了想，试探着问："现在就想知道吗？一次性都说给你听，会不会容易失去新鲜感，我听别人说，要循序渐进比较好。"

这语气，就是可以商量的意思。

江予迟转过几个念头，提出可商讨的条件："可以慢慢来。三哥一个故事，换你一个秘密，怎么样？"

一个故事换一个秘密。

盛星掰着手指头数，讨价还价："你讲了三个，但先前没说这事。这一次，三个换一个，下次再重新算，好不好？"

盛星抬眼，眨巴着双眸瞧他，撒娇的意味很明显。

江予迟用指尖戳了戳她脑门，懒懒道："总占我便宜，在船上说我小气鬼，星星才是小气鬼。"

盛星哼哼唧唧："你听不听？"

江予迟坐直身子，做出洗耳恭听的模样来："你说，三哥认真听着。"

盛星目光虚晃一圈，不怎么敢看他，睫毛颤了颤，问："我今天忽然回家，你知不知道为什么？"

江予迟一怔："为什么？"

盛星安静了一会儿，忽然抬眼。莹润的双眸里带着点点羞意，庭院的灯火在这清水般的瞳仁里跳动，就像她积攒了许久的勇气一般，向江予迟跃去。

她一眨不眨地看着他，小声道："因为我想你啦。"

盛星一脑袋栽在被子里，压着嗓子尖叫了一会儿，直到把自己捂得喘不过气才重新探出头来。

她微喘着气，红着脸颊，羞耻感一点一点冒出尖来。

刚才的画面不断回闪。

庭院里，江予迟的目光深深地注视着她，在她说完那句话后，身体缓缓前倾，俯下身，距离近到几乎要碰上她的鼻尖，她觊觎已久的唇动了动，低声询问："三哥想亲你，不愿意就躲开。"

微烫的气息和着山间的凉意，交错蔓延开。

盛星紧紧握着手，指甲陷在指腹中，闭着眼，睫毛像被惊动了的蝶，颤个不停。许久，额间落下一抹温热。

柔软的唇一触即离，她的身体在瞬间收紧。

下一秒，有力的小臂牢牢地扶起她，响起的嗓音又低又哑："该睡了，星星。"

是该睡了，盛星想。

再不睡心跳要超速了。

第二天，晨光刺破落星山。

山林间寂静，别墅里倒是有点吵闹。

盛星正拧着眉头，嘴里嘀咕着："三哥，你别动！"

一动不动的江予迟："我没动。"

盛星的脑袋凑在江予迟胸前，手指和领带纠缠在一起，也不知道怎么回事，这根带子就是跟她过不去。

"明明就是这么打的。它怎么不听使唤？三哥你又乱动！"

终于，在盛星想放弃的时候，那领结终于乖乖在她手里成形，细白的手指一用力，领结服帖地贴在男人的颈间。

江予迟动了动，道："星星，我有点喘不过气。"

盛星："……"

六月中，盛星拍摄最后一场夜戏。

这是场火灾戏，场景借用了某栋闲置的实验楼，剧组提前搭好布景，无数的暖光加上烟雾效果，远远看去就像真着了火，后期再加上特效能将火灾场景拍得很逼真。

化妆师托着盛星白皙的小脸，下起狠手来一点不心疼，直到把她的脸化得乌黑，梁博生在一边看热闹。

"梁老师，下一个就是你。"化妆师轻飘飘地说道。

梁博生轻咳一声，和盛星聊天："姐，你拍完戏休息还是有别的工作？我拍完又得飞去录综艺了，有些综艺还挺好玩的。"

盛星闭着眼，悠悠道："我都快失业了，当然没工作。"

梁博生撺掇她："接综艺玩！"

化妆师居然也跟着蠢蠢欲动："盛老师，平时我们都见不着您。您可以接点轻松的，比如恋爱综艺什么的？"

恋爱综艺？

盛星缓缓睁开眼，好奇道："什么样的恋爱综艺？"

梁博生"叭叭"道："有素人匹配，也有明星匹配，但像你这样的，当然是和江先生一起上。姐，你去试试就知道了。"

和江予迟一起上综艺。

盛星眨眨眼，这个设想竟让她生出接综艺的欲望来。

化妆师收拾完盛星，看了一眼梁博生："梁老师，你现在化还是再等等？还有十分钟时间可以挣扎。"

"等我啃完这根雪糕。"梁博生试图再挣扎一会儿。

化妆师一走，只剩盛星和梁博生两人。

这是主演专用的化妆室，平时就他们俩用，没什么人来。梁博生聊起天来也没顾忌："姐，你知道我和我师姐关系不错吧。她最近心情不好，总出去喝酒，听说是因为《钟》的试镜取消了，李导直接定了女主角。姐，你和李导关系好，这事真的假的？"

盛星动作一顿，慢吞吞地应："女主角本人还没想好接不接。"

梁博生："……"

他目瞪口呆："姐，你要去演？"

不怪梁博生惊讶，盛星近五年都没拍过文艺片，更何况据他了解，盛星压根儿没去参加试镜。

盛星幽幽道："你再嚷嚷，整个剧组都知道了。"

梁博生默默比了个嘘声的手势，压低声音道："姐，你怎么还考虑呢，多少人想演这个角色。"

盛星叹气："我有点焦虑。其实我很少会有这种情绪，至少以前是没有的，很多人经常问我为什么想接某个角色，其实没有那么多为什么，想演就演了。这话不好听，但对我来说是这样，我想演的角色少有拿不到的。"

梁博生也叹气："人比人，气死人。"

"但那是以前，近几年我状态一般，也没费劲想着恢复，所以大多觉得无法掌控的角色我都不演。《钟》不太一样，我想演，又怕演不好。没人比我更清楚自己的状态，我现在的水平，拿到李疾匀面前是不够的。"

梁博生挠挠头，换了个方式安慰她："姐，你觉得还有比你更适合那个故事、那个角色的演员吗？"

盛星沉思片刻："倒是没有。"

梁博生咧嘴笑了一下："我师姐曾经和我说过一句话。她说，不同的演员赋予角色不同的生命，即使是同一个角色，也有巨大的差异。对于有的故事，它需要最合适的那个人。"

盛星瞧他一眼："你师姐角色丢了，你还拿她的话安慰我？"

梁博生轻咳一声："两码事。"

说起温边音，盛星最近没怎么听说她的消息。就和她之前想的一样，角色定了，温边音就收手了，她是个聪明的女人，还有很多角色等着她去努力。只不过这口气咽不咽得下去，就是另一回事了。

"梁老师，化妆了！"化妆师休息了一会儿，回来逮人。

梁博生垮起脸，等着自己的脸被糟蹋。

盛星晃了晃小腿，坐着有点无聊，干脆去外面溜达一会儿，离开拍还有一会儿，时间够她转悠两圈的。

此时，三楼教室内。

剧情是一群小孩无聊学着电影玩招鬼游戏，点了一圈蜡烛，当下道具都已摆上，就等点亮。

副导演瞧了一眼时间，喊道具组把蜡烛点了。

临近开拍，教室里人来人往，匆匆来，匆匆去，个个眼里都是自己的活儿，只听道具组的人喊了声："小心火！"又继续忙活别的。

从一楼到三楼都需要布景、确认细节，副导演上上下下地跑，一时间场面无比混乱。导演更是忙得脚不沾地，喊得嗓子疼，好不容易能坐下休息片刻喝口水，余光就瞥见监视器的场面，立时惊得把嘴里的水都喷了出来："三楼教室是什么情况？着火了？"

"都离远点！

"打119！联系学校保安！"

现场一片混乱，导演拿着喇叭扯着嗓子喊，副导演疏散人员，通知各组点人，确保没有人员被困在楼上。

校园内渐渐起了骚动。

江予迟扫过跑动的人群，加快脚步走到视线开阔的地方，遥遥看去，片场方向，高楼里隐隐可见映出的火光和烟雾。

他微怔，之后，男人的身影在黑夜里像一只疾速奔驰的猎豹，越过重重人群，跨过平时根本不能走路的地方，用最快的速度朝片场方向跑去。

路上的学生们有一瞬的茫然。

"刚刚有人跑过去？"

"好像没有？保安吧，我看一群人往片场跑。"

"那边有烟雾，着火了？"

"听说拍火灾戏，可能是效果？"

"……"

导演扯着嗓子喊完，片场稍稍恢复了秩序，人约莫都在，除了盛星。经纪人和小助理到处找都没找到。

"盛老师呢？"

"没见着啊！去现场了？"

"我不记得了。"

小助理急得满头汗，仰头朝三楼看了一眼，听她的声音像是差点要哭了："你们看见星星上楼了吗？"

不等人回答，面前忽然横了一道身影。

"星星呢？"男人沉声问她，黑眸里像是蹿着火。

小助理哽咽道："我们没找到人，说三楼没人，可哪儿都找不到。她手机落在化妆间了……"

江予迟猛地打断她："楼里找了吗？"

小助理红着眼摇头。

江予迟瞥了一眼急匆匆赶到的保安，随手抢了一个灭火器，独自上了三楼，速度快得拦都拦不住。

楼道内空无一人。

江予迟扫过二层，往三楼跑，身后跟了一串脚步声，他们怎么都追不上他。到了三楼，浓烟从教室窗口涌出，他转身去找洗手间，脱下外套，迅速打湿，然后头也不回地冲进了教室，保安们上楼看到滚滚浓烟，脚步踟蹰。

进了教室，江予迟眯起眼，迅速找到起火点。幸而只是烟看着吓人，火势不大，只有并排的两张桌子烧着了，他不能张口喊，只能快速打开灭火器，视线透过烟雾朝教室里看去。

半晌，他倏地松了口气。

教室里没人，星星不在这里。

楼下，盛星叼着根棒棒糖发蒙，她就是去学校超市逛了一圈，这急吼吼的是怎么了，楼上烟雾效果弄这么大？

她抱着这样的想法，才走两步，就听有人喊："盛老师在这里！"

盛星一脸茫然，忽而被人拦腰抱住，小助理抱着她哇哇大哭："星星你跑哪里去了？吓死我们了。三楼着火了，我们找不到你。江先生他……"

盛星微怔："他在这里？"

小助理刚想说在楼上，楼梯口出现一道身影。

盛星脸色一变，忙往楼梯口跑，没跑出多远，男人几步靠近她，定定地看她一眼，抬手用力地将她脸上的妆拭去，而后一把将她拽进了怀里，那力道像钢铁般不可撼动。

"三哥，你没事吧？让我看一眼。"她无措又不安。

男人的手臂紧紧地箍住她。

盛星停下挣扎的动作，他身上的汗意和烟熏味点点渗透过来，热意循着她的耳廓一路往上钻。她后知后觉，小声道："我没事，脸上的是妆。"

他深深吸了口气，哑声道："让我抱一会儿。"

拍摄紧急叫停。

但这些暂时和盛星无关，因为她被江予迟拎回家了。经纪人也不敢拦，和小助理一起眼睁睁地看着她被逮走。

车内，盛星静悄悄地拿着小镜子卸妆，时不时用余光往边上瞄两眼，脸上似乎还残留着擦拭的力道，他的指腹带着薄茧，粗粝的皮肤带出两道红印。

"抱歉，三哥没控制住。"男人嗓子干涩，带着哑意。

盛星抿抿唇，小声应："不疼。三哥，你没事吗？"

江予迟的模样看起来比她狼狈许多，黑发乱了，额间覆着薄汗，脸上灰一道黑一道，衬衫皱得不成模样，外套湿答答的，被随手丢在后座。

他整个人似乎都紧绷着，像根弦。

江予迟加速开车往家里赶，心跳仍未平稳："没事，回去洗个澡。睡前陪三哥说一会儿话？不用太久。"

盛星乖乖应了。

这时候江予迟说什么，她都会应"好"。

落星山上。

松球从它的小房子里探出脑袋，看它的"爸爸妈妈"各自回房，过了段时间，他们又从房里出来，朝它走来。

"你倒是舒服。"盛星蹲在松球边上，拿了块切好的小番茄放在它脑袋边，嘀咕道，"你'爸爸'一路上都没理我，好像被吓着了。"

她托腮瞧着松球慢吞吞地啃番茄，有点忧愁。

这样的事，在她初中时也发生过一次。那天最后一节课是体育课，小组上课，她和组员闹了别扭，去器材室还垫子的时候被人关在里面。小孩总是成群结队的，她年少成名，又少在学校，学校里没什么人和她玩，大部分人对她敬而远之。

当器材室的门被狠狠撞开的时候，盛星吓了一跳，室内有灯，她不怎么怕，可江予迟的脸色却吓到她了，就和今晚一模一样。那次他发了很大的火，所有牵扯进这件事的人都被叫了家长，这次也不知道会怎么样。

"怎么哄哄他呢？"盛星苦闷。

正心烦着，走廊里传来脚步声，她忙收敛神色，往他身边跑去："三哥！我给你做夜宵吃！"

男人看她一眼，神色稍霁，问："做什么？"

盛星想了想："年糕汤！上次阿姨拿了很多年糕过来，她女儿住在南方，常寄吃的过来。"

盛星说做就做，看架势是认真的，但的的确确是第一次做，江予迟还得给她打下手，帮她盯着火候。

厨房里，锅里的清水还平静着，只在底下冒出几个泡泡，奶白的年糕躺在砧板上，盛星切起来有点费劲。

江予迟垂眸，视线落在她的手间，道："这年糕是用晚粳稻米舂出来的，软糯细腻，是你喜欢的那种，加几片笋，一勺猪油，丢几片菜叶，煮出来又鲜又香。"

盛星忍不住问："三哥，你是从什么时候喜欢上做饭的？明明以前不怎么做，也没见你对这些感兴趣。"

"各地饮食习惯不同，去军校的头两个月阿需难以适应，我正好有心思。"江予迟神情淡淡地说起过往，"那些年辗转很多地方，到处都有背井离乡的人，一点熟悉的味道就能让他们想起家乡。你小时候也一样，在外面拍戏那么久，一回来就钻到家里去吃饭。"

"家里"指的是江家，而不是盛家，他们两个人都心知肚明。

水渐渐沸腾，厨房内氤氲出热气。女人温柔的声音盖过"嘟嘟"的水声，像一双手，抱着他，缓慢抚平他焦躁不安的情绪。

他注视着她。

许是提起以前，她眉梢带着柔和的笑意，侧头看他："年糕汤也不难，我一学就会，一定好吃。"

隔着淡淡的水雾，江予迟神情松弛下来，夸道："星星很聪明。"

锅里的汤散发出香气，"咕嘟咕嘟"的声响里含着独属于家的温情。

盛星盖上锅盖，转身看了他一会儿，忽然抬起左手，靠近他，掌心倾斜，轻声地说："三哥，我没事。"

江予迟低眸，看着她小小的掌心，缓慢伸手，又合拢，将她的手包裹住。都说十指连心，盛星红着耳尖想，如果指尖上有心跳，她十根手指上的心跳都会往江予迟手里跑，压根儿不听她使唤。

盛星第一次做年糕汤，还挺有成就感的，拍照美滋滋地发了朋友圈。

自从她和江予迟的婚事宣布，两人的共同群都炸了，那段时间盛星的手机就没消停过，她安分了一阵，没在朋友圈出现。

盛星拍过最后一场戏，蹦跶着往江予迟身边跑，头发和脸上虽然脏兮兮的，眼睛却晶亮。她仰着脸看他，嘀嘀咕咕道："我杀青啦！三哥，我先去卸妆，和他们切个蛋糕，然后我们就回家。你等我一会儿。"

江予迟垂眸："我和你一块儿去。"

盛星和小助理对视一眼，哑口无言。

自火灾意外事件后，江予迟这两天就跟住在片场似的，盯着他们把所有不合格的地方改了，副导演差点以为来了个"安全员"，导演则觉得不好意思，没能做好准备工作。

这就算了，除了上厕所，他几乎寸步不离地跟在盛星身边。

幸而，盛星杀青了。

盛星卸完妆，和大家伙儿合照切了蛋糕，美滋滋地收下导演给的大红包，跟着江予迟走了。从今天起，小助理和经纪人又闲了下来，两人都松了口气。

这段时间这小祖宗上热搜的次数，比去年一整年都多。

这气才松了一半，在男人身边蹦蹦跳跳，跟个小姑娘似的盛星脚步一转，又跑回来了，凑到经纪人耳边悄声道："姐，我想和三哥上综艺。"

经纪人："……"

小助理目瞪口呆。

盛星眨巴眨巴眼，盯着经纪人。

半晌，经纪人捏了捏眉心，无奈道："恋爱综艺？上家拍和出去玩那种？"

"嗯。"盛星抿唇笑了一下，"你先别告诉三哥，我去问问他的意见，他不愿意就不上了。要是愿意，嘻嘻。"

她眉眼弯弯的，眼里散发着光芒。

经纪人点头："知道了。其实年年都有节目递过来，况且你和江先生最近热度很高，我筛选完联系你。"

盛星摆摆手，又一溜烟跑回了江予迟身边。

"三哥，你这两天不忙吗？"盛星试探着问，"不是忙完才能去西鹭吗，你跟着我怎么工作。"

江予迟斜眼瞧她："嫌我烦？"

盛星忙摇头："没有，就是问问，我想和你出去玩。"

"再过两天。"江予迟打开车门，抬手挡住门沿，懒懒地问，"三哥陪了你两天，你是不是也得陪陪三哥？"

盛星忍住要上翘的唇角，矜持道："也不是不行。"

第十章

盛星很少去江氏集团，能陪江予迟上班还觉得挺有意思的，她还不忘把松球拎上。但这样的想法只持续了一下午，原因无他，江予迟实在太忙了，不是在开会，就是在开会的路上，她就像个小学生一样坐在办公室里等他回来，仿佛回到了上学时等江予迟来接她的日子。

那时她坐得住，现在却不见得。于是，第二天吃完午饭，盛星和江予迟商量："三哥，下午我能请个假吗？我找李疾匀签合同去。"

江予迟对盛星会接下《钟》并不感到意外，道："结束我去接你，吃了饭回去，晚上整理完行李，明天接上鲨鱼，我们就上路。"

这两天盛星在家，大部分时间都在收拾行李，只剩收尾了。

盛星见到李疾匀的时候，他正在工作室里发脾气。一群人见到她纷纷松了口气，撺掇她上前说话，去干扰一下这大魔王。

"你干什么呢？"盛星纳闷。

李疾匀在发脾气的间隙回头，冷冷地瞥她一眼，暂且停下，问："给你做旗袍那家裁缝店，熟吗？"

盛星一愣："不怎么熟，我老公熟。"

李疾匀道："我托了七八个人去当说客，那个小裁缝还把我拉黑了，见我一面都不肯。你有没有办法？"

盛星一听，顿时来劲了："真把你拉黑啦？"

李疾匀冷哼。

盛星忍着笑，后来没忍住，笑道："你是想人家接你单子，还是就见一面？前面的我可做不到。"

李疾匀也不为难她："见一面。"

盛星点头："行，我回去问问。"

盛星和李疾匀不是头一回合作，签合同的速度很快。签完后盛星开始问正事："你说要我和我老公试戏那个剧本，什么时候发给我？"

李疾匀瞥她一眼："着急？"

盛星："倒也不是，就是好奇。"

李疾匀看了一眼时间，道："电影九月开机，你还有近三个月的时间。一周一场，每周一发你邮箱。同样的，每周末，我要收到视频。"

"还有，表白的事，之前时间不合适。"

"什么时候合适？"李疾匀步步紧逼，寸步不让。

盛星幽幽道："刚签完字你态度就变了。表白这事吧，总不能跟吃饭喝水似的，起床敲门，和他说，我喜欢你，'啪唧'一下结束。总得选个合适的时间和地点，比如接下来两周。也是我想和你说的重点。"

李疾匀不作声，盯着她。

盛星轻咳一声："我们俩要出去玩，剧本晚点再发我。我保证在两周内，一定和他表白。"

和李疾匀谈完离开，盛星身心疲惫。她耷拉着脑袋，有点后悔。

该怎么表白呢？这方面她两眼一抹黑，完全没有经验。

从车上到私房菜馆，她一直紧闭着小嘴巴，一声不吭，可快憋死她了。

"在想什么？"男人漫不经心的话自耳边响起。

"三哥，我去趟洗手间！"盛星越想越心虚，一进洗手间，反手关门，懊恼地嘀咕。

一抬眼，盛星怔住。

温边音眼眶微红，无声地看着她，一只手抵在洗手台上，另一只手拿着纸巾。

空气微微凝滞，这样的场面很尴尬。毕竟她们两人在一个月之前还是竞争对手，而且互相给彼此都使了不少绊子，忽然遇见，还是在这样的情况下。

盛星沉默了几秒，刚想开口，却听温边音说："之前的事很抱歉，我用了很多不光彩的手段，我确实非常想要这个角色。但技不如人，我服输。"

"你怎么了？"盛星迟疑着问。

温边音一怔，移开视线："我只是在向你道歉。这圈子里钩心斗角、弯弯绕绕，但你不一样，我们之前无冤无仇，是我先把你拖到这潭浑水里。"

盛星抿唇："我是说，你服输这句话，不像是温边音会说的话。我以为你这样的人，从来不认输。"

话说到这份上，盛星自然地走到洗手池前，打开水，不紧不慢地洗手，瞥了一眼镜子里的女人，她也不知道在发什么愣。

忽然，温边音轻笑了声："你了解我？"

盛星慢吞吞地应："算不上，但多少听梁博生提过几句。他很崇拜你，说了很多以前你们拍戏的事。"

温边音的唇角一点一点往下拉，她轻吸一口气，丢了纸巾，轻声道："他要订婚了。"

盛星诧异道："周向淮？"

"嗯。"温边音嘲讽似的扯了扯唇角，"就是你常在小说里能看到的剧情，他家里不同意，让他和我分手。"

盛星："你们分手了？"

温边音开始补妆："暂时没有，他没提这件事，朋友听说告诉我的。"

盛星本不想多说，可想起李疾匀为了能让她出演而做的一切，不由得道："我是一个很难信任别人的人，有的事从来不问也不说，这其实不是个好习惯。最近，我在试着和自己和解，不知道最终结果会怎么样，但这个过程让我受益匪浅。"

"梁博生和我说，你曾说过，不同的演员赋予角色不同的生命。其实，同一个演员，也能赋予角色不同的生命。"盛星瞥她一眼，摆摆手，"我吃饭去了。"

说完，不等温边音回应就走了。

走出洗手间，盛星默默地叹了口气，她自己的事还没理清楚呢，居然关心起别人的感情问题来了。

回了包间，盛星还发着愣。

江予迟看她一眼，不动声色地问："怎么了？"

盛星愁苦地叹了口气："在洗手间遇见同事了，多说了两句，有点后悔。人家的私事，我掺和什么。"

"很后悔？"江予迟问。

盛星思索片刻，缓慢摇摇头："一点点，只是当时想和她说那句话，不是和别人，只是想和她说。"

不是因为梁博生，不是因为周向淮。只是因为当时在那里的人是温边音。

江予迟抬手，轻揉了揉她的发，道："星星长大了。有的话很重，有的话很轻。人的生命轨迹可能会因此改变，变好变坏都是未知数。或许，某天你回想起这一天，会后悔没和她说那句话。"

"三哥是个凡人，只能把握好现有的条件，抓住想要的人。"男人斜靠在椅子上，眉眼舒展，懒散地笑着，目光里蕴含着点点温柔，丝毫不掩对她的爱意。

盛星："……"

这人，安慰人还不忘夹带私货。

这么一打岔，尴尬的气氛也没了，盛星自如很多，两人和往常一样吃完饭，去找盛掬月。盛星有话和盛掬月说，江予迟也没打扰，孤零零地在车边等，松球在车盖上爬着玩，一人一龟瞧着可怜巴巴的。

盛掬月看了一眼无聊的江予迟，又看向满脸神秘的妹妹，心里生出一股不好的预感来："又说什么悄悄话？"

"姐。"盛星压低声音，"我要和三哥表白了！"

盛掬月神情镇定，硬是没往江予迟那边看一眼："这两天？"

盛星"嗯"了声，可怜兮兮地眨眨眼："姐，我有点害怕，不知道怎么办，表白这事你有经验吗？"

沉默半晌。

盛掬月喉间干涩，缓慢说："有的。"

盛星一怔，真有啊？

她收敛了语气，小心翼翼地说："姐，我也不是非要知道的，你可以不告诉我。我们都可以有自己的秘密。"

盛掬月眼睫微动，低声道："你看着他的眼睛，观察他在你说话的时候，脸上每一个细小的表情变化。这样，即便他拒绝你，你也会知道，他喜欢你。"

盛星一撇嘴巴，不满地嘀咕："臭男人。"

因着盛星这句话，盛掬月脸上露了点笑，弯着唇摸摸妹妹的脑袋："别怕，世上没人能拒绝我们星星。"

盛星哼哼唧唧的，又和盛掬月抱抱才朝江予迟招手："三哥，松球！"

江予迟拿起松球和它的小别墅，一起给了盛掬月，盛星还在念叨："'妈妈'出去玩两周，你乖一点！"

松球用尾巴对着她，好奇地打量着暂时收留它的新主人。盛掬月垂眸，和一双黑豆似的眼珠子对视两秒，有点喜欢这个安静的小家伙。

盛星恋恋不舍地告别松球和姐姐，失落的情绪只持续一瞬，便又兴奋起来，她可以和江予迟出去玩啦！

两人离开盛掬月的小区，去了趟老宅，奶奶瞧着他们眉来眼去的模样，掩下欢喜，没说几句就把人赶走了。回到落星山，盛星蹦跶着跑进衣帽间，继续检查自己的行李，其中最重要的就是睡衣。

以前他们同睡，她夏天也不穿睡裙，中规中矩的，但现在不一样，睡衣的选择，忽然重要了起来。盛星歪着脑袋，左看右看，打算性感、可爱的都带上几件，根据状态随时调整。书上说了，无形的勾引最为致命。

整理完箱子，盛星陷入沉思。

下午她想的那玩意儿要不要带呢？

进展会不会有点快？但她都想，江予迟怎么会不想。这么想着，盛星伸出了"罪恶"的双手。

Paidax："商量件事。"

小助理："姐，不用商量，你说。"

盛星"噼里啪啦"打字，打完就把手机丢了，和小助理说这些事还怪羞耻的，但总比别人说好。

第二天一早，他们开车出发。

盛星趴在窗前，仰头看今日的晴光，笑眯眯地瞧了一会儿，转头说："三哥，接上鲨鱼后，在工作室的路口停一下，我和小助理说几句话。"

江予迟懒懒地应了一声。

此时已是六月下旬。洛京热得早，许多颤巍巍的花苞都已绽放，穿着短袖的路人匆匆走过，避开日光，挤在阴影里头。

车在路口停下。

江予迟侧眸，注视着戴着草编帽的盛星往路边跑，她怕热又怕冷，穿着吊带和热裤，细胳膊、细腿在阳光下白得发光。她像一株向日葵，向阳热烈生长。行色匆匆的路人因此而驻足。

后座的鲨鱼探头，朝江予迟挤眉弄眼："哥，嫂子性格真好，对我还挺热情，一点看不出来是大明星。"

江予迟道："把她当普通人就好。"

鲨鱼挠挠头："我明白的。"

路边，盛星跟做贼似地把盒子塞进小包里，有点郁闷："这玩意怎么这么大，还那么多盒。"

原本小巧的小包，一下变得鼓鼓囊囊的。

盛星叹气，也不知道能不能找到机会把它们藏起来，放在明面上总有不方便的地方，她拿个东西都得提心吊胆。

洛京繁华喧闹，出了市区便冷清下来，路变得宽阔。鲨鱼念叨着："嫂子，你没走过这条线吧，我们先到沅江，摆渡过江，约莫一夜；早上出发经过乌川，那儿有个很漂亮的湖，晚上在湖边上搭帐篷过夜，第二天整天都在公路上，沿途都是些村庄；晚上住在公路旅舍，再过一个叫沙驹的小镇，就到了西鹭。"

原先盛星是直接坐飞机，换乘大巴去的西鹭，自由行还是头一回，听鲨鱼这么说，心生向往，不由得问："你们是不是去过很多地方？"

鲨鱼道："差不多都走遍了，哪儿需要我们就去哪儿。大部分时间还是在西北待着，那里的天最美。"

盛星眨眨眼，用余光瞄一眼江予迟，好奇问："以前你们那儿，追三哥的人多吗？你别看他，别想着糊弄我。"

鲨鱼："……"

这问题简直是，一脚将他送到黄泉路口。

盛星一双水灵灵的眼睛就这么直勾勾地盯着他，直把他盯得脸红，压根儿编不出谎话来，只好道："还……还挺多的？"

江予迟："……"

盛星慢悠悠地"哦"了一声："挺多是多少？"

鲨鱼迟疑着道："……五、六、七、八个？"

"哦？"盛星故意提高音量，眼珠子往左侧瞟，开车的男人神情无奈，却也拿她没办法，只能受着。

鲨鱼就跟竹筒倒豆子似的，把江予迟卖了个一干二净。起先他还磕磕巴巴，后来说起劲了，恨不得二倍速把事都倒干净。

"对，天天来，还送饭！这把我们给羡慕的，但迟哥呢，垮着脸，都不正眼看人一眼，只知道捏着张照片。迟哥受伤那会儿，醒来第一件事就是找外套，因为照片搁在里头，好家伙，还不是在外面口袋里，是藏在内衬里。嫂子，照片上的人是你吧？"

盛星挑了挑眉："什么样的照片？"

鲨鱼仔细思索片刻："是张单人照，好几年了，被捏得皱巴巴的。每次我们好奇想凑过去看，迟哥就用眼刀子飞我们。嫂子，你可不知道，迟哥那时候脾气可差了，新进来的兄弟们都怕他。"

"鲨鱼。"江予迟不轻不重地喊了声。

鲨鱼轻咳一声，默默比了个手势，示意自己闭嘴。

原本江予迟一直没出声，安静听他们两个人嘀嘀咕咕，直到现在才插了一句："是你高中的毕业照，阿需寄来的，说是月亮拍的。"

盛星一愣："我的照片？哥哥给你寄我的照片干什么？"

"打赌输了。"江予迟想起往事，轻笑一声，"他可不单单只把你的照片输给了我。没事，等他回来，三哥替你揍他。"

盛星："……"

鲨鱼："……"

这一上午盛星和鲨鱼聊得投机，一路说个不停，眨眼就日上中天了，途经服务区时他们下去吃了饭，溜达了一会儿，继续上路。下午司机换成了鲨鱼，他坐在驾驶座上倒是老实了，也不往后面看。

盛星浑身晒在暖洋洋的日光里，没坐一会儿就犯困，从车里摸出眼罩戴上，熟练地往江予迟腿上一躺。

这地方，躺过了，就是她的了。

江予迟换了个姿势，好让她躺得舒服，随口问："三哥帮你把包放到一边？路上磕着不舒服。"

包？

盛星警觉地竖起耳朵，包里可放着宝贝，但又不能做得太显眼，她装作迷迷瞪瞪的模样，含糊道："抱着舒服。"

江予迟没多想，扯了条披肩，盖住这一身雪白的肌肤。她爱美，早上出门不知道抹了多少防晒霜，露出来的每一寸肌肤都不肯放过。

路上平稳，盛星搭着江予迟的腿，眼皮缓慢耷拉下去。隐隐约约间，男人模糊的声音像小小的气泡，缓慢下坠，"咕嘟咕嘟"钻进耳朵，慢慢地，她似是沉入了海底。

这一觉睡得沉。

盛星再醒来已是落日西沉，她靠着的地方换成了抱枕，车内空无一人。她下意识去寻江予迟的身影，坐起身，一眼瞥见靠在车头边的两个男人。

车外，鲨鱼咬着烟，弹出一根递给江予迟："哥，来一根？"

这一整天，顾及着盛星在车内，他愣是一根烟都没抽。

江予迟瞥他一眼："戒了。"

鲨鱼挤眉弄眼地笑："准备要孩子？"

江予迟没应声，视线落在洒满了金箔的江面上。江面宽阔，水流绵延，船只往来，渡船还未靠岸，夕阳在眼前缓缓流动。

良久，江予迟道："听你嫂子的。"

鲨鱼笑了声，自觉避开这个话题，转而提起这趟去西北的事："迟哥，上回和你说西北那儿有动静。当时没具体消息，这回倒是有了，我惦记着，放心不下，得亲自去看一眼。"

江予迟眯了眯眼："蜂鸟还没安分？"

"他哪儿能安分？"鲨鱼吐了口烟圈，"当年我们追了这么久才抓着他。离出境就差一步，他不甘心。那头说，这小子还有东西没吐出来。"

江予迟侧头，想说什么，却停住，忽有所感，转头看了一眼。

车内睡着的人不知什么时候醒了，半支着身子，披肩下滑，如玉的肩头掩在夕阳的影里，昏黄的光映着她湿润、蒙眬的眼，刚睡醒的模样娇憨又无辜。

她正巴巴儿地看着他，却不出声。

江予迟的心在此刻猛烈地跳动了一下。

那目光，仿佛浸泡在淌着日光的江水里，又软又亮。叫他的心也变得柔软无比，他转身往车边走。

车门打开。

"醒了很久？"江予迟上车，将微凉的晚风阻挡在外，"喝口水，下去醒醒神，就去吃晚饭。"

盛星接过保温杯，轻抿了口水，摇摇头："刚醒。"

她难得这样乖而安静。

江予迟抬手，动作轻缓地顺了顺她的发，低声道："别因为鲨鱼的话难过，三哥心里没有过别人。"

盛星脑子还迷糊着，反应片刻，小声道："我才不难过呢。三哥说了，没见过比我更漂亮的女人。"

江予迟轻挑眉："我看起来在乎这些？"

盛星眼下倒是清醒过来，不满道："反正我最美。"

"当然。"江予迟失笑，"出去看看？"

盛星探过脑袋，往渡口看去："到沅江啦？"

江予迟瞧着她背好小包，裹着披肩，开门想牵她下车，越野车底盘高，她倒是不怕，自顾自地往下蹦。

清凉的江风拂过黑发，盛星整个人神清气爽，侧头道："三哥，我有一回去丰城拍电影，那里也有一条沅江，江水把城市分成江南和江北，有的人上班还能坐船呢。我记得前几年这里刚通桥，怎么还有渡船？"

"多是货运的，鲨鱼有熟人，顺带捎我们一程。走水路算是抄近路，比陆路近一天，明天一早就能到乌川。"

江予迟和盛星沿着渡口转了一圈，顺便给她拍了几张照片，鲨鱼趁这会儿抽完烟，三人溜达着去吃晚饭。

面馆里，淡水鱼新鲜得很，熬的汤又鲜又香，边上放着几只油光水亮的猪蹄，香味扑鼻，鲨鱼忍不住道："嫂子，你去西北拍戏，吃过手抓肉没？"

盛星摇头："到那儿也是跟着剧组吃盒饭，有一次倒是自己烤了肉，还有土豆，烤火还挺好玩的。"

鲨鱼悄悄瞄了一眼江予迟，心说，嫂子到现在还不知道，那会儿他们就在坑底下钻着。他兴致勃勃地说起这手抓肉："晚上八九点，一群人围着长桌坐，桌上放满了零嘴、馕块、水果、坚果、羊奶，端上来的手抓肉烤得又酥又嫩，一入口舌头都要化了；底下铺着一层炒得金灿灿的米饭，蘸着油碟，再咬口脆瓜……这滋味，我现在都忘不了。长桌边燃着篝火，篝火边，小伙儿弹琴、唱歌，到处都是欢笑声，热闹得很。"

盛星从未见过鲨鱼说的场面，一时听入了神，筷子上的面可怜地往下滑。

江予迟叩了叩桌子，说："三哥带你去，先吃面。"

"三哥，你见过吗？"盛星好奇地问。

"见过，你要想去，三哥骑马带你进草原，越往里草越深，有些草长得比你都高，所以你得多吃点。"江予迟斜眼瞧她，"多吃还能长高。"

盛星："骗人。"

不管是骗还是哄，盛星好歹老实把面吃完了。

出门时，天色暗下来，江面轻轻晃动着。盛星吃了个半饱，慢吞吞地跟在江予迟身后，踩他的影子玩。

他和鲨鱼说着船上的事。

她跟着外公去船厂的时候，也听过这些事，这时没有说话的欲望，就自个儿玩着，江予迟也不打扰她。

约莫过了半小时，渡船到岸。

江予迟开车上船，鲨鱼和老朋友叙旧去了，盛星趴在栏杆边看了一会儿，被人按着脖颈拎回去。

"多大了，大晚上的还往水里看。"

江予迟一手拎着箱子，一手拎着盛星，去了准备的船舱。

放完行李出来，船长格外热情地邀请他们喝酒，盛星一听有酒喝，要住船舱的郁闷都散了，兴冲冲地拉着江予迟往外走。

船上的时间漫长枯燥，他们总得找点乐子，在甲板上搭了张小桌，上头放着一瓶酒，一碟花生米，几副牌。盛星也不介意，当即就要盘腿在甲板上坐下，腿才弯下去就被人提着胳膊捞了起来，江予迟塞了只软垫，自然地在她身边坐下。

"嫂子，你玩什么？"

"什么都行。"

盛星挺爱玩牌，她小时候不爱学习，无聊就跟着盛需玩，盛需也不怕带坏她，上哪儿都敢带着她，因为这样的事，江予迟没少和盛需吵架。但到底是盛需的妹妹，江予迟有所克制。

船上来了客人，难得这样热闹。

盛星生得好，性子也好，一点不娇气，招人喜欢得紧，这么玩下来气氛越来越好，她喝起酒来也没什么顾忌。只有江予迟没喝酒，他明天要开车，一会儿还得收拾两个醉鬼。

盛星玩得开心，喝得也开心。眼睛亮晶晶地盯着牌，脸上泛着红晕。

一边的江予迟在心里数着数，她可没少喝，瞧着一点没醉，连鲨鱼都犯迷糊了，她还精神奕奕的。

几轮下来，盛星手边的花生米越来越多，几个男人竟都比不过她。

直到夜色渐深，酒瓶空荡荡，盛星还意犹未尽，对面两人已经靠着脑袋快睡过去了。

"三哥，我厉害吗！"盛星眉眼弯弯地对着江予迟笑。

江予迟瞧了她片刻，慢悠悠地问："什么时候学会的？"

"啊？"盛星一愣。江风冷飕飕地一吹，盛星忽然清醒过来。

她本来是个娇弱无力、几杯就倒的人设，这么想着，她咽了咽唾液，忽然往江予迟怀里一倒，含混道："三哥，我头疼。"

江予迟轻笑："我再给你颁个影后？"

盛星："……"

第二天一早。

盛星郁闷地耷拉着脑袋，蹲在渡口边叹气，昨晚她不但翻车了，还因为心虚没敢抱着江予迟睡觉。自从海岛那一夜过后，她好久没和他一起睡了，昨天好不容易逮着机会，又小心翼翼的，想等他先睡着，结果自己先在晃悠悠的船上睡着了。

"唉。"盛星又叹气。

江予迟俯身，一敲她脑门，轻"啧"一声："小时候就爱老气横秋地叹气，长大了也不改，上车，出发去乌川，晚上住帐篷。"

住帐篷，意味着地方只有一丁点，她一定能抱着江予迟睡觉。这么一想，盛星觉得自己又好了，蹦跶着上了车，一点没有女明星优雅的模样，看起来还跟小孩儿似的。

鲨鱼宿醉，今天倒是安静了，蔫头耷脑地躺在后座上，偶尔哼哼两声。

车驶离沅江后，景色和洛京已全然不同。公路边平房低矮，电线将天空分成几块，宽阔的田野里种着谷物，偶尔可见几幢别致的小屋。

江予迟见她无聊，便道："乌川有个热闹的夜市，我们住的湖边有弹唱会，想去哪儿玩？"

"湖边吧。"盛星想了想，应道。

若是只有盛星和江予迟，她肯定奔着夜市就去了，但这次有鲨鱼在。她不怕被拍，却怕鲨鱼被拍，怕他生活被打扰。

江予迟显然也知道这一点。他没多说。这小姑娘平日里看着脾气温和，其实决定好的事谁说都不管用，像当年，说离家就离家，谁劝都没回去。

这一带的公路靠近县城。路边偶尔可见几个水果小摊，摆着当地果农现摘的新鲜水果，江予迟下车买了草莓和小樱桃，她喜欢吃这些不费劲的水果。

"这儿还有小樱桃卖？"盛星好几年没吃小樱桃了，这些年在水果店里很难见着它们。小樱桃皮薄汁多，酸酸甜甜，浆果味很浓，香气清新。

江予迟"嗯"了声："赶巧了。果农说小樱桃不好保存，运输不便，怕水又怕撞，摘下来没多久都烂了，得趁这时候吃。"

轻盈饱满的小樱桃就跟小精灵似的。盛星挨个儿往嘴里塞，等吃了大半，才想起自己有个老公。她想了想，挑了两颗递到江予迟嘴边："三哥，尝尝味道？"

江予迟张唇，灵活的舌一卷，两颗"小精灵"就进了他嘴里。

那薄唇上下翕动，唇角沾了点汁水。

盛星瞧着，没忍住，伸手自然地靠近，轻轻一动，拂去那点儿汁水，指腹触上微凉的唇，那感觉像是触了电。

她倏地缩回手。

江予迟怔住，她拂过的地方似是起了一片瘙痒，那触感若有若无，迟迟在唇侧未散，他身体不受控制地发热。

"还吃吗？"盛星耳尖红红的，捏着手指不敢再动。

江予迟喉结动了动，嗓音发哑："不吃了，坐好。"

后座的鲨鱼悄悄睁了只眼，又闭上，默念一百遍：我不存在，我不在后座，我不在车里，我此刻定是在梦里。

乌川是个小镇，毗邻西部，地势平坦，民风开放、包容，少数民族和汉族杂居，各种各样的习俗交融，让这个小镇的文化格外丰富。

盛星一行人到的时候，天光未暗。她没来过乌川，当看到马儿自由地在马路上奔跑的时候忍不住睁大眼，因为那马儿居然还懂得遵守交通规则。

江予迟见她好奇，解释道："这里没有大型兽类，野生动物和人类磨合几十年，目前暂时处于和平共处状态。除了旅客，当地来往的车辆并不多，除了运货车，外来车辆不能进入小镇。"

盛星眨眨眼："有点像牧场。"

江予迟挑眉："确实是。"

进入小镇，盛星自觉地戴上口罩和帽子。江予迟将她护在身侧，和旅客们一起往湖边走，中途经过夜市，盛星只看了一眼便收回了视线。

天色将暗不暗，晚霞梦幻多彩。

不少人驻足拍照，盛星一行人停下来看了一会儿，鲨鱼指着天说起西北，江予迟时不时应几句，他们身后传来似有似无的交谈声。

"前面两个男人还行，想看看正脸。"

"嘶，左边那个身材太绝了，那个腰线，我……"

"清醒点，人家有女伴了。"

盛星默默地看了眼左边的江予迟，视线下移，在他劲瘦的腰上停留一瞬，小声道："三哥，想牵手。"

江予迟神色未动，和鲨鱼交谈着。

就在盛星以为他没听到的时候，男人自然地伸手，将她的手牢牢攥进掌心。

盛星眨眨眼，心想，快点到西鹭，那样，只有他们，她会试着把心里藏着的爱意一点、一点告诉他，迟早他会知道所有。

人群缓慢流动，晚霞逐渐消失。

到了湖边，迎接他们的不是黑暗，而是分散地搭在湖水边的三角帐篷，帐篷口挂着盏盏小灯，草地上竖着小信盒模样的地灯。

点点灯火点亮黑夜。

鲨鱼去找营地老板，回来时拿了两块牌。

盛星凭着小木牌找着帐篷，钻进去瞧了一眼，角落里点着小灯，地面铺着软垫，床垫瘪瘪的等着吹气，比她想得宽敞。

江予迟递了背包进来，说："晚上冷，拿件外套。我们去湖边上吃烤肉，我去夜市给你买点水果，鲨鱼就住左边的帐篷。"

"乌川的水果？"盛星眼睛一亮。

江予迟抬手，手指擦过她的耳廓，摘了口罩，顺手捋过一缕黑发，懒懒道："一路上就盯着那点玩意儿瞧，眼睛都要长上去了。"

盛星嘀咕："才没有。"

男人轻哼一声，指节弯曲，在她脑门上轻叩："鲨鱼就在外面给床垫打气，你在里面老实坐一会儿。"

江予迟走后，盛星整理好背包，闲下来了就和盛掬月发发短信、发发照片、问问松球。正聊着，右边忽而传来脚步声。

是右边帐篷的住客吗？这一想法刚冒出来，盛星忽而听到了熟悉的女声。

"看到那男人的正脸了！真的好帅！"

"他看起来是不是有点眼熟？"

"像哪个明星吧？我好想要联系方式。"

"别吧，刚刚他牵边上那个女生的手了。"

"交个朋友嘛，又不碍事。"

盛星沉默地听着，字字句句都让人不开心，郁闷了一会儿，她在上热搜和不上热搜之间选择了当个小怂包，不然这一路别想安生了。

女明星叹气。想找人吵个架都不成，烦人。

营地里，江予迟拎着一袋水果和零食回来，看向帐篷，她屈腿坐着，小小的一团身影投射在帐上。倏地，这团影动了动。

她烦躁地挠了挠头发，又自暴自弃般躺下。

江予迟眉峰微动，这么一会儿，谁惹着她了？

答案很快就揭晓了。

江予迟被人拦在帐篷前，女人大胆又热情地问："哥哥，你也是出来玩的吧，明天上公路？方便搭个顺风车吗？我和我姐妹去车河。"

江予迟抬手，无名指间的戒指闪着光泽，冷淡道："我结婚了。"说完，他越过人，径直走向帐篷，撩开帐子钻了进去。

一进帐篷，江予迟对上一双写着不高兴的眼睛。

"三哥惹你不高兴了？"江予迟神色柔和，没有一点在外的冷漠。

盛星眼珠子动了动，瞧着他，闷声闷气道："我没戴戒指出来。"

"就为这点事？"江予迟瞥了一眼袋子，有的果子上还缠着细藤，他选了根最细的，摘下来，比着长短分成两截，灵活的手指穿梭在细细的软藤间，眨眼就做了两个指环，一大一小。

江予迟摘下戒指，挑唇笑："这不有了？"

……

"嫂子，你乐呵什么呢？"鲨鱼纳闷，自盛星从帐篷里出来，就弯着眼睛，戴着口罩都挡不住，"乐一路了。"

盛星轻咳一声："没什么，你们聊你们的。"

湖边很热闹，四处燃着篝火，烤串的香气弥漫，烟火气渐渐散开，位置边放着饼干、糖果、黄油等，大家伙围在一起聊天；正中央是一个少数民族的小伙，抱着把琴在唱歌，歌声高亢悠扬。

盛星在人群中显得很安静。她坐在小墩上，静静听着他们聊天。聊过往、旅途、生活，越聊情绪越浓烈，听得她渐渐困了，脑袋朝江予迟偏去。

左边肩膀忽然一重，江予迟侧头，低声问："困了？"

他和鲨鱼打了声招呼，带盛星回了营地。

洗漱完，盛星倒是没那么困了，钻在被子里，只露出一双亮晶晶的眼睛看着江予迟，也不说话。

江予迟垂眸瞧了她一会儿，低声问："三哥给你讲故事？"

盛星摇头，小声道："和我一起睡。"

江予迟沉默了几秒，抬手关了小灯，在另一侧的垫子上躺下。狭小的空间陷入昏暗，只有细小的"窸窸窣窣"的摩擦声，帐子上光影幢幢。

盛星盯着对面的男人，一动不动。

江予迟原本平躺着，这么被盯着也受不了，侧身看她："睡不着？去给你拿眼罩。"

"不用。"盛星又摇头。

渐渐地，营地里的人陆续回来，盏盏灯熄灭。右边帐篷的两个女人经过，嬉笑声隐隐约约。

盛星忽而靠近江予迟，指尖轻搭上他坚硬的肩头，柔软的气息里藏着一丝诱意，用气声喊："哥哥。"

一瞬间，她指腹下的肌肉紧紧绷起。

盛星眨眨眼，见好就收，慢吞吞道："给我讲故事，三哥。"

"刚才喊我什么？"男人嗓音低沉，和平时不太一样。

盛星藏起指尖，眉眼间露出笑意，乖乖躺回自己的垫子上，无辜道："我刚刚没说话，你听错了。"

江予迟眉心一跳，生出股直接把人拽过来的冲动，忍着躁意，确认："一个故事换一个秘密，记得吗？"

"记得。"盛星嘀咕，"什么时候都不忘这事。"

江予迟平静片刻，问："想听什么？"

盛星想知道他是怎么受伤的，昨天鲨鱼提了一嘴，没多说，但她也知道这些不能透露，只好问："听你受伤之后的事。"

她想了想，又补充道："鲨鱼说的那次。"

江予迟轻舒了口气，低声道："手给我。"

盛星一愣："哪只？"

"两只。"江予迟说着，倾身帮盛星调整了姿势，牢牢地将她两只手扣住，不许她乱动，"闭上眼，开始讲了。"

盛星："……"

这男人，她是什么吃人的洪水猛兽吗！

晨光熹微，营地升起热气，食物的香味叫醒沉睡的人们。

盛星一行人要赶路，在营地苏醒前，便上车离开。鲨鱼昨晚睡得晚，这时在后头补觉。

盛星捧着两个软乎乎的坨坨，好奇地捏了捏。这是当地的小吃，江予迟给她买了两个，一个菜馅，一个肉馅，外面似乎是糯米，裹成一个团子。

离开乌川，一路向西疾行。

道路两旁的麦田被树林所代替，防风林抵御风沙，利于居民的日常生活。

一上午盛星半睡半醒，他们吃过午饭继续上路，路变得宽阔，视野也渐渐开阔。两旁的绿植越来越少，光秃秃的沙原逐渐显露，树丛稀疏。

盛星瞧着有点像昆羔戈壁，不由得问："鲨鱼，那么多地方，怎么想留在洛京？"

鲨鱼几乎没思考："大城市，挣得多，西鹭那地方，一眼就望到头了。不过留在洛京还真有两个别的原因，除了几个朋友在这儿，还因为有那片沙漠。"

他感慨道："在某个时刻，洛京的天像西北。"

鲨鱼是西鹭人，虽然身在洛京，但他怀念的始终是西北的人、西北的天。可见那几年时光在他生命中占据了什么样的地位。

那江予迟呢？盛星侧头看他。

江予迟极少提起过去，近来才展示出他生活的一角。他离开的这十年，过着什么样的日子？

越野车疾驰在无人的公路上。笔直的道路向天际蔓延而去，风沙贴着苍凉大地而过，落日渐沉，给沙丘上那一支悄无声息的驼队蒙上阴影。

盛星去西北拍戏时，遇见过驼队。驼铃在风中"丁零零"地响，可队伍总是很沉默，她问当地人，当地人告诉她，沙漠干旱辽阔，他们缄口不言，是为了省力气。

这样匮乏的环境，却有自然的馈赠。

他们跨越沙漠，遇见绿洲，从而心生希望。

当暗金色铺满大地，盛星在公路边见到一栋孤零零的矮房，边上是加油站，空无一人，怪瘆人的。

鲨鱼出声："嫂子，那就是公路旅舍。环境差了点，但饭菜还挺好吃，我前几年来过一回，不知道有没有换老板。今天风沙小，晚上能在屋顶看星星。"

盛星瞥了一眼江予迟，心想，他天天都有星星看，还需要看星星吗？

公路旅舍看着老旧，内里装修还挺规整、干净。前台的女人登记了他们的身份证，指了个方向："食堂在那边，七点后关门。"

盛星一行人刚走，后面紧跟着进来三个人，两女一男。其中一个女人正是和江予迟搭话的那个，她眼看着盛星他们离开，问前台的女人："刚刚那对男女住哪儿，我睡他们隔壁。"

前台的女人抬眼，看他们一眼："几间房？"

女人笑眯眯地应："两间。"

开完房，她拉着另一个男人走了。

天一暗，猎猎西风也温柔下来。

盛星洗完澡，和鲨鱼在屋顶上聊天，江予迟也不知道去哪了。

正说着话，底下加油站边响起笑声。

盛星听着笑声愈发觉得耳熟，再仔细一听，居然又是那个女人。她往下一看，那女人正抛着一个小盒子玩，嬉笑着和身边的男人说话。

是陌生男人，不是江予迟。

"三哥怎么还不来？"盛星的情绪低落下来。

鲨鱼回头看了一眼，笑了一下："哥，正好，嫂子找你呢。我下楼睡觉去了，明儿我开车，得养精蓄锐。"

鲨鱼走后，屋顶只剩盛星和江予迟。

江予迟走近，见她沉闷的模样，问："怎么了？今晚瞧着没什么星星。周围这么黑，我们回去？"

盛星抬眼，水润的眸子盯着他："你去哪儿了？"

"这儿晚上冷，屋里没空调。"江予迟耐心解释，"下楼去问一个婆婆买了热水袋，是她自己用的。怎么了？"

江予迟放轻声音，抬手轻摸了摸她的脑袋。

盛星垂眸，转着无名指上的戒指，心里发酸，她不想让别的女人看他，喊他哥哥，甚至想黏着他。她蔫巴巴地垂着头，睫毛落下阴影，白皙的小脸在夜里看起来有几分可怜，小声道："三哥，你抱抱我吧。"

江予迟俯身，凝视她片刻，似无奈般懒懒道："打小儿就抱你、背你，现在也是，我们星星还是个小姑娘。"

说话间，他抬手将她拥入怀里。

上一次，盛星逃走了，这一次，她努力伸出手，用力地回抱着他。

纤细的身子几乎要嵌入他怀里。

江予迟微怔，微蹙了眉，拍着她的背安抚，哄道："三哥带你回房？"

盛星吸了吸鼻子，情绪缓和了点儿，从温暖的怀里出来，嘀咕道："我还要和你说秘密呢，说完再回去。"

江予迟瞧着她的眉眼，配合着问："这一次说什么秘密？"

屋顶放着一张木桌，椅子不知放哪儿去了。

江予迟抬手，一把抱起盛星，放在桌上，松开手，却没后退，抵着她的小腿，挡住夜风，说："三哥听着。"

木桌不高，盛星坐着仍需要仰视江予迟。

无人的荒原，天地间，似乎只有他们两人。盛星捉着江予迟的手掌，没细想，开口道：“小时候，我和陈漱关系很好。因为一些原因，他爸妈不是很喜欢我，但他不是。我懂事起，他就跟在我身后跑，一口一个'姐姐'。那里有座很有名的寺庙，常常有香客来，有时赶不及上山，就会到山下借住。香客很大方，会留下谢礼。每次，陈漱都会把糖藏起来，都留给我吃。还有……有时候我害怕，他会来陪我，说会保护我。”

陈家夫妇，丈夫懦弱，妻子强悍。他们对陈漱算不上温和，但也不差，到底是亲生儿子，关地窖从来都是关盛星一个人。陈漱起先在下面躲了几次，后来被发现，他们干脆把姐弟俩一起关。

盛星没办法讨厌这个弟弟。

盛星断断续续说着，想到哪儿说到哪儿，碎片式的记忆很混乱，觉得累了就停下来，安静地看着江予迟，似乎在等他开口问，问这一切的缘由。

江予迟却不问，一把将她抱起来，跟抱小孩儿似的抱上楼。回房开灯，再放到床上，蹲在身前看她。平日显得漫不经心的双眸此时含着笑，他轻声夸赞：“星星从小就厉害，会爬树、掏鸟蛋、跑得快，还很善良，帮隔壁奶奶淘米。三哥以前都不知道。”

盛星抿抿唇，听他跟哄小孩一样夸她，听着听着忽而弯着眼笑起来，先前所有烦闷的情绪，在此刻一扫而空。

她下巴微昂：“嗯，我从小就厉害。”

江予迟的心疼得厉害，见她笑，更是像被什么撕扯着。他克制着情绪，问：“今天还想听故事吗？”

盛星撇撇嘴，瞪他：“哪里来的这么多秘密，不听啦！”

“哥，嫂子昨晚没睡好？”鲨鱼纳闷地瞥了一眼后视镜。他们一早从公路旅舍出发，盛星一上车就躺下了，现在离沙驹镇只剩几公里，还没醒。

江予迟揉了揉眉心，压低声音道：“她有点认床。”

鲨鱼一怔，露出些古怪的神色来：“我是不是不该问？”

江予迟轻“嘶”一声：“开你的车。”

鲨鱼笑了两声，不问了。

昨晚隔壁闹了半宿。盛星钻在他怀里，整个人都发烫，一直没动，直到下半夜才迷糊着睡去。他始终没出声，只是捂着她的耳朵。

江予迟轻吸一口气。还有两天，就到西鹭了，到了之后他能有片刻的喘息。

沙驹镇因养马而得名，自唐以来，这里就有马场。战争、狩猎、出行，都需要马。这镇子比乌川大了数倍，气候温暖，物产丰饶。

车直直驶入小镇，径直朝着民宿而去。

民宿老板是鲨鱼的老朋友，早就准备好了房间。江予迟没喊盛星，直接把人抱进房，动作轻柔地将她放在床上。

江予迟瞧了她的睡颜片刻，锁门下楼。

鲨鱼见江予迟一人下来，不由得问："嫂子不吃午饭？"

"让她多睡会儿，路上累了。"江予迟在餐桌边坐下，算着时间和鲨鱼商量，"明天下午出发，我开车。"

鲨鱼："行，来得及。"

时间还早，他们几个老朋友聚在一起喝点酒，吃着家常菜，聊天说起从前。

鲨鱼不由得道："迟哥，幸好跟着你出来了，不然飞机一落地，这些老朋友一个都见不着。"

老板笑起来："有空我就上洛京找你去。"

吃过饭，鲨鱼和老板蹲在门口抽烟，瞧着来往路人。这几年旅游业发展了起来，这一带经济好了不少，本地人也愿意留下来，整个小镇还算热闹。

江予迟打了声招呼，出门给盛星买水果。逛过几个小摊，途经一家糖果摊，看着这堆花花绿绿的糖果，想她这几天还算乖，没总从盒子里掏巧克力，顺手带了两盒回去。

午后骄阳炽热。临近七月，气温升高，地面蒸腾起暑气，这个点街道上没什么人，旅客都钻在各种各样的小店里，马场倒是比街上热闹。

民宿门口斜着两道门框的影，鲨鱼和老板不见人，不知上哪儿去了。

二楼，走廊尽头，房门紧闭。木窗半掩，地上横着一道金色，透明的光束下粉尘弥漫。

江予迟的视线落在窗户上，神色微凝，放慢动作，悄无声息地往尽头走。走廊尽头，窗开了条缝，窗沿上落了几颗沙砾。

一推，"吱呀"一声响，窗户打开，底下居民楼层层叠叠，院落空荡荡，角落里的树影摇晃，空无一人。

江予迟迅速打开房门，视线往床侧掠去。原本躺着人的地方空荡荡的，被子被掀开，拖鞋不见踪影，他的心脏猛地一跳，淋浴间的门忽然被推开。

"三哥？"盛星愣了一下，她刚刚洗完脸，白皙的小脸上还淌着水滴，黑眸带着潮湿的水雾，"站在门口干什么？"

江予迟反手关上门，短促地问："有人来过？"

盛星刚睡醒，脑子蒙蒙的，回忆片刻，慢吞吞道："好像没有，我没听见什么动静。"

江予迟不动声色地扫过房间，敛下情绪，问："是不是饿了？带你去外面吃饭，再去逛逛镇子，去看马场。"

午后最热的时间过去，街上热闹不少。

他们找了家面馆吃饭，面端上来的时候她愣了好一会儿，大海碗几乎能让她把脑袋塞进去。

"三哥。"她巴巴儿地喊。

江予迟瞧她呆呆的模样，弯唇一笑："吃不完三哥吃，不会浪费。"

吃完面，两人去小镇的摊上转了一圈，又慢悠悠溜达去马场。这里气候温和，空气湿润，绿茵地映着云彩，仿若塞外江南。

回到民宿，已近七点，天还亮着。

盛星拎着裙摆上楼，楼梯狭窄，来往得互相谦让，听见动静，她侧身给人让开路，转头对江予迟道："夏天我在西北拍戏也是这样，白天总是很漫长，夜晚就显得珍贵。那时候，我……"

正说着话，盛星忽然停住。

擦肩而过的男人看起来有点眼熟。

这一停顿没有持续太久，她似是懊恼，小声道："我刚刚说到拍戏了，戴了墨镜，不会被认出来吧？"

江予迟蹙眉，她不会突然说这样的话，除非……他不着痕迹地朝楼下看去，那男人已下了楼梯，步伐正常，朝外走去。

两人上了楼梯。

江予迟将盛星掩在身后，问："怎么了？"

盛星迟疑道："感觉哪里不太对劲，刚刚那个男人我好像在公路旅舍见过。他应该和那两个女人在一起，可她们说要去车河。"

漫长的公路尽头有两条岔路，一条通往车河，另一条通往沙驹。

显然那男人是在乌川镇和那两个女人认识的，搭了她们一路，第二天分道扬镳，他孤身来了沙驹镇。

目前的情况，暂时是合理的。可他又出现在他们住的民宿里，会不会过于巧合了？

江予迟显然对这样的事更为敏感，尤其鲨鱼这趟的目的地是西北监狱，可这些不能告诉盛星。他安抚似的拍拍她的头，说："我们明早就走，不久留。"

经过这一遭，他们晚上没再出门。

中间鲨鱼来了一趟，在门口和江予迟说了一会儿话，盛星坐在单人沙发上，数着那些糖果玩，时不时往门口看一眼。

门口两个男人的神色不似前几日轻松。

"哥，你怀疑是蜂鸟的人？"鲨鱼拧着眉，压着声音，"蜂鸟这辈子都得在牢里蹲着，他底下还有人？"

江予迟低声道："当年他还有东西没交代，一直握在手里，现在许是有了用处。他们的目标是我，不是你，明天我们分头走。"

鲨鱼态度坚决："不可能，我不会自己走。你还带着嫂子，这一路不安全，一切等到了西鹭再说。"

当年，他们特别行动队收到西北保护区的求助，抓捕一个盗猎的组织，历时七个月，他们捣毁了对方的窝点，几乎抓了所有犯案人员。其中主犯就是蜂鸟。整整七个月，他们熟悉蜂鸟，蜂鸟也熟悉他们，当时的行动队队长江予迟，是蜂鸟的眼中钉肉中刺，所以他们的目标很明确。

江予迟凑近鲨鱼，快速说："你换车带她去西鹭，我去把人引开。若三天内我没赶到，通知西北。"

他顿了顿，声音微冷："这是命令！"

鲨鱼一哽，沉默片刻，应："是！"

江予迟交代完，转身回房，刚关上门，对上一双晶亮的眼睛，她鼓着腮帮子吃糖，含混不清地问："你们说什么？脸色那么难看。"

他尽量缓和语气，不让她害怕："三哥在这里有点事需要处理，明早你和鲨鱼先去西鹭。"

盛星咬碎糖果，几口咽下去，抿抿唇，小声问："很重要的事吗？我留在这里会给你添麻烦吗？"

江予迟听她小心翼翼的语气，心像是被咬碎的糖果。

他带她出来，却要在半途丢下她。

"事情一办完，我就去西鹭。"江予迟牵着她柔软的手，低声说，"三哥保证，三天后就来见你。"

"嗯，我知道啦，我和鲨鱼先走。"盛星乖乖应了。

她知道，若不是极重要的事，江予迟不会在这样的情况下让她先走。虽然有点失落，但她能理解。

熄灯后，江予迟没躺下，只半倚在床头，低声和盛星说着话，等她睡了，才和鲨鱼确认车的事。

鲨鱼回复："都安排妥了。"

夜渐渐深了，小镇陷入黑暗，万籁俱寂。老旧的木板在寂静中发出绵延、刺耳的声响。

江予迟猛地睁开眼，隔壁的鲨鱼同时动了。他俯身，拿过衣服，快速扶起盛星，道："星星，醒醒，我们现在走！"

男人的语气低沉、紧迫。

盛星惊醒，等清醒过来，已站在门后，江予迟挡在身前，直到门外响起脚步声："哥，那人跑了，底下可能有同伙。"

江予迟紧搂住盛星，开门，将行李递给鲨鱼，匆匆往楼梯口走，低声叮嘱："跟着鲨鱼上车，别太担心。"

盛星用力地握着江予迟的手，说不出话来。他们遇到了危险，她在这样的情况下帮不上任何忙，盛星的心揪成一团。

车早已停在门口，左右两辆将分开行驶。

鲨鱼将行李提上车，打开车门，承诺道："哥，我一定把嫂子安全带到西鹭。"

江予迟侧头，看向依偎在他身侧不肯离去的盛星，目光深沉，他注视这娇艳的容颜片刻，俯身，薄唇轻触她的额头。

"去吧。"

盛星手脚冰冷，心里乱糟糟的，只知道这一刻要听江予迟的。她僵硬地往车边走，待上了车，鲨鱼关上车门，绕到另一边，坐上驾驶座，朝江予迟比了个手势，准备启动车子。

　　江予迟立在原地，双眸紧盯着车内面容苍白的女人。她颤着手去系安全带，系好了，抬眸看来，明亮的眼眸像是浸了水。泪水一点点淌出来，将他淹没。

　　剧烈的情绪翻涌，似海啸般席卷了江予迟。

　　他不能这么眼睁睁看着盛星走，她该在他身边，只能在他身边。

　　车轮急速旋转，眼看就要驶离。江予迟跨步上前，猛地扶上车身，灵活地贴住，一拍车窗。车停下，他飞速打开车门，解开安全带，一把抱起盛星，沉声道："她跟我走。"

　　盛星坐在副驾驶座上，心剧烈跳动着。男人俯身凑近，快速扣好安全带，"啪"的一声响，他抬眸，漆黑的瞳仁定定地望着她。

　　片刻，他倏地笑了，又变成盛星所熟悉的模样——张狂，不可一世。

　　他扯着唇，神色倨傲："信我吗？"

　　盛星抿唇，体温渐渐回升，倾身紧紧地揽住他，贴着男人微凉的耳垂，小声道："我永远都相信你。"

　　江予迟抚上她的发，只一瞬便放开。

　　时间紧迫，鲨鱼见江予迟这态度，就知道他铁了心要自己带盛星走，于是没多说什么，只配合他的一切决定。这是多年行动带给他们的默契。

　　一切准备就绪，两辆车同时出发。

　　鲨鱼往沙漠方向开，江予迟前往牧场，两人同时避开西鹭。跟踪他们的人只会以为这一趟他们的目的地是西北。

　　疾行的车穿过小镇，远离那一片寂静。

　　盛星紧张地看着后视镜，镜子里车灯一晃而过，有人追上来了！是之前的那个男人吗？他的同伙也在吗？这些人为什么追着他们？

　　乱糟糟的念头盘旋在盛星心头。

　　"星星，别往后看。"江予迟踩下油门，与后方紧跟着的车拉开距离，提醒道，

"抓紧，三哥和你说件往事。"

盛星："……"

被这么一打岔，她憋着的那口气忽然散了，嘀咕："都这个时候了，你还有心情给我讲故事。"

江予迟挑眉："怎么不行？才说信我。"

说着，他还真讲起故事来。

"我第一次进牧场是二十岁。"江予迟语气轻松，仿佛两人不是在逃亡的路上，"游牧民族逐水草而居，那时是夏天，天气就和现在一样，晴日温和，林子里可能还会有冰霜。我们到的时候他们刚搬完家，在毡房外搭羊圈。"

"是给小羊羔搭羊圈吗？"盛星被他的话吸引，忍不住问。

江予迟侧头，笑着应："是小羊羔，浑身雪白，鼻子和耳朵是粉色的，灵活得很，在几个小孩儿中间跑，捉都捉不住。雪白可爱的样子，有点像星星。"

盛星缩在副驾驶座上，轻声道："我小时候才不白。"

这话不假，盛星刚被接回来的时候没那么白，黑黑的，又瘦又小，在医院里待了两个月倒是被捂回来了。

见到江予迟那时，她的脸上已没有了过去的痕迹。

江予迟面不改色地补充："还有带花色的小羊，小小一只，眼睛水汪汪的，和雪白的一样可爱。牧人热情好客，拿酸奶招待我们，他们的酸奶是用羊奶做的，放在皮袋里的奶自然发酵，口味变得酸甜。过两天，星星也能喝到。"

车速越来越快，江予迟的声音始终平稳。

盛星蜷缩着抱住膝盖，望向车外，前方一片漆黑，偶尔照亮路边的沙砾、杂草，她根本不知道车开去了什么地方，只知道他们一直在前行。

"星星。"江予迟低声喊，语气轻缓，"戴着眼罩睡一会儿，三哥需要你保持体力。尽量不那么紧张、不那么害怕，能做到吗？"

盛星一怔，片刻后点头："能。"

顿了顿，她试探着问："三哥，我们不能报警吗？"

江予迟道："动静太大，他们会藏起来，在暗处更难解决。我们改变路线，把人甩了，他们会去终点等，至少路上安全。"

半晌，盛星点头，乖乖摸出眼罩戴上，安静地待在自己的位置上。她完全睡不着，但也知道，江予迟过分关注她了，他该把注意力专注在路上。

深夜，车轮飞速擦过地面，扬起尘土。

江予迟将油门踩到底，车速飙升，转道开入牧区方向。牧区辽阔，在某种意义上，和沙漠很像。他和鲨鱼也是想借此甩了那些人。

越野车碾过石路，开始上坡。

江予迟转动方向盘，视线扫过距离逐渐拉近的车，目光一点点沉下去。

那些人是亡命之徒，身上带着家伙，而他早已和过去割离，但千不该万不该，他们不该牵扯到盛星。

"那臭小子好好的睡什么女人！"开车的人骂骂咧咧，他们的计划是先派人从乌川开始跟着江予迟，到了沙驹再换人跟，可偏偏那小子不知道犯什么浑，露了破绽，差点让人逃了！

前面的车辆显然熟悉地形，他不得不打起十二分精神，车开过陡坡，车身猛地一震，他咬住后槽牙，开始第二轮追逐。

从沙驹镇到牧区有近三小时的路程。

长时间的高速行驶让人精疲力竭，男人渐渐失去耐心，忍着没掏家伙的唯一原因就是上头没下命令，只是让他们跟着。

他看了一眼工具箱，拿了支弩箭，降下车窗，眯了眯眼，比画着距离，随即收回手，啐了声，狂轰油门。

牧区视野开阔。

在近三小时的追逐后，越野车猛地刹车。

盛星瞬间摘了眼罩，看清前面的路况，长而亮的车灯照亮前面广阔密集、不见边际的白桦林，下一秒，车灯熄灭。

不远处传来引擎声。

"星星，下车！"江予迟扯了件外套，解释了一句，"再开下去，可能会有人来堵前面的路，我们进林子，林子里有陷阱，三哥背你。"

盛星一声不吭，她什么都没带，下车前只来得及抓一把巧克力和一瓶水。高热量又便携的食物，在这时候最管用。

江予迟将外套裹在盛星身上，才蹲下，一路沉默安静的女人立即趴了上来，牢牢抱着他，在他耳边小声道："三哥，我好了。"

"抱稳了。"话音落下，江予迟如疾风般蹿了出去。

风迎面刮来，盛星紧抓着男人宽阔的肩膀，埋首在他颈侧，连呼吸都放到最小。这是她第一次，这么直观地感受到江予迟的体力到底有多好。

他在黑暗中疾跑宛若置身白昼。

盛星一眼望去，什么都看不清，只偶尔感觉到晃过几片阴影，身后似乎没了动静。这片白桦林是江予迟的天然庇护所。

疾行的震颤感让盛星泛晕，抬手摸了摸江予迟的额头，他额间已出了汗，显然加上她的体重负荷，他速度下降不少。

江予迟似乎知道她在想什么，在这茫茫夜色里，喘息着笑了一声："三哥那时出任务，回来撞见一头濒死的熊，我顺道背了回去，在兽医那儿养了两天，它竟活过来了。那以后，每当我去看它，它就伸手，想要我背它。后来，三哥给它取了个名字，星星猜一猜，它叫什么？"

盛星："……"

她忍不住去捏他的耳朵，咬牙道："你不许说话了！"

明明他们在逃亡，这人怎么一点都不认真！

盛星的心几乎都悬在嗓子眼了，恨不得自己也能生出江予迟的腿来，他还能在这儿和她谈笑风生。

漫长的奔驰后，江予迟的脚步忽然慢下来，盛星立即竖起耳朵，听身后的动静，似乎没有脚步声。

盛星问："三哥，怎么了？"

"林子里有捕兽陷阱。"江予迟打起十二分精神，仔细扫视四周。

盛星沉默了几秒，悄声问："我们能把人骗到这儿来吗？"

江予迟失笑，觉得有点不可思议，在这样高度紧张的环境之中，她总能让他平静下来。

"能。"江予迟把人往上托了托，"星星说能就能。"

这片白桦林很大，还有近三分之一的路程才能到达牧区。江予迟已没有耐心再这么逃下去，进这林子本就是为了甩掉这恼人的尾巴。在这样的视线条件下，来人即便有枪，也没有太大的发挥空间。

不远处，男人喘着粗气，手电的光晃过脚下，循着脚步声和大致的方向追逐。这姓江的还和三年前一样，难搞又磨人，他后悔接这活儿了，但开弓没有回头箭。

忽然，林子间只剩"簌簌"的风声。

一切都安静下来，白桦树像沉默的卫士，无声地注视着他这个闯入的外来者，他惴惴不安，往前的脚步竟有瞬间的犹疑。

不过片刻，他迈出了左脚。

周围一片漆黑，稍稍一点动静都让他如惊弓之鸟，男人握紧手里的弩箭，打着手电探着脚往前走。

前路平坦，地面上散落着大片的树叶，杂草掩盖路径，树叶逐渐密集，他敏锐地扫过周围，停下脚步，忽然，右侧发出"窸窸窣窣"的响声，他下意识上前，一脚踏空，失重感传来，他踩到了陷阱里！姓江的算计他！

眼看就要掉入深坑里，男人遵循直觉，倏地拿起弩箭，朝着左侧射去，下一秒，他整个人坠入坑底。

"砰"的一声闷响。

盛星趴在江予迟背上，探出头，昂首看向黑漆漆的前方，什么都看不清，着急问道："三哥，他掉下去了吗？"

"掉下去了，别怕。"江予迟低声应，"三哥带你出去。牧区住着人，南面有毡房，遇见人别怕。"

盛星一愣，去牧区？可车就停在林子口，他们可以离开这儿。

她又紧张起来："三哥，外面还有人吗？"

江予迟否认，背着她加快脚步，直到出了林子，盛星才察觉出不对劲来，他的呼吸越来越沉，脚步越来越慢。

牧场冰冷的风让她陡然清醒过来。

"三哥，你是不是受伤了？"盛星用力挣扎下来，试图去看江予迟的脸，却见他身体一软，忽然倒在地上。

他从小腿处取出一把小刀，塞到盛星手里，轻声说："三哥没事，箭上有麻醉药。你打电话找……找鲨鱼。"

说完，他终是没抵抗过药效，昏迷过去。

"三哥？三哥！江予迟！"没人理会盛星。

盛星轻吸一口气，哆嗦着拿出手机，打开手电筒找他口中的箭。从肩膀再到腹部，她在小腹处找到那支极小的箭，衣服已经被血浸湿了。

难怪江予迟没有往林子外走，因为她不会开车，她不能带他离开这里。

盛星努力抑制着泪意，茫然往四周看去。无尽的寂寥向她袭来。

江予迟说过，白桦林的南面有毡房。盛星忍着害怕，朝着南面看去，远远地，某处似乎亮着灯，可转眼又暗了。

她要把江予迟藏起来！找人来救他！

盛星握着小刀，找了一处牧草茂盛的角落，费力地把江予迟拖进去，打开矿泉水喂了他几口，在他口袋里留了大半的巧克力。

她侧头看向亮过灯的方向，定了心神，朝前跑去。

牧场辽阔，这距离看着近，可盛星一直跑，一直跑，风刮得脸都疼了，还没到。她想起江予迟，又有了力气。

终于，盛星找到了毡房！她跑近，用力地拍门，朝着黑漆漆的毡房喊："有人吗？救救我们，有人受伤了！有人在吗！"

不多时，毡房内亮起灯。木门打开，一个绑着辫子的中年妇女神色不解，警惕地看着她。

盛星不知道她能不能听懂，又重复了一遍。

女人说了句她听不懂的话，眼神抗拒，眼看就要把门关上，边上忽然多了一个小家伙，女孩眼睛大大的，还带着惺忪的睡意。

女孩定定看着面前的盛星。须臾，她的眼神里忽然绽放出光彩，用不熟练的汉语大声喊："星……星星！"

风拂过广阔的牧场，晨光照亮这一隅静谧且充满生机的小世界，青草摇晃，洁白的毡房在阳光下泛着金光。

"星星，哥哥没事了。"小女孩一双大眼炯炯有神地盯着盛星，咧着小嘴笑，"我叫阿依曼。"

盛星弯着眼，捏捏她的小手，把身上剩的巧克力一股脑儿都塞给她："谢谢你和你妈妈救了我们。你是怎么认识我的？"

昨晚，阿依曼认出盛星，她家里人收留了她和江予迟，甚至给他们找了一个空置的毡房，阿依曼的哥哥和嫂子出远门去了，暂时回不来，便让他们暂住。还有人替江予迟处理了伤口，幸而伤口并不严重，只是麻醉剂量过大，他才迟迟未醒。

盛星一晚没睡，一早阿依曼就端着早餐进来了，捏着巧克力，清脆地应："在镇上，看过星星！"

"在电影里看到的？"盛星忍不住摸摸小女孩的脑袋，再次道谢，"谢谢你，阿依曼。我有什么能帮你做的吗？"

阿依曼眨眨眼，小声请求："星星，你亲亲我吧！"

盛星一愣，随即抱住面前软乎乎的阿依曼，用力亲了她的小脸好几口，直把小女孩亲得脸红。

凑在一起嘀咕的两人，丝毫没发现床上的男人已睁开了眼。

江予迟轻"嘶"一声，没发出声响，坐起身，暗骂那人是下了多少麻药，这几乎能药倒一头熊了，也不知道星星吓坏没有。

才这么想，他一晃眼就瞥见了盛星。她正和一个小家伙抱在一起，你亲我亲你。

江予迟："……"

他耐着性子，直到两人亲完又开始摸小脸，才耐不住喊："星星。"

男人躺了小半夜，嗓音发哑，语气倒是和以前一样，懒洋洋的，一点都听不出来是个伤患。

盛星立马转过头，飞快跑到床前，见他微微苍白的模样，眼眶又红了，倒是忍着没哭。她一夜没睡，提心吊胆，眼下看起来倒是比江予迟更像受伤的人。

她撇撇嘴，低声喊："三哥。"

江予迟叹气："吓到了？三哥没事，过来，让我抱一会儿。"

盛星顾不上阿依曼还在房里，伸手朝男人脖子搂去，直到被他紧紧抱住心才落下。他不知道，昨晚她生出多少后悔的情绪来。

"三哥。"盛星红着眼，埋首在他颈侧，小声道，"你说试试，我也说试试，现在试完了，我觉得我们特别合适。"

话说到这儿，她还有点委屈："我好喜欢你。"

她喜欢这个男人很久了，从未想过他可能连听到这句话的机会都没有。昨晚的事让她再也忍不住，等不到蓝天白云、布满鲜花的浪漫场景，只想在此时此刻，在他醒来的时候，立即告诉他，她有多喜欢他。

江予迟微怔，微微收紧手，想说些什么，忽然对上阿依曼水汪汪的眼睛。她歪着脑袋，好奇地看着他们，似乎在疑惑这个帅气的大哥哥为什么忽然耳朵红了。

他看着阿依曼，开口说了句话。盛星听不懂，接着阿依曼也开始"叽里呱啦"地说着话。说完，阿依曼跑了出去。

半晌，江予迟轻抚着怀里的人的黑发，低声道："睡一会儿，等你睡着，三哥出去道个谢。"

盛星提心吊胆一整夜，早已筋疲力尽，被他哄了几句就沉沉睡去。

江予迟垂眸，轻笑一声，捏了捏发烫的耳垂。

小姑娘看起来是吓坏了，平时等她说这些话，可不知道要等到什么时候去，这一趟倒是因祸得福。

"哥哥，你是星星的丈夫吗？"阿依曼坐在洒满阳光的草地上，抱着雪白的小羊羔，疑惑地看着一边的江予迟。

他正在帮他们搭羊圈，干起活儿来就和阿爸一样利索。

孩子的眼眸澄澈，如初生的小羊。他的星星也是如此。

江予迟牵唇笑了一下："是，我是她丈夫。"

"星星像天上的星星一样漂亮。"阿依曼捧着小脸，小羊羔一头埋进草里，"哥哥，我长大也会像星星一样漂亮吗？"

江予迟凿着凹槽，抬头看一眼小家伙，笑问："当然，你在哪部电影里看到了星星？"

阿依曼大声回答："《归路》！星星好可怜，阿爸阿妈说，我不能乱跑，要记住回家的路。哥哥，星星回家了吗？"

江予迟微怔。

《归路》是盛星拍的第一部电影，她那时候又瘦又小，在电影里演被拐卖的小孩。她因这部电影人气暴涨，那段时间，剧组不知收到多少从全国各地寄来的信和礼物。他很久没听人提起这部电影，因为盛星早已长大。

"你能认出她来？"即使江予迟看着盛星长大，订婚那年见她，也生出一股陌生的感觉，那时才后知后觉地意识到他的小姑娘长大了。

阿依曼点点头："星星的眼睛像湖水一样。"

而且是她此生见过的最美的湖水。

"哥哥，我看到星星偷偷哭了，她以为你要死了。"阿依曼捂住嘴偷笑，压低声音，"像小朋友一样，我去年就不哭了。她还摔倒了，阿妈给她拿了干净的衣服。"

阿依曼"叽叽喳喳"的，没注意江予迟停了动作。

牧区条件有限，江予迟借了匹马，骑马穿越白桦林，顺便瞧了眼昨晚的坑，里头没人。到林子口，没看见其他车，只有越野车，下马一看，四个轮胎都被放了气。

他也不意外，拿上行李和医药箱就走。

路上江予迟联系了鲨鱼。鲨鱼已经收到盛星的信息，正在往回赶，甩人花了不少时间，听到江予迟还被麻醉药药倒了，他哈哈大笑，调侃道："迟哥，确实是年纪大了。"

"啧。"江予迟笑了一声，"车不要了，过两天找人拖走。我们换路线，不从北边走，从牧区的南边走。"

想起那一箭，江予迟毫不后悔。

其一，那箭是冲着盛星去的，他的第一个念头不是躲，而是替她挡下。那是他当下做出的本能反应，他不想承担一丝她会受伤的风险。

其二，她说喜欢他。

江予迟抬眼，将无垠、翠绿的牧场尽收眼底。

他的心一点、一点鼓胀起来，带着他一起上升，几乎要将这广袤的牧场都撑满，他前所未有地高兴，想跑、想跳，最想的还是回去见她。

盛星睁开眼，整个人蔫巴巴的，迟来的疲惫将她掏空。

她起身，扫过幽暗的小灯，圆圆的穹顶，挂满绣毯的毡房，记忆逐渐清晰，一动，膝盖上便疼痛起来，已经上过药了。

盛星没出声，悄悄下床找人。

推开门，凉风吹来，她呆了好一会儿，外头黑漆漆的，她居然睡了整整一天。不远处，江予迟和鲨鱼站着说话，交谈声很低。

盛星盯着江予迟冷峻的脸，脸慢慢红了，延后的羞耻感慢慢将她淹没。

没头没尾的，突然就表白了。

"星星？"江予迟余光瞥见盛星，转身大步朝她走去，将风挡在身后，"饿不饿？腿疼不疼？"

盛星摇摇头，不说话。

江予迟瞧着她扑闪的睫毛，心念一动，忽而叹了口气，故作失落道："那句话，故意说来哄三哥的？以为三哥要出事？"

"不是！"盛星立即否认。

下一秒，她反应过来，想捶他，抬起手又不知道往哪儿捶，他身上还有伤——

只能恼怒地瞪他一眼，斥道："你才不会出事！"

江予迟一怔，心像是被柔软的棉花糖包裹住，低声道："星星，再说一遍？"

盛星茫然道："说什么？"

江予迟轻哼一声，一敲她脑门："三哥去给你做肉焖饭。阿依曼在隔壁煮茶，想找她玩就过去，多穿件衣服。"

盛星一脸无辜，她真没听懂江予迟的意思，直到裹着披肩在阿依曼身边坐下，才明白是指那句话。

她抿抿唇，脸又红了。

阿依曼眨巴着大眼睛，把热锅子里煮好的奶茶递给盛星，好奇道："星星，你耳朵好红，和你丈夫一样。"

"他耳朵红了？什么时候？"盛星像是在听别人的八卦，情绪高涨。

阿依曼大声道："红啦红啦！就是你扑上去抱他的时候！贴着他的耳朵说悄悄话！说了好久！"

话音落下，毡房里的男男女女都转过头来看她，眼睛炯炯有神。

盛星："……"

她涨红了脸，而后捧着茶碗落荒而逃。

阿依曼不由得嘀咕："就跟我抱羊羔一样嘛。"

清凉的晚风吹散了盛星的热意，她小跑着去找江予迟，他和鲨鱼在外边架锅子，煮香喷喷的肉焖饭。

见到盛星，鲨鱼摆摆手："嫂子！"

江予迟伸手，自然地将她揽进怀里，低头喝了口她手里的奶茶，微一蹙眉："那么甜？阿依曼给你加的糖，还是你偷偷加的？"

盛星："本来就这么甜。"

鲨鱼坐在对面，看得眼热，总感觉哪里不太对劲。前几天他们有这么亲密吗？似乎有，又似乎没有。

不多时，锅里散发出奇异的香气。

鲨鱼端着一个大盘子，进毡房给主人们送去，江予迟拿了个小碗，盛满，拿个小勺，递给盛星。

"慢点吃。"他叮嘱。

牧场的天清透如水，漫天繁星璀璨。他们在这片辽阔的天地之间看着彼此。

盛星注视着男人的面庞，掌心的温度一直热到心里，她因此充满了勇气，大着胆子喊："江予迟。"

江予迟挑眉："嗯？"

盛星仰头，静静看了他片刻。

方才，他说的话一个字一个字地往脑袋里蹦，她想让他知道，她不是一时冲动，也不是为了哄他——只是想告诉他，她有多喜欢他。

现在，她愿意再说一遍。

或许以后，她愿意说很多很多遍，直到他厌倦。

盛星轻咬了咬唇，轻声道："我喜欢你。"

江予迟目光微凝，倏地俯身，贴近她的耳侧，薄唇擦过她微烫的耳垂，低笑着应："我的荣幸。"

第二天一早，盛星告别毡房主人和阿依曼，继续前行。

阿依曼恋恋不舍，手里捏着她们的合照，眼里含着眼泪。盛星回头，用力朝她挥手，如幼兽般纯稚的女孩大声喊："星星！以后不要走丢啦！你的丈夫在家里等你！"

盛星一怔，随即应："好！"

洁白的毡房渐渐远去，盛星还趴在窗口，迟迟未动。江予迟见她半个身子都在外头，抬手虚横在她腰前，免得人掉出去。

"星星，以后我们来看她。"江予迟见她不舍，还是拦腰把人抱了回来。

江予迟身上有伤，盛星不敢挣扎，只好乖乖回来，水亮的眸盯着他，闷声闷气道："骗人。你都说游牧民族逐水草而居，他们肯定会搬家，怎么还会在这里。"

"三哥能找到。"江予迟眼神坚定。

盛星抿抿唇，勉勉强强地应："好吧，暂且相信你。"

江予迟瞧她不情不愿的模样，挑唇笑了一下："昨天还说永远相信我，怎么现在就变成暂且了？"

盛星嘀嘀咕咕："你还不是受伤了，我拉都拉不动！"

江予迟："……"

鲨鱼忍笑，朗声道："嫂子，我们去西鹭待两天，再往最北边去。迟哥在那儿待了好几年，我们直接住熟人的家里去。"

盛星一愣："去北边？"

江予迟："去处理这次意外，他们欺负星星，三哥得去欺负回来。结束我们直接坐飞机回洛京，不耽误事。"

一路上盛星也没闲着，她这几天虽然玩得开心，但不忘每天在微信上出现一会儿，这两天出了意外，信息堆积着没回，还有盛掬月的未接电话。盛星挨个儿回了，点开经纪人最新发的消息。

经纪人：综艺邀请挺多，选了两个。节目内容和大致流程发你邮箱了，挑一个。

盛星眨眨眼，没急着看，扒拉边上的江予迟，轻咳一声，说："那个……江予迟，问你件事。"

江予迟斜眼瞧她："你问。"

自从说喜欢他，三哥也不喊了，一口一个"江予迟"，还怪好听的。

"你想和我上综艺吗？"盛星用试探的语气问，"就是要露脸的那种，大家都能看见你。"

江予迟一怔："什么综艺？"

盛星简单地解释了两句："类似于恋爱综艺。节目组会请几对新婚夫妻，类似于生活观察日记，在家拍。"

"时间安排出来，让小宋调整，我配合你。"江予迟侧眸，几乎没有过多思考，散漫地笑了声，调笑似的，"长官，你可以随意指挥我。"

男人的黑眸里含着笑意，清晰可见其中的情意，毫不遮掩，完全向她敞开，只要她一个念头，便唾手可得。

盛星怔了怔，别开脸。她又要脸红了。

盛星出道至今，参加的综艺数量是零。这一出是因为什么，江予迟很清楚，她只是想和他一起。

江予迟一答应，盛星美滋滋地打开邮件，开始挑综艺。经纪人挑出来两个，一个是旅游日记类，一个是日常生活观察类。鉴于自己这段时间都在路上，她毫不犹豫地选了日常生活类。

这档综艺叫《贺新婚》，挑选三对新婚夫妇，拍摄平日里影迷们看不到的演员日常生活场景，拍摄周期正好是两个月，截止到她进组拍摄《钟》。

她和江予迟也能算新婚吗？盛星转念一想，他们刚在一起，还不到二十四小时，确实新得不能再新了。

回完邮件，盛星刚想退出，忽而瞥见下面一封未读邮件。

发件人：李疾匀。

邮件发送时间是四天前。

盛星沉痛地打开日历，今天周五。

她纳闷地找李疾匀："不是说两周后再发我吗，这才一周！还有，我已经提前交卷了，还是满分试卷。"

L："表白成功了？"

Paidax："我会失败？"

L："七年了，恭喜你。"

Paidax："你好烦。"

L："视频下周末前发我，只是提醒你。"

盛星回完信息，难得有点茫然。她和江予迟表白，坦诚地面对自己的情感，这一点会给她的事业带来什么改变？

三年前，盛星不知道李疾匀想要什么，现在也只是摸到了个模糊的边。

碎片式的剧本片段，不足以让她理解整个故事。

西鹭位于西部边陲，群山环抱，气候温暖湿润，极适宜人居住。这里的人大多是汉族，少数民族不多。

因着这样的人口组合，人们大多住在小镇上，北边牧区少有人去，是自然保护区。

盛星第一次来西鹭就有这样的感受——这里不像是西部，反而容易令人生出在南方小镇的错觉。可当她看到这里低低的天空，听到寂寥的风声，又会清醒过来，这里是西部，是她外婆的故乡。

小镇道路宽阔，路灯多彩，排屋层层叠叠，路边果香四溢，生活气息浓郁，低矮的蓝天上飘着几朵云。

盛星安静看着，缓慢地生出孤寂的情绪。

当年姐姐独自离家，会害怕吗？

"在想什么？"江予迟见盛星迟迟未下车，直接把人抱了下来，"去鲨鱼家吃饭，吃完想休息还是出来玩儿？"

"你别抱我，还有伤！"盛星回过神来，气恼地打他，"在想姐姐，她一个人也不知道怎么生活的。"

江予迟摸摸她的脑袋，解释道："阿霈和我说，外公找人暗地里照看月亮。当年你来看过她？"

盛星点头："姐姐高二的时候。"

江予迟转念一想："西鹭就这么大点地方，鲨鱼从小也在这儿上的学，说不定他听说过月亮。"

"真的？"盛星诧异地睁大眼睛，"他会认识姐姐吗？"

江予迟牵着人往里走："进去看看。"

鲨鱼家人丁兴旺，他们却来得不巧，这一大家子去隔壁镇子过节，没十天半个月回不来。这高高的砖房里，只有鲨鱼一个人招待他们。

鲨鱼也不和他们见外，喊了声"自个儿转悠"，就进了厨房。

盛星和江予迟手牵手慢悠悠地参观了高大宽敞的砖房，哪怕现在是夏日，哪怕两人手心沁出了汗，谁都没想放开。

参观完，走入客厅，里面挂满了编织品，五彩斑斓的，看起来热闹极了。另一面墙上挂着许许多多照片，鲨鱼和家人、亲戚等等。

盛星走近，仰起头，好奇地打量着照片墙。从左至右，视线移到右上角的时候，她愣了一瞬，指着那张不甚清晰的照片，说："三哥，月亮！"

照片上，有三个人。

鲨鱼、盛掬月，还有一个陌生的少年。

鲨鱼对着镜头咧着嘴笑得开心，盛掬月和那少年似是听到声音，两人一起转过头来，那一瞬的神情被镜头捕捉。向来冷冰冰的少女，神色平静，细看眉眼间还带着柔和。而她身边的少年，神情冷漠，像是天山终年不化的雪。

但他们的距离，是那样近。

盛星忽而想起盛掬月的那句话，她说：当你告诉一个人，你喜欢他，要看着他的眼睛，看他脸上每一个细小的表情变化。这样，即便他拒绝你，你也会知道，他喜欢你。

姐姐说的人是这个少年吗？

江予迟凝视了片刻："是月亮。"

鲨鱼认识盛掬月，这在他的意料之外。

两人正疑惑，鲨鱼端着碗进门，喊："哥、嫂子，当地的野酸梅汁，清凉解暑，味道不错，来喝点。"

盛星急忙问："鲨鱼，你认识盛掬月吗？"

鲨鱼一愣，放下碗，认真想了想："不认识吧，没什么印象。"

"这个女孩，你不认识吗？"盛星指着照片。

鲨鱼定睛一看，回忆道："还真不认识，但我记得她。高三那会儿吧，她跟着朋友来牧场玩，我朋友喊她什么来着，听起来是个小名，我给忘了。"

"是月亮吗？"

"不是。"

盛星盯着这张照片看了许久，不知怎的，她觉得难过。那是一种，只属于她和盛掬月的感觉。

因为客厅里的照片，盛星情绪不高，不愿意出去玩，也不愿意看星星，洗完澡还在床上抱着手机出神。

江予迟洗完出来，一眼瞧见了她纠结的神色。他明白她在为什么烦恼，不想干涉她。

直到夜里十点，到了盛星平时睡觉的点，她还苦恼地蹙着眉，江予迟才无奈地从她手里抽走手机，道："不睡觉就起不来，起不来就不能出去玩。"

盛星睁着水亮的眼睛，陷在被子里，打量着自己英俊的老公，慢悠悠道："我又不是小孩子，怎么会起不来？三哥，月亮从没和我说过这件事，她不想告诉别人，这是秘密。我不该问她，对不对？"

江予迟半支着身子，垂眸看她："你想知道吗？"

这实在是个简单的问题，盛星却想了很久。她也有秘密，不想和别人分享，那些只属于她的情绪，她想好好珍藏起来，不让任何人知道。姐姐想知道吗？她不知道。

许久，盛星摇头："姐姐不想说，我就不想知道。"

幼时她便善于洞察人心，因而能轻而易举地感受到别人的情绪。这样的洞察力有利有弊，她因容易窥见他人的秘密，更严密地藏起自己的内心。

盛星看向江予迟，问："三哥，你有秘密吗？"

"当然。"江予迟应得自然，懒懒地勾起唇角，"有的能说，有的不能说。倒是星星，秘密快被我骗完了。"

盛星拧眉，深觉这个交换实在不公平。她提出换条件："以后，我们秘密换秘密。但是……故事还是要讲的，这是男朋友给的福利，你明白吧？"

江予迟眯了眯眼，语气轻佻："男朋友？"

盛星："……"

她用被子蒙住脸，不说话了。

江予迟轻哼，也不逼这个容易脸红的胆小鬼，起身道："你先睡，我去收拾行李，不在这儿多待。"

这几天，他们就没消停过，还真没时间整理，行李都乱糟糟的。盛星躲在被子里，纳闷地想，这男人明明受伤了，精力怎么还那么好，还非要自己收拾。

她打了个哈欠，脑袋往枕头上一埋，昏昏欲睡，困顿间不忘叮嘱："你小心点，别扯到伤口。"

半晌，江予迟关灯上床。

在路上，他们还能分被子睡，可这儿是鲨鱼家里，鲨鱼理所当然地给他们准备了一床被子。盛星躲在被子里，到底没忘了这被子还有江予迟的一半，好吧，勉强算得上是一半的三分之一。

江予迟拎着那点被子边，也不介，往枕头上一躺，盖住小腹，语气轻松："星星，睡着了吗？"

被子里的人沉默几秒，回他："干什么？"

江予迟伸手，自然地把她埋在被子里的脑袋捞出来，往自己胳膊上一搂，见她要躲，不紧不慢道："在老宅住的那么些日子，乱踢被子、抱我，还往我身上爬，我都不介意，现在都不让抱了？"

盛星僵住，绷着小脸，严肃道："江予迟，你别太过分了！"

"星星，三哥先和你说个秘密。"江予迟轻抚着盛星的长发，语气很轻，唇像是贴着她的耳廓，"你不怎么乖，总半夜跑我梦里来。"

盛星不满地戳一下男人的胸膛，好奇道："什么时候？梦里我好看吗？你没欺负我吧，有哥哥姐姐吗？"

江予迟摁住怀里不老实的脑袋，挨个儿回答："很多时候，春夏秋冬。我哪儿敢欺负你，没有他们，只有你。"

盛星眯眼笑了一下："你暗恋我！"

江予迟一怔，半晌，低声应："是，我暗恋你。"

盛星没多想，被哄高兴就拱着热乎乎的人睡了。

江予迟长久地凝视着她的睡颜，许久许久，低头在她额间落下一个轻吻。

西鹭晨间清凉，空气里透着融雪的味道。

盛星晚上睡得极好，一早就醒了，可再早也没早过江予迟，这男人留了条信息，和鲨鱼一起晨跑去了。早餐在锅子里，她吃完，裹着披肩出门溜达找人。

鲨鱼家的砖房靠近牧场。

盛星慢吞吞地往外走，走出一段距离，远远地瞧见一个马队经过，健壮的马儿打扮得格外俊俏，明艳的红色在翠绿、辽阔的牧场间闪动，热烈又显眼。

她驻足看了片刻，似乎是迎亲的队伍。迎亲的队伍还未过去，盛星瞥见右边朝她跑来的男人，速度和以往一样，丝毫不减，似乎一点儿都不在乎腹间的伤口。

不多时，江予迟在她面前停下。额间挂着薄汗，漆黑的瞳仁很亮。

"吃早饭了吗？"江予迟问。

盛星点头，瞥了一眼后头的鲨鱼，安静片刻，抿了抿唇，轻声道："跟我回去，我要检查伤口。"

江予迟微怔："早不疼了，没事儿。"

盛星不管他，转身就走。

江予迟跟上，他敏锐地察觉到盛星的情绪不对，中途想去牵她的手，被躲开，想开口问，她一眼看过来，他只好闭嘴。

回到砖房，两人沉默着上楼。

江予迟进了房，利落地在床边坐下，一掀短袖下摆，露出紧实的腰腹，伤口处贴着一小块纱布。看着这块小小的纱布，她迟钝地反应过来，这点伤他不当回事，但对盛星来说，那个夜晚很恐怖，她从未经历过这样的事，是他强硬地要留她在身边。

他半点没犹豫，利索认错："星星，三哥错了。"

盛星沉默地拿出小药箱，搬了小椅子坐下，准备给他换纱布。她小心翼翼地撕开胶布，掀开纱布，略显狰狞的伤口果然渗了血，偏偏他还无知无觉。

关于那晚的情绪，盛星始终憋在心里，没能找到好的宣泄点。现在看着江予迟的伤口，那晚所有的害怕、惊惶都涌了上来。

她独自一人跑入深而黑的牧区里，跑了好久好久，跑了那么远的路。心里塞满了乱七八糟的想法，害怕他被发现，害怕他受很重的伤，害怕他出意外，但她却一步都不能停，不能回头，摔跤了就马上爬起来。

盛星几乎不记得，上一次她这样害怕是什么时候。

或许是六岁那年，她踏入盛家之前。又或许是十八岁，得知江予迟可能会回来结婚。

阿依曼曾对江予迟说，盛星的眼睛像湖水一样美丽。他眼睁睁地看着湖水涨潮，泪水滚落，一颗颗坠落。

"别哭。"江予迟喉间干涩，抬手艰难地去触碰她的眼睫，"别哭星星，是三哥不好，吓到你了。"

盛星动作未停，快速又细致地上药、贴纱布，扯下衣服，抬手一抹眼泪，不出声，放好药箱，转身就要进卫生间。

江予迟起身，拦腰把人抱住，却没动，只是安静地抱着她。

半晌，他低声道："星星很害怕对不对？周围那么黑，晚上很冷，一个人在牧区里跑了那么久。三哥吓到你了，还不听话。"

江予迟总觉得她在身边的日子太过美好，偶尔他也有松懈的时候，忘记他的小姑娘心里藏着那么多的苦。这些苦，是他消解不了的。

盛星捂住眼睛，泪水挤出指缝，她呜咽道："我都要吓死了，拉不动你，不会开车，找不到人帮忙，怕被人拒绝，我一点用都没有。"

她情绪崩溃，放声哭泣。

盛星少有这样的时刻，仅有的几次崩溃，有两次是在他面前。

江予迟放任她大哭，没急着哄，他克制着，一下下抚着她的背，给她顺气。待她哭舒服了，才道："怎么会没用，连阿依曼都认识星星。星星特别勇敢、聪明，在牧区没有迷路，还找来人帮了三哥。星星还招人喜欢，阿依曼和小羊都喜欢你。"

盛星转身，扑进他的怀里，埋首在他颈侧，泪水不断往下掉，还不忘小声要求："下次要慢点跑，不能扯到伤口。"

江予迟低声答应："不跑了，伤好了再跑。"

等缓过劲来，盛星觉得丢人，一声不吭地洗了脸，低着脑袋不想见人。

鲨鱼回来不见人正在满屋子喊，江予迟出去说了句话，外面消停了下来。

"跟兔子似的。"江予迟无奈地点了点她的眼角，"带你去以前月亮住的地方看看？听说是个漂亮的小院子。"

盛星摇头："那是姐姐的地方，她不在我不能去。"

"以前来西鹭，月亮带你上哪儿玩了？"江予迟提起轻松的话题，牵住她的手晃了晃，"上大学那会儿，阿需说你去看过他。愿意看月亮和阿需，就是不想看三哥，看来星星最生三哥的气。"

盛星盯着他的手掌看了一会儿，忽而道："我去看过你的。"

江予迟一怔，下意识攥紧她的手："什么时候？"

"自己想！"盛星抬眼瞪他，眼睛还红着，仿佛男人做了什么十恶不赦的事，"想不出来，晚上不用上床了！"

江予迟："……"

暮色四合，院里摆着小方桌，左右两边泾渭分明。

左边碟子装满干果和面包块，鲜果制成的果酱散着迷人的浆果香；右边的烤肉香气四溢，烧酒的味道愈发地浓烈。

三人围在一起吃晚餐。

鲨鱼推推江予迟，压低声音问："哥，嫂子怎么不喝酒了？我还特地拿了烈酒，怕她喝不过瘾。"

江予迟瞥他一眼："吃你的。"

鲨鱼撇撇嘴，嘀咕起西北的事来。

盛星低落的情绪好了大半，今天她不但骑马跑了几圈，还去喂了小羊，绕着西鹭玩了一圈，现在专心吃着饭，没什么心思喝酒。

新鲜的果酱更吸引她的注意力。

刚吃完，经纪人打来电话，她瞧了一眼，跑上楼接电话去了，也不管底下的江予迟，一句话都没留下。

鲨鱼瞧着盛星跑走的背影，古怪道："哥，嫂子怎么不和你说话？和我都说了几句，你惹她不高兴了？"

江予迟无奈地叹了口气："想以前的事，要想不出来，今晚我只能和你睡了。"

"哟，哥，还有你不记得的事？"鲨鱼难以置信，江予迟的记性简直好到"令人发指"的地步，不管是完成任务还是平时训他们，就没有他不记得的细节，当时他们可怕他了。

鲨鱼拿着酒杯嘿嘿笑："和我睡就和我睡，也不是没睡过。我记得有一次出任务，差点在雪地里睡过去，要不是你喊我，这一睡铁定冻死了。哥，你救我的次数数都数不清，过去真好啊。"

江予迟懒懒地笑了一下："要命的事，还觉得好？"

鲨鱼："这不还活着吗？来，喝酒。"

这一顿饭，两个男人吃了很久，久到月上枝头，久到两人有了醉意。

鲨鱼进厨房收拾碗筷，江予迟坐在院子里，闭着眼回想过去。

毕业后他和盛霈去了不同的地方。盛星若是来看他，只能是在他大学时期。她去看盛霈那次，他不在学校里，不是那次，那会是什么时候？

记忆漫长、冗杂。

江予迟并不着急，缓慢地从大一开始回忆，从春至夏，再过秋冬，他在毕业那一年的年初停住。

他记得，那一年似乎有些不同。

那年下了雪。他回来时正逢年节，学校早已放假，留在宿舍里的人寥寥无几。盛霈因任务未归，盛星在外地拍戏，人不在洛京，他没心思回家过年。

校园里铺满白雪，宿舍楼前的松柏覆上一层雪衣。他推门进宿舍楼的时候，宿管大爷正在烤火，见着他还喊了声："小江回来了？下午有个小姑娘找你。"

这样的事时有发生。江予迟模样生得好，成绩数一数二，不光本校，连隔壁学校都有来找他的，时间久了，连大爷都习惯了，更何况江予迟。

他没多问，点点头就想上楼，但大爷又喊住他，拿出个方方正正的礼盒，说："她看着年纪很小，看模样像是认识你，以前那些我都塞回去了，但这小姑娘，乖乖柔柔的模样，老头子我实在拒绝不了，我看你还是收着，不然就自己去还。"

江予迟看过去，视线落在那红色的礼盒上。

这个礼盒不太一样，盒面是烫银的星星，星线将几颗散落的星子相连。那一瞬，他生起一个连自己都不相信的念头。

可转念，他又笑自己想她想魔怔了。她怎么会来这里，还是这样的日子。

江予迟最终还是接了过来，回到宿舍，他打开盒子，里面放着一条白色的围巾，这手艺实在一般，能看出来，织围巾的人很不熟练。

他看到的时候，其实松了口气。因为这不会是盛星送的，那小姑娘对这些从不感兴趣。

233

那礼盒被他放在角落里，落满灰尘。

回忆至此，江予迟忽然清醒过来，起身大步迈上楼梯，几步到了房门前，抬手又止住，脚步踟蹰，生出忐忑的情绪来。

会是星星吗？

他懊恼，当时怎么不多问一句。

凉风拂过，江予迟轻舒一口气，敲响房门，喊了声"星星"，片刻后，女人懒洋洋的声音传来："进来。"

他怔了怔，直觉不对。

门一开，男人立在门口沉默一瞬，而后立即反手关门。

盛星刚洗完澡，黑发散落，藕色的吊带睡衣短至腿根，两根细细的银链子嵌在白玉一般的肩头，她长腿交叠，自然地斜靠在床头。

她这会儿正在玩手机，目光一点没往他身上分。

江予迟轻"嘶"一声，不去看那晃得人眼睛疼的肌肤，颈间的凸起动了动，道："盖上被子，晚上凉。"

"不冷。"盛星随口答，轻轻抬眼瞧他，"想起来了？"

激滟的目光带着勾人的意味，可偏偏这多情的眼神并不在他身上停留，只一瞬，她便移开眼，继续看手机，仿佛他毫无吸引力。

江予迟无奈，捏了捏眉心，快步走至床边，扯了薄被把人盖严实了："我大四那年冬天，你来学校找我了？"

盛星轻哼："找你的人那么多，我哪儿排得上号。"

江予迟微怔，真的是星星。

"一个人来的？怎么回去的？"江予迟想起那天的温度，忍不住皱眉，"一句话都不愿意留给我。"

盛星撇撇嘴："围巾呢，丢了吧？"

江予迟头疼，仔细想了想："六月走得急，留在宿舍的东西拜托舍友寄回去了，说不定在老宅。"

盛星把手机一丢，昂起下巴，道："我才不会给你织第二次。"

江予迟见她这样可爱，忍不住捏捏她的脸，温声道："不用第二次，三哥一定去找回来。你还没说是怎么来的。"

盛星眨眨眼，老实道："和剧组请了一天假，晚上雪太大了，回不去，住在酒店里。那会儿我没成年，你学校边上的酒店不让我住，后来李疾匀找人给我开的房，第二天早上走的。那晚放烟花啦，三哥，你看见了吗？"

江予迟自诩是个冷漠的人。

可面对盛星，他的心总会变得柔软，柔软到不可思议的地步。

他去牵她的手，哑声应："看见了，还听到烟花声响了很久。你给我发了短信，祝我新年快乐，我回你，星星也是。"

那时的江予迟有无数的愿望。

希望她健康快乐地长大，希望她不受爱情的苦，可他的星星一直在受苦。他挣扎过，嫉妒过，现在只恨自己为什么不早点说。

盛星想到那条短信还有点气，戳戳他的肩，不满道："我给你发六个字，你才回四个，怎么那么小气。"

江予迟低头，亲了亲她柔软的指尖："以后改。"

两人坐在一起，轻声细语地说了一会儿话，江予迟去洗澡，盛星趴在床上，晃着脚，心情愉悦。

当时的她有多失落，现在的她就有多高兴。

她真的和喜欢的人在一起啦。

盛星扒拉出小号，发了一条新微博。

"6月26日：我还能织二三四五六七八条围巾，嘻。"

到宁北市那天下了雨。

盛星第一次知道江予迟那几年待的地方就是这里，他们穿过暴雨，七弯八绕地进了某个无人区。她有点忐忑，问江予迟："三哥，我能去吗？"

江予迟挑眉："怎么不能去？别怕，你有通行证，我结婚可打过报告。不过，他们都认得你，可能会过分热情。"

鲨鱼也安慰盛星："嫂子，他们可怕迟哥了，肯定不敢起哄。"

盛星倒不担心这些，她已经见过世界上最热情、最可爱的人们了，她从不怕"派大星"们，也不怕别人对她的喜爱。

一到地方，江予迟拎着盛星去了招待所，叮嘱了几句，急急和鲨鱼离开。盛星也不介意，自顾自地放好行李，开始打量着这小小的房间——不大不小的屋子，放着衣柜、书桌、双人床，被子整整齐齐，一间浴室，外头有个小客厅，放着电视机，简单又温馨。

窗户上贴着福字，看颜色是刚贴上去的。

雨不大，淅淅沥沥的。

操场上、训练场里，随处可见人影，盛星好奇地张望了一会儿，收回视线，一转头，冷不丁对上一双炯炯的眼睛，一颗黑漆漆的脑袋。

盛星一愣，下意识道："你好。"

哪知门外的人声音响亮地吼道："嫂子好！"

盛星差点被吓到，门口的人"噔噔噔"跑进来，朝她敬了个礼，自我介绍道："嫂子，叫我小丁就好，是江队让我来找你的，拿了点必需品和零食。"

"我叫盛星，可以直接喊我名字。"盛星眨眨眼，也学着他有模有样地敬了个礼，"江予迟以前是你的队长？"

小丁咧嘴笑了一下："是！我认识你，我们整个队都认得，逢年过节，队里挑电影看的时候，江队回回都选你演的电影。"

盛星一怔，轻声问："从什么时候开始的？"

小丁毫不犹豫地应："五年前！"

……

桌上放着几袋零食和一些洗漱用品。

小丁走后，盛星一直瞧着这些东西发呆，出神中，她迟缓地想起一些以前没注意却很重要的细节。

江予迟本该一毕业就结婚的，却硬生生往后拖了两年。

他说只要她愿意，她永远都是他的妻子。

他看她演的电影、电视剧，关心、在意她的一切。

盛星第一次想，他说喜欢她，可他是从什么时候开始喜欢她的？

盛星有心想逮着江予迟问几句，却找不到机会。自那天下午他和鲨鱼匆匆离开，连着三天都没回来，不但没回来，连个电话都没有。小丁和她说，他们去的地方要收走手机。

这三天，小丁负责带她去玩。

西北的天有许多模样。盛星这些天看得最入迷的，就是这里的天空。她曾听人说，沙漠是有心跳的，西北的风是有呼吸的，白天无比漫长。油菜花海灿烂、富有生命力，向日葵热烈盛开，成片的金黄蔓延至天际，无数生命在这片土地上蓬勃生长。

当江予迟仰头看着辽阔的天空，会想些什么？

会想到她吗？

小丁开车回队里，看了眼趴在窗口的盛星，道："嫂子，晚上和我们一块儿看电影吧，可热闹了。"

盛星回过神，笑着应："好。"

西北监狱。

江予迟和鲨鱼一前一后走出大门，鲨鱼神色凝重："哥，蜂鸟交代的大部分是真的，但肯定有假的部分。"

江予迟问："新监狱有什么特别的？"

鲨鱼摇头："去查了，近一年进去的犯人和蜂鸟都没关系。除了看守松一点儿，和这儿没多大区别。"

蜂鸟被关在监狱近三年，从未开过口。

前段时间，他主动提出交代两个大供货商，条件是换一个新的监狱。江予迟曾经的队伍最了解蜂鸟，因而西北这边特地联系他们，寻求帮助。

这三天，江予迟就是在辅助调查蜂鸟交代的哪些是事实，哪些是诱饵。

江予迟沉思，西北监狱看守严密，蜂鸟手里不知有多少条人命、多少赃款，如若不说真话，他根本不可能从这儿出去。他们去查，大概率会抓到人。

他道："回去商量，先抓了人再谈。"

回去的路上，正逢黄昏。成片的云朵被染成暗黄色，沉沉地下降，仿佛下一秒，天与地就能相连。宽阔的马路两边空旷、寂寥，沙砾在风里滚动着。

鲨鱼不由得感慨："队长，别说，我还挺怀念以前的日子。也不知道这次行动用不用得上我们，我总有点手痒。"

江予迟瞥了鲨鱼一眼，叫他队长倒是稀奇，看样子的确是怀念："这次情况特殊，你回去可以申请试试，但上面不一定会同意。"

鲨鱼跃跃欲试，问："哥，那你呢？"

江予迟侧头，懒懒道："我陪老婆，过舒坦日子。"

这可完完全全是真心话，江予迟并不留恋以往的生活，只偶尔怀念，因为如今他已有更好的日子。三天不见盛星，他可不太好过，毕竟最近的日子十分美好，他天天一睁眼就能瞧见她的睡颜，这几天没见着，他睡觉都不舒坦。

他琢磨着，回去以后，自己得住到主卧里去。

两人离开监狱，进市区吃了顿饭，回到队里已近九点。

天色黯淡，星星闪耀，路灯投下浅浅的阴影。今天他们组织看电影，江予迟和鲨鱼径直去了礼堂。迈进黑漆漆的礼堂，江予迟还没来得及找人，小丁跑过来，悄声道："江队，嫂子没在这儿，上操场去了。"

江予迟沉默了几秒，问："一个人去的？"

小丁点头："我找人看着。"

江予迟道了谢，转身去操场。

操场上没什么人，矗立的路灯像沉默的卫士。

江予迟径直迈入跑道，扫了一圈没见着盛星，仔细一看，一道纤细的身影躺在草坪上，一动不动。他一怔，立即朝那处跑去，俯身看去，她正眨巴着眼睛看星星呢，见他忽然出现，还不乐意地摆摆手，嘀咕道："挡着我了！"

"躺地上也不怕扎着？"江予迟无奈，见她兴致好，回去拿了件外套铺在地上，待她重新躺好，他侧头看了一眼天，也跟着躺下，还不忘把她的脑袋扒拉到肩膀上。

盛星白得个枕头，舒服地蹭了蹭，也不说话，继续看星星。

天空透亮清澈，星云沉静，散落的星子似乎缓慢地移动着。

江予迟侧头，安静地注视着盛星。

她看得专注，似乎全然被这美景所吸引。

江予迟几天没见她，见她反应平平，有点不乐意，干脆支起身子，手指跟拨弦似的轻拨了拨她的睫毛。

盛星拍开他的手："干什么？"

江予迟勾着唇，懒懒地应："你看你的星星，我看我的星星。"

盛星："……"

盛星被江予迟闹得没法好好看，只好转身，和他面对面。

三天不见，他看着没什么变化，只是眼下多了点青黑色，盛星抬手按了按，真诚地建议道："晚上我给你抹点眼霜吧？"

江予迟点头："行，随你折腾。"

"怎么一个人在这儿？"见她双眼亮晶晶地看过来，江予迟忍不住俯身亲了亲她的眼睛，低声问，"三天过得怎么样？"

潜台词极其明显：想我了吗？

盛星眨眨眼，又眨眨眼。她还不是很习惯这样的亲密，却很喜欢，忍着眼睫上的痒意，小声说："小丁带我去好多地方玩，本地菜味道很不一样，还挺好吃的。晚上想来看星星，又怕有些地方不能去，就来操场上了。躺在这里感觉很奇特。"

江予迟听着，问："还有吗？"

盛星假装听不懂，一脸无辜："还有什么？"

江予迟轻"啧"一声，上手去捏她的脸，黑眸直勾勾地盯着她："你说还有什么？三天没见我，见着了还忙着看星星。"

盛星哼哼，又躺回他肩上，静了一会儿，说："三哥，那天晚上你和我说了一个秘密，今天轮到我了。但那之前，我想问你几个问题。"

江予迟长腿一展，换了个姿势，显得很大方："问吧。"

盛星掰着手指数："你为什么推迟两年才结婚？你为什么愿意为我花那么多心思？为什么愿意娶我？三哥，你很早就喜欢我了吗？"

越往后问，她的语气越轻。似乎怕他不愿意回答。

江予迟安静地等她说完，垂眸和她对视着，许久，他轻叹了口气，到底不肯说具体的时间，只道："有段时间我很困惑，不能确定对你的感情是什么，我们走得太近，这样的距离干扰了我的判断。于是，我试着不联系你，试着不想你。"

这话听着简单，可对当时的江予迟来说，几乎要了他的命。他花费大量的时间和精力在任务上，让大脑一刻不停地处于高速运转中。没有任务，就加倍训练，直到体能消耗殆尽，累倒在床上，身体强制他休息。

日复一日，直到再没了办法。

鲨鱼说，他以前脾气差，也是因此而来。

可这些都是短效药，药效失效后，江予迟再没办法否认。

"你十八岁，开始频繁上热搜。"江予迟神色平静，语气淡淡的，"多数是恋情，一次、两次、三次，甚至更多，那年奶奶给我打电话，我告诉她，我要和你结婚。除此之外，没有旁的人选。"

近两年的僵持，江予迟和家里彼此妥协。

三年之期由此而来。

江予迟布了两年的局，对此胜券在握。他掩藏了自己卑劣的心思，做好了被盛星拒绝的准备，也提前备好了应变方案，却没用上。

这件事中，最出乎他意料的，是盛星的态度。

她没有拒绝，甚至愿意配合。

盛星听他提起热搜，心虚道："那都是瞎说的，以前年纪小，不爱在家里待着，反正也就我一个人，你们都不在。"

心虚过后，紧接而来的是兴奋。

盛星往江予迟胸前一趴，把人摁在地上，戳戳他的喉结，眼角、眉梢都带着笑意："这么早就喜欢我啦？藏得还挺好，一对我好，就扯哥哥出来，有时候我都不想理你。"

江予迟由着她戳，神情渐渐放松。

她显然很高兴，脑袋止不住往他颈间蹭。

片刻后，男人用商量的语气问："回答完了，是不是该给点奖励？"

盛星停下动作，抬头看他，认真思索一番，一本正经道："要不我们接个吻吧？就是地点可能不太合适。"

幕天席地，星空烂漫。

本来是个好地方，可偏偏有人。江予迟沉默片刻，忽然伸手，揽上盛星的腰，猛地将她一翻身，另一只手托着她的后脑勺，横在她和草地间，随后一把扯起外套，往两人头上一罩。

星空消失，两人被困在一隅小小的天地内。

漆黑，逼仄，呼吸相融。

盛星睁着眼，看向黑暗中模糊的轮廓。

温热的气息像一道小小的气流，缓缓向下坠落，令人目眩神迷。

可这速度也令人着急，她忍不住催促："三哥，你能快点吗？"

江予迟轻笑了声："这么着急？"

"也不是。"盛星慢吞吞地应，"就是怕他们出来。"

江予迟凝视她片刻，忽而掀开外套，一把扛起盛星，横跨操场，大步朝招待所走去。盛星一蒙，还没反应过来，就在急匆匆的脚步声中被人扛上楼，眩晕中，低沉的男声问："钥匙呢？"

她下意识应："口袋里。"

掏锁，开门，长腿一踢，"砰"的一声响，关门声在空荡荡的楼道里回荡，紧接着，门上又是一声闷响。

屋内漆黑一片，盛星身体悬空，后背抵在门板上，眼前的人是她唯一的支点，不等她说话，耳间忽然一热。她觊觎许久的薄唇落在耳垂上，不轻不重地咬了一口。

盛星呜咽一声，身体发软。

男人顿了顿，唇移到她唇边，贴着她的，低哑的气音往外钻："还急吗？"

细微的碰撞声在黑暗中像秒针走动的声音，轻却有力。

盛星揪着男人的衣领，唇齿间的气息被卷走，他像一柄开刃的剑，侵略性和逼迫感并存，长驱直入。

她心跳失衡，手渐渐没了力气。

眼看就要滑落，安静的楼道里忽而响起脚步声。

男人们边谈论着电影边往里走，嬉笑声中，有人说："你们说江队现在在干什么？"

旁人斥道："注意点！满脑子都是什么想法！"转头又嘿嘿笑了声，"听外边的兄弟说，刚刚两人躺着看星星，现在嘛……咱去听听？"

盛星一惊，再次揪紧他的衣领，挣扎着想躲开这磨人的亲吻，可她躲到哪儿，那唇舌就贴到哪儿，全然不顾越来越近的脚步。

她攀着他的肩，用力咬了他一口。

男人轻"嘶"一声，不情不愿地放开她，待那刻意放轻的脚步停在门口，他抬脚一踹门，笑骂："滚远点儿！"

门外一阵哄笑声，轻快的脚步声走远了。

门内，盛星埋首在江予迟颈侧，小口喘息着，下滑的身体被有力的手臂稳稳托住，往上抱了点。

江予迟饶有兴味摸了摸盛星滚烫的耳垂，开了灯一看，原本白玉似的耳朵红透了，怀里的人死死埋着头，不敢看他。

他轻笑，刚刚说要接吻那会儿，可胆大得很。

"三哥再抱你一会儿？还是放你下来？"

江予迟抱着人往床边走，怀里的人静了片刻，闷声闷气道："我要去洗澡，你去客厅，不许在房里。"

江予迟轻笑一声："行，不在房里。"

眼下可不敢逗她，不然恼羞成怒，恐怕会把他赶出去。

江予迟一走，盛星胡乱拿了睡衣躲进浴室。

门一关，她捂住发烫的脸颊，无声地尖叫。她和江予迟接吻了！不但接了，还接了好久！

她胡乱蹦跶的小心脏差点超过负荷，摸摸唇，摸摸耳朵，又摸摸脸颊，到处都是江予迟的气息。

他好黏人！

盛星红着脸下完结论，终于开始洗澡。

磨蹭完出去，已是一小时后。她捧着半干的长发，悄悄走到房门口往外看了一眼，江予迟正斜躺在沙发上，沙发长度容纳不下那双长腿，那长腿委屈地放在边上，他的神情倒是不委屈，满脸都写着餍足。

听见"窸窸窣窣"的动静，他抬眼看来，一见她就笑了："能见人了？"

盛星："快点进来洗澡！"

她说完，穿着拖鞋溜到床上，躲到被子里，只露出一双眼睛在外面，眼珠子转来转去，盯着他走动、拿衣服、去洗澡。

眼睛一刻都不能离了他。

江予迟洗完出来，她还是瞪着圆溜溜的眼。

他挑眉，随手扔了毛巾，拨了拨微湿的黑发，往床边一坐，垂眸看她："傻了？三哥亲得你不舒服？"

"……"

盛星好不容易压下去的羞耻心又涌上来，羞愤中，瞥见男人的小腹，不由得恨恨道："三天没管你的伤，你有没有好好对它？"

江予迟自然地掀开衣服，肌理分明的小腹间带着湿意，伤口已是愈合状态，已不用贴纱布，动作间，肌肉起伏，劲瘦的腰腹让人忍不住伸手去摸。

盛星这么想着，手就伸了出去。

柔软的指腹触到光滑、结实的肌肉，两人都怔了怔。

盛星轻咳一声，方向一转，装模作样地按了按伤口周围，道："恢复得还不错，过段时间涂点祛疤的药膏。"

江予迟由着她收回手，没去捉，否则没好下场的可是他。

两人如常说了一会儿话，气氛逐渐自然。

江予迟关了灯，往床上一躺，顺手把人一扯，扯到怀里抱住，开始索取："今天和三哥说什么秘密？"

盛星嫌他身上热，推他却推不动，只好放弃，蔫巴巴道："说小时候的。"

闻言，江予迟眉心一跳，问："什么时候？"

盛星伸手，搂住他的脖子，小声道："回家之前，就是和弟弟在一起的日子。哥哥不知道，姐姐也不知道。"

六岁以前的时光，盛星从未和别人提起。不仅是她不想回忆，也实在是不知道从哪里说起。不知道怎么起头，不知道用什么语气，不知道脸上挂什么表情。

"三哥，先说好，我不难过啦，你也不许难过。"

盛星像是能预料到什么，开口前先安抚江予迟的情绪，等他答应了，才琢磨着从哪儿说起。

小时候，起初的她是困惑的，知道自己是"捡来"的以后，开始抗争。

这些年，盛星偶尔回想过去，觉得自己抗争的时刻来得太晚，她仿佛被困在某个位置上，以至于回到盛家还看不清现实。

盛星想了想，找了个轻松的开端："我小时候爱玩水，总去溪边捉小鱼，脱了鞋就敢往下蹚水。小溪窄窄的，水也不急，春日里水凉凉的，很舒服。就是有时候，鞋会不小心掉下去，弟弟就会沿着溪边跑，一路追着鞋，像追风筝一样。我就坐在溪边的大石头上晒太阳，什么都不做，只等弟弟回来。有一次，他还真的捡了一个风筝回来！是人家掉的，还能飞呢。我们俩都很小，跑得满头汗都没把风筝放起来，偷偷溜出来放了好几天，终于放上去的时候弟弟比我还高兴，又跑又叫的，差点没被发现。我们不敢把风筝带回家，一直藏在外面。"

盛星回忆起那段时光，惊觉自己还记得这些零碎的片段，她曾以为只有伤痛才长久，现在却能从记忆里找出一些美好的东西来。

江予迟收紧手，轻声问："星星喜欢放风筝？以前没说过。"

"也不是喜欢。"盛星简单解释了几句，"就是没玩过，觉得新奇。我小时候可羡慕风筝了，能飞得那么高、那么远，我也想变成风筝。"

"变成风筝，想去哪儿？"他顺着她的话往下问。

现在盛星钻在江予迟的怀里，哪儿都不想去，但小时候她想去的地方可太多了。她诚实道："就是不想在家里，我和陈漱父母的关系不好。他们脾气很差，没读过书，对我和弟弟不好，他们不高兴了，我们就要挨打，竹枝挥下来好疼。弟弟挨打多，他总让我躲到隔壁奶奶家去。有时候，我们还会被关在地窖里。"

盛星想了半天，憋了个不那么难过的点出来："但冬天，地窖里还是挺暖和的，饿了还能去摸点瓜果吃，就是太黑了。本来弟弟不用被关的，他总是躲在那儿陪我，大人干脆就一起关了。三哥，好奇怪，明明我以前想起来还会委屈、难过，现在说出来，一点感觉都没有了。"

这是实话，并不是哄江予迟的，但江予迟却久久没有应声。

她眨眨眼，戳戳他的喉结，悄声问："你怎么不理我？"

江予迟沉默着，他给幼时的盛星喂过两个月的饭，起初把握不好量，总喂得太多，但这小姑娘从来不说，几天后他才发现她总揉着肚子，问了才说不舒服。他耐着性子，好声好气地哄她，告诉她饿了要说，饱了也要说。

那时的盛星其实还不能很好地掩藏过去，她反过来安慰他，说阿姨告诉她，就是吃撑了，少吃点就好。近来他反复回想过去，才恍然大悟，或许是她从来没吃饱过，不知道什么是撑，只知道不舒服，却也不知道说。

"我在想，怎么样才能对星星更好。"江予迟低头，唇落下，轻碰了碰她柔软的腮，"三哥去把盛需找回来，让你欺负。"

盛星松了口气，抿唇笑了一下："我欺负三哥就好啦。"

盛星说了一晚上的话，情绪多少有波动，不一会儿就被哄睡着了。

江予迟睁着眼，迟迟无法入眠，后半夜，他起身，无声地走出房间，去茶几上摸了根烟。

烟是人家送的，他没动过。其实也没打算抽，捏在指间过个瘾。

黑夜沉沉，西风呜咽而过。

江予迟立在窗前，垂眼编辑邮件：调查十七至二十三年前，所有报道过西港市巢山寺庙的新闻和报纸，列出记者名单，联系询问是否替一对姐弟拍过照片，找到那个记者。

江予迟向来敏锐，今晚本是他得知当年真相的最好时机。他可以问盛星，为什么会被送去西港，为什么离家出走，为什么再也不肯回去。可是他没有问，只是当个安静的倾听者。

她听得太多了，从小到大，一直在听。有无数人喜欢盛星，他们毫不吝啬自己对她的喜爱，时时刻刻都在表达着。盛星一直聆听着，却鲜少表达自己，只是将所有情绪都献给了电影。

江予迟想，他愿意永远听她说。

第二天，盛星睡眼惺忪地从被子里探出脑袋。

床边没人，肯定又出去跑步了。

盛星打了个哈欠，又赖了一会儿床才慢悠悠地起来洗漱、换衣服，刚打开门，小丁立正敬礼，大声喊："早上好！"

这几天下来，盛星已经习惯了，她指了指外面，问："哪里这么热闹？"

小丁咧嘴笑了一下："大家伙儿听说江队回来，都来招待所看望他。"

说话间，两人到了楼下。

一个女人面容姣好，笑容灿烂，看着江予迟的崇拜之情几乎要溢出来了。

盛星停下脚步，问小丁："三年前追他那个？"

小丁看起来还有点儿尴尬："嫂子你也知道啊，但当时江队就说他要结婚了，两人没什么交集。"

江予迟大步朝盛星走去。小丁见状赶紧溜，溜之前说了句："嫂子还没吃早饭。"

"三哥陪你去食堂？"江予迟横在盛星身前，挡去恼人的阳光。

这里光照强，在这儿的小伙儿、姑娘们都和大地一个色，个个瞧着健朗又热情，盛星站在其中格格不入。她的职业似乎有一股天然的距离感，她生得好，又是江予迟的妻子，竟然没什么人敢和她说话。

盛星探头，往他身后一瞧，正对上人群中那女人好奇的眼神，眼神里没有敌意，神情欲言又止，看起来像是有话和她说。

她收回视线，说："你和他们先聊着，我一会儿再去。"

江予迟想了想，喊小丁去拿瓶牛奶，又跟黏人的小狗似的问了好几个问题，直到盛星把他推开。

盛星催他："赶紧去！"

江予迟盯着她，问："没有不高兴？"

盛星无奈，牵着他的手晃了晃："人家在你生病的时候还费心照顾你呢，我不高兴什么，去吧。"

江予迟低头，迅速亲了亲她的脸，这才肯回去。

盛星注意到，那个女人朝她走过来，方才的笑容已收敛。

"我知道你。"她注视着不远处，看着烈阳下的江予迟，轻声道，"三年前的冬天，他受了重伤，昏迷的时候一直在喊一个人的名字，你叫星星对吗？"

盛星微怔，不等她回答，女人继续道："他伤没好彻底，就下床，向领导申请了假。理由是要回去求婚。那时候我就知道，他心里有人。以前放不下的时候，我总是想，他喜欢的女人会是个什么样的人。今天见了你……你们很般配。"

三年前的冬天，过完二月，盛星满二十周岁。江予迟再也等不下去，急急赶回洛京，想把婚事定下来。

盛星抿了抿唇，想起对她来说极其特殊的一天。

她过完生日没多久，洛京下了雪。外公打电话来，说务必回趟盛家，她刚从颁奖典礼上回来，还穿着礼服，只披了条披肩，毛茸茸的，倒是不冷。

到盛家时，天又开始飘雪。盛星告别经纪人，独自往大门走。盛家的大门，她四年未踏入，若不是外公，她也不肯来。

盛星提着裙子，垂首小心翼翼地走在雪里。倏地，一道视线越过漫天大雪，安静地落在她身上，像雪絮一样，凉丝丝，轻飘飘。

她抬眸看去，忽而停住。

身形高大的男人姿态懒散地倚在大门口，黑色大衣上覆了一层雪，英俊的面庞上似是融了冰冷的雪意，显得有些冷。

和她的视线相触，他微微站直身子。

风雪中，不知道谁先动了，两人迈着步子朝对方走去，盛星走得艰难，没走出几步，男人已走到她跟前。

"星星长大了。"低沉的男声里带着笑意和一丝不易察觉的情绪。

盛星提着裙子，盯着他含笑的眼眸，熟悉又陌生。她有片刻无措，半晌才开口，她轻声喊："三哥。"

江予迟喉结微动，克制着移开视线，抬起小臂靠近盛星，懒懒地问："给三哥一个面子，让我扶你进去？"

盛星没应声，一手松开裙摆，纤细的手指搭上柔软的羊绒面料，触到底下有力的肌肉，她将一半力道放到他身上。

这段路很漫长。

盛星小心地避开湿滑的地面，问他："三哥怎么回来了？"

江予迟配合着她的步伐，安静片刻后，直接提起婚事："星星，听说盛家有意联姻，正好，江家也是。"

盛星的心猛然一跳，脑袋嗡嗡的，下意识问："你和姐姐？"

江予迟沉默了几秒，低声道："我和你。"

等盛星进门，才知道外公和江奶奶已经商量好了大部分细节，只等她的态度。只要她点头，就能嫁给江予迟，嫁给她喜欢多年的男人。

盛星却没马上回答。她站在大厅里，像是不能思考的雪人，缓慢说："我要想想。"

江予迟开车送她回了公寓，两人在车上坐了很久，起初沉默着，而后江予迟忽然提起联姻的事，一条接着一条，每条都顺着盛星来。最后他说，他答应过盛霈，会好好照顾她的。

这句话像是魔咒，不但给江予迟台阶下，也给了盛星。盛星顺着他的话说，她相信哥哥，也相信他。

这件事就这么仓促定了下来。

从那时，到现在，三年过去了。

盛星从记忆中的冬日回过神，重新感受到暖阳的温度，漫不经心地问："和我说这些，是为了什么？"

女人笑了一下，说："他以前受了很多伤，吃了很多苦。我曾经执着过，但已经走出来了，没想到还能见到他，还有你，只是想祝福你们。"

说完，她迟疑片刻，问："除此之外，我想知道，他还做噩梦吗？他昏迷那段时间，几乎每一晚都梦魇，那次任务很惨烈，他失去了两个队员，其中一个和他关系很近。听鲨鱼说，他从没提起过那件事。我没有别的意思，只是工作久了，看到过太多这方面的创伤，只是作为一个医护人员的担心，希望你别多想。"

盛星遥遥看向江予迟，他神色轻松，注意到她的视线，立即看过来，见到她身边的人，神色微敛，似要抬步朝她走来。

盛星侧头，轻声道："他现在不做噩梦，谢谢你的关心。"

女人见江予迟过来，没再多言，无声地走开了。

"说什么了？怎么这个表情。"江予迟没管离开的人，只看着盛星，盯着她的神色变化，心悬到半空，刚才的射击都没能让他有这种感觉。

盛星撇撇嘴："我什么表情？"

江予迟如实道："一副我是骗子的表情。"

盛星轻哼一声，没提刚才的对话，问："我们下午的飞机？"

江予迟点头，牵着她往回走："大概十一点到洛京，鲨鱼留在这儿帮忙，我们回去。综艺安排得怎么样？"

　　盛星："等我回去签合约，顺道和节目组见个面，拍摄时间随你的行程调整。还有，三哥，有件事想托你帮忙。"

　　江予迟挑眉："你还有用得着三哥的地方？"

　　盛星瞪他一眼，慢吞吞道："关于《钟》，我不是很有信心，你有时间和我试戏吗？你不用演，说台词就好。"

　　江予迟诧异道："能帮上你？"

　　盛星重重点头："能！"

　　盛星提出的要求，江予迟没有不答应的。

　　两人回去收拾了行李，和众人告别，踏上回程的路。

怯喜 著

QIE XI

北京时代华文书局

西港多雨，湿漉漉的山路更是难走。

温边音和助理打着伞，慢悠悠地往上走。

助理看了眼连绵葱郁的山林，道："阿音，这里的寺庙很灵的。我们拜一拜，以后事业红红火火，就别想那男人了。"

温边音叹了口气："是我和他分手的，你说得好像我被渣男抛弃了。严格算起来，我才比较渣。前脚他为了我和家里闹翻，后脚我把人家甩了。"

助理气愤道："那些人知道什么，嘴都脏得很！"

最近洛京圈内最大的热闹就是周向淮。人人都知道，周向淮为了一个女明星，拒绝家里的联姻要求，周家大人大发雷霆，干脆把他赶了出去。一时间，洛京影业的少公子风光不再。旁人都说，温边音瞧他利用不上了，就把人甩了。

助理见温边音近日郁郁寡欢，和经纪人建议，带温边音去巢山寺拜拜，就当散心了，说不定还能转运。经纪人一口答应，连夜把人"打包"送走了。

远远地，她们看到翘起的庙檐，恰逢钟声敲响，浑厚的声音越过雨幕，缓慢而有力地传向山脚。助理不经意间问起："阿音，梁博生和陈漱是不是西港人？"

温边音："好像是，他们是高中同学。"

助理纳闷道："说起陈漱，他和盛星怎么会是姐弟呢？我听说，盛家就三个孩子，盛星最小，她哪儿来的弟弟？还挺奇怪的。"

温边音随口道："或许是亲戚，不一定是亲姐弟。"

助理点头："也是，不提他们了。我们去烧炷香，捐点钱，保管下半年事业红红火火，一定会接到更好的项目。"

烧完香，温边音和助理往山下走，走到半路，雨愈发大了，两人只好加快脚步。助理忍不住道："这山也挺奇怪的，车居然开不上来。"

等两人好不容易上了车，还没开出一段路，车就被人拦下了，说前头出车祸了，得等上一段时间，不然就往村子里开，或许能找到住的地方。助理和司机一合计，打算去村子里转转，干等着多累人。

进了村子，司机放下车窗问路，村民见多了生人，也不怕他们，特别是瞧见温边音的时候，语气顿时变了，分外热情："闺女，你是演真真那个小姑娘吧。你演得真好！我们都在追你的剧哩！"

温边音笑着应："对，谢谢您喜欢。"

村民忽然想到什么，问："闺女，你晓得陈漱吗？"

温边音和助理对视一眼，心想，会有那么巧吗？

事实证明，兜兜转转，世界真的很小。

温边音和助理坐在陈家略显陈旧的客厅里，都有些不可思议，神情温和的中年男人给她们端了茶，说："阿漱妈妈不在，出去了。"

助理趁机问："叔叔，我能到处看看吗？"

"可以的。"他看向温边音，有些忐忑地问，"阿漱他，过得好不好？"

温边音掩下讶异，笑道："他很好，工作很努力，认识了很多新朋友。您……您很久没见他了吗？"

男人苦笑一声，没多说，只道："我去给你们热点心。"

"音音。"助理见人一走，忙从一个房间里探出头，朝她招手，"快过来！你绝对不会相信我看见了谁。"

五分钟后，温边音和助理齐齐看着一张照片，照片里看起来是一家四口，一对夫妻，一个男孩，一个女孩。

助理指着那女孩，确认似的问："这是盛星吧？长得和现在一模一样。我已经拍下来了，直觉告诉我，里面有东西可挖。"

温边音无声地注视着照片上垂着脑袋，闷闷不乐的小女孩，这的确是盛星没错。想起那天她们在菜馆偶遇，盛星说的那些话，她对助理说："把照片删了。"

晚上十点，盛星和江予迟下飞机。

洛京已入夏，夜里地面还蒸腾着热气，盛星不由得感慨："李疾匀也算干了件人事，九月才开机。三哥，综艺去我的公寓拍吧？"

江予迟极注重个人隐私，而且经过这一趟西鹭之行，盛星深觉他们的私人住宅不适合出现在大众眼前，不安全。

江予迟微怔，不动声色地应："可以。"

见离落星山还有段距离，盛星泛着困，脑袋往男人肩上靠，声音越来越低："这两天我和节目组见个面，假装搬个家，看剧本……还有什么？"

江予迟半抱着盛星，低声道："还有，星星该睡了。"

市区道路平坦，夜里街道静谧，盛星靠着男人沉沉睡去。

车驶入庭院，江予迟抱着人上楼，进房间，给她脱了鞋，把她塞到被子里。触到柔软、熟悉的床，盛星不自觉地蹭了蹭枕头，找了个舒服的位置，呼呼睡去。

江予迟不常进盛星的房间。阿姨提前来打扫过，换了轻薄的夏被，房间一尘不染，窗户还开着。他没开灯，径直走向窗边，准备关窗。

一走近，江予迟的脚步停住。透明的玻璃窗边，挂着两个小木牌，红色的绸缎在夜风里轻轻晃动着。他凝视着木牌几秒，上前看清上面的字。

其中一个木牌是他的，写着：我的星星，长命百岁。

边上紧贴着一个同样的木牌，上面也有一行字：你要比百岁，再多四岁。

昆羔戈壁下，江家老宅一大早就被翻了个底朝天。

老太太和赵阿姨在底下瞧着，凑在一起嘀嘀咕咕。

赵阿姨："阿迟一早就过来了，也不知道找什么。"

老太太："不在家里待着，活该追不到老婆！"

赵阿姨："人下来了。"

老太太和赵阿姨连忙分开，假装各自做事，余光却一直注意着楼梯。两人都看见江予迟手里拿了个盒子，看颜色有些年头了。

"奶奶，改天再回来看您。"江予迟俯身和老太太抱了抱，匆匆离开。

人一走，老太太又和赵阿姨凑一块儿讨论起来。

老太太神色颇为古怪："老赵，那盒子你记得吧？阿迟毕业那年寄回来的，我当时还稀奇，这小子怎么还会藏着这样的东西。"

赵阿姨狐疑道："我记得是条围巾！我还说是哪个心不灵手不巧的小姑娘织的，阿迟怎么想起来找这个？"

老太太一惊："难不成阿迟在大学谈对象了？现在对象回来找他？好端端的找这个做什么？"

赵阿姨慌乱道："那让星星知道了怎么办？"

老太太神色一变："这兔崽子，看我怎么收拾他！"

江予迟可不知道她们在脑补些什么，他拿了围巾，径直回了落星山。这个点尚早，盛星还睡着，他便在二楼的休息区等。

休息区完完全全是盛星的地盘，铺着软绵绵的地毯。

江予迟打开盒子，取出被尘封了近六年的围巾。原本雪一样的白色已泛了黄，模样粗糙而笨拙，摸起来软软的。盛星那时情窦初开，给暗恋的人织围巾，顺带给他也织了一条。

那男人的那条围巾会比较好吗？江予迟嫉妒地想着。

许是这段时间累了，盛星久久未醒。江予迟掐着点去上班，不忘把围巾也带走，像是有人要和他抢似的。

盛星是被门铃声吵醒的。她看了一眼时间，早上十点。经纪人说今天来帮她"搬家"，起码得把公寓填得满一点，别让人看出来。

下楼开门，经纪人带着小助理等在门口。小助理头一次来落星山，内心惊叹，她姐一个人住，不是，两个人住那么大的别墅，整座山就只有他们，太令人惊异了！

盛星困倦地打了哈欠，侧开身："三哥不在。你们自己换鞋，我去找点吃的，下午和节目组见面？"

经纪人："对，双方磨合一下。你第一次上综艺，需要注意的地方有很多，你先吃，吃完再说。"

盛星指着楼上，说："家具那边都有，带点我平时用的过去就行。三哥的东西他助理会来拿，你们不用管。"

经纪人看了眼厨房，问："那冰箱？"

盛星想了想："让三哥管，我不管这些。"

趁着小助理在别墅里转悠，经纪人低声问盛星："你们得住一间房，没问题吧？现在网友个个都是福尔摩斯。"

盛星瞥了一眼经纪人，唇角忍不住翘起来："我们在一起啦。"

经纪人："出去这段时间？"

盛星嘻嘻笑："对，我这人魅力无边，你懂吧？"

经纪人无奈："你开心就行。"

三人整理完衣物，开车去公寓，又忙活了几个小时，总算把这个家装扮得像是常住的模样，就等添置上江予迟的痕迹。

等吃完饭，她们溜达去工作室已是下午，正好赶上《贺新婚》节目组过来。会面由经纪人负责，盛星朝节目组打了个招呼就想溜走，但耐不住小姑娘们的热情，留下来和她们拍了个合照。盛星一走，节目组的工作人员顿时绷不住了，"叽叽喳喳"地讨论起来，兴奋又激动。

接下来的洽谈和盛星无关。她躺在沙发上看江予迟这段时间的行程，不知是有意还是无意，他把去年和今年的行程都发来了。

和盛星不同，江予迟一年从头忙到尾。尤其是临近年节，那两个月份几乎被各种行程塞满，但有几个日子被特地圈出来，那几天江予迟行程不多，分别是她的生日、他们的结婚纪念日，还有爷爷奶奶的生日。除此之外，每年清明，他的行程也都空着。

盛星的视线落在今年四月。

四月中旬是他们的结婚纪念日，往前一周是清明，那时她在岛上拍戏，并不知道江予迟去了哪里。

她想起在西北，那个女人和她说，江予迟失去了两个队友，有一个是他亲密的人。

江予迟是去看他们吗？

盛星回想，和江予迟同睡的日子里，每一次毫无意外都是她先睡着，她从没见过他做噩梦，也不曾听他提起以前。她忽而觉得，自己对江予迟的关心太少。总是他迁就她，他赶来看她、陪她，他花了太多心思和时间在她身上。而她的大部分时间，都留给了事业。

盛星茫然，她真的会爱人吗？

夏日昼长，江予迟下班时天却暗了。

近两周没在公司，堆积了一堆事务等他处理，一不留神就过了饭点。他匆匆下楼，给盛星发了条短信。

片刻后，盛星回复他：三哥，我在门口等你。

江予迟一怔，重新按下一层键。不多时，电梯门打开，他快步朝外走去，走出大门，在人来人往中，他一眼就看到了人群中的盛星。她戴着口罩，一双眼睛却在夜里熠熠生辉。她正低着头踩着格子玩，碎花裙在晚风中像花一般绽放。

看到他后，盛星提着裙子，小跑几步，一下扑进他的怀里。她的腰被搂住，双脚悬空，裙摆微扬，漾出勾人的弧度。

周围的人群渐渐有了骚动。有人驻足张望，还有人拿出了手机。

江予迟垂首，薄唇擦过她的耳畔，微吸一口气，她的味道将他笼罩，这一天的疲惫一扫而空。

片刻后，他放下人，往车库方向走，问："怎么过来了？"

盛星抱着他的胳膊，小声道："想来等你下班。我要是会开车，放假能天天送你上下班。三哥，我再去试试吧？"

江予迟不着痕迹地蹙了蹙眉："不用，你开车我不放心。"

盛星平时坐车都够呛，更何况把她一个人丢在那个封闭空间内，他光是想，神经就开始"突突"跳。

盛星也没执着，撇撇嘴，非常干脆地放弃。她仰着脑袋说着今天的事："我们搬好家了，节目组周五晚上过来装机器，大部分拍摄时间都集中在周末。听说后面几期你还有任务呢。经纪人说，为了显得真实点，让我们早点住进去。"

江予迟耐心听着，时不时应一句。

盛星说得口干舌燥，又说起去找盛掬月："三哥，我们吃完饭去接松球吧？把它也接到公寓里去。"

江予迟打开车门，给她系好安全带，懒洋洋地应了"好"。

这小区江予迟来了多次，熟练地停好车，在车里等盛星，他向来不去打扰她们姐妹俩说话。

江予迟随手解了领带，舒了口气，视线无意扫过盛掬月那幢楼下停着的一辆车，车牌看着有点眼熟。他想了想，找人问了句。

那人回得很快："贺沣的车，洛京证券空降的合伙人。"

江予迟："哪里人？"

那人说："这倒不清楚，听说是西边一个小地方。"

江予迟心里有数，没再多问。

不远处，盛星捧着松球的小房子，瞧了好一会儿，又小心翼翼地去看盛掬月。盛掬月摸摸她的脑袋，问："去西鹭玩得开心吗？"

盛星点头，只问："姐，你还想回西鹭吗？"

盛掬月微怔，随即缓慢地摇头，低声道："不想，再也不想回去了。"

盛星抿抿唇，憋着点气，问："姐，我给你介绍个朋友认识吧？是我新电影的导演，人怪了点，但还不错，长得帅又能挣钱。"

盛掬月垂着眼，半响，应道："不用了，之后会很忙。"

盛星黏黏糊糊地和人抱了抱，见她上楼才离开，随后抱着松球回到车上，直到系好安全带，江予迟还没反应。她纳闷："三哥，你看什么呢？"

江予迟指了指前边的车："等他走了我们再走。"

盛星往外看去，车里没开灯，驾驶座上有一道朦胧的身影，不一会儿，车灯亮起，那辆车驶离小区。

她问："是认识的人吗？"

江予迟应："听说过，估计是来找月亮的。"

盛星"啊"了一声，不安道："我刚刚还说要给姐姐介绍个朋友呢，我会不会说错话了？"

江予迟挑眉："我看行。"

盛星："……"

两人并不知道，在他们离开后，那辆车又返回原来的位置，依旧没人下车，只是安静地停在那儿。

盛星的公寓在市区，离江氏集团不远。

江予迟收拾完冰箱，开始做家务，明明已经够干净了，他还要亲自擦一遍。

盛星缩在沙发上，津津有味地瞧着他干活。没看一会儿，闹钟响了。盛星顿时垮下脸，她要开始看剧本了。

这周末得给李疾匀交作业，她有种回到学生时代的错觉，放假期间玩了个尽兴，非得拖到最后一天才赶作业。

她叹了口气，打开剧本，瞪着眼看着顶上三个大字。

李疾匀特制礼物，加粗加大：勾引戏。

"发什么愣？"江予迟收拾完，见盛星还维持着一个动作没变，不由得走过去摸了摸她的脑袋，顺带在额前落下一个吻。

盛星摸摸额头，不合时宜地想，自从两人接吻过后，江予迟时不时就过来亲亲她、碰碰她，仿佛一会儿没亲，味道就散了。

"三哥。"盛星把剧本一扔，趴在沙发上，仰头看江予迟，神色严肃，"对戏的时候，你会认真吗？"

江予迟一怔："怎么个认真法？"

盛星组织了一下语言，含糊道："就是你得按照剧本上安排的来。不能瞎来，不能瞎说话，不能闹我。"

江予迟一口应下："可以，剧本分我看一眼。"

盛星抿抿唇，跑去书房打印了两份。两人一人一份，各看各的。

江予迟拎着那两张薄薄的纸，神情微变，视线扫过下面这场戏，可算明白了盛星说不能闹她指的是什么。

《钟》的女主角玉瑶是个寡妇。前头的丈夫是个留学生，回国后说是要追求新式婚姻，因此把这个没怎么读过书、只会花钱的富家小姐抛到脑后，去追寻理想自由、风花雪月去了。社会在革新，婚姻也是。但这风花雪月不过几日，丈夫喝醉酒，"啪唧"一下，掉河里淹死了。玉瑶闷闷不乐，干脆出去散心，找了个烟火气十足的弄堂住下，重新感受人世间的生活，顺带看看丈夫口中的新世界。她就是在这里遇见了那个男人。

那个男人和玉瑶见过的任何男人都不同。他住在隔壁，模样斯文，却沉默寡言，弄堂里的人见了他，都叫他一声"先生"，只有这时，他那张淡漠的脸上会露出一点柔和。玉瑶每日站在帘后，见他日出离家，日落而归。

每一日他都干干净净地穿着那身长衫出门。用人告诉她，这位先生是一个修钟人。玉瑶日日见他，某日忽然动了心思，当即换了身旗袍，抹了红唇，喷上香水，敲响隔壁的门。

盛星和江予迟要演的，就是第一场勾引戏。有第一场，就意味着会有第二场、第三场，甚至更多。

江予迟略微有些头疼。若换作以前，他一定忍得住，换作现在就不一定了。盛星的叮嘱在某种程度上有一定效果。他甚至想，不如把自己的手捆起来。

盛星犹豫片刻，问："三哥，我去换身旗袍，你方便吗？"

江予迟静默一瞬，道："去吧，按照你的感觉和节奏来，你告诉我需要做什么，我听你的。"

盛星一旦进入工作状态，对着谁演戏都一样，但忽然换成江予迟，她难以预料试戏的效果。

换完衣服，散下黑发。盛星如故事中的玉瑶一般，抹了口红，喷上香水，敲响了书房的门。

男人打开门，见到美丽的女郎，英俊的面庞毫无波动。

玉瑶微微一笑，嗓音像湖畔的莺鸟般动人，试图敲开男人冰冻的心："先生，我是玉瑶，您的邻居。方不方便进去喝口茶？"

"恐不方便。"

她第一次听到了男人的声音，像沉闷、遥远的钟声，震得人心"怦怦"跳。

盛星一怔，莫名开始心痒痒，江予迟这克制深沉的模样很少见，尤其是他想往她身上看，又不敢看，只能百般克制着移开视线，颈间那喉结，缓慢动着。

"我的一只表坏了。"玉瑶柔声道，雪白、细细的腕子抬起，起伏的胸脯往前一挤，硬生生跨入门内，男人神情不变，却下意识往后退去。

她收回手，又矜持一笑："街坊都让我来找您呢，先生。"

男人注视着她的视线颇为古怪，似乎在想，怎么会有这样的女人，时而大胆放浪，时而矜持高不可攀。

江予迟一颗心像坠入岩浆，温度急速上升，他慢了一拍，侧身让开路，身体僵硬，嗓音低冷："表。"

盛星弯起眼，眼角上挑，柔软的手刻意划过男人宽厚有力的手掌，热切道："先生去忙吧，我来倒水。"

这一下，倒不知道哪个才是主人。

江予迟坐在椅子上，垂眸模拟着剧本里的场景，专注地检查这只女士腕表，而那细高跟"嗒嗒"轻响，柔软的裙摆不知道多少次擦过他的小腿。

盛星的脚步轻缓，她揣度着，玉瑶此时此刻在想些什么。她想尝一尝新世界的滋味，抑或是单纯地对这个男人产生了兴趣，也可能是报复死去的丈夫，又或者是她想找一个方式发泄内心的苦闷。

当裙摆再一次贴上男人的腿，布料摩擦，细微的声响像钟表走动的声音。

江予迟再也忍不住，猛地伸手将人带进了怀里，盛星失重，下意识搂上他的脖子，妩媚的神情一下退了干净，诧异地喊："三哥？"

剧本里没有这一出。

江予迟被这一声"三哥"惊醒，微微松了力道，轻叹一声："这活儿可不好干，三哥反悔了，你先哄哄我。"

盛星无辜地瞪大眼："怎么哄？"

江予迟起身，抱着人上楼，这次倒没着急得在门口就动起手，好歹坚持到了床上。等盛星气喘吁吁地推开江予迟，衣扣已被解了大半。男人抬起脸，眼角微红，目光深沉地盯着她。半晌，他翻身下床，独自进了洗手间。

盛星平躺在床上，没了力气。

缓了片刻，她找李疾匀。

Paidax："晚上试了一半戏，琢磨了几个玉瑶的想法，你给我分析一下。"

盛星"噼里啪啦"地打了一堆字，列了一、二、三、四、五，点击发送。没一会儿，等到李疾匀的回复："全错。"

Paidax："那她想什么呢？"

L："她就是闲的，在家憋坏了。"

盛星："……"

这就是原作者和出题人的距离吗？

一个太闲的人会做出点什么事来？盛星沉思，或许她应该让自己闲起来。

约莫过了十几分钟，江予迟带着一身冷意走出浴室，已恢复平日里那副懒散松弛的模样，甚至还能问她："三哥再陪你试，这次一定不闹你。"

盛星摆摆手："我理解错误，明天再试。"

江予迟沉默了几秒，道："你先睡。"

盛星挑眉，又来了。

为了力求真实，他们从今晚开始同住一屋，她没躲，这男人又用上了老借口。她不计较，摆摆手："我看会儿剧本，练会儿台词，你去看看'儿子'。"

江予迟平静地点头，补充道："我下去跑会儿步。"

盛星一愣："这么晚？"

江予迟"嗯"了声："早上有点事，没跑，今晚补上。"

这是江予迟的习惯，盛星没多想，和他大致说了声哪边的路比较亮，便没心没肺地爬回了床上，靠在床上琢磨起剧本来。

楼下，江予迟跑了几圈，闷热的暑气和汗意蒸腾，惹得人口干舌燥。他一身精力都没处去，接着跑，等耗了大半的力气，推门进了便利店，拎了瓶冰水准备去结账，听到货架边两个女孩窃窃私语。

"看着有点儿像，是不是？别推我！"

"拿照片对对，太模糊了，看不清，视频也模糊。盛星能和我住一个小区？我不信，我从来没见过。"

江予迟面不改色，付了钱出门，喝下大半瓶水，冰凉的水滚入胃里，神经渐渐松弛。

另一只手打开手机，登上微博，很快就刷到了盛星来接他下班的视频。

底下有一条评论："正好在那边等人，到的时候盛星已经在了，一开始没认出来，多看了几眼就没太注意。我等了大概半小时，她看起来一点不着急，自己还慢吞吞转了几圈。美我就不夸了，我就想说，怎么舍得让美女等那么久！"

江予迟垂眸看了片刻，喝完最后一口水，把空瓶丢进垃圾桶，大步跑向盛星住的那栋楼。

城市的另一边。

小宋一脸苦闷地坐在江家老宅，老太太目光炯炯地盯着他："那兔崽子这个月都见什么人了？尤其是女的，重点说说。"

他诚恳地应："都是工作上的合作伙伴。"

老太太一拍桌子："放屁！"

小宋："……"

老太太又问："今天下班他上哪儿去了？我特地打电话问了落星山的门卫，他压根儿没回家。"

小宋："因为要拍摄综艺，他们暂时换了个地方住。"

老太太眯了眯眼："换地方住？我不信。"

小宋郁闷道："老太太，我可一个字没瞒您。要不您打电话问问太太？"

老太太轻哼："那小丫头，指不定被骗了还不知道。时间还早，赶紧带路！对了，手机上交，免得你通风报信。"

大晚上的，小宋觉得自己很苦。他居然带着自己老板的奶奶去捉奸，还是捉一个根本不存在的女人，他几乎能想象到，一会儿是个什么尴尬的场面。

到了地方，赵阿姨扶着老太太下车。

老太太瞧了眼这小区，心想，有点眼熟。

小宋苦哈哈地刷卡进了电梯，即将失业的阴霾笼罩在他的心头，随着"嘀"的一声响，他觉得自己的事业即将终止在此。

两位老太太雄赳赳气昂昂地按响门铃。

楼上的盛星听到动静，站在楼梯口往门口看了眼。江予迟洗完澡，只来得及披件浴衣，对她说："老实待着，别下来。"

盛星点点头，没回房，伸着脑袋看。

片刻后，大门打开。先是一阵寂静，而后忽然响起奶奶痛心疾首的声音："好啊！让我逮个正着，你这兔崽子，你是人吗是人吗！"

江予迟："……"

客厅里，气氛冰冷又尴尬。

盛星拿抱枕挡着脸，忍了半天，终于没忍住，笑出声来，惹得老太太瞪她好几眼，差点没羞红脸。

"奶奶。"盛星笑眯眯地凑过去，"您最近看什么剧呢？这个思维方式特别新潮，您越来越年轻了！"

老太太板着脸："他自己干的好事！"

盛星忍笑问赵阿姨："老太太气什么呢？"

赵阿姨瞧了眼在厨房忙活的江予迟，三言两语把事说了："天没亮就过来了，也不说找什么，找着就走。老太太记性好，说是条围巾，寻思着他起了坏心思，这就喊上小宋来逮人了。"

盛星一愣："什么样的围巾？"

赵阿姨："丑得不得了！白色的，像个小孩织的！"

盛星："……"

江予迟端着果盘走近，瞥了眼耳根泛红的盛星，轻弯了弯唇，没揭穿她，只无奈道："奶奶，您想什么呢，围巾是我织的。"

话音落下，客厅里安静一瞬。

小宋简直想捂住自己的耳朵，恨自己为什么大晚上不睡觉，接了老太太的电话，如果时间能重来，他一定会选择先联系江予迟。

老太太和赵阿姨对视一眼，想起那手法粗糙的围巾，看着确实不像个姑娘织的，难不成真是江予迟织的？

"你织来干什么用？"老太太没那么好糊弄，质问道。

江予迟想了想："想送给星星当生日礼物，出了点意外，没送出去。"

盛星捏了捏耳垂，道："奶奶，是真的。出去玩的时候，三哥说起这件事，我非要他去找出来。盒子上还有星星呢，就是送给我的。"

老太太见这小两口都这么说，才反应过来是个误会。她轻咳一声，板着脸，对江予迟说："你注意点！"

江予迟："……"

老太太耍完威风，带着赵阿姨走了。小宋忙跟上，趁这会儿赶紧溜。

人一走，盛星默不作声地把脑袋埋进沙发里，她再也不想织围巾了，甚至暂时不想看到这两个字。

江予迟摸摸她的脑袋，叫了两声，她也不理他。

他失笑，低声道："三哥喜欢，明天就戴着去上班。"

盛星气恼地抬头，脸颊泛红，用力捶他一下："大热天的！你戴什么戴，烦死了，你还给我！"

江予迟挑眉，一把将人抱起来，懒懒道："送给我了还想要回去，还说我小气，到底谁小气？"

盛星搂着他的脖子，闷声闷气说："丑，不好看。"

江予迟轻"啧"一声："我不嫌弃。"

周五下午，《贺新婚》节目组上门装机器，除了他们的房间和洗手间，楼上楼下几乎到处都是摄像机。盛星跟着摄像机溜达了一圈，还挺不习惯这种感觉，上哪儿都有人看着你。

两个人负责他们组，一男一女，特别巧，都是盛星的影迷。一看就是软磨硬泡和人换来的。

江予迟就被这么孤零零地丢在客厅，他瞧着那两个人围着盛星团团转，一人一句给盛星解释节目怎么拍，就差没贴上去了。

他换了个姿势，懒懒地喊："星星。"

盛星赶紧小跑过去，握住他的手指晃了晃，问："干什么？你怎么不来听听是怎么拍的。一会儿还有个采访，留他们吃个饭？"

江予迟合上书，支着身子问："想吃什么？"

盛星想了想，报了几个菜名，顺便问了两个负责人的口味。负责人受宠若惊，但还记得自己在工作，立即问："盛老师，平时家里都是江老师做饭吗？"

盛星轻快地转身，道："自己问他！"

两个负责人对视一眼，都暗暗叫苦。

照片上的江予迟看着难以接近，现实中也是，疏离感一点都没少。只有盛星在，他看起来才好说话。但这是工作，他们只能硬着头皮上。

江予迟需要做采访，盛星也是，干脆同时进行，顺便等饭吃。女生负责盛星，男生负责江予迟。

"江老师。"男生面对江予迟有点紧张，"平时您做饭的时间多吗？您看起来很熟练。"

江予迟利落地洗菜、择菜，刀工令人眼花缭乱，随口应道："不用这么客气，别太紧张。家里我做饭，个人爱好。"

男生缓和情绪，继续问："盛老师会下厨吗？"

江予迟一笑："也会。盛老师的手艺难得一尝，她从小就聪明，学什么都快。你们多说几句好话，说不定能让她动手做顿饭。"

男生讶异道："盛老师这么好哄？"

"她心软。"男人神情轻松，嗓音清朗，"但你可别欺负她心软，我会找你麻烦，我不心软。"

男生："……"

采访没耽误江予迟做饭，上桌准备吃的时候，两个负责人还想着多问点话出来，可菜一入口，什么话都说不出来了。一时间竟忘了在工作，两个人差点把饭都吃光，幸好理智尚存，记得今天的最后一个任务。

男生给江予迟发了张任务卡，说："这是江老师的任务，完成任务能解锁节目组准备的惊喜。"

盛星眨眨眼，问："我没有任务吗？"

男生轻咳一声："有的，在节目的后半段。"

江予迟打开任务卡，垂眸扫了一眼，念："请向您的妻子发出一次心动邀约，任务关键词：初见。"

《贺新婚》一共三组，每组任务原本相同，但到江予迟这里增加了难度。毕竟他们青梅竹马，要想找那么久远的过去，有点困难。

江予迟挑了挑眉，问："约会？"

男生点头："对，在家或是外景都可以，这周末拍摄完。不着急，可以慢慢想，明天我们正式开始拍摄。"

又简单说了两句，他们带着摄像师离开。

盛星满屋子跑，她第一次上综艺，还是居家拍摄，还挺稀奇。每路过一个镜头，都得歪着脑袋打量一下。

直到江予迟看不过眼，把人逮回来。

"还跑，小心摔着。"江予迟敲了敲她的脑门，懒懒道，"不写作业了？周末要交，回房写作业去。"

盛星："……"

第二天清晨，盛星起床时江予迟已不见人影。

她打着哈欠下楼，经纪人和小助理都在，见她素面朝天，都皱起眉，一个个提醒她："星星，你是个女明星！这么多镜头对着你，敬业一点！"

她第一次上综艺，经纪人和小助理都恨不得二十四小时跟在她身边。

几人正说着话，门铃响起。经纪人和小助理自觉让开，藏到角落里。

盛星打开门，面前递上来一个方形礼盒和一个小信封，她接过来没急着看，先溜达去了厨房找吃的。只要江予迟在家，她不论什么时候都能找到吃的。

"请换上丈夫为您挑选的约会服装。"盛星叼着片菜叶子，含混不清地念着，"在十点前，前往约会地点，他在那里等您，并留言：吃饭的时候不能念卡片。"

盛星："……"

她恨恨地丢下卡片，一抬眼，对上憋笑的负责人和摄像老师，经纪人和小助理好歹站在她这边，努力维持着神情不变。

因着江予迟的留言，盛星憋着没说话，老实安分地吃早餐。吃完后，她打开盒子，愣了一会儿，盒子里放着的是洛京一中的校服。她许多年没见到这套校服了。

早上十点，阳光热烈。

盛星撑着把伞，慢吞吞往学校里走。正值暑假，学校里静悄悄的，门卫大叔认得盛星，两人还说了会儿话。

学校还是以前的样子。

盛星内心平静，丝毫没有回到母校的兴奋。她大部分时间都在外拍戏，仅剩的那么一点在这个学校的时光，留给她的感觉是孤独。

那似乎是到目前为止，她人生中最孤寂的一段时间。

盛星轻舒了口气，摆脱沉闷的情绪，走出几步，忽而看见篮球场上有几个穿着校服的男生在打篮球，再仔细一看，江予迟竟也在里面！

她一怔，收了伞往篮球场走。篮球场内，江予迟掌控着手里的球，身体肌肉紧绷着；忽而，他往右倾斜，作势传球，等前面的人伸手去拦，又迅速收回手，往左抛去。左边的人接了球，往前跑去，靠近篮筐时，猛地转身，将球传给江予迟，江予迟接球，高高跃起，上身发力，篮球朝着篮筐飞去，稳稳的三分球落地。

队友笑着跑来和他击掌。

阳光下，男人随意地笑了笑，校服将他的气质衬得清俊又不羁，少年感扑面而来，和他穿西装时完全不同。

盛星瞧了一会儿，不由得想，她的高中生活如果有江予迟，会变得不一样吗？

倏地，和朋友说笑的男人转头，直直朝她看来。他小步跑到她身边，在安全距离停下，微微喘气，额间覆着层薄汗，黑眸微暗，问："学妹，有男朋友吗？"

女人眼珠乌黑，听到他的话微歪了歪头，纯白如花瓣的面庞对着他，似在思索该怎么回答这个问题。

江予迟挑了挑眉，喘了口气，带着人走到阴影下，问："很难回答？"

盛星慢吞吞地应："男朋友没有，老公倒是有一个。"

江予迟牵起唇，戏瘾还挺大："我比你老公更好。"

盛星眉梢微扬："那我考虑一下。"

江予迟轻"嘁"一声，抬手往她脑门上一敲："没良心的丫头。伞给我，果盘吃了吗？看球还是去玩？"

盛星点头，从他身后探出脑袋，往篮球场看了一眼，刚刚只顾着看江予迟，现在再一看，居然全是他们圈里人。

她一愣："怎么把他们喊来了？"

江予迟慢悠悠道："重现学生时代，可不得叫几个朋友。他们很久没见你，过年那时没见着，这回不知从哪里听的消息，非得来，正好撞上拍摄任务，就喊来玩一会儿。"

盛星眨眨眼："那我看你们打球。"

盛星一过去，一群男人都围过来，一口一个"星星"，她都乖乖地喊哥哥，就和小时候一样，仿佛还是那个乖巧、瘦弱的小姑娘。

江予迟在一旁斜眼瞧着，冷眼看那些人时不时上手，揉揉她的脑袋，还得虚抱一下。

他们见好就收，嘻嘻哈哈地凑过去和江予迟说话。江予迟轻哼一声，再上场可一点儿不留情，一分没再让对面拿着。

盛星坐在一旁的树荫下，饶有兴味地看他们打球。这场面对她来说是家常便饭，她打小就看着盛霈和江予迟他们打球，知道江予迟在球场上是什么风格，只不过今天格外凶。

她还记得在录节目，不吝啬掌声和欢呼，偶尔还跟着蹦跶起来。结果就是江予迟打得更起劲了。

球赛结束临近中午，一群男人差点累倒。江予迟也不管他们，直接跑到盛星跟前，跟一只要夸奖的狗狗似的，问："三哥厉害吗？和以前比，是不是一点不差？"

盛星踮脚，给他擦了擦汗，弯唇笑："对，还跟十七八岁似的。"

江予迟没说话，捉住她的手亲了一下。

随即，他和朋友告别，借体育馆的浴室洗了个澡，牵着盛星的手出去吃午饭。

盛星晃晃他的手，揶揄道："在学校里还敢牵我的手？"

"怎么不敢？要是能播，我还敢亲你。"江予迟手指微动，穿过她指间缝隙，和她十指相扣，"以前在学校在哪儿吃饭？"

江予迟选择这个场合，有他的私心。他对盛星的高中时期一无所知，更没有在那三年时光留下任何痕迹，他想和盛星保存这么一段记忆。

盛星歪着脑袋，回想："没去食堂吃过。经纪人担心我挑食，一般都是送营养餐来，但有时候我会溜出去偷吃。学校附近有家面馆，小小的一家，老板还是我影迷，每次我去都给我盛一大碗，我得吃好久才能吃完。"

江予迟微怔："都是自己去？"

盛星提起来没什么感觉："嗯，就和初中那时一样。我大部分时间在外面拍戏，有些同学都记不住名字，没什么亲近的朋友。"

只不过，以前她有哥哥姐姐，还有江予迟。

他们离开后，她只不适应了很短一段时间。

江予迟攥紧她的手，没应声。

午后，街道上没什么人，偶尔可见几个穿着校服的高中生。他们转过两个弯，找到那家面馆。

老板听见动静，抬头一瞧，反应了一会儿，起身喊"星星？怎么这时候过来了，哟，还穿着校服呢。"

盛星弯眼笑了一下，松开手跑到前台："赵爷爷，我和我爱人来这儿吃碗面，还有几个工作人员，不打扰您吧？"

老板："不打扰，还和以前吃一样的？爷爷给你做去。"

盛星和赵爷爷聊了两句，凑到江予迟身边嘀咕："你看，墙上有我的照片。"

江予迟侧头看去，右边墙上挂着几张照片。最中间的，是盛星和赵爷爷的合照。青涩的少女轻抿着唇，唇角小幅度翘起。眉眼不似如今，隐隐可见一丝孤寂，看起来不像是盛星，只是一个普通、有点孤独的小姑娘。

江予迟心头微动，五味杂陈。

盛星不知道他在想什么，跑去给那几个工作人员推荐面条，直到老板端出面条来才安静下来。

她对江予迟说："三哥，爷爷还和以前一样，给我那么大一碗。但这次我不用自己努力吃完啦。"

江予迟注视着她的笑颜，弯起唇："吃饱了就放着，三哥吃。"

吃完面条，正值午后最热的时候。一行人往教室走，盛星手里拿了根冰淇淋，吃了一大半再开开心心地塞给江予迟，一点不浪费。

进教室前，节目组还挺好奇，江予迟接下来会安排什么。

两人走到座位边坐下，江予迟摸摸她的脑袋，说："睡会儿，醒来带三哥逛逛一中，说说以前的事儿。"

盛星一愣："睡觉吗？"

江予迟挑眉："不困？"

昨晚，盛星因为"交作业"和江予迟磨蹭了大半夜才录好视频，比平时晚睡两小时，今天又因为工作早起，确实有点困。

趴在桌上睡觉这件事，对盛星来说一点不遥远。她上半年拍电影睡过好几回，别说，找对了姿势还挺舒服。

盛星盯着江予迟为她准备的小靠枕和眼罩，思考片刻，毫无负担地往桌上一趴，蹭了蹭，一只手去抓江予迟的手，抓住了才闭上眼睡觉。

江予迟坐在她身边，什么都不做，只是看着她。

教室里的几个工作人员下意识放轻声音："这真的结婚三年了吗？完全是初恋的感觉。"

一觉睡醒，夕阳西下。

盛星睡得一脸蒙，无辜地看着江予迟："你怎么不喊我？"

江予迟见她脸蛋都睡得红扑扑的，忍不住凑近亲了亲她的脸："带你回家睡，以后有机会再逛。"

逛校园计划以失败告终，他们开车回家。

晚上，盛星被喂饱，懒懒地躺在沙发，完全不想动弹。

江予迟在厨房里收拾家务。男负责人小声问她："盛老师，一会儿你们会去散步吗？"

盛星摆摆手："从来不去。"

男负责人又问："平时没工作，你在家做什么？"

盛星："睡觉，看电视，躺着，等老公下班喂我。不过我最近在反省自己，决定以后没工作就去接他下班。"

男负责人："我记得你不会开车。"

盛星："但他一下班，就能抱抱我，换成是你，你愿意吗？"

男负责人刚想应，就见厨房里的男人眼神凉凉地看过来，他默默把"愿意"两个字咽了下去，他不敢愿意。

盛星想了想，自己好歹是个女明星，这可是要播出的，这么想着，从躺着看电视变成了站着看，等江予迟过来，才黏黏糊糊地靠在他身上，继续心安理得躺着。

两人就这么黏糊了一晚上，也没打算在全国人民面前互动一下，节目组有心想搞点事，但看那两人靠在一起岁月静好的模样，终是没说出口。

睡觉时间，拍摄结束。

盛星换了睡衣躺在床上，神色安详，内心平静。不到周一，李疾匀的剧本没发过来，她不用急着交作业，这感觉实在太好了。

不一会儿，江予迟上床。

盛星和他才睡了两天，手脚已经习惯性地往他身上缠，扒着他的耳朵小声道：

"三哥，你穿校服还挺帅的。"

江予迟不动声色和她拉开距离，说："没有星星好看。我的星星那么好看，一定有很多人喜欢。"

盛星美滋滋地应："那当然啦。"

江予迟顺着她的话往下问："当时有多少人追你？"

嗯？

盛星眨眨眼，直觉不对，和男人漆黑的眸对视片刻，小声应："没有，他们都不敢和我说话呢。"

江予迟不说话，盯着她。

"好吧，就是不敢当面和我说。"盛星轻咳一声，硬着头皮道，"有很多人给我写信，但信都在经纪人那里。那时候我年纪小，她看过没问题才会给我看。"

江予迟垂眸，目光平静："那你呢？阿需说过，家里的小丫头上了高中，有了喜欢的人。他让你难过了？"

盛星抿唇，半晌，轻轻"嗯"了声。

他确实让她很难过。不论是去他学校偷偷看他，还是得知他毕业后可能要结婚的消息，以及那永远没人接听的电话。这一切，都让她难过。

江予迟俯身，将她拢在身下，唇轻碰了碰她柔软的唇角，又分开，低低地问："不想说？还是不想和我说。"

盛星否认："不是，只是……不知道怎么说。"

——更不知道，怎么和你说。

在长达七年的时间里，盛星对江予迟的这份喜欢，带给她的多数是酸涩。她该怎么开口，和他说，她曾那么难过，又那么欢喜。

盛星没有工作的时候，不是钻在家里看剧本就是跑去接江予迟下班。去得勤了，楼下保安会偷偷告诉小宋她来了。每当这时，小宋就会下楼把她带上去，顺便和她说江予迟在做什么。

周五晚上，盛星照旧和小宋一起上楼。

小宋说："最近忙，开完会可能要八九点了。先生说，太太饿了就先吃饭，不用等他。"

盛星知道小宋也忙，摆摆手让他忙活自己的事去。

他们在开会，22层没什么人。盛星慢悠悠地溜达到江予迟的办公室，门口秘书没拦她，她进去转悠一圈，便坐在他的椅子上，转身望着洛京繁华的夜。

这些天他总是很忙，两人说话的时间不多。回家做饭，吃完，再对个戏，这么一折腾就已近凌晨，大多时间盛星沾床就困了，等江予迟上床，往他怀里一滚便沉沉睡去。

思及此，盛星叹了口气。

这些天，江予迟情绪有点低沉，虽然他不说，她却能感受到。原因很明显，是因为那晚他们匆匆结束的谈话。

靠近会议室，走廊安静，再走得近了，隐隐有争执声。完全公开、透明的会议室，往里一看，场面尽收眼底。

盛星站在一个小角落，探出小半颗脑袋，悄悄寻找江予迟的身影。

几个中年男女吵得面红耳赤，坐在最上方的男人垂眸翻着文件，神色冷漠，全然没有平日里的漫不经心。底下似是吵到什么内容，男人抬头淡淡瞥了一眼，嗤笑一声，当即扔了份文件下去，说了句话，会议室里顿时一片安静。

盛星："……"

他这个样子，真是好吓人。

她毫无骨气，决定周末拍完节目，和江予迟老实交代。

江予迟压着火气，呵斥的话没来得及说出口，忽然对上一双圆溜溜的眼睛。

她蹲在地上，跟小猫咪似的趴在玻璃上偷看，见他看过去，"噌"地一下又缩了回去。

他一怔，起身扣上扣子，淡淡道："散会，周末好好休息，下周继续。"

话音落下，会议室里一静。他们都做好江予迟发火的准备了，这一下子怎么连会都用不着开了？疑惑才冒出一瞬，就见有人朝门口挤眉弄眼。

一群人看去，长长地"哦"了一声。难怪呢，原来是老婆来了。

门口，江予迟一把拎起想溜走的盛星，摸摸脑袋，自然地牵起她的手："无聊了？不开会了，我们吃饭去。"

盛星忙摇头："没有，就是来看看你。"

江予迟低眼看她片刻，问："吓着了？"

盛星想了想，小声道："没呢，就是很少见你这么生气。三哥，你最近是不是不高兴？"

"怎么这么问？"江予迟反手关上门，抱着人亲了一口，低声道，"只是这几天忙，下周多陪陪你。"

盛星撇撇嘴，明眸一眨不眨地盯着他："骗人！整张脸都写着不高兴，还不承认。江予迟，你是小朋友吗？一个人生闷气。小朋友受委屈了都知道去告状、掉眼泪、要抱抱呢，你要不要抱抱？"

江予迟停住动作，垂眸看她娇艳的容颜。

半晌，忽而低头埋在她颈侧，紧紧抱着她，略显沉闷的声音像小锤子一样，鼓震耳膜："我嫉妒他。嫉妒他能让你视线停留，嫉妒他能占据你的少女时代，嫉妒他能让你难过，因为你喜欢过他。"

盛星半是无奈半是心疼，学着他的样子，生疏地摸着他的发，轻声道："我知道，等这周录完节目，你想知道什么，我都和你说。我只是……不知道从哪里开始说起，那些年，我身边没有可以让我放心诉说的对象，在这方面，我很笨拙。但这两天，我会整理好，都告诉你。"

"我知道，都过去了，是我不好。"江予迟感受着她的体温，逐渐平静下来。他知道这些情绪不该牵扯到盛星，是他的小心眼作祟。

盛星侧头，亲亲他的鬓角，抿唇笑了一下："好啦，抱抱你又亲亲你了，现在我们回家吧。"

江予迟刚想应"好"，敲门声响起。

打开门，小宋欲言又止，盛星眨眨眼，道："我去一下卫生间。"

江予迟微蹙一下眉，踏出办公室，关上门，问道："什么事？"

小宋压低声音，快速道："联系上记者了。他正好在洛京，只待一晚，明天走，问是否需要见面。"

江予迟沉默片刻，道："联系他，今晚见面。"

见面时间定在晚上八点。江予迟没表现出着急，照旧回家做饭，两人亲亲热热地吃完晚饭，去外面溜达，买了酸奶和冰淇淋。

趁盛星心情好，江予迟道："星星，三哥要出去见个朋友，你自己在家呆会儿，我很快就回来。"

盛星点头，随口应："去吧，我在家看剧本。"

江予迟上楼换了衣服，俯身亲了亲她的唇角，急匆匆地出门。

盛星有点愣，怎么这么着急？但她也没多想，喝完一大罐酸奶，开始骚扰李疾匀。

Paidax：“这周交得早，你看完没？”

L：“看了。你老公怎么回事？”

Paidax：“？”

L：“他的状态和上周比差很多。”

盛星：“……”

她纳闷：“没记错的话，我才是主角，他不参演。”

L：“你的状态好了不少，超过我预期的一半。至于你老公，他可是我的制胜秘诀，我理应关心他。”

Paidax：“他吃闷醋呢，我哄好了。”

L：“？”

Paidax：“他以为我高中的时候喜欢别人。”

L：“懂了，周末见。”

盛星一愣：“周末见什么？”

李疾匀回复：“你不知道？你录的综艺节目，让你老公邀请朋友去家里做客，很不巧，我收到了他的邀请。”

Paidax：“又是节目组的任务，老是偷偷摸摸的，烦人。你居然会答应？”

L：“他帮过我的忙，应该的。到时候我带个朋友，不说了。”

盛星闷头想了好半天，才想起李疾匀说的是什么。江予迟出面给他找了裁缝，后来也不知道他使了什么法子，居然让那边接下了《钟》的单子。

不过，他说的朋友是谁？盛星总有一种不太好的预感。

某家茶馆，包间。

江予迟斟满茶，推到神情温和的中年人面前，道：“今天请您来，是想问关于十七年前，您去巢山采访的事。”

赵记者笑了一下：“我知道，你的助理问的就是这件事。不过我很好奇，你是想问巢山寺还是山脚的那个村子？”

江予迟抬眼，诚恳道：“都有。不瞒您说，我的妻子曾在村子里见过您。您替她和弟弟拍了一张合照。”

"是你的妻子？"赵记者露出点惊异的神情，"我记得那个小姑娘！模样水灵灵的，机灵又活泼，就是太瘦了。那个村子……"他叹了口气，"这件事说来很复杂，你想知道什么？"

江予迟沉默片刻："我粗粗调查了一下那个村子，发现像我妻子那样，被送到村子里养的孩子不是个例，在人口密度这么小的地方，这样的概率……"

赵记者脸色微凝："当年我注意过，也问过村民，都说是因为那儿山好水好，又是佛门清净之地，都是送到那儿去养身体的。没人肯多说，我问的次数多了，他们便不肯再见我。但有一件事我可以肯定，这和巢山寺恐怕有很深的关系。既然是你的妻子，你是否问过她父母？"

江予迟道："我妻子和家里不来往，我不该也不能从这个途径去获悉这件事的真相。这对她来说，无异于二次伤害。"

赵记者默不作声地喝了茶，半晌，道："我给你一个名字。"

周末一早，《贺新婚》节目开始拍摄。

男负责人神秘兮兮地给盛星递了个信封，盛星接过来，念道："您的丈夫为您准备了惊喜，但打开惊喜之前，需要你们共同努力，完成清单上的菜品。请努力完成任务，去打开惊喜吧！"

盛星把卡片丢给一旁的江予迟，双手环胸，问："你什么时候收到的？"

江予迟一怔，和男负责人对视一眼，应："周一早上，还没到公司，他们打电话通知我，让我邀请你的朋友，不让我告诉你。"

男负责人："……"

江老师到底有多怕老婆！这么快就交代了！

男负责人轻咳一声："盛老师既然知道了，那就为你的朋友们用心准备晚餐吧！完成任务能解锁奖励哦！"

盛星轻哼："你们邀请的朋友也太不靠谱了。"

男负责人："……"

他没敢说，这可不都是你的朋友吗！

盛星托腮，盯着江予迟，问："怎么把李疾匀也请来了，还有谁？"

江予迟懒懒地倚在沙发上，卷着她的长发玩，随口应："梁博生、陈漱，还有你群里几个朋友，不多。"

这简直是灾难。

盛星神色严肃，问男负责人："你们给通告费吗？知道我弟弟现在多贵吗？还有李疾匀和梁博生，人家那么忙。"

男负责人："他们都说不要。"

盛星："那给我吧？"

男负责人："……"

盛星蔫巴巴的，换衣服和江予迟一起出去逛超市，按着清单买完食材，再偷偷摸摸地回去。江予迟摸摸她脑袋，安慰她："年初就说要请你朋友吃饭，正好。"

盛星瞥了一眼摄像机，踮脚在他耳边小声道："我不想看见李疾匀，马上要进组了，要天天对着他的脸，还要挨骂，能晚见一天就晚见一天。"

"那我们不让他进来。"江予迟说。

盛星满脸狐疑："还能这样？"

江予迟亲亲她的额角，肯定道："当然，让他回去。"

"算了，这么多人看着呢。"盛星往周围瞧一圈，故作凶狠地对摄像机道，"这段剪了！"

摄像大哥忍笑点头。

整个下午，盛星和江予迟钻在厨房里，她除了打下手，就是张嘴吃东西，这男人时不时就伸手过来喂她一口，当着摄像机的面，令人无法拒绝。

再这么喂下去，她都要吃饱了。

从外面回来，盛星的心情就一直不错。直到家里门铃响起，她打开门见到李疾匀和……他身边的混血儿男子。

男人眉梢扬起，伸开双臂，热情地喊："星！"

盛星愣了一下，甚至没来得及躲。

眼看她就要被人抱住，边上忽然横过一只手，抱住她的腰往后一带，江予迟微凉的目光朝门口看去。

李疾匀神色不变，对着江予迟道："我朋友 Alex，摄影师，刚回国。追着星星拍照好多年了，她一直没答应，现在有机会，又来了。Alex，你和星星认识多少年了？"

Alex 毫不犹豫道："七年！星那时候还是个小女孩。当然，是我见过的最美丽的女孩，现在也是！"

盛星缓过神，忽而想起和李疾匀的对话。

她瞪他，这人就是故意的！明知道江予迟在为多年前的事吃醋，居然还给她带这么一个似是而非的对象来。

七年前，盛星十六岁。正好是盛霜和他说，她有喜欢的人那一年。

江予迟抬眸，目光微沉，侧头问盛星："你朋友？"

盛星："……"

原本算得上宽敞的客厅突然看起来拥挤热闹，几个女人凑在一起，梁博生和李疾匀在聊天，江予迟和 Alex 在厨房里，盛星垮着张小脸，一脸郁闷。

"姐，你不高兴？"陈漱坐在她边上，小心翼翼地问。

盛星把他往厨房的方向一推，幽幽道："你快去厨房偷听他们都说什么了。每句话都转述给我，一个字都不能差，快点！"

陈漱："……"

盛星心里纳闷，Alex 非得去厨房凑热闹干什么，客人就老实待着等吃饭，以前可不见他是个热心肠。

"我问你。"盛星一拍李疾匀的背，把他扯过来，质问道，"你和 Alex 说什么了？是不是故意把他带来的，他明明找到了新的宠儿，前两年就不追着我了！"

李疾匀依旧一副"面瘫脸"，瞥了一眼摄像机，言简意赅："帮你一把。"

盛星："……"

帮个屁，这明明就是害她！

半开放式厨房内，陈漱喊了声"姐夫"，自顾自找了活儿，安静地站在角落里，竖着耳朵，努力偷听那两个男人的谈话。

Alex 像是自来熟："江，听说你和星很小就认识了。她是否还和从前一样美丽可爱？她就像一朵玫瑰！"

江予迟语气淡淡："她永不凋谢。"

Alex 哈哈大笑："自然！你是她的丈夫，我却从没见过你？"

偷听的陈漱："……"

他一时间听不出来 Alex 是不是故意的，但江予迟的语气听起来，是要杀人的样子。

江予迟拿着刀，重重地切向砧板，反问："我和她结婚三年，从没听她提起过你。

你们真的认识很久了？"

Alex："是真的！关于星的底片，我都珍藏着。虽然她不肯让我拍，但我在片场拍了很多照片，这都是私藏。那时她十六七岁，美得像天使，你一定记得。"

江予迟："你很想拍她？"

Alex："江，不瞒你说，这是我近几年最遗憾的事。我一直想给星拍一套照片，杂志一定会卖疯的！你不知道有多少人爱她！"

江予迟："我可以帮你。"

Alex："咦？你是真心的？"

江予迟："当然，我们正好想拍一套照片。"

Alex："你们？"

江予迟："你没有兴趣？"

Alex："有！"

陈漱："……"

他深觉盛星真是多虑了，江予迟三言两语就把人搞定了不说，还逮着机会要在人前秀恩爱，这个 Alex 完全不够骗。

陈漱默默放下洗好的菜，回到盛星身边一顿嘀咕，一字不差地复述了两个人的对话内容。盛星越听神色越古怪，问："他还给我接了个活儿？"

陈漱轻咳一声："确实，我出来的时候他们已经在商量时间了。"

盛星："……"

这男人，醋性未免太大。

没一会儿，几个人热热闹闹地上了餐桌，起初几人拘束，几杯酒下肚，气氛渐渐热了，天南地北什么都聊，一晚上红酒开了好几瓶，饭菜所剩无几。

江予迟话却不多，除了喝酒，就只盯着盛星。

盛星忙得很，除了和朋友们聊天，时不时还得去哄他两句，牵牵手，摸摸脖子摸摸脸，偶尔张嘴吃他夹的菜。

一顿饭下来，结束时夜色已深。

盛星和江予迟下楼送他们离开，临走前 Alex 还念叨着拍照的事，说要就近约个时间，最后李疾匀受不了把人扯上了车。

人群渐渐散开，最后只剩他们两个。

"三哥，好累。"盛星黏黏糊糊去搂江予迟的脖子，蹭了蹭，小声撒娇，"好久没和这么多人吃饭了。"

盛星没什么力气，懒懒地往他怀里一扑。

江予迟微微俯身，自然地把人打横抱起，看了眼边上未关的机器，道："辛苦了。晚安，我们回家了。"

摄像机点了点脑袋。

热闹过后，家里略显冷清。

江予迟放下盛星，她缩在沙发里昏昏欲睡。立在边上瞧了片刻，他弯下腰，低声问："抱你回房睡？"

盛星惦记着和他坦白的事，迷糊道："不回。"

江予迟找了张毯子，把人盖严实，转身去收拾残局。等整理干净，时间已近凌晨。他松了松肩膀，另拿了一瓶烈酒，独自坐在小桌前饮酒。

他许多年没有喝醉了，今晚却难得生出想喝醉的念头来。

江予迟告诉自己，今晚过后，再也不去想那些令人嫉妒、生羡的时光。他们还有漫长、明亮的未来，过去的都已过去。

凌晨两点，盛星迷糊着睁开眼。

昏黄的光打在木质地板上，带出一片浅浅的影。圆桌旁，男人的身影映在干净的落地窗上，显出几分寂寥。

混沌和空白后，盛星渐渐清醒过来，看了眼时间，时针刚刚越过"2"。那男人喝得投入，酒瓶几乎空了，不知道喝了多少。她掀开被子，光着脚，悄无声息地朝他走去。

"三哥？"盛星迟疑着喊，拿过酒杯，将空了的酒瓶放到地上，轻托起他的脸，"怎么喝了那么多，醉了？"

微合着眼的男人动了动，抬眸朝她看来。半晌，他忽而抬手，伸手将她拽入怀中，唇贴在她的耳畔，低喊："星星。"

醉酒的男人理智残存不多，盛星自己找了个舒服的姿势，抱着他热乎乎的身体"嗯"了声。听到回应后，他像是得了什么奖励般，不断喊："星星，星星。"

"我在呢。"盛星拍拍他的背，静了片刻，问，"三哥，你醉了吗？"

江予迟应得很快："没有。"

盛星："……"

她沉默了几秒，试探着问："你记得自己结婚了吗？"

"盛星是我老婆。"江予迟似有不满，语气很冲，"我结婚了，结婚三年，和我的星星。"

盛星纠结了一会儿，这应该是没醉吧？她轻咳一声："你要是没醉，我和你说件事……"

江予迟轻吸了口气，她的味道铺天盖地地砸下来，令他目眩神迷，随口应了声，把人抱得更紧。

"我那个时候……"盛星有点不好意思，一句话说得磕磕巴巴，"离家出走那七天，其实一开始，我没想躲到船上去。我……离开家的第一个念头，是去找你，等到了机场，我被这个念头吓到了，不是去找哥哥或是姐姐，而是去找你。于是，我让司机掉头，随便找了个路口下车。我不能去很多地方，人多的地方，都不能去。你们都不在，我一个人无处可去。我不知道自己能去哪儿。"

之后，盛星去便利店买了一堆零食，一个人去了盛家以前的船厂。外公曾牵着小小的她，和她说，船是怎样做成的，怎样乘风破浪。

他说，星星要当个勇敢的姑娘。

盛星躲在船里，没掉一滴眼泪。饿了就吃，吃饱了继续发呆，累了就睡。日升月落都与她无关，她只想躲在这里，仿佛只要不出去，她的世界就不会崩塌。

"然后，你来了。"盛星侧头，脸颊贴上江予迟微烫的脸，"你从很远的地方过来，很生气，凶我、骂我，还吼我，你从来不会这样的。我……却不怕你。"

江予迟或许永远都无法理解她那时的感受。

那一瞬间，盛星觉得自己好像又活过来了，心脏开始跳动，眼泪"簌簌"落下，难过和委屈的情绪涌上来，她不再无处可去。

她躲到了他的怀里。

说着，盛星眼睛发酸，细声细气地说："我很久以前就喜欢你了。见不到你，听不到你，但就是喜欢你。"

男人收紧抱着她的手，轻声说："喜欢我让你难过了。"

盛星抿唇，垂着眼，小声道："有时候。我就是很爱乱想，又找不到你，不能亲口问你，我就一个人难过。"

江予迟沉默了几秒，忽而抱着她起身，动作很慢，却很稳，直到两人躺在床上，他才很轻地亲了一下她的眼睛，低声道："晚安，星星。"

许是他的怀抱温暖，被子柔软，盛星很快有了困意，意识彻底消失前，总觉得有点不对劲，不等再想，睡意席卷，她沉沉睡去。

早上六点，生物钟准时叫醒江予迟。

他微蹙了蹙眉，一向清醒、理智的大脑有一瞬的空白，几分钟后，记忆浮上心头，他昨晚喝醉了。

盛星呢？江予迟侧头，边上空着，她不在。

刚想下床去找人，门口传来动静，他一怔，盛星端着碗汤进门，见他醒了也不意外，只是往床上瞧了一眼。

"醒了？"盛星放下汤，戳戳他的脑门，"大晚上的，喝这么多干什么？"

江予迟捉住她的手，嗓音带着睡醒后的哑："你扶我上来的？"

江予迟多年没有宿醉的体验了，回想昨晚，记忆只停留在他独自坐在桌前，喝了一杯又一杯，然后盛星朝他走来。

后面发生什么了？他竟想不起来。

盛星露出点古怪的神色来，盯着他看了一会儿，忽然问："你不记得昨晚的事了？"

江予迟："记得自己喝酒了。"

盛星站直身子，双手环胸，问："然后呢？"

江予迟难得有这样的时刻，缓慢回忆着，斟酌着该怎么回答，但任凭他怎么想，都想不起来。

"我忘了，星星。"他如实说。

盛星："……"

她瞪他一眼："去刷牙，然后把汤喝了！不然头疼一整天。"

等江予迟收拾完自己，先逮着盛星亲了一口再去喝汤，喝完又等着她来打领带，这样的日子以前他都不敢想。这些天，盛星天天抓着他打各种领结的领带，有时候兴致好，还能翻来覆去打出些新花样来，和起初笨拙的模样大相径庭。

"昨晚……三哥欺负你了？"江予迟微昂着头，斟酌着问出这句话，盛星早上的神情的确有些不对劲，似乎他忘了很重要的事。

盛星熟练地打了个温莎结，瞥他一眼，慢悠悠道："昨晚我可都和你坦白了，至于你记不记得，那是你的问题，我可不会再说第二遍。"

江予迟一怔："你睡醒后？"他完全想不起来，之后发生了什么，甚至连片段都没有。

盛星"嗯"了声，轻松愉悦地转身给自己挑衣服，准备去工作室和经纪人谈拍照的事。

结婚那时候，江予迟时间有限，两人只象征性地拍了一套婚纱照，别的衣服都没机会穿。现在有机会穿了，她还挺来劲。

盛星心情不错，江予迟却截然相反。

上班时小宋也发现了江予迟的不对劲，当他第三次把文件往江予迟面前推的时候，不由得提醒道："先生，这些文件等着您签字处理。先生？"

江予迟回神，快速浏览文件，签了字，继续发呆。

小宋看了看，欲言又止，最后默默离开了江予迟的办公室。

下午开会，江予迟不发一语，神情冷峻，看着吓人，但小宋知道，他压根儿就没用心听，心神又不知道跑哪儿去了。

直到下班，盛星上楼。

小宋松了口气，趁着去江予迟办公室那段路的时间，压低声音快速说道："先生今天有点奇怪，心不在焉的。"

盛星轻哼一声："活该！"

小宋这下懂了，默默闭上了嘴。

盛星推门进办公室，男人坐在落地窗前，侧脸映着夕阳，眼下一道浅浅的阴影，神情全然没有往日的懒散，他似是陷入沉思，没听到动静。

盛星眨眨眼，难得有这样的机会捉弄他，忙放轻脚步，蹑手蹑脚地往他身后走，像小时候一样飞快扑到他背上，双手挡住他的眼睛，怪叫一声，在耳边轻哼："吓到没？"

"星星。"江予迟一点没有配合她的自觉，反而有些困扰，"我想了一天，想不起来。"

男人漆黑的眸安静地盯着她，模样竟有几分乖巧无措。盛星不由得生出几分怜爱，伸手摸摸他的脑袋，道："想不起来就算了。你年纪也大了，又喝了酒，想不起来很正常。"

江予迟："……"

盛星才不管江予迟有没有想起来，照旧看剧本、喂松球，顺带录节目，周末哼着歌和江予迟出门去拍照。

节目组勤勤恳恳地跟在后面。

"三哥。"盛星熟练地摸出几颗巧克力，含混不清地问，"怎么忽然想去拍照了？"

在盛星的记忆中，江予迟不爱拍照。有时候一群人出去玩，没人敢把镜头对着他，因而他年少时留下的照片寥寥。但盛星不一样，她几乎是被镜头包围着长大的。

即便如此，江予迟还是愿意每天来接她。

江予迟瞥她一眼，抬手靠近她的下巴，拂去唇角那一点儿糖渍，懒懒道："和你拍就喜欢。"

盛星翘起唇，嘀咕道："我这里还有你高中时候的照片。"

江予迟挑眉："偷拍我？"

"想得真美。"盛星说起以前，忍不住吃醋，"那时候，一开学我就听同学们说了。一中有几个大帅哥，其中一个笑起来特别勾人，还有一个暴躁得像小狗。你是哪个？"

江予迟轻笑了声，放在方向盘上的手指动了动，应道："阿需那时候像小狗？你们也太抬举他了。"

盛星："……"

她戳戳江予迟，小声道："节目会播出去的，小心哥哥找你打架！"

"他打不过我。"江予迟微侧着头，语气淡淡的，掩不住话里的轻狂，"等他回来，我们试试。"

盛星瞪他："几岁的人了，还打架。"

江予迟弯唇："那时候我天天不是去接你，就是在去接你的路上，哪有时间对别人笑？"

盛星哼哼："我可听哥哥说了，你——"

"再往下说亲你了。"江予迟懒洋洋地接了后半句，毫不顾忌车里还装着摄像头，作势要在路边停车。

盛星："我不说了。"

今天要去两个场地拍摄。一个是室内租借的摄影棚，另一个是昆羡戈壁。

租借的摄影棚在一个摄影园区内，整个园区全年无休，随时能租到地方，颇受业内喜爱。不少人都会在这儿拍摄。

车一开进园区，盛星就见着不少眼熟的人，但也仅仅是眼熟而已。她和近年大火的几个"小生"和"小花"交往不深，大多只限于点头打招呼的关系，反而和老一辈的演员们关系不错，毕竟她入行早，和前辈们合作多。

等盛星下车，不少人注意到他们。盛星开始接拍杂志了？一时间到处都开始传这个消息，盛星这边还没进棚，经纪人那儿电话已经要被打爆了。

梁博生恰好在附近的一个棚里，听到消息，拍完立刻去找盛星了。他瞧见Alex就知道是怎么回事了，和团队解释了句，就待在人家棚里玩。

盛星的镜头感仿佛是天生的，江予迟在一旁全靠脸和身材撑着，不然很快就会沦为盛星的"道具"。

Alex看着镜头里的两人，有点心烦，整个棚里都能听到他愤怒的喊声——

"江，你离星太近了！"

"别真的亲上去！"

"太用力了！衣服皱了！"

"江，你忍耐一下！你是小狗吗？"

棚里的工作人员都憋着笑，他们谁也想不到照片上这么清冷的一个男人，碰上盛星会这么黏人，让人既羡慕又嫉妒。

梁博生看着也有点酸，这恋爱的酸臭味！

一场拍摄结束，连原本对着镜头面不改色的盛星也忍不住脸红，不由得嘀咕道："你才是小狗，那些人都被你骗了。"

江予迟依旧云淡风轻，甚至还能悠悠地接一句："汪。"

盛星："……"

Alex实在无法忍受江予迟的黏人，怒喊道："江！过来，我们谈一谈！"

江予迟扯了扯唇角，低头往盛星脑门上亲了一口，才不紧不慢地朝Alex的方向走，看态度还挺嚣张。

"姐！"梁博生极其自然地喊了声，见江予迟一走，走到盛星边上问，"还真来拍照片了，一天都待在这里？"

盛星应："下午去沙漠。"

梁博生有一句没一句的，忽然想起件事，不由得道："姐，我师姐前两天给我打电话，问我能不能约陈漱见一面。我以为陈漱那小子会拒绝，没想到他居然答应了。他和你说什么事了吗？我都好奇死了。问他不说，问你那个小助理，她居然也不告诉我。她不是千里眼，顺风耳吗，怎么到我这儿就不好使了？"

盛星斜眼看他："你怎么这么八卦？"

梁博生轻咳一声："姐，你这两天是不是没看热搜？"

盛星还真没看，她这些天都快被李疾匀折磨死了，这人不但要改作业，还得揪着她耳朵让改。她白天写作业，晚上接老公、陪老公，好不容易闲了还得录节目，今天又被抓来拍照，一点私人时间都没有。

她曾控诉："你说玉瑶就是闲的！我得先闲起来！"

结果，李疾匀那个大魔王只轻飘飘地来了一句："信不信我让你试床戏？"

盛星顿时就蔫巴了，实在不是她不想，可一想到家里有那么多摄像头、收声设备，她哪还有心情。

梁博生继续道："前段时间我师姐团队炒她和另一个演员的配对热搜，事前没和她沟通过，她当时就在微博上翻脸了。这段时间把整个团队都换了，听说是周向淮帮的忙。"

"周向淮回家去了？"盛星诧异道，她有段时间没关注这些消息了，还停留在周向淮"为爱离家出走"的印象中。

梁博生："说他回去后一口气接了好几个项目，每天忙得不见人，也不像以前那么爱玩了。我师姐也是，像变了个人，一心扑在工作上。姐，都是谈恋爱，怎么差别那么大？你和江先生怎么就能那么好？"

还不识情愁滋味的少年人，不明白不过是谈个恋爱，怎么有的人闹得天翻地覆，有的一直如神仙眷侣。一时间他竟不明白，爱情究竟是毒药还是蜜糖。

盛星见他一副真心实意为此烦恼的模样，又想起自己那几年的苦恋和江予迟在酒醒后把她的话忘得一干二净，不由得拍了拍他的肩，安慰道："爱情嘛，也不见得那么美好，我——"

话没说完，身后传来男人熟悉的声音，带着漫不经心和几分凉意，他的语速很慢，一字一句道："哦？是吗，不那么美好？"

不知是不是因为她的一句话，接下来的拍摄江予迟再也没出过问题，老实安分地听 Alex 使唤，下午戈壁的拍摄更是顺利得不像话。

拍完几组，休息过后，很快就到了最后一个场景。

Alex 想象中的场景，是盛星坐在马上，江予迟牵着马。这个场景唯一一个难点就是 Alex 没能找到满意的马儿，为此江予迟让人送来了雪衣。漂亮的雪衣能征服任何人。

盛星上回见雪衣还是春天，它一直记得她，不等盛星喊，便迈着步子往她身边走。雪白的马儿微垂着首，黑亮的眼睛映着澄澈明亮的天，和天空下同样眼眸清莹的盛星。

"雪衣，看起来又壮啦。"盛星摸摸它的脑袋，毛皮油光水亮，四肢健壮，形体优美，简直是世界上最美丽的马儿。

盛星毫不吝惜她的夸赞，恨不得把最美的词都往它身上堆。雪衣蹭着她的手，鼻孔里吐出些热气，眸子里竟能看出些温柔来。

Alex 在一边自由地拍着，也不要机器，边上一堆人和工具都用不上。

《贺新婚》节目组的重点在盛星和江予迟身上。盛星和雪衣小声说着话的时候，江予迟便站在一侧，给她撑着伞，目光安静地落在她身上，眼睫蒙上一层日落的温柔。

节目组忠实地记录下每一幕。

等一人一马叙完旧，江予迟托着盛星上马，自觉地当起马夫来，牵着雪衣向着戈壁的边沿去，这里他很熟悉，直接沿着晨跑的路线走。

盛星坐在马背上，居高临下地看着江予迟。他还穿着拍摄时的黑衬衫，这样热的夏日，他整天都在出汗，Alex 早就有准备，一模一样的黑色衬衫准备了许多件，湿了就换。

盛星看了心疼，说换白色的，Alex 却说黑色适合他。

盛星细细打量着江予迟，男人肩宽腰窄，透过薄薄的料子，隐隐能看到那蕴含着力量的肌肉，黑色将他衬得很白。去年，他的皮肤还和西北的土地一个颜色，不到一年，他又变成了洛京的贵公子，只是可惜这贵公子"英年早婚"。

不可否认，江予迟是极具吸引力的男人。除去家世、相貌，他本身就已足够优秀，从小站到顶端，绝大多数人都需要仰望他，包括她。

盛星想，或许这个时机正好。她不会否认自己，不会担心自己不够好，不会怀疑江予迟的爱。他就在她身边，在她触手可及的地方。

此时此刻，盛星的内心忽而涌出一股强烈的欲望来。

"江予迟。"她喊。

江予迟转头看她，神情轻松，懒懒地"嗯"了声："在这儿呢。"

盛星凝视他片刻，忽而弯起眼，扯了扯缰绳，示意他停下来。她俯身凑近，唇轻轻地印在他唇间，一触即离，然后小声道："我很爱你。"

说完，她又重复了一遍："江予迟，盛星爱你。"

江予迟怔在原地，唇间还留着她的气味，她却已直起身子。

他仰头看她，炎炎烈日照在她身上的时候似乎变得温柔，女人柔和的眉眼融在若有若无的风里，她的唇角浅浅弯起，澄净的眼静静地注视着他。

这天地间，她只看着他。

仿佛又将"我爱你"说了一遍、两遍、三遍……无数遍。

不远处，Alex 盯着镜头，只见夕阳下，那站立静止的男人忽而动了，他一跃上马，自后拥住盛星，一扯缰绳，那匹美丽的马儿忽然疾驰起来。

两人身影交叠，越行越远。

Alex 一愣，开始大喊："星！江！跑错啦！"

但除了夏日燥热的晚风和风里细细的沙子，并没有人理他。雪白的马儿已消失不见，去了他们谁也找不到的地方。

入夜。

"三哥。"盛星忍着没推开身上的男人，他却在她出声后先停了下来，落在小腹上的手微动了动，睡衣被扯回原处，他翻身离开。

江予迟闭着眼，<u>重重地喘了口气</u>，哑着嗓子道："三哥现在就去把那些机器和破玩意儿都给拆了。"

盛星平复着呼吸，没应声。她脸红红地想，自从下午说了那句话，他就跟狐狸精转世似的，上哪儿都黏着她，看她一眼就要亲上来。在马上要亲她，车上要亲她，回家刚进门要亲她，吃着饭也要凑过来亲她，晚上她都没心思看剧本。

两人平躺在床上，隔了点距离，连指尖都不敢再触碰，生怕气氛一点即燃。

江予迟放松身体，试图找一个让自己平静下来的办法，随口道："星星，和我说说话，随便说什么。"

盛星轻呼一口气，换了个姿势趴着，脑袋朝右，看着江予迟。他仍闭着眼睛，喉结动着，颈间隐隐可见凸起的青筋。

她屈起指尖，忍着想摸的冲动，小声问："三哥，我能问你以前的事吗？"

"能。"江予迟能感受到她的视线落在他脸上，他狠心不去看她，只放低声音，"想问什么都可以。"

"在宁北的时候。"盛星斟酌着说辞，放轻语气，轻声说，"照顾你的那个护士，她问我，你是不是还做噩梦。我以前都不知道你会做噩梦。"

回来后，因为惦记着这件事，盛星总在半夜醒来。

大多数时间江予迟都是安静的，偶尔那么几日，他确实会做噩梦，额间出汗，呼吸急促，她拍拍背，又凑上去亲亲唇，慢慢地，他会平静下来。

后半夜，她便安静地守着他。

以往，江予迟总是很敏锐，她一动他就知道了。

这样的时刻，他褪去了平日里的保护壳，露出里面柔软、脆弱的一面。

江予迟微怔，心里的躁意散了点，睁开眼，侧身对着盛星，两人对视着。半晌，他低声应："不常做，和你一起睡之后，次数更少。"

"梦里是什么？"盛星抿抿唇，小心地问，"能说吗？"

江予迟凝视着盛星，忽而道："过来，让我抱会儿。"

盛星乖乖地往他怀里一滚，背对着他，找了个舒服的姿势窝着。男人的下巴抵在她的脑袋上，手揽着她的腰，原本炙热的体温下降。

江予迟并不习惯和人倾诉，旁人评价他的话，大部分是没错的，表面上漫不经心，也冷心冷情，能让他惦记的人和事实在是少。许多事，他并不在乎，也不会放在心上。

这么些年，能让他放在心上的人就只有这么两个。一个如今在他怀里，一个永远留在遥远的苦寒之地。

"以前，我年少轻狂，在洛京是这样，在外更是。独来独往惯了，难以融入集体，不少人找我麻烦。大哥他年长我两岁，脾气温和，劝架时看起来是不想多生事端，其实是偏着我。我那时候脾气冲，下手没个轻重，他们打不过我，仗着人多，真打起来他们讨不了好。从我进去，大哥就带着我。三哥这人，你知道，谁都瞧不上眼，但大哥他不一样。我没见过像他这样傻的人。我心甘情愿喊他一声大哥。"

盛星怔了许久。幼时她和江予迟走得最近，最知道他是一个怎样心高气傲的人。院里按年龄排，他排第三，盛霈第二，顶上还有个大哥。

江予迟只肯喊名字，要从他嘴里听到一声"哥"，那是不可能的事。

"他对你很上心。"盛星的手覆上放在自己腰间的手，"为什么？"

"大哥有个弟弟，意外去世了。他常说看到我就像看到他弟弟，所以三番几次，不厌其烦地照顾我。那次任务是他最后一个任务。"江予迟下意识收紧手，精神紧绷，"结束后，他就能回去看老婆，抱儿子。星星，三哥没把他带回来。"

他的大哥没能见到来年的春天。而他被时间裹挟，春夏秋冬，没有因对方生命的逝去而发生任何改变。

三年间，江予迟想过无数次。如果当时他再仔细一点，再有耐心一点，或许会制订出更好的计划，或许就不会失去他们。当时他是队长，责任都在他。

盛星紧抿着唇，小声道："你回来的时候，还受着伤。我什么都不知道，不知道你受伤，也不知道你难过。"

"星星。"江予迟忽而低头，很轻地碰了碰她的耳垂，低声道，"当时的你，什么都不用做。只要看着你，我就不疼。"

"三哥，为什么放不下？"盛星问。

江予迟说不清为什么，他只是觉得这口气咽不下去，这件事无法结束。而如今事态便如他所想般发展着，蜂鸟的那口气也咽不下去。

他们两人，或许不死不休。

见男人迟迟没有应声，盛星不由得转身看他。他低垂着眸，漆黑的瞳孔沉静幽深，没有过多的情绪，也没有往日的柔和。看到她的眼睛，目光里才有了温度。

盛星伸出食指，轻点着他的眉心，低声道："佛家说，放下屠刀，立地成佛。我偏不信这些，我们是人，是人就有爱恨嗔痴，放不下便不放下，该有人永远记住大哥。以前，你一个人记得，以后我也记得，那就是两个人。三哥，我可以替你分担。如果有刀，就让它劈向我们两个人。"

夏日白昼绵长，暑气无孔不入。

《贺新婚》节目组到的时候，盛星正抱着半个西瓜在吃，短袖短裤，小脸雪白，眼珠乌亮，神色轻松，见到他们自然地挥挥手，继续吃西瓜。

他们叹气，真是羡慕盛老师。

江予迟提前准备了果盘和冰饮，刚端上去，眨眼被分了个干净。

节目组的人个个都满头大汗，八月正是最热的时候，还有两个小伙儿热得受不了，跑去空调底下待着。

盛星瞧他们一眼，问："今天拍室内？"

男负责人一杯冰凉的酸梅汁下肚，舒了口气，点头："外头太热了。今天的任务很简单，你们一起配合完成，顺利的话，不用到晚上就能结束。"

盛星问："什么任务？"

男负责人："保密。"

盛星懒洋洋地翻了个白眼，继续啃她的西瓜，江予迟见他们热得狠了，又去做冷饮了，这回没加冰，免得吃太多坏肚子。

一转眼，节目拍摄周期已经过半。盛星掰着手指算了算，估摸着还有几期内容就结束了，正好赶着进组，严格算起来她还挺忙。

"听说最后两期我们要出去？"盛星鼓着腮帮子，边吃边问。

男负责人："暂定是和两组见个面，三组凑一起拍两期。内容简单，到的当夜你们自食其力做顿晚饭，第二天逛逛景区，相处磨合一下，晚上吃个饭玩几个默契游戏，说点真心话什么的，再来一天拍个结尾，就算结束。"

"大概就三四天。"

盛星幽幽道："听起来好无聊。还有别的方案吗？"

男负责人问："盛老师，你和另外两组的人认识吗？"他说了几个名字。

盛星放下勺子，认真仔细地在自己记忆里搜寻，片刻后，一脸平静地说："我都不认识，有两个听过名字。"

一时间负责人也不知道是该叹气还是该摇头。饶是他们都知道盛星除了演戏什么都不管，也没想到她是一点都不关注。两个负责人一合计，干脆不让他们聚在一起了，盛星和剩下两组"咖位"相差太大，到时候播出后指不定又得打架。

盛星趁他们在商量事，默默打开微博，想去搜一下那两个名字，还没输入，瞧见挂在热搜上的陈潵。简简单单的两张接机图，却让盛星愣了好一会儿。

陈潵回西港了。

评论说是陈潵的私人行程，都在劝删，很快，他便从热搜上掉了下去，照片也渐渐少了。

"发什么呆？"江予迟总算从厨房里解脱，能出来看一眼他老婆。

她也不知道在出什么神，他俯身亲了亲她的额头，自然地坐下。

盛星看了一眼负责人和摄像机，摇摇头，说："在听他们说最后两期怎么拍。"

江予迟侧头，靠过去蹭了蹭她软乎乎的脸，懒懒道："累了，要吃一口星星喂的西瓜。不喂不吃。"

盛星："……"

两个负责人一怔，自觉去边上讨论去了，也不知是不是因为喝了酸梅汁，他们现在简直要被酸掉了牙。

盛星低着头，认认真真挖了一大勺西瓜果肉，往他唇边一递，说："有时候在剧组馋了，我特别想吃甜的。那时候经纪人管得严，每周只许让我吃几块巧克力，等数量够了，就只肯让我吃水果。我就抱半个西瓜，把冰糖打碎，偷偷藏在西瓜里吃，你都不知道有多甜。三哥，你想不想试试？"

江予迟轻"嘶"一声，牙已经开始疼了。他一敲她脑门："净干坏事。"

盛星哼哼唧唧的，挖了勺喂他。

两人亲热片刻，正式开始拍这一期的《贺新婚》。

女负责人递过任务卡："这一期的关键词是'信件'。"

盛星捏着卡片，认真地念："新婚夫妇们，信件是一种古老而传统的交流方式，记载消息、寄托情思，你们是否认真给对方写过信？是否有平时说不出口的话？抑或是多年前的遗憾？本期任务是给您的丈夫或太太写一封信，完成后互相交换，阅读对方的信件。"

写信，还是给江予迟写信，盛星还真没做过这样的事。

江予迟虽然没给她写过信，但他给她录音，也算是一种"音频信件"。想到这里，盛星凑过去亲了亲他的唇，嘻嘻笑："你对我真好。"

江予迟一怔，这又是想到哪儿去了。

女负责人叹了口气。这段日子下来，他们已经快被齁死了。谁能想到，镜头里总是冷冷淡淡的盛星，私底下会是这副模样，特别是在江予迟面前，活泼又爱撒娇。而江予迟，虽然看着疏离，但在盛星面前就像黏人的大狼狗。这两人每一天都像是在热恋，素材多得剪不完，节目哪儿需要别的热度。这么一想，两个负责人彻底把三组会面的计划取消，干脆把这两人打包到犄角旮旯约会去，吃吃苦。

发完任务，节目组的人蹲在角落上默不作声，由着那两个人发挥，他们商量着把这两人丢去哪儿，得来点难度大的地方。

盛星盯着卡片瞧了一阵，忽而心生一计，于是把卡片一丢，用脚尖踢了踢江予迟，耍赖道："三哥，我们俩互相写信多没意思，节目组就想扒我们的隐私，哼哼。我们换一下，怎么样？"

江予迟挑眉："换？你用我的视角，我用你的？"这倒也挺新奇。

盛星顿时来劲了，觉得自己真是聪明，这么无聊的任务还能想出花样来，兴奋地说："我们来比赛！"

江予迟欣然同意，懒散地倚在沙发上，一副"条件随你开"的模样："行，有比赛就有输赢，彩头是什么？"

彩头？

盛星眨眨眼，又眨眨眼，忽然冲镜头说"这个不能播"，说完往江予迟身上一扑，扒着他的耳朵嘀嘀咕咕了好一会儿。

江予迟起先还认真听着，后来耳朵越听越痒。最后只目光深沉地看着她，问："真的？"

盛星轻咳一声："当然是真的！"

江予迟问："怎么比？"

盛星早就想好了，对节目组的工作人员说："让他们给我投票，谁票数多谁就赢了，很公平的。"

江予迟轻笑，这工作人员大半是她的影迷，哪儿来的公平。他直接道："我信不过他们。"

工作人员："……"

他们怎么就不值得信任了？

女负责人想了想："江老师，我们虽然是盛老师的影迷，但现在是工作场合，我们会尽量做到公平公正。节目播出的时候，我们会开一个投票通道，事先不说信是由谁的角度写的，让观众投票。"

这么一听，倒是也行。

和节目组商量完，两人开始分地方。盛星想要书房，江予迟也想要书房。往常都是江予迟让着盛星，现在他偏不想让，两人站在书房门口，你一言我一语地吵架，寸步不让。

节目组工作人员在一边欲言又止，你们俩都进去不就完了吗？

盛星绷着脸："我的书房！"

江予迟懒懒地倚在门上，丝毫不让："有我一半。"

"现在被我征用了。"盛星摁着门把手，仿佛守住这个地方他就进不去了，"你自己去找个地方！"

江予迟双手环胸，垂眼瞄她，道："我们比比。"

盛星一怔，深觉有诈，拧眉思索片刻，觉得不管比什么都比不过江予迟，她只会演戏，除了这个什么都不会，而他呢，她就没见过有什么是他不会的。

不过一想到演戏，盛星瞬间有了办法。她双手一伸，抱住江予迟的腰，脑袋往前一蹭，下巴抵在他胸上，仰头瞧他，一副无辜又可怜的模样，柔声喊："老公。"

江予迟眉心微跳。这还怎么抢？

江予迟退让一步："一人一半，我不看你，你不看我。"

盛星撇撇嘴，瞪他一眼："小气鬼！"

"就小气。"江予迟拎着人进书房，有模有样地找了根绳子，把书房分成两半，"桌子分给你，这边给我，不许过来。"

盛星翻白眼："我才不过去。"

两人分好笔和纸，分好地盘，开始写信。

盛星很久没这么正儿八经地坐在书桌前写字了，平时看剧本都是窝在沙发上，或者小角落里，这么一坐还真有点学生时代的感觉，都能赶上拍电影那会儿了。她咬着笔头，冥思苦想，用哪个年纪的视角呢？仔细想来，盛星所熟悉的，只有十七岁以前的江予迟和二十七岁的江予迟。

中间十年，空白又陌生。

想到这儿，她偷偷瞥了眼江予迟，抬眼，对上一双漆黑的眸，他正看着她，神色平静，目光柔和。

盛星像是做坏事被逮住，心虚地收回了目光。

渐渐地，书房里安静下来。盛星趴在桌上，"唰唰"写字，写到好玩的地方，忍不住笑出声，惹得江予迟轻飘飘地瞥她一眼。

不知过了多久，江予迟先放下笔，把信和笔往小桌上一放，起身往分界线走。

盛星眼睛尖，忙喊："不许过来！"

江予迟脚步不停，不紧不慢的，走到线前停顿片刻，脚步一转，往书架边走。

盛星一边写，一边用余光注视着他。

这是盛星的书房，书架上自然放的都是盛星的书。江予迟粗粗扫了一眼，弯唇笑了笑，她打小就不爱学习，倒是挺爱看书，什么都看，越看越杂，因为要演戏，还被迫看起了严肃文学。他都能想象出以前小姑娘皱着眉头的模样。

最底下一格，放着盛星高中时的书本和笔记本，整整齐齐一排。江予迟蹲下身，问："星星，这里的书三哥能看吗？"

盛星探头，瞄了眼，点点头："看吧，那时在学校的时间少，没什么时间写笔记，都是后来补的。我当时的同桌特别乖，安安静静，话不多，成绩却很好，不是年级第一就是年级第二。她人可好啦，笔记都是她借给我抄的。"

江予迟随手抽了几本教材，大部分看起来都很新，书上最多的就是人物涂鸦，搞怪又可爱，只有语文书上画满了重点。他翻了几本，放回去抽了本笔记本，翻着翻着，他的动作停住。这本是错题本，最后一页，密密麻麻地写满了名字。

有的整齐，有的凌乱，唯一不变的，是同一个名字——江予迟。

盛星的字迹很好认，干净漂亮，圆滚滚的，写字的力道总是很重，每一处弯折都带了点弧度，棱角只有一点点。她写他的名字时，一笔一画，力道却很轻，写得小心翼翼。

江予迟垂眼，视线静静地落在这一页写满了他名字的纸上。眼前的墨迹陈旧，纸的边缘微微泛黄，绝无可能是最近写的内容。

"我写完啦！"

盛星丢下信纸，飞快把笔一丢，解放似的往江予迟身边跑，再熟练地往他身上一扑，揪揪他的耳朵，嘀咕道："三哥？你看什么呢？"

盛星纳闷，平时她一扑过来他就会背她了，今天怎么半天没个动静，这么说着，伸出脑袋往他手里看。

江予迟迅速合上笔记本，自然地塞回去，微微弯腰把人背上，道："看你以前的错题，一时间看入了迷。"

盛星晃了晃小腿，支使他："我累了，想吃点好吃的。"

江予迟背着人去厨房，做甜品的时候也任由她在身上待着，问："吃完我们去看信？一起看还是分开看？"

"一起看。"盛星牢牢地扒着江予迟，脸贴着他的脖子蹭了蹭，又忍不住凑他耳边悄声道，"三哥，和你在一起，我每天都很开心。"

江予迟微怔，想起那一页写满他名字的纸，低声应："三哥也是。"

盛星眉眼弯弯的，一会儿哼哼歌，一会儿和他说说话，两人黏糊着做完甜品、吃完，可算记得还有看信这回事了。

节目组的人幽幽地叹气，凶不得就算了，还让人这么嫉妒。这近一个月下来，他们的感受可太多了，一开始都羡慕江予迟，能和盛星结婚，现在都羡慕盛星。

这世上怎么会有这样的男人呢？无一处不好，无一处不合人意。

盛星可不管他们在想什么，和江予迟一起挤在沙发里，开始看信。明明那么大的地方，这两人非得你挨着我我挨着你，大夏天的也不嫌热。

江予迟拿到盛星的信，才看了个开头就笑了。他捏着薄薄的纸，眉眼疏朗，唇边勾起点笑，故意咬着字念："我有个小妹妹，生得像是天下掉下来的，眉毛像远山，眼睛像春水，鼻子像奇峰，嘴唇像花瓣。我一见她，就心生欢喜。"

盛星慢慢抬手，用纸挡住自己的脸，泛红的耳朵露在外面。

男人的嗓音又低又沉，他又故意在她耳边念，气息像把小刷子，弄得她痒痒的，让她忍不住脸红。她后知后觉地觉出点羞耻来，怎么净夸自己了呢？但转念一想，她这么个大美女，夸夸怎么了？

江予迟垂眸看着盛星的信，心软软的，忍不住摁着她的脑门亲了一口，夸道："星星写得真好。"

盛星哼哼唧唧："本来就是。"

江予迟念了一段，停下来听盛星念。盛星扭捏地扒着信纸看了一会儿，纸上的字迹凌厉漂亮，和他的人一样，学他的口吻竟然还学得挺像。

"三哥，我又闯祸啦。"盛星念到这一句，忍不住去拧了他一把，"周五要麻烦你来学校给我当家长。你要是问为什么会被叫家长，我是不会告诉你的，来就是了。"

她不敢相信："我以前真会这样？"

江予迟捏着她的耳朵，轻嗤一声："比这还过分。在阿需和月亮面前倒是乖，总在我这儿张牙舞爪，还觉得自己藏得挺好。"

"你胡说。"盛星浅蹙着眉，仔细回忆，"我明明很乖的。"

江予迟屈指敲了敲她的脑门："用不着你乖。"

就这一句话，盛星又被哄高兴了，开开心心地往下念。两人你一段我一段，还挺起劲，就是内容上实在没什么差别。

盛星写的：夸自己。

江予迟写的：拐弯抹角地夸老婆。

盛星和江予迟念完，视线齐齐地看向节目组的人，意思很明显：开始投票吧。

到了投票环节，盛星还挺紧张，也不躺在江予迟怀里了，"噌"地坐起来，盯着几个工作人员，恨不得把"投给我"三个字写在脑袋上。

江予迟轻"啧"一声，长臂一展，拉住她的胳膊把人捞回来，懒懒道："别企图刷脸卖乖，他们不吃你这套。"

节目组的人："……"

不，他们还是吃的。试问盛星这么一个美人，眸子柔柔的，像盛着春水，盈盈地看过来，细碎的光里藏着点点期待，就这么专注地看着你——

谁能不动心呢？

当然，想归想。节目组的人还是尽职尽责地开始投票，并进行了激烈的讨论，讨论的内容还挺复杂。

"我选盛老师，写得多么动情，真挚，都是我的心里话。"

"我选江老师，江老师完全站在视角转换的立场上，绝对做到了公正，毫无虚言。"

"那明明都是事实！"

"江老师的虽然仿得像，但我合理怀疑有虚假成分。星星那么乖，就算被叫家长，也不是她的错。"

盛星："……"

江予迟轻笑一声，抱着她亲了口，道："确实不是你的错。星星哪会干坏事，都是阿霈没当好榜样。"

一番争论过后，男负责人带着投票结果，面色凝重地坐到江予迟和盛星面前，沉痛地通知他们："结果是平票。两边谁也说不动谁，投了三次都是平票。"

盛星纳闷地点了点人数，还真是双数，那怎么办呢？

江予迟瞧着她闷闷不乐的模样，不紧不慢地问："我和她有投票权利吗？"

男负责人一愣："当然有，可是……"可是有什么意义，投了依旧是平票，但这话他没敢说。

盛星眨眨眼，抢先道："我投我自己！"说完，眼巴巴地看向江予迟，早在他问出这句话的时候，盛星就知道他在想什么，他就是想让她赢。

江予迟哼笑一声，捏捏她的脸："我投这个坏家伙。"

盛星欢呼，举起双臂晃了几下，转身又笑嘻嘻地扑入男人怀里，柔声道："我赢啦，三哥。"

"嗯，你赢了。"江予迟弯唇笑，"彩头归你。"

盛星一愣，脸上的笑容渐渐消失，到最后完全笑不出来。她总觉得自己上当受骗了，想起之前两人的约定，最后都是一个结局。

她赢得毫无意义！

一小时后，落星山。

盛星坐在浴缸里，后知后觉地生出自己上当受骗的感觉来。

洗完澡，她彻底冷静下来，下楼前还给自己打了个气。江予迟在厨房做饭，试图先把她喂饱。

一顿饭盛星吃得心不在焉，江予迟也好不到哪儿去，两人一起装模作样，吃完饭甚至还去散了个步。直到盛星憋不住，偷瞄江予迟，他忽然道："陪三哥看部电影吧，去影音室。"

若不是江予迟提起，盛星差点忘了他书房里的那间影音室。她被牵着，那力道轻轻的，很温柔。

他仿佛要将她带去某个秘密基地。

江予迟弯腰，在沙发底下某处按了一下，立式书柜缓慢打开，她又一次看到了这个黑漆漆的房间。只不过——这一次，江予迟带着她进门，打开灯，影音室的全貌展现在她眼前。

窄而小的房间，铺着地毯，墙上嵌着小灯。正对着他们的那面墙边上放着两个柜子，一个柜子里放着碟片，另一个放着酒。左边是一张沙发，一张圆桌，右边是幕布。

除此之外，里面什么都没有。

盛星慢吞吞地往里走，她身边的脚步停下，江予迟站在门口，注视着她，轻声道："十五岁的时候，阿霈和我打赌，把这些输给了我。你入行以后，每部作品的原声碟片只给你三套，除了你自己留的那套，另外两套都有签名。阿霈把你这一辈子的碟片都输给了我，他的那套一直在我这里。你不在的时候，我喜欢一个人躺在这里。安静狭窄的房间，只有我和你，这是我最放松的时刻。"

江予迟曾独自一人在这里和盛星度过无数个日夜。对他来说，在某种意义上，盛星和他从未分离，他一直将她带在身边，放在心里，妥善安置。

盛星怔怔的，仰头扫过每一张碟。从她的第一部电影开始，到三年前为止，每一张送给盛霈的碟都送到了他手里，上面有她写的话和签名。

大多数相似：给哥哥。

江予迟抬步，朝她走去，在她身后站定，说："《盛京赋》一直在你手里，这一次，三哥不想问盛需要，想要你亲手给我。"

盛星转身，和眼眸低垂的男人对视。他离她很近，几乎要将她抵在书柜上，两人的脚尖只差那么一点就能完全撞上，温热的呼吸像是洋流，缓慢而坚定地朝她而来。

盛星咬了咬唇，他的唇就停在上方，迟迟没有落下来。

气息越来越急、越来越烫。

"盛星爱谁？"

"江……江予迟。"

"我也爱你。"

盛星醒来的时候，身上裹着薄薄的毯子，她缩在狭窄的沙发上，头枕在男人的腿上，他的体温驱散冷气。

昏暗的影音室里，电影无声地播放着。

墙面光影变幻，她的双眼被一只手掌挡住，只从指缝间露出点光亮。她一动，江予迟便察觉了，低声问："醒了？"

"喝口水，温的。"他半抱着人坐起来，喂了点温水，嗓音里含着哑意，"哪儿不舒服？"

盛星摇摇头，继续缩在他怀里，转了个身看向幕布。他在看她十七岁那年上映的电影。电影里的她青涩、美好，和少年人奔跑在一眼望不到头的麦田。风吹过她的头发，镜头聚焦在她大胆又羞怯的眸上。

电影里的人在看她，电影外的人也在看她。

"我经常这么看你。"江予迟凝视着银幕上的女孩，像是陷入某种回忆，"故事看了很多遍，总是不记得，你的样子却始终清晰。"

"星星，长大是不是很辛苦？"江予迟垂眼，安静看着她的侧颜。

他想起笔记本上被她写了无数次的名字，想起他求婚时她出乎意料地配合，想起她深冬去学校里找他，想起她笨拙织成的围巾，想起无数个日夜，她弯着眼，喊他"三哥"。

从始至终，他们之间没有别人，只有彼此。

听他提起这个话题，盛星有点意外，脑袋一动，仰头看他。浅淡的光影打在他的脸上，他的双眼和轮廓依旧清晰。

"刚开始有一点。"盛星声音很轻，没什么力气，"但我从很小的时候就知道，不能抱有太多期望。演戏的时候很辛苦，在学校偶尔也会觉得孤独，回家再溜去花园，也没人再来找我，后来我就不去了。"

那段时间，盛星不再需要花园里的另一个人，不再需要她的萤火虫，难过的情绪没有持续太久。她从小时候起就知道，没有人会永远留在她身边。只不过，后来她生了贪念。

半晌，盛星摸摸肚子，撇撇嘴，道："饿了。"

江予迟沉默了几秒，问："出去吃还是回家做？"

盛星眨眨眼，嘀咕道："鲨鱼一直没回来，店还开着吗？想去吃烧烤，喝啤酒，要喝冰的。"

"开着。"江予迟掉转车头往夜市开，忽然道，"星星，过两天三哥带你去个地方，就一天，不过夜。"

盛星看他一眼，也不问是什么地方，只点了点头。她懒懒地靠在座椅上，偶尔扒拉下手机。

微博上依旧很热闹。盛星许久没"营业"，想了想，找了几张在牧场拍的照片，正中间的是她戴着草圈戒指的照片。

配文：晚上翻之前的照片，翻到几张漂亮的，想给你们看。中间那张是我出去玩忘记戴戒指啦，他给我做的。

微博一发送，评论区很快就沸腾了。

盛星翻了几条看。

"没想到，江总还挺心灵手巧。"

"你怎么这么容易满足！"

"星星，综艺是不是快播啦？"

前段时间，盛星和江予迟上《贺新婚》的消息一传出去，就不断有邀请递过来，经纪人忙得焦头烂额，统一回复说短时间内都不会再接综艺。

盛星挑了几条回复，悠然地看起热搜。刷着刷着，居然刷到温边音和她的一些恩怨情仇。有人说是温边音的前团队怀恨在心，毕竟她们手里可有不少温边音的秘密，包括和盛星几次上热搜的始末。

盛星想了想，打开微信找周向准。刚问了个开头，对方就像倒苦水似的说了一大堆。

"她坚持要和我分手，原因是我单方面把这件事揽过去，瞒着她，不让她知道。虽然这确实是我们两个人的事，但我是个男人，怎么能把家庭的压力压在她身上。她说我们之间缺少信任。我想了想，我确实不够成熟，遇到这样的事只能以离家出走的方式反抗。星星，还得和你道个谢，最大的项目是三哥带着我做的。在这个节点上，他愿意帮我，我很感激他。"

盛星一愣，周向淮怎么还喊上"三哥"了，通常只有他们圈子里玩得好的那群人这么喊。她不由得问："三哥，你最近在和周向淮合作？"

江予迟随口道："他还挺聪明。前阵子在一个聚会里见着，他失魂落魄的，看见我就跟见着你似的，拿着酒瓶就往我身边坐，一口一个'三哥'。"

盛星："……"

还挺自来熟。

江予迟向来对那些八卦不感兴趣，想来也不知道周向淮和温边音的纠葛，她三言两语把事儿说了，问："三哥，如果是你，你会怎么做？告诉她还是不说？"

江予迟轻握着方向盘，深思许久，如实道："不考虑具体情况，我可能有不同的选择。但如果我处在他的位置，大概率会做出同样的选择。那些本不该是你要承担的。"

盛星撇撇嘴，小声叨叨："以后你要是敢瞒着我，偷偷做这样的事，我一定不理你，还会生很久的气。"

江予迟牵了下唇，笑道："那我会哄你很久。"

盛星轻哼："你哄不好。"

江予迟伸手，牵住她柔软纤瘦的手，摩挲片刻，低声道："那我就一直哄，一直哄，直到你愿意理我。"

这周因为江予迟和盛星的私人行程，《贺新婚》的拍摄暂停。

周五，下午三点半，盛星背着小包去接江予迟。

"这么热的天，我还每天来接他，这感天动地的爱情！"盛星在电话里和盛掬月嘀嘀咕咕，"姐，真有哥哥消息啦？"

盛掬月："嗯，朋友说前段时间有人在近海看见他了。他托人带了句话，说今年回来过年，让我们别担心。"

盛家一对姐妹，姐姐单纯、温柔，妹妹心眼却多得很。盛星一听就有猫腻，也不管盛霈的消息，只长长地"哦"了一声，见缝插针地问："哪个朋友啊？"

盛掬月沉默半晌，小声喊："星星。"

盛掬月打小性子就冷，不爱说话，能让她这样闷闷不乐地撒娇，那可是不常见的事。盛星见好就收，笑眯眯道："知道啦，我去问三哥。三哥前段时间才说要去把哥哥抓回来，我拦了两次，也不知道他去没去。"

挂了电话，盛星的心情显而易见地好，哼着歌进了江氏大楼。她这两个月天天来，来得多了，江氏的员工渐渐习惯，她现在就和普通员工一样，也不用戴口罩，自如地穿过大堂，走向江予迟专用的电梯。

不等她按，电梯在一楼停下。电梯门打开，江予迟径直从里面出来，极其自然地牵过她的手，又低头亲了亲她的额角，道："晚上去大嫂那儿吃饭。她听说你要去，特别高兴。"

盛星撇撇嘴："门卫又给你通风报信！去大嫂那儿要多久？我买的礼物都带上了吗？特别是给小朋友的玩具。"

江予迟："两小时，都带了。"

等上了车，盛星习惯性地去摸巧克力，顺便和他嘀咕："洛京地铁真方便。我出门到这儿，都用不着十五分钟，可比开车快多了。"

盛星不会开车，天天坐地铁来接江予迟。江予迟从不说天气太热、地铁太挤，她想做就由着她做，他也从不吝啬表达自己对此的欢喜。他们两人在感情上，态度很相似。

"等你进组，就没人来接三哥下班了。"江予迟故作失落地叹口气，视线在她淡粉色的唇侧微停，问，"这次进组不用控制体重？"

这两个月，他做什么盛星就吃什么。有时候早上还起来跟他一起跑步，夏天又热，她的体重竟也没什么变化，但以往她总需要控制得比平日里更瘦一点。

盛星骨架小，胖几斤也不显眼。

盛星舔了舔唇角，应道："不用，控制在一个范围内就好啦。要穿旗袍，太瘦撑不起来，现在这个体重就正好，上镜会显得稍稍丰腴一点。"

江予迟沉默了几秒，忽而道："让三哥尝尝味道。"

盛星没多想，自然地把手里的巧克力递到他唇边，男人却不动，黑漆漆的眼眸牢牢地盯着她，带着某种熟悉的情绪。

盛星："又亲。

江予迟催她："快点。"

盛星把嘴里的巧克力咽下去，微微倾身。他低头，熟练地咬上她的唇，说是尝尝味道，还真是尝。比起以往的直白，他温柔不少，不紧不慢地巡视着自己的领地，这儿尝尝，那儿也要尝尝，直到她嘴里的甜味散了个干净。

"又咬我。"盛星拿出小镜子，看了看自己的唇，抱怨道，"一会儿还要见人呢！"

江予迟感受着唇齿间的甜味，心满意足地启动车子。

他们的目的地是距离洛京两百公里的小县城，盛星上网搜了一下，随口问："三哥，我们住哪儿？"

江予迟懒懒应："县城里的酒店，大嫂那儿没多余的房间。"

等盛星再醒来，车已停下。

她磨蹭了会儿，眯着眼起身，往左右看去。车停在一幢二层小楼前，墙面斑驳，爬满藤蔓，看起来有些年头了。

铁门大开，隐隐可见里面的身影。

盛星打开车门，男人的轮廓在黄昏中渐渐清晰，和暑气一起来到她身边。

"醒了？"江予迟瞧她一眼，车里热，眨眼工夫她就出了汗，黑发贴在鬓侧，"刚到没多久，去拿东西。"

暮色四合，小院静谧，充满生活气息。

盛星探头往里看了一眼，纤细的手指紧紧地摁着他的小臂，悄声问："大嫂在里面？我有点紧张，三哥。"

江予迟挑了挑眉："紧张什么？"

沉默了几秒，他忽而朝后喊："汉山，出来帮叔叔个忙！"

片刻后，院子里响起"嗒嗒嗒"的跑步声，盛星一瞧，对上一双乌黑明亮的眼睛。一个五六岁的男孩正看着她和江予迟。

他剃着光头，穿着背心和短裤。

"叔叔！"小汉山脆生生地喊。

江予迟揉了揉汉山光溜溜的脑袋，笑道"他怕热，大嫂干脆给他剃了头。汉山，喊姨姨，这是叔叔的老婆。"

盛星不由得嘀咕："他知道什么是老婆吗？"

汉山大声应："知道！姐姐漂亮，等我长大了就是我老婆。"

盛星被这小孩逗笑，蹲下身，牵着他的小手晃了晃："谢谢你夸我漂亮，你也很英俊。我叫盛星，你可以叫我星星。"

汉山："星星！"

江予迟轻"啧"一声，微眯了眯眼，往两人脑门上一人来了一下，道："后备箱开着，去拿东西。"

盛星和汉山手牵手，两人一起搬东西，来回几趟就熟了。

正说话间，大嫂从门前探出头，笑着问："你叫星星？"

门帘后的女人面容姣好，眉眼清秀，神色温和地看着她。

不知怎的，盛星陡然生出一股见家长的错觉来。"大嫂。"她立时站起来。

大嫂瞧了眼有些紧张的女孩子，又瞧了眼边上悠悠然、故意不出声的江予迟，笑着摇摇头："阿迟，去厨房看看火，我和你媳妇说说话。"

江予迟懒懒地应了，顺便把汉山拎走。

院子里搭着葡萄架，葡萄藤下有张小木桌，边上放着几把椅子。大嫂去端了果盘出来，笑眯眯地问："和阿迟结婚三年了？"

盛星拿着小叉子，点头："嗯，三年多了。"

"他去年来的时候就提过你。"大嫂笑了笑，说，"他和他那大哥不一样，内里弯弯绕绕多着呢。以前，我丈夫回来的时候，总说起阿迟，说他像小弟，说得多了我就记着了。和阿迟在一起，很辛苦吧？"

盛星一怔，刚想说"不辛苦"，却见女人的面色微微一变，她低声说："我忘了，阿迟退伍快两年了。我总不记得，还当他们在队里，总是担心他们的安危。"

"大嫂。"盛星放下叉子，轻喊了声。

很快，大嫂调整好情绪，温声道："十月份有个纪念活动，西北那边通知我和汉山一起去，所以最近总想起往事来，你别多想。"

"去西北？"盛星有些诧异，"没听他提过。"

大嫂："我也是刚收到的通知，还没来得及和阿迟说。"

两人在葡萄藤下说了会儿话，大嫂自然而然提起住宿的事："我说让你们住这儿，阿迟偏说太麻烦我，要带你去酒店。明明有空房间，住这儿多好。星星，你去说说他。"

盛星："……"

她假装忘记了江予迟的胡言乱语，弯唇应道："回去就说他。"

汉山又从屋子里跑出来，蹲在一边巴巴儿地看着盛星。大嫂一瞧，进屋忙活去了，把这傻小子丢这儿。

"你几岁啦，汉山？"盛星把小家伙抱到腿上，给他喂水果吃。

汉山昂起小下巴，应道："我六岁了！妈妈说明年就可以上学了，叔叔说我是个小男子汉了！"

盛星眉眼弯弯地挠挠他的小下巴："你长大可不能学叔叔。"

汉山懵懂地看着盛星，不是很能理解她话里的意思。

江予迟刚踏出门，就听见盛星说了这么一句话，他扫了眼抱在一起的两人，慢悠悠地喊："汉山，你妈妈喊你。"

小家伙一听妈妈喊，忙从盛星腿上爬下来，迈着小短腿飞快往里跑。

江予迟把人支走，往盛星面前一站，双手环胸，垂着眸："我还不好？怎么就不能学我了，我不好你能嫁给我？"

盛星轻哼一声："那是你运气好。"

江予迟俯身，黑眸带笑，问："你说说，我哪儿不好？"

盛星指了指空房间，斜眼瞧他，一点不留情地戳穿他："没空房间？只能住酒店？你说哪儿不好？"

江予迟："……"

这小县城虽然和洛京只隔了两百多公里，但两地饮食却相差很大，餐桌上多是些大红辣菜，让盛星看了直犯愁。她拿着筷子，小心翼翼地夹菜，力求每一筷都避开辣椒。她不是很能吃辣，平时吃烧烤只能吃微辣的，家里也不常做这些菜。

江予迟侧头，压低声音："她以为你和我口味一样。"

盛星瞧他一眼，嘀咕道："平时也不见你吃辣的。"

"在西北那会儿，我给大哥做过几道这边的菜。"江予迟短暂地解释了一句，"那时他就以为我爱吃辣，和大嫂也这么说。"

江予迟平日里酒局多，他刻意控制着，鲜少吃这样辛辣的菜。毕竟他还得和盛星一起长命百岁。

大嫂见小两口凑在一起说悄悄话，也不打扰，偶尔顾着汉山吃饭，时不时还给盛星夹一筷子菜。盛星当然不可能拒绝，又偷偷塞给江予迟，最后都进了江予迟的肚子。

等吃到后半段，大嫂说起去西北的事。

江予迟听了微怔，问："说要带上汉山？"

大嫂点头："说其他家属都带了，我想着带汉山去看一看也好。毕竟……他在那儿待了那么多年，也算个念想。"

江予迟没多说，只问了几句是否有人来接之类的话。大嫂一一应了，又说了几句，便聊起别的。

汉山早早吃完，在饭桌上待不住了，盛星见状干脆和他一起拆玩具去。

江予迟帮着大嫂收拾完，独自出门打了个电话。

电话是打给鲨鱼的。鲨鱼一接电话，不等江予迟问，先道："哥，消息是真的，逮着一个，还有一个也快了，最晚十一月收尾。"

江予迟一听就明白了，蜂鸟转狱是板上钉钉的事。但他总觉得有什么地方不太对劲，那股异样的感觉从沙驹镇开始，就一直跟着他。可让他说，却说不上来。

或许该再去趟西北，江予迟想。

挂了电话，江予迟独自站在院中，透过窗户往里看——盛星盘腿坐在沙发上，微垂着头，认真地和汉山说着话，神情安静，不知道那小子说了什么，她笑弯了眼睛。柔和的灯光照在她美丽的面庞上，唇角的笑让他想起西北那在烈阳下盛放的向日葵，她该是最灿烂的那朵。

江予迟希望她永远都这样笑着。

临近九点，江予迟和盛星告别离开。

走之前，盛星和汉山贴脸蹭了下，江予迟也不顾大嫂还在，在汉山亲到盛星前，一把将他拎起来，威胁道："这是我老婆。"

汉山蹬着小脚挣扎："我很快就会长大了！"

大嫂哈哈大笑，抱过汉山和他们挥手："去吧。"

上了车，江予迟神情淡淡的，不说话。

盛星系上安全带，悄悄瞧他一眼，凑过去问："真不高兴啦？不是没亲到嘛，将来有孩子了怎么办？"

江予迟一怔，他还没想过孩子的问题。他问："你想要？"

盛星自然地点头："还想要两个，哥哥和妹妹或者姐姐和弟弟，都好。像我一样，我可喜欢哥哥和姐姐啦。"

她从来不抗拒亲密关系，只是不敢。但她也并不执着，如果没有也不要紧。

江予迟微蹙了蹙眉，似在考虑什么："打算什么时候要？"

"还没想过呢。"盛星歪着身子打了个哈欠，算着自己的行程，"我和经纪人说，《钟》结束前不接本子，拍完《钟》我就能休息啦。主要是你年纪大了。"

江予迟："……"

盛星说着还觉得挺有道理："我看两年内就不错。"

江予迟捏了捏眉心，心说，自己为什么想不开和她生气，他默不作声地启动车子，朝着酒店的方向开去。

不到二十分钟，盛星已经坐在了酒店的床上，她的困劲未散："这么快就到了？"

江予迟"嗯"了声，熟练地拿出录影设备架好，道："我准备好了，随时都可以开始对戏。"

盛星瞪着眼，清醒了一会儿，闷声闷气问："你台词都记熟了？"

江予迟不紧不慢地解了领带，随手往沙发上一扔，懒懒道："你的台词我也背了下来，我们换着对也行。"

盛星："……"

今晚的内容，是玉瑶带着点心和茶水，去先生工作的地方"探望"他。说是探望，当然只是个借口。每每看到那冷峻、斯文的男人被她逗得满脸通红，她的心情就很好。近来他一直在躲她，天不亮就出门，晚上各家各户开始熄灯才回来。起初玉瑶还忍着，关着家门抱怨了几天，直到这一天，她终于忍不住了。

玉瑶按照邻里给的地址，来到了某栋建筑下。她找遍左右街道，都没看见钟表铺，正气闷，想找个人问问，忽一抬头，见到一个熟悉的身影在高处。

玉瑶睁大双眼，想喊先生，又怕吓到他，捂着嘴掩下了惊讶。她再仔细一看，这纸上写的地址，其实是座钟塔。

邻里口中的修钟人，修的竟是这样大的钟。

这片区域近年逐渐没落，这钟塔里也没个看塔的人。

玉瑶推门进去，蛛网布满略显陈旧的大堂角落，一股发霉的味道和着些酸臭气飘过来，她掩住口鼻，拎着食盒，小心翼翼地往楼上走。

楼道狭窄，越往上走越陡，扶手上都是灰尘。

台阶高高的，这一路走得艰难无比。眼看就要到了，玉瑶抬眼，看到隐隐透着光的表盘，心里一松，脚却不听使唤似的，一个不小心踩空，她惊呼一声。

高处的男人动作一停，凝神细听，刚刚他似乎听到了玉瑶的声音，可这怎么可能呢，她不过是闲时来逗逗他，平日里对她献殷勤的男人数不胜数，更别说她生得那样美，那样动人。

她怎么会来这样的地方？

他懊恼，骂自己怎么又想起她，夜里折磨他不够，白天也要折磨他。

冷静片刻，男人抬手打算继续修理，可透过表盘间隙，他竟真的看到了那个女人！

安静、昏暗的空间内，唯有几束光透过表盘照射在墙面，灰白的光影下，唯有玉瑶是彩色的。

她跌坐在楼梯口，按着脚踝。身体弯曲，旗袍绷得紧紧的。

"别动。"他冷着脸，大掌握住女人纤细、雪白的脚踝，缓慢地按压着，"到这里来做什么？"

玉瑶紧抿着唇，眼角泛红，薄薄的眼皮都透着红色。她应该出声撒娇、委屈地骂他，可当听到他这么硬邦邦的一句话，问她到这儿来做什么，她便不知该如何开口，还能来做什么？

玉瑶不禁怀疑，难不成她天生是个受虐狂，放着大把的男人不要，偏偏要来贴他的冷硬心肠。她抬手飞快地抹了抹眼角，哽咽着道："这段时间我过分叨扰先生，我是来道歉的。以后……以后玉瑶再也不烦先生了。"

男人没出声，手里的力道却不由得自主地加重。

盛星入戏得快，不想江予迟也是，一双手牢牢地按着她的脚，手指又轻又慢地绕着那个位置打着圈，带出一片酥麻的感觉。

她咬咬唇，细声喊："三哥。"

江予迟不为所动，垂眸盯着掌心的足，纤瘦又小巧，指甲修剪得平整光滑，脚趾微微缩起，像是被什么洪水猛兽盯着。

"忘词了？"他缓声问，声音细听带了点哑。

盛星动了动脚丫子，小声道："不用揉得那么认真，我有点痒。你装装样子就行。"

"不行。"江予迟捏了捏她的脚踝，慢悠悠道，"装样子不利于我入戏。"

盛星："……"

这么一打断，情绪又要重新调整。

盛星做了几个深呼吸，重新进入角色里，重新成为玉瑶，体验她的喜怒哀乐，几次对下来，她硬生生在空调房里热出了一身汗。

"三哥，可以松开。"盛星脸颊微红，想收回脚，男人却不松手，大掌在脚踝处停留片刻，忽而沿着小腿往上。

盛星早知道他要干什么，但还是试图挣扎："我想先洗澡，肚子也饿。在大嫂那儿没吃饱。"

这是实话，那些辣得不行的菜，都被她丢进了江予迟的碗里。又对了近两个小时的戏，她肚子里空荡荡的。

江予迟停下动作，俯身在她膝盖上亲了亲，抬头时脸庞发热，嗓音发懒："想吃什么？今晚可不能饿着你。"

盛星忙不迭地收回脚，藏在被子里无辜地看着江予迟，小声道："想吃点凉凉的东西，还想吃甜的，不用太甜，不撑肚子的那种。"

江予迟思索片刻："给你做一小碗凉面，再买碗红糖凉粉。"

盛星在浴缸里泡了个舒服的热水澡，整个人都懒洋洋的，吃了面、喝了糖水，更是不想动，慵懒地躺在沙发上，使唤江予迟。

"三哥，想刷微博，我手机呢？

"三哥，脚有点冷，要小毯子。

"三哥，刚刚拍的视频我看一眼。

"三哥……"

江予迟再好的耐心也被磨没了，把她手里杂七杂八的东西拽过来一丢，打横抱起人，径直走向浴室。

盛星不满："我洗过了！"

"再洗一次。"

盛星："……"

暑气绵长，夏日临近尾声。

八月底，《贺新婚》的拍摄进入最后一部分。江予迟和盛星将开始为期四天三夜的乡下悠闲田园生活。

临出发前，节目组上门拍摄两人整理行李的场景，说是一起整理，但大部分时间盛星都瘫在沙发上，江予迟独自在楼上忙前忙后。

男负责人也习惯了，坐在下面和盛星聊天。他如往常般问了盛星几个问题，今天却感觉不太对劲，他问了之后盛星迟迟没有回应，他重复了一遍："盛老师，这次去西港，你有没有一点期待？"

盛星反应了好一会儿，揪紧手里的抱枕，慢吞吞地问："这次去西港？"

男负责人解释："对，之前定的地点不是西港，后来临时改了方案，才换成了西港。没来得及通知你们。"

他看着盛星的神色，小心翼翼地问："盛老师，是哪里不方便吗？"

盛星回神，摇了摇头："不是，只是很久没回去了。"

男负责人松了口气，笑道："我们考虑到你和陈漱的关系，他又是西港人，贸然猜测你在西港生活过，或许想回去看看。"

节目组不知道她的过去，也是一片好意。

盛星没拒绝他们的提议，只是情绪有些许变化。这点变化很细微，男负责人并没有察觉，直到江予迟下楼。

江予迟站在盛星身后，安静地听了会儿，忽而问："怎么不高兴了，饿了？"

男负责人一愣，刚想说些什么，对上江予迟的眼神，了然，拍了拍摄像师，两人默默地离开，到角落里和同事聊接下来的计划。

见其他人一走，盛星绷着脸，伸手要抱抱。

江予迟把人抱进怀里，揉揉她的脑袋，俯身在她耳侧低声问："怎么了？刚刚下来还好好的，谁惹着你了？"

盛星闷声不响，许久才小声道："要去西港，我好久没回去了。"

这些年，不知是有意还是无意，她的工作一直以来都避开了西港。自从她离开，再也没回去过。饶是她觉得自己放下了大半，在这样毫无准备的情况下听到要回去，还是有那么一点不安。

江予迟一听，眼神微冷，看向男负责人，问："改行程了？"

工作人员被他的神色吓了一跳，面面相觑，男生上前，把先前改计划的事解释了一遍，又把新的行程表递给江予迟。

"抱歉，因为改得急，地点刚定下不久。"男负责人硬着头皮解释，"只来得及和工作室那边打了声招呼。"

江予迟正欲说话，盛星悄悄扯了扯他的衣摆。

他接过行程表，说："这部分晚点再拍。"

说完，抱着盛星上楼去了。

进了房，盛星扒着江予迟哼哼唧唧："不怪他们，经纪人她也不知道我在西港的事。我就是……"她说不清心里是什么感觉。

江予迟轻抚着她的发，低声应："我知道，不用和我解释。我们不去西港，换地方来得及，他们做不到，就由我来换。"

盛星抿抿唇，半响才道："不用了，就三四天。我总是说自己放下了，去一次也好，反正离那儿远。"

江予迟蹙眉，垂眼看着她，道："星星，这只是一个综艺。"

"我知道。"盛星轻舒了口气，和他对视片刻，缓缓弯起眼，"但你在我身边呀，和以前不一样啦。有你在，我什么都不怕。"

江予迟凝视她片刻，心头酸涩，终是没再说什么。

节目组的人一头雾水，都摸不着头脑，不知道那两人是怎么了，不等他们想明白，两人又下来了，看起来一点事都没有，继续拍摄整理环节。

经过这一出，盛星倒是勤快了点，把自己的小箱子都打理好，还时不时塞点吃的在江予迟嘴里，塞的多是零食。江予迟这段日子也是长了见识，已经能从皱着眉到现在面不改色，适应嘴里所有的味道。

不得不说，现在的零食真是五花八门。幸好盛星还克制着，不然他们家会被零食和巧克力淹没。

"太甜了。"江予迟咬了口牛乳慕斯，感受着嘴里棉花糖般的触感，斜了眼盛星，"吃不下了？"

盛星心虚："嗯。"

江予迟在这方面不常惯着她，咽下嘴里的那点蛋糕，不紧不慢地提出交换条件："亲一口，吃一口。"

盛星默默扫过一个个黑洞洞的镜头，又瞪了江予迟一眼，垂下脑袋，和剩下的半个小蛋糕对视片刻，准备恶狠狠地把它吃了。

她才张开嘴，手里的那块蛋糕眨眼便换了位置。

江予迟两口吃完，敲了敲她的脑门，嗤笑："小气鬼。"

盛星顿时露出笑脸，这下也顾不上有镜头，笑嘻嘻地凑上去亲了亲他的唇角，尝到点味道，甜滋滋的。

两个负责人看了直叹气。就这么两个月，他们早就明白江老师的套路了，就是以退为进，骗几个亲亲，偏偏盛老师还傻乎乎的，每次都上当。

可能这就是爱情。

第二天一早，江予迟开车出发去西港。

车里照样安了摄像头，节目组的车跟在后头。

盛星正在看他们这次要住的小院子的图片，是乡下的小院，比普通的院子漂亮点，有篱笆和花丛，他们还有两块田和一只棕黄色小狗。

她盯着小狗看了一会儿，忽然问："三哥，你当时怎么想着送松球给我？一般都会送小狗或是小猫咪。"

江予迟握着方向盘，自然地应："因为方便。你常年在外拍戏，猫或狗都不方便带，松球最方便。"

盛星眨眨眼："要是我不带它一起呢？"

江予迟肯定道："你不会。打小你就心软，阿需惹你生气，给你编的那只小蚂蚱，你一直偷偷藏着，更何况是松球。"

盛星撇撇嘴："你欺负人！"

江予迟不否认："对，三哥有私心。"

盛星其实很喜欢毛茸茸的小动物，但她从来没有生过想养的念头，一直在避免建立亲密关系，不想面对分离。

那些年，她面对了太多分离，他想了很久，才决定送出松球。至少在相对漫长的一段时间里，她不会再失去。

盛星也不和江予迟计较，嘀嘀咕咕了几句，继续看她的小院子。节目组很用心，还准备了不少"派大星"的礼物放在院子里，多是些信件和小玩意儿，太贵的他们都会退回去。

"三哥，我们房间的窗户外面还种着花呢。"盛星自顾自地说得起劲，也不需要江予迟的回应，"院子里还有葡萄藤，和大嫂家一样。呀，还有一个小水缸，里面会有鱼吗？三哥，我会捉鱼的！"

江予迟配合着她："附近有小溪，带你去玩。"

盛星喜滋滋地应了，心情渐渐开朗起来。

到西港时已是下午，路上还遇见了影迷。

盛星趴在窗前和她们挥手，转头解释："我行程少，大部分我都记得，她们都很乖，每次来的人不多。在剧组休息的时候，偶尔还能和她们聊天。她们特别可爱，什么烦心事都和我说，那时候我还是小姑娘呢，和其他女孩一起帮着提出问题的人出主意。想起来，我和她们有特别多回忆，好多人都是和我一起长大的。"

江予迟侧头，见她又趴回去，倾身把她的脑袋掰回来，关上车窗，顺带揉了一把，懒懒道："现在也是小姑娘，十八岁、二十八岁……一直到一百零八岁，都是小姑娘。"

盛星瞄了他一眼，凑过去戳戳他的脸，问："我一百零八岁，那你是几岁？"

江予迟想起那两块木牌，弯起唇笑道："比你多四岁。"

节目组准备的小院离巢山十万八千里。

盛星一进西港就见到了"派大星"们，又被江予迟哄得开心，等到了开满鲜花的小院，她干脆把在西港的往事都抛到了脑后。

院落方方正正的，单层的平房，中间是客堂，左侧是卧室，右侧是厨房。庭院四角放满盆栽和瓜果，正中间是翠绿茂密的葡萄藤，篱笆前栽种着各色的鲜花，靠近门口，还有个小纸箱，纸箱上写着四个字：狗狗的家。

"三哥！"盛星蹦跶到葡萄藤底下，仰头看着翠绿的枝蔓和底下颗颗饱满的葡萄，不由得喊，"葡萄都熟啦。"

江予迟瞄了眼她露在外面的细胳膊细腿，道："先去屋里玩会儿，点了驱蚊香再出来。小狗呢？去找找。"

盛星不动，盯着葡萄看。细碎的光斑透过层层叠叠的叶片，落在她近乎透明的肌肤上，长长的眼睫像某种绒毛，根根可见。

江予迟由着她看，放好行李，刚踏出屋门，一只棕黄的小奶狗贴着他的裤脚往外跑，一头撞在门槛上，爪子扒拉着边沿，试图挣扎着翻过眼前的"大山"。

他瞥了一眼，也没帮忙的意思，去拎盛星。

"外头热，进去看看房间。"江予迟逮着人，顺道把挣扎的小狗一起拎了进去，"我去厨房看看，任务卡在桌上。"

小狗眼珠子乌溜溜的，鼻头湿漉漉的。棕黄色的毛，肚皮却是雪白的。

盛星蹲在地上，和小狗对视着，抬手摸摸它的小脑袋，慢吞吞地问："门口箱子上写着'狗狗的家'，你是不是没有名字？"

小狗"嗷呜"一声，前腿往前扑了一点，又退回去。

盛星没有抱它，拿起任务卡，念道："欢迎你们来到新家！这四天三夜，除了第一天，其余的日子你们需要自食其力。今天一共有两个任务：任务一，给小狗搭建新家；任务二，给农田清理杂草。"

盛星眨眨眼，好像没她什么事。这点活儿，江予迟一小时就能搞定，但显然节目组不知道他有数不清的隐藏技能，就算把他们丢深山老林去，他们照样能活得好好的。

看完任务卡，盛星跑去厨房和江予迟"叽里咕噜"地说了一通，又溜达着逛了房间和院子，最后带着小狗去隔壁串门了。

二十分钟后，江予迟做好饭，出门找人。

院子里空荡荡的，他往外走，左右两边都有人家，仔细听，右边那户传来阵阵笑声。他走近一看，盛星正笑眯眯地和几个叔叔、阿姨说话，手里抱着蔬菜，脚边放着肉，甚至还有一只被捆住脚的鸡。

说话间，一位热情的阿姨从屋里拎出水桶："还有条鱼！小盛你一起带上，让你男人晚上做了，趁着新鲜！"

盛星见状，嘴里立马"叽里呱啦"地冒出一堆赞美之词，哄得几个长辈眉开眼笑。

江予迟："……"

如果他没记错，任务卡上让他们这几天自食其力，结果他老婆跑这儿"刷脸"卖乖来了，一转眼骗了好几天的伙食。

他捏了捏眉心，头疼。

盛星美滋滋抱着一堆"宝贝"回家，还没来得及说话，就听到了"噩耗"。节目组要没收她"骗"来的食物，江予迟在一边站着，不吭声。

盛星拧起眉头，不满："卡上说自食其力，我凭着自己的妙语连珠，得到了父老乡亲们的援助，怎么就没费力气了？"

节目组的工作人员道："你犯规。"

盛星："我没有！"

两方吵了半天，齐齐看向江予迟："你来说！"

江予迟沉吟片刻，道："先吃饭。"

说完，拎着盛星走了。

盛星戳了戳江予迟的腰，质问道："你为什么不帮我？这又不是我一个人吃的，被没收了你还得自己下地干活儿。"

江予迟俯身，低声在盛星耳边说了句话。

盛星一怔，想了想，态度瞬间变了："也行，反正是我的，不能给他们。"

节目组提供的食材有限，江予迟做的只够他们两个人吃，平时两个负责人还能分点，今天只能闻闻味道。

午后，江予迟在葡萄藤下的阴凉处放了把躺椅，点了驱蚊香，去隔壁借了冰块，冰桶边放个小风扇，对着躺椅"呼呼"吹。

盛星戴上眼罩和耳塞，往上一躺，盖上薄被，开始午休。

江予迟很快选了些木头，拿上锯子、榔头、铁钉，开始给小狗狗搭房子。他的动作又快又熟练，不过半小时，一个迷你的小木屋就这么出现在了众人眼前。

他也不把活儿全干完，而是拿了盒水彩出来，放在边上。

最近盛星有时间，正在学画画。

搭完房子，江予迟拎着锄头和小铲子去巡视他们的那两块地，农作物处于成熟状态，节目组估计想拍点他们下地的狼狈模样。他也不管他们，手脚麻利地干完活儿，转身回家，顺道劈了柴。劈完柴，江予迟将浸在水桶里的大西瓜抱出来，切成两半，一半放冰箱，另一半切成小块放在盘子里。红艳艳的果肉被切成整齐的小方块，叠在一起，边上还放了一个小叉子。

做完这些，盛星正好一觉睡醒。

节目组的人：这到底是个什么样的男人？

"醒了？"江予迟放下盘子，俯身亲了亲盛星睡得红扑扑的脸，"屋子搭好了，你去上面画点图案，然后想一想，一会儿去玩什么。"

纵使边上有冰块和风扇，盛星还是睡出了汗。她抱着男人的手背贴着脸，凉了一会儿开始吃西瓜，一边吃一边打量一点瑕疵都没有的小木屋。

画点什么呢？盛星暂且放下这个烦恼，问："边上有什么好玩的？"

这是江予迟的习惯，到一个陌生的地方，会先把周边都摸一遍，认全了路，才会带着盛星出去玩儿。他起身，指了几个方向："那条道往外走，中途有个大水车，再走几分钟，就能看见条小溪，水凉凉的，说不定会有小螃蟹。另一边，有果园和鱼塘。村里条件很不错，节目组还算得上是有良心。"

节目组的人："……"

其实他们以为，这两个人到了乡下会寸步难行。

盛星叉了块果肉递到江予迟唇边，道"听起来还行，今天不想下水，明天去吧。我们干什么呢……"她想了半天，说，"去给爷爷奶奶还有叔叔阿姨们帮忙吧，他们这么热情。"

"行，晚上请他们来家里吃个饭。"江予迟一口应下。

节目组的人顿时生出一股不太好的预感来。果然，半小时后，热情的邻里非但不要他们帮忙，还一股脑儿地涌到他们的小院里来，帮着江予迟一起收拾小院、准备晚餐，甚至还不忘"讨伐"节目组。

"小盛和小江新婚夫妻，还在长身体呢！"

"奶奶，我们结婚三年啦！"

"三年也是新婚的呀！你们一个个小伙子，还要没收我们的东西，难怪讨不到老婆！看看小江！"

节目组的人："……"

盛星忍着笑，蹲在一边给小木屋画图案。她也想不出什么有新意的东西来，干脆画了碧绿的牧场和雪白的小羊羔，还有阿依曼。

小狗狗露着肚皮在一旁"呼呼"大睡。

一时间，院子里别提有多热闹了。

起锅子的起锅子，杀鸡的杀鸡，挑水的挑水，摘葡萄的摘葡萄，江予迟完美融入其中，整个下午都在挨夸，小江乖、小江妙，小江最是心灵手巧。

至于盛星，这么美的姑娘，都让她一边待着玩儿去。

从午后忙到黄昏，二十几个人的饭菜终于做好了。节目组的人也被赶着来院里吃饭，他们居然生出一点吃喜宴的错觉来，等热热闹闹地吃完，一群人醉了大半，散场时已夜月高悬。

乡下夜风清凉，带走暑气。虫子藏在田地里鸣叫，大家拥挤着来，也拥挤着散场。节目组的几个小伙儿将热情的邻里送回了家，还帮着收拾剩下的残局。

盛星喝得最多，脸红红地坐在椅子上，黑眸亮晶晶的，也没看江予迟，只是抱着那只下午不肯抱的小狗，和它说"悄悄话"。

"你叫什么名字呀宝宝。"盛星摸摸小狗的脑袋，蹭蹭它的鼻尖，"你好可爱哦。"

小狗"嗷呜"叫了几声，她抿唇傻笑起来。

"我叫盛星，盛开的盛，星星的星。你知道什么是星星吗？就是天上好多好多会发光，会发亮的东西！以前有人问我，说你姐姐叫月亮，你怎么叫星星。月亮只有一个，星星却数不清，我不知道该怎么回答。然后，三哥说，那么多星星，他只喜欢我。嘻嘻，你喜欢我吗？"

江予迟本来在水池边洗碗，听到动静，侧头静静地看着盛星，看她眼中闪亮的光芒，看她如稚童般亲昵地和小狗说话。

这样安静地看了许久。

江予迟第一次意识到，他们两个人之间，盛星朝他迈来的那步是这样的艰难。她困于童年和父母的关系，以至于不敢，甚至害怕去建立亲密关系。

他的星星，这样胆小，又这样勇敢。从不敢到尝试这一个过程，是她在治愈自己，她独自走了很多年，才选择走到他身边。

万籁俱寂，小院恢复了白日里的宁静。

江予迟哄盛星睡觉，她却不肯动，抱着小狗，一副警惕恶人要分开她和小狗的模样，还试图耍赖皮。

"我要和宝宝一起睡觉。"盛星撇撇嘴，瞪着江予迟。

江予迟停下动作，叹气，晚上一没看住，就由着她喝了那么多。她酒量好，他平时也不管她，今天想管也没管住。

他耐着性子，问："那我睡哪儿？"

盛星绷着小脸，左看右看，忽然眼睛一亮，指着下午搭建好的小木屋，道："你睡那儿！自己修的房子自己住！"

江予迟沉默半响，合理地提出疑问："我怎么睡？"

盛星歪着脑袋，打量着那漂亮的小木屋，嘀咕道："这么漂亮的地方，你都不知道怎么睡？你好笨，我没有这么笨的老公。"

"算了，你抱着它！"盛星一把把小狗塞到江予迟怀里，"噌"地站起身，踉跄地走到门口，围着小木屋左看右看，蹲下身打量着这迷你的小屋子，视线停在长方形的门上。

她转头，纳闷地问："这么简单，你都不会睡？"

江予迟："……"

不等他说话，盛星忽然往地上一趴，脑袋往门口钻去，一边钻还一边喊："不就是躺进去，把眼睛一闭，就能睡觉了吗？"

江予迟："……"

清晨，天微微放亮。

炊烟袅袅升起，又缓慢散落。稻田在风中簌簌作响，鸡鸭昂首挺胸地在田埂边大摇大摆地走，院落里的小狗也从木屋里溜出来，去扒拉房门。

半透明的白帐后，盛星正抱着被子发呆。她摸摸脑袋，似乎不怎么疼，就是沉沉的，有点晕，昨晚的记忆一点没丢，她记得清清楚楚。

正因为清楚，她才难以置信。把脑袋往狗窝里塞的人真的是她吗？江予迟居然眼睁睁地看着她做出这样的事，也没来拦她一下！

盛星回忆完整个过程，决定早上不理江予迟。但想法归想法，实施起来却很困难，因为江予迟压根儿不在家。

她抱着被子左等右等，最后等来女负责人的通知："盛老师，今天你们有单独的任务，江老师已经出门做任务去了。你也得做任务，做不完江老师回不了家。"

想起昨晚，盛星幽幽道："不回家也行。"

女负责人憋着笑，安慰盛星："至少没卡住。"

她盯着女负责人，问："你们一定不会剪掉的吧？"

女负责人："绝对不剪！这怎么可能呢！"

盛星勉强维持住平静的神情，直直地躺下，一头埋进被子里，无声地把节目组和江予迟骂了一遍，连带着小狗都没放过。

这两个月，盛星和江予迟几乎形影不离。他不在，盛星有点不习惯，等洗漱完，吃好早餐，盛星就开始想他。

"他干什么去了？"盛星问女负责人。

女负责人摇摇头："保密。"

盛星不高兴地鼓了鼓脸，问："我的任务是什么？做完他就能回家了吗？你们不会把我老公弄丢了吧？"

女负责人递上卡片："任务都在这里。"

盛星瞧着卡片，小声念叨："怎么这么多。除草、杀虫、浇水，还得拔萝卜，去帮村头的奶奶放羊、挤奶、喂马……我一个人能做完吗？"

女负责人鼓励她："一定能！"

盛星想了想，为了早点见到江予迟，她立马换上长袖长裤，戴着小草帽出门了，后头还跟了条蹦跶的小狗。

一人一狗看起来精力十足。

盛星走后，两个负责人对视一眼。

"江老师走的时候，是不是没说什么时候回来？"

"没说，只让我们稳住盛老师，这任务总能坚持到太阳下山吧？"

"先看看吧，回不来再说。"

今天一早，天还没亮，江予迟到他们的住处来，说他临时有事，今天的内容录制不了，拜托他们先瞒着盛星，就说他做任务去了。

可他到底干什么去了，没人知道。

"姐夫。"陈漱戴着口罩，坐在副驾驶位，神情微凝，"我前段时间回来嘱咐过他们了，但我怎么想都不放心。昨天，听说你们到西港，我就连夜过来找你了。我姐那里，没必要让她知道这些。"

江予迟微蹙着眉，问："现在那照片在哪儿？"

"我这儿。"陈漱没想到，他爸妈会留着这照片，更没想到温边音会在机缘巧合之下去了他家。再往后，她和团队闹翻，想起这件事，通过梁博生联系他，和他说了照片的事。当天，陈漱买了机票连夜回到了西港，那是他多年来第一次回家。

"她说她以前的团队不会轻易放过这条新闻。"陈漱简单地把温边音说的话转述了一遍，"让我提醒一下父母，可能会有人去问他们。我回去那天，说没人问，这次你们来西港，我想你或许想见见他们。"

江予迟沉默了几秒，问："知道巢山的事吗？"

陈漱神色微动，沉默半晌，应道："知道，但知道得不多。小时候我没觉得奇怪，但长大了，发现村子里有很多孩子都是送养的。我爸妈说，那些都是弃婴，觉鹿心善，出钱供养他们。我姐她不知道这件事。"

江予迟握紧方向盘，声音里听不出情绪："星星在你们那儿，也算'弃婴'？"

"她……" 陈漱喉结一动，狼狈地移开眼，看向窗外，"后来我才知道，我爸妈和她爸妈一直有联系，她爸妈还一直往我们家打钱。我不知道为什么。"

江予迟没应声。

接下来一路，没人再说话。

巢山离江予迟他们的拍摄地点有段距离，他们到的时候已近中午，刚熄火，江予迟的手机"嘀嘀"响了几声。

陈漱看了眼他的神情，先下了车。

江予迟垂眸看向屏幕，是盛星发的信息。

Paidax："一早上都没理我！"

Paidax："你干什么去啦？节目组真的把我老公弄丢啦？"

江予迟回复："在外面做任务，想吃点什么，回去给你带。节目组布置的任务太辛苦就不做，中午去隔壁阿姨家吃，早上我和她打过招呼。"

Paidax："你快点回来找我。"

回复完信息，江予迟仍坐在位置上，久久没有动，直到情绪平复，下车朝陈漱走去。

陈漱下巴微抬，指了个方向："那儿，不远。我和爸妈关系一般，他们不一定会说，实在不行我们上山去问。"

江予迟仰头，无声地望着高耸、险峻的巢山。半晌，他收回视线，道："暂时不上山。"

这是江予迟第一次来到巢山脚下。他沉静地打量着这个村落，砖瓦房错落有致，看起来陈旧却并不破败，经过某户人家时，门前的土堆上插着燃尽的香烛。

"她小时候爱放风筝？"路途中，江予迟指着一条水流汩汩的小溪，忽然出声，"说你在那条溪边捡到的。"

陈漱一愣，久远的记忆漫上来，应："她不爱放风筝，跑起来总是会出很多汗，她怕去小溪里洗澡，都是看我放。但她喜欢风筝，坐在石头上，仰着头，风筝飞在天上多久，她就愿意看多久。后来，有一天我们回去晚了，被我妈逮个正着，风筝被我妈撕烂了，随手丢在田埂上。"

江予迟问："她捡回去了？"

"嗯，大半夜的，一定要出来把风筝捡回去。"陈漱说起从前，有些无奈，"她又怕黑，凶巴巴地威胁我和她一起去，她扯着我的衣服，跟在我身后，又不敢到处乱看。"

对陈漱来说，和盛星在一起的日子总是熠熠生辉的。他有时候像弟弟，有时候又像哥哥。

说话间，陈漱家到了。两人不约而同地止住话，江予迟停住脚步，陈漱率先进门。不多时，两人一前一后地进了陈家。

这一日，直到日落西山，两人才从陈家离开。

陈漱低着头，走的每一步都很沉重，他安静了许久，哑着嗓子道："姐夫，我会亲自看着他们搬走。"

江予迟没应声，走到车边才说了一句："你开车。"

陈漱抬眼，瞥见他紧绷的唇线，低声应了。

江予迟回到小院时已近十点。

节目组的人看见他回来就像看见救星似的，男负责人小跑到江予迟身边，着急道："盛老师一直闹着要去找你。"

江予迟望着灯火明亮的小院，低声道："今晚把屋里的设备拆了。"

男负责人一怔，想说什么，被边上的人扯了扯，咽下嘴里的话，朝摄像老师招招手，摄像老师自觉地关上了机器。

走进小院，盛星的声音穿过夜色，穿过他这一整天漫长的路途，穿过他干涸的心，重新为他的心脏注入血液。

"你们真把我老公弄丢啦？我任务都做完了，他还不回来！"女人的声音带着微微的抱怨，念叨着要节目组带她去找人，不然她就自己去。

女负责人一噎，正想解释，余光忽然瞥见门口的男人，忙喊"江老师回来了！"

说完，她飞快溜走。

盛星眼睫一颤，别开脸，克制自己不去看他，不回信息就算了，居然还关机了，大半夜才回家来。

"手怎么红了？"江予迟蹲下身，握住盛星纤细的手指，原本白皙细腻的指腹微微红肿，掌心有划痕。

盛星原本打定主意，一定得坚持五分钟不理江予迟，但当他低头去亲她的指尖，她一下就憋不住了，气呼呼地问："你干什么去了？"

江予迟起身，摸摸她的脑袋，低声认错："是我不好，回来晚了。我有点笨，总做不好节目组给的任务。"

盛星哼哼了一会儿，再多的情绪也在见到他这一刻都散了，伸手抱住他的腰，撒了会儿娇，又握着他的手掌，翻来覆去地检查，嘀咕道："还好他们没让我们两个人都干体力活。他们让我挤奶！还让我喂这个喂那个，什么都让我干！恨不得让我跑遍整个村子，一定是看我们昨天过得太舒服了。"

江予迟凝视着盛星，她气性来得快也去得快，现在已经不生气了，双眼亮晶晶地看着他，腮帮子鼓鼓的，脸上带着显而易见的满足。他不禁想，她离家出走的时候在想什么，那时他怎么舍得凶她。

江予迟半支着身子，轻按了按她发红的眼角，低声道："一天不见你，很想你。"

盛星眨眨眼，往他身边蹭，自觉地往他怀里一窝，小声道："我也想你，回去我就要进组啦。你见不到我，要每一天都想我。"

"想你我就去见你。"江予迟轻拍着她的背，放轻声音，"睡吧。"

盛星累了一天，眼睛一闭，脑袋一歪，没一会儿就沉沉睡去。

江予迟却静静地看了她许久许久。

她的样貌和幼时看起来相差不大，只是已见不到以前的稚气，那点只在盛掬月面前展露的娇憨也分给了他。

盛星与同龄人相比也很早熟。她从小就知道察言观色，知道怎样讨人喜欢，同样的，她藏着的心思也更多，活得更辛苦。只是这份辛苦，没有给她带来回报，只带她更为残酷的事实，逼她去面对更冰冷的世界。她在父母面前小心翼翼的十年，在他们眼里，不过徒添憎恶和厌烦。

她的人生，由别人的一句话决定。

江予迟第一次后悔，后悔离开洛京，后悔之后十年不在她身边。

只是幸好，他们还有许多个十年。

许多个。

结束录制那天下午，江予迟做了一桌子菜请节目组的人吃，平日里扛着机器的小伙儿们都坐了下来，吃了一顿安稳饭，说完感谢和告别的话。

女负责人悄悄找到了盛星，飞快地往她手里塞了个U盘："宴请客人那天晚上，客厅里有个机器没关，你和江老师说的话都被拍进去了。"

盛星一怔，问："他喝醉那晚？"

女负责人点头："我整理片子的时候发现的，现在删了，没备份，删之前我拷了一份，就在U盘里。抱歉，盛老师，我看到了内容，觉得这些对你来说可能有特殊意义，所以私自拷贝了。"

盛星沉默了几秒，忽而问："前天晚上，你们设备都撤干净了吗？屋里屋外一点儿没留吧？"

女负责人愣了一下，摇摇头："没留，江老师后来自己检查过。"

盛星松了口气，藏起 U 盘，小声道谢。

他们离开前，将小院恢复如初，小狗伸着两只小短腿，扒在篱笆上，冲着盛星叫，叫得可怜兮兮的，节目组的人都有些不忍。

女负责人说："盛老师，你要是喜欢，可以带回去的。小狗是我们从别的地方抱来的，刚来这儿没多久。"

盛星转头，和小狗乌黑的眼珠对视两秒，摇摇头："我马上要进组拍戏了，工作时间不适合养狗。"

女负责人看向江予迟，江予迟也摇了摇头。

直到上车，盛星都没有再看小狗一眼，这四天，她也始终没有给小狗取名字。

江予迟侧头，去牵她的手，问："回落星山？"

盛星不知怎么的，忽而有些许怅然，或许是因为假期结束了，或许是因为她不能把小狗带回家。

好半晌，她点点头："嗯，我们回家。"

江予迟攥紧她的手，重复道："我们回家。"

盛星进组那天，东川市下了雨。

她蔫头耷脑地抱着手机打字。

经纪人在边上瞧她，和小助理念叨："肯定是在和江先生发消息。说来也怪，每逢星星进组，江先生一定在出差。"

小助理指指盛星："每回都这样？"

经纪人点头："等到地方就好了。不过，今天……"她凑到小助理耳边，嘀嘀咕咕地说了几句话。

小助理睁大眼："真的？"

经纪人点头："听说他可严肃了。"

车内"窸窸窣窣"的声音响个不停，盛星一点反应都没有，没精打采地躺在座位上，宛如回到上一次进组的时候。其他人都飞去东川了，她们在这儿陪着盛星坐车。

下午两点，车在酒店门口停下。

雾蒙蒙的水汽将这座城市笼罩，雨丝斜斜落下，盛星也不打伞，戴个兜帽就下了车，埋头往前走。

倏地，身边多了一道身影，伞面横到头顶，遮住了恼人的细雨。

盛星一怔，猛地抬头，眼底的欣喜有瞬间的凝固，转而化为更大的喜悦，她往边上一扑，喊："外公！"

"你这小丫头。"精神矍铄的老人无奈地给她打着伞，"跑这儿来都不来找外公？还得我来找你。"

盛星嘻嘻笑："我这不刚到嘛！"

江予迟带来的烦恼一扫而空，盛星找了间茶室，大有和外公说上一天一夜的架势。外公瞧她这活泼的模样，就知道是江家那小子让她高兴了。

"外公，姐姐最近和你联系了吗？有没有和你说什么？"

外公瞥她一眼："你想知道什么？"

盛星眨眨眼："没什么，我就随便问问。"

"联系了。"外公放下茶盏，淡淡道，"月亮可比某个没良心的小丫头勤快。她问阿霈的事，说你想阿霈了。"

盛星不满道："本来就是，我都多久没见哥哥啦，本来我就常年在外面拍戏见不着面，他干脆跑海上去了。前两年，我生日的时候还记得给我打电话呢，今年一点动静都没有，也不知道跑哪儿去了。"

最近找盛霈的人可太多了。

外公想到这事就头疼，这臭小子倒好，人跑了，跑得连影子都没有。留给他一堆烂账，最麻烦的就是那婚约，他都不知道怎么和人家交代。

"你放心。年前，外公一定把他找回来。"

"三哥也在找他呢，也不知道你们谁先找到。"

盛霈会被谁找到盛星不知道，说这话时她倒是先被李疾匀逮住了。外公也不帮她，朝李疾匀摆摆手："拎去吧，小丫头念叨得我耳朵都要生茧了。"

盛星试图挣扎："你们不是在举行开机仪式？"

李疾匀冷哼："我从来就没有举行过开机仪式！"

盛星："……"

盛星万万没想到，刚到东川第一天，就被李疾匀拎去了剧组。她到的时候，另一位主演已经在了。

《钟》的男主角在三年前就定下了，演员没有变动，是圈内的老牌影帝方佥，今年已经三十有五，近几年一直没有接戏。

"方老师。"盛星朝方佥摆摆手，"好久不见。"

方佥性格沉稳，平时就住在乡下，莳花弄草，鲜少与人来往。二十五岁那年接连拿了几个影帝后，没有再接戏，而是选择去进修学习。

盛星年少时和他有过合作，不算陌生。

方俭戴上眼镜，温声道："好久不见，星星，长大了。"

他上一次和盛星拍电影，她还是个小姑娘，一晃眼都长这么高了。他们在戏里有大量的对手戏，他不能再把她当个小姑娘看。

盛星在人前不似在江予迟面前那么活泼，没有过多的寒暄，和剧组演员打了声招呼后，迅速进入工作状态。

一场戏试下来，盛星和方俭都有点吃惊。盛星惊讶于方俭对角色和情绪的把控，他在这方面可谓是炉火纯青，进入角色后再看不出原先方俭的影子。

方俭立在李疾匀身侧，看着监视器，低声道："她和我想的很不一样，演的玉瑶……也很不同。"

李疾匀问："不如你预期？"

方俭缓慢地摇了一下头："更好。"

今天是第一天，李疾匀到底没丧心病狂到让他们连夜赶工，晚上请他们吃了个饭，认识一下，拉近关系。

盛星照旧没去，独自回了酒店。

顶层，柔软的地毯铺满整条走廊，廊内只有盛星一人。她没立即回房，扶着栏杆看了一会儿东川的夜色。

此时此刻，她爱的人都在做什么？盛掬月应该是在家里，或是在她的小工作室内；盛需不知道在哪片海域，是否孤身一人；江予迟许是在外应酬，也不知道他是不是又饿着肚子。

这些念头浮上来，盛星不由得有点失落，蔫巴地垂下眼，指尖划过微凉的栏杆。眼前繁华喧嚣的城市并不能吸引盛星分毫，她只想安安静静地想念她的爱人。

倏地，她边上落了一道影子。无声的脚步没有惊动专注的盛星，直到懒懒的男声在她头顶缓缓响起："怎么着，跟影帝对了场戏，都不想回房了？"

盛星猛然转头，一脑袋撞在男人坚硬的胸膛上，她愣愣地抬头，对上他漆黑的眼。

男人安静地注视着她，眸里藏了点点笑意。

江予迟垂着眼，看她瞪圆眼睛发呆的模样，憋着笑戳戳她的脑门，一字一句地问："愣什么？才一晚没见，转眼就把你老公忘了？"

"三哥！"

盛星熟练地往他身上一靠，手脚并用地缠住他，毛茸茸的脑袋不住往他颈间蹭，哼哼唧唧的，也不知道说什么。

江予迟单手抱着人，快步穿过走廊，摸出房卡，开门，来不及开灯，一脚踢上门，便把人摁在门板上。

一片昏暗的房间里带着热意。

唇被咬住，她攀着男人的肩，纤细的颈仰起，口鼻间都是他的气息，隐隐还能尝到点儿酒味。盛星细细感受了一下，味道还不错，她铆足了劲去他嘴里找那点味道，着急地还咬了他好几口。

江予迟越亲越觉得不对劲，松开手，喘息着问："你找什么呢？"

盛星舔了舔唇，意犹未尽般问："不再亲一会儿吗？"

江予迟插上房卡，开了灯，盯着她看了片刻，只见她白皙的脸上泛着红晕，眼睛亮晶晶的。

他差点气笑，牙痒痒地凑过去咬了口她的腮帮子："好喝？"

盛星不满地捂住脸，轻咳一声，莫名心虚："就还行，这不是进组了不能喝酒了嘛，要不然你刷个牙我们再亲？"

江予迟轻笑："想得美。"

盛星："……"

江予迟放下人，脱了外套，挽起袖子，进厨房烧水，打开冰箱，扫了眼食材，随口问："想吃点什么？"

盛星还沉浸在江予迟来看她的喜悦中，飞快跑过去，从后面抱住他的腰，又黏糊糊地蹭蹭他的背，探出脑袋问："你怎么过来了？"

"不来我的小祖宗又要气呼呼一整晚。"江予迟侧身，垂头蹭了蹭她的鼻尖，笑道，"今天《贺新婚》首播，过来陪你看电视。"

盛星抱着人开心了一会儿，帮着洗了菜，蹦跶着去洗澡。洗完澡出来，江予迟刚做完饭，搬了张小桌放在客厅，小桌上放着简单的三菜一汤，双人的碗筷。

盛星开工的烦恼一扫而空，自觉地拿了两个垫子放在地上，乖乖坐好，等着江予迟出来。没一会儿，男人拎着两罐冰啤从门口进来。

盛星的表情一僵，慢吞吞道："你别诱惑我。"她工作期间从来不喝酒，这习惯持续了多年，从来没有打破过。

江予迟抬眼，晃了晃手里的酒，走到她身边坐下，懒洋洋地往沙发边一靠，道："谁说是给你喝的？都是我的。"

盛星："……"

她想起上回醉酒的惨状，盛星顿时把喝酒的心思压了下去，这么丢脸的事，绝不可能发生第二次。

盛星还是头回有这样的体验，在电视上看她和江予迟，节目组还做了实时弹幕投放，在某种意义上来说，他们现在是和网民们一起看。

前两对嘉宾都是新婚夫妻，看起来甜甜蜜蜜的，一起收拾新居，接受采访，眼神间都散发着甜甜的爱意。等到了盛星那儿，画风忽然变了。甜蜜的画面一扫而空，画面里，盛星穿着睡衣，楼上楼下到处跑，每看到一个镜头都要停下瞧一会儿，歪着脑袋打量着散落在家里的各个"怪物"。

眼睛扑闪扑闪的，看起来有点傻。

盛星盯着自己那张怼着镜头的脸，谴责江予迟："你为什么不拦着我！"

江予迟懒得和她争辩，麻利地剥了两只虾，往她嘴里一塞，道："别说话，别打扰我看我老婆。"

盛星："……"

弹幕顿时疯成一片。

"哪里来的傻子，江总快把她拎回去！"

"盛星你是个女明星！别一副没见识的样子！丢人！"

"还我冷艳的大美女！"

"盛星好可爱！"

盛星恶狠狠地咬着嘴里的虾，节目组就是故意和她作对，那么多正经的画面不放，偏偏要播这一段。

节目组快进了盛星跑上跑下的热闹场景，最后停在她被江予迟逮住的场面，还不忘配字幕：论女明星可以在家做的运动。

盛星眨眨眼，看看电视上的江予迟，又看看身边的男人。

屏幕里的江予迟给她的感觉很不同，他像是天然带了某种气场，冷冷淡淡的模样，带着点漫不经心，对着她的时候，却是满眼笑意。在她看不到的时候，他都是用这样的眼神看着她。安静，温柔，仿佛她就是他所能看到的全部。

不论什么时候，看江予迟做饭都是一种享受，亲眼见到是，在屏幕上也是。他穿着干净的白衬衫，袖子挽至小臂处，一脸沉静，手下的动作很利索，不紧不慢地回答节目组的人提的问题，说到"盛老师"三个字的时候，他会抬眼看不远处的盛星，唇角带着笑。

弹幕上都在羡慕盛星，而盛星捧着自己的一小碗饭，小腿动了动，踢了一脚江予迟，哼道："看到没，我都变成她们的情敌了。"

江予迟继续剥虾："你嘴里还吃着我做的饭，别污蔑我。"

盛星心想，也是，她能吃到，她们可吃不到。

两人边吃边看，眨眼第一期就到了尾声，桌上的两罐啤酒也变成了空罐子，盛星极其克制，一口都没喝。

她看向电视，看看大家又在说什么。

"我发现一件事。其他两对，都是'老公、老婆'的喊，换到星星和江总这边，一个喊'星星'，一个喊'三哥'，却让人莫名地觉得甜？"

"想象不出星星喊'老公'是什么样子。"

"这对也挺古怪的，比那两对新婚的更像新婚，就和刚谈恋爱似的。却又非常默契，不经过一段时间的磨合做不到。"

盛星有点心虚，经纪人说得没错，网友就和福尔摩斯似的，什么细节都能给你扒拉出来。

两人吃完饭，江予迟准备离开。他项目没谈完，明天一早要开会，还得连夜赶回去。这么匆匆地来，又匆匆地走，只是为了陪盛星吃顿饭。

盛星换上衣服，恋恋不舍地送他下楼，她扯着男人的手掌，小声道："下次不用来陪我啦，我又不会真的不高兴。"

江予迟牵住她，低声应："是我想来。"

对江予迟来说，没有什么能比见到盛星更快乐的事了。哪怕时间紧迫、路途遥远，他想念她，就来见她。

时间太晚，江予迟没让盛星送他去机场，只肯让她送到楼下，摸摸她的脑袋，安抚道："忙完就来看你。"

盛星平时也不是黏黏糊糊的性格，只是习惯了和他在一起，忽然分开不适应。

她点点头："嗯，我努力工作，赚钱养家。"

江予迟挑了挑眉："那三哥等着。"

盛星松开手，掌心的温热离她而去。她站在夜风里看着他开车离开，他们都是独自来，独自去，只为了这短暂的欢愉，却又甘之如饴。

第二天，片场。

盛星拿了根冰淇淋和李疾匀一起讨论剧本，方俭安静地在一旁听着，剧组其他人也不知道在看些什么。

经纪人正在训斥小助理："又偷偷给她买！"

小助理吐了吐舌头，无辜道："我问李导了，他说星星不用节食，让她正常吃饭就行。对星星来说，正常吃饭怎么少得了甜食。"

"天气再凉一点，就不许给她买了。"经纪人叮嘱完，往周围看了眼，"他们都在看什么呢？"

小助理憋着笑，飞快看了盛星一眼，悄声道："看综艺呢。现在都在说盛老师私底下好可爱，他们一点都不怕她了。"

盛星的综艺播出的事，几乎整个剧组都知道，包括李疾匀。李疾匀瞥了眼吃得认真的盛星，一会儿想起她跟傻子似的满房子跑的样子，一会儿又想起剧里玉瑶妩媚勾人的模样，一时间陷入沉思。

"看我干什么呢？"盛星纳闷地看向李疾匀，这人刚刚就用一种诡异的眼神看着她，把她看得浑身都不舒服。

李疾匀冷哼一声，继续说剧本。

盛星："……"

今天盛星和方佥的戏份不多，拍完对手戏，两人就歇着了，但都待在剧组里没走，偶尔交流几句心得。两人虽然年纪差了很多，但都从业已久，聊起来毫无障碍，还挺投机。

临近晚上九点，盛星准备收工回家，照旧去和李疾匀打招呼，却见方佥和他坐在一起，低着头，两人不知道在看些什么。

盛星心里纳闷，凑过去问："你们看什么呢？"

刚凑过去，就见屏幕里，她，盛星本人——没骨头般躺在沙发上，喊："我腿断啦三哥！走不动了！要抱抱！"

盛星："……"

看到这里，两个男人动作极其一致，抬头，然后齐齐转头看她，眼神微妙。似乎在说：你是不是盛星？

十月初，《钟》已经拍摄了一个月。

这一个月，除去《贺新婚》的播出让盛星在组里有点尴尬，其余一切都很完美，她的状态越来越好。

盛星不仅状态好，她还很闲。和在上个剧组不同，这里有比她更资深的影帝在，且方俭脾气温和，组里的年轻演员们都喜欢问他问题。

小助理端着果盘坐在盛星边上，小声叨叨："姐，你为什么故意板着脸。我看前段时间，有人想来和你搭话的，看到你冷冰冰的模样，又跑走了。"

盛星翻了个白眼，道："又不是我先板着脸的，是她们先在背后偷偷笑我！"

说来说去，还是综艺的事。盛星多年来在镜头前清冷的形象就这么毁于一旦，好多人都不敢相信，那怎么会是盛星？无论盛星上戏还是下戏，总有数不清的视线往她身上瞟。时间一久，她就不高兴了，因此冷着张脸不想理人。

小助理劝慰她几句，叉了块水果喂她，忍不住开始八卦："姐，江先生这周来看你吗？上周好像没来。"

"他最近也不知道在忙什么事。"盛星绷着脸，嘴里的草莓也没了滋味，嘀咕道，"电话和短信也很少。"

江予迟每陪她一段时间，之后都会集中忙一阵，但这一次他忙的时间太久了，盛星半个月没见他，怪想他的。她盘算着，能不能从李疾匀那儿抠出一天假期来。

"星星，有烦心事？"方俭自然地在盛星身边坐下，他很羡慕她悠闲自在的模样，能够专心地烦恼自己所烦恼的事，且一点不加掩饰。

近期，方俭一直在看盛星的综艺，私下观察了在综艺里展现出来不同性格的她和如今在片场的她。旁人觉得片场里的盛星更严肃，他却不觉得。综艺里的盛星，和片场的盛星，其实是一样的。只是他们觉得有距离、有压力，从来没有真正了解过她。

方俭总是想，旁人多年来对她都抱着这样的看法，保持着距离。

她在这样的环境中长大，会觉得孤独吗？

盛星下意识坐直身子，喊："方老师。我有烦心事表现得很明显吗？"

方俭指了指脸："都写在脸上了。"

盛星叹了口气，又躺回去。

方俭仍耐心地看着她，似乎真有替她解惑的意思。

她想了想，问："方老师，冒昧问一句，您结婚了吗？"

方俭缓慢地理解了一下她话中的意思，摇头："不瞒你说，我有近十年没有开始一段新的感情了。"

盛星和小助理对视一眼。她还在八卦与不八卦之间犹豫，就听小助理大着胆子问："方老师，您是不是在上段感情里受了伤？"

盛星："……"

这也太直接了。

她忙去捂小助理的嘴，一副恨铁不成钢的模样："抱歉方老师，她年纪小，胡乱问的，你别放在心上。"

方俭仍旧是温和的模样，没有生气，反而回答小助理，诚恳道："并不是，是因为我总让别人受到伤害。"

盛星："……"

小助理："……"

方俭看见两个女孩的神情，知道她们在想什么，他慢吞吞地解释："我很难对一个人动心。她们和我分手的理由大多是同一个，感受不到我的爱。更确切地说，我很难产生情绪，不论是对人还是对事。但电影，对我来说不一样。"

小助理竟也跟着点头："确实，方老师……"

一张口，她意识到自己又要开始瞎说，赶紧闭上嘴。

方俭温声道："不碍事的，这都是事实，并不会冒犯我。"

盛星听了那段话却怔了好一会儿，忽然觉得有些不对劲。片刻后，她倏地看向李疾匀，他正皱着眉呵斥着某个人，神情一如既往地高傲冷漠。

盛星收回视线，抿抿唇，问方俭："方老师，您这两年看过我的作品吗？"

方俭沉默片刻，应："看过。三年前，疾匀找我的时候，提出过这样的要求，希望我看你所有的作品。"

盛星神色微凝，匆忙道："我离开一下。"

方俭和小助理眼睁睁地看着盛星快步走过去，打断了李疾匀。随后，两人朝着无人的角落走去。

盛星站在李疾匀跟前，直直地盯着他的眼睛，问："你故意选的方俭？"

李疾匀一愣，那张冷漠的面孔有瞬间的变化，他否认："方俭是最合适的，没有故意或者不故意的说法，我不明白你的意思。"

"你明知方俭是这个性格！"盛星勉强压着脾气，斥道，"最终先生是会爱上玉瑶的，戏结束了你让他去哪儿找玉瑶？李疾匀，你拍电影是一回事，但干预别人的生活又是另一回事。他们的人生不是只有这一段路，你不能为了自己想要的，不管别人的死活！"

先前，盛星之所以同意李疾匀干涉她的感情生活，是因为她不仅把他当成导演，他同样是她多年的朋友。因为这些年的关系在，李疾匀有所顾虑，愿意循序渐进，引导盛星，但方俭显然不同。

李疾匀冷声道："盛星，方俭不是刚从业的新人。他十八岁就入行了，作为一个专业的演员，他知道什么该做什么不该做，更知道拍摄结束之后怎么从角色中抽离自己。"

盛星一怔，不可思议地问："他知道？"

李疾匀瞥了眼方俭，应："他三年前就知道，你以为他为什么看你的综艺？"

盛星咬了咬唇，骂道："两个疯子！"

被这件事这么一打岔，盛星完全忘了要请假的事，她见着这两个人都烦，冷着张脸谁都不想理。

小助理看见这样的盛星也害怕，只敢小心翼翼地说："姐，刚才你电话响了，好像是物业。"

盛星回了个电话，物业工作人员言简意赅，说她有一个快递需要签收，问她这些天什么时候方便过来拿。

她沉默了几秒："快递？能看出来是什么东西吗？"

录节目两个月以来，盛星没往公寓寄过东西，更何况其他人。但不排除节目播出后，有人扒出地址，给她寄快递。

这也是盛星不想在落星山录制的原因之一。

电话那头安静了一阵，物业工作人员迟疑道："盛小姐，里面装的可能是信件之类的物品，很轻，没有声音。"

盛星抿抿唇，问："我记得你们那儿有安检设备，还在使用吗？"

几分钟后，物业工作人员检测完回来，古怪道："里面是空的。"

麻烦接二连三地来，盛星的心情愈发地差，直到下戏剧组里都没人敢大声说话。黑漆漆的夜，片场还这么安静，大家都有点不习惯。

方俭无声地看着盛星的背影，看着她消失不见，才走到李疾匀身边，轻声问："星星怎么了？"

他自身难产生情绪，也难感知情绪，对盛星的异常一知半解，又放心不下，只能来问李疾匀。

李疾匀头也没抬："明天就会好。"

方俭听了，半响没说话，静悄悄地走了。

酒店内，盛星穿着睡衣，平躺在床上，四肢伸展，皱着眉头，一脸烦闷。静静地躺了一会儿，她又开始骚扰江予迟。

几条信息发过去，他直接回了个视频电话过来。不等视频接通，盛星先嘟起嘴，装作不高兴的模样。

江予迟坐在昏暗的后座上，视频一通，看到盛星腮帮子鼓鼓的可爱模样，他忍不住笑道："谁惹着星星了？"

盛星一看他还在车里，立即收敛了神色，脑袋往镜头前凑，问："你在回家的路上吗？是不是喝了很多酒？"

"嗯，回落星山，喝得不多。"江予迟的声音有点低沉，黑眸在画面中很亮，正定定地看着她。

盛星撇撇嘴，巴巴儿地看着画面里的男人，穿着西装，看起来似乎瘦了点，模糊的画面掩不住他眉眼间的疲惫。

他歪着头，安静地看着她。

盛星小声和他说着这两周的事，他静静地听着，偶尔说两句话，直到听到她说收到空快递，坐直了身子。

"什么时候寄来的？"江予迟尽量让自己显得不紧绷。

盛星如实道："今天下午。物业给我打电话，说是上午送来的。我让他们先放着，可能是看了节目的人寄的，以前也常有这样的事，不过那时候都是寄到工作室。综艺拍完，经纪人就劝我把房子转手，但那是外公送我的，我舍不得。"

江予迟点头："我去拿。"

盛星一愣："现在去？"

"不远，车刚开出来，顺道去拿。"江予迟只提了一句，便转移话题，"明天三哥有时间，过去看你。"

盛星顿时来劲了，往前一扒拉，几乎整张脸都要贴到镜头上，恨不得现在就能见到江予迟，她雀跃地问："真的？"

江予迟弯起唇，放松身体，靠向后座："三哥什么时候骗过你？"

盛星的烦恼顿时一扫而空，还从床上坐起来，兴奋地说想去哪儿吃饭，说外公好久没见他，也想他了。

江予迟温声应："明天和外公一起吃饭。"

盛星本来也没觉得自己是那么多话的人，可每每遇上江予迟，她也不知道上哪儿找来的那么多要说的事。

正说得起劲，门外响起敲门声。敲门声不轻不重，响了三声便停下。

她侧头看了眼，又看向屏幕，道："三哥，我去看看。"

江予迟垂眼扫了眼腕表，现在是晚上十一点。他说："带上手机，我这里会静音。"

盛星眨眨眼："你要和我一起去开门呀？"

江予迟盯着她，面色自然地"嗯"了一声。

盛星低头扫了眼自己的穿着，短袖、长裤的睡衣款式，看起来没什么不妥，拿着手机跑去开门了。

门一开，沉静的男人站在门口，目光平和地看着她。

盛星怔了一下，喊："方老师。"

方俭低声问："今天发生了什么让你不高兴的事吗？"

盛星："……"

她咽了咽口水，默默捏紧了手机。

许是方俭和剧里的角色过于贴近。此时的盛星居然分不出面前的男人，究竟是方俭还是剧里的先生。她沉默了几秒，快速瞥了眼手机，自然道："没事，就是一些私人情绪。"

方俭仔细地感受了她说的"私人情绪"四个字，缓缓点了下头，往后退了一步，温声道："晚安，星星。明天见。"

盛星硬着头皮道："明天见。"

关上门，盛星默默地贴在门板上，一时间不敢出声。

此时此刻的尴尬，一点不比在西鹭那会儿少，只是那时候至少还是他们两个人之间的事，现在莫名其妙多了第三个人。

方俭选择在深夜来敲门亲自问她，而不是在微信上询问或是等到明天，这个举动本身就意味着一些微妙的情绪，而这情绪，怎么和江予迟解释呢。

不等盛星出声，那静了半晌的手机又有了动静。

男人低声问："今天不高兴？"

盛星一怔，她以为江予迟会问方俭，没想到会先问她不高兴的事。她鼓鼓腮帮子，重新跑回床上，盯着镜头，小声道："我想你啦，见不到你就有点不高兴。想着能不能请一天假去看你，就是想这件事才不高兴的，不是因为别的什么。"

江予迟抬手，指尖靠近屏幕，轻戳了戳她圆滚滚的脑袋，极轻地勾了下唇："之后不忙了，明天就来看你。我们也明天见。"

盛星："……"

她就知道，该来的早晚都会来。不是早，就是晚，还不如早。

盛星叹了口气，她颇有些困扰，正好江予迟问起，干脆盘腿坐起来，和他好好说。她浅蹙着眉，绷着脸，道："这个事说来很复杂。"

江予迟点头："怎么个复杂法？"

盛星至今觉得那两个人很不对劲，一股脑儿和江予迟说了："这事还得从我演《钟》时说起。之前你说得对，李疾匀他从三年前就在等，他虽然拒绝了我，但也没打算考虑别人，也不知道他先前装模作样地试镜是为了什么，难道是为了刺激我？算了，这个男人我搞不懂，说回方俭。"

盛星面色古怪，又困惑："你看过剧本，大概知道先生是个什么样的人。"

江予迟总是很敏锐，几乎在瞬间就理解了盛星的意思，他蹙了蹙眉，问："方俭和他很像？"

"唉，除去时代背景，几乎是一模一样。"盛星苦闷地托着脸，真心实意地忧愁，"之前我以为是他对角色和情绪的把控到了出神入化的地步，但今天才发现他真实的性格就是这样。不能说李疾匀偷懒，不愿意去找其他演员，是当你看了他演戏，就知道他一定是最合适的那个，他就是'先生'。他们两个人都默认了这件事。"

但显然，这样的合适有代价。方俭几乎是在演另一个时代和空间的"自己"。

江予迟凝视着盛星，说："最后他会像剧本里一样，爱上你。"

盛星眉毛一挑，一本正经地纠正他："不是我，是'玉瑶'，要是别人演玉瑶，那就是别人。"

江予迟明白盛星的困扰。他沉默片刻，道："不用管他，他知道可能会发生的后果，依然愿意演，那是他的事。你们都热爱电影，愿意为电影付出，但有一些代价只能自己承受。"

他盯着她的眼睛，轻声道："星星，你不能帮他，也帮不了他。"

戏演完了，盛星只是盛星，不属于任何人。

哪怕是他，也只是有幸成为她的丈夫。她依然是她自己。

盛星叹了口气，重新躺回床上，侧着脸枕着枕头，乌黑的眼珠盯着江予迟，小声问："我明天就能看到你了对不对？三哥，媒体常说，我是老天爷赏饭吃，这话其实一点都不假。我能做到专业和敬业，但演技这个事，说不清的，我确实没在上面费太多的精力。但我看到李疾匀，还有方俭，他们似乎要把灵魂都献给电影。"

时至今日，盛星终于明白，李疾匀要的到底是什么。

他要方俭和她全情、忘我的投入，要他的故事完整。

"都是疯子。"盛星嘀咕了一句。

第二天一早，盛星如常去了片场。

这天又下起了细雨，缠绵又恼人。

工作人员仔细观察盛星，发现她恢复了之前的状态，没再像昨天那样冷冰冰的，都松了口气。

盛星的情绪没影响她的状态，今天的戏份依旧完成得很好。李疾匀盯着监视器，半晌没说一个字，方俭也在一旁看。

小助理探头瞧了一眼，缩回脑袋，问："姐，我们完事了吧？去换衣服吧，这都十月了，天冷得真快。"

盛星却停住脚步，纳闷，这两人看什么呢看个没完。她转身，径直朝那两人走去。

监视器上是她和方俭今天的对手戏。

李疾匀反复地看了许多遍，问方俭："你什么感觉？"

方俭微怔，他静静地看着屏幕上的自己，低声道："我的情绪没收住，过于外放了。对玉瑶，还没有到那个情绪点。"

"为什么？"李疾匀紧跟着问。

方俭沉默着，不知道该怎么解释自己此刻内心的感觉，似乎是可以解释的，但对他来说却很难。

盛星看得头疼，在心里叹了口气，说："再拍两条。"

说着，她脱下外套，往小助理怀里一塞，低声说了几句，重新走进镜头画面中，开始调整状态。

方俭还没反应过来，就见李疾匀瞥了他一眼，道："你运气不错。"

时间缓缓流逝，眨眼已是深夜，细如丝的雨仍无声无息地下着。

盛星下了戏，总感觉自己忘了什么，直到看到小助理，才惊觉她把江予迟给忘啦！

"三哥呢，人来了吗？"盛星踮起脚，左看右看，却没在片场看到江予迟的身影，"他给我打过电话吗？"

小助理忙点头："七八点的时候打过，我说你在忙。"

盛星扒拉着手机找江予迟，小助理忙给她披上外套，两个人朝停车场走，将夜色和片场的人都抛在脑后。

酒店门口，车内。

小助理瞥了眼绷着脸的盛星，小心翼翼道："姐，江先生给我打电话那时候好像在开车，说可能会晚点到，说不定就是路上耽搁了。"

盛星担心了一会儿，刚准备下车，就见门口另一侧驶来一辆车，挂着洛京的牌照，再仔细一看，是江予迟的车。她倏地拉开车门，披在肩上的外套掉落也不管，匆匆朝江予迟跑去，小助理也识趣，没跟上去，默默溜走。

盛星才走近，江予迟猛然刹车，却迟迟没有下来。她怔了片刻，朝车门走去，不等碰到把手，车门从里面打开，男人长腿一跨，自然地牵住她，下车，反手关门。

"三哥？"盛星仰头去看他。

江予迟正垂眼看着她，本就漆黑的眸此时含着复杂的情绪，深沉的目光落在她的脸上，细看眼睛泛红。

盛星一怔，小声问："怎么了？"

江予迟盯着怀里的女人，久久不动。忽然，他动作极轻地将她拥入怀中，两人交叠的身影在细雨中仿佛静止的雕像，久到酒店门口的迎宾探头张望。

半晌，江予迟微微松开盛星，喉结动了动，低声道："先上楼。"

顶层套房，盛星拿着毛巾，轻缓地擦拭着江予迟柔软的黑发，还调皮地揉了好几圈，他安安静静的，由着她玩。

江予迟坐在沙发上，盛星站在他身前。

女人柔软的身躯距他咫尺之遥，他却没有伸手去抱她，只是安静地听着她说话，说剧组，说天气。

反复擦了几遍，盛星蹲下身，仰头瞧着江予迟。不知怎的，她总觉得今晚的江予迟很脆弱，似乎一松手就要碎开了。

她眨眨眼，弯唇笑了一下："看我看傻啦？"

"星星。"他低声喊。

盛星倾身，仰头亲了亲他的唇角，小声道："星星在呢。"

江予迟垂着眼，和她额头相抵，内心像是被什么拉扯着，喉间一片干涩，所有的话都卡在喉咙里。

"星星。"他低低地喊，嗓音喑哑，"三哥暂时没办法陪你了，明天要去一趟西北。临时定的，比较急。"

盛星一愣，拉开距离，盯着他半晌，忽而笑了："我又没有那么小气，你忙正事就去忙，不用想这么多，忙完来见我就好啦。是大嫂说的纪念活动吗？你也要去吗？多久回来？"

盛星第一次听江予迟说这件事。上次在大嫂那儿的时候，那两人都没提起过，她本来以为江予迟不用去。今晚他这么一提，显得特别着急。

江予迟动了动唇，哑声应："是纪念活动，鲨鱼临时通知的。可能去一周，或者两周，还不确定，不会很久。"

盛星想了想，又抬手摸了摸他的脑袋，道："你先去洗澡。小助理说你打电话的时候在开车，是不是没吃饭？"

江予迟轻"嗯"了声。

盛星一听，连忙把人赶进了浴室，自己去了厨房。她最近在东川拍戏，奶奶和阿姨都寄了好些东西过来，外公更是，恨不得让她带厨师来上班。

冰箱里什么都有，盛星上下仔细扫了一圈，忽而在角落里发现白白软软的年糕，想起上次江予迟教她做的年糕汤，味道还不错，干脆就煮这个。

不过这一次，不用江予迟在她身边盯着。

盛星忙上忙下，生出一股自豪感来，她可真聪明，一学就会。

江予迟在综艺里说得一点都没错。

江予迟洗完澡，悄无声息走到厨房门口。他微倚在门框边，视线安静地掠过厨房，最后停在盛星身上。她穿着居家服，长发扎起，脸庞白净，眼睫垂落，专心地看着锅。锅内的水"嘟嘟"地冒着泡，年糕在汤汁中逐渐变得柔软，散发出淡淡的香气，以及一丝家的温情。

而她，就在他视线所及之处。

他多想，就这样看她一辈子。

十六个小时前。

早上八点，江予迟出门。

十月的落星山已完全入秋，庭院中散落着枯败的落叶，原本娇艳的花朵都蔫巴地垂下了头，山中晨风"簌簌"，瞧着莫名有些冷清。

一袭风衣的男人神情轻松，径直走向车边，开门上车，刚启动车，手机忽而开始振动，他瞥了眼，是鲨鱼的电话。

电话接通，猛烈的风呼啸吹过，风里和着沉重的呼吸声。

江予迟沉默了几秒，喊："鲨鱼？"

"迟哥。"鲨鱼的声音沙哑，艰难地说着话，"半小时前，蜂鸟转监狱，车开到半道上，他逃走了。哥，他跑了。但我们立即封住了出入口，他一定逃不出去。"

江予迟神色微凝，他几乎瞬间就想起了大嫂带着汉山在西北，迅速道："马上联系大嫂，她和汉山在宁北参加纪念活动！"

这一瞬，江予迟脑中已闪过数个念头，他想起盛星，想起大嫂和汉山，想起远在西北的鲨鱼，最后想起蜂鸟。

蜂鸟的目的是什么？他想要什么？

宁北把守严密，蜂鸟绝对逃不出去，被找到只是时间问题。他逃出去的目的只有一个，为了引自己过去。纪念活动和他转狱的时机太过相近，是巧合吗？恐怕不是。

江予迟猛砸了下方向盘，蜂鸟一开始打的就是这个主意，用大嫂和汉山引他去西北，可他却现在才想到！

事发突然，江予迟显然不能在此时去东川找盛星。

约莫过了一小时，鲨鱼传来了最坏的消息——汉山失踪了。紧接着，有通话请求转到他手机上，找他的是这一次抓捕蜂鸟的行动队队长。

队长言辞恳切："江队长，蜂鸟劫持了汉山，要求见你，你们当年的恩怨我们都清楚。这一次他的目的很明确，是你，但我们不能就这样轻易让他见你，你……"

"汉山在他手上？"江予迟打断他的话，"他既然要求见我，一定是留了什么话。他说什么了？"

静了片刻，队长低声说："他说，当年你大哥给你留了话。"

江予迟倏地握紧手机，目光微冷，道："你告诉他，我明天就去见他，要求是放了汉山，用我去换汉山。"

"江队长，你我都明白，他就是要报仇。"队长的声音忽然急促起来，"我们可以尝试救出汉山，你现在和汉山一样，是需要我们保护的普通民众！"

江予迟垂着眼，语气平静："大哥把汉山托付给了我。如果你有百分百的把握，也不会给我打电话。队长，我有把握全身而退。明天我到宁北，到时候具体怎么执行，听你的。"

事已至此，他们都明白最好的处理方式是什么。更何况，江予迟之所以是江予迟，是由年年岁岁的功绩累积而成的，没人会不相信江予迟。可是，此时江予迟在洛京。他不仅是江予迟，他也是盛星的丈夫，是她的爱人。

冷清的秋风如无形的手，拨动整座落星山，树林如浪潮般向一侧涌去，江予迟却无意去聆听这阵阵松涛。

他独自在庭院中，无声注视着山头，许久许久。

他该怎么对盛星说他要用自己的命去换汉山的，怎么能对盛星说出这样的话，让她担惊受怕，让她等他。

他的星星，从小就在等。小时候，她等着爸爸妈妈去接她，再大一点，她等着爸爸妈妈能够爱她，之后她又在等，等他回来。其中有大半，她都没等到。

可他又怎么能什么都不说。

就这么一次，让他赌这一次，江予迟想。他会在盛星发现之前回到洛京，去她身边。

下午，江予迟见了律师，妥善安排了可能发生的一切。临出发去东川前，他回落星山，进盛星的房间，摘了其中一块牌子带在身边。

出发时，洛京也下了雨。

夜里这一路，江予迟整个人冰冷而僵硬，直到进入东川，他开了空调，体温才渐渐升高，情绪渐渐缓和。可见到盛星那一刹，他所有的心理建设都倒塌，又开始重塑。

他只想这样安静地拥着她。

眼前的年糕汤温热、柔软。热气升腾，模糊了盛星的面庞。

江予迟平静下来，注视着对面正托腮瞧他的女人，那双如湖水一般的眸，眨巴着在他面上扫视，看起来美好而珍贵。

"不好吃吗？"她鼓鼓腮帮子，撩起头发，凑过脑袋来闻了一下，嘀咕道，"闻起来还挺香的，应该比上次好吃才对。"

江予迟垂下眼，低声应："好吃。等我回来，还想吃星星做的年糕汤。"

盛星身体前倾，下巴微昂，晃了晃小腿，趾高气昂："要看你表现。我可是不轻易下厨的。"

"当然。"江予迟弯唇笑起来，眉眼疏朗而柔和。

盛星望着他似藏了千言万语的眼眸，望了一会儿，终是没将那句话问出口。她不敢问会不会有危险，怕自己一旦问了，这话就成了真。

喝过年糕汤，江予迟收拾厨房，盛星去卸妆洗澡。

盛星出来时，那男人半倚在床头，低垂着眼，拿着她的剧本看，见她出来便自然地关了大灯，只留了一盏小灯。

盛星爬上床，熟练地钻入江予迟怀里。

江予迟无声地动了动唇，低头在她额间落下一个轻吻。

随即，他熄灭了灯。

东川的秋雨缠绵了三四天。

潮湿和阴冷的天气令人心情低落，盛星这两天在剧组话很少，李疾匀和方佥都在她这儿碰了不少壁，私下问小助理，小助理只是摇头。

这会儿，小助理又勉强打发走了方倓，幽幽地叹了口气，转头正准备去找盛星，忽而瞥见经纪人急匆匆地赶来。

"姐！"小助理顿时松了口气，忙迎上去。

经纪人快步走来，急促地问："怎么了？"

小助理扯着她边往休息室走，边低声道："四天前，江先生大半夜地过来找星星，第二天一早就走了。那之后星星就常发呆，只有演戏的时候才正常，一下戏就没了精神气。而且她发的短信、打的电话，江先生都没回。"

说话间，到了休息室门口。经纪人敲了敲门，里面没动静，隐隐传来声音，她只好道："星星，是我。我进来了，就我一个人。"

说完，等了片刻，她开门进了休息室。电视里在播放最新一期的《贺新婚》——江予迟和盛星互相给对方写信。盛星盖着薄毯，半躺在沙发上，一手捏着抱枕，一手托着下巴，看着电视。

经纪人快速扫了一眼。圆桌上放着新鲜的水果和奶茶，都是满的。小助理为了哄她，甚至偷了几颗巧克力，垃圾桶里却干干净净的，盛星一点没动。

"看综艺呢？"经纪人不动声色地在盛星边上坐下。

盛星动了动，眼睫微颤，这才注意到经纪人来了，蔫头耷脑地喊了声"姐"，继续把注意力放在综艺上。

经纪人没再说话，安静地陪着她一起看。画面中，盛星写完了信，一下扑到江予迟背上。男人手里捧着一本笔记本，看得专注，迟迟没有去抱她。

当时，盛星看不清他拿着什么，这会儿，却看得清清楚楚。她忽然坐直身子，按了暂停键，眼神古怪地盯着那本笔记本。

盛星记得很清楚，这是一本错题本。这本子对她来说有不一样的意义，那是江予迟给她买的。那摞高高的本子在日复一日中慢慢减少，只剩最后一本。这最后一本，此时就在屏幕里，在江予迟的手里。

经纪人侧眸看去，轻声问："怎么了？"

盛星有一瞬的茫然，指着屏幕说，"姐，那个本子，我记得我在后面写满了三哥的名字。但是……"

经纪人迟疑着问："你不是说和他坦白了吗？"

盛星想起这事就气闷："他那天喝酒了，一觉醒来，都忘光了。"

经纪人："……"

盛星想起那个 U 盘，道："不过，那晚有个机器没关，那段正好被录下了。女负责人把视频偷来给我了。"

经纪人叹气，无奈道："你自己藏着？"

盛星点头："我还怕放家里被三哥看见，藏在工作室里呢。"

这么一打岔，盛星低沉的情绪好了一点，和经纪人说："他电话关机了，还不回我短信，我都找不到他。上次我和他去西北也这样，但……先前我在那儿呢，现在我离他那么远，总觉得心慌慌的。"

经纪人拍拍她的背，起身把人拉起来，道："可能就是有事，别多想。走，我们吃夜宵去，吃完回去早点儿休息，明早还要赶工。"

车停在片场附近的停车场，盛星一行人浩浩荡荡地往外走，小助理在一旁撑着伞，和盛星缩在一起。

重重的树影在夜风里摇晃着，拉出诡异的影。

小助理瑟瑟发抖，往盛星身边蹭，小声道："姐，这两天我总觉得有人在看我们，怪吓人的。"

盛星正要安慰她，耳边忽而传来尖利的猫叫声，她余光微动，忽然瞥见一张熟悉的面孔闪过。

盛星停住，唇角一寸寸绷直，很快又大步迈出，直直朝着停车场的一个角落走去，并对小助理说："别跟过来！"

经纪人和小助理停在原地，对视一眼。

盛星跨进雨里，几乎是跑向角落，在那道身影即将跑开的时候，她高声喊："鲨鱼！我看见了！"

那道身影僵住。片刻后，角落里的男人转过头来。

路灯下，鲨鱼的神色无措而仓皇，他不敢看她，只是喊："嫂子。"

盛星抿抿唇，指尖不可抑制地颤抖起来。半晌，她攥紧拳，盯着面前的男人，问："他呢？"

雨夜，越野车疾驰在高速路上。

车内，鲨鱼惴惴不安地开着车，余光瞥向副驾驶位的盛星。他们正在前往洛京的路上，自他说了来龙去脉，盛星就一直沉默着。

盛星侧头，看车窗上自己的影子，雨滴在窗外画出斑驳痕迹。

她走得急，没来及联系李疾匀，现在才打通他的电话，也没拐弯抹角，直接道："我要请假。"

李疾匀问："多久？"

盛星沉默了几秒，应："不知道。"

那头沉默片刻，道："知道了。"

李疾匀和盛星相识多年，彼此了解，知道如果不是意外，她不会就这样匆匆离开，只留下这么两句话，所以他没问原因，只是答应她。

鲨鱼三番两次往盛星那儿看，等第四次再看过去，一直侧着头的女人轻声问："汉山怎么样了？"

他一怔，忙应道："前天……出来之后，他们护送大嫂和汉山离开了，回去后周围也有人暗中保护，大嫂她说那儿住惯了，不愿意搬。"

问完这一句，车内又安静下来。

鲨鱼只好硬着头皮道："嫂子，迟哥没事，周围都是我们的人。但凡有一点动静就会行动，而且迟哥身手和当年比，差不了多少。就一个蜂鸟，怎么能动得了他。"

他的声音越来越低，因为盛星的脸色越来越难看。

鲨鱼一时间也不知道是该继续说，还是不说。他努力想了想，继续说西北的情况："这两天陆续有人送两人份的食物进去，昨天迟哥还露面了。"

沉默片刻后，盛星忽然问："你说江予迟是那天上午知道的，下午呢？你们联系他了吗？"

鲨鱼仔细回忆："没有，下午他们忙着找人，我在去东川的飞机上。迟哥他因为快递的事，不放心你，让我回来盯着。"

盛星此刻无比冷静，大脑高速运转。江予迟上午收到的消息，晚上赶去东川见她，那他下午在做什么？他不会什么都不留下，就这样离开，他甚至会连夜赶来见她。

两人到洛京时已是深夜。

落星山的别墅灯火通明，小宋和鲨鱼在楼下面面相觑，盛星一个人在上面翻箱倒柜，也不知道在找些什么。

盛星进组那段时间比较赶，江予迟还没来得及搬进主卧。她在侧卧里翻了一圈，没找到什么有用的，衣物他一件都没动。书房、暗室，休息区，找遍了整个二楼，最后只发现松球不见了。

盛星站在原地生了会儿闷气，心念一动，往自己的卧室走，刚进门她就怔住了。原本窗檐下两块贴在一起的木牌，只剩下一块，独自坠在那儿，形单影只。

盛星紧抿着唇，内心生出一股说不清的情绪来，又心疼又生气，他一个人去西北，居然只带了一块木牌。

几分钟后。

盛星下楼，一双明眸盯着小宋，面无表情地问："松球呢？江予迟那天下午干什么去了？找你了吗？"

小宋咽了咽口水，应："在先生办公室，这几天由我照顾它。那天下午先生没来公司，只和我说他这两周有事。"

盛星攥紧拳，闭了闭眼，侧开头，道："你们回去吧，太晚了。"

说完，不等他们回应，她独自上楼。

小宋和鲨鱼一齐朝楼梯口看去。盛星步伐如常，不快也不慢，她昂首挺胸，背脊坚挺，丝毫看不出情绪。但她背影单薄，他们莫名觉得心酸。

盛星从没发现，自己可以冷静至此。

在牧场那次她忍住了，这次也可以。她缩在被子里，浑身冰冷，竭力控制着自己，让自己不要崩溃。

其实，她还有很多想做、想问的事，但现在已经是凌晨，她不能把这件事闹大。江予迟的事，不光关于他和她，背后还有整个江氏集团。

天很快就亮了。盛星告诉自己。

早上六点，闹钟叫醒盛星。

从起床、洗漱再到出门，她只用了十分钟。江予迟的司机早已等在楼下，他送她去了江家老宅。

盛星进门的时候，赵阿姨愣了一下："星星？不是在东川拍戏吗，怎么这会儿过来了？哟，脸色还这么难看，怎么了？"

"赵姨。"盛星勉强扯了下唇，低声问，"四天前，三哥回来过吗？"

赵阿姨想了想，应："没有，那天老太太倒是出过门，大晚上的，还挺着急，没让我们跟着。"

盛星抿抿唇："奶奶呢？"

赵阿姨指了指楼上："在楼上。这两天下雨，老太太居然没去花园看她那些宝贝，一直坐在阁楼里，不让人进，现在估计在喝茶呢。"

盛星没再多问，直接上了楼。

今天洛京雨停了，天没放晴。阁楼里光线半明半暗，透亮的玻璃下爬满翠绿的藤蔓，奶奶独自坐在落地窗前，低头看着什么。

盛星走近，她拿的是一本相册。相册里都是江予迟的照片，说来也怪，除去小时候，再大一点的江予迟，每张照片里都有盛星。

"星星来了？"奶奶神色平静，语气轻缓，拍了拍边上的椅子，说，"先坐下，听奶奶说说话。"

盛星低喊："奶奶。"

盛星坐下后没出声，只是静静地陪着奶奶一起翻相册，从他十岁、十二岁、十五岁，再到十七岁，再往后照片越来越少，最后停在他们的婚纱照上。

"当年，阿迟说要去读军校，我死活不同意，江家就这么一个孩子。但孩子大了，我管不了他，就和他约定，毕业后就回来结婚。可毕业了，他也找理由拖延，那两年我没少生气。后来，他忽然给我打电话，说想回来结婚。我说好啊，你想结婚，奶奶一定帮你，不给你拖后腿，你喜欢哪个小姑娘？"

奶奶沉默了几秒，稍稍有些哽咽，伸手攥住了盛星的手，继续道："他说奶奶，星星二十岁了。我一开始不答应，可有一天，我也是坐在这里，翻着相册，发现，哎，怎么星星来了之后，阿迟的照片就变多了？那么多照片，他只有和你在一起，才笑得真心。我想，阿迟和星星在一起很快乐。但是，世间事哪有这么容易。想和喜欢的人在一起，就能在一起，在一起了，又一声不吭地走，想着回来她还在原地。这些事，从来不是他一个人的努力就能做到的，我们星星也很辛苦，对不对？"

盛星垂着眼，没说话。

奶奶叹息着，摸了摸盛星的脑袋，轻声说："那天下午，阿迟去见律师了。他们说了什么，你去见律师，他会一字不漏地告诉你。"

盛星下楼时，眼眶微红，本就苍白的面庞更显可怜。

赵阿姨踌躇片刻，终是没留她吃早饭，把人送到门口，又扒在门框边，看着盛星独自离开。

林律师和江氏合作有些年头了，他从没觉得自己的人格魅力大成这样，前几天见了江予迟，又见到了江家老太太，今天又迎来了位尊贵的新客人。

这新客人来头太大，整个律所都蠢蠢欲动。

林律师板着脸，严肃地扫了他们一眼，吩咐助理去倒茶，随即关上门，还颇有些头疼，不过他从业多年，最会装模作样。

"盛小姐。"林律师在盛星面前坐下，停顿片刻，道，"您的来意我已经知道了。老太太叮嘱过，您问什么就答什么。"若是没问到的，他能不说就不说，也不能就这么把江总全给卖了。

盛星开门见山："他找你做了什么？"

林律师道："修改遗嘱。"

盛星眼睫微颤，问："他上次立遗嘱是什么时候？"

林律师沉默了几秒，如实应："三年前，你们结婚没多久。改动内容不大，只是加了这三年的……一些变动。"

何止是一些。

三年前，江予迟还没有掌管江氏。这"一些"变动，完全能让盛星在一夜之间成为洛京最富有的人。

林律师看着盛星的脸色，试探着说："您可以看。"

盛星微摇了摇头："他就做了这些？"

林律师在心里叹了口气，该来的还是来了。他克制着自己的脸色，尽量平和地说："江先生，他还询问了离婚的事。"

那天下午，林律师按照江予迟所说，拟好了离婚协议书。其间，男人一直沉默地立在窗前，许久许久未动。

窗外下着雨，室内的气氛也压抑到了极点。

最后，他哑着嗓子说："不用了。"

林律师保持着专业素养，尽量还原了当天的情形，并且着重说明最后江予迟放弃了这份离婚协议书。

他说完，忐忑不安地等着盛星说话。

这是林律师第一次亲眼见到盛星。银幕上的盛星，总是生机勃勃的，充满朝气与生命力，湖水般的眼眸如她的名字一样，总是闪耀着，那是她最吸引人的地方。可此时此刻，他觉得盛星变得黯淡了。

然而下一秒，盛星忽而抬眸，乌黑的眼中又出现了他熟悉的神采，她问："你还留着吗？"

林律师一怔，没反应过来："什么？"

盛星说："离婚协议书。"

晚上，盛星和鲨鱼到达宁北。

西北的夜很冷，凛冽的西风似刀般刮过，勾勒出盛星单薄、瘦削的身形。下了飞机，她一时间没动。

鲨鱼站在原地，注视着仰头看着天空的女人，不由得叹了口气。

片刻后，盛星收回视线，裹紧大衣，转身低声道："走吧，带我去见他。"

晚上八点半。

宁北，某处废楼，最高层。

混凝土墙面未经粉刷，四面围墙，只在最顶上开了个方形的口子用来通风，铁门紧闭，墙角放着一把梯子。

江予迟随意地坐在墙角，长腿伸展，一条腿屈起，胳膊随意搭在膝盖上，手自然地垂下，指间虚虚夹了根烟。

蜂鸟见他这副模样，阴阳怪气道："怎么，这么些年不见，白得差点认不出来，看来你这几年过得都是好日子。"

这三天，外面的行动组和江予迟都摸不清蜂鸟的意图是什么。他们本以为他想要江予迟的命，但他好像没这个意思，这几天和江予迟同吃同睡，偶尔还聊会儿天，硬生生处出点狱友的错觉来。

当然，前提是忽略他手里的武器。

江予迟微微侧头，看了眼站在对角线上的蜂鸟，懒懒道："你倒是和三年前差别不大，剃了头倒还显得干净点。"

蜂鸟冷哼，随手抓了个牛肉汉堡，他很多年没吃这玩意儿了，以前不爱吃，这三天他把在监狱里吃不到的都尝了个遍。他顺手给江予迟丢了一个。

江予迟伸手接住，撕开包装，咬了一口，随口道："味道不如我做的。"

这三天，他快要把宁北的餐馆吃遍了，也不知道这人到底引他来干什么，总不能单纯地只是为了叙旧？

蜂鸟咀嚼的动作变慢，说："当年我就有耳闻，江队长做饭是一绝。早知道，该把你绑来烧顿饭。"

江予迟几口把汉堡吃完，抬眼看向角落里瘦削的男人。蜂鸟和三年前相比，几乎没什么变化，依旧拥有鹰隼般的双眼。他的匪气丝毫没有被三年的牢狱之困所消磨。

这样的人，就如他的名字一样，该是一只鸟。但人一旦走上了那条道，就再也回不了头。

"你找我是为了什么？"江予迟起身活动了下身躯，神情平静，"我能看出来，你不想要我的命，找我是为了叙旧？"

蜂鸟吃完最后一口，拇指撇过唇角的酱汁，吮吸几秒，回味道："味道不错，就是没什么肉。"说完，他往地上一坐，面部抽动一瞬，说，"江队长。我的那些弟兄都不在了。至于我，要不是藏了点东西也活不到今天。年初，我妈死了。"

他仰头看着顶上小小的天窗口，仿佛自己还在牢房里："这三年，她一次都没来看过我，一次都没有。也是，有这么一个儿子，多丢人啊。江队长，我没佩服过什么人，你算一个，你大哥算一个。当年我的那些'老朋友'中，也只有你还活着。"

江予迟目光淡漠，内心毫无波澜。他不信这样的人会悔过。

"我就想和你说说话。"蜂鸟收回视线，对着江予迟笑了一下，"至于你大哥的孩子，我没吓他，还和他说了些他爸的事。我没骗你，你大哥确实留了话。"

江予迟不动声色地攥起拳，神色越来越冷。

三年前藏在他心底的那股火在此时翻腾上来，这样的情绪，在蜂鸟扫了眼他指间的那一圈痕迹，问"你结婚了？"的时候，达到了顶峰。

站在墙角的男人忽而动了，大步迈向蜂鸟，像一柄出鞘的刀。

角落里的蜂鸟不紧不慢地起身，眼底燃起一丝兴奋，吹了声口哨："打一架？"

蜂鸟随手把枪往地上一丢，"砰"的一声闷响，和他后背撞上墙的声音重叠，领口被揪住，皱成一团，他咧嘴笑了一下："还特地摘了戒指，怕我发现？怕什么，我在电视上见着了，快递都签收了。不过你也知道，我不动女人，你老婆，嘶——"

话没说完，江予迟的拳头迎面砸来。

蜂鸟没再絮叨，打算认真和他打一架，肩部微沉，手肘抬起，挡住他的攻势，右脚猛地朝他踢去。江予迟侧身躲开，以手肘为刃，膝盖屈起，转守为攻，蜂鸟不闪不避，抬头朝着江予迟狠狠撞去！

两个男人顿时缠作一团，从墙角打到中间，从中间打到墙角，一时间整个房间都是沉闷的碰撞声。

门外待命的人视线对上，同时看向队长。队长微摇了摇头，他们提前定了信号，没触发就先不行动。

不知过了多久，里面安静下来。

房间内，江予迟和蜂鸟各占据了一个角落，喘着气，汗如雨下，艰难地呼吸着。

蜂鸟忍不住道："你这人怎么回事，结了婚也没落下以前的训练项目？你老婆不管你啊，跟着你有劲吗？"

江予迟没出声，只是盯着他。

蜂鸟往左右看了眼，捡起汉堡的包装袋，揉成一团，朝江予迟砸去："问你话呢，结婚什么感觉？以前跟着我的女人不少，想和我结婚的没有。不对，曾经……倒是有那么一个，但她死了，所以也算没有。江队长，你回答完这个问题，就可以走了。和爱人结婚，是什么感觉？"

江予迟喉头微动，目光变得深沉，许久，他哑声道："感觉……整个世界变得很明亮，就像看到看到西北的向日葵全部开放，像生命被注入新的生机。偶尔，也会是阴雨天，但是你会爱上阴雨天。每一天，都有期待。"

蜂鸟静了一瞬，"哧哧"地笑了："怪恶心的，滚吧你！"

江予迟下巴微抬，指了指枪。

蜂鸟翻了个白眼，捡起枪，随手往天窗口一扔，道："身上没东西，刚刚打那么一架，你清楚。行了，走吧。"

江予迟看向蜂鸟，角落里的男人垂下头，擦了把汗，不知道在想些什么。

这三天，他们聊了过去，说起过往几次碰撞。蜂鸟谈起自己失去的那些弟兄，而他只字未提他的队友。但蜂鸟也不在乎，似乎这样大张旗鼓地把人骗来，只是想找个知晓他过去又有"交情"的人说说话。

蜂鸟没再看他，拿起地上的可乐喝了一口，骂骂咧咧的："都没气了，不爽快。你还在这儿干什么？命给你？"

江予迟缓缓起身，朝门口走去。他注意到蜂鸟这三天没碰过一滴酒，以前这是个无酒不欢的男人，最后一次交锋蜂鸟就败在自己的醉酒上，以至于一败涂地。

在江予迟即将碰到门把手的时候，蜂鸟忽然道："江队长，你那个大哥，他最后说，'我没能完成任务'。"

前行的脚步停住，江予迟站在那里，身后响起些许动静，他没有回头，甚至把自己的后背暴露给蜂鸟。

最后，他什么都没说，开门离开。

队长一见江予迟出来，立即下令行动。

门外的人猛地冲了进去！

……

废楼底下。

越野车急急刹车，鲨鱼亮了通行牌，和盛星一起下车朝废楼走去。

许是上面有了动静，底下的人都朝上跑去。

鲨鱼一把拉住盛星，道："嫂子，你等在这里！"

盛星抬起头，正想说话，忽而瞥见暗灰色的夜空，黑、灰、白三色混杂的高空中，似乎飞过一只鸟。

今夜的天很特别。

盛星先前在这儿的短短几天，并没有将西北的天看透。此刻，天际被灰色占据了大部分，浅白的云映在其中，脏兮兮的，像被蒙上了一层纱衣，再往顶上，是浓郁的黑色。那只鸟掠过灰暗的边际，看起来轻快又愉快。

盛星咽下欲说出口的话，仰头凝视着，那只鸟跃起，却没有往前飞，而是直直地往下坠落，化作一个黑点，那黑点疾速而下，速度越来越快。

似乎只有那么一瞬，又似乎过了很久。

"砰"的一声巨响，深而浓稠的液体蔓延开。

"有人掉下来了！"

"是谁？江队长呢？"

"不是江队！他下来了！"

"是蜂鸟！"

"……"

场面乱成一团。

鲨鱼第一时间就将盛星扯到了身后，没人在此时注意这个安静苍白的女人，没人听到雨滴破碎的声音。

周围嘈杂的声音如鼓声震动盛星的耳膜，她怔怔地看着如烂泥般躺在地上的身影，这是她刚才看到的那只鸟。

他死了，就在她面前。

楼道里，队长摘了头盔和设备，恨道："他一开始就打的这个主意！这样的人，把他关起来，困在一个地方，这比什么都让他难受，便宜他了。"

江予迟迈下台阶，道："他……"

江予迟的话猛然止住，瞳孔微缩。他看见了盛星，她站在路灯下，视线直直望着前方，循着她的视线看去，是已经不成人样的蜂鸟。

男人几乎是狂奔起来，拨开前方的人群，将摇摇欲坠的纤弱女人扯入怀中，嗓音提高，又仿佛竭力压制着什么："你怎么会来这里？别看！"

他捂住她的眼睛，紧紧拥着她，气息急促，反复道："别看，星星。别看，三哥在这儿，星星……"

鲨鱼见到江予迟，来不及说话，被他戾气浓重的眼神吓到，咽了咽口水，快速道："我被嫂子发现了。"

"钥匙。"江予迟催促道。

鲨鱼把钥匙丢给江予迟，看着他抱起盛星，大步朝着越野车走去，很快，车驶离现场。

队长本来站在后面看，这会儿见人一走，不由得问："谁啊？"

鲨鱼叹气："迟哥老婆。"

队长一愣："看模样嫂子不知道啊？"

鲨鱼："嗯，瞒得死死的。"

鲨鱼和队长对视一眼，两人都摇头。

车开出路口，江予迟猛打方向盘，随便找了条安静的街道停下，下车，打开后排车门，上车，重重地关上车门。

他在黑暗中盯着盛星，检查过她的全身，见她安然无恙才松了口气，无名火又涌上来，他咬牙问："鲨鱼都告诉你了，你还敢来这里？"

半晌，一直沉默的女人动了。她抬起眼，黑亮的眼蒙上了一层雾，嗓音轻轻的，像是东川的雨丝，她问："那我该怎么做，你教教我。"

街道边，寂寥无人。

路灯无声散发着光亮，斑驳的树影微微摇晃，地上的一小块光亮里躺着几片斑驳的树叶，一如落星山的枯叶。

在风中簌簌作响的树，安静地注视着路边久久未动的车。

车内，沉默蔓延。

江予迟试着去牵盛星的手，她没有动，冰凉的手心贴着他的掌心，他仔细感受，掌中的手还在颤抖。

他喉结上下动着，嗓音沙哑："我不得不来，星星。"

因为不分季节与昼夜的工作，一入秋，盛星的手总是冰凉的。

此刻江予迟温热的掌心牢牢地包裹着她的手，本该贪恋这样的温度，但她却抽出了手，轻声应："我知道。"

盛星在黑暗中看着他的轮廓，对上他的视线，说："我知道的，你有不得不做的事，大哥给你留了话，汉山在他手上，所以你冒着生命危险来这里。我知道，你怕我担惊受怕，所以瞒着我。那离婚协议书是为了什么，江予迟。"

江予迟闭上眼。

她知道了，知道那个下午他做的一切。他不知道该怎么解释自己的一念之差，迟迟没有开口。

盛星缩起指尖，移开视线，低声道："我有点冷，去酒店吧。我不去你那里。"

她指的是哪儿，江予迟清楚。他在后座冷静了片刻，给她系上安全带，跨到驾驶座，重新启动车。

江予迟又回了一次现场，没下车，让鲨鱼把他的个人物品送来，手机里有数条未接电话和未读信息，大多来自盛星。他沉默了几秒，忍着没看，开车前往酒店。

宁北最好的酒店在市中心，离这里有段距离。近一小时的路程，江予迟说了两句话，盛星一言不发。

江予迟紧握着方向盘，燥意充斥着他的胸膛。

这样的感觉他很熟悉，多年前，他发现了自己不可告人的心思，被折磨了几个月，这次的感觉比以往更甚。

到了地方，江予迟下车开房，转而回来接盛星，才打开门，她自己解开安全带，避开他的手，企图自己下车。

他眉心一跳，那根弦忽而就绷断了。

盛星被摁在后座的时候没反应过来，直到他的唇贴上来，利齿咬过唇角，舌尖几乎不费丝毫力气，顶开她的唇瓣，灼热的气息像燃烧的灯芯，灼烧着盛星的心。

手腕被紧扣在皮质后座，男人指间的力道大得可怕。她挣了挣，未挣动分毫，这一挣扎反而像刺激了他。

江予迟很少有这样失了分寸的时刻，但到底顾及着盛星要回去拍戏，没在她颈间留下痕迹，只是那可怜的唇上，满是齿痕。等这阵情绪过去，他埋首在她颈侧，狼狈而急促地喘息着，示弱般哑声道："我做错了，星星。"

盛星垂下眼，抬手抚上他的后颈，低声说："你一直都是这样。没有一句解释，离开洛京，离开我，这是第三次。可是，回来说结婚的是你，现在自作主张离婚的也是你。江予迟，你永远都是那么笃定，笃定我会一直在这里，就像笃定我一定会带松球在身边一样，笃定我会原谅你，笃定我会心软，对不对？"

江予迟说不出话来。

他的心像是被戳了个稀巴烂。

盛星轻轻地松开手，眼眶早已湿润，她却忍着没哭，把剩下的话说完："我讨厌你，江予迟。我不想理你了。"

江予迟克制着自己，就当没听到这句话，抱着人下车，上楼，进房，再塞进浴室里。

温热的水让盛星的体温渐渐回升，理智也逐渐恢复，一时间有些后悔说那些话。可一想到那份离婚协议书，她又变回那副冷硬心肠。

盛星抬眸，瞥了眼江予迟的背影。水滴在热气中滑过玻璃，一路蜿蜒而下，坠至凉凉的地面。当一切都沉寂下来，江予迟抱着盛星，陷入沉睡。他和蜂鸟对峙了三天三夜，没有合过眼，这会儿在她身边，安静地睡去。

不多时，门铃响起。

盛星费了好大的劲儿把他的手扯开，又塞了个枕头到他怀里，睡着的男人还挺好骗，紧紧地抱住了枕头。

她轻哼一声，下床开门。

鲨鱼是来送医药箱的，见着盛星有点不好意思，挠了挠头，道："嫂子，迟哥他怎么样？"

盛星："睡了。"她冷冷淡淡的，一副不想多说的样子。

鲨鱼自知盛星正在气头上，没多问，正想走，却听她说："我明天早上就走，你看着他点。"

他一愣："迟哥不回去？"

盛星："我不想和他一起回去。"

鲨鱼只好道："那我送你去机场。"

盛星没拒绝，鲨鱼送她比打车安全，她点点头，关上了门。

床上的男人抱着枕头，脑袋却往她毛衣上靠，似乎那里的味道更贴近盛星。一张俊脸上，到处都是红肿泛青的痕迹，指节处被蹭破了。

盛星坐在床侧，安静地看了他一会儿。这个男人，即便脸上带伤，俊容也丝毫不受影响。

这不是盛星第一次给他上药，以前他和盛霈就常惹事。那时候，盛霈和江予迟挨完训，齐齐到花园里坐着。盛掬月在一边冷淡地回忆他们这是第几次打架，盛星负责给他们上药。

盛星仔细地上完药，伸手拨了拨他的睫毛，抚平他蹙着的眉，关了灯，小心翼翼地钻进他怀里。

黑暗带来沉寂，暖气静静地运转着。盛星贴着江予迟的胸膛，他的心脏有力地跳动着，她数着数，一声、两声……他的呼吸扑在她头顶，是温热的。

其实，她明白，明白江予迟为什么会去询问离婚协议的事。他想把选择权交到她手上，不想她这样被动地等待着，无论结果是什么。

但最后，他放弃了。

他想回来，想活着回来见她，所以带走了那块木牌。

从小，江予迟就在保护她。对他来说，保护她是太自然的事了，根本不用过多地思考，这是他的本能反应。

他们错过了那十年，又在短时间内进入一段婚姻。江予迟始终把她当成需要保护的小姑娘，生怕外面的狂风暴雨伤了她。可他忘了，她本就是在狂风暴雨中长大的。

陈漱不明白，他也不明白。

如今的盛星，再也不需要保护了，她需要的，是能与她并肩同行的人。彼此分享喜悦，分担忧愁，而不是现在这样。

盛星闭上眼，告诉自己，他们需要重来，需要重新审视这段关系。

第二天，早上六点。

疲惫的男人还睡着，盛星穿戴完毕，俯身亲了亲他的眉心，然后笑眯眯地把签了字的离婚协议书放在床头，心情好得差点哼出声来。

昨晚的阴郁被这张薄薄的纸一扫而空。

鲨鱼见到盛星的时候愣了一下，寻思着，嫂子看起来心情不错，看来这两个人是和好了。他咧嘴笑起来，道："嫂子，我买了早饭。"

盛星道了声谢，问："附近有药房吗？"

鲨鱼忙道："有的，去机场的路上就有。"

本来早上盛星没什么食欲，但她昨天没吃什么，眼下胃口还不错。等鲨鱼开到了药房，她独自下车，让他在车上待着。

鲨鱼探头瞧了一眼，心想，迟哥怎么回事，也不来送嫂子。

这家药房是二十四小时制的，柜台前的女人上的是夜班，听见动静懒懒地抬了眼，打着哈欠问："买什么？"

盛星的视线扫过一排排药，想了想，道："一盒维 C。"

她付了钱，拿着药盒走出药房。

清冽的空气扑面而来，盛星仰起头，看向低低的天，晴光穿透云层，流云缓慢地淌过辽阔无际的碧空。

她深吸了一口气，小跑上车。

鲨鱼随口问了句："嫂子，买什么？"

盛星抿唇笑了一下，晃了晃手里的盒子："昨天晚上冷，吃点维生素，怕感冒了影响工作。"

鲨鱼点头，随即出发去机场。

"星星？"江予迟还没睁开眼，没摸着人就开始喊，没人应。昨晚的记忆涌上来，他倏地坐起，泛着血丝的眼睛扫过房间。

她不在。

江予迟揉了揉眉心，掀开被子，脚才踩到地，他忽然僵住，视线落在床头柜上。床头柜上放着一份文件，上面压着他带来的小木牌。

上面的每一个字他都认得，连起来也看得懂。他僵了片刻，拿起文件，直接翻到最后一页。盛星在上面签了字，龙飞凤舞的签名，力透纸背，可见她有多用力。

江予迟垂眼瞧了一会儿，面无表情地将文件撕了个粉碎，撕了还不满意，又把碎纸片都放在烟灰缸里，点了火柴烧得一干二净。

就在这时，门口传来敲门声。

"迟哥，是我。我刚送完嫂子回来。"

江予迟默不作声地打开门，盯着鲨鱼看了半晌。

鲨鱼没注意男人阴沉的神色，动动鼻子，轻嗅了嗅，嘀咕道："什么味啊？怎么一股烧焦味。迟哥，你什么时候回去？"

江予迟："你送她去的机场？"

鲨鱼自然地点了点头："放心吧，给她买了早饭，还去了趟药店，然后亲眼看她进的登机口。下午就该到了。"

江予迟一怔，问："她去了药店？"

鲨鱼一脸无辜："嗯，还买了……"

话没说完，"砰"的一声响，江予迟冲出去关上了门。

洛京机场。

盛星戴着羊绒渔夫帽，宽大的围巾遮住下半张脸，她把自己遮得严严实实的，埋头穿越人群。

机场人来人往，像盛星这样低头匆匆走路的人并不少，她在其中并不显眼，这一路可以算得上畅通无阻。但终有意外发生。

临近出口，盛星的视线中忽而出现一双脚。男人的脚，踩着一双球鞋。她自觉地往右走，可她一动，那双脚也跟着动了，她又往左，那脚又跟了过来。

就是故意堵她的。

盛星纳闷，难不成被人认出来了？她下意识牵起笑，抬头望去，撞进一双深蓝色的眼睛里，浅色的瞳孔含着几分笑意和她再熟悉不过的不羁。

盛星顾不上在机场，一声尖叫，手脚并用地往男人身上一扑，兴奋得差点连帽子都掉了。

男人按住帽子，拎着人往外走，一把把这小丫头塞进拉风的跑车里。

"哥哥！"盛星又跟小狗似的往盛霈胳膊上蹭，"你怎么回来啦！外公说你过年才回来呢，我好想你。谁把你找回来的呀？是三哥还是贺沨？还是外公？"

盛霈冷哼一声："想我？"

盛星松开手，一拳捶在他肩上，还不忘瞪他一眼："当然了！"

盛霈微眯了眯眼，质问："想我还能把你和江予迟的婚讯瞒了三年？前两年给你打电话的时候，一个字都不透露。盛星，你有没有心，是谁把你拉扯大的？"

盛星笑嘻嘻地凑过去撒娇，眨了眨眼睛，道："我有个好消息告诉你。"

盛霈面无表情地说："别告诉我你们离婚了。"

盛星惊叹一声，忍不住给他鼓起掌来："哥，你猜得太准了！反正你也不打算接手家业，以后就去摆个摊儿，勉强也能填饱肚子。"

盛霈："盛星。"

从小到大，她被叫大名就没什么好事。

盛星撇撇嘴，自顾自地系上安全带，一拍方向盘，嚣张道："还不开车？你要不开就让我来开！"

盛霈深吸一口气，心说，这是你亲妹妹，掐死了可就只剩一个妹妹了。

盛霈开车和江予迟完全是两个风格，盛星默默捏紧安全带，干巴巴道："哥，我也不是很饿，你不用那么着急。"

盛霈："我急，月亮还饿着。"

盛星"咦"了一声："我们去哪儿吃饭？"

盛霈："月亮家里，贺沣下厨。"

盛星睁大眼，顿时来劲了，充满求知欲地问："贺沣就是西鹭的那个男孩子吧？是吧是吧？他和月亮好了？"

"早着呢。"盛霈说起这事就恨得牙痒痒，"他为了讨好月亮，费了大力气把我弄回来，我还没和他算账。"

一听盛霈要找贺沣算账，盛星急忙道："哥，还有三哥。你不在的时候三哥可喜欢说你坏话了，说你上学不老实，打赌还输给他，还……"

盛星这下直接把江予迟卖了个一干二净。

盛霈瞥这喋喋不休的小丫头一眼，从上车开始就三哥长三哥短，居然还好意思说和他离婚了。他非常配合地问了一句："你说和他离婚了，办完手续了？"

盛星一下就蔫巴了，又去打盛霈："你就不能盼着点好！难怪外公老打你。"

盛霈心想，这小丫头这两年被养得挺好，打人这么来劲，还挺疼。他面上不显，好歹记得自己是哥哥，认真问："阿迟又犯倔了？"

盛霈了解盛星，也了解江予迟。江予迟那点心思，以前就藏不住，说实话他能忍到现在，盛霈都觉得稀奇。还有盛星这小丫头，笨得慌。

"哼，反正我不理他，你不许帮他。"盛星哼哼唧唧的，三言两语就把事说

355

了，"去就去了，我又不会拦着他，非要瞒着我。这也就算了，他居然还敢想离婚，气死我了！"

盛霈听得头大，问："阿迟人呢？"

盛星眨眨眼："我把他丢西北啦！"

半晌，盛霈在盛星审视的眼神下，坚定道："他确实过分！"

对方这才满意，继续问贺沣和盛掬月的事。

跑车驶入小区，盛星在楼下看见眼熟的车，也不知道贺沣在底下停了多久才能上楼去，但好歹上去了。

一进门，盛掬月放下她的宝贝小羊，迎上来。

"星星。"盛掬月微抿着唇，攥着盛星的手，小声问，"怎么去西北了？听说三哥也过去了，没事吧？"

盛星摆摆手："没事，就是我们离婚啦！"

盛掬月一怔，下意识去看盛霈。盛霈头疼，抬手敲这小丫头的脑袋："别听她瞎说，两人闹别扭呢。贺沣呢？这么半天，不出来见见我们？"

"他走了。"盛掬月指了指餐桌，"做完就走了，说下次有机会再和我们吃饭。"

盛霈挑眉："没有机会。"

盛掬月："……"

盛星纳闷，车不还停在下面吗？正想开口，盛霈淡淡地扫过来，她轻咳一声，老实地去餐桌边坐着。

盛霈单独和盛掬月说了几句话，两人过来坐下。

明明餐桌上只有三个人，却热闹得像有一桌子人。盛掬月天性安静，只听不说，盛霈勉强愿意搭理盛星几句。盛星似乎是小时候装乖装出了叛逆情绪，越长大越爱说话，一个人说了一堆，说着说着，最后总会回到江予迟身上。

盛掬月听了大半，悄悄看了眼盛霈。盛霈叹气，用眼神示意：不用管她。

等盛星稍稍安静下来，盛霈不动声色地提起："晚上有个聚会，他们为了庆祝我回来办的。月亮不爱去，你去不去？"

盛星嘟囔："我不去，三哥要是回来他肯定去。"

沉默了几秒，她补充道："哥，你晚上帮我带点东西过去，我回东川拍戏了。整个组的人都在等我。"

盛霈瞧她，好笑道："离婚了还惦记着前夫呢？"

盛星哼哼，转头和盛掬月说："月亮，贺沣手艺也就一般，还没你做的饭菜好吃呢。他倒是挺自信。"

盛掬月垂着眼，慢吞吞地说："他让我教他。"

盛星："……"

盛霈："……"

盛星抢答道："他可真好意思！"

盛霈紧跟其后："月亮去和哥哥住段时间？"

盛掬月并不看他们，半天，吐出两个字来："不要。"

盛霈叹了口气，下令："都给我老实吃饭，都不许说话了！"

一顿饭吃下来，盛霈觉得哪儿都不舒服，这一个个的都让他不省心，还不如回海上待着，至少清净。

吃完饭，盛星缩在沙发上睡午觉，盛掬月说下去丢垃圾，到现在还没回来。盛霈躲在阳台上接电话，接了一个又一个。

等了半天，可算等到江予迟的电话了。他心想，这人越来越落后了，消息这么滞后。

盛霈不说话，故作高冷，等那头憋不住了，才慢悠悠道："阿迟，你知道的，我们家最不好惹的就是星星这小祖宗。我今天才接到她，这小丫头就兴冲冲地对我喊'哥，我离婚啦'。你看吧，她挺高兴的。"

他勾起唇，调笑道："你考虑考虑，把字给签了？"

一秒、两秒、三秒，江予迟挂了电话。

盛霈也不着急，继续数着数，等数到"六"的时候，铃声再次响起，他听见对面冷声问："晚上几点？"

他报了个时间。

那边安静了一阵，问："星星呢？"

盛霈转头，瞥了眼沙发上的盛星，说："回去工作了，你让她安静一阵，别打扰她拍戏。这事急不得。"

下午五点，盛星掐着点把东西交了给盛霈，叮叮道："不许打开，不许洒了，见到他就得给他。"

盛霈不满地拎着食盒。他都没吃过盛星做的东西，江予迟凭什么？不高兴。

盛星连夜赶回东川，盛霈亲眼看着她上了工作室的车才去赴约，心里盘算着，这么些年，他可算有法子治江予迟了。

地点定在俱乐部。

盛霈一进包间，好家伙，被乌泱泱的人群吓了一跳。他好不容易被逮回来，所以有很多人来看热闹。和熟人叙完旧，朋友指了指角落，低声道："三哥在那儿，一脸伤，冷着张脸不说话，闷头喝酒。"

盛霈瞥了眼手里的食盒，认命地往那儿走。角落里，男人一袭黑衣，神色冷漠，唇角、下巴都带着伤，正闷头喝酒，指节上的擦痕还未结痂。

"怎么着？"盛霈拎着食盒坐下，双手环胸，讥讽道，"瞒着我骗了我妹妹，还敢让她伤心？"

江予迟耷拉着眼皮，视线落在方方正正的盒子上，问："这是什么？星星给我的？"

盛霈一把摁住食盒，收敛了面上的不正经，语气沉下去："这样的事最好是最后一次。阿迟，我不想和你翻脸。这一次，你太过了。"

"我知道。"江予迟低声应。

盛霈看他这半死不活的样子就心烦，把盒子往他跟前一推，硬邦邦道："趁热吃，她做完才走。"说完，盛霈找人玩去了。

角落里，又只剩江予迟一个人。他推开酒杯，捧过食盒，摸起来还是热乎的。他垂着眼，小心翼翼地转开盖子，打开的那一刹，怔住。

去东川那晚，盛星做了年糕汤。他曾说："等我回来，还想吃星星做的年糕汤。"

当时，她水灵灵的黑眸盯着他，哼哼两声，昂起下巴，说："要看你表现。我可是不轻易下厨的。"

他说"好"。可现在，他的表现一点都不好，他的星星还是给他做了年糕汤。

江予迟在温暖、鲜香的气息中，渐渐红了眼眶。他这才明白，盛星不需要他的表现，不需要任何条件。

她只需要他回来。

　　盛星离开洛京，并没有立即回东川。她和李疾匀说了声"明晚回去"，独自去看了大嫂和汉山。上门时，照旧拎了礼物。

　　大嫂听见敲门声时，压根儿没想到会是盛星。她诧异又愧疚，忙牵着人进门，问："听鲨鱼说，你也去宁北了，是不是吓到了？阿迟也来了？"

　　盛星微微摇了摇头："他在洛京。"

　　这大晚上的，盛星一个人过来，大嫂一瞧就知道两人闹别扭了，但这事搁谁身上都受不了。但江予迟是为了救汉山，她不忍责怪他，面对盛星只觉愧疚。

　　"吃饭了吗？"大嫂问，"汉山刚睡下，在这儿住一晚再走吧，上次来就没住下。嫂子把房间收拾得干干净净的。"

　　盛星抿唇笑了一下："没吃呢，就是想住大嫂这儿。"

　　大嫂松了一口气，道："在客厅坐会儿，大嫂马上给你做好吃的。后来阿迟说了，说你不能吃辣，这事怪我，没多问一句。"

　　盛星一愣，忙道："能吃一点，就是没吃习惯。"

　　大嫂没多说，一把把她摁在沙发上坐下，拿了点心和水果，自己上厨房忙活去了，忙活前还不忘偷偷给江予迟发了条信息。

　　这会儿是晚上八点多。大嫂一点儿没敷衍，做了个炖锅菜，拿出好些配菜，温上点儿酒，大有陪盛星喝一顿的意思。

趁着这段时间，盛星给盛霈发信息："哥，三哥回来没？来见你了吗？"

盛霈回："来了，本来喝闷酒呢，这会儿在酒吧喝起年糕汤来了。我过去想分一口都不让，这男人，怪小气的。星星，听哥哥的，别理他。"

盛星撇撇嘴，回复："别让他开车，管管他。"

盛霈："行，管完妹妹，还得给你管男人。"

盛星撒了会儿娇，放下心来，溜去厨房帮忙。大嫂也没赶她，两人一起备好了炖锅的食材。

"大嫂，汉山怎么样了？"等锅子端上桌，盛星小声问了一句。

上一次她来这儿，汉山精神奕奕的，恨不得和她玩到凌晨。这一次，八点多就睡下了，盛星忍不住多想。

大嫂叹了口气："他倒是还好，就是总缠着我说他爸的事。昨晚不肯睡，说了大半夜，今天早就困了，洗完澡就上床去了。"

盛星想安慰她，却又不知道从何说起。但大嫂没多说，转而提起江予迟："鲨鱼说阿迟没受伤，我怕他故意哄我。星星，你和嫂子说实话，阿迟怎么样了？如果没受伤，怎么没来？"

"就一点皮肉伤。"盛星沉默了几秒，给自己倒了一小杯酒，低声说，"我没和他说，自己来的。"

大嫂趁机问："吵架了？"

盛星小声道："没有，他有别的事。"

大嫂不想以过来人的身份劝慰她，没有人比她更明白盛星此刻的感受，于是她只道："明天嫂子带你出门玩，上次阿迟没带你去吧？"

大嫂说着又忙着给盛星夹菜。

这一顿饭下来，一个煮一个吃，偶尔两人都吃点，酌口小酒，不聊前两日的事，还挺惬意。

夜晚静谧，盛星沿着河岸边的步行道慢吞吞地往前走。

一盏盏路灯立在沿河的木制栏杆边，对岸的人家灯火通明，河面像是撒上了一层细金箔，河水缓缓流动着。

她驻足看了一会儿，低头往前走。

天冷了，步行道上人不多。盛星戴着口罩，低着头，没人认出她。偶尔会看见一家三口出来散步，夫妻两人，推着婴儿车。

每当这时，盛星就忍不住往婴儿车里多看一眼。她也想有一个自己的宝宝。想到这里，盛星忍不住摸上自己的小腹，里面有没有宝宝不知道，但她确实吃得很多，鼓鼓的。

不远处，江予迟停下奔跑的步伐，微喘了口气，黑眸紧紧盯着靠在栏杆边的女人，视线微微下移，落在她抚在小腹的手上。

他蹙了蹙眉，想起盛星去药店的事。

江予迟看了她片刻，没有立即过去。他安静地跟在她身后，看着她走走停停，看她的视线落在哪儿，看她静止不动发呆的模样。

夜晚，孤身行走的女人很显眼。

步行道对面，有两个男人时不时往盛星身上看一眼，她走他们也走，她停下来，他们就停在原地交谈。

江予迟仔细打量那两个男人片刻，忽而大步穿过马路，朝两人走去。那两个男人显然是训练有素，看到江予迟迎面走来，立即警戒起来。

只见神色严肃的男人走到他们面前说："我是江予迟，不用跟她了，回去吧。"

他们一怔，下意识敬了个礼，之后没再多说，离开了这里。

江予迟不敢隔着一条街跟盛星，怕距离太远，怕自己跑得不够快，他又回到原来的位置，和她隔着不远不近的距离。

忽而，一直往前走的女人转身，似是想回去了。

刚转身，盛星怔在原地。

江予迟和她隔着几米的距离，不闪不避看着她，不知道跟了她多久。

男人脸上的伤看起来没有昨天那么吓人，红肿退了，但青青紫紫的痕迹依然显眼。或许连他自己都没有意识到，路上经过的人，都得往他脸上瞧一眼。

盛星抿抿唇，停在原地没动。

他也停在原处，没有靠近的意思。

半晌，她慢吞吞地朝江予迟走去。

微弱的光线下，两人的身影渐渐靠近，最后影子交叠，盛星停在江予迟面前，问："你怎么来了？"

江予迟垂着眼，动了动唇，低声应："大嫂说你在这儿。想和你说，年糕汤我都喝完了，很好喝。"

盛星睇着他，心想，这人现在还真是诚实得很，一点都不瞎说，老老实实地把别人都给卖了个干净。

"说完了?"盛星语气很淡。

江予迟不说话,黑眸定定地看着她,像是可怜巴巴的大狗狗,要被主人抛弃了,却还流连在原地。

盛星狠心移开视线,道:"我回去了。"

说完,她越过男人,径直朝前走去。

江予迟松了口气,幸好她没赶他走。但这一次,他能跟得更近一点,不用担心她会害怕。走了大半的路程,江予迟终是放不下她去药店的事,几步上前,与她并排。

盛星看都不看他,觉得他得寸进尺。这一想法刚冒出来,就听边上的男人开口说话,他像是压着什么情绪,郑重地说:"以后别吃药,不会再有下一次了。"

盛星一愣,这又是说什么呢?她沉默半晌,一时间不知道该接什么话。

江予迟更坚定了自己的想法,哑声道:"这几天,我做了很多错事。你可以生我的气,但别生自己的气!"

盛星差点没忍住骂他几句。

不过这么一补充,她倒是听明白这男人在说些什么了,心里纳闷,既然知道她去药店了,怎么会不知道她买了什么呢?鲨鱼没说吗?

她也不想过多解释,含糊地"嗯"了声,就当回应了。

两人一路沉默地走回了大嫂家。

大门开着,盛星进门后,江予迟停在门口,似乎没有跟进去的打算,只是这么站在那儿安静地看着她。

盛星忍着没转头,自顾自地进了客厅。

大嫂一瞧盛星回来了,又往她身后看了一眼,空荡荡的,没人。大嫂寻了借口出门,走到院子里,就见江予迟跟根木头似的立在那儿。她差点气倒,走过去一把把人拉进来,低斥道:"傻不傻,星星都没赶你,都给你机会让你哄她了。你倒好,在这儿装木头呢?"

江予迟没应声,由着大嫂把他拉进去。

盛星默默坐在那儿,装作什么都没听见的样子。

大嫂看看这个,又看看那个,轻咳一声:"时间不早了,嫂子给你们收拾了间房,进去收拾收拾睡觉，明早还要和汉山出去玩呢。"

说完，大嫂指了房间的位置，又朝江予迟使了一个眼色，赶紧走了。

客厅里安静下来。盛星瞥他一眼，随口问："打算住这儿？"

江予迟注视着她，精神放松下来，点头应："大嫂说太晚了，回去不安全，硬要我留下住一晚。"

盛星没忍住翻了个白眼："你上回还拉着我去酒店，这会儿就是大嫂硬要你留下来了？"

江予迟坦然点头："是我错了。"

盛星："……"

五分钟后，盛星和江予迟一起站在房门口，两人就这么盯着房门，谁也不看谁，你一言我一语，就像两个小学生吵架。

盛星："这是大嫂给我收拾的房间。"

江予迟："她让我住下来。"

盛星："你睡别的地方。"

江予迟："就一间客房。"

盛星："我先来的。"

江予迟："我没地方去。"

盛星："……"

她勉强压着脾气，好声好气道："虽然我们昨天还躺在一张床上，但并不意味着今晚也能。"

安静，非常安静。

盛星要不是竖起耳朵听到呼吸声，几乎觉得身边没人了。她抿抿唇，悄悄往边上看了眼，男人垂着眼，唇角平直，要是脑袋上长了耳朵，这会儿恐怕就蔫巴地垂下来了，怪可怜的。

盛星差点就心软了，到底往后退了一步，硬邦邦道："你睡地上。"

话音刚落，江予迟立马应："行。"

盛星："……"

她总感觉又上当了。

盛星绷着脸，一本正经道："你自己去找大嫂要被子。"她说完，拎着小包进了房间，只留给他一个后脑勺。

江予迟低叹了口气。

盛霈说得没错，这次是真把人惹急了。

片刻后，不等江予迟去找大嫂，隔壁房间的窗户忽然打开，大嫂抱着两床被子，朝他挤眼睛，悄声道："枕头去星星那儿偷一个来。"

说完，窗户又"啪"地关上。

江予迟："……"

他抱着被子，站在走廊上，冷风一吹，莫名生出一股冷清之感。不过好歹留下来了，没被赶去睡楼下的沙发。

房间内，盛星就当江予迟不存在，径直进浴室洗澡。

江予迟的视线静静落在盛星身上，直到她无情地关上门，他才垂下眼，安静地给自己铺床。他来得急，什么都没带，大嫂准备了衣服，是大哥的，穿着正好。

铺完床，江予迟放松地往地上一坐，半靠在墙侧，捏了捏眉心，微闭上眼。他喝了一晚上酒，又坐车赶过来，后劲泛上来。

盛星快速洗完澡，探头一瞧，他坐在地上，没动静。开门时，她故意弄出了一点动静，没反应。她又在屋内走了几个来回，还是没反应。

睡着了吗？盛星一想，试探着走近，在床铺边蹲下瞧了他一会儿。男人蹙着眉，脸上的伤看起来丑兮兮的，不用凑近都能闻到酒气。

她不由得嘀咕："天天就知道喝酒，应酬还没喝够呢。"

盛星微微靠近，试图看清他今天有没有上药，手指下意识抬起，指尖偷偷地往他唇角碰了碰，摸起来干燥又温暖。

她撇嘴，没上药，小声道："破相了我可不要你。"

说着，盛星准备收回手，才一动，男人忽而扣住她的手腕，睁开眼，瞳孔黑而亮，静静地注视着她。

"星星。"他低声喊。

盛星沉默一瞬，问："不舒服？"

江予迟仍看着她，片刻后，似清醒般松开手，哑声道："有点头疼。是不是弄疼你了？"

盛星缓缓收回手，轻声道："去洗澡吧。"

江予迟进了浴室，盛星悄悄下了楼，免得惊动大嫂和汉山。

隔壁房间，大嫂听着动静，无声地弯了唇。

厨房里什么都有，盛星挑了几样食材，做了醒酒汤，又煮了一锅蜂蜜水，然后带上楼去。

进门时，江予迟已洗完澡，换了短袖，半坐在被窝里，正垂眼看着手机。他没枕头，只能倚在墙上，瞧着有点可怜。

听见开门声，他抬眸看来。

盛星在桌上放下醒酒汤和蜂蜜水，撒谎道："大嫂做的醒酒汤。蜂蜜水放着，让你渴了再喝。"

江予迟看着盛星，心酸酸涩涩的。他的一生中，鲜少做令自己后悔的决定。但在盛星身上，他总是后悔，后悔把她交给别人，后悔醉酒不记事，后悔丢下她一个人。

最后悔的，是那份离婚协议书。

盛霈说，他太过了。

他伤她至深。

半晌，江予迟道："谢谢星星。"

他起身走到桌边，坐下，视线落在醒酒汤上。江予迟下厨多年，不至于把盛星做的东西和其他人的弄混，但现在不能惹恼她，只能佯装不知道。

半小时后，熄灯睡觉。

盛星闭着眼，背对着地上的男人，一声不吭。地上的人也没动静，从目前的状况来看，他们能安稳度过这个夜晚。慢慢地，她的神经松弛下来，困意一点点涌上来，就在她即将睡着的时候，一直安分的男人开始不安分了。

他问："星星，你睡了吗？"

盛星叹了口气，该来的总会来的。

江予迟："能不能分我一个枕头？"

盛星简直要被他气死，憋了一晚上，开口居然给她来这么一句话。她扯起一旁的枕头，随后往地上一扔，一声闷响，不知道枕头被她扔哪儿去了。

地面上响起一阵"窸窸窣窣"的动静，又安静下来。

江予迟躺好，转身盯着床上那道身影，低声问："我看见你的笔记本了，这是我那天忘记的事吗？从什么时候开始的？"

无论江予迟怎么想，他都不知道是从什么时候开始的，明明那时他并不在她身边。而之前，他也没给予她任何信号和暗示。

盛星听他说起这事，困意一下子就跑没了，语气不自觉地变差："你找到我之后，虽然你一个字都没留给我就走了。怎么着，只许你喜欢我，不许我喜欢你？"

江予迟静了一瞬，应："你只能喜欢我。"

盛星："……"

她可算明白了，当你生一个人的气的时候，听他说什么都不顺心。什么叫她只能喜欢他，她又不是眼睛坏了，只看得到他一个人。

盛星憋了一会儿，忍不住质问他："我就不能喜欢别人？"

江予迟没什么情绪，平静地说："可以，你可以喜欢别人。我会把你抢过来，恋爱了可以分手，结婚了可以离婚。"

盛星越听越来气，翻身往床边一滚，提高声音："我倒是想，你给我这个机会了吗？刚等到我能结婚，就跑来让我嫁给你。现在倒是说得好听。"

江予迟不说话了。因为盛星说的是事实，他不会给她机会。婚前冠冕堂皇，说得再好听，说什么她遇见喜欢的人，两人就和平分手，这些都是假的。

盛星只上头了那么一会儿，便缓和下来，轻声道："江予迟，你对自己那么没有信心吗？就算没有，那你相信我吗？相信我也可以保护你。相信我自己也能把事情和情绪处理得很好。"

明明那一晚，她告诉他，如果有刀，就让它劈向他们两个人。可最后，江予迟还是把她推开了。

须臾，男人哑声道："是。面对你，我无法用平常心看待自己。从多年前，知道你有喜欢的人开始，我就开始嫉妒，明知不该这样但我做不到。我会想，什么人能让你为他驻足，什么人能无视你的爱意和喜欢，什么人能做到江予迟做不到的事。这样的情绪，日复一日，年复一年地侵蚀我。"

江予迟强大了太久，无所不能了太久。可唯有盛星，他无法，也不能掌控。

江予迟睁着眼，喉结微动："我相信你，一直都相信你。是我太自私，夺走了你身为妻子和爱人的权利，试图把一切都揽下来。星星，我做错了。"

盛星抿唇。这是事发以来，他第二次说这句话。

盛星翻了个身，闷声闷气道："我还要继续生气，别以为我会轻易原谅你。晚上怎么过来的，司机送？"

江予迟往前挪了一点儿："我没自己开车。我很乖的，星星。"

盛星："……"

这又是从哪儿学来的撒娇。

黑暗不影响江予迟的视线。他慢慢往边上蹭，总算蹭到了床边，她的手垂在外面，他盯着看了一会儿，忍不住抬手去牵。指尖触到她柔软的手，江予迟忍不住闭上了眼，他紧绷了一整天的神经瞬间松散下来，仿佛他又回到了她身边，仿佛这一切没发生过。

盛星挣了挣，没挣开，没好气道："又干什么？"

江予迟觉得，既然脸皮已经够厚了，干脆进行到底，他乖乖道："我有点害怕，想牵着你。"

盛星："……"

她老公被人掉包啦？

盛星勉强忍着，忍了一会儿，忍不住，和他商量："我转个身，换只手行不行？有点累。"

江予迟沉默，一副不想答应的样子。仿佛他一撒手，她就卷着尾巴，大摇大摆地逃走了。

盛星幽幽道："你是不是喝醉了？一分钟之前还说相信我，这次都不用等到明天，这么快就忘记了？"

江予迟不情不愿地松开手。

盛星换了个舒服的方式，把手往床边一搭，才放过去，男人就紧紧牵住了她的手。刚才还只牵个手指呢，现在整只手都要牵着，得寸进尺。

无论结果怎么样，两人暂时在这一事上达成了共识——盛星继续生气，他改正错误，直到她气消。

第二天一早。

汉山清脆的喊声就跟小鸟叫似的，把盛星和江予迟从睡梦中喊醒。两人洗漱完，一前一后下楼。

大嫂瞧了小两口一眼。一个揉着右手，一个揉着左手。她纳闷，问："昨晚打架了？"

盛星："……"

江予迟："……"

秋日晴光柔和，气温随着烈日的远去而降低。尤其是南方的秋天，总透着一股说不清道不明的寒意。

自从入了秋，盛星就常把自己裹得紧紧的，到哪儿都离不开她的热水袋。近几日降温，她更是舍不得脱自己暖和的小外套，尤其是即将开拍的时候，总要和自己做一番心理斗争。

"盛星，磨蹭什么？"李疾匀冷冰冰的声音又在耳边响起。

盛星撇撇嘴，一脸不舍地把外套递给小助理，瑟缩了一下，嘀咕道："这人说话就跟剧组提前进入冬天似的，冷死了！"

小助理安慰她："晚上吃火锅，姐。"

盛星幽幽地叹了口气，老实拍戏去了。

盛星走后，小助理幽幽地叹了口气，她不知道是该开心还是该忧愁。半个月前，盛星急匆匆地走，又匆匆回来，回来后就像换了个人似的，成日哼着小曲儿，别提多高兴了，她见了自然也高兴。

而令人担忧的是，盛星和江予迟之间似乎出了问题。这事不但她知道，整个剧组都知道。原因是，盛星回来就和李疾匀说，不许江予迟进片场。李疾匀当即就答应了，毕竟她可是他等了三年的女主角。

刚开始，小助理还挺担心盛星的状态，哪知道她回来之后，拍戏时状态比之前更好。连李疾匀都陷入了思考，难不成这两人分开更好？

小助理站在边上看了一会儿，埋头和经纪人发信息打小报告。

小助理："姐，星星半个月没理江先生了。"

经纪人："她心情怎么样？"

小助理："特别开心。"

经纪人："江先生来过吗？"

小助理："来过两次，星星不见他。"

远在洛京的经纪人盯着这几行对话看了片刻，心想，这可不得了，盛星以前是多爱黏着江予迟的一个人，看来这回江予迟是把她得罪狠了。

此时的江氏，小宋顶着整个22层充满鼓励的眼神，敲响江予迟办公室的门。片刻后，里面的人冷淡地说了声"进来"，他默默地开门进去。

这段时间，22层的气氛非常诡异。

说江予迟心情差吧，又不见得，他并没有将个人情绪转移到工作上来，只是神经比以前紧绷。但说他心情好吧，这阵子就没见他笑一下，出去应酬，喝得还挺凶，话也不多，还三番几次喝醉。

有一回，他们听见江予迟喝醉了喊"星星"，说要去找盛星。于是他们都偷偷猜测，他和盛星的感情状况出了问题。

小宋言简意赅地报告完，把文件递给江予迟。办公桌前的男人接过来看了眼，签字，合上文件夹，再递给他，没说一句话。

小宋思索片刻，提醒道："先生，后天去东川出差，酒店还是定在老地方？那一周有几个会，离酒店不远。"

男人沉默了几秒，道："换一个。"

小宋松了口气，从善如流地报了盛星住的酒店名字，并且说："顶层留着您以前常用的套房，住进去很方便。"

江予迟"嗯"了声，继续处理邮件。

很快，小宋关门离开。

江予迟捏了捏眉心。那日在大嫂家分别，盛星昂着下巴，趾高气昂地告诉他："我要认真开始生气了，你最好别搭理我。"

自那日后，盛星不回信息，不接电话。

头两天小助理还偷偷摸摸拍几张她在剧组的照片，后来被发现了，一个字都没往他这儿发。去剧组，李疾匀不让进，去酒店，她躲着他。

他无从下手。

正心烦，盛霈的电话又来了。江予迟瞥了眼，冷漠地接起："干什么？"

盛霈幸灾乐祸："晚上出来喝酒？反正你现在孤家寡人一个，今晚你和星星拍的综艺放最后一期，星星不在，我这个大舅子陪你看……不对，不是大舅子了。"

半个月过去，江予迟已经从当场挂电话，进化到了面不改色心不跳。听盛霈说完，他还能应一句："行啊。"

盛霈："……"

晚上七点，落星山。

盛霈面色沉重地坐在客厅里，桌上的酒喝也不是，不喝也不是，他居然真的要和江予迟一起看《贺新婚》。

这和亲眼看着妹妹羊入虎口却无动于衷有什么区别？

厨房内，江予迟神色淡淡地准备晚餐，偶尔还出声支使盛霁干点什么。盛霁一个人在客厅无聊，干脆跑厨房蹲着。

"阿迟，说正经的。"盛霁剥着蒜，睨一眼江予迟，问，"你之后什么打算？那小丫头可不好哄。你记得当年我们瞒着她要走的事吧？月亮那儿倒是还好，她可是真的一年没理我，可快把我气死了。小小年纪，气性那么大，急得我。"

江予迟不紧不慢地拿出菜刀，说："听她指示。"

盛霁："她理你？"

"不理。"江予迟低垂着眼，认真处理手里的食材，语气轻松，"之前不理，但今晚她会理我。"

盛霁警觉道："我帮不了你，可得罪不起那小丫头。"

江予迟："你照常发你的朋友圈。"

盛霁多年没回洛京，最近也不知道跟谁学的，忽而开始沉迷发朋友圈，一天恨不得发上七八条，狂刷存在感。听江予迟这么说，他忍不住开始思索，这里面是不是有陷阱等着他？毕竟这人从小鬼点子就多，让人防不胜防。

他沉思许久，决定今晚发朋友圈屏蔽盛星和江予迟。只要他们俩看不到，这条朋友圈就不存在，同时又能满足他发朋友圈的欲望，这么一想简直一举两得。江予迟肯定无从下手。

盛霁思索完毕，轻哼一声："我不发。"

江予迟点头："也行。"

两个人动手比一个人快。盛霁端着小饭桌到电视前，总感觉哪里不对劲，他到底为什么会在这里陪江予迟看江予迟和他宝贝妹妹的综艺？

《贺新婚》最后两期同时放出，弹幕"唰唰"掠过。

盛霁等着盛星和江予迟的镜头，但开头是另外一对夫妇，他有点不耐烦，问："什么时候到星星？"

江予迟悠悠道："我们在最后。"

看不了盛星，盛霁干脆拎着酒瓶喝酒，酒才入喉，他抱怨道："大晚上的，喝这么烈的酒干什么，你不喝？"

江予迟并不理他。

盛霁喝着酒，偶尔夹一筷子菜，别说，江予迟的手艺可比贺沣好了不知道多少，他默默给贺沣扣了 10 分。

终于等到盛星出来，盛需把筷子一丢，认真看妹妹。他孤身在海上时，常想念盛掬月和盛星，月亮只能看着照片想，还好星星是动态的。

她演的每一部电影他都看过，包括今年的《盛京赋》。

画面中，盛星看见了等在路口的"派大星"，朝她们挥手。

盛需拍下妹妹漂亮的侧脸，特别有心机地给江予迟打了马赛克，就当这人不存在，拍完，美滋滋地发了朋友圈。

江予迟瞥了他一眼，不动声色地拍了张照片，发了几条信息。随后把手机一放，就当无事发生。

东川市，晚上十点，剧组收工，相约去吃火锅。

上车前，小助理想起正事来："姐，今天《贺新婚》收官啦。"

盛星随意点了点头，看起来一点不在意，坐上车便盖着小毯子闭目养神，一副"谁都别来和我搭话"的模样。

车子启动，小助理开始玩手机。

盛星睁开眼，见没人注意自己，悄悄拿出手机，将亮度调到最低，打开微信看今天江予迟发来的信息。

他每天都会给她发信息。从早到晚，起床去公司，开会或是下班应酬，再到最后回家睡觉，天天到她这儿打卡，时不时还要来一句"我想你""我爱你"诸如此类的情话。

今晚的内容有些许不同。

江予迟："阿需来找我喝酒，在落星山做了顿饭，和他一起看综艺。"

下面跟了张照片。

照片上，盛需神色轻松，四仰八叉地躺在他们家的沙发上，一手还拿着酒杯，最边上露出半截饭桌来。

盛星看完信息，去翻江予迟的朋友圈。果然，他在朋友圈发了相似的内容。

"看星星。"文字下面附了一张饭桌照和电视屏幕里的盛星。

底下的评论照旧很热闹，盛星随手翻了翻，忽然翻到一条："阿需也发了，你俩在一起？"

盛星直接点进盛需的朋友圈，却没看到他发的那条。这人怎么回事？把她屏蔽了?

盛星气闷，憋了一路。

直到车开到吃火锅的地方，她支走小助理，在门口找了个角落，直接给盛需打了个电话。

盛星压低声音，问："哥，你在哪儿?"

电话里静了一瞬，半响，低哑的男声响起，他说："星星，是我。阿需喝醉了。今晚他住这儿，你别担心。"

盛星一怔，她似乎很久没有听见他的声音了。

这半个月，仿佛又回到暗恋的那段日子里，听不到、看不到，只有想念无边际地蔓延，情绪像细流，起初很缓慢，但慢慢地，它们会汇聚在一起，只差一个出口。

就如此刻。

盛星咬着唇，别扭道："我没担心他。"

江予迟沉默片刻，低声说："那你担心担心我，好不好?"

冷夜，寒意无孔不入。纤瘦的女人独自站在角落，低垂着头，围巾围至下巴，只露出小半张脸。暗淡的灯光下，她安静地盛放着。

方俭站在不远处，注视着她，镜片后的双眸沉静而淡漠。

电影开拍前，李疾匀曾私下找过他一次，提醒他注意边界。从业那么多年，方俭自然知道怎么把握边界，其实他能清晰地分辨出盛星和玉瑶。

盛星和玉瑶，是两个完全不同的人，但同时她们又极其相似。

《钟》拍摄到后期，电影里那个年代战火四起。

先生照旧隔几日就去探看那些被人遗忘的钟塔，他悬在高空，日复一日，听着隔岸的炮火声，俯视着战火四起。之后某一日，某颗炮弹失了准头，竟直直朝着钟塔而来，恰逢玉瑶又来看他。高空中，他听见女人的喊声，她让他快跑。

他低头看她，身后是那颗炮弹，眼中是她仓皇的脸。

他却想，有危险吗?

似乎是的，街道上人群都在奔逃，只有她拨开人群，磕磕绊绊地向他跑来。他像是陷入了某种奇异的情绪中，眼中的画面变成黑白，周围寂静无声，只剩她。

方俭却想，盛星比玉瑶更勇敢。因为玉瑶是假的，盛星是真的。

忽而起了风，街道上的行人低着头，快步走过，檐下挂的铃铛发出急促的声响，"叮叮当当"的，好不热闹。

方俭抬步出门，径直走到盛星身前，挡住这阵冷风，温声道："星星，进去说，这里太冷了。"

盛星一愣，抬头看去，卡在喉咙里的话咽了下去。她捏紧手机，对那头道："等哥哥醒了，让他给我回个电话。"

电话里没动静。

盛星小声问："你听到了吗？"

半晌，男人淡淡问："方俭？"

盛星应了声，迟疑一瞬，说："我挂了。"

盛星挂了电话，轻舒了口气，对方俭道："我说完了方老师，他们开始点菜了吗？明天的戏……"

两人说着话，并肩朝火锅店走去。

不远处，闪光灯亮了几下，停在原地的车非常狡猾地换了个位置，打算等他们吃完出来再拍。

此时，落星山。

江予迟垂着眼，盯着被挂断的电话看了片刻，把手机放下，扛起醉倒的盛需，随便往客房一丢，拿起车钥匙，离开了别墅。

饭局散场，已近凌晨。因为时间太晚，盛星没吃多少，结束后也没多留，打了声招呼便和小助理一起离开，看起来挺着急。

桌上，方俭放下筷子，却没动。

李疾匀冷淡的神色动了动，看他一眼，问："给你放两天假？"

方俭摘下眼镜，低声道："不用了。"

李疾匀给他倒了小半杯酒，也不用他配合，自己拿着酒杯过去碰了下，一口喝了。就在他以为方俭不会再开口时，方俭却突然开口："我能分清她和玉瑶。"

李疾匀微怔，轻放下酒杯，抬眸看他，示意他继续说。

方俭静了一瞬，道："以前她还是个小姑娘，我们并不相熟。她不是爱热闹的性子，小时候就喜欢一个人安静地坐在角落里，这是我对她唯一的印象。"

李疾匀明白，这里的她，指的是盛星，而不是作为演员的盛星。毕竟他和盛星相识更久，关系更近，他对盛星很熟悉。

"再后来，是你让我看盛星的电影，我才开始了解她。"方俭缓慢回忆着，声音很低，"那段时间，我很少关注外界，但我曾见过很多人，起初并不觉得她特别，只是演技更好一点的女孩子，直到看了她十六岁那年的电影，那部电影让她拿了影后。但让我觉得特别的，是一段片场花絮。别人夸她又进步了。小姑娘坐在角落里，闻言，倨傲地抬了抬下巴，说，你忘记我的名字了？我当时就想，没人比她更适合叫星星。星星有许多种类。有的星星，本身不能发光，借助反射太阳光来发光。有的星星，看起来不太亮，但本身却能发光……而盛星，她身上的光芒亮过了所有的星星。她就该高悬在那儿。"

方俭忽而笑了一下，唇边的弧度极小，轻声说："我希望她一直发着光，而我这样的人，会让光变得暗淡。"

李疾匀听方俭絮絮叨叨，不由得想：这些人一个个都想些什么呢？盛星一天到晚瞎发光，多累啊。他一点都不想管她，演完戏，想干吗干吗去。

至于江予迟和方俭，都活该。

这么一想，李疾匀不由得奖励自己多喝了一杯酒。他果然是盛星的好朋友，尽职尽责，还能善后。

凌晨一点。

盛星收拾完，缩在被子里，即便开着暖气，寒意还是循着缝隙溜进来。她不禁想念起江予迟的怀抱来，暖和又结实。

也不知道他睡了没有。

这念头一冒出来就收不住，前阵子专心工作倒是不常想起他，可今晚一听他说话，她就心痒痒的。

盛星闭着眼憋了一阵，悄悄摸出了手机。

打开微信，没有江予迟的信息，从挂了电话起，他居然一条信息都没发来，平时他都会和她说几点睡觉的。她不高兴地抿抿唇，盯着对话界面看了一会儿，心想，他不会把盛霈丢家里自己出去玩了吧？

发条信息问问？还是直接拨个语音通话过去？

盛星纠结许久，打算来个突击检查，看看他到底跑哪儿去了。不知道是不是太久没和他联系，有点紧张。

紧张完，盛星向江予迟发起了语音通话邀请。

几秒之后，她觉得几乎过去了一整个世纪那么久。

这男人怎么这么慢？难不成真去外面玩啦？

在盛星即将挂断时，电话终于接通，男人很低地喊了一声："星星？"

细听背景音不像在安静的环境里。

盛星闷闷不乐地问："你干什么去啦，不在家里吗？"

"在开车，戴了耳机。"江予迟如实道。

盛星一怔，看了眼时间，凌晨一点多，他开什么车。不等她问，那头的男人就自己招了："后天要去东川出差，我有点急，想现在过去。"

盛星："……"

急到凌晨一点在高速上？要知道，从洛京到东川，开车需要整整六个小时。若不是她不爱坐飞机和高铁，可不愿意在路上耽搁那么久。

她不由得问："明天坐飞机来不行吗？早班机到也就八点多，能比开车慢多少，也就一两个小时。"

路上多累啊。

江予迟沉默了几秒，应："怕赶不上你去片场。"

盛星往被子里缩了点，小声道："今晚剧组聚会去吃火锅，散得晚，明天下午才开工。"

言下之意很明显：我不是单独和方俭出去的。

说着说着，盛星又觉得哪里不太对。她还在生气呢，就算他来了也不一定见他。这么一想，盛星又有底气了，哼道："不是你自己去定的协议书吗？现在又不想承认啦？"

江予迟语气变淡："我撕了。"

盛星沉默了一瞬，小声说："你明明说过的，如果我愿意，我永远是你的妻子。话说了还没一年呢，就不算数了。"

江予迟安静片刻，问："那你愿意吗？"

盛星不想回答这个问题。她的心思总是很古怪，和江予迟说清西北的事后，又介意起离婚协议书的事来。她能明白他，也能理解他，可就是介意这件事。

从他们结婚到现在，也不过三年多光景。在那些双方都不知道的漫长岁月里，他们为了走近彼此，耗费了大量的时间和精力，甚至投入了那么多的感情，怎么能就这样轻易放弃。

盛星回过神来，闷声闷气道"愿不愿意是我自己的事，不许你问。你到哪儿了，多久到？我都困了。"

江予迟报了个地点，低声道："你睡吧。"

沉默了几秒，他又问："星星，可以不挂电话吗？"

盛星本就不放心，听他这么说也没拒绝，只说："你注意点，困就去服务区睡会儿，别硬撑着。"

江予迟低声应了，说："晚安，星星。"

盛星假装没听见，伸手在屏幕上胡乱敲了两下，就当回应了。

近十一月，树木渐渐凋零，晨间的冷意已接近冬日。

酒店对面的街道边，黑色的车停了约莫有一小时，车熄着火，却久久没有动静，没人下车，也不见人上去。

车内，江予迟身体后倾，闭着眼，靠在座椅上，耳边是盛星轻细又绵长的呼吸声，她这一整晚都睡得很好。临睡着前，她的意识变得迷迷糊糊，分不清这是什么时候，含糊着和他撒娇，说："三哥，好冷。"

他已经有十八天没抱着她睡觉了。

他想她，身体也想她。

此刻，他就坐在这儿，静静地等待她醒来。

寂静无声的车内，接连响起的信息提示声很刺耳。

江予迟蹙眉，下意识觉得会吵醒盛星，睁开眼才想起她不在身边。他抿着唇，设置了静音再看信息。

信息是盛星的经纪人发的。她说有一段视频，他可能需要看看，视频已经发送到他的邮箱。并说，这件事她会知会盛星，不用刻意瞒着。

江予迟打开邮箱，邮箱里躺着那封发送不久的邮件，里面除了一个视频什么都没有。

片刻后，他打开视频。画面是盛星的公寓，他独自坐在落地窗前。从拍摄角度来看，机器就放在他正右前方，是角落里的机器忘了关。

江予迟垂着眼，看着盛星赤着脚朝他走来。

难得不用拍戏，盛星睡到自然醒。

一晚上过去，被窝暖洋洋的，她滚了几圈，清醒过来，天亮了，江予迟呢！

盛星胡乱摸了两把，在枕头边摸到自己的手机。

通话居然还没断，只是电量已经告罄。那头安安静静的，一点声音都没有。她试探着喊："江予迟，你在吗？"

"我在。"许是一夜未睡，男人嗓音暗哑，含了一层沙似的。

盛星别扭了一小会儿，揪着皱巴巴的被角，小声道："我饿了，想吃你做的早饭……要不你上来？"

那侧传来动静，似乎是他开门下了车。

江予迟说："两分钟。"

盛星："……"

两分钟？她立即把手机一丢，从床上起来，大半个月没见，她脸都没洗，牙也没刷，说不定脸还睡肿了，这男人居然只给她两分钟。

一阵兵荒马乱，盛星只来得及洗脸刷牙，脸都没来得及擦干，门铃就响了起来。她擦干脸，急急跑到门前，停住脚步，装模作样地停了几秒，才打开门。

男人穿着深棕色大衣，里面还是昨天的西装，耷拉着眼，隐约可见其间的血丝，下巴带着点青灰色，怪憔悴的。

此时他正盯着她瞧，目光深沉。

盛星沉默了几秒，侧开身："先进来。"

江予迟却不动，仍然站在门口，除了看她什么都不做。

盛星纳闷，这又是闹什么，只好把他牵进来。男人随着她的力道往里走，像个洋娃娃似的，让站就站，让坐就坐。

盛星把人按在沙发上，仍是心软，问："开车累不累？我叫人送早餐上来，吃完睡一会儿。"

江予迟抬眼，盯着面前眼眸水润的女人，她在他面前不常藏着事，许是习惯了，眼底的担忧很明显。

被他遗忘的夜晚，被忠实的机器记录下来。

他看见她贴着他的脸，听见她说："我很早就喜欢你了。见不到你，听不到你，但就是喜欢你。"

江予迟曾问过她："喜欢的人让你难过了吗？"

她说："是的。"

这么多年过去，他们都长大了。可他又一次让她难过了，以前他没能做好，这一次也没能做好。

"星星。"他哑声喊。

盛星抿抿唇，摸了摸他的额头，问："头疼吗，还是哪里不舒服？偏偏要大半夜过来。"

安静的男人忽然伸手，紧紧搂住她的腰，脸贴上她柔软的小腹，半晌，低声问："现在还难过吗？以前的我，和现在的我，还依旧会令你难过吗？"

盛星微怔，下意识道："怎么突然这么问？"

随即，她想起那段被他们两个人都遗忘在脑后的视频。她和他坦白，自己喜欢的人从始至终都只有那么一个。她告诉他，离家之后是怎样发现自己对他有不一样的感情，以及看到他时，她又是怎么样活了过来。

江予迟收紧手，低声说："很辛苦。"

盛星轻轻叹了口气，摸摸他的脑袋，轻声道："那天你喝醉了，有很多话我都没来得及说。今天，我都会告诉你。先陪我吃早饭，好不好？"

江予迟没应声，只知道抱着她。

盛星无奈，大半个月没见，这男人仿佛受了天大的委屈，又要抱又要亲的，和小孩子似的。

这样想着，她低头，在他额头上亲了一口。

这下好了，差点没被他勒窒息。

盛星推也推不动，走也走不了，等管家来送早餐才解脱，吃完早餐，她又赶他去洗澡，一番折腾下来已经是一小时后。

"你过来。"盛星重新铺了床，多拿了个枕头，拍拍边上，朝江予迟招招手，"陪我再睡会儿。"

她抬眼，瞧着床边的人。

黑发带着点点湿意，白色T恤衬得他干净又年轻，可偏偏他眉眼沉郁，一点少年气都看不见，像只蔫巴的大狗狗，只知道往她身上看。

盛星好笑道："如果喜欢你让我三百六十五天天天都难过，那我还喜欢你做什么？你只知道难过的部分，不知道高兴的部分，一个人在那儿瞎想什么？快上来！"

这一次，江予迟上床，没再像之前那样不敢靠近，手一伸就把盛星抱了过去，和以前无数个夜晚一样，紧紧地搂着她。

盛星没挣扎，配合着找了个舒服的姿势。

等两人躺好，她跟哄小孩似的，拍拍他的背，小声说："先睡觉，睡醒再说。醒来我要是不在，就去片场找我。这次肯定能进来了。"

江予迟安安静静地，靠在她的颈侧，毛茸茸的头发蹭得人发痒，呼吸轻轻的，没一会儿他就睡着了，看起来乖得不行。

盛星靠在他怀里，仰着脸注视着男人的睡颜，半晌，凑上去亲了亲，嘀咕道："睡醒就原谅你。"

去片场前，盛星给江予迟留了两条信息，边揉着肩膀边出门。

江予迟很少睡得这么安稳，哪怕床侧无人，他仍流连在床上不肯起来，随手拿过手机看了眼，盛星发了两条信息。

Paidax："我上班赚钱去啦，想和你说的话都放在这个号里。"

Paidax："@ 星星不迟到的个人主页。"

江予迟微怔，坐起身，盯着那五个字看了半晌，才点开盛星转发的链接，进入了她的小世界。

今天的戏份难拍，盛星几乎一整天都耗在这里。

大冷天的，她硬生生地热出了汗，奔跑的戏拍了不知多少遍。李疾匀一会儿挑剔背景，一会儿挑剔群演，一会儿挑剔她的耳饰晃动得不够美丽。剧组里的人都习惯了李疾匀的挑刺，耐着性子配合他一遍遍重来，直到盛星开始飞眼刀子，他才有所收敛。

这么十几遍下来，盛星不光肩膀疼，小腿都开始疼了，她仰头一看，月亮居然都高高升起了，也不知道江予迟在干什么。

"盛老师！江老师在门口！"喊声传来。

盛星顿时把保温杯塞回去，拔腿就往外跑，跑到一半又觉得显得太着急了，于是又慢下来，快步往门口走。

走到门口，盛星一眼瞥见了江予迟。他穿着黑色大衣，低垂着头，双臂微微环胸，怀里似乎抱着什么东西。

盛星遥遥地看了一会儿，拍了张照片留念，放慢脚步往他身边走，听见熟悉的脚步声，男人抬眸朝她看来。

盛星停在原地，他眉眼间的沉郁消失不见，望向她的目光，又如同往日一般，懒懒散散的，带着很淡的笑意。他恢复了原先的状态，但有点细微的差别。

"过来。"江予迟低声说。

盛星撇撇嘴，抱着她睡了一觉就又有气势啦。她几步走到他跟前，睁着一双晶亮的眼，一眨不眨地瞧他："睡了那么久？"

都晚上十点了，怎么这么晚才来找她。

江予迟弯唇一笑，扯开自己的大衣，露出怀里一直抱着的那只小家伙。只见男人胸前的衣服隆起一小部分，动了动，忽然伸出一只脑袋，乌黑的眼珠子到处看了看，粉色的舌头舔了舔自己的脸，鼻尖润着点汗意，一见盛星，它"嗷呜"叫出声，挣扎着要往她怀里去。

盛星怔怔的，脑子没缓过来，手已经伸出去了，抱住近两个月不见的小狗。它长大了不少，在江予迟怀里捂那么久，可憋坏它了。

临近下班，剧组本就人来人往，一直有人悄悄注意着门口的动静，几个从第一期追到最后一期的女孩，一看到小狗，顿时憋不住了，纷纷围上前看盛星怀里的小狗。

"咦，盛老师，这是综艺里的小狗吗？"

盛星笨拙地和小狗对视，小家伙正在热情地和她示好，舔舔这儿，又舔舔那儿，大有和她好好亲密一番的架势。见身边又围了人，她无措地看了江予迟一眼。

江予迟伸手，点点小狗的脑袋，轻斥道："乖点，别欺负我老婆。"

边上的女孩儿一阵起哄，"叽叽喳喳"地问起问题来。

"盛老师，你们养着它吗？"

"盛老师，它叫什么名字？"

盛星迟疑了一瞬，忽然道："它叫小江。"

江予迟："……"

回去的路上，江予迟开车，盛星抱着小江，一会儿嘘寒问暖，一会儿又担心自己养不好狗。

夜晚，车流像银河闪烁在漆黑的街道上。

江予迟握着方向盘，眉目疏朗，心情前所未有地轻松，甚至没去西北之前，都不像今天这样身心舒畅。他瞥了眼身边紧张兮兮的盛星，说："明天我带它去做检查，洗个澡，买点狗粮和玩具，让它住在隔壁我那套房里。"

盛星纠正他："人家有名有姓，你尊重它一点！"

江予迟："让小江住在隔壁房。"

盛星这才满意，又抱着小狗，一口一个"宝宝"，要不是江予迟拦着，又得抱着它的小脸亲上好几口。等这一阵亲热劲过去，盛星不由得问："怎么想着把它接过来？也不和我说一声。"

江予迟怎么会说，说了她一定又躲远了。他淡淡道："你说，以后想和我养一只小狗。"

盛星一愣："我什么时候说的，我……"

她忽然止住话，忙了一整天，居然把这事忘了！她自己把小号交出去啦，什么小秘密，一点都不剩了！后知后觉的羞耻感涌上来，她自己都不太记得以前发了什么，早知道摊牌之前，去偷偷藏几条。

盛星面不改色，强撑着道："说不定我现在不想了呢？"

江予迟侧眸，无情道："那我找人送它回去。"

盛星抱紧怀里的小江，控诉道："才取了名字就要送走，你简直冷酷无情！"

江予迟："……"

回到酒店，盛星亲自动手给小江收拾了一个窝，又你追我赶地玩了好久，最后蹲在地上想给它拍照。

打开手机，盛星呆在原地。

屏幕上是数不清的微博通知，回复她的人，账号叫作"迟到的星星"。

盛星蒙了一会儿，松开小江，坐下翻他的回复。

她最早的那条微博始于十六岁那年，她说："我有喜欢的人啦！"

他回复："我也是。"

"在冬天拍电影好辛苦，想喝奶茶，有点点想他。"

他回复："在学校训练那会儿，我最喜欢晚上一个人在操场负重跑步，因为夜空中有星星。我想她的时候，她会不会听到。"

"下雪啦！哥哥和他都不回家过年，我想去见他，结果他不在学校。收礼物的爷爷告诉我，好多人给他送东西，我有点不高兴，要不偷偷把围巾要回来吧？"

他回复："不给你。"

"我想养一只小狗，和他一起养。"

他回复："知道了。"

往后，到了十八岁。

"他二十二岁了，听姐姐说，他可能会回来结婚。我明明努力长大了，可怎么长得那么慢，我还能喜欢你多久？"

他回复："我永远喜欢星星。"

接下来两年，盛星很少发动态，即便有，也是一些负面情绪。她很少再说想他了，可他也认真仔细地回复了每一条，安慰当时年少的盛星。

"如果我能喜欢别人就好了。"

他回复："最好不要。"

"听说新的电视剧会去西北拍，我能和他看到同一片天空，站在同一阵风里，能离他那么近、那么近。我怎么那么没出息。"

他回复："不许说我的星星。"

再往后，她二十岁，他们结婚了。

"三哥说，想和我结婚。他说了好多好多理由，就是没说喜欢我，他好笨。我也不告诉他，我喜欢他。"

他回复："我听到了，星星喜欢我。"

"我们结婚啦，我想永远和他在一起。"

他回复："好。"

"或许有那么一点可能，三哥也喜欢我。"

他回复："只有这一种可能。"

"昨晚好丢人，我是傻了才会往粘鼠板上踩，但是三哥抱我了，这么一想，又不那么丢人了。今天和三哥去爬山，嘻嘻。"

他回复："再去吧。"

"卖花的婆婆祝我和三哥百年好合，今天的花好香。"

他回复："不止百年。"

"我还能织二三四五六七八条围巾，嘻。"

他回复："以后我来织。"

盛星紧握着手机，看过这几百条回复，眼睛酸酸的，仿佛那些年所有的酸涩和苦楚，都有人轻轻地吻过，告诉她，以后不会再让她难过了。

她所期盼的那些以后，他会给她。

小江一直等着漂亮姐姐和它玩，但它歪着脑袋，左等右等，还绕着她跑了好几圈，还叫了几声，她就是不理人。小江划拉着小爪子，开始往沙发上爬，这对它来说，和爬过一座小山有什么区别呢。辛辛苦苦地爬上小山后，小江"嗷呜"一声，钻到盛星怀里，开始蹭她的手，想让她揉揉自己的脑袋。

盛星和怀里的小家伙对视两秒，回过神，吸了吸鼻子，小声道："给你拍张照片好不好？"

盛星自从进组以来，难得发微博。现在正好可以向"派大星"们介绍一下她的小江。选照片的时候，盛星迟疑一瞬，把江予迟抱小江的照片发了上去。

盛星："新来的小朋友——小江！配图是我的小江，还有小江抱小江。"

盛星抱着小江，嘀咕道："妈妈抱你一起看评论，给你念一念，狗狗教育也是很重要的，回去带你去上课。"

江予迟轻倚在门边，眉目淡淡地看着盛星抱着小狗嘀咕，抬步走过去，拎起狗塞到窝里，又一敲盛星的脑门，把人逮回去睡觉。

两人黏黏糊糊洗完澡，往床上一躺，盛星别扭地抱着他哼哼："冬天好冷哦，你都不陪我睡觉。"

江予迟捏捏她的耳垂，又捏捏腮帮子，懒懒道："都不让我进门，怎么陪你睡觉？"

盛星张嘴就咬，直到把他下巴咬出牙印，愤愤道："哥哥都和我说了，你故意把他骗去，然后把他灌醉，骗他发朋友圈。"

江予迟挑了挑眉："我骗他？是他打电话让我出门喝酒。上我们家来，我给他准备了酒，朋友圈是他亲手发的，我可没让他故意屏蔽你。"

两人你一言我一语地吵了一会儿，渐渐安静下来。

盛星窝在他的颈侧，小声道："江予迟，我不生气了。以后再有这样的事，我就把你踹了，寻找下一春。"

十二月，东川下了雪。

盛星冻得脸红耳朵红，一下戏就到处蹦跶，手冻得通红还想去玩雪，嚷着要和小助理堆雪人，小江也甩着尾巴凑热闹。

小助理看着如此活泼的盛星，不由得叹了口气，看着经纪人："姐，星星这脾气，一个月变一个样。最近这么任性，谁惯的？"

经纪人也叹气："还能有谁？"

雪下了几日，剧组工作人员一直兢兢业业，看盛星玩雪也心痒痒的，都探着脑袋往那边瞧，听到李疾匀的声音又赶忙装作认真工作的模样。

李疾匀扫了一圈，冷着脸道："休息半小时。"

这话一出，大家放机器的放机器，放道具的放道具，几个演员也忍不住上手去玩雪。近几年南方难得下雪，他们看到还觉得挺新鲜。

方俭站在屋檐下，捧着保温杯，热气在眼镜上氤氲出一团雾气，他的视线透过镜片，落在盛星身上。她近来心情很好，天天带着那只小狗玩，那只小狗叫"小江"，和她先生一个姓。

方俭能看出来，她和江予迟感情很好，综艺里很好，现实中更好。那个男人的确是难得一见的优秀，和她很相配。

剧组里到处飞着雪团。

盛星裹着羽绒服走在雪地里，小江还绕着她跑个不停。她担心会踩到小江，只能姿势笨拙地往前走。

突然，一个雪团失了准头，直直朝着盛星飞来。

盛星一怔，没来得及看清，脑袋就被狠狠地砸中了，雪团散开，雪粒子自上而下，糊了她一脸。

盛星："……"

此时剧组里乱成一团，谁又在乎自己砸中的是谁呢。并没有人管盛星，连小助理都尖叫着满场跑。

盛星叹了口气，甩了甩脑袋，刚想收拾一下自己，忽而有人递来毛巾，又替她拭去肩上的雪。

方俭有分寸，只碰了她的衣服便收回手，温声道："擦干净，冬天感冒很受罪。小心点。"说完，他离开了。

远处，镜头精准地记录下这一幕。

他们蹲盛星和方俭有段时间了，这两人除了上次在火锅店门口被拍到，再也没单独在一起过，加上这次，也才两次，怎么想都没关系。但一旦这两次被拼接在一起，总有人会相信。

下午两点。

盛星瑟瑟发抖地躲在伞下，等着江予迟。他说提前几天过来，陪她过圣诞，两点就到，可这都两点十分了还没到！

盛星趁机和小江告状："你'爸爸'骗人！"

小江穿着小助理买的宠物毛衣在雪地里打滚，并不理盛星，直到听到引擎声，竖起耳朵来，昂起小脑袋看过去。

江予迟下车，大步走到盛星面前，牵住她冰凉的手，蹙了蹙眉："怎么来外面等，今天几点下班？"

盛星揶揄他："这不是怕你被拦在门外吗？"

江予迟无奈。

两人正往里走，忽而听到小助理熟悉的喊声，仔细听，居然还有一丝兴奋，喊得满剧组都听见了。

"姐！你和方老师上热搜啦！"

"你们传绯闻啦！还拍了你们两张照片！"

盛星默默往右侧看去。

江予迟正盯着她，问："她很高兴，你呢？"

"星星人呢？"小助理还在瞎问，跟一只小蜜蜂一样到处乱转，试图把钻到角落里的盛星扒拉出来，好让她看看这"惊天大新闻"。

盛星迎着江予迟深沉的眼神，真心实意道："我一点也不高兴，就和你一样不高兴。我也不想看是什么照片，你也不想看，对不对？"

江予迟不紧不慢地打开手机，说："不，我想知道。"

盛星："……"

她幽幽道："人家都说，夫妻同心。你看你不高兴我就不高兴，难道不是我不想看然后你也不想看？"

江予迟瞥她一眼："暂时不同心。"

盛星："……"

江予迟一手撑着伞，一手点开照片。

第一张，盛星和方俭在火锅店门口。他挡在她身前，她拿着手机，两人并排朝里走去。

第二张，盛星满头雪，方俭给她递毛巾，给她整理衣服。

底下一条微博还有视频，娱记一边拍一边解说："月黑风高夜，我们终于蹲到了盛星和方俭单独出来吃饭。盛星在门口接了个电话，方俭连这一分钟都等不了，出来寻觅佳人。很快，盛星挂了电话，和方俭一同进了店里。很可惜，两人很警觉，并没有同时离开……"

盛星听着要气死了。

江予迟垂着眼，发了几条信息，把手机一放，开始哄人。他还没生气，这小炮仗就先生气了，脸都气红了。

"不生气，那天星星去剧组聚餐了，我知道。"江予迟拍拍她的头，低声问，"还想不想玩雪？我陪你玩。"

盛星绷着脸，闷声闷气道："不玩。"

"方老师他不是那样的。"盛星揪着江予迟的衣袖，小声解释，"他不再把我当成玉瑶了，之后也没找过我，他分得清什么是工作，什么是现实。"

江予迟挑了挑眉，把人抱进怀里，温声道："我知道，热搜很快就有人处理，别多想。晚上还要和外公一起吃饭，你不高兴他可看得出来。"

盛星郁闷了一阵，跑片场飙戏解压去了。

李疾匀还挺意外，难得盛星这么积极，抓着人开始工作，整个剧组迅速忙碌起来，一时间没人再提热搜的事。至于小助理，她瑟瑟发抖地捏着手机，不敢往江予迟身上看，心里在呐喊：星星居然不告诉我江总要来！江总的眼神好吓人。

小助理默默抱紧了小江，勉强将它当作自己的护身符。

江予迟扫了眼头快要埋到地下去的小助理，移开视线，回复信息。小宋效率极高，不到十分钟，已经处理好了热搜。

下午，方伧没戏，正站在李疾匀边上，看着镜头里的盛星。不多时，他身边多了一个人。

片场外，雪洋洋洒洒。

李疾匀坐在椅子上，莫名觉得有点冷，他往左右看了眼，方伧站在左边，江予迟站在右边，一个神色温和，一个神色懒散。

两人都不约而同地看着盛星。

"你们俩没事干？"李疾匀不想忍，直接问出了声。

方伧似乎没察觉到他冷冰冰的语气，温声应道："看星星演戏能学到很多，她比起十六岁那年，又进步了。"

江予迟更直接："看我老婆。"

李疾匀："……"

他居然也有这么一天。

气氛渐渐僵硬。李疾匀忍无可忍，喊来助理，指着这两个人，冷声道："把他们带去喝咖啡，在这儿吵到我耳朵了。"

江予迟斜斜看了眼方伧，一言不发，率先抬步朝助理指的方向走去。

过了片刻，身后响起脚步声。

十分钟后，江予迟和方伧面对面坐在休息室内，面前都放着一杯茶，热气氤氲，气氛压抑。助理看看左边，看看右边，溜了。

方伧慢吞吞地喝了口茶，温声说："那晚，我们剧组一起去吃火锅，星星留在外面。后来，起风了，我想让她进门。今天的照片，场面乱成一团，没人管她，天冷，我拿了条毛巾。抱歉，江先生，我确实是有私心，但被拍到不是我的本意。"

江予迟没碰桌上的茶，双手插兜，懒洋洋地靠在椅背上，视线微微往外移，落在雪景上，随口应："一点小事，不用太放在心上，已经解决了。"

方俭仔细品味了一下江予迟话里的意思。他没当回事，并不在意这些对他来说不痛不痒的新闻。

方俭轻舒了口气，说："多谢。"

江予迟和方俭都知道，他不是为这件事而道谢，是为江予迟明知道他的状态和心思却对此缄口不言，两人都默认了以后不会再影响盛星。

江予迟收回视线，目光在对面的男人面上停顿一瞬，说："不必。"

接下来，两人认真地喝起了茶，江予迟还抽空处理了两封邮件。中途小江头顶雪花进来了一趟，看看它"爹"，看看方俭，甩着尾巴跑了。

这样的局面，直到方俭的助理进来喊人才打破。

江予迟在这儿装模作样的，早就不耐烦了，见人一走，打开微博小号，开始发微博。

迟到的星星："下雪天，一个人好冷。"

迟到的星星："老婆不理我。"

迟到的星星："可怜。"

盛星下戏，已是六点。她还没穿上羽绒服就问："江予迟呢？"

小助理朝休息室努努嘴："一下午都在里面待着，方老师也在里面待了一会儿。对了姐，你的手机之前又叮叮咚咚地响了。"

盛星一听，默默掏出手机检查信息。

打开一看，就见江予迟在微博上自言自语一下午，中心思想就是"老婆不理我，我一个人又冷又委屈"。

盛星："……"

她怎么觉得，自从两人和好，这男人越来越不像话了。

盛星进休息室，去认领自己那"没人要的老公"。等出了片场，她牵着"小江"，"小江"怀里还抱了只小江。两人一狗，出发去她外公家里吃饭。

这个点，路上正堵。

平时盛星都会和江予迟聊天，现在却只知道抱着小江，一口一个"宝宝"，还给它换衣服，说什么下午玩雪，衣服都湿了。

江予迟一时间有点后悔。半晌，他忍不住开口，试图拉点她的注意力回来："今年在哪儿过年？"

"今年？"盛星正专心地握着小江的爪子，随口应，"我得留在组里拍戏，可能去外公家里吃顿饭。你留在洛京吧，总不能让爷爷奶奶单独过。爸妈今年回来吗？"

说起这两人，江予迟很是不爽。他得朝九晚五、勤勤恳恳地上班，管着家里的业务，他爸妈倒好，满世界跑，活得别提多潇洒了。

江予迟："不回来。"

沉默了几秒，他补充道："我陪你过。"

盛星这才抬眼，瞧他："奶奶呢？"

江予迟沉默一瞬："她还在生气，不让我进家门。说我不带你回去，就别回去。这是她的原话。"

盛星轻咳一声，大发善心般："行，那我就收留你。"

外公有阵子没见江予迟了，前段时间听说小两口闹别扭，今天定睛一瞧，黏黏糊糊的，亲热得很。

他招呼两个孩子上饭桌。

平日里，外公最愿意和这些小辈打交道，江予迟这些年一直在外头，什么都能聊，两人从经济开始聊，一直聊到几十年前。

盛星懒得参与他们的话题，吃完饭就溜走了。

通常吃完饭，盛星都懒懒散散的，往沙发上一缩就睡着了。小江也趴在地毯上打着盹儿。

江予迟虽然和外公聊着天，但随时注意着盛星的动静。见她脑袋一歪就睡了过去，下意识地起身去拿毯子，盖完不算，还得塞个舒服的枕头给她，摸摸脸，顺顺发，捏捏手。

外公端坐在椅子上，用余光偷瞄。

家里三个孩子，他最操心的不是盛星，却最心疼她。这小姑娘，打小就机灵，但也活得辛苦，幸而往后的人生，有人陪她一起走。

等江予迟回来，外公重新烧了壶水，自顾自地干着手里的活儿，并不说话，他在生意场上浮沉几十年，安静的时候，气场便盖过温情。

江予迟微怔，知道这是有话要说。

半晌，外公道："最近我听人说了件事。西港的巢山寺被人举报，说有人以巢山寺的名号骗取大量钱财，数额惊人。不出意外，过两天就会上新闻，届时，我那个女儿也会看到。星星的事，你什么时候知道的？"

江予迟目光里的温度低下去，应："不久。"

外公沉沉地叹了口气："她刚怀星星的时候，不知道多高兴。她是很喜欢孩子的人，一直和我说，爸爸，我没有兄弟姐妹，长大的时候，偶尔也会觉得孤单，以后结婚了，想多生几个。后来有一天，她忽然说孩子掉了，要去国外散心。这一去就是大半年，回来后却不如以前那么开朗，之后再也没有怀过孕。直到六年后，我才知道，当年她偷偷生了孩子，又送走了。"

外公说："星星小时候过得很苦，我那个女儿是阿霈和月亮的妈妈，但不是星星的妈妈。阿迟，外公和你说这些，不为什么，是担心这件事后续带来的变化。你别怪外公狠心，在我看来，星星和她妈妈，没必要重建关系。"

江予迟垂眸，平静地应："不会。"不管以后盛星怎么想，这件事在他这里，只有一个结果。

盛星这一觉睡得很沉，醒来时脑袋发晕，睁眼仔细一看，她居然已经回酒店了。

呆了片刻，江予迟问："醒了？"

身侧，男人穿着和她同款的睡衣，斜靠在床上，手里拿了本书。见她醒来，那双漆黑的眸便看过来，身体也紧跟着过来，轻轻的吻落在唇角。

"我睡了多久？"盛星怀疑自己去外公家都是在做梦。

江予迟："现在是晚上十一点。"

盛星仔细感受了一下，觉得不可思议，狐疑道："我觉得只睡了十几分钟，你是不是故意骗我？"

江予迟轻笑："那你去问小江，你睡了多久，它不骗你。"

盛星："……"

盛星缓了一阵，才勉强接受现在是十一点的事实，又戳戳身边的男人，小声道："我做梦了，梦到我有了一个崽。"

江予迟："……"

小江和松球还不够，梦里也给他找了个崽？

盛星睡得脸颊发红，娇慵如海棠春睡初醒，双眼晶亮地盯着江予迟看了半天，别扭道："我觉得是个女孩子。"

江予迟敲她的脑门，问："想说什么？"

盛星轻咳一声，有点心虚："就是想和你说，可能有个吓死你的消息，你最好做一下心理准备。"

江予迟双眼微眯，翻身把盛星困在身下，定定地看着她水润的眸，问："工作不忙了？想要孩子了？"

盛星她不满地瞪他一眼，嘟囔道："平时不是挺聪明吗？现在怎么这么笨。"

江予迟微怔，问："你说，我听着，吓死我。"

盛星轻哼一声："小江吓死就吓死了，反正我还有一个小江。"

江予迟："……"

临近二月，年关将近。

城市里年味渐浓，他们剧组也不落后，每天都能收到从各地寄过来的快递，多是家里人知道他们不能回去过年，提前寄来的特产。

小助理惯爱凑热闹，到处串门，逛了一圈回来，碗里塞满了各种好吃的，往盛星边上一蹲，问："姐，吃饺子吗？黄鱼馅的。"

饺子圆滚滚，白白胖胖的，馅料十足。

盛星只看了一眼，便移开了视线，摇摇头："我不饿，你吃吧。"

小助理最近有些为难，因为盛星胃口不是很好，还不许她往外说。江予迟和经纪人那儿都瞒得死死的。她苦闷地问："星星，你是哪儿不舒服吗？"

盛星瞧着这姑娘担忧又郁闷的样子，似乎连碗里的东西都不香了，她招招手，等人到跟前，压低声音，在她耳边说了几句话，叮嘱道："过完年再和他们说。这阵还好，反应不大，就是爱睡觉。"

小助理回过神来，一会儿欣喜一会儿忧愁，最后又眉开眼笑的。最后，她问："江先生也不知道？"

盛星说到这事就来气，她哼道："我怕吓死他，没说。"

小助理收回笑容，小心翼翼地问："为什么会吓死？"

盛星看了看左右两边，见没人，简单地解释了一下："反正就是一次意外，他以为我吃药了，其实我没吃，只是去药店买维生素了。"

小助理担忧道："姐，你瞒着江总没事吧？他要是知道你胃口不好，我们又没说，下回来又要忍受他用眼神杀人！"

盛星劝慰她："还是担心担心之后工作的事吧，别管他。你们是我工作室的，又不是江氏的，他管不着你们。"

小助理心想也是，说起正经事："姐，你晚上出去吃饭？"

盛星点头："陈漱到这儿有活动，他向来一个人过年，我和他吃顿饭。如果他有时间，就留他在东川过年。"

小助理："姐，你现在对陈漱态度可好多了。"

盛星一怔，问："是吗？"

小助理点头："当然！"

她现在对陈漱不错吗？盛星抱着这个疑问，直到见到陈漱，问要不要留下来和他们一起过年，陈漱听了后一怔，似乎是怀疑自己听错了。她恍然大悟，原来是以前态度太差了。

盛星轻咳一声，别扭道："你要是忙……"

"不忙。"陈漱即刻打断盛星，深吸了一口气，低声说，"我一直想和你一起过年，以前就想。"

盛星见他这样，嘀咕道："我也没有那么凶，不用小心翼翼的。以后想来看我就来，提前说一声就好。"

陈漱冷冷的神情慢慢融化，他弯唇笑起来，扫了眼餐桌，问："姐，菜做得不合胃口？"

今晚的餐厅是盛星选的，但桌上的菜，她却没动几口，比上次见面看起来还瘦了点，气色倒是还行。盛星想了想，既然都和小助理说了，没什么不能和陈漱说的，便直接道："你要当舅舅了。"

陈漱一怔，一时间没听懂盛星的话，迟疑地问："是我想的那个意思吗？"

盛星翻了个白眼，这人跟江予迟一样，就是根木头。她起身，道："你自己想，我去趟洗手间。"

"姐！"陈漱立即起身，紧张兮兮地问，"我扶你去？"

盛星垮着脸，说："吃你的饭！"

进了洗手间，看到熟悉的女人，盛星怔了一下，有点纳闷，她怎么总在这样的地方碰见温边音。

温边音也怔了一下，随即自然地和她打招呼："盛老师。"

盛星有一瞬的恍惚，仿佛又回到风信子颁奖典礼那天，温边音坐在身边，轻轻柔柔地喊她"盛老师"。不过这时候的她和那时已全然不同。

盛星点点头，走到镜子前，余光还能瞥见温边音。

她抿抿唇，慢吞吞地开口："风信子那晚，很抱歉。我闻到了不喜欢的香水味，但在公众场合，又有镜头，我应该忍住的。"

温边音不知怎的，忽而想起前些日子看到的新闻，巢山寺里有个骗子，常年骗一些富裕人家把孩子送过去养，这些年上当的人数不胜数，涉案金额巨大。

她看向盛星，掩下复杂的情绪："视频和照片，还有游轮的事，我也很抱歉。当时，我像是被那个角色困住了，怎么挣扎都挣脱不了，那时我做了很多错事。后来……遇见周向淮，我很感激他。还有，那天你在洗手间里说的话，我也很感激。最终，我还是走出来了。"

盛星沉默了几秒，问："你们现在？"

温边音笑了一下："谁知道呢，看缘分吧。"

重新回到餐桌上，盛星瞧了眼陈漱的神情，他面色古怪，欲言又止，活像做了什么错事，她不由得问："有话说？"

他沉默一瞬，道："姐，我错了。"

盛星忽然生起一股不好的预感。

陈漱僵着脸："我第一次当舅舅，怕有什么做不好，就忍不住去问姐夫了。然后姐夫问我，什么时候知道的，我说刚才，他就挂电话了。姐，姐夫知道这事吗？"

盛星也僵着脸："他刚才知道了。"

东川的冷夜里。

盛星和陈漱坐在酒店大堂，相顾无言，等着江予迟来和他们算账。明亮温暖的灯光无法驱散他们内心的寒冷。

盛星憋了半天，忍不住问："你第一次当舅舅问他干什么，他又没当过舅舅，还不如来问我。"

陈漱："我想知道点心得。"

"说起来，你们关系什么时候这么近了。"盛星狐疑地扫了陈漱一眼，"都能说这种话题了。"

陈漱镇定道："我有些男人的烦恼，所以……"

这阵子他们都刻意瞒着，不想让盛星知道西港的事，好在她在剧组里工作很忙，也没人在她跟前说这事。理想状态是，盛星不必再知道任何和当年有关的事，这是他和江予迟的共识，因此近来联系多了一点。

男人的烦恼？盛星一愣，不知道想到了什么，而后面露古怪，又一副"我理解"的样子，安慰道："这事急不来，你问你姐夫……倒是也行。"

陈漱："……"

算了，这口气他得咽下去。

不多时，电梯"嘀"的一声响。

从电梯里出来的男人风尘仆仆，面色像是覆了一层雪，大步朝着大堂走去，皮鞋踏在锃亮的大理石地面上发出清脆的声响，有韵律的脚步声令人心悸。

盛星本来还心虚，但听到这气势汹汹的动静，忽然不怕了，她先前都和他说了，是他自己猜不到，她又有什么错呢？

盛星轻咳一声，故作镇定，对陈漱说："别担心，他怕我。"

陈漱："……"

话音落下，那脚步停住，停在她跟前。

盛星的视线虚虚落在他的鞋上，见他久久不动，不由得悄悄抬头看了他一眼——男人垂着眼，气息微重，目光深沉，唇线紧绷着。

盛星毫无骨气，蔫头耷脑地说："我错了。"

陈漱："……"

他勉强维持着自己的神色不变，说："姐，姐夫，我先回去了。"

江予迟半点眼神都没分给他，只盯着盛星看，视线落在她的小腹上，又重新回到她面上，试图一眼望到她的心。

盛星伸手，试探着拽住他的衣服，小幅度地晃了晃，小声道："我十二月就和你说啦。严格算，你是第一个知道的。"

江予迟压着情绪，说："鲨鱼说你去药店了。"他压根儿没往那方面想，只以为她计划要孩子了。

盛星嘀咕道："你根本没听人说完话吧？我是去药店了，是去买维生素的，鲨鱼也知道，你别冤枉我。"

江予迟一听,回忆起那天的状况来。半晌,他蹲下身,小心翼翼地握住盛星微凉的手,仰头看她有些消瘦的脸,轻声说:"助理说你胃口不好,以后三哥做饭给你吃,好不好?"

盛星抿抿唇:"你不忙了吗?"

江予迟:"不忙了,剩下的在这里也能处理。"

静了片刻,江予迟的黑眸安静地注视着她,低声问:"我们星星怕不怕?这段时间是不是很辛苦。"

盛星原本不觉得有什么,被他这么低声细语地一哄,反而有点委屈,撇撇嘴,细声细气道:"我才不怕,也不辛苦,她可乖啦。"

江予迟攥紧她的手,喉结动了动,说:"我也会很乖的。"

《钟》的拍摄进入第六个月,临近新年,喜气洋洋的日子里,李疾匀得知了一个令人呆滞的消息。

盛星说完,瞥了眼面无表情的李疾匀,老实道歉:"我也没想到就这么巧,其实也就……"她及时打住,没往下说,"不会影响拍摄,还有三个月的进程,我会……"

"打住。"李疾匀打断盛星,还是那副冷冰冰的模样,"我会根据你的状况对接下来的拍摄计划作调整,不能刻意节食,衣服可以改,状态可以等,甚至暂停拍摄。你需要和我一样,把电影放在第二位,把自己放在第一位。"

盛星听得愣愣的,疑心自己没睡醒,甚至想去戳李疾匀两下,看看这是不是真人。没想到有朝一日,居然能从李疾匀身上感受到人世间的温情。

大年三十晚上,李疾匀给剧组放了假。

江予迟和盛星一起去外公家,当然还带着陈漱。

陈漱头一回见盛星的外公,一路上忐忑不安:"姐,我……怎么称呼?"

盛星整个人都被毛茸茸的大衣包裹着,颈边一圈雪白的毛衬得她肌肤雪白,只看了他一眼:"你叫我姐,我叫他外公,你说你叫什么?"

陈漱沉默地跟他们进门。

外公提前就知道陈漱会来,准备了四个红包,盛星两个,江予迟一个,陈漱一个,然后领着男人进了厨房。

这是盛家的习惯,年夜饭由他们自己来做。

盛星虽然平时也不干活，但现在更心安理得，舒舒服服地躺在沙发上玩手机。每到年末，她都会抽出时间整理去年的照片。

去年的照片格外多，堪比在西北拍《盛京赋》那时候。

盛星并不是个爱拍照的人，少与人分享自己的生活，也很少发微博。今年因着江予迟，她不但发了很多微博，还拍了很多照片。仔细想来，她和江予迟感情升温，始于昆羊戈壁的那一夜。静谧的车厢内，他们两人咫尺之遥，一同看银幕上的盛星，看地上流淌的星河。

她生日的那一天，收到了从他离开后，整整十年的生日礼物。它们被遗忘在漫长岁月里，直到他带着她一一找回。似乎那十年间，他们间唯一隐秘的链接被深埋在地下，只有岁月知晓。随后不久，她被内心的情绪拉扯，两人结婚的事暴露。江予迟没有生气，他说自己承诺过，会照顾她、保护她。只要她愿意，永远都是他的妻子。

后来，他一直遵从自己的诺言，挡住所有的风雨，让她安静地盛放。他为了哄她，假期时带她去爬山，工作时去清水县看她，会在吵闹的人群中，紧紧牵住她的手，会偷偷地在牌子上写下：我的星星，长命百岁。而他们两人之间，最终仍是由江予迟迈出了那一步。

他站在她眼前，在她触手可及的地方，亲口告诉她，他喜欢她，想哄她一辈子，愿意为这一个机会付出时间。

盛星有时候会想，怎么会有这样的男人。他愿意把所有的时间和耐心都给她，会给她录睡前故事；会在暴风雨过后的凌晨飞来看她，哪怕他们可能说不上一句话，哪怕她在周年纪念日那天丢下他一个人；还会只身闯进着火的教室找她。

"在看什么？"男人懒散的声音打断盛星的思绪，一抬头，嘴里就被塞进一个炸汤圆，黏黏糊糊，里面是甜奶，又香又糯。

盛星鼓着腮帮子，晃了晃手机，含糊道："整理照片，看到六月了，你带我出去玩那段时间。我是不是胖了？"

盛星瞧着照片里的自己，又捏了捏自己肉乎乎的脸，不等江予迟回答，自顾自道："不管了，今天上镜还一样的美。"

江予迟瞧她，问："还想吃吗？"

她这两天爱吃甜的，虽然以前就爱吃，但这两天尤甚。她经常半夜醒了，和他说要吃这个，要吃那个，但又不多吃，只尝尝味儿就满足了，剩下的都得他吃。

盛星没胖，他倒是重了几斤。

盛星回味了一下浓郁的奶香味，甜甜糯糯的感觉挥之不去，挣扎片刻，点点头："再吃一个。"

江予迟："不给吃了，陪你看照片。"

他说着，在她身边坐下。

她也没和江予迟计较，把手机往他那边挪了一点，指着照片说："那晚在沅江，我在船上拍的。岸上布满灯火，远看非常漂亮。"

提起那晚，江予迟自然想到了盛星一个人喝倒了两个大男人，不由得问："从什么时候开始喝酒的？"

盛星抬眸悄悄看他一眼，小声道："刚成年……你知道的，那个年纪就是有很多烦恼，而且我还听说你要结婚，都气死我啦。"

江予迟敲她的脑门："都气死了，也不肯来问问我。"

盛星轻哼，抬手就去揪他的耳朵："那你怎么不和我说？还说起我来了。江予迟，你现在得随时注意自己的言行，宝宝都听着呢！"

一听"宝宝"两个字，原本玩球的小江"噌"地竖起耳朵来，往盛星边上跑。几个月过去，小江已经是大狗了，跑来后又乖乖在地上坐下，甩着尾巴，乌黑的眼珠盯着盛星。

盛星："……"

她心虚地看一眼江予迟："是小江先叫'宝宝'的。那给她取个小名吧，取个好听又好记的，怎么样？"

江予迟懒懒地瞧一眼地上的小江，心想，也行，小江是宝宝，那四舍五入他也是宝宝，于是应道："我想还是你想？"

盛星舔了舔唇，雀跃道："就叫汤圆！牛奶味的，白白胖胖的宝宝。"

江予迟点头："你说了算。"

两人嘀咕了一会儿，又靠在一起看照片。

乌川那晚，他们坐在篝火边听湖边音乐会，盛星昏昏欲睡，后半段时间靠在江予迟肩上。这张照片是鲨鱼拍的——面容遮得严实的女人低垂着头，神色慵懒的男人侧着头，无声地注视着她，目光里跳跃着点点火光，藏着温柔。

明明周围还有那么多人，天地间却仿佛只剩下他们。

盛星抿唇笑了一下，戳戳江予迟，小声道："你给我编的戒指我还珍藏着呢，和结婚戒指比起来，我更喜欢那个。"

江予迟挑眉："结婚戒指不喜欢？"

盛星："也不是，就是意义不一样。结婚戒指是你找的设计师，我挑的款式，凝聚了很多的心血。但这个草编戒指，是你给我做的，只有我和你。"

听到这里，江予迟忍不住凑过去亲了盛星一口。

黏糊完，照片再往后翻，到了江予迟记忆最深刻的那一部分。他垂着眼，看盛星兴致勃勃地翻着在牧场拍的照片，"叽叽喳喳"说起小羊和阿依曼，只字不提那晚受到的惊吓。

那一晚，他的星星独自跑过小半个牧区，摔倒了再爬起来，一步都没有后退。她明明那么怕黑、怕疼，却一滴眼泪都没掉。事后，甚至还那样勇敢地告诉他，她有多喜欢他。

江予迟攥着她的手，安安静静地陪她看照片。

等他们终于到了西北，他却没时间陪她，把她一个人丢在队里，照片上的花海、天空、美食，都不是他陪她去的，但她一句抱怨都不曾有。

她会鼓起勇气，幕天席地和他接吻；和他说幼时那些不那么美好的记忆，还反过来安慰他；会偷偷在房间里挂上长寿村的木牌。

陪盛星上综艺，大概是江予迟做过的最不符合他性格的事。他不喜欢镜头，不喜欢私人领域被侵犯，不喜欢盛星只在他面前才有的可爱显露于人前。可和她在一起，这些所有的不喜欢都被他忘却。

江予迟想起那页写满他名字的纸；想起在那间幽暗的影音室里升腾的温度；想起在西港，她为了让他快点回家，在烈日下，追着羊到处跑；想起临去西北前的那一天。

那一天，大抵是江予迟人生中最漫长的一天。他知道失去的感觉。他失去过和盛星十年的相处光景，失去过大哥，失去过队友，但从没失去过盛星。

最后，江予迟想起那碗年糕汤和盛星的小号，她将所有关于家的想象和青春的颜色都给了他。

小号上，盛星曾说过一句话。她说，如果暗恋有颜色，可能是赤橙黄绿青蓝紫，可能是世界上所有的颜色，也可能根本没有颜色。

江予迟想让他的星星有颜色，想让光照进来，想让她自由、野蛮地生长。

"星星。"江予迟低声喊，下巴微抵在她的肩头，"以后我出差回来，都想吃你做的年糕汤。"

盛星侧头，见他耷拉着眼，一副要人哄的模样，只好凑过去亲亲他的唇角，道："知道啦，不光给你做年糕汤，你喝酒回来还给你做醒酒汤。"

这边沙发上，两人黏黏糊糊。那头的厨房里，外公支使着陈漱干活儿，干这干那，一点不手软，就跟使唤江予迟一样，这孩子用起来还挺顺手。

"手脚挺灵活。"外公夸赞了一句。

陈漱在此时显得格外乖巧："我很早就一个人生活了，什么都会一点，还做得不太好。想变得和姐姐一样厉害。"

外公瞅了眼客厅，那小丫头正没骨头似的躺在沙发里，男人和狗都围着她，也不知道她怎么有那么多话说。他收回视线，悠悠道："那你可得努力了。"

陈漱笑了一下："会的。"

四个人的年夜饭，三个男人忙到七点，才算正式做好。盛星当然只需要坐着吃，只是有点遗憾，这么个喜庆的日子，她居然不能喝酒。

桌上三个男人都会喝酒，也不拘束，聊着天喝着酒，气氛轻松愉悦。盛星斜眼看着，心想，只要人喝了酒，和谁都能称兄道弟。

吃到一半，盛星拿出三个新年红包。第一个给外公，希望他新的一年身体健康，多管管盛需和盛掬月，最好不要管她，让她快乐地当一阵风；第二个给陈漱，希望新的一年他事业有成，能在工作中找到自己喜欢或是感兴趣的事，最重要的是，希望他快乐；最后一个，给江予迟。

盛星抿唇笑起来，往他身边挪了一点，假装外公没有竖起耳朵偷听，压低声音小声道："新的一年，希望三哥得偿所愿。"

江予迟黑眸微动，凝视着她许久许久，半晌，朝她举起酒杯，一饮而尽，哑声道："谢谢星星。"

盛星送完红包，给小江换了套新衣服。小江穿着红色的小披风，戴了绅士的红色领结，竖着耳朵，吐着舌头，又威风又可爱，简直是世界上最可爱的宝宝。

做完这些，盛星往沙发上一躺，没一会儿就睡着了。再醒来，客厅里的灯光暗淡，喧哗、热闹的场景不再，唯有窗外，天际绽放无数的烟火。烟花将鲜妍的颜色带给夜空、带给大地，无数星火如星辰坠落，陈旧的过往并没有随之消失，但新的一年已迈着不可阻挡的脚步前来。

"星星。"身后，男人温热的怀抱贴上来，微烫的气息萦绕在她耳侧，淡淡的酒香弥漫，惹得人口干舌燥。

　　盛星侧头，脸颊贴着他，眸中映着璀璨的烟火，轻声应："新年了。"

　　喝醉的男人并不回应她，只是一声声，低低地在她耳边反复地说："星星，我的星星。"

　　盛星无奈："又喝醉啦，一会儿怎么把你搬上楼？"

　　江予迟蹭了蹭她微凉的耳垂，闭上眼，轻轻吸了一口气，贴上她的颈，低声问："我在想什么？"

　　盛星认真想了想，回答："想我。"

　　江予迟："不是。"

　　盛星耐着性子问："那你在想什么？"

　　"我在想……"江予迟说了开头三个字又停住。

　　他在想什么？

　　他在想，他觊觎了整整十年的星星，终是落在了他的掌心。

　　"我在想，春天快到了。"

　　"嗯，春天快到了。"

番外

一·髫年

　　盛夏总是恼人，蝉鸣和烈日相伴而生，清亮的鸣叫声在暑气蒸腾的季节里显得格外嘈杂，连翠绿的枝叶都绿得过于浓郁，令人心生厌烦。

　　篮球场上，盛霈几人和隔壁学校的老对头僵持着。

　　"今天阿霈怎么了？居然没生气。"

　　"你不看看时间，马上到点了。"

　　"对，得回去喂他妹妹吃饭。"

　　盛霈坐在篮球上，有一下没一下地听着，显得有些心不在焉，时不时看一眼表。

　　对面一看盛霈这样子就不爽，随手丢了瓶被捏扁的矿泉水，砸在他跟前，挑衅道："怎么着，不敢比？"

　　盛霈一怔，瞥了眼映着阳光的水瓶，他缓缓抬眸，俊脸严肃，忽然问："你们有妹妹吗？"

　　对面："……"

　　盛霈："我有两个。"

　　一时间，寂静无声，气氛尴尬。打不打是一回事，忽然说起妹妹来，这是什么古怪又令人反应不过来的战术？

　　眼看场面即将陷入僵局，忽然有人瞥见场外经过的江予迟，忙道："阿霈，阿迟不是回大院嘛，你让他帮你。"

盛霈沉思："阿迟不喜欢小孩儿。"

朋友说："就说回去喂小猫，人都找上门来了。地盘说让就能让？我爸说了，一次让，次次让。"

盛霈心想，有道理。在喂妹妹吃饭和抢地盘之间，盛霈经过了艰难的抉择，选择了先抢地盘，暂时把妹妹托付给江予迟。

江予迟耷拉着眼，不轻不重地问："小猫在等你？"

盛霈心虚地应："这件事说来话长，反正你不帮我它就要饿死了！月亮上暑假班去了，中午不回家。"

江予迟一脸严肃，问："我要是不答应呢？"

盛霈："那你就杀生了！"

江予迟："……"

江予迟也在上暑假班，但他打小就和别人不太一样，不爱在外面吃饭，来回路上费时间也要回家去，还不爱坐车，自己骑车。

盛夏的风吹过洁白的短袖。他额前的发被吹起，露出宽阔的额头和漆黑的眼眸，他弓着腰，上身离开坐椅，加速朝家骑去。

到了大院外，他把自行车往墙上一靠，迈上长长的台阶，进门绕过前院，跨进盛家的小洋房。一进门，若有若无的檀香味儿钻入鼻子，江予迟扫了一圈，没发现哪儿有小猫，台阶上倒是坐着个小姑娘。

他唇线绷直，看向瘦弱的小姑娘。

她很瘦，小小一团坐在台阶上，夏日里地面滚烫，台阶也是，哪怕坐在阴影里也热得很。见有人来，她抬眼看过来，明亮的眼眸黑白分明，纯净又天真，脸色苍白，仔细一瞧，手还骨折了，绷带挂在脖子上，看起来又可怜又傻。

半晌，江予迟走近，问："星星呢？"

盛星仰起脸，看向面前落下的这片阴影，这是个和她哥哥差不多的小少年，神色冷冷的，让她想起初春还没解冻的河流，看起来不太好说话。

她抿唇，乖乖地应："我就是星星。"

江予迟的视线落在她不能动弹的右手上，终于明白了盛霈话里的意思。这阵子，盛家多了个小妹妹的事，他们都听说过，但她身体不好，一直住在医院里。

这是他第一次见到她。

江予迟停顿片刻，问："阿霈回不来，让我喂你。我不喜欢在别人家吃饭，你愿意去我家吃饭吗？"

盛星歪着脑袋，眼睛眨巴了一下："哥哥，我和阿姨说一声。"

和阿姨说，不是和爸爸妈妈说。

这个念头转过一瞬，江予迟站在门口，没往里走，心里冒出点不耐烦来。小姑娘好带吗？话会很多吗？会哭会闹吗？

想起盛掬月安安静静的模样来，江予迟想，小妹妹可能像月亮，但转念又想到盛霈，暴躁又冲动，像哥哥也不是不可能。

他纠结一瞬。

"哥哥，我好啦。"小姑娘飞快跑出来，仰着脑袋看他。

江予迟话不多，也不问"为什么阿姨不喂你""爸爸妈妈不喂你"，只是像领小猫咪一样，把盛星领回了家。

江爷爷和江奶奶看见江予迟身后跟了个小姑娘，不由得对视一眼，都从对方眼里看到了疑惑。最近阿迟转性啦？近来，这小少年也不知道是怎么了，脾气差了不少，还发闷，倒是还出去玩，就是不怎么说话，也不知道是装了什么心事。

江予迟对着盛星介绍："这是我的爷爷、奶奶。"

盛星乖乖问好。

江爷爷和江奶奶见小姑娘可爱乖巧的模样，不由得露出笑来，笑眯眯地问了她的名字，问了住哪儿，再多也不问了，两人就这么瞧着江予迟带小姑娘，也不去掺和。

赵阿姨特地拿了把小孩坐的高凳来，这小姑娘瘦瘦小小的，坐上去正好，但她手受伤了，怎么往上坐呢？

几个人不吱声，用余光偷偷瞄着。只见小少年沉默一瞬，忽而俯身抱起小姑娘，将她放到高凳上，还找了个舒服的姿势。

盛星眨眨眼，道："谢谢哥哥。"

她看着面前模样俊朗的哥哥，心里冒出好些想法来。她是认识江予迟的，盛霈去医院看她的时候，提起过最多次的人就是他，月亮叫他"三哥"。回家后，她在小房间里，有时会听到花园里传来男孩子们的嬉闹声，其中一道男声像夏日里冰凉的汽水，凉滋滋的，仿佛会"咕噜噜"冒出泡泡来。

江予迟指了指餐桌，问："想吃什么？"

盛星显得特别乖巧，带着点小奶音："哥哥先吃，星星不饿。"

赵阿姨一听，哪儿还忍得了，当即就要上前说她来喂，但江奶奶的眼神立马飞了过来，她只好硬生生忍住。

江予迟没应声，有点生盛霈的气。喂妹妹就喂妹妹，也不说妹妹喜欢吃什么，不喜欢吃什么。他绷着脸，捧着碗，菜都夹了一圈，在盛星身边坐下，用小筷子夹了一大口，有些笨拙地递到盛星唇边。盛星看着面前这一大口，努力地张大嘴巴，"嗷呜"一口全部吃了进去，还不忘拿左手挡住自己鼓鼓的腮帮子。

江予迟一怔，忽然意识到自己夹得太多了，他问："碗里有不喜欢吃的菜和喜欢吃的菜吗？"

盛星还在努力咀嚼。

这是他第二次问这个问题，她想了想，先抬手指了指番茄，见他把番茄挑出去，眨眨眼，又指了指茄子，然后期待地看着他。

江予迟和小姑娘对视一眼，又将茄子挑了出去，不等他放下筷子，她眼睛一弯，又指向最边上的芹菜。他的动作停了片刻，又将夹出去的菜尽数夹了回来，还特地放在了最上面，大有让盛星先吃这些的架势。

盛星闷闷不乐地想，原来是个不好说话的哥哥。

接下来，盛星蔫巴着吃了那些不愿意吃的菜，等吃到自己喜欢的菜，目光会悄悄亮起来，视线停留在小筷子上，半天不肯移走。

小姑娘食量小，赵阿姨没多盛饭。

江予迟夹起菜来可是一点不客气，这么大口地喂下来，赵阿姨还挺担心小姑娘会不会吃撑，但见她不说话，也没多想。

等喂完最后一口，已经是半小时后。

盛星摸了摸小肚子，体验着陌生的感觉，脆生生道："谢谢哥哥。"

江予迟瞧着小姑娘乖巧白净的脸，没立即坐下吃饭，而是上楼抱了一盒玩具下来，说："我吃完送你回家。"

其实两户人家根本不远，只隔了一个小花园。不用一分钟盛星就能自己走回家，但她看了眼玩具，又看了眼垂眼瞧着她的江予迟，应："好！"

江予迟将她抱下来，带她坐到玩具角，见她开始拿玩具，才重新坐回餐桌边吃饭。

江爷爷和江奶奶看得啧啧称奇，这小子还有这么一面，那院里怎么没小姑娘和他玩呢，还是最近转性了？

玩具角里。

盛星瞧着手里新奇的玩具，小心翼翼地摸了摸。哥哥和姐姐也会将玩具分给她，这个哥哥也会和她分享，但这都是他们的玩具，不是她的。

她抿着唇，偷偷地想，爸爸妈妈也会给星星买玩具吗？

盛星很乖，只拿了其中一个玩具玩，时不时摸一摸自己的小肚子，想了想，她站起来玩，站起来好像比坐着舒服。

江予迟虽然认真坐在餐桌边吃饭，但余光总忍不住注意那个小姑娘，见她翻来覆去只拿一个玩具，有点着急。

其他的不喜欢吗？应该很好玩才对，他小时候很喜欢的。

吃完饭，他一本正经地去洗手，洗着洗着才想起来，妹妹摔着手了，她一只手怎么玩玩具？

他懊恼地想，太不仔细了。

直到把盛星送回去，江予迟还在不高兴。回到家，盯着她拿过的小玩具，想起她乖乖站在台阶上朝他挥手的模样，心想：妹妹不像阿霈，也不像月亮。

这天下午，补习班下课。

盛霈"嗷嗷"叫着搭上江予迟的肩，被推开也不介意，笑着问："阿迟，我妹妹可爱吗？是不是又乖又可爱？月亮也喜欢她。"

盛掬月也是一个与众不同的小孩。她话极少，记忆力极好，总是冷冷淡淡的，也不爱和他们玩，最喜欢的事情是学习和看书，盛星来了之后，她又多了一样喜欢的事。

江予迟绷着脸，问："她的手怎么了？"

盛霈忧愁道："小丫头走楼梯，走得太着急，摔下来了。唉，阿迟，她也不哭，要不是我摔过，我都以为她不疼呢。"

说到这件事，小盛霈也有烦恼。他说："妹妹身体不好，前几天才从医院回来，又摔伤了。阿迟，你说是不是我太调皮了，我妈才没把妹妹接回来？"

星星那么可爱，怎么现在才回家呢？

盛霈总是想不明白这件事，去问月亮，月亮说妈妈撒谎了，但爸爸妈妈不会说出真相，他们只需要对妹妹好。

他一想，这话似乎也没错。

但他每到夜里，却忍不住担忧，会不会是因为自己。

江予迟沉默一瞬，说："不是。"

盛霈眼睛一亮："真的？"

江予迟："真的。"

江予迟当然不会告诉盛霈，盛霈自己觉得自己吓人，别人看到他会害怕，但其实别人只会觉得他有点傻。

两人骑车回到大院，盛霈扯着他，炫耀道："我妹妹每天都会等我放学回家，坐在门口，可乖了。阿迟，你也来看看！"

江予迟面上冷冷清清的，眼睫动了动，终是没挣开手。

一进门，两人都看见了蹲坐在台阶上的小姑娘。

她低头翻着一本绘画本，只露出一部分脸蛋，因为热，发丝带着汗意贴在脸颊边，小脸却没红，瞧着还是怪白的，没有一点血色。

江予迟忍不住说："以后别让她等你了，外面很热。"

盛霈一想："我和她说。"

听见交谈声，盛星抬起头来。

看见盛霈，她喊："哥哥。"

喊完，她又看向江予迟，思考几秒，正准备也喊"哥哥"，就听表情冷冷的小少年说："我是三哥。"

盛星眯着眼笑起来，喊："三哥。"

盛霈本来不觉得有什么，但看见小丫头对着江予迟眉开眼笑的模样，莫名有点不爽，试图找回哥哥的风范来，于是问："中午星星乖乖吃饭了吗？"

盛星点点脑袋："吃啦！"

江予迟站在一侧，瞧着盛霈和盛星一问一答，小姑娘是问什么答什么，还抿唇笑，直到盛霈问："中午吃什么了？"

盛星忽然往他这里看了一眼，乖乖地应："吃了番茄、茄子、芹菜、小虾、肉肉，还有鸡爪子。"

盛霈一愣，看向江予迟，问："你欺负我妹妹了？"

江予迟："……"

不等江予迟说话，盛霈转念一想，小丫头那么挑食，怎么到江予迟那儿就乖乖吃了？要不然……

盛霈朝江予迟招招手："阿迟，商量件事。"

江予迟："……"

三天后的晚上。

盛星耷拉着脑袋，捂着小肚子，绷着脸，一个人站在门口发呆，一副心事重重的模样。正逢盛掬月下课回来，见到妹妹闷闷不乐的，不由得问："星星，怎么了？"

盛星见到姐姐，撇了撇嘴，小声道："不舒服。"

盛掬月立即放下书包，牵起她的手，问："哪里不舒服？我找阿姨带你去医院。我和哥哥也会陪你去的。"

盛星摇摇头，凑到姐姐耳边，小声道："阿姨说我吃太多啦。"

盛掬月蹙起小眉头，这些天都是江予迟喂盛星，也不知道都喂她吃什么了，她要去找哥哥算账。

这么一想，盛掬月上楼找盛霈去了。

假日里，爸爸妈妈出远门去了，哥哥姐姐白天要上课，家里有两个阿姨照顾他们，有时候外公会来，盛星觉得很孤独。

明明在乡下的时候，她都没有觉得孤独。

小小的她还想不明白。

陷入沉思的小姑娘没注意到盛霈和盛掬月两人匆匆下楼，气冲冲地跑到隔壁找江予迟去了，等回过神来，江予迟已经站在她眼前。

盛星有点发蒙："三哥？"

江予迟看她放在肚子上的手，沉着小脸，认真问："肚子不舒服？哪个位置不舒服？什么时候开始的？"

盛星看了眼哥哥姐姐，两人默默移开了视线。一瞧就是没把她吃撑的事告诉江予迟。

盛星觉得有点丢脸，低垂着脑袋，小声道："就是吃撑啦，有一点不舒服，很快就好了。"

江予迟沉默了几秒，伸手，说："我牵你出去散步。"

盛星垂下眼，别扭了一会儿，慢慢伸出小手，往他掌心一放，等被牵住了，才露出很浅的笑容来，乖乖地跟着他往外走。

两人走后。

盛掬月："哥，星星喜欢和三哥在一起。"

盛霈："他只能往后排，我们俩在他前面。"

盛掬月："暂时是这样。"

盛霈："……"

大院长长的台阶外，有一条步行道，灯光明亮，附近不少住户都喜欢上那儿散步，尤其是夏日。

江予迟牵着盛星下台阶。

小姑娘像是害怕，低头盯着台阶，好半天才迈下一步。他微怔，又开始懊恼，她才从楼梯上摔下来，看到那么长的台阶肯定会害怕。

江予迟又不高兴了，他怎么会这么笨。

好不容易下了台阶，盛星悄悄看了眼边上的小哥哥，他表情冷冷的，看起来像是不开心。

盛星抿抿唇，小声道："对不起。"

江予迟皱起眉头，又舒展开，耐着性子说："不是你的错为什么说对不起。你不懂，我也没有问阿霈，是我的不对。"

他攥着小姑娘小小的手掌，认真道："以后饿了要说，饱了要说，疼了也要说。记住了吗？"

盛星仰着脑袋，看着边上的小少年。他的眼珠子乌黑乌黑的，比身后漆黑的天空还要黑。这乌黑的眼瞧着她，认认真真的，路灯的光晕变成小小的一团，最深处，藏着她的身影。

她弯起眼睛，应道："知道啦，三哥！"

皎洁的月色拉长两人的身影，霜般的光华静谧无声。

江予迟牵着盛星的小手，走过长长的步行道，从头至尾，再从尾至头。

他们的手，始终相牵。

时间进入八月，暑气绵长，洛京就像个小火炉。大部分人家都成日开着空调，从午后到入夜，几乎没有停歇的时候。

躺在凉丝丝的空调房里，盛星却睡不着。她手还没好，不能翻身，只能勉强维持着一个姿势，黑漆漆的房间让人感到不安。自从来了洛京，她很少能睡得好。

盛星缩在床上忍了一会儿，然后爬起来，搬了把小椅子靠近墙面，打开窗户，熟练地翻了出去，哪怕她一只手不能动。

可见她干这事有多熟练。

盛星睡不着就翻出去，即便夜里很热，还有蚊子。自从第一晚被蚊子咬之后，她就学聪明了，提前喷好驱蚊液再爬窗。

近凌晨，小花园里安安静静的。盛星往桂花树边跑，没往树下走，树下和草地蚊子最多，她只蹲在被路灯照到的路边上。

她蹲在那儿，仰头看着天。

花园另一侧，二楼。房间里没开空调，风扇"呼呼"吹着。

江予迟做卷子做到深夜，做完最后一张才放下笔，去拿边上的果盘。中途奶奶进来，想偷偷摸摸地给他开空调，被他发现了，只能走开。

江予迟从小就是一个有忍耐力的小孩，他不习惯让自己处于过于安全、舒适的环境中。小少年吃了几口水果，起身做了伸展运动，走到窗边，准备眺望眺望根本看不见的远方，哪知道这一瞧，远方没瞧见，瞧见一只"小猫"蹲在不甚明亮的花园里，一动不动。

江予迟重新退回书桌前，闹钟显示时间：十一点五十七分。

江予迟曾听人问盛霈，有两个妹妹是什么感觉，盛霈板着脸思索许久，才道："甜蜜又烦恼。"

"甜蜜"江予迟暂时还没觉出来，烦恼倒是像海啸一样翻滚而来。

走到花园里，江予迟没刻意放轻脚步声，听到动静，蹲在那儿的小姑娘警觉地抬起眼，朝他看来。

待看到是他，盛星下意识想跑，又生生忍住。她眼看着人走到自己面前，蔫头耷脑地喊："三哥。"

江予迟像个小大人一样叹了口气，然后在她面前蹲下，轻声问："睡不着还是做噩梦了？"

盛星别扭了一会儿，小声道："不想说。"

江予迟换个方式问："从哪儿出来的？一个人偷偷溜出来的？"

"嗯。"盛星看了眼半掩的窗户，声音又低了点，"爬窗出来的，我住在一楼，不危险的。"

大院里，他们的住房结构是一样的。

一楼除了一间小小的阿姨住的房间，没多余的房间住人，又靠窗，只能是收拾出来的杂物间。而二楼、三楼，加起来不止四个房间。

前头两个住在楼上，盛星住在楼下。

江予迟很容易就能猜想出她在盛家的处境。想到这儿，江予迟冷硬的心稍稍软了点，大半夜在花园里看到她的那点怒气散了去，放缓声音问："星星出来想干什么？"

盛星耷拉下脑袋："看星星。"

江予迟："……"

哪有人低着头看星星，看星星的是他才对，他这不就正看着"星星"吗？

"热不热？"江予迟不知道从哪儿变出一把小扇子，给她扇着风，"不开心的事不能和三哥说吗？"

江予迟以前从不觉得自己是个大人，但面对盛星，他忽然变成了小大人。

当哥哥的感觉，好像还可以。

最近这段时间，盛星和江予迟天天见面，她每天都被喂得饱饱的，都长胖了一点。更重要的，他不姓盛，她可以对他说那些烦恼。

"三哥。"小姑娘委委屈屈的，盯着地面，"房间里好黑，我害怕，睡不着觉。不是故意爬出来的。"

江予迟摇扇子的动作一停，问："每天都跑出来？"

盛星："就这几天。"

江予迟明白了，那就是从发现可以爬窗开始，她就天天往外面跑，难怪白天总是犯困，经常在他家地毯上睡着。

江予迟从没发现，自己面对别人有这样的耐心："星星开灯睡不着吗？我给你买小夜灯，买小兔子的，兔耳朵会发光，很可爱。"

盛星嗫嗫嘴，小声道："不能开灯，阿姨会发现的，肯定会和爸爸妈妈说。爸爸妈妈……不喜欢我，会觉得星星麻烦。"

麻烦。这也是江予迟第一次从小孩嘴里听到这样的话，一个孩子，会认为爸爸妈妈觉得她是个麻烦。他想生气，可又不知道对谁生气。

半晌，江予迟的视线落在花园的灌木丛间，脑子里忽然冒出一个念头，急急起身，道："在这里等我，我很快就回来！"

半小时后，两颗脑袋靠得无比地近，他们一眨不眨地瞧着江予迟手里的瓶子。透明的小玻璃瓶里，正飞着几只漂亮的萤火虫，尾部一明一暗，点点流萤如水流般流动，自然赋予了它们无与伦比的美丽。

江予迟放轻声音，像是怕惊扰了里面的小精灵们，低声说："书上说，它们身上有发光细胞，会释放光亮来吸引异性或作为警戒信号。"

小姑娘不敢眨眼，用气声问："三哥，细胞是什么？"

江予迟耐心解释："生物体基本的结构和功能单位。"

盛星想了想，还是听不懂。她小心翼翼地接过这个玻璃瓶，跟捧宝贝似的将它捧在掌心，小声道："我想回去睡觉了。"

江予迟："……"

"我送你回去。"

一高一低的身影静悄悄地走到窗沿下。

江予迟打开窗，熟练地抱起盛星，把她往窗台上一放，见她爬进去踩着小椅子，才松了口气。

隔着小小的窗户，盛星手里捧着瓶子，亮晶晶的双眼似乎也在黑夜里发着光，她小声道："我好啦，三哥，你也去睡觉。"

江予迟在心里叹了口气："明天见。"说着，他合上了窗户。

江予迟又在外面等了半响，没等到落锁的声音，抬手敲了敲玻璃，说："星星，锁上窗户。"

里面传来女孩子轻细的声音："知道啦！"

盛星又回到黑漆漆的房间里，但这次，有发光的小精灵陪她一起。

八月末，距离盛星摔倒已有两个月。

这一天，盛星一个人坐在大院门前，小小的身影缩成一团，像一只被人遗弃的小猫。江予迟到的时候，小姑娘鼓着脸，眼圈微红。

这阵子，盛需和盛掬月跟着爸爸妈妈去爷爷奶奶家了，只有盛星被留在家里，理由是她手还没好，出行不安全。小姑娘闷闷不乐了好几天，今天也不知道想的是哪出，跑门口来坐着。

江予迟在门前坐下，捏了捏她的辫子，问："星星怎么了？"

盛星绷着脸，并不转头看他，仿佛身边没人似的，动也不动，专心致志地看着台阶出神，小拳头捏得紧紧的。

江予迟并不着急，摘下她发上的皮筋，重新扎了一个辫子。她先前玩了一上午，辫子变得松松垮垮的。以前，总是盛掬月给她扎辫子，现在盛掬月不在，是家里阿姨给她扎的，乱了也不会重新给她扎一遍。

盛星绷了一会儿，没绷住，说："三哥，我要离家出走。"

江予迟问："为什么？"

盛星可怜巴巴地垂下眼，小声道："那样爸爸妈妈就会把星星也带走，我想和哥哥姐姐在一起。"

江予迟看了眼几乎望不到底的台阶，问："那怎么还坐在这里？"

盛星攥着小拳头，试探着往下看了一眼，委屈道："三哥，我有点害怕。你背我下去好不好？"

江予迟沉默一瞬，问："我背你离家出走？"

盛星忙不迭地点头："嗯！"

江予迟："……"

江予迟看了眼她的手，说："现在背不了你，会碰到手，等你手好了再背你走。今天，星星愿不愿意帮我一个忙？"

盛星沉默了一会儿，问："什么忙？"

五分钟后，江予迟房间内。

盛星坐在地毯上，仰着脑袋，睁大双眼，亲眼看着江予迟倒了几千块拼图碎片出来，热热闹闹地落了一地。

最后一块拼图落地。

江予迟说："帮我拼拼图。"

离家出走的事眨眼过去，直到盛星的手完全恢复，盛家其他人都不知道这小姑娘曾经有过这样的念头。

孩子们开始上学，盛爸爸和盛妈妈也回到了家里。

幸而，盛星开始上一年级了，她可以在学校里见到哥哥和姐姐，心情渐渐开朗起来。但这样的心情只持续到期中开家长会。

妈妈去哥哥的班级，爸爸去姐姐的班级。

那盛星呢?

盛星也不知道该怎么办。

开家长会的那天,洛京的天气出乎意料地好。碧蓝的晴空如长长的幕布铺展开,几朵白云慢悠悠地飘着。

大院里,一堆孩子吵吵闹闹地准备去学校。只有盛星垂着脑袋不说话,边上有人问今天星星怎么不说话,她只抿唇笑了一下。

盛霈和盛搁月对视一眼,齐齐看向江予迟。江予迟不动声色地点了点头。

院里的孩子们年龄大小不一,到学校后便各自分开。

盛霈牵着盛星的手,一脸严肃,胸膛内的心脏"怦怦"跳着。他其实也不高兴,昨晚他和妈妈说,去给妹妹开家长会吧,妈妈没同意。他想不通,爸爸妈妈为什么不喜欢妹妹呢。

月亮说,他们有秘密。

"哥哥,到啦。"盛星晃了晃盛霈的手,提醒他。

盛霈猛地缓过神来,摸摸妹妹的脑袋说:"乖乖等在教室里,不要乱跑。"

盛霈走后,小姑娘目光又暗淡下来,她走进教室,有人和她打招呼,她快快不乐地应了,看起来失落又伤心。

时间慢慢过去,教室里的家长越来越多。盛星趴在桌上,看着别人的爸爸妈妈来来往往,看他们面上温和的笑或是不耐烦的神情。

她的爸爸妈妈很少看她,也不听她说话,不管她。

慢慢地,教室渐渐被家长填满,同学们都跑到了外面。盛星抿着唇,想了想,拿着书包往教室外走。

走到后门,她忽然停住。门口站着三个人,江予迟、盛霈、盛搁月。

盛星揉了揉眼睛,小声问:"你们怎么来啦?"

盛霈大声道:"来给你开家长会!别人只有一个家长,星星有三个!对不对,阿迟,月亮?"

盛搁月点头,白净的小脸一本正经:"嗯,我们管星星。"

江予迟走到小姑娘身边,牵着她出来,摸了摸她柔软的发,说:"以后,每一次都有人来给星星开家长会,不怕。"

盛星静了片刻,忽而用力地点了点脑袋:"嗯!"

以后,星星才不会一个人。

二 · 九 龄

时间总是过得很快。

外公瞧着满院子跑的盛星，不由得感叹：小家伙刚来的时候只有那么一丁点，眨眼快两年了，现在和同龄人差不了多少，白白净净的，不再那么瘦小。

临近过年，盛家父母照旧要去礼佛，把三个孩子送到东川市，让外公带着。原本安静的院子里，成日都是小孩的嬉闹声。

外公慢悠悠地喝了口茶，瞧着盛霈跟捉小鸡似的捉盛星玩，月亮捧着本书蹲在一边，时不时抬头瞧一眼，若看到盛霈太凶，还会教训他。有时候，他总觉得月亮像姐姐，盛霈像弟弟。但在某些方面，月亮却又完完全全是个孩子。

这三个孩子，性格各有特点，倒是和父母一点都不像。这对外公来说是件好事，他见着那两人就心烦。

外公走到窗台边，朝盛掬月招招手："月亮，来。"

盛掬月抬起小脸，盯着外公看了一会儿，合上书，小跑着往里走，但面上却是一点好奇都没有。

外公瞧着她这波澜不惊的小模样，看了那么多年，还是没习惯。他轻咳一声，小声说："月亮，外公想问你点事。"

盛掬月："星星的，问吧。"

外公："……"

小姑娘都这么直接了，他也没拐弯抹角，直接问：“星星在家怎么样，开心吗？爸爸妈妈对她好吗？”

“星星睡在一楼，爸爸妈妈不喜欢她上楼，每天和她说的话不超过三句，也不会给她买衣服、玩具，都是阿姨买。比起爸爸，妈妈更不喜欢星星。我和哥哥喜欢星星，星星很好，她有时候开心，有时候不开心。”她仰着脸，认真地问，“外公，爸爸妈妈不是星星的爸爸妈妈吗？”

面对孩子纯真澄澈的眼睛，外公一时失语，想了想后，他说：“月亮，如果让星星留在外公身边长大，你和阿需随时都能来看她，你愿意吗？”

盛掬月绷着小脸，思索了许久许久。在她小小的世界里，这是一道极其困难的题。最后，她说：“只要星星愿意。”

盛星愿意吗？她并不愿意。

当外公温声询问她的时候，她的第一反应就是拒绝，她甚至小心翼翼地问：“外公，爸爸妈妈和哥哥姐姐，不喜欢和星星在一起吗？”

外公立即道：“当然不是。外公……外公是怕你不开心。”

盛星眨了眨眼睛，唇角慢慢翘起，脸颊像鼓起了两只小汤圆，她说：“星星开心的，能和哥哥姐姐一起上学，还能看到爸爸妈妈。以前，星星没有好朋友，也没有爸爸妈妈。现在都有啦，还有三哥！要是外公想星星了，星星一定回来看外公！”

年过半百的老人，少有这样的时刻。眼眶酸涩，说不出话来。

外公说：“那星星要常来，外公做好吃的招待你。”

盛星眉眼弯弯地应：“好！”

短短的插曲并没在三个小家伙心里留下什么痕迹，大年初一那天，他们收到压岁钱就把烦恼事抛到了脑后。

客人一进门，第一眼就瞧见了三个小家伙——坐在地毯上，认认真真地数着手里的钱，钞票撒了一地，最小的那个数着数就数不清白了，撇着嘴，委屈巴巴的。饶是他见惯了大场面，也不由得觉得有趣。

外公挑了挑眉：“大过年的，你过来准没好事。哟，这回倒是拎着礼物上门了，转性子啦？”

来人是外公多年的好友，知名导演，成日里忙着拍电影，如今能见他一面可不容易，更别说亲自上门来。

他轻咳一声："小事小事。"

外公轻哼："又借船吧？"

留着络腮胡的男人憨厚一笑："又被你猜着了。"

说着，他朝地毯上努努嘴："那仨小孩，前头两个我认识，小的那个打哪儿来的？你和人家爹妈认识不？这模样生得可真好，多可爱，小丫头看过来了。"

因为过年，盛星被扮得红彤彤的。脑袋上两个揪揪，发绳上穿着小葫芦和小铃铛，一晃就"丁零零"地响，身上的小斗篷上绣着缠枝，颈边雪白一圈毛领。

她看过来的时候，那双湖水一样的眼睛瞬间软化了他的心。

外公警觉地问："干什么？"

男人说："我这电影吧，一直少个小演员。你知道，我这人要求高，找了小半年了，一直没找到喜欢——"

"不可能！"外公立即打断了他，"你想都别想！"

男人心想，原来是自己的孩子，那更好办了。他心念一动，健步如飞，直直朝着那小丫头走去，趁外公拉住他之前蹲下身，笑眯眯地喊："小朋友。"

盛需看他一眼，觉得这人真奇怪。盛掬月头也没抬，她已经数完了自己的钱，在帮妹妹数。只有盛星，眨巴着眼盯着他的大胡子看，好奇地问："叔叔，我能摸摸你的胡子吗？"

外公本想逮着人丢出去，但一见盛星喜欢，只好默默收回了手。

男人笑得更为和蔼，殊不知他一咧嘴，配上蓬松茂密的大胡子，多少有点吓人。但盛星不怕他，伸手小心翼翼地捏了捏他的胡子。

她惊奇道："是真的！"

"当然是真的！这可是我的宝贝！"

盛星抿唇笑起来，想了想，歪过脑袋，用小揪揪对着他，有来有往般对男人说："给你摸头发。我摸了你的，你也可以摸我的。"

男人咧嘴一笑，正要伸手，就见三道视线一同看来。不提身后的外公了，就说跟前两个小家伙，眼神充满戒备，仿佛他要真摸下去，随时都能扑上来咬他。

他讪讪地收回手，问："小家伙，你叫什么名字？"

盛星看了眼盛需和盛掬月，见他们没说话，才脆生生道："我叫星星，就是天上会发光的星星，可亮啦！"

男人琢磨了一下这个名字，一拍脑袋，这不正好吗，天生就是要吃这碗饭的。

他又问："星星，你知道什么是电影吗？"

盛星点点脑袋，三哥带她去看过。

男人真诚地发问："你想演电影吗？到时候，所有人都能在电影院里、电视上看到你，会有很多很多人喜欢你。"

盛星本想摇头，可听到后半句，忽而停住动作，确认似的问："会有很多人喜欢我吗？"

"当然了！"

这话一出，外公心道：不好。

盛霈和盛掬月对视一眼，没出声。对他们三个人来说，如果星星喜欢，那就是最重要的，其他什么都不重要。她在盛家开心的时刻寥寥无几。

盛星捏着红包，心想，或许爸爸妈妈也会喜欢她。

或许会有人只喜欢她，喜欢星星。

初七过后，年味渐散。

江予迟原本在等着盛星回来，送她新年礼物，可大半个月过去，人丢了。盛霈告诉他，星星被借走拍电影去了。

小少年面无表情地说："你没把星星带回来。"

盛霈揉揉脑袋，苦恼道："说第三遍了，星星自己想去。你当时要是在，肯定不会拦着她！"

江予迟问："为什么？"

盛霈一怔，咽下剩余的话。那是他们家里的事，事关盛星，他不可能往外说。

江予迟拿着手里的礼物盒，又不高兴了，这两年他总是在不高兴，多数是为了盛星，他甚至开始讨厌盛家父母。

半晌，他问："星星在哪里？"

江予迟回到家，立即找到奶奶，认真地说："我要去丰城找星星，不会留很多天，要把礼物给她。"

江奶奶一愣："等星星回来再送给她。"

江予迟摇头："要在元宵前。"

江奶奶瞅着小少年，说不出拒绝的话来。实在是这些年，这小子从来不向他们提什么要求，自己的事情从来都自己做。

她用商量的语气说："奶奶陪你去。"

江予迟仔细想了片刻，又摇头："司机叔叔送我去，我自己去找星星。"

江予迟虽然年纪小，但他决定的事，少有人能改变。说到底，这也是个倔强孩子，胜在聪明又会迂回。

奶奶只好道："不能和司机叔叔分开。"

江予迟点头应了，原本说不上来的低落心情慢慢地缓解，渐渐愉悦起来，那点不高兴烟消云散。

丰城多雨，成日阴雨连绵。

车窗上雨滴如蛛网般散开，慢吞吞地滑过，留下浅浅的痕迹，渐渐地，玻璃上起了雾，画面变得模糊而朦胧。

江予迟侧头看向车窗外，手里捏着礼物盒。他十二岁了，马上就能变成大人了，可以保护星星了。

小少年心中总是藏着一个困扰，怎么保护星星呢？

江予迟叹气，好烦。

不多时，车停在片场外。剧组的人一听是盛星的哥哥，连忙找人把江予迟带了进去。小少年模样俊朗，走在片场，就像哪个小演员似的。

江予迟到的时候，盛星正在拍一场雨天缩在角落里的戏。

小姑娘脸上化了脏兮兮的妆，小小的身体缩成一团，湖泊一样的眼睛里盛满了水光，但她忍着没哭，只抬头无措地看了眼镜头。

雨滴稀稀拉拉地落下，她抱着身躯，抬头看了眼天空，喊了一声"妈妈"，而后将头死死埋在了膝盖间，却仍旧没有哭声。

江予迟神色僵硬，唇线绷得紧紧的，脚步微动，硬生生收回来。

工作人员见他这样，笑着安慰他："是演戏呢，别害怕。星星演得可好了，只说一次就能听懂，除去开头几条，现在基本上都是一条过，就是不用拍第二次的意思。明天星星就可以回家了。"

江予迟不说话，小少年冷冷的神情直到盛星拍完才缓慢松弛下来。

盛星一拍完，都没顾得上用毛巾擦，径直往导演身边跑，年轻的经纪人追着盛星跑："星星！先擦干净！"

导演笑眯眯地抱起盛星，把她往腿上一放，指着监视器，说了几句话。小姑娘一边听一边点头，经纪人趁机把她的脑袋擦干净。

一番折腾下来，才有人告诉盛星，她哥哥来了。

哥哥？盛星双眸一亮，灵活地跳到地上，脑袋左顾右盼的，盛霈来看她了吗？

小姑娘找了一圈，忽然愣了一下。不是盛霈，是江予迟！

“三哥！”小姑娘清脆的喊声传遍了整个片场，几乎所有人都知道盛星有多开心了，眼看着她飞也似的往小少年身边跑。

工作人员都忍不住笑起来。这阵子，盛星乖乖柔柔的，活泼又灵动，但少见她有这么情绪外露的时刻。今日一看，果然还是个小女孩。

盛星一把抱住江予迟，也不顾自己还顶着湿答答的脏脑袋，仰头问：“你怎么来啦！一个人来的吗？哥哥姐姐呢？”

江予迟垂着眼，抬手擦去她脸颊边的一道灰痕，低声说：“来看你。拍戏辛苦吗？明天和我一起回去？”

盛星弯起眼睛：“嗯！不辛苦，好玩！”

江予迟心里有点不舒服，但他十二岁了，是哥哥。他放松下来，牵着盛星往休息室走，说：“给你带了新年礼物。”

盛星笑嘻嘻的，又说起演戏的事。

等回到酒店，盛星跟小主人一样，向江予迟介绍：“我和经纪人姐姐一起住。哇，在外面可以开灯睡觉，三哥！”

后半句她悄悄压低了声音。

两年相处下来，江予迟对小姑娘多多少少了解了一些。不但怕黑，还怕密闭空间，上学不爱坐车，反而喜欢跟着他，坐自行车去。

经纪人跟着两个小孩，安安静静地没说话，听了几句，只觉得两人感情好得很。她开了门，叮嘱道：“姐姐去给你们拿午餐，有人敲门可不许开。”

盛星应：“知道啦！”她牵着江予迟，把他往里拉。

这个套房是经纪人准备的，一切都按照外公的要求来。盛星住主卧，经纪人住侧卧，两人暂时相处得不错。

江予迟没急着给她看礼物，让她先去洗澡。

盛星不高兴地噘噘嘴：“都是我的礼物啦，还不许我看。先洗澡就先洗澡，三哥你不许乱跑！”说完，又风风火火地跑了。

江予迟见她这么活泼的模样，心里提着的那口气散了，还觉得好笑，他是哥哥，怎么还会乱跑。

他揉了揉脸，尽量让自己显得不那么冰冷。

奶奶说，不能让别人一看见他的神情，就知道他心里在想什么。小少年琢磨了很久，想着自己若总是冷冷的，可能会吓到星星，不如轻松点。

趁着盛星洗澡，江予迟在房间里转了一圈。床侧散落着绘画本和故事书，剧本放在枕头边，一瞧，上面还注满了拼音，最边上还放着一本字典。

江予迟没忍住翘了翘唇。这小姑娘平时学习都没这么认真。

盛星总是很矛盾，有时候想闹点事出来，试图让爸爸妈妈关心她，但又怕爸爸妈妈更讨厌她，这些烦心事没人说，只能和他说。而这样的场景，大部分是夜晚，在小花园里。

这导致江予迟每天睡前都得仔细去翻一遍花园，有几次小姑娘不想让他发现，偷偷躲在别的地方，还是让他逮住了。

盛星洗完澡，头发都顾不上吹，穿着软绵绵的睡裙就往外跑，边跑边喊："三哥！我洗完啦！给我看给我看！"

洗去了妆容的小姑娘就像初夏的荷花似的。脸颊粉嫩，小脸白净，脸上还"滴滴答答"地滴着水。

江予迟瞧她，小胳膊小腿，跑得还挺快，也不怕感冒。他把礼物递给她，摸去浴室找到吹风机。这时候的盛星就像洋娃娃一样，让她坐好就坐好，让不动就不动，温暖的风"呼呼"吹着，室内一时间只剩吹风机"嗡嗡"的声音。

"是车钥匙！"盛星眼睛一亮，"噌"地转头，巴巴儿地问，"三哥三哥，是自行车吗？星星自己也能骑车了吗？"

江予迟载了小姑娘整整两年，她早就在嘀嘀咕咕，说什么时候能自己骑车。明年，他就要上初中去了，总有不方便的时候，干脆就给她买了一辆，用自己的压岁钱。

他一把摁住她乱动的脑袋，说："别动。"

盛星眉眼弯弯地捏着车钥匙，钥匙上坠着一颗小星星，是淡淡的粉色，上面镶嵌着亮晶晶的钻，如真的星辰般闪烁。

门外，经纪人端着托盘，静静地看向房内。

高瘦的小少年低垂着头，握着吹风机，动作轻柔地捧着她的黑发。盛星盘腿坐着，侧面看过去，脸上满是笑，还"叽叽喳喳"地说着什么。

吹风机的声音盖过了说话声。经纪人看了片刻，放下托盘，悄悄地离开了。

盛星九岁那年，已经是家喻户晓的小演员了。

每到假期，盛星的行程就排得满满的，大院里的人根本见不着她，其中也包括盛霈和盛掬月，父母并不同意他们去看盛星。

唯一常去看盛星的，只有江予迟。

这一年到了夏日的尾巴。盛星拍完戏回家，哼着小曲，蹦蹦跳跳地上台阶，直把经纪人吓得盯着她进了大院门才安心。

近三个月没回家，盛星还怪想哥哥姐姐的。

走进院门，静悄悄的。盛星探头左看右看，到处没人，往家跑，客厅里也空荡荡的，阿姨见她回来，忙指了指花园的方向。

跑到小花园一瞧，特别热闹。江爷爷江奶奶，盛家父母，一群不认识的男女，几个鼻青脸肿的男孩子，盛霈和江予迟站在最前头，背对着她。

江奶奶正在训人，手里拿着把戒尺："言语不合就动手？我平时是怎么教你的？自己闹事还不够，还要喊上阿霈！明知阿霈是急性子，你也不拦着点！"

江奶奶祖上是秀才，开了家私塾教学生，每日带着把戒尺，这戒尺一代传一代，最后到了江奶奶手上。

这把戒尺，这可还是头一回用。

盛星盯着阳光下那把闪闪发光的戒尺，忽然想起不好的回忆来，竹条打在身上有多疼，她知道。她抿抿唇，故意装作没看懂的样子，跑进人群，到江奶奶跟前，仰起脑袋，脆生生地喊："奶奶，你们在玩什么！也是拍电影吗！"

江奶奶喉间一哽，眼看盛家父母皱起眉，心道不好，忙把戒尺背到身后，给江爷爷使了个眼色，缓和了语气对盛星说："去奶奶家吃点心好不好？"

盛星纯稚的眼睛瞧着她，无辜地眨了眨，问："哥哥和三哥呢？"

江奶奶："……"

十分钟后，江爷爷磨破了嘴皮子，把人都送走了，和江奶奶一起往大门走，顺便嘀咕。

"盛家两个小辈怎么见着星星就和换了个人似的？"

"这上哪儿知道去，闭嘴吧你！"

江家客厅内。

盛霈和江予迟并排坐在一起，盛星垂着脑袋翻找着小药箱，盛搠月告诉她各种药的名字和效用，待盛星找着了，才看向两个哥哥。

盛搠月冷冰冰的，双手环胸，扫了两人一眼，说："星星不在的时候，你们两个打架共计三次，前两次没被人找上门来，不知收敛。"

盛霈："……"

江予迟："……"

盛星抬眸，瞧他们一眼。本来英俊的小模样，眼下青一块紫一块，盛霈唇角还破了，但看神情一点都不心虚，好像还觉得挺爽快。

见妹妹看过来，盛霈咧嘴一笑，才笑起来，顿时倒吸一口凉气。

盛搠月冷哼一声。

盛星又看向江予迟，他看起来淡定又松弛，好像打人的不是他一般，还能对她笑，问："三哥是不是又帅了？"

盛星撇撇嘴，她决定先给盛霈上药。

上药的时候盛霈还觉得挺幸福，心想这架也没白打，就是盛搠月又开始说他们俩上回打架的原因、时间、地点，甚至连天气都分毫不差。

盛霈拉下脸，月亮的记性怎么就那么好呢。

江予迟斜眼看着盛霈，心里不怎么高兴。这小姑娘，刚刚问奶奶"哥哥和三哥呢"，哥哥在前头，三哥在后头，现在上药也是，他排在后面。

江予迟偏不让盛霈一个人乐，和盛星聊起天来。

"这次拍什么戏了？累不累？看着黑了点。"

"演小公主！才不累呢，黑就黑啦。"

"嗯，星星黑了也好看。"

"脸上有伤就不好看了。"

"阿霈先打人的，三哥是帮他。"

"每次都是哥哥先打人吗？"

"当然。"

盛霈不满："星星，别听阿迟胡说。哥哥像是这样的人吗？"

盛星瞅瞅盛霈，没应声，就算她觉得是，也不会说出来的，她又不是笨蛋。只有盛霈是笨蛋。

江予迟满意地哼笑一声："看见没？"

盛霈："你还敢说！"

江予迟："收敛点。"

这个年纪的孩子，正是开始接触外界社会，学习和模仿的时候，有时候话说得顺口了就容易忘了场合。当着盛星和盛掬月的面，江予迟可不想盛霈说出点什么吓人的话来。

盛霈一噎，默默闭上了嘴。

处理完盛霈，就轮到了江予迟。

盛星拿着小药箱，想了想，对江予迟说："让哥哥给你上药吧，三哥？"

盛霈不情不愿的："虽然我特别特别特别不愿意，但是星星都这么说了，我肯定得帮。我就勉为其难，帮帮你。"

江予迟："我不愿意。"

盛霈："……"

眼看两人你一言我一语又要吵架，盛掬月一把揪住盛霈，拽着人走了，还不忘说："一会儿姐姐来接你。"

这下小客厅里只剩下江予迟和盛星两人。江予迟一把逮住也想溜走的盛星，眉梢微动，问："跑什么？能给阿霈上药，不能给我上？"

盛星被揪住，只好转头看他，嘀咕着："记着疼，就不会去打架了。奶奶都要用戒尺打你啦！"江奶奶虽拿出了戒尺，但想想就知道，她只会打江予迟，不会打盛星，毕竟那不是自家孩子。

"不疼。"江予迟把人拉回来。

盛星哼哼唧唧的，去翻小药箱："骗人！可疼啦，好几天都不会好呢，夏天最难受……剧组里就有个弟弟受伤啦。"

小姑娘说到一半，忽而觉得不对劲，又匆匆补上最后一句。说完，她偷偷瞧一眼江予迟，见他面色如常，松了口气，还好没说漏嘴。

江予迟安慰她："以后三哥不会受伤了。"

盛星小声说："我才不信呢！"

这话后来成了真，没过几天，江予迟拉着盛霈一起去报了班，每天回到家累得连手指头都抬不起来。

暑假过后，江予迟和盛需上了初中，盛掬月和盛星还在上小学，自此他们分开上学。小学放学比初中早，这一天盛掬月带着盛星，去找哥哥们。

盛星骑着粉色的自行车，载着盛掬月，喊："姐姐，我力气大不大！我要加快速度啦，你要抱紧我。"

盛掬月配合地抱住盛星，应："星星最厉害！"

这条路线盛星第一次骑，还好有盛掬月在，她记得路线，精准到每一条路的长度和路边种着的树。盛星小小的脑袋有时候会想，世界上有姐姐不知道的事吗？应该是没有的，她姐姐是世界上最厉害的人。

这个想法才冒出来，盛星抿唇一笑，骑得更起劲了。她有世界上最好的哥哥和姐姐，还有三哥。

姐妹俩到的时候，初中还没放学。两个小姑娘手拉手，去对面的小摊上买零嘴吃。洛京只要年纪稍微大一点的人就没有不认识盛星的，这小姑娘赚足了大家的眼泪。小摊一趟走下来，姐妹俩手里被塞满了吃的。

盛星还没习惯应对这样的场面，巴巴儿地看了眼姐姐，小声问："我们要怎么做呀？三哥说不能随便拿别人的东西。"

盛掬月当然也明白这个道理。

她认真思索了一会儿，说："我们丢下钱就跑！"

盛星一想，很有道理。

于是，盛星负责拿着好吃的，盛掬月拿着钱，飞快地跑向小摊，丢下钱就飞快地溜走。

等跑回校门口，门卫大叔吓了一跳，担心这两个孩子别是拿了东西就跑。见对面小摊的人没追来，才放心。他扫了眼两个孩子，又看向盛星，问："来等哥哥姐姐放学？"

盛星最会卖乖讨巧，抬头就对他笑："嗯！和姐姐来等哥哥。叔叔，哥哥什么时候放学呀，他们知道在这里找我们吗？"

门卫大叔问："哥哥知道你们来吗？"

盛星和盛掬月都摇头。

门卫大叔一想，一会儿放学，门口又是家长又是学生的，这两个孩子别找不见人，再给丢了。他又问："知道哥哥在哪个班级吗？"

盛星大声报了班级。

门卫大叔摆摆手，进去拿遥控开了门，说："进去吧。"

盛星笑眯眯地道谢："谢谢叔叔！"

说着，盛星牵着盛掬月溜了进去。

盛掬月有点呆，她们是怎么进来的？

盛星抱着油纸包，掏啊掏，拿出烤串，先给盛掬月吃，说："我们偷偷吃一点，不会吃不下晚饭，爸爸妈妈不会发现。"

盛掬月点头，听妹妹的。

姐妹俩，你一串我一串，一路走到盛霈和江予迟的班级门口。

教室前后门都开着，两人悄悄躲在后门，往里面瞧。

江予迟和盛霈早就开始长个子了，两人比同龄人高出不少，位置常安排在最后一排。这回更是巧，就坐在后门边。

上着课，盛霈忽然动了动鼻子，问江予迟："阿迟，你闻见没，什么味道这么香呢？我饿了，晚上不想回家吃饭。"

江予迟："别说话。"

盛霈："……"

后门两个小姑娘，鬼鬼祟祟地找了半天，就是没看近在咫尺的两个人。两人竟还小声说起话来。

盛霈和江予迟同时一怔，彼此对视一眼，忽而一齐转过头去，正对上两颗凑在一起的脑袋。

盛星："呀！找到了！"

盛掬月："嗯。"

江予迟："……"

盛霈："……"

盛星见他们不说话，想了想，把手里的油纸包递过去，无辜地眨着眼，问："要吃吗？我和姐姐买的，可好吃啦。"

盛霈："……"

江予迟："……"

番

外

三·金钗

近来，十岁的盛星有一个小小的烦恼。

她在学校过得不开心，原本小朋友都非常喜欢和她玩，因为她很乖又长得漂亮。但自从请了一段时间假，再回来上课，同学们都不爱和她玩啦！

自从分班后，盛星又一次进入了陌生的环境，又撞上请了半个月的假，本就脆弱的友谊，直接"啪嚓"一声，碎了！不爱和她玩倒是其次，重点是他们会悄悄看她，嘀嘀咕咕地说些什么，盛星本就敏感，这么过了两周，她不想去学校了。

秋日的夜晚，凉飕飕的。

盛星翻窗之前，给自己穿了件外套。她最近可会照顾自己和别人啦，哥哥姐姐都说星星最乖。

这两年，盛星已经很少爬窗了。除去夏天，每进入一个新季度，江予迟都会给她准备毛绒玩具，轻轻捏一下，玩具的肚子就会发出光亮，荧荧的光只够照亮她一个人，谁也发现不了。所以，她偷偷溜去花园的次数也大大减少。

盛星躲到桂花树下的秋千上，茂密的枝叶正好能挡住江家那栋楼看过来的视线，她看不见他，他自然也看不见她。而且她近半年没往这里跑，假期在外拍戏，无论怎么想，江予迟都不会来这儿捉她了。

这么想着，盛星晃着小脚，自己给自己推秋千。

只是还没一个人快乐一会儿，熟悉的脚步声从不远处传来，不紧不慢的，带着某种韵律，地上晃过他的影。

盛星一愣，她运气这么差？

小姑娘匆忙起身，左看右看，压根儿没处躲，除了……

江予迟拿着手电筒，习惯性地转过角落里的灌木丛，刚走近桂花树，他的眉心便是一跳。今晚没风，树下的秋千却微微晃动。

桂花树边，实在没什么能躲人的地方。

江予迟一怔，缓缓抬眸，定定地看向树干处，对上一双无辜的眼睛。被他手电一晃，小姑娘还嘟囔着抱怨：“晃着我眼睛啦！”

半晌，江予迟走到树下，伸手，声音淡淡的：“下来。”

盛星噘噘嘴：“你好凶。”

江予迟在心里叹了口气，耐着性子哄她：“树上不冷？而且黑漆漆的你什么都看不见，万一有虫……”

“你不许说！”盛星一个激灵，毫不犹豫往江予迟怀里一跳，熟练地抱住他的脖子，哼哼道，“吓我干什么！”

江予迟：也不知道是谁凶。

等把人抱到秋千上坐好，江予迟摸摸她的脑袋，说：“今晚怎么跑出来了？睡不着还是有心事？”

盛星别扭了一会儿，小声问：“你怎么出来啦？”

江予迟不会说，即便他知道盛星不在家，也会每晚检查一遍，春夏秋冬，每一日都没有落下。这已成了习惯，很难改。

“我睡不着，想出来走走。”说着，江予迟在秋千上坐下，两人并排坐着，就是体重有差距，导致秋千有点偏，但也没不舒服，盛星还往他身边挪了点。

盛星把脑袋往他胳膊上一靠，嘀咕道：“我不高兴，不想去上学了。三哥，我挣了很多钱，能养活自己啦。星星可以不去上学吗？”

江予迟：“不可以。”

盛星蔫头耷脑的：“反正我明天不想去。”

江予迟问：“那我带你出去玩。”

盛星一愣，侧头看了江予迟一眼，他说得一本正经，不像哄她的样子。但那样，他也不能去上学了。

小姑娘陷入了深深的纠结中：出去玩还是去上学呢？

半晌，盛星眨眨眼，雀跃地问："我们去哪里玩？"

江予迟瞧她一眼，小姑娘平日里在哥哥姐姐面前倒是装得乖巧，使唤起他来却一点没觉得不对劲。

"明天告诉你，现在回去睡觉。"江予迟沉默了几秒，又问，"想不想荡会儿秋千，三哥给你推？"

盛星笑眯眯地应："想的！"

不远处，盛家楼房，二楼。盛掬月和盛霈趴在楼上，只露出一双眼睛，探头探脑地往下看，两个人凑在一起窃窃私语。

"星星有段时间没溜出去了吧？"

"嗯。"

"月亮，你说星星为什么就爱和阿迟玩？我不可爱吗？"

"她怕我们难过。"

盛霈失落地看着外面在秋千上笑得开心的小姑娘，心里虽然遗憾妹妹不会把所有心事都和他们说，但能理解她。

她的爸爸妈妈，也是他们的爸爸妈妈。她不会说那些事让他们为难、伤心。

"月亮，我们以后要赚很多钱，对星星好。"

"你可能赚不到钱。"

"……"

隔天清晨，盛星照旧和哥哥姐姐一起坐在餐桌上，自己握着小勺子吃饭，只不过这一次她吃得比往常都快，甚至没有等姐姐。

"我去上学啦！"小姑娘翻下椅子，乖乖和他们挥手。

等盛星跑到大门口，江予迟已经在那儿了。

这两年，他和盛霈的身高就跟吃了什么特效药似的，"噌噌"往上蹿，他立在门口，就像一株清瘦的竹子。

盛星垂眼，瞧着自己短短的小腿，心里郁闷。

"三哥！"她压低声音，心脏"怦怦"跳，扯着他的袖子问，"我们不会被发现吗？"

江予迟无奈，低声解释："我让奶奶给我们请假了。"

盛星一愣，问："奶奶也知道啦？"

江予迟点头："没说去玩，说陪你参加活动。"

盛星原地蹦了一下，把烦恼和担忧一股脑儿抛在脑后，双眼亮晶晶的，雀跃道："那我们出发啦！"

下了台阶，江予迟随手推过边上的自行车，盛星熟练地往上侧身一坐，抱住他的腰，大声喊："我好啦！"

秋风清凉，盛星摁住帽子，晃着小腿，从帽檐下往外看，延绵的戈壁一望无际，黄沙被风卷起，眨眼又是另一番景色。

盛星问："三哥！你长大了想做什么？你很快就长大啦。"

前面的少年应："没想过。"

盛星听得一愣，没想过？这不像江予迟的作风。他从来都是将每一件事都安排得很好，对自己尤其严苛，但也不会错过和他们出去玩的机会，反正就是他想做什么就做什么。江爷爷和江奶奶很少干涉他的决定，在他很小的时候就是这样。

院里的小伙伴们，都可羡慕他了，对别人来说难如登天的事，对江予迟来说仿佛轻而易举。但只有看起来是这样，盛星知道他为此付出了多少时间和精力。

想到这里，盛星有点愧疚。她戳了戳江予迟的背，问："你都不问我为什么不想去上学。三哥，你在学校里有好朋友吗？"

江予迟微蹙了蹙眉，问："在学校有人欺负你？"

盛星忙摇头："没有！就是……"

小姑娘声音渐渐低下去，小声说："同学们总是偷偷看我。在片场也有很多人看我，但是感觉不一样，我不喜欢他们的眼神。"

江予迟停顿一瞬，问："他们不和你玩？"

盛星闷闷不乐地应了："也不和我说话，好像和我有距离。可是我只是演电影里的角色呀，不还是盛星吗？"

小小的盛星并不明白这一切是因为什么。她因此而觉得困扰，觉得不开心，甚至想躲开那样的环境。

江予迟这会儿也在走神，其实这些年有许多时候，他会想，如果盛星是他的妹妹就好了，他们会从小一起长大，他一定会保护好她，不会像现在这样。

他并没有回答盛星的问题，转而说："三哥要提速了。"

盛星"啊"了一声，反应过来，忙紧紧抱住他的腰，脑袋往他背上一抵，确保帽子不会掉，重重地应了一声。

江予迟的身体像一棵茁壮生长的树，日渐高大，日渐有了清晰的力量感，尤其是他现在和盛需还在跟着拳击老师练习。

盛星心想，三哥好结实，长得好快，她也要努力长大。

自行车像风一样掠过街道，晨风微微卷起帽檐的边，露出少女恬静的面容，她闭着眼，哼着歌，似乎所有烦恼都一扫而空。

约莫半小时后，自行车在一家电影院门口停下。

盛星怔了一下，他们来电影院干什么？这么想，她就这么问了。

江予迟极其自然地说："看你的电影。"

盛星："……"

这是暑期上映的一部电影，盛星去年在里面演了一个小公主，今年才上映。江予迟已经看过两遍，一遍是和盛需一起看碟片，一遍是电影上映的时候，这是第三遍。而盛星本人一遍都没看过，电影上映时她还在拍其他戏。

盛星面对观众不害羞，面对哥哥姐姐也不害羞，但被江予迟拉着一起来看自己的电影，怎么想怎么别扭。她微微挣了挣，小声道："不是都看过了吗？哥哥都和我说啦，那天他请全班同学看电影，你也去了。"

江予迟："再看一遍。"

盛星："……"

郁闷的小姑娘乖乖坐在椅子上，看着江予迟去买电影票，最后捧着一大桶爆米花回来，就是没买可乐。

盛星探头瞧了一眼，撇撇嘴："我想喝饮料。"

江予迟一点没心软："上次牙医姐姐和你怎么说的？"

盛星因为爱吃甜食，早早长了蛀牙，去看牙医那一天，她不情不愿的，三个人轮流哄她，最后还是盛掬月把人哄去的。

小姑娘又怕又伤心，捂着自己的腮帮子说，没有牙齿可怎么拍电影。牙医姐姐忍着笑，和她说要勤刷牙、勤漱口，少喝碳酸饮料。

盛星想到自己的牙，又想起自己的"电影事业"，妥协道："那好吧。"

这个时间，这个点，基本上没什么人来电影院。两个小孩还挺显眼，检票人员好奇地多看了他们一眼，女孩露出小半张脸，瞧着有点眼熟。

江予迟不动声色地挡住盛星，牵着她往里走。

电影开场，灯光暗下来，江予迟没再说话，安安静静地看起电影来，也不觉得自己边上还坐了个人。

盛星抱着爆米花桶，小口吃着，心里有点纳闷，看模样不想上学的像是三哥，不是她。话虽这样说，但她也是第一次坐在影厅里正正经经看自己的电影，吃了几口就停下手，认真看起电影来。

于是，江予迟时不时听到边上的小小惊呼声。他叹了口气，抓起几粒爆米花递到她唇边，悄声说："冷了就不好吃了，星星可不能浪费。"

盛星一想也是，开始专心吃爆米花，不再说话。

电影里小公主年岁尚小，高贵娇弱。城破国亡的那一天，她跟着娘亲站在城头，看着城下的臣民，看着生灵涂炭的世界。

小公主问娘亲："这个世道，会好吗？"

娘亲流着泪说："会好的。"而后，美丽的女人拥着小公主从城头上一跃而下。小公主那双纯净的眼睛里，映着清亮、澄澈的光，映着天地间的光华。

电影还在继续，盛星的戏份在这里结束。

江予迟忍着心头的不舒服，边上的人却偏偏要来一句："哎呀，小公主死掉啦。三哥别伤心，我就在这里呢！"

江予迟沉默一瞬，拿过爆米花桶，自顾自地开始吃。

盛星在黑暗中一脸迷茫，三哥抢她吃的干什么。

直到电影结束，江予迟带盛星离开，她都不明白他们怎么好端端的又跑来看电影了，幸好下一个地点她还挺喜欢。

儿童餐厅，江予迟瞧对面的小姑娘一眼，问："要不要三哥喂？"

盛星苦恼地皱起小眉头，嘀咕道："我都十岁啦，剧组里我都是自己吃饭的。"

江予迟见她吃了个半饱，提起上午的事，问："星星喜欢拍电影吗？"

盛星毫不犹豫地点头："喜欢！"

江予迟："同学不和你说话，不和你玩，觉得你有距离，还是喜欢、愿意拍电影吗？"

盛星一愣，而后更加用力地点头："要的！"

江予迟想起盛家、学校，心胀胀的，有点酸。他说："所以那些人对星星来说，不重要，他们的态度不会影响星星的决定。只是你有一点伤心，对不对？"

盛星闷闷地"嗯"了一声，长长的眼睫垂落："因为你们都不在，姐姐也去上初中了。只有星星一个人。"

其实，江予迟有数种办法帮盛星缓和她和同学的关系。最方便的其实是由父母出面，邀请同学和家长去家里做客，同龄的玩伴走得近了，距离自然会逐渐减少，可这些，盛星父母做不到。而他又不想盛星低头，主动去缓和关系，毕竟她什么事都没有做错。

半晌，江予迟问："星星愿意和同学们玩吗？"

盛星抿抿唇，小声说："愿意。"

江予迟点头："明天乖乖去上学，我来接你，好不好？其余的事交给三哥，以后星星会有很多、很多玩伴。"

盛星睁着水亮的眸，一眨不眨地看着江予迟，问："真的吗？"

江予迟应："真的。"

第二天下午，江予迟如约去学校接盛星，从门口望进去，小姑娘独自坐在窗边收拾书包，教室里其他人都在说笑，只有她安安静静的。

清俊的少年站在后门，极其显眼。

不少人认出了江予迟，视线交错看来，窃窃私语。毕竟这是他们学校的毕业生，名气大得很。江予迟任由他们看，装作找人的模样。

有个女孩大着胆子问："你找谁？"

江予迟温声应："我找盛星。"

女孩一愣，和身边的人对视一眼，忽而高声喊："盛星！有人找！"

盛星侧头看去，高大的少年穿着蓝白相间的校服，微倚在门口，一束光斜斜照在他的面庞上，他眉目疏朗，远远地看过来，漆黑的瞳孔在光下显出一丝浅浅的棕色。

她抿抿唇，收回视线，扫了眼教室。果然，原本各自做着事的男男女女都朝江予迟看去，有几个女孩子嘀嘀咕咕的，不知说到什么，脸上还露出笑来。

盛星不怎么高兴地垂下眼，起身拎起书包往后门走。

江予迟缓缓站直身子，揉揉她的发，低声说："想不想邀请同学去三哥家里玩？我来邀请他们，愿意来的都可以来。"

盛星低垂着头，沉默半响，忽而扯起江予迟的手，大步离开了教室。江予迟一怔，没说话，由着她那点基本可以忽略的力道拽着他往外走。

直到走出教学楼好长一段距离，盛星才放慢脚步，蔫巴地喊了声："三哥。"

江予迟轻声问："不想他们去家里？"

盛星撇撇嘴，小声说："我不要和他们玩了，不要他们去你家里，我也不要和他们说话了。"

江予迟："……"

小姑娘的心思瞬息万变，昨天还因此连学都不想上了，现在就谁也不想理了。他又问了几次，她态度坚定，也不知道谁惹着她了。

江予迟只好哄她："以后三哥每天都来接你。"

盛星瞥他一眼，不太相信的模样，掰着手指头数："你们的生活可丰富啦。下课要打篮球，放学要打篮球，还要抓紧时间去网吧玩。"

江予迟的神经又开始跳，问："谁跟你说去网吧的事？"

盛星连忙捂住嘴，摇摇头，无辜的大眼睛眨呀眨，一副"我什么都不知道"的模样。

江予迟根本不用猜，除了盛霈，不作他想。他沉默半晌，说："今晚我和你哥哥去练拳，你乖乖写作业，回来我要检查。"

盛星忙不迭点头，然后默默地在心里给盛霈道了个歉。

当天晚上九点，盛霈有气无力地从外面回来，走路就跟游魂似的，一见到盛星就告状："阿迟疯了！"

盛星咽了咽口水，飞奔过去，拉着盛霈坐下，又是端夜宵、水果，又是捏肩捶背，安慰他："说不定三哥最近有烦心事，哥哥别和他计较！"

"我有什么烦心事？"少年的声音清清淡淡的，像一阵凉风，从身后吹来。

盛星动作一停，没敢回头看，转而求助地看了盛掬月一眼。盛掬月虽然不通人情世故，但了解妹妹。她略显生硬地移开话题："三哥，吃夜宵吗？"

江予迟轻声拒绝，走到盛星身边，拍拍试图躲起来的小姑娘，问："作业呢？检查完我就走，继续想烦心事。"

盛星："……"

盛霈喝了口水，不爽地看了江予迟一眼："你对星星这么凶？不能好好说话？我惹着你还是她惹着你了？"

江予迟头也不抬："你。"

盛霈："晚上都让你训练成这样了，还没消气呢？"

江予迟："没。"

盛霈："……"

盛星悄悄看了眼惜字如金的江予迟，她忙跑回小桌边把作业拿过来，还不忘嘟囔道："不会写的姐姐都教我了，我都听懂了！"

江予迟见她小心翼翼的模样，缓和语气，问："晚上吃什么了？有没有挑食？"

若是换作平时，盛星肯定就蒙混过去了，今天却不太敢，小声说："吃了好多，都吃啦，就是没有吃茄子。"

江予迟没说什么，继续翻作业。翻了一会儿，他心情好了不少，这小姑娘机灵得很，今晚的作业写得格外认真，连字都端正了不少。

"还挺乖，回去了。"江予迟合上作业本，揉了揉她的头发，俯身低声问，"今晚还翻不翻窗了？"

盛星立马把脑袋摇得像个拨浪鼓。

江予迟瞧她这心虚的模样，懒懒地摆了摆手，又和月亮打了声招呼，然后视盛霈为无物，径直离开了盛家。

番外

四·豆蔻

上高中后，若说盛霈有什么烦恼事，那就是江予迟三天两头找他麻烦，时不时就得和他打一架。等到暑假，盛霈就跟脱了缰的野马似的，成天不着家，就怕见着江予迟，他可快烦死他了。

这个夏日，盛星难得没有去拍戏。

她沉浸在要上初中的喜悦之中，天天抱着故事书往江予迟家里跑，都快比对自己家还熟悉了。

"三哥！"小姑娘一进门就开始喊人。

盛星跑得急，小皮鞋踩在木板上"嗒嗒"作响，越往里响声越清脆，可始终没人出来应她。一楼客厅空荡荡的。

她左看右看，昂着脑袋看向楼梯，会在楼上吗？

按理说，江予迟的房间是不可以随便进的，少年越长大越有"领地意识"，即便是阿姨进去打扫，也有固定时间，但盛星没有这个限制，她想进就能进。

盛星想了想，拎着裙摆小心翼翼地上了楼。

房门关着，敲了也没人回应。

盛星撇撇嘴，心里纳闷，出门去了吗？也没有和她说一声。人不在，她也没擅自开门进去，转而晃悠到走廊尽头，想等等他。

夏日里，洛京天气总是很好。

往窗外看，不远处是江奶奶的小种植园，顶上爬藤坠着瓜果，底下花团锦簇，瞧着特别热闹。

盛星刚想收回视线，忽然瞥见一抹裙摆。

这个角度不管她怎么看，最多只能看到一个女孩的身影。她一怔，干脆探出半个身子去，这一眼就让她呆住了。

江予迟和一个女孩在花园里！

盛星睁大眼睛。

江予迟高出这个女孩一个头，正低头看着她手里拿着的书，距离很近，两人说着话，看起来很熟悉。

花园里，江予迟忍着几分不耐烦，和江奶奶不知道从哪儿找来的女孩解释这花那花的，明明是她养的花。

今天一早，江奶奶就拉着赵阿姨出门了，临走前和他说："邻居一个小姑娘，说想跟我学种花！奶奶临时有事，你招待她！"不等江予迟拒绝，就溜走了。

夏日阳光热烈，江予迟的耐心也即将告罄，毕竟女孩问了他半小时，还大有继续的架势。他刚想说话，余光瞥见二楼窗户——盛星半个身子都悬空在外面！

江予迟眉心一跳，顾不上眼前人，疾步走到近处，厉声斥道："盛星！"

盛星吐了吐舌，她刚缩回去，江予迟便大步走向楼里。

被留在身后的女孩被江予迟的语气吓了一跳，明明刚才说话听起来还挺温和的，没想到对妹妹这么凶。

女孩抱着植物绘本，心有余悸。

盛星虽然心里有诸多不满，但被江予迟一凶，有点心虚，还没想好说辞，楼梯口传来了急促的脚步声。

盛星咽了咽口水，给自己加油打气。

她不怕！她怎么会怕江予迟呢，一点都不怕！

江予迟几步走到窗台边，气息微微不稳，漆黑的眸里是毫不掩饰的怒意，可偏偏这小姑娘不看他，埋着头，眼睫颤个不停，生怕挨骂。

他定了定心神，把人拉回房间里。

暂且安顿完盛星，江予迟下去送客人，重新上楼时，在客厅里顺了颗巧克力。

因为盛星常来，家里时常备着她爱吃的零食。

"吓到了？"江予迟揉揉盛星的头发，剥了巧克力塞她嘴里，语气缓和，"这样很危险。"

盛星瞧他一眼，嘴里含着巧克力，一边腮帮子微微鼓起，甜腻馥郁的味道在舌尖绽开，心虚少了点。

他转而问："今天读什么书？三哥读给你听。"

盛星抿抿唇，视线在他房内晃过一圈，最后停在他的电脑上，她小声道："我今天不想读书。"

江予迟问："想干什么？"

盛星眨眨眼："玩游戏！"

江予迟："……"

他沉默了一瞬："阿需在家当着你的面玩游戏？他玩什么？"

盛星忍不住嘀咕："怎么说什么你都能想到哥哥身上去呀。三哥，我都要上初中啦，又不是小学生了。"

江予迟心想：除了盛需，谁能天天在你眼皮子底下晃悠还不惹你心烦。他想了想，打开电脑输入密码，让盛星自己捣鼓。

"自己能搞定吗？"江予迟瞥了眼跃跃欲试的盛星。

盛星点点头，视线在他桌面的软件上扫了一圈，问："三哥，好多同学都玩空间，你怎么不玩？"

盛星和江予迟是好友，但他的资料和空间干干净净的，什么都没有，访客数量倒是惊人。他不常用，多数时间会选择给她发短信、打电话。

江予迟坐在一旁，随手翻着盛星带来的书，应道："没什么兴趣，平时联系人不多，也没时间。"

盛星嘟嘟嘴，小声道："你明明有时间，还和哥哥一起去网吧呢。三哥，网吧好玩吗？我也想去。"

江予迟一听这事就头疼，他早晚得把盛需的嘴给堵了。他抬眼，下巴微抬，指了指自己的电脑："在家不自在就来三哥这儿玩。至于网吧，阿需以后也不去了。"

盛星："……"

她好像又说错话了。

盛星本来也没想玩游戏，她胡乱点了几圈，忽而问："三哥，我能登你的号吗？

我想找哥哥说话。"

江予迟瞧她一眼，没多问："登吧。"

小姑娘年纪小小，好奇心还挺重。

盛星捏着鼠标，心里有点紧张，虽然是江予迟同意的，但她总有种窥探别人隐私的感觉，但随即，更大的好奇心吞噬了她。

她登上了江予迟的账号。

江予迟的账号很干净，消息栏里没多少联系人，分组也很简单，同学和朋友，以及一个空白名的分组，那里面只有一个人。

盛星盯着看了片刻，手像不受控制似的点开了分组。

Paidax——这是那个人的网名。此时她的头像暗着，但看小图能看出来，她的头像是一团棉花糖，软绵绵，灰扑扑。

盛星藏起点点雀跃，嘀咕："怎么把我放在这里呀？"

江予迟抬眸扫了一眼，懒洋洋地收回视线，随口道："方便。"

盛星忍不住偷偷笑了一下，她没去看他和别人的聊天记录，直接打开了和盛霈的对话框，开始打字。

江予迟："哥哥！"

盛霈连发了二十个问号过来，最后一句问："被盗号了？玩游戏输了？又用什么计谋折磨我？"

盛星蒙了一下，后知后觉地补充："哥哥，我是星星，在三哥家里玩。"

盛霈："又想骗我上当？"

盛霈："你死心吧。"

盛星没找江予迟告状，默默关掉对话框，想了想，说："三哥，哥哥最近在哪里玩，我可以去吗？"

江予迟微一蹙眉："他很晚回家？"

盛星无辜地眨眨眼："也没有，他就是不带我一起玩，月亮又在补习班，我一个人在家好无聊，总是来找你，你也不能出去玩了。"

江予迟眯了眯眼，合上书，问："在这儿觉得无聊？"

盛星忙摇头："不是，就是总在家里有点闷。"

江予迟思索片刻，起身道："今天三哥带你出去，上家里背上你的小包，午饭和晚饭都在外面吃。"

她眼睛一亮："我去换衣服！"

盛星自从开始拍电影，出门就是个精致的小女孩，因为随时都会被拍到，她特别注意自己的形象，免得出了什么新闻让爸爸妈妈不高兴。

等再出门时，她已换了一条新裙子。

"太阳晒，打车去。"江予迟朝她伸出手，准备牵着她下长长的台阶，可小姑娘噘嘴瞧他一眼，没把手递上来，自顾自地往下走。

盛星嘟囔道："我不是小孩了，能自己下楼梯。"

江予迟一怔，垂眸看着她慢吞吞往下走的背影，忽而一笑，他们的小星星也长大了，是个要面子的小姑娘了。

出租车停在一家电玩城门口。

盛星小心翼翼地摁着帽子下了车，悄悄探出头，晃悠着看了一圈。多数都是年轻人，看着特别热闹。

"上面什么都有，奶茶、点心、冰淇淋。"江予迟见小姑娘眼睛都要长在人家店里了，不由得把她脑袋转回来，"认真点看路。"

盛星乖乖"哦"了声，不再乱看。

最顶层是半露天式的游戏场地。

台球桌、沙发电玩，应有尽有，吧台还有个做饮料和零食的地方，从门口看过去，一片热闹景象。

盛星睁大眼睛，小声问："三哥也经常来吗？"

"不常来。"江予迟懒懒地应了声，推门进去。

近一千平方米的场地，三三两两的人聚在一起，男女都有，没人注意门口，只有前台的小哥看见江予迟，打了声招呼。

江予迟瞥了眼今日菜单，说："一个香草味的冰淇淋，再炸个土豆条，不用太多，一小碟就行。"

盛霈被忽然出现的盛星吓了一跳，手里的杆都差点掉了。

"谁带你来的？"盛霈惊疑不定地看着眼前的小妹妹，上下扫了她一眼，"一个人坐车来的？怎么不和哥哥说？路上怕不怕？"

边上的男生们齐齐翻了个白眼。

盛霈一遇见妹妹就开始唠唠叨叨个没完，但盛星确实也可爱，招人疼。他们和盛星打了声招呼，不去管盛霈。

盛星撇撇嘴，不高兴地盯着盛霈："我早就和你说啦！你还凶我，说不是你妹妹，说了在三哥家呢！"

盛霈一噎："是哥哥的错。"他最近真是被江予迟盯怕了，一点风吹草动都能吓着他。

话音刚落，江予迟就过来了。盛霈翻了个白眼，先哄妹妹，哄完了才把江予迟拉到一边，压低声音问："你带她来这儿干什么？月亮我都不敢带来。"

江予迟挑眉："你以为月亮不知道？"

盛霈："……"

盛星捧着一小碗冰淇淋，水亮的眼睛晃悠着到处看，一看到模拟赛车的机器，她就往那儿跑，也不管嘀嘀咕咕说悄悄话的两个人。等盛霈再回头找人，小姑娘早跑没了。

江予迟拍拍他的肩："玩你的，今天星星归我管。"

边上有朋友嗤笑："要不是你说，我还以为是阿迟妹妹。"

朋友无心的话，盛霈却忍不住陷入了沉思。上了高中后，他确实没那么多时间待在家里，假期出来玩，也不带盛星。

寻常假期倒不一定能见面，但这次盛星没去拍戏。他和江予迟两相对比，的确是江予迟比较像亲哥！

盛霈这下不爽快了，这可是他妹妹。不行，他得时常带着盛星出来玩。

江予迟找到盛星时，她身后站了个男生，模样俊秀，正笑着和盛星说话。

"平时不常见你和二哥出来玩。"

"嗯，放假都在拍戏。"

"你演的电影我都看过。"

"谢谢。"

江予迟随便找了台机器坐下，安静听两人聊天。

盛星话并不多，多是别人问她答，这男生说了半天都没说到她感兴趣的点上，小姑娘便逐渐不耐烦了。

江予迟听到这儿，回头看了眼吧台，正好小哥送来了炸薯条，他接过来，打断了两人的对话。

江予迟带着盛星在顶层转了一圈，和盛需一起吃了个午饭，然后把她拎去睡午觉。盛星有午睡的习惯，小时候她晚上睡不好，白天在江予迟家玩容易睡过去，小姑娘好糊弄得很，给块小毯子就能睡着。

　　盛需带盛星去休息室，江予迟在后面跟着，最后两个男生叮嘱盛星锁了门才并肩往外走，有一搭没一搭地聊着天。

　　"阿迟，我反省了自己。"

　　"……"

　　"星星好不容易在家，我得带着她玩。"

　　"你那些地方星星能去？"

　　"怎么不行？"盛需语重心长，"别总把她当小孩子，那小姑娘最不喜欢我们把她当成小孩。我和月亮都是和她商量着来。而且，不带她去见见人、见见事，以后被小男生骗了怎么办？我们看不了多长时间，她总要长大的。"

　　江予迟沉默，难得没反驳盛需。

　　他说的是事实，盛星总要长大的。

五·梢头

临开学前一晚，江予迟带盛星去了趟书店。

这段时间盛星跟着盛霈到处跑，原本雪白的肌肤晒黑了一个度，看起来健康活泼不少。

"三哥三哥，国庆我们出去玩吗？"盛星坐在自行车后座，一天到晚想着玩，开学都没压下她的那股兴奋劲。

这阵子，不但盛霈和其他哥哥带着她，江予迟也陪着她。但严格来说，江予迟这么做有一部分原因是为了盯着盛霈，怕他一个念头冒出来，就带她去奇怪的地方。

总而言之，这是盛星最快乐的一个暑假。

江予迟迎着夜风，懒懒地应："还没玩够？国庆人太多，出去可能不安全，但也不是不行。你想去哪儿？"

盛星闷闷不乐地鼓了鼓脸。她的身份确实要谨慎出行，年纪小还好，越长大影响越大。再加上外部环境变化，资讯转播速度越来越快，到哪儿都会被人认出来。

"那我在家睡懒觉！"盛星并没有失落，她已经很快乐了。

江予迟"嗯"了声，说："陪三哥学习。"

盛星晃着小腿，大声应："好！"

一眨眼，江予迟和盛霈已步入高三，明年将迎来高考，盛掬月也要参加中考，他们的生活似乎都到了某个节点。

只有盛星，还在慢吞吞地长大。

她常听别人说，高考非常重要，应该收心、认真学习，在现在这样的情况下，常去打扰江予迟，似乎不是个很好的选择。

盛星想了想，问："会打扰你吗？"

江予迟的语气略显轻狂："你一年三百六十五天都黏着我，都不会打扰我，更何况只有那么几天。"

盛星笑了一下，开始哼小曲。

书店不远，隔着两条街道，附近还有小吃街。

林立的店铺嵌在夜色中，像无数个小方块排列在街道上，莹润的光照在盛星脸上，映出她明亮的眸。

江予迟锁了车，拍拍她的脑袋："除了练习册、笔记本，还要买什么？"

他抱了十几本，干脆去拎个小篮子来："把这几年的都一起买了？三哥去外头上学可没人管你。"

盛星抿抿唇，心想，说得有道理啊，挑得更起劲了。

忽而听到有个女孩轻柔又带着惊喜的声音："江予迟，你怎么在这里？"

盛星竖起小耳朵，悄悄转过脸，看向不远处的两个人。

"陪妹妹来买书。"

女生好奇地往盛星的方向张望一眼，笑了一下："群里之前还在讨论运动会的事，他们都想问你，今年我们还有运动会吗？"

江予迟："大概率有。"

江予迟常和他们几个体育老师打球，关系格外近，一群人就想着撺掇江予迟去问问，毕竟最后一年了。

女生笑着问："你今年报什么项目？"

江予迟随口应："没想过。"

说话的时候，江予迟余光一直注意着盛星，见她越挪越远，说了声"抱歉"，径直过去拎住那小姑娘。

"躲哪儿去？"江予迟轻飘飘地问。

盛星："……"

盛星轻咳一声，好奇道："三哥，我们运动会是一起办吗？我还没参加过运动会呢，上场的时候会紧张吗？"

盛星身份特殊，除了在自己班级外，走出去总是会被围观，尤其是今年。她因而一直没参加过运动会，不想好多人都对着她拍照。

江予迟垂眼看她："想参加？"

盛星忙不迭地摇头："不想，但想看你参加！"

"想看什么？"

盛星抱着书仔细想了想，要说江予迟有什么不会的，她还真想不出来，只好挑自己喜欢的："短跑和垒球吧，轻松点！"

江予迟点头应下："行。"

八月末，夏日还未过去，夜晚还带着暑气。

盛星坐在长椅上，一手握着冰淇淋，一手玩手机，边上的江予迟什么也不干，偶尔瞧她一眼："这个暑假怎么没去拍戏？上次听经纪人说，有很多本子找你。"

盛星扭捏了一会儿，小声道："你们要走了。"

江予迟微怔，忽而明白了盛星为什么不高兴。这是她来洛京后，即将面对的第一次"离别"，盛需和他都将短暂地离开这座城市。所以，她将时间都空出来，想尽可能地和他们在一起。

江予迟无法向她解释，也解释不清，只是说："我记性很好，你知道的。"

盛星"哼哼"两声，低头把冰淇淋啃完，心情渐渐好起来，嘀咕道："我还有姐姐呢，而且你们也走不远，我可以去找你们的！"

这么一说，小姑娘起身，轻松地喊道："回家啦！"

国庆不久，洛京一中一年一度的运动会开幕了。

这是盛星开学以来最期待的一天，刚走完方阵，她就跑去找哥哥姐姐了。盛星先去找的姐姐，但盛掬月不乐意去找盛需他们，她皱着小脸纠结一会儿，打算陪着姐姐，等哥哥和三哥要比赛了，再过去。

盛掬月把妹妹牵得紧紧的，其间有陌生同学过来搭讪也不理，好在同班同学都习惯了她的性子，还多解释了两句。盛星戴着棒球帽，淹没在人群中也不显眼，起初人还多，后续就没人再过来了。她安安静静地和姐姐一起看比赛。

"姐，你知道哥哥和三哥报了一样的项目吗？"

盛掬月轻轻"嗯"了声，毫不犹豫地把两人卖了："他们打赌，三哥说要是他赢了，今年让盛需带你去他家过年。"

盛星怔了一瞬："我一个人？"

盛掬月侧头看她："我们三个人，和你一起。"

盛星缓慢眨了眨眼睛，问："三哥输了呢？"

盛掬月说："我们四个出去过年，反正不在家里。"

若说每年盛星最难过的时刻，那一定是过年。因为哥哥姐姐的新衣服是爸爸妈妈买的，压岁年是爸爸妈妈给的，但星星什么都没有。哪怕她拥有了许多爱，可心里总有一小块地方是空缺的，时不时就会提醒她一下，让她伤心失落。

这个赌注，不论谁输谁赢，结果都是好的。他们都在履行自己的诺言，长大了保护妹妹。

盛星垂着眼，鼻尖涌上点点酸涩。

姐姐牵她的时候，总是很用力。因为月亮并不擅长表达自己的情感，但她却想让妹妹知道，对她来说，妹妹是非常、非常重要的。

星星是有人爱的，盛星想。

高三男子一百米开始预检，盛星"噌"地站起来，和姐姐说了句话，就跟只小蝴蝶一样往下跑，下台阶也不怕了。

下一组就是江予迟和盛需。

盛星的个子在同龄人中算是高的，但和高中生比起来，还是差了不少，即便她努力踮起脚，也看不清跑道上的情况。

她苦闷地想，怎么长得这么慢呢？

就这么一个念头转过，远处又是一阵枪响，人群爆发出欢呼声，她听到快门声，听到有人喊江予迟和盛需的名字。

还没等她找到合适的位置观赏，就有人冲过了终点。

盛星叹了口气，看比赛好难！

下午决赛，江予迟提前和裁判席打了声招呼，让盛星坐得高高的，不费吹灰之力就能将他们看清楚。

秋日里，裁判席上的风格外大。

盛星微微瑟缩了一下，坐在上面别的没什么，就是有点冷，除此之外，视野开阔，看哪儿都方便。朝起点看去，身形不一的少年或站或蹲，有的热身，有的做起跑动作。只有江予迟和盛霈，两人这会儿还在吵架，你一言我一语，不知道吵些什么。

随着哨声吹响，盛星连忙坐正，专心致志地看着跑道。须臾，枪声响起，少年像风一样掠起，其中两个人，一开始就和别人拉开了距离。

盛星紧紧地盯着前排的两个人。

从身体内爆发出的力量仿佛给他们插上了翅膀，江予迟全身线条流畅，肌肉紧紧绷起，起伏的弧度里蕴藏着不为人知的能量。

她有一瞬的茫然。

他们以不可阻挡的势头成长，岁月带来的巨大鸿沟是她再怎么努力都无法改变的。就算她长大了，还能维持如今的感情吗？

总角之交，便只有这么一段短暂的时间。

成长让她即将失去他们，失去这样愉快、美好的时光。

这一年临近过年，洛京早早下了雪。

到了年三十那一天，雪积了厚厚一层，庭院外，三排不同的脚印连在一起，长长的一串通往同一个地方。

盛星缩在围巾里，小声问："哥，你真的和爸爸妈妈说好了吗？"

盛霈："他们明天就去礼佛，就一晚上，碍不着事。"

盛星有些不安："可今天是大年三十。"

盛掬月攥着她的手，轻声说："三哥带着江奶奶来过，爸妈答应了。"

盛星垂下眼，往盛掬月身上蹭。她知道，他们想让她过一个快乐的年，可以不去想，不去看。她应该认真地和他们在一起，不去想其他。

三个孩子到的时候，客厅里正热闹。

江爸爸和江妈妈难得回来，坐着嗑瓜子聊天，江爷爷和江奶奶准备晚餐，江予迟在厨房里帮忙，赵阿姨在摆餐桌。一见人来了，江爸爸和江妈妈都起身迎接他们。

热热闹闹地打过招呼，江妈妈的视线在两个女孩之间转过一圈，悄声问："哪个是星星啊？大的还是小的？"

江爸爸压低声音："说是小的。"

江爸爸和江妈妈可从没考虑过江予迟是否需要一个妹妹。这不，从别人家骗了一个，又乖又漂亮，这可是捡了大便宜。

这一晚，不但江家热闹，连盛家三兄妹都是第一次这么热闹地过年。盛家父母喜欢清净，家里并不常来客人，只有去东川外公家才会热闹点。

吃过饭，大人们坐着看春晚，把孩子们赶去楼上。

盛需当然选择玩游戏，盛掬月想看妹妹的新电影，两人各自找了事做，只有盛星还愣在原地，不知道干什么。

"想玩什么？"江予迟端着果盘进门，一眼瞧见了坐在床边发呆的盛星。

盛星诚实地摇摇头："不知道，以前哥哥带我们去放烟花，小小的那种。今年也去吗？"

江予迟："今年晚一点，过了零点，我们一起去。"

他沉默了几秒，低声说："三哥先带你去？再堆个小雪人。"

盛星目光微亮："要偷偷的吗？"

江予迟："偷偷的也行。"

于是，两人就"偷偷摸摸"地一起下楼放烟花去了。

盛星弯着眼，笑嘻嘻地去拿江予迟手中被点燃的仙女棒，晃了晃，小声喊："三哥！新年快乐！"

绽开的小小火花映着小姑娘明亮的眸。她眉眼弯弯，脸上的笑意比手中璀璨的火花还要耀眼。

江予迟轻轻抚去她发上的雪花，低声道："新年快乐，星星。"

冰天雪地之中，江予迟第一次许下新年愿望：希望以后每一年，你都能这样笑着。

放学铃声敲响，操场上各个班级的人渐渐散了，三三两两地朝教学楼里走，角落里却有一群女孩子聚在那儿，迟迟没有离开。

"你真把盛星关起来了？"

"她以为她是谁？不就碰了她一下吗？至于吗？"

"高三的人每天来接她放学，肯定会被发现的。"

"去还垫子的人那么多，谁知道是我？"

今天最后一节课是体育课，两两组队做仰卧起坐。这个女生和盛星一组，不过是摁的时候稍微用了点力，盛星拍开了她的手，那声音清脆、响亮，周围的人都看了过来。

众目睽睽之下，女生面上当然过不去，当即和盛星吵了起来。

盛星没搭理她，直接找体育老师换了个搭档。她咽不下这口气，趁盛星去器材室还垫子，拿了根木棍往两边门把手上一插，把盛星关在了里面。

那栋楼来往的人本就少，更何况是放学的时候。

"还不走等人来抓？"

"走了走了，先回教室。"

"可是盛星……她不会有事吧？"

"不关我们的事，又不是我们关的。"

......

器材室内，盛星用力扯了扯门，打不开。

她叹了口气，认命地打开灯，往垫子上一坐，扫了一圈。这里比她想的大很多，没有逼仄的感觉。虽然角落拥挤，但空间宽敞，右边有一扇不大不小的窗户，天还没暗，淡淡的光束从外面照进来。

盛星倒是不怎么怕，室内宽敞，还有外面透进来的灯光。她甚至开始数数，想江予迟多久才能找到这里。

这是她从未怀疑过的事，无论在哪儿，江予迟都能找到她。

另一侧，江予迟站在教学楼下，扫了眼表，微蹙了眉。他知道这节是体育课，但盛星不喜欢他去教室或者操场等她，他便只等在楼下。可今天，她们班近半数的人都回来了，还是不见这小姑娘的身影，跑去买冰淇淋了？

这念头刚冒出来，江予迟瞥见一群回来的女生，神色看起来不太对劲，其中一人对上他的视线，慌乱地移开。

江予迟一怔，没管她们，径直奔向操场。操场没人，他去文体楼找，办公室、医务室、空教室、器材室……他压着心里冒上来的火，一间间找。

"十分钟了，三哥好慢。"盛星托着腮，嘟囔，"不会没发现我不见了吧，还是他迟到啦。"

刚嘀咕完，门口传来动静，急促的脚步停下。

盛星一愣，"噌"地起身，还没站稳，门忽然从外被狠狠地撞开，她的心跟着这剧烈的撞击猛然跳动起来。

门板晃动，江予迟神色冰冷，视线凝在她身上，紧绷的情绪微微松弛，几步走近，朝她招手："过来。"

"三哥来晚了，怕不怕？"他的嗓音很低，带着点不可闻的哑意。

盛星摇摇头，小声道："我不怕，知道你会来找我的。"

江予迟深吸一口气，带她往外走，沉声嘱咐："这周去三哥家待着，我会给你请假，这事你别管。"

盛星不敢应声，偷偷看了眼江予迟。她张了张嘴，想说"只是同学间的一点小矛盾"，但看他这模样，她忽然什么话都说不出来了，只能安安静静地跟他回家，还是回的江家。

这阵子江奶奶和江爷爷一起访友去了，干脆也给赵阿姨放了假，江予迟什么都能干，他们放心得不得了。

晚上，家里就他们两个人。

江予迟瞥她一眼，只问："晚上想吃什么？"

盛星想了想，说："吃面条吧，要个荷包蛋！"

江予迟脱下校服外套，往厨房走，盛星亦步亦趋，跟小尾巴似的，跟在他身后解释："就是一点小事，而且是我先打她手的，那里面也不黑……"

"盛星。"他轻飘飘地喊了声。

盛星闭上小嘴巴，鼓鼓脸，给自己找活儿干："我给你洗青菜吧，洗菜、削皮我最在行了。三哥，你还生气吗？"

江予迟沉默了几秒，问："那时候在想什么？"

盛星老实巴交地应："数数呢，数到十分钟你就来了。"

盛星用这样天真、无辜的眼神看着江予迟，他的火气都发不出来，心甚至也随着她的话软下去。

半晌，他问："喊救命会不会？"

盛星干巴巴地应："这不是为了保存体力吗，对吧，万一嗓子喊哑了，人还没力气，又没东西吃，多惨啊。"

江予迟淡淡说："那会儿正逢下班时间，办公楼里还有人。"

盛星嘟嘟嘴："反正你会来找我的。"

江予迟沉默。

他该怎么和她说，他不能保护她一辈子。

吃完饭，盛星盘腿坐在沙发上，回复盛霈的消息。

盛霈："阿姨说你上阿迟家吃饭去了，他人呢？你让他接我的电话。"

盛星偷瞄了眼坐在对面看书的江予迟，轻咳一声，试图引起他的注意，看他没反应，她只好道："三哥，哥哥说让你接他的电话。"

江予迟瞥了眼静音的手机，一堆未读信息和未接电话。

"老实待着。"说完，江予迟拿着手机出去了。

这一晚，盛星睡在江家。

她常来玩，赵阿姨给她备了客房，墙壁还是粉色的，床上都是软乎乎的毛绒娃娃，会发光的小夜灯嵌在墙上，一片明亮。

盛霈居然也没来把她捉回去。本来哥哥总是来抓她，一般这时候江予迟会和他打一架，有输有赢，输了她就回家睡。江予迟的房间在隔壁，盛星有时候睡不着，就会用力敲敲墙，没过一会儿，江予迟就会端着牛奶或者带着故事书来敲门。但她慢慢长大后，他就很少会进房间来。

今晚盛星也睡不着，她握拳敲敲墙，然后就老实等着。

果然，没一会儿，门外响起敲门声："我进来了？"

盛星抓着娃娃，探出脑袋应了一声。

门被推开，暖黄的光照在穿着居家服的江予迟身上，他端着牛奶，拿着故事书，不紧不慢地往里走。

盛星睁着水亮的眼，趴在枕头上，一眨不眨地看着江予迟，见他过来也不动，直到他拖着椅子在床侧坐下。他并不面对着她坐，而是侧着身，完全避开了她。

"有烦心事？"江予迟问。

盛星换了个舒服的姿势看他，她总觉得自己长得好慢，怎么一下子，江予迟都十七岁了，明年都能去读大学了。而她呢，小不点一个。

"三哥，我认识你的时候，你还是个小孩。"盛星抱怨道。

江予迟向来灵活的大脑有一瞬的卡壳，这话里话外的意思，他居然没能准确地听出来，只好问："怎么了？"

盛星鼓了鼓脸，小声说："我也想去上大学。学校里好无聊，同学们也没意思，我也不爱和他们玩。"

江予迟微怔，这是他近来最忧虑的事。他和盛霈走了以后，谁去接盛星，如果再发生这样的事，谁替她出头。盛家父母从来不管她，盛掬月也还小，想来想去，竟没有人能护住盛星。

半晌，江予迟问："星星，喜欢东川吗？和洛京比呢？"

"外公那儿？"盛星愣一下，仔细想了想，"还挺喜欢的，那里很漂亮，但洛京也漂亮。我家在这里呀，当然最喜欢洛京啦。"

江予迟在心里叹了口气，侧头看向盛星。

这个傻姑娘，这些年以来并没有放弃去缓和和爸爸妈妈的关系，尽量每一件事都做到最好，不给他们添麻烦，至今都想留在洛京。

"把牛奶喝了。"江予迟换了话题，翻开故事书，懒懒道，"今天说个小女孩被欺负的故事。"

"……"

盛星乖乖喝了牛奶，缩进被子里，开始听江予迟现场瞎编的故事，叨叨一个可怜又弱小的小女孩是怎么被欺负的，又因为不会及时呼救，遭遇了什么惨事。

盛星忍不住反驳："我很凶的。"

江予迟："闭上眼，不许说话。"

盛星嘟嘟嘴，不情不愿地闭上眼，听下一个故事。

慢慢地，在江予迟低缓、轻柔的声音里，她的困意泛了上来。她闭上眼，揪着怀里的娃娃。就像千百次，揪住江予迟送她的会发光的娃娃。

在这里，她不用担心黑暗，不用担心一切。

最近，洛京一中发生了件事。

初中一个班级，十几个学生被叫了家长，并且轮番在早会上向盛星道歉。这件事后，盛星身边多了不少朋友，多是别班的。

这样的改变让江予迟和盛霈都暂且放下心来。

时间缓慢过去，过了秋，洛京便入了冬。

盛星因为工作没回来过年，等她再回到校园，学校里的海棠都开了。

盛星乖乖坐在教室里，等江予迟来接。最近哥哥和姐姐也不知道怎么回事，经常很晚才回家，一个在外打球，一个在外补课。

高考结束后，江予迟他们放假了，不久后就是中考，盛掬月也放假了，好不容易等到盛星放暑假，她又出去拍电影了。

此时的盛星还不知道。他们四个人的人生，在这个夏日，渐渐偏离。

三年后。

"阿迟，那小丫头搭理你没有？"

操场上，盛霈和江予迟喘着气，随意地躺在跑道一角，他们刚结束最后一轮训练，现在满身汗，没个人样。

自他们离开洛京，已有三年。

走的那天，盛星没来，不光那天没来，近期她接了工作就进组拍戏去了，他们连人都见不着。但这三年，盛霈的待遇可比江予迟好点。盛星虽然也不常和他说贴心话了，但偶尔也来看他，寄碟片和礼物给他。但碟片可不归他，多年前他就把这些宝贝输给了江予迟。

江予迟喘了口气，闭着眼，胸膛起伏。他本来不打算离她这么远的，可那年夏天，他无法面对自己不可告人的心思，干脆狠心报考了千里之外的军校。

可偏偏那么巧，盛霈要跟着他走。

盛掬月破天荒地提出那样强硬的要求，孤身去了西鹭。

小姑娘气狠了，一声不吭地跑了。

江予迟眉心微跳，懒懒地应："没呢。别操心我，操心你的任务去。"

江予迟低垂着头，盯着暗红的跑道。

淋漓的汗水眨眼就在火辣辣的阳光下被蒸发。他太久太久没见盛星了，放假不敢回家，只敢看银幕上的她。

小姑娘也赌气，基本不主动联系他。

原本亲密无间的两人，现在渐渐疏远。

江予迟明白，时间隔得越久，盛星就离他越远。可怎么办，他对自己、对她一点办法都没有。

只能忍着，强忍着。

"盛霈！"不远处传来喊声，"家里电话！说是急事！"

盛霈接到电话的时候头都大了："先别急，月亮，别哭。那小丫头什么时候跑的？跑多久了？外公那儿呢？"

盛掬月少有这样情绪失控的时候，她哽咽着："星星不见六天了，家里没人找她。哥，我讨厌他们。我刚到洛京，可是我找不到她，我找不到星星了。"

盛霈情绪翻涌，克制着回："我去请假，最晚明天就回来。"

盛霈任务繁重，请假需要审批，最快也要明天上午。江予迟等不了那么久，当晚就翻墙逃了。所以第二天，盛霈被摁着头丢进任务里，一个人干两个人的活儿。

第二天一早，飞机落地。

江予迟没知会任何一个人，他去了盛星所有可能会去的地方，几乎开车找遍了整个洛京，可哪儿都没有她的身影。

日落时，晚霞浓重。

江予迟坐在车内，不断回想和她在一起的每一天，她说过的每一句话。她说……她说过，外公曾经告诉她的话。

"外公那时候说，造船的第二步，是竖船底之'胁骨'，'胁骨'星星知道是什么吗？是用来支持这全船的要件，在人身上，就是胁骨。星星，做人也是如此。若不是在生死的紧要关头，骨头不能弯，你要像这船一样，驶向大海，勇敢地去乘风破浪！"

江予迟猛然回神。那是盛星第一次去看盛家的第一艘船，那艘船已经不能再扬帆远航，它被永远留在了暗无天日的仓库里。

她会在那里吗？

仓库门口有门卫看守。江予迟说是找盛星的时候，那人愣了一下，说这些天都没人来过，前段时间倒是来过一批考察人员。

话虽这样说，门卫还是带着江予迟去了那个老仓库，路上絮絮叨叨的："这周都是我上班，就这么一条路，我不开门，她怎么进去？你说来找谁？"

江予迟重复："盛星。"

门卫一愣："家里头最小那姑娘？哎哟，这还真有可能，老爷子前几年偷偷把钥匙给她了，就一把万能钥匙，她上哪儿都成！"

尘封的仓库再次被打开。

江予迟最终在昏暗的船舱里找到了睡着的盛星，他狂烈的心从云端落回了地上，脚也终于踩稳，感知到自己回到了正常世界。

船舱里很暗，角落里放着一盏小灯，亮了那么多天，电量已告罄，灯光暗淡，隐隐照亮盛星的半边脸。

她睡得并不安稳，眉头紧蹙着，整个人缩成一团。

江予迟定定地看了她许久，扫了眼地上散落的袋子，包装袋和空水瓶都放在里面，看数量，在这儿待了五六天，没剩下多少吃的了。

她长大了，可又像没长大。

江予迟没出声，就这么长久地注视着她。在他深沉而压抑的视线中，睡美人终于舍得睁开眼，眼前忽而出现的黑影吓了她一跳，小姑娘下意识往角落里缩去，神情难掩慌乱。

江予迟一见她的动作，本来压住的火气一下子就上来了，冷着脸问："现在知道怕了？之前不知道怕？盛星，你几岁了？几年没管你，就是这么照顾自己的？"

盛星被这一连串的问题砸蒙了，是三哥的声音，可是他怎么会出现在这里呢？

她的沉默似是激怒了眼前的男人。

江予迟沉着声，呵斥她："说话！"

盛星蒙蒙的，真的是三哥。可他怎么这么凶，冷冰冰的，还吼她。

想起去机场时，她脑中乱糟糟的念头，盛星终于情绪崩溃，眼泪像雨似的往下淌，她抽噎道："你怎么……怎么变得这么凶了，呜……"

"哇"的一声，盛星号啕大哭。

伤心、难过，以及大量的负面情绪，像海水一样朝她涌来。她甚至绝望地想，星星再也不能扬帆了，她马上要被淹没了。

不甚宽敞的船舱内，她的哭声撞到墙面，又弹回来。

江予迟的心简直要被她的泪水撕成碎片，他忍着汹涌的情绪，朝她伸手："过来。"

盛星呜咽着，眼睛蒙上一层水雾。水雾的尽头，他就在那里，张开双臂来拥抱她。

时隔三年，她又看到了她的避风港。

七·婚书

"大过年的，还瞎跑！"经纪人从机场接到盛星，忍不住唠叨，"冷不冷？赶紧上车，车上有红豆汤。见到你哥了？"

盛星眨眨眼："嗯，见到了。"

她对外都说是去找盛霈，其实是去找江予迟，虽然没见到，好歹把围巾送出去了，还是条不怎么像样的围巾。

钻进车内，一碗红豆汤下肚。盛星舒服地叹了口气，总算暖和点了。

经纪人问："下个月生日怎么过？十八岁的生日，可不能像以前似的在剧组过，回洛京还是线下和影迷过？"

说起生日，盛星有点不高兴，忽然怨起江予迟来，人走了就走了，礼物都不给她买，每年都找，每年都找不到，就这样，她还跑去送围巾呢。

没出息！盛星唾弃自己。

他们都不在，盛星没什么兴致过生日，自十三岁之后，她就不爱过生日了，也不爱许愿。她的愿望一个都没有实现。

"想自己过。"盛星闷声闷气道。

经纪人一怔，欲言又止。自从小姑娘两年前从家里搬出来，就时常闷闷不乐的，只有工作的时候好些，去学校也不是很高兴。有阵子，她还担心盛星的精神状况，悄悄带着医生朋友来剧组看了眼，说没什么大问题才松了口气。

她叹气："那就自己过，我给你订蛋糕，再把她们的礼物送来。前段时间捡的那小女孩，带回工作室？"

盛星一愣，想起自己还捡了个小女孩回来，想了想，问："你问问她，想回去上学还是留在工作室，让她不用担心学费和生活费。"

经纪人瞧着她。

说起话来又像个大人了。

在剧组的日子一眨眼就过去了，杀青后两天正好是盛星生日，导演在组里给盛星过了一次生日才放她离开。回到洛京，公寓被礼物填满，到处都是礼物和鲜花，但盛星总觉得心里空荡荡的，尤其是一个人的时候。

"今年肯定也没有。"盛星嘀咕了一句，钻进礼物的海洋里，开始找江予迟的礼物，找了半天，果然没找到。

盛星郁闷又难过。

他不喜欢她的围巾吗？还是不知道是她送的呢？盛星气得晚饭也不想吃，洗完澡就把自己扔在床上，缩在被子里盯着手机对话框看了很久。

上次她和江予迟聊天，还是新年的时候。她和他说新年快乐，他简短地回了一句"星星也是"。

瞧瞧这是人说的话吗？连"新年快乐"四个字都不愿意和她说，果然，一离开洛京，他就把她抛在脑后了。

第二天一早，门铃叫醒盛星，她呆呆地看着门外的盛掬月，忽而尖叫一声，扑了上去："月亮！"

盛掬月手忙脚乱地抱住头发乱糟糟的妹妹，摸摸她的脑袋，问："吵醒你了？"

"没有没有！我早就醒啦！"盛星哪还记得什么江予迟、什么睡觉，这些哪有姐姐重要，"不是输你的指纹了吗？怎么不自己进来。"

盛掬月认真应："这是星星的家，谁来都要敲门的，要经过你的同意。"

盛星噘噘嘴，抱着盛掬月蹭了蹭，小声道："姐姐最好。哥哥们都是坏家伙，一个个都不理我。"

盛掬月弯唇一笑，牵着她进门："今天想做什么？姐姐都陪你。时间还早，要不要再睡一会儿？"

盛星哼哼唧唧的："你和我一起睡。"

小时候，姐妹俩少有能一起睡的时候。只有爸爸妈妈不在家，盛星才能偷偷溜到盛掬月房间里睡，后来因为她假期常出去拍戏，这样的时刻便少之又少。

盛掬月当然不会说不好。

这个寒冷的冬日，有人和姐姐亲亲热热地上床睡回笼觉，也有人孤零零地等在机场，望着遥远的天际。

宁北机场很宽敞，人却不多。

江予迟被调来宁北，暂时不能离开。他却也不敢问盛星，是不是愿意过来，只能提前准备了一张机票。

他多久没和盛星过生日了。仔细想来，已经四年了。前些年偶尔赶回去，她在剧组里，似乎也不想见他。

江予迟站在等候厅，远远眺望着西北的天。

她有了喜欢的人这消息是盛需和他说的，说家里的小姑娘拐弯抹角地问盛需，如果偷偷喜欢上一个人该怎么办？

江予迟扯了扯唇。他停在原地不敢上前，却希望盛星能够勇敢，勇敢去爱，去告诉那个人，去……他不能再想下去。

这些年，他因自己卑劣的心思饱受煎熬，最终还是决定当个卑劣的人。

再过两年，他会和盛星结婚，哪怕她不会爱他，哪怕他们的结局无法善终。可即便是这样短暂的时间，他都想将她握在掌心。

可这一日，江予迟没等来他的星星。

晨间的雾气渐散，天空渐而明朗，日照大地，飞机横越青空，最终，他望见那一轮弯弯的月。

最后的航班也已落地。

江予迟敛眸静立片刻，转身离开机场，给盛星发了条短信。

江予迟："生日快乐，星星。"

江予迟："三哥望你心想事成、得偿所愿。"

"星星，来拆礼物了。"

盛掬月喊了半天，盛星都没个反应，回头一瞧，小姑娘傻呆呆地盯着手机，不知道发什么愣。

盛星猛然回神，胡乱地应了声，没立即回复短信，把手机往抱枕下一藏，跑去和盛掬月一起拆礼物，时不时聊几句。

这一天盛星过得还不错。

盛掬月陪她睡了一觉，中午给她做了饭，下午两人出去逛街、购物，晚上还一起吃了蛋糕。

一整天，盛星都有人陪。不但盛掬月陪她，"派大星"也陪她一起。他们知道她向来低调，陪她吃了蛋糕，分享了这十年间他们的小事。

点点滴滴，都恍如昨日。

"去年许的愿望实现了吗？"盛掬月问。

盛星嘟嘟嘴，嘀咕道："我又不是小孩了，才不许愿。许愿都是骗人的，我许了也没有人给我实现。"

盛掬月沉默了几秒，问："星星想要什么？"

盛星看着姐姐在灯光下柔和的面庞，小声说："我想要喜欢的人也喜欢我，但不敢告诉他。"

盛掬月停下动作，低声问："是三哥，还是别人？"

盛星忽然涨红了脸，磕磕巴巴道："姐姐怎么知道的？"

盛掬月瞧她一眼，暗道了声"傻姑娘"。这么些年，她忙着拍戏、上学，圈内的好友寥寥，从没听她提起过别人，嘴里的除了"三哥"还是"三哥"。

有阵子盛需还吃醋，近两年倒还好，因为盛星不爱搭理江予迟。她气性虽然大，但也容易心软，当时不过一年，就原谅盛掬月和盛需了，反而没理江予迟。

盛掬月和盛需都知道，江予迟对于盛星来说，有特殊的意义。

反过来，又何尝不是。

盛掬月没替江予迟说好话，只道："三哥当年离家，是有条件的。他毕业回来，也该结婚了。"

盛星咬唇："我还不能嫁给他。"

盛星的意思很明了，就算是联姻，她也不会在江家的考虑范围内。不论怎么想，她和江予迟都是不可能的。

"三哥不一定愿意。"盛掬月摸摸她的脑袋，"你知道的，江奶奶和江爷爷管不住他。当时也不过寻个理由离开，他那个性子，联姻的可能性太小了。"

盛星垂眼，闷声闷气道："可他会有喜欢的人的。"

"没有。"盛掬月攥紧盛星的手，异常坚定，"哥哥说过，没有。"

盛星轻舒了口气，没再想这件事，专心和盛掬月拆起礼物来，等过了十二点，两人才把礼物都拆完。

"姐，我发条微博！"盛星兴冲冲地对着礼物拍照。

盛掬月见她终于笑了，不由得也笑起来，说："你在下面玩一会儿，等下想不想吃夜宵？"

盛星摇摇头："我可是女明星！"

盛掬月最后摸了把妹妹的脑袋，上楼洗澡去了。留下盛星，满客厅跑，拍了一堆照片，最后选出一张最满意的。

临发微博前，盛星忽然停住。

她还没回三哥的信息，发了微博就代表着她在用手机。

盛星纠结了一阵，打开对话框盯了许久，也不知道哪里来的勇气，直接给他拨了一个语音电话。

这一刻，时间仿佛是静止的。

盛星口干舌燥，捂着自己的心口，生怕心跳出来。

不知过了多久，显示电话已接通。她沉默着，张了张嘴，说不出话来，不知道该怎么开口。

"星星？"低哑的男声传来。

盛星紧抿着唇，酸涩的感觉冲上眼眶，拿远手机，轻吸了口气，稍稍平复情绪，小声喊："三哥。"

江予迟沉默了几秒，说："星星又长大一岁了。今天……过得怎么样？"

"姐姐来找我了，和我待了一整天，还陪我拆礼物了。"盛星轻按了按眼尾，尽量让自己的语气活泼一点，"我过得很开心。"

江予迟低声道："开心就好。"

一时间，两人都没再说话。

盛星叩着玻璃窗，乱七八糟的念头掠过脑海，也不知道从哪儿涌上一股劲儿，大着胆子问："我今年……能喝到三哥的喜酒吗？"

江予迟沉默一瞬，情绪微变："暂时不会。"

怕是得要过两年，你来喝自己的喜酒。

当然这话江予迟不可能和盛星说，免得把人惹恼了，别再像先前那样，几年都不愿意和他多说话。

盛星耷拉下眼，轻声道："我该睡觉了。"

江予迟："晚安，星星。"

江予迟的婚事足足困扰了盛星两年。

直到她年满二十，这段婚事"吧唧"一下从天上掉下来，砸到她头上。从回盛家获悉这个消息，再到江予迟送她回家，她都没能从这消息中缓过来。

车内暖气十足，外头的雪越来越厚。

盛星没说话，裙摆被捏得皱巴巴的，她到家了，该下车回去，但江予迟却没有放她回去的打算。

眼看车头覆上一层雪，江予迟终于舍得开口了。

"星星，和我结婚，你什么都不用改变。可以演戏、自己住、做任何想做的事，不用参加不喜欢的酒局或是宴会……"他摆出一条又一条，条条都顺着她来。

江予迟口干舌燥，掌心出汗，神经和情绪都被她每一个反应牵动着，最后，他说："我答应过阿霈，会好好照顾你。我想照顾你，星星。"

盛星抿了抿唇，耳根控制不住地发烫，即便垂着眼，也能感受到那视线无声地落在她的脸上。

"行吧？"她嗓音发颤，差点没把裙子揪破。

江予迟愣了一下，哑声问："行吧是什么意思？是好，还是不好？"

盛星："……"

其实现在逃了也不错，逃还是不逃呢？

江予迟无论何时何地都是个聪明的人，这时候却犯起了傻，"行吧"还能有什么意思，就是行，可以，愿意！

盛星忍不住瞪他："就是好！"

男人眸中不由得起了些变化，她想再看得清楚明白一点，却再也看不见了，他只是说："送你上去？"

盛星不敢和他单独相处。在车里就够呛了，更何况得把人带回家。

"不用了，你……你坐着不许动。"她说完，急匆匆地开门下车跑了，急得连车门都没关，裙摆在雪地里像是绽开的花，一眨眼，就消失了。

江予迟怔怔的，在车里坐了许久。

盛星和江予迟的婚期在四月，因为限制条件，这场婚礼举行得悄无声息，只有两家关系亲近的人坐在礼堂里。

这样一个冷清的婚礼，台上两个人却都带着笑。

江予迟身着挺括、合体的礼服，细腻的山羊毛面料泛着微微的光泽，缎面镶边和盛星的项链是同样的颜色。他带着极轻的笑意，低眉看着盛星，纯白的婚纱、娇艳的面容，无一不是他梦中的模样。

"星星今天很美。"江予迟说。

盛星捧着一束捧花，抬眸瞧他，潋滟的眸中映着穹顶散落的光芒，她小声说："我哪天不美啦。"

江予迟莞尔："每一天都很美。"

今天对江予迟来说，是人生中太过特别、重要的一天。他的心无法抑制地凌空而起，仿佛要将这礼堂的穹顶掀飞。

盛星悄悄弯了唇，余光瞥见自己的戒指。这枚戒指和落星山的别墅，是同一天交到她手上的。从此以后，她也有了家，有了爱人，有了遮风挡雨之处。

两人旁若无人地小声交谈着。

主持人最后说："你们可以亲吻了。"

盛星沉默着，抬眼悄悄看向江予迟。

男人低垂着眼，视线在饱满鲜艳如玫瑰的唇上停顿几秒，伸手揽住她纤细的腰，微微俯身，薄唇停在她的额头上。

盛星眼睫微颤，感受着这触感。

婚礼结束后本该是家宴，但江予迟明早要走，他没和盛星去老宅，两人转而回了落星山。那里已修整完毕，是他们两个人的家了。

车驶入亮如白昼的庭院，盛星呆了一下，趴在窗口看了片刻，问江予迟："院子里怎么这么亮？"

江予迟："院子里的灯定时开关。只要你在这里，每晚都这么亮。"

他的星星，再也不必惧怕黑暗，他会将所有的光亮都捧到她眼前。

婚后的时光确如江予迟所说，她依旧自由自在，想做什么就做什么，除了时常见不到老公，她还挺快乐。但时间一久，她就开始想念他。

于是某日一早，盛星兴冲冲地跑到工作室，对经纪人说："姐，最近有部电视剧在选角，听说要去西北拍摄，我想去！"

经纪人头疼地捏了捏眉心，合上手里的剧本。这小祖宗心血来潮，又要跑大西北去，为的是什么，她不能更清楚了。

"那儿环境可不好。"

"环境好的地方那可太少了，那儿不会差到哪儿去。"

经纪人和盛星大眼瞪小眼半晌，幽幽地叹了口气，实话实说："我可没把握一定把角色给你要到手，说不定人家的角色都定了。"

盛星一挥手："演配角也行！"

结束《盛京赋》的拍摄，已入春。

盛星暂时不再接剧本，彻底进入休假期，因为过不久，江予迟会退役回洛京。这两年他们联系不多，但比起以前，也算有进步。

再往后，两人的关系会进入新阶段。

临江予迟回来的前一晚，盛星难得整理了一下被她霸占的公共区域，破天荒地订了一束鲜花，以彰显自己是个热爱生活的人。

虽然她在家时，免不了"咸鱼躺"，但在江予迟面前，还是多少得装装样子，不能总像小女孩似的，不然他永远不会把她当成女人来看。

等收拾完，已是晚上八点。

盛星磨磨蹭蹭地泡了个澡，下楼时只裹了个浴巾，雪白的肩头沾着水意，她打算喝点酒，看个电影再睡觉。

楼梯走了一半，门口忽而传来动静，"嘀"的一声响，大门打开，走进来个男人。

盛星愣在原地，和肤色微深的男人对视一眼，呆呆地低头看了自己一眼，除了浴巾，里面什么都没穿，还光着脚。

她憋了半天，一声"三哥"卡在喉咙里，忽而转身朝楼上跑去。

江予迟停在原地，她早已不见，就如两年前在冰天雪地里，她提着裙摆慌乱地逃走。

盛星再下来时，换上了规规矩矩的长袖、长裤，恨不得连脖子都遮得严严实实的。她磕磕巴巴地问："三哥，你……你怎么提前回来了？"

江予迟正在厨房看冰箱里都有什么，闻言回头瞧她一眼，懒懒道："提前结束就提前回来了。"沉默了几秒，补充道，"抱歉，没提前说。"

事实是，他连一晚都等不及，想早点赶回来看她。

"最近休假？"江予迟自然地转换了话题，不让盛星为难。

盛星捏了捏发烫的耳垂，点头："今年都没接工作，想好好休息。之前工作强度太高，调整一下生活状态。"

江予迟关上冰箱，转身仔细地看她。

两年不见，她似乎又长大了，黑发快长至腰际，眉眼间多了一丝妩媚，可那双眼依旧清澈、干净。

这是我的妻子。江予迟想。

"饿吗？"他问。

盛星先是摇头，过了一秒，又抿唇问："三哥，你没吃饭？"

江予迟轻应了一声："回来得急，不想在飞机上吃，困就先去睡，不用等我。我吃完就回房。"

盛星知道他的习惯，他向来习惯在家吃饭，能不在外面吃就不吃，小时候那点在外头吃饭的时光，都贡献给了她。

这么一想，盛星还挺愧疚。她想了想，试探着问："三哥累不累？我来做吧，你先去洗个澡，下来就可以吃了。吃面好吗？"

江予迟微一挑眉："星星都能下厨了？"

盛星睁大眼："当然，我可会做面条了，各种各样的面条，休息的时候经常给自己做面条，再倒点……饮料。"

她及时打住，再说就露馅了。

江予迟并不觉得疲惫，甚至在看到她的时候，每一根神经都活跃起来，但盛星下厨难得一见，他从善如流："我去洗澡。"

人一走，盛星开始捣鼓小冰箱，找了半天，准备做一碗鲜虾面，这在她这儿可是最高待遇，连盛需都没吃过她剥的虾。

江予迟下来的时候，面条正好出锅。盛星隔着热气看他一眼，忽而笑了："三哥又黑不少，比结婚那时候还黑。和以前不太像。"

西北日照足，晒黑是难免的事。江予迟从没注意过这个，听盛星这么说，不由得摸了摸自己的脸，问："没以前帅了？"

那可不行，他还得靠这副皮囊吸引盛星。

盛星凝眸，细细地看了一会儿，认真道："一样帅，就是感觉不一样了。比我们圈里好多人都帅。"

江予迟问："你喜欢白净的？"

盛星眨眨眼："我呀，看感觉。"

江予迟没接话，接过她手里的锅："重，我来。"

盛星自觉地让开，眼前的画面陌生又熟悉。以前他上高中的时候，也总给她做面条吃，不让她碰，只让她坐着等。

盛星并不喜欢一个人吃饭，于是坐下来陪他一起，顺便聊聊天。

"三哥，过阵子去公司吗？"

"下周就去。"

下周？盛星微怔："这么急？"

江予迟扯了扯唇："听说我要回来，那爷儿俩连夜卷铺盖跑了。我爸已经飞到国外找我妈去了，爷爷还在收尾，等着我去接手。"

盛星觉得稀奇，江家这三个男人，一个比一个不爱做生意，这一代代的，居然还能传下来，江氏发展还一年比一年好。

盛星："明天去看奶奶？"

江予迟想了一下："歇两天，初一再去。"

提起初一，盛星忽而沉默了。江家不知道哪儿来的规矩，每逢初一、十五，他们得回老宅去住，前两年江予迟不在，盛星忙着拍戏，两人从没去过。如今他回来，怕是逃不过去。

"奶奶这两年挺好，身体好，心情也好。"盛星避开初一，接着说奶奶的事，"去年陪她去体检，医生还夸她年轻。"

江予迟静静地听着。

听她说这两年爷爷和奶奶之间的趣事，盛掬月的日常，盛霈的消息，圈子里的大小变化，洛京的变化，朋友的变化等等。

却没听她说自己。

"星星呢，这两年拍什么戏了？去了什么地方？"

盛星有一瞬的别扭，毕竟心里藏着不可告人的心思，她尽量让自己显得镇定："只接了一部电视剧，断断续续拍了近一年。去西北拍的。"

江予迟垂下眼，想起那次任务途中遇见盛星，想起她的裙摆拂过鼻尖，低声问："喜欢西北吗？"

盛星想了想，应："喜欢。那里的天、沙漠和牧场都很美，每一种美都不相同，还吃了很多以前没吃过的东西。"

　　"以后有机会，三哥陪你去。"

　　"嗯。"

　　初一一早，江予迟开车带盛星回了老宅，奶奶和赵阿姨早就起来等着了，奶奶见了人也没个好脸色："早不知道来，非得等到今天。"

　　奶奶恨铁不成钢，早把星星带来，不就能多住几天了吗，这个傻孙子！

　　老宅人多热闹，一天时间眨眼便过去了，等吃过饭、遛过弯，奶奶和赵阿姨就没了人影，临走前还大声对这小两口说："房间都整理干净了，早点儿睡！"

　　江予迟在心里叹了口气，看向盛星："你先回房，三哥去书房坐会儿，困了就先睡。不用顾及我。"

　　盛星眨眨眼，提醒道："奶奶把书房锁了。"

　　江予迟："……"

番外

八·桃李

一小时后，江予迟和盛星各自洗完澡，躺在床的两侧，中间留出的空隙仿佛是天与地的距离，一跨过去就得没命。

江予迟眉心"突突"地跳。

奶奶像是提前预知了什么似的，房间里的沙发被搬了出去，多余的被子和毯子一条都没有，甚至连床上都只有一床被子，就差没把房门反锁了。

他不可能整晚把盛星一个人丢房里，只能老实待着。

盛星装模作样地摁着手机，其实心都快跳出来了，这进展未免过于迅速，快到她都不能自然地做出反应。

他瞥她一眼，问："困不困？"

盛星撇撇嘴，把手机往枕头下一扒拉，小声道："你关灯吧。"

江予迟留了一盏幽暗的小壁灯，耳畔是她轻细的呼吸声，刚闭上眼，她却说："三哥，不用留灯了。"

他一怔，侧头看她。

江予迟第一次从这个角度看盛星，黑发散落在暗红色的枕套上，眸子懒懒地搭着，柔软的唇角微抿，泛出玫瑰一般的光泽。

她确实长大了。

"不怕了？"他嗓音发哑。

盛星屈起指尖，灯光让她有点紧张，她侧过脸，背对着江予迟，轻声道："在这里我不怕。"

因为你在我身边。

片刻后，灯光暗下来，室内陷入黑暗。

江予迟平躺着，余光能看到她侧身背对着他，微微蜷缩起来。她从小睡觉就是这个姿势，只是以前对着门，现在对着墙。

他让她紧张了。

江予迟微微舒了口气，幸而只是紧张，不是怕他。

盛星和喜欢的人同床共枕，当然做不到什么都没发生，眼睛一闭就能睡过去。翻了几次身，她忽而说："睡在这里感觉好奇怪。"

江予迟睁开眼："哪儿奇怪？"

盛星想了想，说："以前总来你房间，看书、写作业、玩拼图，还在这里睡过午觉。"

话题说回以前，气氛逐渐轻松起来。

江予迟轻笑了声，懒懒道："还在这儿玩过游戏。"

盛星嘀咕："那是用你的号和哥哥说话，后来你们还打架了。"

说起那个夏天，两人记忆犹新。

盛霈惊觉自己的妹妹和江予迟比较亲，于是上哪儿玩都带着盛星，但网吧这样的地方还是头一回。

江予迟去盛家的时候，家里只有盛掬月，她正准备出门上课。一见江予迟，盛掬月立即绕路走。

他把人拦住，问："月亮，星星呢？"

盛掬月垂着眼，不说话。她从小就不会说谎，因为不想告诉江予迟，就只能装哑巴。

江予迟微眯了眯眼，问："和阿霈在一块儿？"

盛掬月："我要迟到了，三哥。"说完，人跑了。

江予打了几个电话，没几分钟就问出了盛霈的地址。

到了地方，江予迟扫了一圈，最后在角落里找到了人。盛星坐在盛霈边上，一脸紧张地看着电脑。有人认出她来，想去和她合影。盛霈能拦住一两个，可拦不住一群人。在事态逐渐失控前，江予迟打断他们，一手一个，拎着他们兄妹俩出去了，直到街道口才松开他们。

盛星耷拉着脑袋，不敢看他。

盛霈纳闷："你怎么找到这儿的？"

江予迟："什么地方都敢带她来？"

盛霈扬眉："有我在，能出什么事？"

江予迟微怔，朝左右看了眼，找到条安静无人的小巷。随后，把盛星往甜品店一塞，告诉店员，帮他看十分钟小孩。

盛星给自己打气，抓住他的衣袖试图耍赖，小声喊："三哥。"

江予迟淡淡地说了句："一会儿再收拾你。"

盛星叹了口气，心想，当小孩一点儿都不好，她好想好想快点长大呀。小姑娘晃着腿，喝着冰饮，完全把自己的哥哥抛到了脑后。

回忆至此，盛星忍不住在黑暗中笑了一下。

江予迟翻了个身，和她面对面，问："笑什么？"

盛星眨眨眼："想起你和哥哥总打架，哥哥总是输，你也从来不让他。每次都要给他上药。"

"那时候他心思不在这上头，没用全力去学。"江予迟沉默了几秒，说，"现在不一定能赢他，海上可不好过活。"

说起盛霈，盛星郁闷道："怎么好好的就要出海去呢？问也不说。"

江予迟不能和她解释这些，只道："他去找人，找到就回来了。若是不回来，三哥去把他带回来。"

聊了会儿天，盛星的神经渐渐松弛下来，打了个哈欠："三哥，我睡啦。"

江予迟喉结一动："晚安，星星。"

前半夜虽然难熬，但好歹能过去，不想后半夜才是灾难的开始。半梦半醒间，江予迟倏地睁开眼。

温热的呼吸扑在他颈侧，柔软的肢体像藤蔓一般将他绕住，她的手有热度，脚却是凉的，睡了这么久还没睡暖和。

江予迟微蹙起眉，起身抱着她换了个位置。他睡过的地方暖和，他裹紧被子，将她包得严严实实的。怀里的人像是舒服了，自觉地缠上他的脚，脑袋靠在他胸前蹭了蹭，随后便安安静静的，不再动弹。

江予迟叹了口气，认命地闭上眼。

今晚怕是睡不着了。

这一晚，江予迟想起很多事。想起见盛星的第一眼，想起她慢慢长大的岁月，想起她在他身边的每一个笑容，想起她的眼泪。

盛星的眼泪大概都奉献给了银幕。他看过许多次她演的角色哭泣的模样，或安静落泪，或崩溃大哭，每次他都心疼。不为角色，只为盛星。

或许是他们太熟悉、太亲近。

江予迟看见的总是盛星，似乎每一个角色里，都藏着盛星的灵魂。可真实的她，她不想让他看见。

盛星在淡淡的晨光中醒来。

床边无人，她一个人霸占了一整张床，睡得四仰八叉，毫无形象，整个人都热乎乎的，眼睛一闭又能睡过去。

在迷蒙的意识中，盛星忽然一个激灵。

江予迟呢？

她"噌"地一下坐起身，扫了一圈，到处都安安静静的，下床走到窗边一看，果然在步道上看见了那个跑动的身影。

这几天在落星山，他日日都早起跑步。

她下楼刚好撞见他回来，汗打湿短袖，布料紧贴在他紧致的腰腹间，看得她眼热，又不敢多看。

她叹了口气，换衣服下楼。奶奶和赵阿姨正在底下喝茶，见她起来，朝外头努努嘴，挤眉弄眼，两张脸上都写满了八卦的心思。

盛星无奈："奶奶，最近又看什么电视了？"

奶奶轻咳一声："晚上和阿迟出去玩？"

盛星解释："哥哥们听说三哥回来，组了局，喊了一圈的人，可热闹了。我也好久没见他们了。"

奶奶想了想，说："现在外头诱惑那么多，要是阿迟欺负你……"

"奶奶，在和星星说什么？"江予迟刚进门，就听见他亲奶奶在这儿"吓唬"盛星。

奶奶连忙闭嘴，装作认真喝茶的模样。

江予迟没轻易跳过这个话题，走到盛星对面坐下，懒懒道："我什么时候欺负过星星？以前不会，以后更不可能。"

盛星悄悄戳了个小笼包，不参与他们的话题。她心想，明明欺负过，网吧的事之后好几天没理她呢。

俱乐部坐落在山腰，在上面可以眺望大半个洛京。

今晚这里被他们包场，几乎整个洛京的名媛和公子哥都在这儿了，这年头，你认识我我认识你，一喊就是一圈熟人。江予迟多年没回洛京，这一晚格外热闹，但他本人却不那么高兴，因为盛星不和他在一起，跑去找盛掬月去了。

露台上，江予迟微曲着腿，半倚着栏杆，修长的手中拿着杯酒，听朋友们谈论近两年洛京的发展，看似认真，视线却落在室内。

厅内灯光迷离，人群晃动，音乐声若隐若现。酒开了一瓶又一瓶，酒气和香水带出的躁动因子缓慢浮动。

盛星今晚很美，像一株盛开的海棠，微微垂落。胭脂色的裙子上像带着昨夜落的细雨，蒙蒙的雾气衬得她更为出尘。

不知对面的男人说了什么。她忽而笑起来，眉眼绽开，不需要璀璨的光，她本身就闪闪发亮。

朋友顺着江予迟的视线看过去，笑道："星星现在可出息了，到哪儿都能遇见她的影迷。"

有人说："可不光影迷，到处都是她的追求者。"

朋友："哦？这次又是谁家的？"

"这回来头大了，南边来的太子爷。听说为这，还巴巴儿地给盛家船运送了个……这数的项目，就为讨她欢心。"

朋友面露羡慕，不忘问："晚上人来了吗？"

"喏，就是和她说话这个。"

江予迟一怔，视线扫过去，从上至下扫一眼，得出结论：人模狗样。

"去个洗手间。"江予迟淡淡地说了句，径直朝着盛星走去。

江予迟走后，后头的人围在一起看起热闹来。

"哎，三哥过去了。"

"废话，你们能当着三哥的面说星星？他可比阿需还看重星星。"

"也是，是三哥把星星拉扯大的。"

"不会闹出事来吧？"

"不能，星星还在呢。"

不远处，江予迟立在盛星身侧，压根儿没看那个男人，随口问她："月亮呢？一晚上没见着她人。"

盛星闻了闻味道，这是喝了不少。

"休息室里，说想起图纸里有几个数据算错了，要去改过来。你知道，她不改过来就难受。"

江予迟点头："我找人给她送点吃的。"

"三哥。"盛星指着对面的男人，"这是——"

"送点什么？"他打断了她的介绍。

盛星一怔，诧异地看了江予迟一眼，他少有这样不给人面子的时候。她不动声色地藏下猜测，对人说了声"抱歉"，拉着他离开。

找了处无人的地方停下，盛星仔细看了眼江予迟的神色，瞧着情绪不高，试探着问："三哥认识他？以前有过节吗？"

江予迟垂眼，仰起脖子，松了颗扣子，浅淡的光影打在他颈间，无端生出疏离感。片刻后，他道："有过节。"

盛星抿了抿唇，心想，那人身上最多的就是桃色传闻，江予迟一个远在西北的人和他能有什么过节，难不成是因为女人？

这么一想，盛星也不乐意了。

"很严重的过节？"她问。

江予迟"嗯"了声，和他抢星星，这可不是大过节吗。

盛星沉默一瞬，道："我去看看月亮。"

江予迟站在原地，眼看她走远。半晌，他捏了捏眉心，太久没这么喝酒，劲儿一上来就容易失了分寸。

休息室内，盛掬月刚改完，盛星就推门进来了，绷着脸，一副"快来哄哄我我不高兴"的模样，她合上电脑，喊："星星？"

盛星在盛掬月面前，依旧是小女孩模样，嘟嘟嘴，气闷地说："男人都不是好人！"

盛掬月思考片刻，应："三哥在生理和心理上都是男性。"

盛星愤愤道："所以他不好！"

盛掬月："嗯。"妹妹说的都是对的。

盛掬月捏捏她的手："三哥惹你生气了？"

盛星把刚才发现的事和盛掬月说了一遍，越说越觉得有可能："一定是上大学的时候，不然两人也没什么交集。"

盛掬月欲言又止，她想起盛需说的话："月亮，我们可不能帮阿迟。"

她想了想，决定不为江予迟说话，只说："那不理他了，他骗人，就不理他。我们出去跳舞？"

盛星当然说"好"。

于是这一晚，盛星牵着盛掬月的手，转了一圈又一圈。

江予迟站在远处，始终凝视着她，看她在人群中熠熠生辉。

这样的局多的是过夜的人，盛星和盛掬月自然不会留一整晚，打了声招呼就要先走。哪知盛星一说走，江予迟也跟着走了，留下一群人面面相觑。

春夜冷意未消。

盛星看着盛掬月驾车离开，裹紧大衣，俯身钻入车内，刚坐稳，边上忽而横出一只手，他说："三哥喝醉了，星星顺道送送我？"

她一愣："你怎么下来了？"今晚那么多人都是为他来的。

江予迟立在车外，手肘贴着车门，看着她随意地笑了声："不习惯。家里有人在等，得早点儿回去。"

盛星注视着他的黑眸，耳后漫上一股热意，小声道："那你上来吧，反正也顺路。"

顺路，确实顺路。

江予迟悄然勾唇，走到另一边开门上车。

夜风送走若隐若现的酒气，盛星逐渐清醒过来，捏了捏耳朵。

江予迟舒了口气，低声道歉："抱歉，星星。"

盛星愣怔地回头："为什么道歉？"

"刚才的事。"江予迟盯着她的眼睛，"我反应过度了。我和他先前不认识，过节是刚刚才有的。"

盛星一蒙，刚刚才有的过节？

江予迟看了她片刻，缓缓移开眼，说："他不适合你。"

盛星后知后觉地意识到，原来他说的过节是这个。她微微攥紧拳，轻声解释："我不喜欢他那样的。"

接下来一路，江予迟没怎么说话，合眼靠在座位上，直到车驶入落星山他也没动一下，看起来像是睡着了。

盛星拢着大衣，探头轻喊："三哥？"

无人应答。

盛星大着胆子凑近，一闻，酒味儿比之前闻到的更重，指不定是喝醉了，忍不住嘀咕："刚回来就喝醉了，以后总喝醉可怎么办。"

让司机把人扶到客厅，盛星上楼换了身衣服才来收拾他。她想了想，先把他扣子解了，再盖上个毯子，再跑去厨房泡蜂蜜水。

躺在沙发上的江予迟见人一走，抬手一摸领口，只松了两颗，前面再往下时她犹豫一瞬，抽开了手。

他没有吸引力？

江予迟蹙眉，想起今晚见到的男人，虽然人模狗样，倒是白净，而他呢，刚从西北回来，晒黑了。

盛星喜欢他原来的模样？江予迟打算从明天开始把自己捂白。

盛星端着小碗，走到客厅一看，他眼睛紧闭却眉宇紧蹙，似乎不太舒服。她心想，活该，空着肚子就喝那么多。

"三哥。"她坐下，倾身靠近，按了按他皱着的眉，"头疼？还是胃不舒服？"

江予迟动了动，从喉间滚出一声含糊的声音，睁眼看她，哑声喊："星星。"

盛星端过水哄他："喝一点。"

江予迟"强撑"着坐起身，就着她的手喝完了一整碗蜂蜜水，而后盯着她半晌，才道："我们回家了？"

盛星忍住教训他的冲动，问："煮点馄饨给你吃？前几天朋友寄来的刀鱼馄饨，特别鲜美，味道清淡，入口即化。"

江予迟摇头，只道："想和你说说话。"

盛星停顿片刻，就这么坐在地上，仰头看他："想说什么？"

"洛京。"江予迟低低地开口，"看起来似乎没什么变化，朋友身上还有以前的影子，但变了很多。洛京、他们，其实都变了。"

也有没变的，他的视线静静落在盛星身上。

盛星对此颇有感触："每次拍戏回来，和朋友见面，总有一种跟不上节奏的感觉。但和月亮在一起就不会，她和以前一样，傻傻的。"

"三哥呢，变了吗？"

江予迟垂眸，藏住眸里滚烫的情意，低声说："或许。如果变了，希望不会变成星星讨厌的样子。"

盛星小声道:"不会讨厌你。而且,我们都结婚啦,你在外面两年,把自己已婚的事忘了吗?"

江予迟微怔,因酒精而变得迟钝的大脑忽而清醒过来。

是,他们结婚了。再有一年,所有人都会知道他们结婚了,知道他是盛星的丈夫,也知道盛星是他的妻子,他们是夫妻。

"对,星星和我结婚了。"他的眉眼舒展开,唇角泛起弧度。

只可惜,低头的盛星没能看见江予迟唇边的笑意,只感受到轻落在她头顶的力道,他拍了拍她的脑袋,说:"到星星睡觉的时间了。"

盛星洗完澡出来后,没上床。她安静地倚在落地窗前,额头抵着玻璃,无声地看着明亮如白昼的庭院,心情是前所未有的宁静。

在他没回来前,她想过很多遍,他们会变成什么样子。好一点,或许会是朋友;差一点,只做表面夫妻。可从这几天看来,他似乎依旧待她如初,就像这些年他没有离开过,她还是以前那个小姑娘。仿佛在他的记忆里,时间静止,她没有长大,他也还在她身边。

这样的他们,能够相爱吗?盛星想。

隔壁阳台,江予迟静静看着隔壁点着灯的房间。从他的角度看过去,正好能看见盛星的侧脸。

她在看灯,在想谁呢?

江予迟猜不到,也不敢猜。他就站在夜风中,看了许久许久,看她起身拉上窗帘,看她房间里幽幽亮着的灯,看她结束了这一夜。

不要贪心,再忍耐一年。

江予迟告诉自己。

九 · 花 信

许是运气好，盛星怀汤圆的时候没受多少苦，反而胃口极好，就是口味变化有点大，特别是拍完电影回洛京后。

这日清晨，盛星被肚子里的崽一脚踹醒，睁眼时边上已空了，看时间江予迟还没走，她披了件外套下楼找人。

此时已经七月，距离汤圆出生还有两个月。

盛星像捧了个小皮球走路，每一步都走得小心翼翼。尤其是下楼梯，她不爱处在电梯这样的密闭空间，除了小心，江予迟也没办法，总不能听她的，真装个滑梯。

"三哥？"盛星拖着长长的尾音喊。

江予迟匆匆从厨房出来，等在楼梯口，忍着上前去抱她的冲动，看她一步步往下走，再朝他伸出手。

江予迟攥紧她的手，问："怎么醒那么早？"

盛星瞥了眼肚子，说："汤圆踢我，这小家伙以后一定很调皮。"

"早上吃什么？"盛星动了动鼻子。

她最近可太喜欢吃饭了，每天都惦记着吃饭时间的到来，原本不爱吃早餐，现在却很积极。江予迟把人牵到厨房："昨晚不是说想吃油条，给你炸。先吃几块牛肉饼，刚切好，小心烫。"

盛星吃前不忘摸摸肚子，嘀咕道："都是你想吃，不是妈妈，为了你能长得健健康康的，我只能多吃饭啦。"

江予迟笑："想吃就吃，还赖汤圆。"

盛星："你不能否认，确实有这个因素！"

盛星吃着饭心情就好，和他商量晚上出去看电影的事："三哥，等你下班我们去看电影？我去等你。"

江予迟问："想看什么？"

盛星睁大眼："当然是看我的电影！上映好几天了，我一直偷懒没去看，今晚想出去玩，顺便去看了。梁博生这两天一直给我发短信，说他自己绝了，一直发自己的剧照，一直催我去看。烦人。"

盛星一边吃着早餐，一边和江予迟念叨，说完梁博生，又开始说李疾匀："他给汤圆买了好多衣服和玩具，说这两天会到。这人也是奇怪，每年连我的生日都不记得，居然还给汤圆买礼物。说不清是不是剧组里处出来的感情，原本也没看出来他喜欢小孩子。对了三哥，听说温边音和周向淮和好啦，真的假的？"

江予迟叹气："真的。"

盛星眼睛一亮："和我说说。"

江予迟最近干了很多自己从没干过的事，盛星在家闲得慌，时不时就得问他圈里这个和那个怎么了，谁谁因为什么离婚了，谁谁被赶出家门了，谁谁又换了个女朋友，一天不听点闲事就不舒坦。他又拉不下面子去问，只好去聚会里偷听，偶尔听到劲爆的，盛星得知消息后还得到现场听，赶过来和哥哥姐姐们一起八卦。

"最近，周向淮心情不错。"江予迟回忆着见他的几面，"不怎么喝闷酒，别人问他是不是恋爱了，他说是，还说想结婚了。虽然没说是谁，但大家都知道还是他以前那个女朋友。"

盛星睁大眼："要结婚了？他肯定没求过婚，要是求了肯定失败。"

江予迟挑了挑眉："你怎么知道？"

盛星道："温边音刚接了一部大制作的电影，估计一年都要待在剧组里。要是我，才不会在这时候结婚，起码得拿个影后吧。和事业比，男人算……"

盛星忽而意识到自己老公还在面前呢，连忙咽下后半句，转移话题："反正她不会答应的，我们赌一块钱。"

江予迟："就赌一块？"

盛星："一块很多了！我现在可是失业状态。"

说起这个，盛星有点郁闷。她本来就比较放纵，三天两头给自己放假，这下忽然揣个球在家里，很多事不能做，可把她憋坏了。

江予迟微怔，她一个人在家确实烦闷。他沉思片刻，忽然冒出个古怪的念头来："跟我去上班？"

晚上六点，江予迟下班。

盛星坐在车里等他，从怀孕后她很少去公司找他，网上关于她有孕的消息一直没传出来，她也就一直对外保密。他们都想让汤圆的童年轻松点，能不接触镜头就不接触镜头。在这方面，江予迟比她更为谨慎。凡是出门就有人在她身边，格外注意镜头。至今，她都被保护得很好。

见到江予迟，司机自觉离开。

盛星掀起帽檐，凑过去亲亲他的下巴，着急忙慌地问："和小宋说了吗？分给我什么任务？"

江予迟垂着眼，指腹抚过她唇，指尖下移，捏着她圆润不少的下巴，低头吻上去，直把人亲得开始推他才松开，亲完，懒懒道："我下半年的行程都由你来排，你让我干什么，我就去干什么。"

盛星闪着明眸，雀跃道："真的？"

江予迟揉揉她的发："真的。坐好，去吃饭，吃完看电影。"

盛星的情绪显而易见地高涨，半路还哼起小曲来，不忘和梁博生发短信，说她出门看电影了，去欣赏自己的绝世容颜。

电影票是提前买的，吃完饭后距离电影开场还有段时间，是江予迟特地留出来的散步时间。

夏夜闷热，湖畔的风勉强带了丝清凉。盛星穿得倒是凉快，只可惜脑袋还得捂得严严实实的，她闷闷不乐道："我想出去玩，夏天应该去海边玩的。"

江予迟微扶着她的腰，低声应："过两天就带你去。"

盛星瞥了眼自己的肚子，又看了眼江予迟，这些日子，他不知道多紧张她，恨不得上班都不去，在家里陪她。起先，她也过了这么几天神仙似的日子，但日子一久，她情绪不稳定，见着江予迟就烦，极其无情地把他赶去了公司。以至于他过分紧张也不敢表现出来。

这么一想，盛星觉得自己挺坏。她轻咳一声："我想吃冰淇淋，就吃一口那种，吃完就去看电影。

江予迟"嗯"了声，老老实实地牵她去买冰淇淋，等她吃了几口，把剩下的都解决了，然后才高高兴兴地去电影院。

正值暑期，电影院内多是年轻人和孩子，电影又是校园题材，电影几乎场场爆满。盛星还看见很多带着周边的女孩子，看起来都是"派大星"。

她偷偷欣赏了一会儿，翘着唇角进了影厅。

电影开场，盛星看得津津有味。

江予迟没她那么高的兴致，每到梁博生出场，就兴致缺缺，也不知道在不高兴什么，看到那两个人同框，干脆来扒拉她的爆米花吃。

盛星一皱眉头，质问："我演得不好吗？"

江予迟："我有点饿。"

盛星想了想，把整桶爆米花都塞给他，不忘道："趁热吃！"

江予迟："……"

盛星看他吃瘪的模样就心情好，小声说："有一次我不想上学，你带我出来看电影了，记得吗？那次你也抢我的爆米花了。"

江予迟："这次我没抢。"

盛星哼哼："你认真点看！"

被这么一教训，江予迟只好安静地看电影，直到结束也没出声打扰盛星，最后还不忘夸："星星真棒。"

盛星抬起下巴，眉眼带笑："那当然！"

江予迟见她这样高兴，心情也跟着舒朗起来，把梁博生抛到了脑后。

盛星有了工作之后，每天格外舒心，早起也不赖床了，最多哼两声就被江予迟哄起来了，然后两人甜甜蜜蜜地吃过早餐，一起去上班。

原先，盛星意识不到江予迟有多忙，自从给他安排行程后，她忽然觉得他不是正常人，正常人怎么能从这么繁忙的工作中挤出那么多时间陪她玩。

江予迟还没习惯盛星处理他的行程。有一回，他当着小宋的面说："这周空三天出来，我和星星去海边，酒店……酒店选她喜欢的。"

小宋半晌没应声，和江予迟大眼瞪小眼。

江予迟："有问题？"

小宋默默地指了指边上的盛星。

江予迟："……"

盛星也瞪着眼，本来她只需要快快乐乐地玩就好了，现在还要给江予迟和自己安排行程、挑酒店，总感觉有哪里怪怪的。

推迟老公的行程，让他陪自己玩！这么一想，她都要玩得不高兴了，后面会很忙。于是，盛星一本正经道："我不想出去玩了！"

江予迟："……"

小宋："……"

这也不失为一个偷懒的好办法。

洛京的桂花如雨丝飘落时，汤圆出生了。

小姑娘果然如她妈妈取的名字那般，白白胖胖，出生时近八斤，哭声嘹亮，恨不得让整个医院的人都能听见。

盛星时常和小姑娘面面相觑。

说来也怪，头几个月，这小崽一见不到她人就开始干号，也不掉眼泪，就是发出一些信号，告诉所有人：把我妈找来！

只要盛星来了，她就安分了，也不用陪着玩，自己拱着个小奶嘴就能玩得开开心心的。

盛星被小崽子绑了几个月，到过年热闹时，就跟撒欢似的，天天出去玩。至于汤圆，当然是跟着她爸。

临过年前，江氏不如之前那么忙，而且今年他们奖金丰厚，每个人都喜滋滋的，托了汤圆的福，多出来的奖金都是江予迟自己贴的。

江予迟办公室内，小宋一边报告，一边拿眼偷偷瞄趴在江予迟肩头流口水的汤圆。她这一双眼睛和盛星生得一模一样，黑漆漆、圆溜溜的，无辜又清澈，往你脸上一看，任你什么拒绝的话都说不出来。

"咿呀呀……"汤圆转着眼珠子，去抓江予迟的耳朵。

江予迟轻"嘶"一声，这小不点下手没个轻重，劲儿还特别大，他忍着签完字，说："明天准时放假，统计一下回家有困难的，江氏负责送他们回去。"

小宋一愣，忙应下。

这阵子江予迟的心情确实好，他们都感受到了，即便现在是冬天，他们也过得跟春天似的。

等小宋一走，江予迟开始算账。他一手拎起汤圆，瞥这小不点一眼，好歹给人擦了口水，说："怎么到我这儿就流口水？看见星星就只知道装乖？"

汤圆才不理他，攥着小拳头往他脸上捶。

江予迟听汤圆"咿咿呀呀"叫了一会儿，拿了块磨牙饼干让她抓着，问："带你去找妈妈？去不去？"

许是听到了关键词，汤圆抓着饼干不动了，睁着圆溜溜的眼看他，然后老实地往他肩头一趴，准备起驾。

江予迟一手抱着汤圆，一手拎着包，出门时不少人都往他身上瞧，优雅的西装和粉嫩的婴儿看起来居然格外搭。

他们不是头一天看江予迟抱着汤圆来上班了，虽然已经习惯，但是看见了总忍不住多看两眼。一时间他们竟不知道是该羡慕江予迟，还是该羡慕盛星，想来想去还是羡慕小汤圆，一出生就是人生赢家。

另一边，盛掬月刚休假，盛星就找她一起出去。盛掬月用余光瞄了眼身边正在敲电脑的男人，问："过夜吗？"

"噼里啪啦"的声音一停。

贺沣侧身，目光深沉地看向她，冷白的手指悬空在键盘上方，久久未动，似是在思考怎么回答这个问题。

于是，盛掬月听到了两个回答。

盛星说："不过。"

贺沣说："可以。"

盛掬月呆了一下，反应过来后和贺沣对视一眼，拿远电话，小声说："我问星星的，不是问你。"

贺沣："……"

打完电话，盛掬月也不赶人，把贺沣丢在家里就找盛星去了，临走前还不忘带走自己的小羊。

贺沣眼看着她走了，久久才笑一声。

这就是男朋友的待遇，未免也太差劲了。

酒吧内，盛星懒懒地靠在沙发上，瞧了一眼盛掬月怀里的小羊，纳闷："姐，你现在喝酒都要带这个宝贝了？"

盛掬月一本正经："贺沣要和我抢。"

盛星："……"

盛星近来情绪变化大，本来看江予迟还有点不顺眼，现在这么一对比，她心里好受多了，至少江予迟不抢她的东西。

"年后接工作吗？"盛掬月问。

盛星幽幽地叹了口气："如果地点合适可能会接。汤圆太黏我了，晚上得要我抱着才肯乖乖睡觉，三哥也不管用。幸好白天不用跟着我，只是睡觉的时候找。"

盛掬月诚恳道："汤圆很乖。"

盛星弯起眼："和我小时候一样乖。"

盛掬月："……"她假装没听见。

姐妹俩凑在一起聊着天。盛星是这里的常客，贵宾区通常不会有人来打扰，但今晚却有点不同。

"盛星？"男人几年没见盛星，微扬了扬眉，迈步朝她走来。

盛星想了好一会儿，从脑子里扒拉出这个人来，不就是和江予迟有"过节"的那个男人嘛。

门外，江予迟把汤圆递给小宋。汤圆啃着饼干，指着亮闪闪的灯，眼睛也亮晶晶的，不知道在说些什么，瞧着还挺高兴。

江予迟戳戳她的脸，问："你也想去？"

汤圆挥着小手："咿呀呀！"

江予迟轻哼一声："等着。"

小宋提心吊胆地抱着小祖宗，生怕江予迟走了她又哭，但小姑娘还挺乖，只眨巴着眼睛东看西看，也没往他身上流口水。

江予迟下班后直接来了这里，西装外披了件暗红色羊绒大衣，底下踩了双同颜色偏酒红的牛津鞋，清脆的声响惹人注目。

他不常穿这样的颜色，乍一看倒是年轻许多。

江予迟熟门熟路，径直往二楼贵宾室走，刚踏上台阶，便止住脚步，停在原地，看向不远处的男人。

眼熟，太眼熟了。

几年不见，还是人模狗样的，对着盛星笑得像朵花儿，也不知道这次又打算送几个亿的项目来讨佳人一笑。

他眯了眯眼，站在原地不动。

不知他说了什么，盛星弯唇笑起来，和四年前他看到的场景如出一辙。只是上一次，他只能走过去轻飘飘地说两句话，但这一次……

"老婆。"男人低沉的嗓音自后响起。

盛星一怔，诧异地回头，果然看见了江予迟，不由得嘀咕："怎么忽然这么喊？

来得这么快，汤圆呢？"

江予迟揽上她的腰，微微收紧手，将人带到身侧："在外面。"

不仅江予迟看男人眼熟，那男人看他也眼熟，好半天才想起来，这不就是当年把盛星截走的人吗？他说呢，怎么酸成那样，原来早结婚了。

男人也识趣，说了句"下回见"，摆摆手就走了。

"在外面？"盛星放下酒杯，移开他的手，"直接过来的？"

江予迟"嗯"了声，手又紧跟着缠上去。

盛星："……"

她瞧了眼盛掬月，问："姐，去落星山吃点夜宵？三哥下厨。"

盛掬月摇头："我回去了。"

盛星："那送你。"

这次，盛掬月没拒绝，她不但没拒绝，还想抱汤圆。盛星没多想，由着盛掬月和汤圆在后座玩，可不想，等把盛掬月送到家，往后一瞧，她姐姐眼睛红了。

盛星这下可吓坏了。这么多年，她哪见姐姐红过眼睛。

"月亮，怎么了？"盛星连忙往后座钻。

江予迟一怔，下车打了个电话。

等盛星到了后座一瞧，顿时哭笑不得——汤圆揪着月亮的宝贝小羊不肯放，月亮红着眼睛不敢抢。汤圆盯着盛掬月，眼睛一眨不眨，手里还紧紧捏着小羊，一副小霸王的模样。

盛星头疼，从盛掬月手里抱过汤圆，试着轻拽了拽小羊，果然拽不出，只好哄道："汤圆抱抱妈妈好不好？"

汤圆拎起小羊，冲着盛星"咿咿呀呀"。

盛星试图和她讲道理："这是月亮的小羊，不是汤圆的。"

汤圆一句话没听懂，继续"咿咿呀呀"，盛星只好再试着拽了拽，这下这小霸王总算松手了，还一脸无辜地瞧着她。

盛星忙把小羊给盛掬月，抿抿唇，小声喊："姐姐。"

盛掬月紧抱着小羊，看向汤圆，认真道："明天阿姨给你买新的。这只……这只不能给你，它是我的小羊。"

汤圆挥舞着小拳头，也不知道听懂了没有。

贺沣下来的时候，盛掬月已下了车。她低垂着头，用力地抱着那只旧得发黄的小羊，依稀可见发红的眼尾。

他微微一愣，抬步走过去，牵着人回家。

等走远了，江予迟隐约听见一句："羔羔，不哭。"

江予迟一挑眉，忽而想起在西鹭时鲨鱼说的话。原来是羔羔，不是月亮。

江予迟忽而一笑，上车去看那个小祖宗。

盛星正在后座和她"叽里呱啦"地讲道理，汤圆喜欢妈妈，也不管她说什么，说一句就应一句。

盛星问："月亮怎么样？"

江予迟看了眼楼上，说："贺沣在。"

盛星松了口气，凑到驾驶座后"叽叽"道："你不知道，月亮可疼这个小羊了，走到哪儿带到哪儿，七八年没离过身。平时我摸一下她都要紧张兮兮地让我松开手，汤圆还想抢！坏家伙！"

汤圆冲她笑："呀！"

盛星轻咳一声，也不好意思继续说这小姑娘了。

江予迟一见汤圆没哭，也挺诧异，平时动她的玩具一下就要不高兴，现在没拿到想要的，居然也挺老实。

盛星不能训汤圆，就训江予迟："都是和你学的！霸道！"

江予迟照单全收，坦然承认："我不光霸道，还小心眼，不仅小心眼，还爱吃醋，还有要补充的吗？"

盛星："……"

许是因为跟着江予迟上班疲惫，回家后汤圆钻在盛星怀里，捧着奶瓶吸了一会儿，便攥着小拳头睡着了。盛星盯着汤圆看了好久，一会儿握握小手，一会儿拨拨睫毛，又凑上去亲了亲她软乎乎的小脸。

江予迟及时把汤圆救下来，放到小床上，牵过盛星，说："先让阿姨看着她。下去给你做碗甜汤。"

盛星感叹："这小姑娘比我小时候还好看。"

江予迟一听，问："多小的时候？"

"多小？就是刚生出来那会儿。"盛星心里还纳闷，说着忽而反应过来，声音低下去，"三哥……"

江予迟垂眼，视线安静地落在她略显心虚的脸上。

半晌，他语气如常地问："什么时候开始联系的？"

盛星脚步一停，把人往墙上一推，伸手搂住腰，下巴抵着他的胸膛，仰起头，撒娇似的："我没回信息，都是妈妈发来的。"

巢山事发后的很长一段时间内，盛妈妈都没有动静，后来听说她去了巢山，去了东川，再回洛京后，她开始联系盛星。

一开始是道歉，后来变成想见她。

盛星始终没有回应，但偶尔会看她的信息，原来她刚出生的时候，也是有照片的，也和汤圆一样，很小很小的一团。

盛星抿抿唇，低声道："每当我看汤圆，心总是软软的，想那么小的一点，怎么以后就能长这么大。所以总是忍不住想，妈妈看到我的时候会在想什么，会不会后悔，哪怕只有一次。"

江予迟蹙着眉，听她说："可是后悔不后悔没有意义，我六岁就回来了，在她身边，离她那么近，可她也不爱我。以前是我想不明白，我总对他们抱有期盼，想着乖一点，再乖一点，或许能和他们建立起情感，而这一切的基础，只是因为他们是我的爸爸妈妈而已。"

盛星抬眼，紧盯着江予迟："后来，我想明白了。"

江予迟问："想明白了什么？"

盛星说："他们不是我选的，你是我选的。"

盛星想，无法由她选择的父母，无法实现她的期盼与渴望，那这一切不过是世俗和她压在自己身上的枷锁。

因为，她明明有选择的自由。

江予迟，就是由她自己选的。

江予迟抬手摸了摸她的头发："她联系过我，还有阿需和月亮，我们都不想你们再有什么关系，所以没告诉你。但星星早就是大人了，可以自己做决定，以后，想做什么就随着心去做。如果想见她，就去见一面，不想见她，就不见。"

盛星拧了他一把，情绪缓和，抱怨道："那你还故意生气！"

江予迟见她鼓起脸气哼哼的模样，俯身亲了口，揽着人往前走，懒懒道："没生气，是你心虚，一诈就露馅。"

到了厨房，盛星自觉地坐在料理台前等他。

对盛星来说，没什么比冬日的夜晚喝一碗甜汤更惬意的了，她捧着碗叹："这大半年我总忘记自己还要工作，不工作真快乐呀，想吃什么就吃什么。但最近又有点无聊，白天汤圆爱跟你，我也玩够了。"

江予迟问："挑挑剧本？"

"我舍不得离汤圆太远。综艺不想接，广告也不想接，电视剧也不好玩，还是想拍电影。我真麻烦呀。"盛星捧着脸感叹。

江予迟轻笑一声，叩了叩她的脑门："这算什么麻烦，先选剧本，选完定下来她都能说话了。"

也是，平日里她挑剧本总是很慢。

盛星眨眨眼，忽而高兴起来："那我等过完年吧，过完年再去找经纪人，听说最近有个本子不错。"

她打了个哈欠，下巴往他肩上一放，耷拉着眼睛，含混不清道："我困了，睡前想亲亲她。明天回老宅？"

江予迟点头，俯身将她抱起。

江予迟哄睡了盛星，起身收拾汤圆。

这小不点不知道什么时候醒了，正透过小木床的间隙盯着他们瞧，乌黑的眼珠一动不动，竟也没哭。

江予迟轻手轻脚地收拾干净汤圆，又去泡了奶，抱着她一块儿看着盛星睡觉，顺便聊聊天。

江予迟："今天怎么这么乖？"

汤圆："咕嘟咕嘟。"

江予迟："妈妈好看吗？"

汤圆："咕嘟咕嘟。"

江予迟低声说着话，一个人也颇有乐趣，时不时捏一把女儿的小脸。汤圆吃饱了也不困，精神地对着窗外挥舞小拳头。

他一瞧就知道这小不点想干什么，她和盛星一样，喜欢亮晶晶的东西，玩具也喜欢会发光的。于是，江予迟抱着汤圆下楼，去客厅看外面的灯。

汤圆很高兴，说了一堆江予迟听不懂的话，直到看累了才在爸爸怀中睡去。

父女俩半夜看灯，这导致第二天盛星醒的时候，这两人还在睡。她起床后，先去亲了亲汤圆，亲完后想了想又去亲了江予迟，随后换上羽绒服准备出门。

家里阿姨见她这么早出去有点诧异，忙道："星星，今天可能会下雪。"

盛星弯唇笑起来："和三哥说一声，醒了来盛家接我。"

阿姨一愣："没和阿迟说？"

盛星点点头，随后推门离开。

这是盛星第一次在没有任何人陪伴的情况下来盛家。以往每一次，她总是很低落、很沉闷，甚至带着怒意，但这次……盛星看着陌生的大门，缓缓舒了口气。

她此刻内心很平静，可以说得上是波澜不惊。时隔多年，她或许是真的放下了，可以一个人来见他们。

盛星没按门铃，径直推门而入。空气清冽干净，没了那股淡淡的檀香味，这种感觉很陌生。

阿姨眼尖，在客厅看见了盛星，忙去餐厅喊人。

盛家父母正在吃早餐，没承想盛星来得这么早，两人都有一瞬的慌乱，随后镇定下来，去门口接人。

盛星与他们在门口面对面遇见，一时无言。

这样的场面其实并不陌生，盛需和盛掬月回家时，他们都会来门口等，只是看不见盛星，不愿意喊她。

盛星神色平静："早上好。"

"星星……"盛妈妈张了张嘴，声音干涩。

盛爸爸问："吃早饭了吗？"

三人单独吃饭，不知是多少年前的事了。

自从盛星离家，他们便再也没有机会和这个孩子单独吃饭。餐桌上，没有人说话，除了盛星，那两个人都没心思吃。

盛星也不介意，就让他们看着。

她不爱吃早餐的习惯被江予迟盯着改了不少，喝了大半碗粥才放下筷子，抬眸看向对面的两个人。盛星开门见山："想说什么？"

盛妈妈看着眼前的孩子，从那小小的一团长成了如今的模样，也成了别人的妈妈。她记得盛星刚出生时的模样，是这三个孩子里最爱哭的小孩。

她挣扎过，流过泪，可还是选择送走盛星。哪怕盛星又回到身边，也不去看她、爱她，当她不存在。可如今，现实告诉她，这一切不过是骗局。她有很多想说的话，想和盛星说"对不起"，想知道她这些年是不是很辛苦，想问她是否还愿意叫他们"爸爸妈妈"。可话到嘴边，她只是说："以后的人生，我们盼你一帆风顺，平安喜乐。"

盛星极轻地笑了一下，缓慢起身："我已经放下了，希望你们也能放下。我们还是做陌生人，和以前一样，可以吗？"

盛妈妈流下泪来："好。"

盛星出门的时候，门口站了个男人，低着头，一手插兜。

"三哥！"盛星忍不住出声喊。

江予迟慢地抬头，几步走到她跟前，定定看了几秒，眼睛没红，也不像哭过的样子，便自然地牵过她，问："吃过早饭了？"

盛星点头："汤圆呢？"

江予迟无奈一笑："还睡着。小姑娘深夜醒了闹着要下楼看灯，凌晨又醒了一次，又要去看松球，比你还调皮。"

盛星绷起脸，纠正他："不要影射我！"

江予迟笑着把人摁进副驾驶座，亲了一口，转而上车："回去带上汤圆，我们回老宅。月亮一会儿来，说你没接电话，就打给我了。"

盛星诧异道："这么早？"

江予迟沉默了几秒，说："送玩具来。"

盛星怔了片刻，抿唇笑起来："我的傻姐姐肯定是昨晚出去买小羊了。她以前就这样，现在还是，这样真好。"

江予迟攥紧她的手："星星也好。"

盛星"嗯"了声："我也好。"

他们回到落星山，汤圆已经起床了，正待在盛掬月怀里，手里拿了个新玩具，双眼亮晶晶的，说着说着挥起小手。一见盛星，汤圆立马向妈妈炫耀自己的小羊，还想往她怀里扑。

盛星接过汤圆，问盛掬月："怎么这么早？"

盛掬月老实巴交地应："贺洋早上过来给我送早饭。"

江予迟和盛星都朝客厅扫了一圈，问："人呢？"

盛掬月："我让他回去了。"

盛星："……"

江予迟："……"

两人对视一眼，一时间有点同情贺洋，但也只有这么一会儿。

盛星问："姐，你在哪儿过年？"

自离家后，盛掬月和盛需都不再回家过年，只偶尔回去吃饭，也不过夜。盛需在的时候，他们三个人一起过年，盛需走后，便只有盛掬月和盛星。

盛掬月应："我去找贺沣。"

盛星眨眨眼，这么看来，贺沣也不是很惨。但看盛掬月这个反应，贺沣本人似乎也并不知道这件事，不然怎么会让她一大早自己来落星山。

以前过年时，盛星没有收到过爸爸妈妈的礼物，但盛需和盛掬月每年都会给她准备礼物，一年都不曾落下。

今年也同样。

临走前，盛掬月倾身抱了抱妹妹，贴着她的脸，轻声说："星星又长大一岁了，姐姐永远爱你。"

盛星笑眯眯地应："我也是。"

汤圆被夹在中间，左看右看，看盛掬月贴着盛星的脸，也闹着要亲亲，直把盛星糊得满脸口水才肯罢休。

江予迟靠在一侧，静静看着。

他告诉自己，这样便是最好的光景。

只要她一直、一直，这么笑着。

十 · 见 星

在汤圆会说话前，盛星觉得小姑娘一定像只鸟儿，整天"叽叽喳喳"的，毕竟不能说话时她就爱闹腾。等她终于会说话了，果然整天都吵个不停，不过不是吵盛星，而是吵江予迟。

"爸爸，妈妈今天回来吗？"四岁的汤圆穿着漂亮的裙子坐在办公室里，手里拿了把迷你小铲子，灰头土脸地问江予迟。

江予迟瞥她一眼，说："等你收拾干净桌子，妈妈就回来了。"

近来，盛掬月给她买了很多考古盲盒。

每天两人上班，江予迟负责挣钱，小不点负责考古，一个从白天到晚上都风度翩翩，另一个成天都灰扑扑的，像从泥地里滚出来的。

作为一个小孩，汤圆每天可谓是快乐似神仙，毫无烦恼，可一旦让她收拾桌子，就哼哼唧唧地不愿意，跟盛星像是一个模子刻出来的。

对此，汤圆当然有很多对策。比如，拜托小宋或者外面的哥哥姐姐。但这样的招数只能用一次，被江予迟逮住一次后，就不能用第二次了，她只能老老实实地自己收拾。

汤圆坐在小板凳上，看着凌乱的桌面叹了口气，一本正经地和江予迟谈条件："爸爸，我把小镜子送给你，你帮我整理好吗？"

江予迟慢条斯理地合上文件："爸爸不喜欢镜子。"

汤圆不高兴地鼓起小脸："爸爸只喜欢妈妈！"

江予迟挑眉，温声应："帮你整理一半。"

汤圆一呆，她还没有使出绝招呢，爸爸怎么就愿意帮她了呢。她思索片刻，找到了关键处，因为提到了妈妈！

汤圆转了转眼珠子，噘起小嘴："你不帮我，我就告诉妈妈，爸爸欺负我！"

江予迟重新打开文件，慢悠悠道："爸爸后悔了，不帮你了。"

汤圆呆住，事情发展的和她想的一点都不一样！她嘴巴一撇："为什么！"

江予迟："因为爸爸工作了一天，很辛苦，回家还要给你做饭吃。汤圆虽然也很辛苦，但回家不用做饭，是不是该自己整理？"

汤圆哼哼："那我做饭给你吃！"

江予迟抬眸和他灰扑扑的女儿对视一眼，这小不点为了偷懒，真是什么话都说得出来。他装作思考的模样，艰难点头："那今天爸爸妈妈的晚饭，就交给汤圆了。"

汤圆拍拍小胸脯："我最厉害！"

说完，她有点心虚，小手揪着铲子，想偷偷摸摸给舅舅打电话。这么一想，她就这么做了。

"爸爸！我去洗手！"汤圆丢下小铲子跑了。

江予迟眯了眯眼，发了几条短消息出去，随后起身给这小祖宗收拾残局。玩的时候倒是高兴，结束了就想拍拍屁股走人，也不知道像谁。

这么一想，有点像盛霈。没心没肺，爽了就行。

办公室外，汤圆对着一个漂亮姐姐说了两句话，就被抱去卫生间了，香香的大美人给她洗小手，整理小裙子，别提多幸福啦。

等她再出来，又是漂亮的小公主。

汤圆又"嗒嗒"跑去找小宋，仰着脑袋脆生生地喊："宋哥哥，我想给舅舅打电话。"

电话一接通，汤圆喊："舅舅！"

盛霈喊了几声"宝贝"，便道："舅舅在外面忙呢，过几天就去看汤圆。汤圆在家乖乖的，听妈妈的话。"他说完，"吧唧"一下挂了。

汤圆一蒙，又给盛掬月和贺沣打电话，问了一圈，无一例外，都说不在洛京。

最后她含着眼泪，打电话给了盛星。

那头盛星刚下飞机，电话一接通，小姑娘忍着眼泪，委屈巴巴地喊："爸爸欺负我！舅舅也欺负我！大家都欺负我呜呜呜……"

盛星忍着笑，安慰她："妈妈马上来接你，好不好？"

汤圆抽泣着答应了。

原本江予迟躲在办公室偷听这小不点打电话，起初听得津津有味，一听她哭就躲不下去了，出去把人抱起来，给她擦眼泪。

"哭什么？"他低声问。

汤圆红着眼睛，一时间不想承认自己想要赖皮。因为爸爸工作很辛苦，但她又想偷懒，整个人陷入纠结，不说话，只埋着脑袋缩在他颈侧，小声抽噎。

江予迟摸摸她的小脑袋，把人抱进办公室里，指着干净的桌子，道："爸爸都帮你整理干净了，怎么还哭？"

汤圆抽泣着问："宝贝那么好看，为什么都埋在土里？"

江予迟："因为以前的人去世了，会带着宝贝一起埋进土里。"

汤圆又问："为什么又挖出来？"

江予迟思索片刻，温声问："汤圆有爸爸妈妈，所以汤圆知道自己是从哪里来的，对不对？"

汤圆点点头："是爸爸妈妈生的。"

江予迟继续道："那爸爸妈妈也有爸爸妈妈，爷爷奶奶也有爸爸妈妈，再往前，在很久很久以前，人是从哪里来的，生命是从哪里来的，很多人都想知道。知道后呢，又想了解他们是怎么生活的，就去找他们的生活痕迹。就像汤圆，今天拿了一把小铲子，以后的人看到这把小铲子，就会想，小铲子是从哪里来的，为什么需要小铲子，汤圆会用这把小铲子干什么。"

汤圆的小脑袋瓜努力思考着爸爸的话，一时间忘了哭，等盛星来时，小姑娘被收拾得干干净净，只有几根黏在一起的睫毛，显示着她曾掉过眼泪。

"妈妈！"汤圆一见盛星就忘了爸爸，抱着她的小腿想往上爬。

盛星弯腰，艰难地抱起这个健壮活泼的小姑娘，亲亲她的小脸蛋，问："爸爸怎么欺负你了？告诉妈妈，妈妈打他。"

汤圆看看爸爸，又看看妈妈，不好意思告状了，抱着盛星的脖子不说话。

盛星趁这会儿也凑过去亲了亲江予迟，问："汤圆今天干什么了？"

汤圆看了眼整齐的桌子，又看了看放在一边被清理干净的小镜子，小声道："汤圆很努力地挖了小镜子，但是弄得好脏。"

"一点都不脏，那么干净呢！"盛星指了指桌子。

汤圆扭捏不说话，一转头，看见江予迟安安静静地看着她，一点都不生气，但看起来似乎是有些伤心。她着急道："是爸爸帮我整理的！"

盛星故作诧异："咦，你说爸爸欺负你，怎么会是爸爸整理的呢，肯定不是！是不是爸爸故意让你这么说的？"

汤圆忙摆手："不是不是，真的是爸爸！"

盛星努力憋着笑："那汤圆和爸爸说谢谢了吗？"

汤圆又偷偷看江予迟，想了想，朝他伸出手："爸爸抱抱！"

江予迟早就想把这小不点接过来了，她最近长得快，抱起来可费劲儿，正好顺势接过来，听她低声道歉："爸爸，我做错了。"

盛星瞧他们一眼，嘀咕道："认错倒是快，和你一模一样。"

江予迟显得格外大方："没关系，爸爸不伤心。但晚上，汤圆是不是要给我和妈妈做饭？"

汤圆哼哼唧唧："我做不好。"

江予迟："爸爸帮你。"

汤圆这才勉为其难地答应："好吧。那爸爸吃汤圆做的，我和妈妈吃爸爸做的。"

江予迟："……"

盛星没忍住，笑出了声。

三人回家后，江予迟和汤圆一起去了厨房。

这样的家庭活动盛星并不想参与，她刚拍完戏只想躺在沙发上不动弹。

自从两年前，她凭借《钟》再次登顶，捧了几座影后奖杯回来后，更多类型的本子往她这里递，让人挑得眼花缭乱。本子那么多，人只有一个，选来选去，也只拍了两部，但接连拍了两部片子可累坏她了。

这两年汤圆多是江予迟带，他们常来看她，但不会进组。至今汤圆的身份都被藏得很好，出去玩多是由盛需带着，他们两人不常露面，这么几年下来，生活还算是平静。

"三哥！想吃个冰淇淋！"盛星瘫在沙发上喊。

江予迟支使正在洗菜的汤圆，给她一个机会"逃走"："汤圆，爸爸在忙，你帮妈妈拿一个冰淇淋好不好？"

汤圆当然应"好"，还很贴心地问："什么味道的？"

盛星："曲奇香奶的！"

汤圆虽然不认识字，但她会看图片。妈妈最爱吃冰淇淋啦，爸爸总是在家里藏很多，却不让妈妈知道。时间久了，她能认出来每个味道。

小姑娘捧着凉滋滋的小盒，皱着脸往盛星身边跑："妈妈！"

盛星笑眯眯地接过冰淇淋，亲亲汤圆，小声问："要不要和妈妈在这里看电视，让爸爸一个人玩！"

汤圆板着小脸，认真道："不行，爸爸很辛苦。"说完转身跑了。

盛星眨眨眼，这可比她小时候乖多了。

汤圆虽然霸道，但还算讲理，而她是属于不讲理的那种。这小姑娘越长大，性格越像江予迟，盛家除了盛掬月，没人讲理。

江予迟见汤圆去而复返，有点诧异。他还以为她会趁机溜了，毕竟先前还把她弄哭了。

"你回来了？"江予迟问。

汤圆踩上小板凳，有模有样的："嗯，汤圆回来帮爸爸！"

江予迟弯唇笑了一下，俯身点了点她的鼻尖，温声道："谢谢汤圆，以后爸爸还愿意帮你整理桌子。"

汤圆脸红红道："我……我下次不哭了！"

江予迟："那汤圆特别棒。"

汤圆咧嘴一笑："我可以帮爸爸！"

临近九月，汤圆即将去上幼儿园。

这一日，盛星从工作室回来，进门一瞧，整个客厅都堆满了衣服和小装饰，甚至还有娃娃。汤圆钻在衣服堆里，阿姨俯身轻声细语地说着话。

江予迟半倚在沙发上，端着杯咖啡，桌前放着摄像机，懒洋洋地瞧着小姑娘在衣服间钻来钻去。

盛星扫了一眼，轻手轻脚地进门，问："汤圆干什么呢？"

江予迟弯唇笑了一下："过来，我抱抱。"

盛星瞧他，三十岁的男人了，还一天到晚要抱抱。

早上出门要抱抱、亲亲，晚上回来也要抱抱、亲亲，从来不烦。

亲亲抱抱完，他才说："在选衣服。"

盛星本来还担心她会不会害怕或是闹着不肯去，结果小姑娘比谁都高兴，还和阿姨商量起日常穿搭起来。

"一下午都在找？"她小声问。

江予迟"嗯"了声，指了指边上几套搭配好的："左边往右，依次是星期一、星期二、星期三要穿的衣服，还有两天。"

盛星看了一眼。

周一：纱裙和粉色小水杯，一个兔子娃娃。

周二：背带裙和白色短袖，一顶小黄帽，一个斜挎式小黄鸭水杯。

周三：小衬衫和短裙，一个闪亮的发箍，一个兔子包包。

盛星托腮瞧着汤圆，推推江予迟，问："这是像谁？我小时候也没有这样爱美，拍电影之后出门才格外注意。"

江予迟斜眼看她："最久的一次，等了你半小时。"

盛星不信："我让你等过吗？每次都是我去找你。"

江予迟轻笑一声："那就没有。"

盛星："……"

沉浸在自己世界中的汤圆，完全没有发现最爱的妈妈已经回来了，找完衣服就喊着饿，喊完饿又开始准备开学的自我介绍。

盛星心里感叹，这小姑娘的精力真是好。

等到开学那一天，一大早，小姑娘就来敲门："妈妈起床了！汤圆和爸爸都起床了，太阳要晒屁股啦！"

盛星睡眼蒙眬地看了眼闹钟——竟才早上五点。

半晌，她唉声叹气地起床去开门。这阵子汤圆跟着江予迟睡，好让她多睡会儿，可这小姑娘每天跟报时的小鸟似的，天天来敲门，不让敲还得哭。

门打开，盛星一脸无奈地和满脸兴奋的汤圆对视。她问："太阳在哪里？"

汤圆捧着自己的小脸，笑嘻嘻地应："就是我呀！"

盛星打了个哈欠，牵着她的小手下楼："这么早起床，幼儿园都没有开门。你爸爸呢？起床了吗？"

汤圆："在做早饭！"

小姑娘说了一路，最后抱着她的小腿，小声问："妈妈，你会和我一起去幼儿园吗？我想和你一起去。"

盛星一愣，困意顿时消散了，蹲下身看着汤圆，认真道："当然会了。就算妈妈在工作，也会回来陪你的，只要汤圆想和妈妈在一起，妈妈就会回来。"

汤圆想了想，说："我每天都想，但是爸爸说，妈妈很喜欢工作，就像汤圆喜欢玩小铲子。汤圆高兴，妈妈也要高兴。"

盛星抿抿唇，忽而觉得心酸。

这些年江予迟待她太好，完全把养育汤圆的责任担了过去，她仍能像婚前一般自由自在，做自己喜欢的事。可是她小时候，多么期盼妈妈能陪她、爱她。

盛星倾身抱住汤圆，轻声道："以后妈妈会经常在你身边的。"

汤圆睁着大眼睛，一眨不眨地看她，问："真的吗？"

盛星点头："真的。"

汤圆从小是个小霸王，却从不对盛星发脾气，看见她、听见她说话，都会变得安静而乖巧，仿佛她生来就爱她。

从前的盛星，想要有人爱她，想要很多爱。

现在的盛星，有很多人爱她，有了很多爱。

盛星想，他们都是上天给她的礼物。

早上五点，天还蒙蒙亮。

盛星抱着汤圆，慢吞吞地往厨房走，穿着居家服的男人头发微乱，拿着勺子，俯身看着锅，热气氤氲了他的面庞。这几年，江予迟的外表没有变化，他依旧英俊、挺拔，但性格较以前更温和。这样的改变是汤圆带给他的。

"三哥，她几点醒的？"盛星放下汤圆，凑到江予迟身边问。

江予迟瞥了眼又跑去照镜子的汤圆："两点醒了一次，闹着要起床，哄睡后四点半又醒了，这次哄不了，只能起床。"

盛星叹气："小姑娘会不会活泼过头了？"

江予迟淡淡道："你小时候还爬窗。"

盛星不和江予迟计较，和他商量："三哥，我想过了。今年不接本子了，来年再说，之后我去接汤圆放学吧。"

江予迟也不问为什么，只说："你来接我下班，我带你去接汤圆。"

盛星眨眨眼，好像也行。

由于离上幼儿园还早得很，汤圆把盛星喊醒也不管她，盛星抱着小毯子往沙发上一钻，开始睡回笼觉。

等汤圆回过神来，盛星早已沉沉睡了过去。

小姑娘嘴巴一撇，想要妈妈夸自己漂亮又香香，像只小猫咪一样往她怀里钻，等被搂住了，看见妈妈闭着眼的模样，她又不闹腾了，睁着水灵灵的大眼睛，安静地看着盛星。

她的妈妈是世界上最好看的仙女，汤圆想。

戳戳睫毛、戳戳脸，妈妈一动都不动，小姑娘听着妈妈的呼吸声，张嘴打了个哈欠，蹭了蹭，眼睛一闭，"呼呼"睡去。

江予迟一大早做完早餐，走到客厅一看，大祖宗和小祖宗抱在一起睡着了。

盛星睡沉了，双手还紧紧地抱着汤圆；小姑娘呢，肉嘟嘟的脸挤在妈妈的脖子边，长长的睫毛耷拉着。

江予迟安静地看了片刻，俯身在盛星额间落下一个吻，随后熄灭了客厅的灯，在另一侧坐下，等着她们醒来。

一个月后，学校举办了一个活动，介绍自己的爸爸妈妈。

汤圆对这个活动充满了热情，逢人都要朗诵一遍"我的爸爸妈妈"，连家里的阿姨都会背了，更不要说盛星和江予迟了。

活动前一天，晚上十点。

盛星睡眼惺忪地靠在江予迟肩上，挣扎着睁开眼，在母爱耗尽前配合汤圆的演出，小姑娘正在高声念——

"我的妈妈，她很懒，每天都要爸爸亲亲才能起床。她很喜欢偷吃巧克力，趁爸爸不在，她就像一只小老鼠。"

盛星："……"

她问江予迟："这个能当着小朋友的面念吗？"

江予迟瞥盛星一眼，把她的脑袋往上挪了点，用手掌托着她的侧脸，好笑道："她没说谎，怎么不能念了？"

盛星幽幽道："她精力这么好，你先前受苦了。"

这边汤圆声情并茂地念完了"我的妈妈",又开始念"我的爸爸":"我的爸爸是世界上最厉害的人。他好高好高,就像小山一样高,他最喜欢妈妈,第二喜欢汤圆,但汤圆不伤心,因为我也最喜欢妈妈……"

盛星对此深受感动,虽然小姑娘时不时就跑到床上来把她压醒,动不动就问"我是不是世界上最漂亮的小公主",偶尔发起脾气来还不理她,但总的来看,母女感情很是亲密。

汤圆念完,她宣布:"我们睡觉吧!今天我想……"左看右看,看看盛星,又看看江予迟,不知道今天选哪个一起睡觉。

盛星趁机道:"爸爸说他要和你说个小秘密!"

汤圆果然上当:"我和爸爸睡!"

江予迟懒懒地扫了盛星一眼,俯身凑到她耳边说了几句话,盛星没出息地红了脸,拔腿就跑。

汤圆睁大眼睛,疑惑地想,爸爸妈妈说什么悄悄话呢?

番外

十一 · 情人节

作为一个生日和情人节在同一天的人，盛星总能享受到特别的待遇，不论是来自影迷的祝福，还是爱的人送她的礼物，总是双倍。

但时间一久，她忍不住找江予迟麻烦。

这一天是二月十三日，她生日的前一天。

汤圆不在家，落星山的别墅里只有盛星和江予迟两人。

盛星在晨光中醒来，白色窗帘上的光朦朦胧胧，隐约可见远处高低错落的冷杉。她懒懒地打了个哈欠，披了件外套下床，走至窗边，拉开窗帘。

"哗"的一声响，晴光洒落，今日是个好天气。

盛星微眯着眼，仔细找了一圈，果然在别墅外的山道上看见了江予迟，窄窄的山道上，男人穿着单薄的运动衫，身体流畅的线条像海水一样流动，跑动间，他似有所觉，往她的方向看了一眼。

她打开窗，朝底下大喊："三哥！"

他转道，朝别墅的方向跑。

盛星弯唇一笑，进浴室磨磨蹭蹭地洗漱，照镜子的时候依旧觉得自己是个小仙女，不由得感叹，江予迟能和她结婚，真是他的荣幸。

刚想开门下楼，门从外面打开，挤进来个人。

"早上想吃什么？"江予迟问。

盛星想了一会儿，想不出来，晃了晃腿，开始找他麻烦："我吧，昨晚想了件事，一直没想出个头绪。"

江予迟瞥她一眼："你说。"

盛星："情人节归情人节，生日归生日，两个节日加在一起，我总感觉少了二十四个小时，不光是礼物和惊喜的事，还有一件更重要的事。"

他心里生出一股不好的预感。

果然，下一秒，她严肃道："你对我的爱也少了二十四个小时！"

江予迟想了想，斟酌着问："你有没有解决办法？"

"暂时没有。"她无情地说。

这是要他给出一个解决办法的意思，江予迟明白了。

于是，江予迟准备早餐的时候比往常沉默。

这确实是个难点，他推翻了原本的计划。本来他准备带盛星去游乐园，叫上雪衣，在夜间旋转木马的灯光亮起的时候，他牵着马出来，去找他的公主，这似乎更适合情人节，不适合她的生日。

她的生日该由着她来，只要她开心。

盛星慢悠悠地吃完早餐，窝着去壁炉边取暖，偶尔看一眼江予迟，他眉头轻皱，像是遇见了大难题。她笑眯眯地收回视线，随便摸了本书看。

冬日时光静谧悠闲，陷在暖洋洋的沙发里，盛星缓缓闭上眼。但这悠闲的时光结束得太快，她刚抱住抱枕，蹭了没两下，江予迟忽然把抱枕抽走，说："星星，去带件厚衣服，晚上我们住外面。"

盛星一脸茫然，不明所以："这么突然？"

江予迟"嗯"了声："路上时间比较长，七八个小时。"

"……"

听起来她给自己挖了个了不得的大坑。

盛星磨蹭着挑衣服的时候，江予迟熟练地整理了必需品，去厨房煮了一锅奶茶，再带上零食和水果，出门热车。等车里温度上来，盛星背着包慢吞吞地下来，怀里抱了个月亮抱枕，这是最近她最爱的抱枕，走到哪儿带到哪儿。

"我们去哪儿？"她不怎么情愿出门，太冷了。

江予迟侧身给她系安全带，道："前阵子阿霈带一大家子去冬钓了，一家人住在冰湖上，汤圆知道也吵着要去。"

盛星眼睛一亮："我们也去？"

江予迟挑眉："不去。"

盛星："……"

她恨恨地问："那我们去干什么？"

"秘密。"他懒懒地应。

江予迟开车很稳，车上暖和宽敞，盛星抱着月亮抱枕睡了个回笼觉，睡醒正好十一点，她揉揉眼睛看了眼周围，车刚开出洛京，离吃饭还有阵子。

"醒了，吃点水果。"江予迟看她一眼，小脸睡红了。

盛星含糊地问："你饿不饿？"

江予迟弯唇，打趣她："结婚久了，三哥待遇越来越好，劳烦星星关心我了。不饿，就是有点渴。"

这是暗示她对他不够好！

她轻哼一声："你想喝什么？奶茶还是水？"

"奶茶。"他毫不客气。

路上无聊，盛星吃着水果，没人和她玩。她随口问："不然给汤圆打个视频电话？昨天小姑娘还说想我了，回来就接她回家吧，我想她了。"

江予迟无奈："她会气死，我们偷偷出去玩不带她。"

"也是。"小姑娘再可爱，也是个小魔王。

盛星无聊地吃了一阵，突发奇想，说："三哥，我开个直播吧？和'派大星'聊聊天，他们也挺想我的。"

江予迟沉吟片刻："行，到下个服务区我们吃饭，能聊个一小时。"

盛星忽然来劲了，嘀咕道："我看很多人开直播聊天呢，经纪人一直不让我开，怕我乱说话，我能乱说什么话？"

江予迟瞥她一眼，没应声。

盛星顿时竖起眉，凶巴巴道："我从来不乱说话。哼，我去和她说，她肯定会同意，我过生日呢！"

和经纪人扯了几个来回，最后经纪人败下阵。

这个结果毫无意外，在盛星面前，没有人能不妥协。她甚至不需要费太多力气，只要乖乖软软地说上几句好话。

盛星显然很高兴，兴致勃勃地放好支架，放了一堆零食，再拿出小镜子照了照，补了个口红，便打开了直播。直播开得毫无预兆，盛星第一次用，不太熟练，试探着说了句话，没人回复，人数甚至都是个位数。

她蒙了一下，下意识问："三哥，我过气了吗？"

江予迟轻"啧"一声："梦话晚上再说。"

一群比盛星更茫然的"派大星"小心翼翼点进直播的时候，听到的就是这么一句话。她们惊呆了，居然是盛星本人开的直播，他们的星星还是那么漂亮，看向镜头的眼神有点呆，笨蛋美人谁不爱呢！

直播画面忽然卡住，评论像烟花一样闪个不停。人数从个位数突破了六位数，还在持续上升。

盛星手忙脚乱地关闭打赏通道，急促道"不许给我刷礼物，都留着给自己花。"

说完，她弯着眼睛笑："你们慢点发，我都看不见了。"

盛星拉到最顶上，从头开始看"派大星"的评论。

"真的是星星！"

"我们星星永不坠落！不可能过气！"

"江总的声音绝了。"

"星星在车里？要去哪里，是和江总出去过生日吗？"

她笑眯眯道："是我呀，现在和三哥在路上。早上我睡得好好的，他一言不合把我拉起来，也不知道要去哪里。"

"星星看起来瘦了，江总没好好照顾星星！"

盛星一本正经地把下面这条评论念出来，戳戳边上的江予迟："江总，你有什么话想要发表？给你一个申诉的机会。"

江予迟懒懒应："不申诉，我认罪。"

盛星没出息地在镜头里红了脸。

评论的速度忽然又快了起来，一群人叫着说"好甜"，甚至还有让盛星把镜头给江予迟的，她就当没看见。

这是她老公，不给别人看。

盛星和"派大星"互动了一阵，聊起最近："这阵子在家学习新东西，年后工作还没定，不一定会接……"

话没说完，江予迟轻咳一声。

盛星止住话，撇撇嘴，小声对着手机道："他替经纪人盯着我，不许我乱说话。两个人联合起来欺负我。"

她弯着眼，双眼亮晶晶地看着镜头，余光却总忍不住往左边看，下一秒，一只消瘦修长的手闯入镜头，捏了捏她的脸，又拍拍头，随后收了回去。

他们的星星，消失在镜头中。

她倾身过去，靠近那个占据她所有目光的男人，再回来时，她的脸又红了，掩饰般地拿起零食吃，一时间，车里只剩下吃薯片的"咔嚓"声。

"等会儿就吃饭了。"江予迟提醒她。

盛星含糊地应了声，乖乖地放下零食，专心和"派大星"们聊天。

冬日雾气淡淡，越野车疾驰在高速路上，路笔直宽敞，似无尽头。江予迟静静注视着前方，耳边是盛星的声音，她很投入地和"派大星"们分享自己的生活，字字句句说着，嗓音柔软，语气雀跃。

他弯唇一笑。

总路程八百公里，前半段路盛星还睡着，后半段路程像是进入了冰雪世界，道路两旁的树上挂满雾凇，黑峦起伏，白雪连绵。

她忍不住打开窗户，小心翼翼地吸了口气。

清新，冷冽。这里真美。

到最后一个服务区，两人下车休息。

室外寒风凛冽，雾茫茫一片，雪粒子"簌簌"往下落。

盛星裹得严严实实，连双眼睛都没露出来，只露了张嘴，用来吃东西。她冷得蹦了好几下，飞快钻进温暖的面馆里。

面馆里有热炕，她忙不迭往上面坐，冰冷的手触到温热的绒布，她轻舒了口气。不一会儿，江予迟捧着两碗热汤面过来，老板端了几碟小菜，说是送他们的。

"三哥，你累不累？"盛星摘了帽子，去看江予迟。

开了一天的车，从早到晚，这男人还是精神奕奕的，不见疲惫。

江予迟理了理她微乱的头发，温声道："不累，吃不完就剩着，到了再带你吃好的。快了。"

盛星眨眨眼："现在就很好。"

和江予迟在一起的每一天都很好。

到地方是晚上八点，天黑透了。

车只能停在酒店门口，再往里都是厚厚的雪层，车开不进去。

说是酒店，更像是一个湖边的小村庄，湖水幽深，覆着薄冰，高耸的松树林立，昏黄的灯下飘着雪，雪地间的木屋亮着灯，温暖的光吸引着人靠近。

江予迟抱起睡着的盛星，遮住风雪往里走。

酒店老板帮他们把行李搬入屋内，急匆匆地去准备晚餐。

屋内宽敞明亮，壁炉的热度让室内温暖如春。

江予迟脱下冲锋衣，蹲下身脱下盛星的鞋子，摸了摸她的脚，穿着厚袜子，是热的。再脱下她的厚外套，拿了抱枕和小毯子过来，她舒服地蹭了蹭，脸颊微微泛红。他静静地看了片刻，又低头亲亲她的额头。

他轻舒一口气，将行李搬上楼，找了个安静的房间给汤圆打视频电话，这小霸王一天不和妈妈说话都要闹。

电话刚拨通，小姑娘软乎乎的大脸怼在镜头上。

"妈妈妈妈！"她使劲找妈妈。

江予迟轻挑眉："怎么不喊爸爸，汤圆不喜欢爸爸了？离远点儿，爸爸看看你，啧，长肉了。"

视频里的小姑娘顿时坐直了，一脸严肃地摸自己的小脸。她对着镜头左看右看，困惑道："我胖了吗？太奶奶！爸爸说我胖了，我胖了吗？要变成胖公主了吗？"

江予迟："……"

老太太过来一顿训，直把小魔王捧得下巴都要朝上天了，一声声的"汤圆小公主，小公主最漂亮"。

汤圆眯着眼笑了一会儿，问江予迟："妈妈呢？"

她探着脑袋使劲往后瞧，瞧了好一会儿，觉得不太对劲，问："爸爸你在哪里？这不是我们家！"

江予迟神色自然："和妈妈见一个大导演。"

汤圆顿时捂住小嘴，眼睛睁得大大的，悄声问："妈妈在工作吗？汤圆不找她。爸爸陪我说会儿话吧。"

听听这恩赐般的语气。

江予迟思考片刻，同意："行。"

结果，小姑娘开头第一句话："爸爸什么时候来接我？"

"给汤圆买的新年礼物搭好了吗？"江予迟不紧不慢道，"等搭好了，爸爸妈妈就一起来接你。"

汤圆的新年礼物是豪华版的乐高礼盒，小姑娘嚷嚷着要，最后买回家连拆都没拆，就被遗忘在了角落里。

汤圆闻言，垮下小脸，忧伤道："那我一辈子都看不到爸爸妈妈了。"

江予迟不为所动，淡淡道："妈妈工作挣钱给汤圆买礼物，汤圆却不喜欢，如果每次都这样，妈妈会伤心的。"

小姑娘一愣，双眼含泪："不想妈妈伤心，妈妈工作好辛苦。"

话音刚落，这边的房门忽而被打开。睡眼惺忪的盛星喊了声"三哥"，迷迷糊糊地往他背上贴，小声问："你躲在这里干什么？我饿了，外面雪好大。"

这下露馅了。

盛星迟迟没听到回应，一抬头，对上屏幕里小姑娘瞪圆了的眼睛。

两人面面相觑，忽然，小姑娘大喊："爸爸骗人！你们是不是偷偷出去玩了！"

盛星："……"

江予迟："……"

到了吃饭时间，盛星依依不舍地挂了视频电话。

壁炉前搭了张小桌子，桌上四五个家常菜，一瓶清酒，两个玻璃杯，窗外是旷远的天地和冰冷的湖泊，世界安静得似乎只剩下他们。

盛星喝了酒，整个人都暖和起来，托着腮看江予迟，问："我们在这里看雪？雪地里会有小动物吗？"

江予迟"嗯"了声："看流星。"

"流星？"盛星倾身靠近，好奇道，"是流星雨吗？"

"凌晨两点的流星雨，这里是观赏点。"江予迟指了指外面，"很多人扛着相机来等，可能要等一夜。"

盛星忍不住跑去落地窗前往外看——安静的小村庄与世隔绝，不远处的小木屋三三两两散落，暖黄的灯映亮雪光。其中一间屋前，有人影走动，他们围着火堆烤火，穿着厚厚的大衣，戴着帽子，合拢双手哈气，身边架着相机，火堆中间似乎还烤着什么。

真安静，静得能听到雪的声音，她想起落星山的日日夜夜。

江予迟将常人梦寐以求的美景日日捧到她眼前，日升月落，四季变换，她在那里获得了平静，那是她的家。

盛星静静看了片刻，忽然转身往回跑，跑到江予迟面前往他身上一扑，他熟练地张开双臂接住，拥抱入怀，双手轻抚她的背。

"三哥。"她小声喊。

江予迟亲亲她的发，低声道："三哥在。"

盛星抿唇笑起来，说："以后我们带汤圆一起来，她最喜欢在雪地里打滚，什么都不怕。这样真好。"

"星星也很好。"他说。

近凌晨，江予迟和盛星坐在星空屋下。一抬头便能看到头顶浩瀚的星空，像是深蓝色的绒布上嵌着无数颗璀璨的钻石。

盛星睡得太多，现在神采奕奕，缩在江予迟怀里看电影。

两人找了部老电影，靠在一起，偶尔你亲我一下，我亲你一下，时间便慢悠悠过去。接着，时间跨过凌晨，到了二月十四号，这一天是盛星的生日。

"星星。"江予迟牵住她的手，"生日快乐。以后你比别人多两个情人节，十四号前后两天，是我们的情人节，我会多爱你四十八个小时，不会少一秒钟。"

他取出备好的钻戒，又一次替她戴上戒指。

每一次他都充满欢喜，像那年，他注视着她身穿婚纱一步步走到他身边，他牵住她的手，承诺会永远爱她，永远照顾她。

"剩下的，明天再给你。"他说。

盛星美滋滋地欣赏着指间的漂亮钻石，伸直手对着星空，张开五指，指间的戒指也像星星一样，发着荧荧的光亮。

"明天还有什么，我可以提前快乐吗？"她撒娇。

江予迟温声道："再等等。"

凌晨两点多，安静的天空有了动静。细细的一道流光飞快划过天空，转瞬即逝，起初只有零散几道，随后天际光芒渐盛，无数星子闪过天空，一场盛大的流星雨开始了。

江予迟侧头凝视着盛星，她靠着他的肩头早已沉沉睡去。

流星会坠落，而他的星星永远明亮不灭。

第二天，盛星在睡梦中被叫醒。

她迷迷糊糊，还没睁眼，便被人抱起来。她遮着眼睛，茫然地问："干什么？好亮。"

江予迟等她缓了片刻，轻声说："星星，看窗外。"

盛星揉揉眼睛，不情不愿地往外看去，渐渐地，她睁大眼睛，惊异地盯着玻璃窗外不可思议的美景。

晴光洒落，透明的光束下有钻石般的"星尘"在舞动。近处雪山上立着几棵枯树，风从山上下来，缓慢摇晃着空中不散的"星尘"，光环下冰晶飘浮，折射出令人炫目的光彩。

"这是钻石尘。"江予迟低声道，"水蒸气在低温时凝华，变成了微小的颗粒，只有在阳光下能见到钻石一样的光芒。"

盛星看了片刻，回头问他："是三哥送我的钻石吗？"

江予迟淡淡一笑："不是，三哥会送你比这更多的钻石，天晴，天阴，甚至暴雨时分，你都能看到无数钻石。"

盛星嘻嘻笑，指着窗外："是上天给我的礼物。"

江予迟抱紧她，和她一起看自然的盛景。

盛星和江予迟逍遥了两天，在第三天天黑前赶回了洛京，毕竟家里还有个小魔王。自从知道他们偷偷出去玩，她睡醒就给盛星打电话，一口一句"妈妈你不爱我了吗"，闹得人头疼，只好回去把她接回来。

到了洛京老宅，车在漫长的阶梯前停下。

盛星刚下车，没看清路，脚上忽然多了一个小挂件，小姑娘重重地抱着她的小腿，大喊："妈妈，我好想你！"

"宝贝，妈妈抱。"盛星弯下腰，抱起这个已经很重的小姑娘，亲亲她的小脸蛋，诚实道，"爸爸带妈妈出去过生日了，对不起没和你说，下次一定告诉你，好吗？"

汤圆弯着眼睛笑："我才不生气呢，妈妈，我也有礼物给你。"

盛星眨眨眼："是什么？"

汤圆立即捧住自己的脸："是我呀！就是汤圆！我是礼物，送给妈妈！"

江予迟在边上听着，轻"啧"一声，摸摸她的脑袋："这招用了好多年了，下次换一换。过来，爸爸抱。"

汤圆噘噘嘴，问：“那你给妈妈什么礼物？”

江予迟一手抱着汤圆，一手牵着盛星，懒懒道：“等你挣钱了就告诉你，你去买给妈妈，要比爸爸的多。”

汤圆苦恼：“那我会饿死吗？”

江予迟：“不会，有爸爸在。”

晚风拂过，三道影子映在阶梯上，缓慢移动着，最后那点身影越来越短，人声也渐渐远去。

这时候你抬起头，就看见了星星。

To 小喜的宝贝

祝生活顺利，事事顺遂。
愿你的每一个夜晚都有星光闪烁。

2022.11.27

一卖花的婆 3祝
我和 3哥百年的食。
一不止百年。

小天喜